BASTEI
LÜBBE

JACK McDEVITT IM
TASCHENBUCH-PROGRAMM:

24 126 Erstkontakt
24 208 Gottes Maschinen

Jack McDevitt

Die Küsten der Vergangenheit

Roman

Ins Deutsche übertragen
von Axel Merz

BASTEI LÜBBE

BASTEI LÜBBE TASCHENBUCH
Band 24 235

Erste Auflage: Februar 1998

Deutsche Lizenzausgabe 1998 by
Bastei-Verlag Gustav H. Lübbe GmbH & Co.,
Bergisch Gladbach
Originaltitel: Ancient Shores
Lektorat: Vera Thielenhaus / Stefan Bauer
Titelbild: Stephen Youll
Umschlaggestaltung: QuadroGrafik, Bensberg
Satz: Fotosatz Steckstor, Rösrath
Druck und Verarbeitung:
Brodard & Taupin, La Flèche, Frankreich
Printed in France
ISBN 3-404-24235-1

Der Preis dieses Bandes versteht sich einschließlich der gesetzlichen Mehrwertsteuer

Für Roseanne und Ed Garrity,
denen ich stets alle meine Gedanken
anvertrauen konnte.

Danksagungen

Ich möchte all jenen meinen besonderen Dank aussprechen, die mir großzügig erlaubt haben, ihre fiktiven Alter egos in einer verzweifelten Situation während der abschließenden Kapitel einzuflechten. Des weiteren bin ich Galen Hall und Brian Cole für ihre Anregungen zu einer frühen Version des Manuskripts zu Dank verpflichtet, außerdem Major i. R. Jim Clark von der Luftwaffe der Vereinigten Staaten und John Goff für technischen Rat, Lorna Sharp von der Devil's Lake Sioux Reservation in North Dakota, Christoph Schelling von HarperCollins, Sue Warga für ihre Assistenz beim Lektorat, meiner Frau und Hauslektorin Maureen, die bei allem stets einen Sinn für Humor bewahrt, und Jim Karas, der als erster meine Aufmerksamkeit auf den Lake Agassiz gelenkt hat.

I

Schön anzusehen, in Bernstein die Formen
Von Haaren, Stroh, von Schmutz oder Würmern
Bekannte Dinge, nicht häufig noch selten.
Und doch: Wir wundern uns, wie zum Teufel
Sie hineingekommen sind.

›*Epistel an Dr. Arbuthnot*‹
Alexander Pope

»Wenn das nicht das allerverdammteste Ding ist ...« Tom Lasker mußte die Stimme heben, um den Wind zu übertönen. Will hielt mit seinem Spaten voll schwarzer Erde inne und drehte sich neugierig nach seinem Vater um.

Eine dreieckige Platte, nicht unähnlich einer Haifischflosse, ragte aus dem Boden. Offensichtlich aus Metall, aber nicht verrostet.

Sie befanden sich auf der flachen Erhebung, die den westlichen Rand der Farm säumte. Es war bereits dunkel, und sie hatten eine Lichterkette aufgehängt. Sie arbeiteten an einem System, das Wasser aus dem Brunnen über den Hügel pumpen sollte. Lasker ließ den Lichtkegel seiner Taschenlampe über das Objekt gleiten, und Will stieß mit der Stiefelspitze dagegen. Die Nacht roch nach baldigem Wintereinbruch. Ein kalter Wind zog herauf und brachte die Lichterkette zum Schaukeln. Lasker kniete nieder und wischte mit behandschuhten Fingern den Dreck beiseite. Das Objekt war hellrot. Glatt und hart. Als Lasker daran zog, bewegte es sich keinen Deut.

Das Farmhaus befand sich vielleicht eine Viertelmeile entfernt. Es war ein zweistöckiges Holzhaus, das geschützt in einem kleinen dichten Wäldchen lag. Seine Lichter leuchteten in der Dunkelheit warm und einladend.

Die Haifischflosse endete in einem Stab von gleichem Material und gleicher Farbe. Alles war aus einem Stück gegossen. Der Stab verschwand in einem Winkel von vielleicht dreißig Grad im Boden. Will schob seinen Spaten darunter und versuchte, ihn herauszuhebeln. Er wackelte ein wenig, doch das war auch schon alles. »Auf drei«, sagte sein Vater.

Tom Lasker zählte, und sie hebelten gemeinsam, verloren das Gleichgewicht und fielen lachend übereinander. »Das reicht für heute abend, Paps«, sagte Will. »Laß uns heimgehen und essen.«

Der Pembina-Rücken war durch die Schlafzimmerfenster von Tom Laskers Haus zu sehen. Der Rücken bestand aus einer Reihe verwitterter Hügel und Kämme und hervorspringender Felsen und bot einen recht beeindruckenden Anblick in einer Landschaft, die ansonsten flach war wie ein Bügelbrett. Vor zehntausend Jahren war dort die Küstenlinie eines Binnenmeeres verlaufen, das weite Gebiete von Dakota, Minnesota, Manitoba und Saskatchewan bedeckt hatte. Der Fleck, an dem heute Tom Laskers Haus stand, hatte damals mehrere hundert Fuß unter dem Wasserspiegel gelegen.

Lasker war ein großer Mann; ein wenig unbeholfen, mit dünner werdendem braunen Haar und breiten Schultern. Sein Gesicht war scharf geschnitten, rauh und von tiefen Linien durchzogen, eine Folge zu vieler unbarmherziger Winter. Tom Lasker hatte sein gesamtes Leben in der Gegend von Fort Moxie verbracht. Er selbst betrachtete sich als relativ uninteressanten Mann. Nichts weiter als ein Farmer, der hart arbeitete, nicht allzu gesellig war und sich um seine Familie kümmerte. Er war glücklich verheiratet, seine beiden Söhne schienen sich zu halbwegs vernünftigen Erwachsenen zu entwickeln, und er liebte das Fliegen. Wie viele andere ortsansässige Farmer besaß auch Tom eine Pilotenlizenz und eine Katana DV 20. Er war außerdem stolzer Besitzer einer

Navy Avenger aus dem Zweiten Weltkrieg und Mitglied der *Konföderierten Air Force* — einer Gruppe von Enthusiasten, die sich der Restauration antiker Kampfflugzeuge verschrieben hatte.

Kurz nach der Morgendämmerung des dem Fund folgenden Tages war Tom zusammen mit Will wieder auf dem Hang. Der Oktober tendierte in diesen Breiten dazu, kalt und bleich zu sein, und dies war ein typischer Tag. Lasker vergrub sich tief in seine Jacke. Er hatte noch nicht genügend gearbeitet, um ins Schwitzen zu kommen.

Die Haifischflosse ragte mehrere Zoll aus dem Boden. Sie bildete das Ende eines Stabes mit vielleicht fünf Zentimetern Durchmesser. Lasker dachte an den Schaden, den sein Traktor erlitten hätte, wäre er darüber gefahren.

Will senkte seinen Spaten in die Erde. »Nun«, sagte er, »laß uns das Ding endlich ausgraben, damit wir weitermachen können.« Er warf die Erde zur Seite. Selbst in dieser Jahreszeit war sie noch schwarz und roch süßlich.

Die Luft war still. Ein Eichelhäher saß auf einem Zaunpfahl und beobachtete die beiden Männer. Lasker war mit sich und der Welt zufrieden. Die Haifischflosse interessierte ihn. Schwer vorzustellen, was es war oder wie es auf das Land gekommen war, das sich seit mehr als sechzig Jahren im Besitz von Laskers Familie befand. Wichtiger noch, sie bedeutete im Augenblick ein Rätsel, das Tom Lasker vorübergehend ein wenig enger mit seinem Sohn Will verband.

Wie tief mochte der Stab reichen? Lasker maß ein paar Fuß in einer geraden Linie vom Eintrittspunkt ab und fing auf seine methodische Art an zu graben. Will half ihm, und nach einer Weile stießen sie auf Metall. Der Stab war wenigstens sechs Fuß lang. Sie gruben weiter, bis es für Will Zeit wurde, zur Schule zu gehen. Lasker marschierte ins Haus, frühstückte ein paar Toasts und etwas Kaffee und kehrte anschließend zurück. Er grub noch immer, als Ginny ihn zum Mittagessen rief.

Danach ging sie mit ihm zum Hügel, um sich den

Grund für die ganze Aufregung anzusehen. Ginny war groß und clever, ein Kind Chicagos. Sie war als Zollinspektorin nach North Dakota gekommen, hauptsächlich, um dem Stadtleben zu entfliehen, und hatte sich rasch in diesen Burschen Lasker verliebt. Tom hatte im Gegenzug angefangen, Ausflüge nach Kanada zu unternehmen, in der Hoffnung, bei seiner Rückkehr von ihr abgefertigt zu werden. Manchmal hatte er sogar Dinge eingekauft, auf die er Zoll zahlen konnte. Sie erinnerte sich noch sehr gut an seinen ersten Versuch in dieser Richtung: Tom hatte in einem Buchladen in Winnipeg dreißig Dollar bezahlt für ein Buch über die Geschichte der kanadischen Luftfahrt und war sichtlich enttäuscht gewesen, als Ginny ihn an der Grenze durchgewunken hatte, weil Bücher zollfrei waren.

Seine Freunde hatten ihn vor Ginny zu warnen versucht. *Sie wird die harten Winter rasch leid sein,* hatten sie gesagt. *Und das Kleinstadtleben. Irgendwann wird sie nach Chicago zurückkehren.* Toms Freunde sprachen von Chicago mehr oder weniger in einem Ton, als läge es so weit entfernt wie Pluto.

Seither waren zwanzig Jahre vergangen, und Ginny war noch immer da. Sie und Tom liebten die verschneiten Nächte und knackenden Kaminfeuer.

»Werden wir Probleme damit bekommen?« fragte sie verwirrt vor dem Graben, den Tom rings um den Stab ausgehoben hatte. Das Loch war gut sechs Fuß tief, und an einer Wand lehnte eine Leiter.

»Nicht wirklich.«

»Und warum machst du das hier? Es gibt doch gar keinen Grund, den Stab aus dem Boden zu holen, oder? Schneid ihn einfach ab und mach dir keine Gedanken mehr.«

»Wo bleibt dein Sinn für Romantik?« entgegnete er und spielte damit einen Ball zurück, den sie ihm gelegentlich zuwarf. »Willst du überhaupt nicht wissen, was sich darunter verbirgt?«

Sie lächelte. »Ich weiß, was es ist. Ein Stab.«

»Und wie ist er hergekommen?«

Ginny blickte in den Graben. »Dort unten ist etwas. Am Boden.«

Es war ein Stück Stoff. Lasker stieg die Leiter hinunter und grub rings um den Fetzen, um ihn freizulegen. »Er ist mit dem Stab verbunden«, sagte er schließlich.

»Die Sache verursacht mehr Aufregung, als sie wert ist«, sagte Ginny.

»Es dürfte jedenfalls gar nicht hier sein.«

»Ja, schon. Aber wir haben heute noch andere Dinge zu erledigen.«

Er runzelte die Stirn und stieß den Spaten in die weiche Erde.

Es sah aus wie ein Mast. Komplett mit Segel.

Verbunden mit einem Deck.

Die Laskers luden ihre Nachbarn ein, und alle halfen beim Graben.

Das Deck war Teil einer Yacht. Einer Yacht von nicht unbeträchtlicher Größe.

Die Enthüllung kam nach und nach während einer Woche der Arbeit, an der sich nicht nur eine wachsende Schar von Freunden und High-School-Kindern, sondern sogar zufällig Vorübergehende beteiligten. Die Haifischflosse schien nichts weiter als ein dekoratives Stück auf der Spitze eines von zwei Masten zu sein.

Die Yacht selbst war ein Musterstück mariner Ingenieurskunst. Sie besaß ein Ruderhaus, mehrere Kabinen und eine vollständige Takelung. Sie wuchteten das Schiff aus dem Loch und stellten es daneben ab, gestützt durch Pfosten aus Zedernholz. Laskers jüngerer Sohn Jerry spritzte es mit einem Wasserschlauch ab. Unter dem Schlamm fanden sie einen hellroten Anstrich, luxuriöse pinienfarbene Decks und weiße Innenkabinen. Das Wasser zerstob zu einem feinen Nebel, wo es auf die Hülle traf. Auf der Steuerbordseite baumelten an Bug und Heck lose Taue. Wahrscheinlich war das Schiff damit vertäut gewesen. Die Menschenmenge wuchs von Stunde zu Stunde.

Betty Kausner strich ein- oder zweimal über den Kiel, ganz vorsichtig, als fürchtete sie, sich die Finger zu verbrennen.

»Ich glaube, es ist Fiberglas«, sagte ihr Ehemann Phil.

Jack Wendell stand ein wenig abseits, hatte die Hände in die Hüften gestemmt und starrte die Yacht an. »Ich glaube nicht«, widersprach er. Er war früher in der Navy gewesen. »Es fühlt sich jedenfalls ganz und gar nicht wie Fiberglas an.«

»Tom.« Betty Kausner blickte Lasker an. »Wem gehört dieses Boot?«

Lasker hatte nicht die leiseste Ahnung. Das Boot war wunderbar. Es glänzte in der schwachen Spätherbstsonne Dakotas.

Alle paar Minuten fragte jemand anderes, ob das vielleicht ein Scherz sein sollte.

Lasker fiel nur ein einziger Grund ein, warum jemand ein Boot wie dieses vergraben könnte, und dieser Grund hieß Rauschgift. Das Boot hatte etwas mit Drogen zu tun. Lasker erwartete allen Ernstes, in seinem Innern Leichen vorzufinden. Als sie an Bord gingen, spähte er vorsichtig zögernd in jede Kabine.

Gott sei Dank fanden sie nichts dergleichen.

Das Boot war irgendwie anders als alle, die Lasker bisher gesehen hatte, obwohl er nicht direkt sagen konnte, worin der Grund dafür zu suchen war. Vielleicht lag es an jenem ersten Morgen an den vorüberziehenden dunklen Wolken, unter deren Licht sich Farbe und Struktur des Materials zu verändern schienen. Vielleicht lag es an den Proportionen von Bug und Heck, von Ruder- und Hauptmast. Vielleicht waren es irgendwelche subtilen Verhältnisse in der Geometrie des gesamten Bootes.

Will blickte nach Osten, in Richtung des nördlichen Red River. »Ganz schön weit bis zum Wasser«, meinte er nachdenklich.

»Es sieht aus, als wäre es in gutem Zustand.« Ray

Hammond, dem das Land im Osten entlang der Route 11 gehörte, kratzte sich am Kopf. »Es sieht aus, als könnte man morgen damit lossegeln.« Er berührte die Segel mit der Stiefelspitze. »Sie könnten ein wenig Wasser und Seife vertragen.«

Ein Wagen bog in den Feldweg ein. Ed Patterson, seine Frau und fünf Kinder stiegen aus. Ed war der Besitzer von *Handy Hardware* in Walhalla, einem kleinen Eisenwarenladen. Er inspizierte das Boot und schüttelte den Kopf. Seine Frau musterte Lasker, als hätte dessen Familie Geheimnisse, die gerade ans Tageslicht gekommen wären. Die Kinder spielten auf dem Feldweg Nachlaufen.

Kausner war zu seinem großen Kombi gegangen. Er kehrte mit einem Bandmaß zurück, markierte an Bug und Heck den Boden und maß die Länge ab. »Siebenundvierzig Fuß und fünf Zoll«, verkündete er schließlich.

Hätte sich einer der Anwesenden in der Materie ausgekannt, würde er das Boot als Ketch identifiziert haben. Es besaß einen durchgehenden Kiel. Seine größte Breite betrug nur knapp unter siebzehn Fuß. Das Unterwasserschiff war phantastisch, die Bilge elegant geschwungen. Eine hüfthohe Reling zog sich um das gesamte Deck bis zum Bug. Es gab zwei Steuerstände, einen in dem offenen Cockpit am Heck und einen in dem Ruderhaus direkt achtern vom Hauptmast. An Steuerbord und Backbord befanden sich Lufthutzen.

Die einzige sichtbare Beschädigung war eine gebrochene Schiffsschraube.

Sie nahmen die Segel ab, wuschen sie und hängten sie im Keller von Laskers Haus zum Trocknen auf. Lasker entfernte die Taue, reinigte sie und deponierte sie in der Scheune.

Es dauerte zwei weitere Tage, unter Deck sauber zu machen.

Das Boot besaß zwei Kabinen, eine Kombüse und einen Waschraum.

Die Kabinen waren nichts Außergewöhnliches. In jeder befanden sich ein Tisch, ein paar Stühle und zwei Kojen. In die schmucklosen Schottenwände waren mehrere leere Spinde eingebaut.

Die Kombüse war mit einem Kühlschrank ausgestattet, einer Reihe von Apparaten, die vielleicht Mikrowellenherde darstellten, sowie mit verschiedenen Flüssigkeitsspendern. Die Symbole auf dem Kühlschrank und den Mikrowellen waren unvertraut. Im Waschraum gab es eine Dusche und ein Waschbecken und die seltsamste Toilette, die Lasker jemals zu Gesicht bekommen hatte: Sie war niedrig und breit und besaß weder eine Brille noch eine Abdeckung. Erneut fanden sie Beschriftungen, die niemand entziffern konnte.

»Es ist unheimlich«, brummte Tom am ersten Abend, nachdem sie unter Deck gewesen waren. Die kleine Menschenansammlung hatte sich nach einer Weile aufgelöst und zerstreut. Lasker war allein zurückgeblieben. Ihn quälte die Frage, wie das Boot in die Hügel gekommen war. Was hatte Will gesagt? *Ganz schön weit bis zum Wasser.*

Nach dem Abendessen blickte Lasker durch das Fenster über dem Spülbecken hinaus auf das Schiff. Es glänzte im Mondlicht.

»Alles in Ordnung?« fragte Ginny.

»Ich wünschte, ich wüßte, was das zu bedeuten hat. Woher es kommt.«

Sie bot ihm ein Stück Zitronenbaisertorte an. »Muß dein Vater gewesen sein«, mutmaßte sie. »Wer sonst könnte es dort vergraben haben?«

Später, Ginny las in einem Buch, zog Lasker seine Jacke über und ging nach draußen.

Fort Moxie war eine zeitlose Gegend. Es gab keine größeren Bauvorhaben, keine grundlegenden kulturellen Veränderungen durch technologische Fortschritte, keine Fremden, keine Einflüsse von außen, kein Social

Engineering. Die Stadt und die weitläufige Prärie, in der sie lag, waren in einer Art Zeitblase eingefangen. Es war ein Ort, wo der Präsident noch immer Harry Truman hieß, wo die Leute sich mochten und Verbrechen so gut wie unbekannt waren. Das letzte Kapitalverbrechen in Fort Moxie hatte sich 1934 ereignet, als Bugsy Morane sich den Weg über die Grenze freigeschossen hatte.

Alles in allem war Fort Moxie ein guter Platz zum Leben und zum Aufziehen von Kindern.

Die Prärie erstreckte sich bis in die Ewigkeit. Sie hatte das Becken des Lake Agassiz gebildet, des großen Binnenmeers, dessen Wasserfläche größer gewesen war als die der heutigen Großen Seen zusammengenommen.

Agassiz.

Das war lange vorbei. Lasker blickte nach Westen zu den Hügelkämmen der einstigen Ufer. Nicht viel mehr als eine Falte in der Ebene. Nicht sonderlich eindrucksvoll. Er war viele Male über den Rücken geflogen und hatte ihn seinen Söhnen gezeigt. Er wollte, daß sie das Land genauso liebten wie er.

***Ben at Ten*, KLMR-TV, Grand Forks.**
18. Oktober, 22:26 Uhr.

Markey: Heute abend haben wir eine merkwürdige Geschichte aus Fort Moxie, Julie. Man hat eine Yacht in einem Weizenfeld gefunden.
Hawkins *(lächelt)*: Eine Yacht in einem Weizenfeld?

(Schnitt. Panoramaschwenk über Fort Moxie, auf die Prärie hinaus, anschließend Zoom auf umgebende Windschutzhecken und Farmgebäude.)

Markey: Hat irgend jemand da draußen sein Segelboot falsch geparkt? Es gibt dort einen

Farmer, der sich heute nacht ganz sicher am Kopf kratzen wird. Carole Jensen berichtet.

(Schnitt. Lange Einstellung auf die Yacht und die versammelten Zuschauer, Schwenk und Naheinstellung auf Jensen.)

Jensen: Ben, hier ist Carole Jensen auf der Farm von Tom Lasker im Cavalier County.

(Schnitt, Porträtaufnahme von Lasker.)

Das ist eine wunderschöne Yacht, Mister Lasker. Und Sie wollen uns wirklich glauben machen, daß irgend jemand das Schiff auf Ihrer Farm *vergraben* hat?
Lasker: Ja, ganz genau, Carole. Genau hier. *(Er deutet auf das Loch.)* Ich habe dieses Feld in der letzten Saison brach liegen lassen. Wir wollten im Frühling Weizen aussäen. Vorher benötigte ich ein System, um Wasser in die Hügel zu pumpen. Also vergruben wir Leitungen, und dabei stießen wir auf das dort.
Jensen: Die Yacht?
Lasker: Die Yacht.

(Weitwinkelaufnahme der Yacht, um die Dimensionen des Bootes zu verdeutlichen.)

Jensen: War sie völlig vergraben? Oder nur ein Teil davon?
Lasker: Völlig.
Jensen: Mister Lasker, wer sollte etwas wie dieses Schiff auf Ihrem Land vergraben wollen?
Lasker: Carole, ich habe nicht die leiseste Ahnung.

Jensen *(wendet sich in die Kamera)*: So, das ist die Geschichte, Ben. Ich frage mich, was sonst noch hier oben im Red River Valley vergraben ist. Vielleicht sollten wir ein wenig mehr auf den Boden achten, wenn wir im nächsten Frühjahr unsere Begonien einpflanzen. Das war Carole Jensen für KLMR-TV mit einem Bericht von der Lasker-Farm in der Nähe von Fort Moxie.

(Zurück auf die beiden Sprecher im Studio.)

Markey: Und das war es für heute von unserem Nachrichtenteam. Gute Nacht, Julie.
Hawkins: Gute Nacht, Ben. *(Großaufnahme von Hawkins' Gesicht.)* Gute Nacht, Leute. Wir sehen uns morgen abend wieder, um zweiundzwanzig Uhr. Als nächstes folgt das Nachtmagazin.

Am Tag nach dem Bericht über Laskers Yacht in *Ben at Ten* schwoll die Menge der Zuschauer beträchtlich an. Selten waren es weniger als ein halbes Dutzend, meistens um die zwanzig Leute. Die Kinder verkauften Kaffee und belegte Brötchen und machten von Anfang an einen ganz ordentlichen Profit.

Hal Riordan, der Besitzer des Holzhandels von Fort Moxie, kam hinzu. Er ging durch die Kabinen, wo die Laskers einen batteriebetriebenen Heizer aufgestellt hatten, nahm den Rumpf und die Masten gründlich in Augenschein und stand schließlich vor Laskers Haustür. »Das mußt du dir ansehen«, sagte er und führte Tom zum Boot zurück. Hal war bereits alt gewesen, als Tom Lasker noch zur Schule gegangen war; sein Haar, in jenen Tagen grau, war inzwischen weiß geworden. Er war ein großer, methodischer Mann, der nicht einmal ins Badezimmer ging, ohne zuvor darüber nachgedacht zu haben. »Das ist eine wirklich sehr merkwürdige Sache, Tom«, erklärte er.

»Was meinst du?« erkundigte sich Lasker.

»Sieh dir die Stelle an, wo der Mast im Deck verschwindet.«

Lasker tat, wie ihm geheißen wurde. »Was ist damit?«

»Alles aus einem Guß. Der Mast hätte aus einem anderen Material hergestellt sein müssen, sollte man jedenfalls meinen. Und dann im Boot verankert. Das hier sieht alles aus, als wäre es aus einem Guß.«

Riordan hatte recht. Es gab keine Fassungen, keine Nähte, keine Schrauben oder Bolzen, nichts. Lasker grunzte. Er wußte nicht, was er dazu sagen sollte.

Am nächsten Morgen mietete Lasker einen Trailer. Ein Bauunternehmer aus Grand Forks hob die Yacht mit einem Kran auf den Trailer und schleppte sie zur Scheune.

Die Menschenmenge wuchs mit jedem Tag. »Du solltest Eintritt verlangen«, schlug Frank Moll vor, ehemaliger Bürgermeister und pensionierter Zollbeamter. »Die Leute kommen inzwischen sogar den ganzen Weg von Fargo bis hierher.« Moll war ein gelassener, bärtiger, kleiner und stark untersetzter Typ. Er war einer von Laskers ältesten Zechkumpanen.

»Was hältst du von der Sache, Frank?« fragte Tom Lasker. Sie standen auf dem Feldweg und beobachteten Ginny und Franks Frau Peg dabei, wie sie versuchten, den Verkehr zu steuern.

Moll blickte Lasker an, dann das Boot. »Und du hast wirklich keine Ahnung, wie es dorthin gekommen ist, Tom?« In seinem Tonfall lag ein leiser Vorwurf.

»Nein.« Voller Verzweiflung. »Ich weiß es wirklich nicht.«

Moll schüttelte den Kopf. »Bei jedem anderen, Tom«, sagte er, »würde ich denken, es ist ein Schwindel.«

»Es ist kein Schwindel.«

»In Ordnung. Ich weiß nicht, welche Rolle du bei der Sache spielst. Das Boot scheint sich in gutem Zustand zu befinden, also ist es erst vor kurzem vergraben worden. Wann könnte das gewesen sein?«

»Ich weiß es nicht. Niemand hätte es vergraben können, ohne Spuren zu hinterlassen.« Lasker blinzelte zum Hügelkamm und beschattete die Augen. »Ich weiß nicht, wie sie es gemacht haben könnten.«

»Was mir am meisten Kopfzerbrechen bereitet«, sagte Moll, »das ist die Frage nach dem *Warum*. Warum sollte jemand ein Boot wie dieses vergraben? Das Ding muß eine halbe Million Dollar wert sein.« Er verschränkte die Arme vor der Brust und ließ den Blick auf der Yacht ruhen. Sie stand nun dicht beim Haus, neben dem Feldweg, auf ihrem Trailer. »Sie ist übrigens ein Eigenbau.«

»Woher willst du das wissen?«

»Nichts einfacher als das.« Moll deutete auf das Heck. »Keine Seriennummer auf dem Schiffsrumpf. Sie müßte eingestanzt sein, genau wie die Fahrgestellnummer in deinem Wagen.« Er zuckte die Schultern. »Ich kann nichts entdecken.«

»Vielleicht wurde das Schiff gebaut, bevor eingestanzte Seriennummern zur Pflicht wurden.«

»Das ist schon eine ganze Weile her.«

Sie spritzten die Segel direkt hinter der Scheunentür mit einem Wasserschlauch ab. Das Tuch war weiß, die Sorte Weiß, die in den Augen weh tat, wenn die Sonne darauf schien. Die Segel sahen nicht so aus, als wären sie jemals im Dreck vergraben gewesen.

Lasker stand in der Scheune, die Hände in den Taschen, und betrachtete die Segel. Zum ersten Mal wurde ihm bewußt, daß er nun stolzer Besitzer einer schönen Yacht war. Er hatte die ganze Zeit über angenommen, daß sich irgend jemand melden und das Boot als sein Eigentum beanspruchen würde. Doch an jenem stillen, bleichen, kalten Sonntag, beinahe zwei Wochen, nachdem sie das Schiff ausgegraben hatten, hatte er zum ersten Mal das Gefühl, als gehörte es ihm. Ob ihm das nun paßte oder nicht.

Lasker war niemals selbst segeln gewesen, höchstens ein- oder zweimal mit jemand anderem am Ruder. Er kniff die Augen zusammen und stellte sich vor, wie er zusammen mit Ginny im Sommer an der Küste von Winnipeg entlangglitt, während die Sonne langsam im Meer versank.

Doch als er zu dem Hügel ging und in das offene Loch am Westrand seiner Farm starrte, aus dem sie das Schiff geholt hatten, fuhr ein kalter Hauch durch seine Seele.

Es hatte keinen Sinn, ein Geheimnis daraus zu machen.

Die ganze Geschichte war ihm unheimlich.

Die Heckreling wurde von einer Reihe Rungen gehalten. Auch die Rungen waren nicht am Deck festgenietet oder sonstwie verankert, sondern schienen wie der Rest aus einem Stück gegossen. Als am Tag vor Halloween ein Souvenirjäger beschloß, eine der Rungen zu stehlen, mußte er sie absägen. Niemand beobachtete den Vorfall. Lasker reagierte, indem er das Schiff jeden Abend nach Einbruch der Dunkelheit in die Scheune brachte und die Tür verriegelte.

Mitte November sollte Tom Lasker die Avenger nach Oklahoma City fliegen, wo eine Flugschau stattfand. Normalerweise begleitete Ginny ihn bei diesen Gelegenheiten im Sitz des Bordschützen. Doch der Fund der Yacht war genug Aufregung für sie gewesen, und sie verkündete ihre Absicht, diesmal zu Hause zu bleiben. Außerdem wußte sie, daß die Yacht einiges an Wert besaß, und der Gedanke, sie unbewacht in der Scheune zurückzulassen, behagte ihr nicht. »Die ganze Welt weiß, daß das Schiff dort steht«, sagte sie zu ihrem Mann.

Lasker lachte und wies darauf hin, daß überall auf der Welt Schiffe in Hauseinfahrten geparkt würden und niemand je eines gestohlen hätte. »Es ist nicht wie bei einem Auto, weißt du?«

Sie sah ihm hinterher, als er Freitag nachmittag über die Farm flog. Er wackelte mit den Flügeln, und sie winkte zurück (obwohl sie wußte, daß er sie nicht sehen konnte). Dann ging sie nach drinnen, um die Wäsche in Angriff zu nehmen.

Sechs Stunden später lag sie entspannt im Sessel und sah einen alten *Columbo*, während sie dem Wind lauschte, der um das Haus pfiff. Will war weggegangen, und Jerry spielte in seinem Zimmer mit dem Computer. Das gelegentliche Piepsen aus der Maschine und das Rascheln der Blätter wirkten beruhigend, ähnlich dem Geräusch schlafender Kinder oder dem des Mixers, wenn sie nach der Schule Milchshakes zubereitete.

Während einer Werbeunterbrechung stand sie auf, um sich etwas Popcorn zu holen. Und warf einen Blick aus dem Fenster.

Die Nacht war mondlos, doch in den Vorhängen schimmerte zuviel Licht. Sie trat näher zum Fenster, das wegen des Dakota-Klimas fest verschlossen war und niemals geöffnet wurde, nicht einmal während des kurzen Sommers. Die Scheune stand ein wenig unterhalb des Hauses.

Ein sanftes grünes Leuchten drang durch die verwitterten Bretterwände nach draußen.

Irgend jemand war in der Scheune.

2

Sicher, Hedy Lamarr ist ein hübsches Mädchen
Genau wie Madeleine Caroll
Doch wenn du nachforschst, wirst du
Bei jeder Bombercrew etwas ganz anderes hören.
Denn das Lieblichste,
Über das sie alle singen können
Auf dieser Seite der Himmelstore
Ist keine Blondine und keine Brünette
Aus Hollywood
Sondern eine Eskorte von P-38-Jägern.

›*Blitze am Himmel*‹
Autor unbekannt

Die *Lockheed Lightning* schimmerte in der späten Nachmittagssonne. Sie war ein lebendes Artefakt, Teil der gewaltigen Anstrengung gegen Hitler, und sie konnte noch immer in den Himmel steigen, sah noch immer tödlich aus. Der doppelte Rumpf, das schnittige Cockpit, die breiten, schlanken Schwingen — alles sprach von Kraft. Die Maschinengewehre und die Kanone in der Nase schossen direkt und genau. Das Feuer der Lightning war weitaus präziser als das der in den Flügeln untergebrachten Waffen anderer Flugzeuge jener Epoche. Es war höchst ungesund gewesen, in das Fadenkreuz einer P-38J zu geraten.

»Die Maschine ist nicht leicht zu fliegen«, erklärte Max. Die P-38J besaß ihren eigenen Kopf; sie erforderte einen Piloten, der willens war, sich mit ihrer Geometrie auseinanderzusetzen. Einen Piloten wie Max vielleicht. Einen Piloten, dessen Sinne mit ihren Streben und Gelenken und Kabeln und Rudern verschmelzen konnten.

»Spielt keine Rolle«, antwortete Kerr. Er zog sein Scheckbuch. »Ich habe nicht vor, mit ihr zu fliegen.« Die Bemerkung war nicht speziell an Max gerichtet.

Kerr war groß und imposant. Er sah auf eine verlebte Art und Weise gut aus; genau wie Bronco Adams, der umherziehende Pilot und Held aus Kerrs Geschichten. Der fiktive Bronco flog mit seinem Markenzeichen, einer Lockheed Lightning, im China des Zweiten Weltkrieges, wo er eine Serie spannender, sexgeladener Abenteuer erlebte. Kerr schrieb in einem Stil, den er gerne als die *Eine-verdammte-Sache-nach-der-anderen*-Schule der Literatur bezeichnete. Es war nicht weiter überraschend, daß er eine der wenigen P-38 besitzen wollte, die es noch auf der Welt gab.

»Sie wollen nicht damit fliegen?« erkundigte sich Max, der nicht sicher war, ob er richtig verstanden hatte. »Sie befindet sich in hervorragendem Zustand.«

Kerr schien gelangweilt. »Ich fliege nicht«, erklärte er.

Max hatte drei von Kerrs Romanen gelesen: *Gelber Sturm, Nacht in Shanghai* und *Die Burma-Überquerung*. Er hatte die Bücher genossen und war nicht imstande gewesen, sie vor dem Ende aus der Hand zu legen. Er war beeindruckt vom Wissen des Autors über die Details der Fliegerei.

»Es stimmt«, sagte Kerr. »Ich tue nur so. Ich kann nicht fliegen.«

Max starrte ihn an. Kerr stand vor der blau und weiß gestrichenen Gondel. Das Flugzeug trug einen frischen dschungelfarbenen Anstrich. Die Kennung K-9122 war in Weiß auf den Rumpf gemalt, darunter der Namenszug *White Lightning* und das Bild eines Whiskeyfasses. 1943 war die *White Lightning* auf einem Flugfeld außerhalb Londons stationiert gewesen, wo sie zu einer mit der RAF kooperierenden Schwadron gehört hatte. Später hatte sie Bombereskorten über Deutschland geflogen, eine Aufgabe, für die ihre Kombination aus Reichweite und Feuerkraft wie geschaffen war. 1944 war die *White Lightning* in den Pazifik verlegt worden.

Die Maschine besaß eine lange Geschichte. Max hatte sie aus den Aufzeichnungen der US Army Air Force rekonstruiert und mit Piloten und Bodenpersonal gesprochen. Jetzt zog er eine Computerdiskette hervor. »Hier ist alles drauf, was wir herausgefunden haben. Piloten, Kampagnen, Abschüsse. Acht bestätigte Abschüsse von Kampfflugzeugen sind darunter. Und zwei Heinkels. Feindliche Bomber.«

»Schön.« Kerr winkte ab. »Ich werde sie nicht benötigen.« Er schraubte die Kappe von einem goldenen Stift und blickte sich suchend nach einer geeigneten Schreibunterlage um. Die Backbordheckflosse. »Wollen Sie ihn zahlbar an Sie persönlich?«

»An die *Sundown Aviation.*« Max' Gesellschaft. *Sundown Aviation* restaurierte antike Kampfflugzeuge und handelte mit den Maschinen.

Kerr schrieb den Scheck aus. Vierhunderttausend. Der Gewinn der Firma würde sich auf hundertfünfundzwanzigtausend belaufen. Gar nicht schlecht.

Es war ein grüner Vordruck. Auf der Vorderseite befand sich ein Bild von einer P-38 im Flug. Max faltete den Scheck und schob ihn in seine Brusttasche. »Wollen Sie die Lightning in ein Museum stellen?« erkundigte er sich.

Die Frage schien Kerr zu überraschen. »Nein«, lautete die Antwort. »Kein Museum. Ich werde sie in meinem Garten aufstellen.«

Max spürte ein Stechen in der Magengegend. »Im Garten? Mister Kerr, von diesen Maschinen gibt es nur noch *sechs Stück* auf der ganzen Welt. Sie ist voll funktionsfähig. Sie können die P-38 doch nicht einfach auf einer Wiese abstellen!«

Kerr machte einen amüsierten Eindruck. »Ich würde meinen«, sagte er, »daß ich verdammt noch mal so gut wie alles damit tun kann, was ich will. Können wir jetzt endlich weitermachen?« Er blickte auf die Akte in Max' Hand, in der die Besitzurkunde abgeheftet war.

Kerrs Pilotenheld war ein genialer, geistreicher und sehr menschlicher Protagonist. Millionen Menschen liebten Bronco Adams und stimmten darin überein, daß sein Schöpfer das Thema Fliegereithriller zu einem neuen

Höhepunkt geführt hatte. Doch in jenem Augenblick kam Max der Gedanke, daß eben dieser Schöpfer ein Blödmann war. Wie war das möglich? »Wenn Sie die Lightning auf Ihren Rasen stellen«, sagte Max, »dann wird sie im Regen naß. Sie wird rosten.«

In Wirklichkeit wollte er sagen, daß ein Flugzeug wie die P-38J etwas Besseres verdient hatte, als auf dem Grundstück eines reichen Mannes als Ornament vor sich hin zu gammeln.

»Falls sie rostet«, entgegnete Kerr, »werde ich bei Ihnen anrufen. Sie können dann zu mir kommen und die Maschine wieder in Schuß bringen. Wenn wir jetzt weitermachen können? Auf mich wartet Arbeit.«

Eine Pendlermaschine nach Brasilia umkreiste das Flugfeld und bereitete sich auf die Landung vor. Sie leuchtete rot und weiß vor einem wolkenlosen Himmel.

»Nein!« sagte Max impulsiv und nahm den Scheck wieder aus der Brusttasche. Er hielt ihn Kerr hin. »Ich denke nicht.«

»Wie bitte?« Kerr runzelte die Stirn.

»Ich denke nicht, daß wir ins Geschäft kommen.«

Die beiden Männer blickten sich an. Kerr zuckte die Schultern. »Ja. Vielleicht haben Sie recht, Collingwood«, sagte er schließlich. »Janie hat die Idee sowieso nicht besonders gefallen.« Er wandte sich auf dem Absatz um und ging über den Kiesweg zum Terminal davon, ohne ein einziges Mal zurückzusehen. Max blieb nichts anderes übrig als zu raten, wer Janie war.

Max stammte aus einer Familie von Kampfpiloten. Die Collingwoods waren über Hanoi und über Baghdad geflogen. Sie waren mit der *USS Hornet* im Pazifik gewesen und im Sommer 1940 bei der RAF. Der Familienname stand bereits auf dem Dienstplan der *Ringed-Hat*-Schwadron vom Sommer 1918.

Max bildete die Ausnahme. Er fand keinen Geschmack am militärischen Leben oder an der Aussicht, daß auf ihn geschossen wurde. Sein Vater, Colonel im Ruhestand Maxwell E. Collingwood von der USAF, gab sein Bestes, die Enttäuschung über den einzigen Sohn zu verbergen, was Max ihm hoch anrechnete. Trotzdem war Enttäuschung vorhanden, und Max hatte bei mehr als einer Gelegenheit gehört, wie der Colonel vor Max' Mutter laut darüber sinnierte, ob es so etwas wie genetische Veranlagung überhaupt gab.

Die Bemerkung wurde aufgeworfen durch die Tatsache, daß der junge Max eigentlich doppelt heiß auf eine militärische Karriere hätte sein müssen. Seine Mutter war Molly Gregory, eine frühere israelische Helikopterpilotin. Sie hatte sich ihren Spitznamen *Molly Glory* während des Sechstagekrieges verdient, indem sie bei der Bergung eines zusammengeschossenen Kanonenbootes das Feuer auf die feindlichen Küstenbatterien zurückgeworfen hatte.

Molly hatte ihren Sohn ermutigt, nicht zum Militär zu gehen, und Max konnte nicht umhin, ihre Befriedigung darüber zu spüren, daß er sich nicht freiwillig der Gefahr in den Weg stellte. Ironischerweise hatte ihn ihre Zustimmung unter den gegebenen Umständen verletzt. Trotzdem genoß Max das Leben. Er genoß die Freuden der Sinne und die Gesellschaft attraktiver Frauen, und er hatte darüber hinaus gelernt, auch einfachere Dinge wie Sonnenuntergänge und Schneestürme zu genießen. Er wußte, daß er nur einmal lebte und das Leben genießen konnte, und er hatte nicht die geringste Absicht, die falschen Vorstellungen oder Erwartungen zu erfüllen, die irgend jemand anderes an ihn knüpfte. Max würde sich schon selbst um Max kümmern.

Wenn er manchmal Zweifel an seinem Charakter hatte, dann waren sie durch einen Zwischenfall in Fort Collins hervorgerufen worden, den er mit zweiundzwanzig erlebt hatte. Max hatte einen Auftrag angenommen und sollte Passagiere und Fracht für die *Wildcat Airlines* nach Denver und Colorado Springs fliegen. Es war ein kalter Nachmittag Mitte November gewesen. Max inspizierte seine zweimotorige Arapaho und stand gerade unter einer Tragfläche, das Klemmbrett in der Hand, als ein Pendelflug hereinkam. Ihm war nie bewußt geworden, was seine Aufmerksamkeit auf die Maschine gelenkt hatte, doch er hielt mit seiner Arbeit inne und beobachtete die Landung. Die Sonne stand noch ein gutes Stück über den Bergen. Das Flugzeug, eine blauweiße zweimotorige Bolo, landete und rollte über die Bahn. Max erblickte das Gesicht eines kleinen Mädchens mit braunen Locken und begeistertem Lächeln im rechten vorderen Fenster. Die Maschine wurde langsamer und näherte sich dem Terminal, als plötzlich, mit kaum mehr als einer Spur schwarzen Rauchs als Vorwarnung, der Backbordmotor in Flammen aufging.

Voller Entsetzen war Max losgerannt. Wahrscheinlich eine geplatzte Treibstoffleitung, denn das Feuer erfaßte den Flügel und hüllte das gesamte Cockpit ein, bevor der Pilot auch nur reagieren konnte. Das kleine Mädchen schien nicht einmal zu ahnen, was geschah.

Ein Mann in einem weißen Hemd mit gelockerter Krawatte stürzte aus dem Terminal und rannte auf das Flugzeug zu. Er war zu weit entfernt. Das Feuer hüllte die Treibstofftanks ein. Max war erst wenige Schritte weit gekommen, als ihm erschreckend bewußt wurde, daß es keine Hoffnung gab. Er blieb stehen und wartete auf die Explosion. Er wußte, daß es zu spät war, und wünschte beinahe, daß der Knall endlich kommen und ein Ende setzen würde.

Das kleine Mädchen hatte ihn die ganze Zeit über beobachtet. Mit einemmal bemerkte es das Feuer. Sein Gesichtsausdruck änderte sich, und es blickte erneut zu Max.

Er würde diese Augen niemals vergessen.

Dann schoß der Mann mit der Krawatte an ihm vorbei. Seine Schuhe verursachten klappernde Geräusche auf dem Beton. Max rief ihm hinterher, daß er sterben würde. Der Mann erreichte das Flugzeug, zwängte die

Tür auf und kletterte hinein. Das Mädchen starrte Max noch immer an. Dann wurde es vom Fenster weggezerrt.

In diesem Augenblick explodierte die Maschine.

Das Flugzeug ging in einem Feuerball auf. Die Hitzewelle rollte über Max hinweg, und er fiel mit dem Gesicht vornüber auf das Vorfeld.

Max hatte herausgefunden, wer er war.

Nur selten erkennen Menschen die bedeutsamen Augenblicke in ihrem Leben früher als im nachhinein. Ein Abstecher in die Stadt, um ein Buch zu kaufen, resultiert in einem zufälligen Treffen, das vor dem Altar endet. Ein verspätetes Taxi läßt einen Mann zusammen mit einem anderen Reisenden gestrandet zurück, es entwickelt sich eine Freundschaft, und zwei Jahre später ergibt sich auf diese Weise ein Karrieresprung. Man kann nie wissen.

Max war kurze Zeit nach dem Unglück von Fort Collins an so einem Wendepunkt angelangt. Ein Wochenende mit geplanter Verführung war schiefgelaufen, und er hatte sich mit nichts weiter als einem ansonsten wunderschönen Frühlingssonntag wiedergefunden. Freunde überredeten ihn, eine Flugschau mit alten Kriegsmaschinen zu besuchen, und Max lernte Tom Lasker und seinen Avenger-Torpedobomber kennen.

Lasker war ein fliegender Farmer mit mehreren tausend Morgen Land oben an der Grenze. Er hatte die Avenger kurz zuvor auf einer Auktion erstanden und bereute diesen Kauf bereits, als Max auf der Suche nach Gesellschaft beim Essen mit ihm zusammentraf und zuerst das Flugzeug und dann den großen, wettergegerbten Mann daneben erblickte, der umgekehrt auf seinem Stuhl saß und gedankenverloren auf seine Maschine starrte. Seine rauhen Gesichtszüge waren voller Bedenken.

Die Avenger sah mitgenommen aus; sie hing durch, und die Farbe blätterte großflächig ab. Irgend etwas an der Maschine berührte Max. Er war im Herzen ein

Romantiker, und die Avenger war reinste Geschichte, schön und tödlich und in ziemlichen Schwierigkeiten, wie es aussah. Es war Max' erste Begegnung mit einem antiken Kampfflugzeug. Eine Begegnung, die sein Leben für immer veränderte.

»Sie könnte ein wenig Arbeit vertragen«, hatte Max zu Tom Lasker gesagt.

Lasker sprach zum Flugzeug gewandt. »Ich schätze, ich habe mich zu schnell hinreißen lassen«, brummte er.

Und so stieg Max in das Geschäft mit antiken Flugzeugen ein. Er schloß einen Handel mit Lasker ab und verbrachte die nächsten Wochen damit, die Avenger zu restaurieren. Er vergab Aufträge für einen neuen Motor und zum Abdichten der Hydraulik. Er installierte moderne Elektronik, versah die Maschine mit einem frischen grauen Anstrich und neuen Insignien. *Battle Stars* glänzten auf Rumpf und Flügeln. Als er die Avenger schließlich nach Fort Moxie flog, um sie ihrem Besitzer zu übergeben, zog die Maschine eine Schar von Zuschauern an.

Es war eine eher widerwillige Übergabe gewesen. Lasker war erfreut über Max' Arbeit und bedachte ihn mit einem großzügigen Bonus. Er hatte seine Frau Ginny bei sich, und sie war außer sich vor Freude, als sie sah, was Max geleistet hatte. Und sicherte sich damit einen ständigen Platz in Max' Herzen. Sie posierte vor der Avenger und bestand auf einem Probeflug. Lasker nahm sie mit hinauf, kreiste eine halbe Stunde lang über der Stadt und flog einen Scheinangriff auf den Wasserturm. Max wartete unterdessen im Büro.

Als Lasker wieder gelandet war, lud er Max auf die Farm ein, und Ginny bereitete ein Abendessen mit Roastbeef. Sie tranken und redeten bis in den frühen Morgen hinein. In jener Nacht hatte Max zum ersten Mal im Gästezimmer geschlafen, wie inzwischen beinahe regelmäßig. Seit jenem Tag restaurierte Max antike Flugzeuge.

Der alte Colonel und Molly Glory hatten die neue Arbeit ihres Sohnes gutgeheißen.

Max steuerte die P-38 durch dünne Wolkenfelder in Richtung Chellis Field außerhalb von Fargo. Es war früher Abend. Die Maschine fühlte sich gut an, fühlte sich an, als wäre sie nicht von dieser Welt. Max hatte einen lukrativen Auftrag verloren, und die Gesellschaft würde wieder von vorn mit der schwierigen Suche nach einem Käufer beginnen müssen. Es war unwahrscheinlich, daß er beim nächsten Mal einen derart großen Profit herausschlagen konnte.

Trotzdem verstand sich Max eher als Künstler denn als Geschäftsmann. Seine Kunst hatte mit Motoren und Flugtechnik und der Gestaltung von Cockpits und Kampfabzeichen zu tun. Die Maschinen der *Sundown Aviation* waren nicht dazu gedacht, auf dem Rasen irgendeines reichen Hanswurstes vor sich hin zu rosten. (Max mochte Museen eigentlich ebensowenig, aber dort konnten wenigstens andere Menschen die alten Flugzeuge bewundern für das, was sie einst dargestellt hatten.)

Ach, zur Hölle. Vielleicht verdiente er eine Tracht Prügel, aber wenigstens saß er heute abend an den Kontrollen der Lightning.

Max hatte selbstverständlich moderne Navigationssysteme eingebaut und so richtete er die Maschine auf den Funkleitstrahl aus und kam in eine Linie mit der Landebahn. Bei der Drei-Meilen-Marke schwebte die Lightning in fünfhundert Fuß. Max nahm das Gas weg und fuhr die Landeklappen aus. Kontrolleuchten zeigten an, daß das Fahrwerk draußen und eingerastet war. Die Lichter des Rollfelds kamen Max entgegen. Zu seiner Linken bewegte sich Bodenverkehr über die Plains Avenue. Unmittelbar über der Rollbahn nahm er das Gas ganz weg und zog die Nase hoch. Das Flugzeug schwebte herein, und die Reifen berührten den Boden.

Die *Sundown Aviation* besaß einen eigenen Hangar, in dem auch die Geschäftsräume lagen. Max lenkte die P-38 herum, öffnete mit Hilfe seiner Fernbedienung die Tore und rollte ins Innere. In der Halle standen zwei weitere

Flugzeuge, an denen die Gesellschaft gegenwärtig arbeitete: eine North American P-51 *Mustang*, die für das Smithsonian bestimmt war, und eine P-47 *Thunderbolt*. Die Thunderbolt war Privatbesitz des Geschäftsführers einer Fernsehanstalt in Arizona.

Max schaltete die Motoren der Lightning ab und kletterte grinsend aus dem Cockpit. Er stellte sich vor, wie sein Mechaniker reagieren würde, wenn er am nächsten Morgen hereinspazierte und sah, daß die Lightning zurück war. Ein paar Augenblicke später betrat Max sein Büro. Stella hatte die Kaffeemaschine für ihn angelassen. Er schenkte sich eine Tasse aus und machte es sich hinter seinem Schreibtisch bequem.

Der Anrufbeantworter hatte nur zwei Anrufe gespeichert. Einer stammte von einem Ersatzteillieferanten, der andere von Ginny Lasker.

»Max«, sagte die Stimme vom Tonband, »bitte ruf mich dringend zurück, sobald du kannst.«

Ihre Stimme klang angespannt, beinahe verängstigt. Max nahm den Telefonhörer zur Hand und legte wieder auf, als er hörte, wie die Außentür geöffnet wurde.

Ceil Braddock lächelte ihm von der Tür entgegen. »Hi Max.« Sie blickte ihn neugierig an. »Was ist passiert? Ist der Handel geplatzt?«

Ceil war Besitzerin und einzige weibliche Pilotin von *Thor Air Cargo*. Die Gesellschaft hatte ihren Sitz ebenfalls in Chellis. Ceil besaß fesselnde blaue Augen, dichtes braunes Haar, ein melancholisches Lächeln und einen Navigator bei der *TWA* in St. Paul. Max hatte sein Glück probiert, doch sie hatte ihn auf Armeslänge von sich gehalten. Hin und wieder machten sie Scherze darüber. »Du liebst nicht mich«, hatte sie ihm vorgehalten. »Du liebst nur *Betsy*.« Betsy war eine alte C-47, die Sundown drei Jahre zuvor verkauft hatte, und zwar an Thor. Die C-47 war Thors Flaggschiff und transportierte Fracht durch die gesamten Vereinigten Staaten und Kanada. Inzwischen gab es zwei weitere Maschinen in der Flotte, und Ceil verhandelte im Augenblick um eine vierte.

Gelegentlich flog sie *Betsy* bei einer der Luftfahrtschauen, und gemeinsam mit Max hatte Ceil die Maschine sogar schon dazu eingesetzt, eine gute Tat zu vollbringen. Am letzten Neujahrstag hatte ein Blizzard die Gegend um Fargo im Schnee versinken lassen. Es hatte mehr Notfälle als Krankenwagen und Notarztteams gegeben. Ein Junge hatte sich mit einer Kreissäge die halbe Hand abgeschnitten und wartete in schlimmem Zustand auf einer abgelegenen Farm. Ceil und Max hatten Schneekufen montiert und waren mit der C-47 nach Pelican Rapids geflogen. Östlich der Stadt waren sie auf einem zugefrorenen See niedergegangen, hatten den Jungen aufgenommen und ihn anschließend nach Fargo gebracht, wo Ärzte seine Hand wieder annähen konnten.

Max lächelte. »Sie war zu gut für ihn«, sagte er.

Ceil wirkte erfreut. Max wußte, daß sein Hang, die Flugzeuge nur in gute Hände zu geben, einer der Charakterzüge war, die sie am meisten an ihm mochte. »Was ist geschehen?«

»Ich mochte ihn nicht.«

Sie nahm eine Tasse und schenkte sich Kaffee ein. »Wir reden hier über eine Menge Geld. Du hast sicher einen besseren Grund gehabt, oder nicht?«

»Hatte ich«, antwortete Max. »Hör zu, Ceil. Es gibt eine ganze Reihe Leute dort draußen, die für die Lightning über Leichen gehen würden. Ich muß nicht gleich das erste Angebot annehmen.«

»Ich bezweifle, daß viele von ihnen so mit Geld um sich werfen wie Kerr.«

Manchmal glaubte Max fast, immer noch eine Chance bei ihr zu haben. Er hatte vor einem Jahr aufgehört, sie zu umwerben. »Vielleicht nicht«, gestand er und zuckte die Schultern. »Sehr wahrscheinlich sogar.«

Sie setzte sich ihm gegenüber, nippte an ihrem Kaffee und verzog das Gesicht. »Du solltest dir frischen aufbrühen.«

Er blickte sie an. »Du arbeitest lange.«

»Ich muß morgen früh nach Jacksonville.«

Das war der jährliche Tag der offenen Tür von Cecil Air Field einschließlich Flugschau. Max begriff, daß sie die C-47 durchgecheckt hatte. »Und? Alles in Ordnung?« erkundigte er sich.

»Sicher.« Sie erhob sich und setzte die Tasse ab. »Ich muß los.«

Er nickte. »Bis irgendwann mal.«

Sie musterte ihn mit einem langen Blick und zog sich aus dem Büro zurück. Er lauschte, wie die Außentür geöffnet und wieder geschlossen wurde.

Verdammt.

Er drückte die Schnellwahltaste, unter der die Nummer der Laskers gespeichert war, und hörte das Telefon am anderen Ende der Leitung klingeln. Ginny nahm den Hörer ab. »Hallo?«

»Hi Ginny. Was ist los? Bist du in Ordnung?«

»Ja. Danke für deinen Anruf, Max.« Der Unterton von Unruhe war noch immer in ihrer Stimme. »Ich bin in Ordnung.« Sie zögerte. »Aber da geschieht etwas Merkwürdiges.«

»Was denn?«

»Ich hätte dich sicher nicht belästigt, aber Tom ist nach Trustville geflogen, und ich kann ihn nirgendwo erreichen.«

»Wozu brauchst du ihn? Was geht vor?«

»Du weißt von der Yacht, die wir hier gefunden haben?«

»Yacht? Nein. Wo gefunden?«

»Hier. Auf der Farm.«

Max stellte sich die große Weizenfarm vor, Morgen um Morgen flaches Land. »Tut mir leid, Ginny. Ich glaube nicht, daß ich dich richtig verstanden habe.«

»Wir haben eine Yacht gefunden, Max. Haben sie ausgegraben. Sie lag im Boden. Versteckt.«

»Du machst Witze.«

»Max, ich rede nicht von einem einfachen Ruderboot. Es ist eine richtige Yacht. Die Geschichte war sogar im Fernsehen.«

»Ich schätze, ich habe nicht darauf geachtet.«

»Der Grund, aus dem ich anrufe, Max, ist folgender: Vor einiger Zeit habe ich aus dem Fenster geblickt und Licht in der Scheune gesehen. Es ist das Schiff.«

»Das Schiff ist beleuchtet?«

»Genau. Das Schiff ist beleuchtet.«

»Also ist jemand in die Scheune gegangen und hat die Lichter eingeschaltet? Willst du mir vielleicht das damit sagen?«

»Die Scheune ist verschlossen. Ich glaube nicht, daß jemand die Finger an das Schiff gelegt hat. Ich denke eher, daß die Lichter sich von alleine eingeschaltet haben. Es sind Positionslichter. Lange grüne Lampen, die im Bug der Yacht sitzen.«

Max war noch immer nicht sicher, ob er Ginny richtig verstand. »Wer hat das Boot vergraben?«

»Das wissen wir nicht, Max. So weit wir feststellen konnten, niemand. Jedenfalls nicht in der letzten Zeit.« Ihre Stimme zitterte.

»Möchtest du, daß ich vorbeikomme?« Sie zögerte, und das reichte. »Ich bin auf dem Weg«, sagte er.

»Danke, Max.« Sie klang schon etwas besser. »Ich werde Will zum Flughafen rausschicken. Er holt dich ab.«

3

Hier am stillen Ende der Welt ...
›Tithonus‹
Alfred Lord Tennyson

Wenn schon nichts anderes, so war es wenigstens eine Ausrede, erneut mit der Lightning zu fliegen.

Fort Moxie und die Grenze lagen hundertfünfzig Meilen nördlich von Fargo. Es war eine sternenlose Nacht. Die Landschaft lag dunkel unter Max, hin und wieder von Lichtpunkten durchbrochen, Farmhäuser oder einsame Wagen auf abgelegenen Landstraßen.

Wenn Max in einem Cockpit saß, fühlte er sich losgelöst von seinem eigenen Leben. Es war, als würden all die banalen Dinge des täglichen Lebens nur dem einen Zweck dienen, ihn vom Boden zu weg zu locken. Das stetige Brummen der beiden Motoren erfüllte die Nacht, und er überlegte, wie es gewesen sein mußte, über Deutschland neben den B-17 herzufliegen. Er stellte sich vor, wie er einen Munitionszug angriff und beobachtete, wie das Ziel in einen Flammenball aufging, während er hochzog und gegen zwei Me-109 antrat.

Als Max schließlich auf dem internationalen Flughafen von Fort Moxie landete, stand ein Grinsen auf seinem Gesicht. Will Lasker wartete in einem schwarzen Ford Kombi. Der Bursche trug eine Jacke mit dem Symbol eines Footballclubs, und er schien verlegen. »Tut mir leid, daß du den ganzen Weg herkommen mußtest, Max«, entschuldigte er sich. »Ich meine, wir haben keine Angst wegen ein paar Lichtern, aber du weißt ja selbst, wie Frauen manchmal sind.«

Max nickte und warf seine Tasche in den Fond.

Will steckte voller Informationen. Er beschrieb, wie er gemeinsam mit seinem Vater das Schiff entdeckt hatte, wie es aussah und daß sich noch immer jeden Tag neugierige Besucher einfanden. »Die meisten glauben, wir hätten es selbst vergraben.«

»Ich kann nachvollziehen«, entgegnete Max, »wie sie auf diese Idee kommen.«

Will beugte sich über das Steuer. Sie ließen die Lichter von Fort Moxie hinter sich und fuhren in die dunkle Prärie hinaus. »Die Leute müssen verrückt sein, wenn sie auf diese Idee kommen«, sagte Will nach einer Weile, als hätte er Max' Worte nicht gehört. »Hätten wir eine Yacht wie diese, dann läge sie im Wasser und nicht auf der Farm.«

Max war nicht sicher, was er auf der Farm zu finden erwartete. Er besaß eine verschwommene Vorstellung von einem heruntergekommenen Rumpf mit Laternen an den Sprieten. Deswegen war er auch absolut nicht auf das vorbereitet, was Ginny ihm schließlich in der Scheune vorführte.

»Mein Gott!« stammelte er. »Du nimmst mich auf den Arm.« Die Yacht war selbst im Licht nackter Glühbirnen schlank und schön. Will hatte recht gehabt. Ein Schiff wie dieses gehörte in den Lake Winnipeg, nicht in die Scheune einer alten Farm bei Fort Moxie.

Ginny las in seinen Augen. »Wir haben nicht die leiseste Ahnung, wie sie hergekommen ist« erzählte sie. »Absolut nicht.«

Das Schiff ruhte auf einem Trailer. Der Hauptmast, mit einem Gelenk versehen, war umgeklappt. An den Scheunenwänden hingen mehrere große Bahnen aus weißem Stoff. »Das dort sind die Segel«, erklärte Ginny, als sie die Richtung seiner Blicke bemerkte.

Ein feuchter Geruch nach Tieren erinnerte Max daran, daß der hintere Bereich der Scheune als Pferdestall diente. Er musterte den Bug der Yacht und entdeckte eine tränenförmige Lampe. Sie brannte nicht. Genausowenig wie irgendeine andere Lichtquelle, das Schiff war dunkel. Der Kiel ging tief und zog sich über die gesamte Länge des Rumpfs. Im Heckcockpit war ein Steuer installiert. Ein zweites befand sich wahrscheinlich im

Ruderhaus unmittelbar davor. Ein Schriftzug aus schwarzen, spinnenartigen Buchstaben, die sich von allem unterschieden, was Max jemals zu Gesicht gekommen war, verzierte den Bug vor der Positionsleuchte.

»Hast du sie abgeschaltet?« erkundigte er sich bei Ginny. »Die Lichter, meine ich.«

»Nicht wirklich«, antwortete sie und legte einen Wandschalter um.

In der Scheune wurde es dunkel. Es war eine undurchdringliche Dunkelheit, absolut und universal. Die Pferde gaben unruhige Geräusche von sich.

»Ginny?« fragte Max.

»Warte.«

Etwas fing zu glühen an. Es erinnerte Max an Phosphor, silbern und amorph ähnlich dem Licht des Mondes hinter dünnen Wolken. Während er hinsah, verstärkte sich der Effekt. Das Licht war grün, die Farbe von Rasen nach einem Frühlingsregen oder von Meerwasser direkt unter der Oberfläche, wenn das erste Rot aus dem Spektrum des Sonnenlichts herausgefiltert war. Das Licht durchdrang die Scheune und den Stall, fiel auf Heugabeln und Spaten und warf Schatten vom Traktor und den Futtertrögen an die gegenüberliegende Wand. Max starrte auf das unheimliche Licht, und mit einemmal wurde ihm klar, was Ginny so verschreckt hatte.

»Auf der anderen Seite ist auch noch eins«, sagte sie. »Es leuchtet weiß.«

»Positionslichter«, mutmaßte Max. »Aber sie sind verkehrt, oder nicht? Das hier ist die Backbordseite. Das Licht müßte rot sein.«

»Keine Ahnung.«

»Aber ich. Rot an Backbord, grün an Steuerbord.« Er ging um die Yacht herum und musterte die andere Lampe. »Weiß macht überhaupt keinen Sinn«, sagte er und berührte den Rumpf. Er fühlte sich gut an, auf die Art und Weise, wie sich geschnitztes Mahagoni gut anfühlt oder ein Lederstuhl. Max wandte sich wieder zu Ginny um. »Wie alt soll diese Yacht sein?« fragte er.

Sie warf überfordert die Hände in die Luft. »Ich weiß es nicht.«

Max verschränkte die Arme vor der Brust und umkreiste das Schiff. *Immer schön eins nach dem anderen.* Warum sollte irgend jemand ein Schiff wie dieses vergraben? »Niemand hat seinen Anspruch angemeldet?«

»Nein, niemand.«

»Das Ding befindet sich in tadellosem Zustand.« Er starrte auf den leuchtenden Bug, die polierten Masten, die Farbe. Dann ging er zu den Regalen, wo die restlichen Segel zusammengefaltet lagen. Sie fühlten sich nicht an wie Baumwollgewebe.

»Wir haben sie gewaschen«, erklärte Ginny.

»Sie können nicht lange im Boden vergraben gewesen sein.«

»Ich kann nicht glauben, daß irgend jemand das Schiff hier vergraben haben soll, seit ich hier lebe.«

Er blickte Ginny an. Das war einige Jahre her. »Was ist im Innern? Habt Ihr Leichen gefunden?«

»Genau das dachten wir im ersten Augenblick auch. Nein, keine Leichen. Und keine Drogen.«

»Was ist mit der Identifikationsnummer? Es muß doch irgend etwas geben, das es uns ermöglicht, den früheren Besitzer ausfindig zu machen.«

»Falls es etwas in dieser Richtung gibt, dann haben wir es jedenfalls nicht gefunden.« Sie blieb dicht bei ihm. »Max«, fuhr sie fort. »Das Schiff besitzt auch keinen Motor.«

»Unmöglich«, erwiderte Max. »Es hat eine Schraube.« Er bemerkte, daß der Schaft gebrochen war. »Oder wenigstens hatte es eine.«

»Ich weiß. Der Schaft führt in einen kleinen grünen Kasten. Wir konnten den Kasten nicht öffnen, aber er sieht nicht gerade nach einer Maschine aus.«

Sie schaltete die Scheunenbeleuchtung wieder ein. Max legte die Hand an das Positionslicht und beobachtete, wie es allmählich erlosch.

»Es macht mir richtig angst«, sagte Ginny. Sie ver-

ihrem Mann am anderen Ende der Leitung. »Aber es war wirklich gespenstisch. Ich bin dafür, daß wir das verdammte Ding so schnell wie möglich los werden.«

Lasker konnte nicht glauben, daß die Lichter der Yacht sich von alleine eingeschaltet hatten, und er fragte wiederholt, ob Ginny sich ihrer Sache sicher sei. Schließlich gab er sich zufrieden, obwohl Max wußte, daß Tom es erst glauben würde, wenn er es mit eigenen Augen gesehen hatte. Und was das Loswerden des Bootes anbelangte: »Ich denke nicht, daß wir eine überstürzte Entscheidung treffen sollten«, sagte er. »Laß uns zuerst herausfinden, was wir da überhaupt haben. Wenn du willst, können wir ja ein paar Planen darüber werfen, dann siehst du das verdammte Ding nicht ständig.«

Ginny wechselte einen Blick mit Max. »Ich schätze, daß ich mich dadurch nicht besser fühle, Tom.«

»Max«, sagte Tom, »was hältst du von der Sache? Ergibt das in deinen Augen einen Sinn?«

»Nein«, antwortete Max. »Ich habe nicht die leiseste Ahnung. Aber ich sage dir eins: Dieses Schiff war auf gar keinen Fall längere Zeit im Boden vergraben.«

Am anderen Ende der Leitung entstand eine lange Pause. »Okay«, brummte Lasker nach einer ganzen Weile. »Hört zu, ich bin am späten Vormittag oben. Ich erledige meinen Kram und komme anschließend sofort nach Hause. Heute nachmittag bin ich zurück.«

Es war ein kalter, grauer, ekelhafter Tag. Schnee oder Regen hing in der Luft. Während des Frühstücks trafen ein paar Besucher ein und klopften an die Tür. Ob sie das Schiff ansehen dürften? Ginny schloß pflichtbewußt die Scheune auf, koppelte den Trailer an einen alten John Deere und zog ihn in den grauen Morgen hinaus. Schilder am Trailer wiesen die Leute darauf hin, nichts anzurühren.

»Warum machst du das überhaupt?« fragte Max, den sein Teller mit Schinken und Omelett völlig in Anspruch nahm. »Laß das Schiff in der Scheune, und der ganze Rummel findet ein Ende.«

»Das würde ich nur zu gerne«, gestand sie. »Aber Tom ist der Meinung, das wäre wenig nachbarschaftlich. Er meint, wenn die Leute den ganzen Weg von Winnipeg oder Fargo heraufkommen, um dieses Ding zu sehen, dann sollten wir es ihnen auch zeigen.« Sie zuckte die Schultern. »Ich bin nicht wirklich anderer Meinung, aber es wird allmählich lästig.« Weitere Fahrzeuge kamen herbei, während Max zu Ende frühstückte. »Wir hoffen, daß es bald langweilig für sie wird. Oder zu kalt. Was auch immer.« Der Ausdruck in Ginnys blauen Augen rührte Max. Sie hatte noch immer Angst, selbst jetzt, am Tag. »Max, ich würde das Ding schrecklich gerne loswerden.«

»Dann verkauft es doch.« Er wußte, daß sie ihren Kopf bei Tom durchsetzen konnte, wenn es darauf ankam.

»Werden wir. Allerdings kann es eine Weile dauern. Wir wissen nicht einmal, ob wir einen rechtlichen Anspruch besitzen.«

Max aß das letzte Omelette auf und griff nach einem weiteren. Er gab sich normalerweise Mühe, nicht zu viel zu essen, aber Ginnys Küche war einfach zu gut. »Ich frage mich«, sinnierte er, »ob in diesem Hügel nicht vielleicht noch mehr vergraben liegt.«

Ginny blickte ihn verblüfft an. »Ich hoffe nicht.«

Max dachte über ein Szenario nach, das den Fakten Rechnung trug. Die Mafia kam ihm immer wieder in den Sinn. Wer sonst konnte etwas derart Merkwürdiges aushecken? Vielleicht war das Schiff ein kritisches Beweisstück in einem Chicagoer Mordprozeß.

Jemand klopfte an die Küchentür.

Ginny öffnete einer Frau mittleren Alters in einem Pelzmantel. Sie befand sich in Begleitung eines grauhaarigen, entschlossen wirkenden Chauffeurs. »Mrs. Lasker?« fragte er.

Ginny nickte.

Die Frau trat ein, knöpfte ihren Mantel auf und erblickte Max. »Guten Morgen, Mister Lasker«, sagte sie.

»Mein Name ist Collingwood«, berichtigte Max.

Ihre einzige Reaktion bestand in einer leicht erhobenen Augenbraue. Sie wandte sich wieder an Ginny. »Ich bin Emma McCarthy«, stellte sie sich vor. Sie besaß scharfe, forschende Gesichtszüge und die Art von Ausdruck, die man nach einem Leben voller vorschneller Urteile zu haben pflegt. »Dürfte ich erfahren, meine Liebe, ob Ihr Schiff zum Verkauf steht?« Sie schloß die Tür hinter sich und ließ den Chauffeur draußen auf der Treppe warten.

»Oh, ich denke nicht«, antwortete Ginny. »Mein Mann ist sehr stolz darauf. Wir planen, es diesen Sommer selbst zu benutzen.«

McCarthy nickte und setzte sich auf einen Stuhl. Sie signalisierte Max, daß sie einen Kaffee wünschte. »Das kann ich sehr gut verstehen. Mir würde es genauso gehen. Es ist ein wunderschönes Schiff.«

Ginny füllte eine Tasse und reichte sie ihr.

»Ich verstehe, daß Sie die Möglichkeiten voll ausschöpfen wollen«, fuhr McCarthy fort. »Aber ich kann Ihnen versichern, daß so rasch niemand einen besseren Preis bietet. Ich würde gerne einen genaueren Blick auf das Schiff werfen. Zum Beispiel die Kabinen. Und den Motor. Falls Sie nichts dagegen haben.«

Ginny nahm gegenüber von McCarthy am Tisch Platz. »Ich muß ganz ehrlich gestehen, Ms. McCarthy . . .«

»Mrs. McCarthy«, korrigierte sie Ginny. »Mein Ehegatte, Gott möge seiner Seele gnädig sein, würde es nicht ertragen, wenn ich ihn ausgerechnet jetzt verlasse.«

»Also schön, Mrs. McCarthy.« Ginny lächelte. »Ich führe Sie gerne in der Yacht herum. Allerdings bin ich nicht bereit, jetzt über ein Angebot zu verhandeln.«

Mrs. McCarthy schob ihren Mantel von den Schultern und ließ ihn über die Stuhllehne gleiten. *Lassen Sie uns Klartext reden,* schien ihre Geste zu bedeuten.

Max erhob sich unter einer Entschuldigung und ging packen. Es wurde Zeit für ihn, nach Fargo zurückzukehren. Tom kam nach Hause, und die Menschenmenge wurde ständig größer, also sah er keinen Grund, warum er noch bleiben sollte. Vom Wohnzimmer aus beobachtete Max, wie weitere Fahrzeuge eintrafen. Es hatte angefangen zu regnen. Hinter der Auffahrt zur Farm lagen die Felder grau in grau, so weit das Auge reichte.

Wo war die Yacht bloß hergekommen?

Keine Seriennummer. Keinerlei Plaketten. Nichts.

Segel, die mit eingegraben gewesen waren, und das seit mindestens zwanzig Jahren, wie Ginny ausdrücklich betonte. Verrückt. Max *wußte*, daß das einfach nicht stimmen konnte.

Er ließ seine Tasche am Vordereingang stehen und ging zur Scheune zurück, um sich die Segel noch einmal anzusehen. Sie steckten säuberlich in Plastiksäcken. Er öffnete einen der Säcke und nahm das Tuch heraus. Es war strahlend weiß und weich. Eher wie ein Hemd als ein Segel.

Ginny kam zu ihm. Er mußte nicht erst fragen, wie die Unterhaltung verlaufen war. Sie wirkte begeistert.

»Sie ist in deinem Geschäftszweig, Max«, erzählte sie. »Hältst du das für möglich?« Sie streckte ihm eine Visitenkarte hin. *Pequod Inc.* stand darauf zu lesen. *Mrs. George McCarthy, Direktorin. Schiffe, wie sie früher einmal waren.*

»Wenn ich dich richtig verstehe, hat sie ein Angebot gemacht?«

Ginnys Augen wurden groß und rund. »Ja!« rief sie, und ihre Stimme überschlug sich beinahe. »Sechshunderttausend!« Sie packte Max und umarmte ihn so heftig, daß er das Gleichgewicht verlor.

Ein Kombi bog in die Zufahrt ein. Die Türen wurden geöffnet, doch die Insassen, anscheinend allesamt Rentner, zögerten, in den Regen auszusteigen.

Max schüttelte den Kopf. »Geh nicht zu schnell auf ihr Angebot ein«, empfahl er.

»Was? Warum nicht?«

»Weil das Schiff wahrscheinlich eine ganze Menge mehr wert ist. Sieh mal, Ginny, ich kenne mich nicht besonders gut aus mit Schiffen. Aber es ist unbesonnen, vorschnell einen Handel abzuschließen.« Max legte das

Gesicht in nachdenkliche Falten. Was war das nur für eine verdammt unglaubliche Geschichte! »Ich glaube nicht, daß ihr durch Abwarten etwas verliert. Im Gegenteil. Möglicherweise habt ihr eine Menge zu gewinnen.«

Ginny zog ihre Jacke über und ging zusammen mit Max nach draußen, wo sie mit fünf oder sechs Besuchern unter dem Vordach standen. Der Regen war nicht viel mehr als ein leichtes Nieseln, aber er war *kalt*. »Ginny«, sagte Max. »Habt ihr Bilder gemacht? Von der Yacht, meine ich.«

»Sicher.«

»Kann ich ein paar Abzüge haben? Und noch eins: Ich würde gerne eine Stoffprobe von den Segeln mitnehmen. Geht das in Ordnung?«

Sie blickte ihn unsicher an. »Meinetwegen«, sagte sie schließlich. »Warum?«

»Ich würde gerne wissen, woraus die Segel bestehen.«

»Sie fühlen sich an wie Leinen.«

»Genau das dachte ich auch.«

Sie lächelte. »Sicher, Max«, sagte sie. »Laß mich wissen, wenn du etwas herausgefunden hast.« Ein Vorhang aus Regen näherte sich von Westen her. »Ich fahre sie besser wieder rein.« Sie sprang von der Veranda, stieg auf den Traktor und startete die Maschine. Die meisten Besucher beschlossen beim Anblick des Himmels zu verschwinden, solange sie noch konnten, und rannten zu ihren Wagen.

Ginny schob die Yacht rückwärts in die Scheune. Das Schiff war zur Hälfte drinnen, als sie plötzlich anhielt und ein entgeistertes Gesicht machte. »Max!« Sie winkte ihn heran. »Sieh dir das an!«

»Es regnet!« protestierte er.

Sie winkte erneut. Er seufzte, schob die Hände in die Taschen und setzte sich über den rutschigen Rasen in Bewegung. »Was ist?« fragte er. Der Regen wurde stärker. Er peitschte Max ins Gesicht, als wolle er ihn durchbohren, und erschwerte ihm das Atmen.

Ginny deutete auf den Bug der Yacht und achtete

dabei überhaupt nicht auf den schweren Schauer. »Sieh dir das an, Max!«

Er sah hin. »Ich sehe nichts.«

»Ich glaube, das Boot wird nicht richtig naß«, flüsterte sie.

Ein Dunstschleier hüllte das Schiff ein, ähnlich wie auf einer vielbefahrenen Straße nach einem starken Guß. Max zuckte die Schultern. »Worauf willst du hinaus?«

»Sieh dir den Traktor an.«

Kein Dunst.

Nun, vielleicht ein klein wenig. Der Traktor war erst vor kurzem poliert worden. Er glänzte, und große Tropfen perlten von der Wachsschicht ab und rannen an den Fendern herab.

Anders das Schiff: Der Regen spritzte von der Oberfläche zurück und war von Regenbogenfarben durchsetzt. Beinahe, als würde das Wasser *abgestoßen*.

Eine Stunde später rollte die P-38J über die Startbahn von Fort Moxie International und hob in einen grauen, nassen Himmel ab. Max beobachtete, wie die Landebahn hinter ihm zurückblieb. Die Wetterfahne auf dem Dach des einzelnen Hangars zeigte Wind aus Südosten und eine Stärke von zwanzig Knoten an. Nördlich vom Flughafen vermischten sich Holzhäuser, Palisadenzäune und unbefestigte Wege mit Reihen von Bäumen und weiten Rasenflächen. Der Wasserturm mit dem aufgemalten Namen der Stadt und ihrem Motto: *Ein guter Ort zum Leben* erhob sich stolz über die Dächer. Der Red River sah kalt aus.

Max folgte der Route 11 nach Westen in den Regen hinein. Er flog über weite Felder voller verwelkter Sonnenblumen, die auf das Unterpflügen warteten. Ein einzelner Farmtruck und ein Schwarm verspäteter Wildgänse war alles, was sich in der endlosen Landschaft bewegte. Er überquerte das Anwesen der Laskers. Der Zufahrtsweg war so gut wie leer. Die Scheune trotzte fest verschlossen dem Ansturm der Elemente. Max drehte nach Süden ab.

Regen prasselte gegen die Kanzel. Der Himmel war grau und trübe. Max sah nach hinten auf den Steuerbordrumpf. Es war eine nüchterne, kalte Konstruktion. Die Lightning war mit zwei 1425 PS starken wassergekühlten Allisonmotoren ausgestattet und vor sechzig Jahren in Seattle bei der Lockheed Aircraft Corporation vom Band gelaufen. Es war eine magische Maschine, genau wie die Yacht. Aber das hier war *reale* Magie: Sie wurde durch die Gesetze der Physik in der Luft gehalten. Es gab keinen Platz in der gleichen Welt für eine P-38J und eine vergrabene Yacht mit funktionierenden Positionslichtern. Überhaupt keinen.

Max stieg auf seine zugewiesene Flughöhe von siebzehntausend Fuß und setzte Kurs Richtung Fargo.

Er ließ das Stück Segeltuch bei den Colson Laboratories und bat um eine Analyse des Stoffs sowie, falls möglich, den Namen des Herstellers. Man versprach ihm, daß die Resultate innerhalb einer Woche vorliegen würden.

Stella Weatherspoon war Max' Sekretärin. Sie war ein übergewichtiger, helläugiger, matronenähnlicher Typ Frau mit drei Kindern in der High School und einem geschiedenen Mann, der ständig mit seinen Zahlungen hinterherhinkte. Stellas hauptsächliche Aufgabe bei Sundown bestand in der Erledigung der administrativen Belange des Geschäfts. Sie schrieb Verträge, plante Inspektionen und vergab Aufträge an Subunternehmer. Sie war eine geborene Konservative, die den Unterschied zwischen Risiko und Vabanquespiel sehr genau kannte und deswegen einen bremsenden Einfluß auf Max' gelegentliche Kapriolen ausübte. Wäre Stella dabeigewesen, hätte Kerr seine Lightning bekommen, ganz ohne Zweifel. »Laß keine emotionale Bindung an die Maschinen aufkommen«, warnte sie Max immer wieder. »Das sind Handelsobjekte, keine Frauen.«

Sie begrüßte ihn mit mißbilligenden Blicken, als er sein Büro betrat. »Hallo Max.«

»Er war nicht der richtige Typ für die P-38«, verteidigte er sich.

Stella kniff die Augen zusammen. »Unser Geschäft besteht darin, alte Flugzeuge zu restaurieren und zu verkaufen«, sagte sie, »und bestimmt nicht darin, ein Heim für sie zu finden.«

»Er war ein Blödmann«, entgegnete Max. »Das Geld dieser Art Leute bringt nichts Gutes.«

»Ja, richtig. Max, die Welt ist voller Blödmänner. Wenn du nicht mit ihnen handeln willst, können wir die meisten unserer Kunden abschreiben.«

»Unserer männlichen Kunden«, entgegnete Max.

»Das hast du gesagt, nicht ich.«

Max nahm seine Post auf. »Ich war gestern nacht oben an der Grenze.«

»Wirklich?« fragte Stella. »Und was hast du dort gemacht?«

»Ich bin nicht sicher. Tom Lasker hat eine Yacht auf seinem Farmgelände ausgegraben.«

»Das hab' ich im Fernsehen gesehen«, sagte Stella. »Das war Laskers Farm? Ist mir gar nicht aufgefallen.«

»Das ist Laskers Farm. Ich habe dort geschlafen.« Max zog einen Stuhl heran und setzte sich zu Stella. »Ich brauche deine Hilfe.« Er öffnete seine Tasche. »Ginny hat mir ein paar Fotos mitgegeben.« Er reichte Stella sechs Abzüge.

»Die Yacht ist in ziemlich gutem Zustand«, sagte sie. »Wenn man bedenkt, daß sie vergraben war.«

»Das ist dir aufgefallen, was? In Ordnung. Was du für mich herausfinden sollst: Wer hat das verdammte Ding gebaut? Es besitzt keinerlei ID. Fax die Fotos herum. Versuch's bei den Bootsbauern, den Händlern, den Importeuren. Und bei der Küstenwache. Irgend jemand kann uns vielleicht weiterhelfen.«

»Warum kümmern wir uns überhaupt darum?« fragte sie.

»Weil wir neugierig sind. Weil dein Boß zu gerne wissen möchte, was zur Hölle da vor sich geht. Reicht das?«

»Sicher. Bis wann willst du die Ergebnisse?«

»Gestern. Laß mich wissen, wenn du etwas herausgefunden hast.« Er stand auf, ging in sein Büro und rief bei Morley Clark von der Moorhead State an.

»Professor Clark hält zur Zeit Unterricht«, meldete sich eine aufgezeichnete Stimme. »Bitte hinterlassen sie eine Nachricht nach dem Signalton.«

»Hier spricht Max Collingwood. Morley, ich werde Ihnen ein paar Fotos zufaxen. Sie zeigen eine Yacht. Auf dem Rumpf befinden sich merkwürdige Schriftzeichen. Falls Sie die Sprache entziffern oder sogar eine Übersetzung anfertigen könnten, wäre ich Ihnen sehr dankbar.«

Everett Crandall kam persönlich, um Tom Lasker in sein Büro zu geleiten. »Ich habe Ihr Schiff im Fernsehen gesehen, Tom. Sie sind ein Glückspilz, will mir scheinen.« Ev war mehr oder weniger ständig zerzaust – sowohl seine Haare als auch seine Kleidung.

»Das ist der Grund, aus dem ich hier bin«, erwiderte Lasker.

»Was geht da vor? Wem gehört dieses Schiff?«

»Das weiß ich auch nicht.«

»Kommen Sie schon, Tom. Sie müssen wenigstens eine Idee haben.«

Evs Büro war mit alten Gesetzesbüchern, gerahmten Urkunden und Fotos – die meisten aus seiner Zeit als Bezirksstaatsanwalt – vollgestopft. Auf seinem Schreibtisch stand demonstrativ ein Bild von Ev und Senator Byron Glass, aufgenommen bei den letztjährigen Feierlichkeiten zum Vierten Juli.

Lasker nahm Platz. »Ev«, begann er, »ich habe einen interessierten Käufer gefunden.«

»Für die Yacht?«

»Ja. Gehört sie mir? Darf ich sie verkaufen?«

Ev nickte, doch seine dunklen Augen sagten nein. Er

nahm die Brille ab und putzte sie mit einem verknitterten Stofftaschentuch. »Schwer zu sagen«, meinte er.

»Sie war auf meinem Land vergraben. Damit sollte sie mir gehören, richtig?«

Ev legte die Hände in den Schoß und blickte darauf. »Tom, wenn ich mein Cabrio auf Ihrem Land abstelle, gehört es deswegen Ihnen?«

»Nein. Aber die Yacht war *vergraben*.«

»Ja.« Ev dachte nach. »Wenn ich mich entschlösse, mein Familiensilber hinter Ihrem Haus zu vergraben, würde es dann Ihnen gehören?«

»Ich weiß nicht«, gestand Tom. »Ich schätze nein.«

»Hat sich jemand bei Ihnen gemeldet? Ich meine, jemand, der Ansprüche auf das Schiff erhebt?«

»Nein. Niemand.«

»Haben Sie alles Zumutbare unternommen, um den Eigentümer ausfindig zu machen?«

»Muß ich das?«

»Wer sonst? Hören Sie, wir wissen überhaupt nichts über das Schiff. Es könnte gestohlen sein. Die Diebe haben es auf Ihrem Land vergraben, aus welchem Grund auch immer. In diesem Fall gehört die Yacht selbstverständlich dem früheren Eigentümer.« Ev war ein vorsichtiger Mann. Sozusagen ein Prototyp für Vorsicht. Er legte Wert darauf, nie eine Meinung zu äußern, bevor er nicht alle Fakten kannte. Was bedeutete, daß er nie ganz auf der Seite eines Mandanten stand. Oder ganz auf der Gegenseite.

»Soweit ich das sehe, Tom, stellt sich hier die Frage nach dem Vorsatz. Wurde das Eigentum vorsätzlich aufgegeben? Wenn das der Fall ist, dann haben Sie berechtigte Besitzansprüche. Ich denke, in diesem Fall würden Sie auch vor Gericht durchkommen. Falls jemand Ihren Anspruch anfechten will.«

»Wer sollte das tun?«

»Oh, das kann man nie wissen. Ein Verwandter könnte behaupten, daß der Besitzer nicht zurechnungsfähig gewesen ist, als er das Schiff aufgab. Es zu vergraben mag ein gewichtiges Argument zu seinen Gunsten darstellen.«

»Und wie etabliere ich dann mein Recht als Eigentümer?«

»Ich werde mich darum kümmern, Tom. In der Zwischenzeit wäre es vielleicht gar nicht schlecht, wenn wir herausfinden könnten, wie die Yacht auf Ihr Land gekommen ist.«

5

Antiquitäten sind Überbleibsel der Geschichte, zufällig den großen Unglücksfällen der Zeit entgangen.

›*The Advancement of Learning*‹
Francis Bacon

Stella verfolgte ihre Aufgabe drei Tage lang. Niemand war imstande, den Hersteller zu identifizieren. Es gab zwar zwei mehr oder weniger ähnliche Schiffsmodelle auf dem Markt, aber keines, das identisch gewesen wäre. Max bat Stella, nicht aufzugeben.

Morley Clark wußte mit den Symbolen auf dem Rumpf nichts anzufangen. Max hatte sogar ernsthafte Schwierigkeiten, ihn von der Echtheit zu überzeugen. »Diese Buchstaben«, berichtete Morley Max, »sind nicht Bestandteil irgendeiner Sprache einer industrialisierten Gesellschaft.« Es gab insgesamt elf verschiedene, wahrscheinlich stellten sie den Schiffsnamen dar. Sie waren kursiv gehalten, was es schwierig machte, die exakte Form eines einzelnen Buchstaben zu bestimmen. Max erkannte ein *O*, doch das war auch schon alles.

Sie saßen in Clarks Büro auf dem Campus der Moorhead State University. Draußen schien die Sonne, und die Temperaturen waren auf angenehme 40 Grad Fahrenheit geklettert. »Das kann nicht richtig sein, Morley«, widersprach Max. »Sie haben ganz bestimmt irgend etwas übersehen.«

Clark lächelte geduldig. Er war ein schlaksiger Bursche mit breiten Schultern und athletischem Körperbau. Ein Baseball-Verrückter. »Ich stimme Ihnen zu, Max. Aber ich finde einfach nicht heraus, wo. Vielleicht sind unsere Datenbanken nicht so vollständig, wie sie sein sollten. Ich denke trotzdem, daß wir so gut wie alles hier bei uns haben. Diese Buchstaben sind unbekannt. Nun, ein paar der Symbole nicht ganz. Einer könnte Hindustani sein, ein anderer Kyrillisch. Was bedeutet, daß es sich um reinen Zufall handelt. Man setzt ein paar Linien und Kurven zusammen, und schon findet man irgend etwas.« Er blickte auf das Foto auf seinem Schreibtisch. »Max, das ist ein Scherz, weiter nichts.«

Max dankte Clark und fuhr nach Chellis zurück. Die ganze Fahrt über dachte er darüber nach, wer für den Scherz verantwortlich war und wer damit auf den Arm genommen werden sollte.

Er verspürte abwechselnd Verwunderung und Ärger. Bestimmt hatte eine Gangsterbande ihre Finger im Spiel. Das mußte es sein.

Max fuhr über die I-29, als Stella sich über das Mobiltelephon meldete. »Da ist ein Anruf von den Colson Laboratories«, sagte sie. »Kannst du übernehmen?«

Jetzt schon? Es war erst zwei Tage her. »In Ordnung«, sagte Max. »Stell ihn zu mir durch.«

»Verstanden. Und Max?«

»Ja?«

»Die klingen ziemlich aufgeregt.«

In der Leitung klickte es. »Mister Collingwood?« Eine Frauenstimme. Stella hatte recht gehabt. Sie klang, als hätte sie soeben zwei Treppenfluchten hinter sich.

»Ja, hier ist Max Collingwood. Wie kann ich Ihnen helfen?«

»Mein Name ist Cannon. Ich arbeite für Colson. Es geht um die Proben, die Sie vor zwei Tagen hier abgeliefert haben.«

»Ich höre.«

»Ich nehme an, Sie befinden sich nicht in Ihrem Büro?«

»Ich kann in zehn Minuten dort sein«, antwortete Max. »Was haben Sie herausgefunden?«

»Können wir uns dort treffen?« lautete die ausweichende Antwort.

Sie war schwarz, schlank, Mitte Dreißig. Ihre Visitenkarte wies sie als Laborleiterin von Colson aus. Ein freundliches Lächeln, hohe Wangenknochen und eine nur schwer im Zaum zu haltende Aura von Aufregung. Sie trug einen navyblauen Geschäftsanzug und führte eine lederne Aktentasche mit sich. »Erfreut, Sie kennenzulernen, Mister Collingwood«, begrüßte sie Max und streckte ihm die Hand hin. »Mein Name ist April Cannon.«

Max nahm ihr den Mantel ab. »Ich hatte nicht so rasch mit Resultaten gerechnet.«

Ihr Lächeln deutete an, daß sie ein Geheimnis teilten. Sie nahm Platz, legte die Tasche auf ihren Schoß und blickte Max scharf an. »Ich gestehe, daß wir normalerweise nicht frei Haus liefern, Mister Collingwood«, begann sie. »Aber Sie und ich, wir beide wissen, daß Sie hier etwas äußerst Ungewöhnliches haben.«

Max nickte, als wüßte er nur zu genau Bescheid.

Ihre Augen bohrten sich förmlich in die seinen. »Wo haben Sie das her?«

Max überlegte kurz, ob er die Quelle verschweigen sollte. Aber dann – zur Hölle, es war schließlich sogar im Fernsehen gewesen. »Es war vergraben. Oben, an der Grenze.«

»Das *Schiff*? Das Schiff, das man auf dieser Farm entdeckt hat?«

Max nickte nur.

»Das Schiff. Ich will verdammt sein.« Ihre Augen schweiften in die Ferne. »Kann ich es besichtigen?« fragte sie schließlich.

»Sicher. So gut wie jeder war schon dort.« Sie schien erneut in Gedanken zu versinken. »Was genau haben Sie herausgefunden?«

»Lassen Sie mich zuerst Ihnen eine Frage stellen«, entgegnete sie. »Haben Sie auch woanders Analysen in Auftrag gegeben?«

»Nein«, gestand Max.

»Gut.« Sie öffnete die Verschlüsse ihrer Tasche, zog

eine Akte hervor und reichte sie Max. »Wie gut sind Sie in Chemie?«

»Wacklig.«

»Macht nichts. Hören Sie, Mister Collingwood ...«

»Ich denke, es geht rascher, wenn Sie Max sagen«, unterbrach er sie.

»Schön, also Max.« Sie lächelte. Max hatte das Gefühl, als sähe sie ihn gar nicht wirklich. »Colson ist nur eine kleine Firma. Ich selbst habe die Laborarbeit erledigt. Niemand sonst weiß etwas davon.«

»Weiß etwas wovon?«

Sie deutete auf die Akte.

Max schlug sie auf und überflog einen einseitigen Bericht. »Wenn Sie mir das übersetzen könnten?«

Sie blickte sich in Max' Büro um. »Können wir abgehört werden?«

Die Frage verblüffte Max. »Nein«, sagte er.

»Gut. Das Material — es ist eine Faser. Sehr fein, und es ist gewebt.« Ihre Stimme sank zu einem Flüstern herab. »Es handelt sich um ein einziges Element, und es besitzt die Ordnungszahl hunderteinundsechzig. Es ist ein Transuran.«

»Was ist ein Transuran?«

»Ein künstlich erzeugtes Element.«

»Stellt das ein Problem dar?«

»Max, das dort ist ein ganz extrem weit oben stehendes Transuran. Wir haben erst vor kurzem eins gefunden. Es ist so neu, daß wir ihm bisher noch nicht einmal einen Namen gegeben haben. Es besitzt die Ordnungszahl einhundertzwölf. Das ist die Spitze des Periodensystems. Oder war es zumindest. Dieses Zeug dort ...« Sie schüttelte den Kopf. »Es dürfte eigentlich gar nicht existieren.«

»Was wollen Sie damit sagen?«

Ihre Gesichtszüge waren angespannt. »Niemand auf der Welt besitzt die Technologie, etwas Derartiges herzustellen. Selbst wenn wir könnten, wäre das Element in sich instabil. Und heiß.«

»*Heiß?* Sie meinen radioaktiv?« Max überlegte krampfhaft, wie oft und wie lange er sich in der Nähe der Segel aufgehalten hatte.

»Ja. Das *sollte* es zumindest sein.« Sie nahm die Überreste der Probe aus der Tasche und hielt sie in das Licht. »Aber es strahlt nicht. Vielleicht verlieren Elemente so weit oben ihre Radioaktivität. Ich weiß es nicht. Niemand weiß das.«

»Sind Sie sicher?« fragte Max.

»Ja. Selbstverständlich bin ich sicher.«

Max stand auf und ging zum Fenster. Eine Cessna landete soeben. »Ich glaube nicht, daß ich verstehe, was Sie mir zu erklären versuchen.«

Lange Zeit antwortete sie nicht. »Irgend jemand«, sagte sie schließlich, »Irgend jemand irgendwo auf der Welt hat einen technologischen Sprung gemacht und den Rest der Menschheit hinter sich gelassen. *Weit* hinter sich.«

»In Ordnung«, erwiderte Max. »Also ist die Sache bedeutsam?«

»Max, ich rede hier nicht von einem normalen technologischen Durchbruch. Ich spreche von *Lichtjahren*. Es ist vollkommen unmöglich.«

Max zuckte die Schultern. »Offensichtlich nicht.«

Ihre Augen blickten erneut in unbekannte Fernen. »Offensichtlich«, stimmte sie ihm zu.

»Und wie lauten die Schlußfolgerungen? Kann man kommerziellen Nutzen daraus ziehen?«

»Oh, das würde ich meinen. Die Elektronenhülle ist extrem stabil. Extrem. Ich habe bereits einige Tests angestellt. Das Material reagiert nicht mit anderen Elementen.«

»Ich verstehe noch immer nicht.«

»Es ist so gut wie unzerstörbar.«

Das hingegen wußte Max besser. »Kann nicht sein«, widersprach er. »Ich habe Ihre Probe mit einer ganz normalen Schere zerschnitten.«

Sie schüttelte den Kopf. »Diese Art von Unzerstörbarkeit meine ich nicht. Sicher kann man das Material schneiden. Oder es zerreißen. Allerdings verrottet es nicht. Es zerfällt nicht von allein.« Sie beobachtete ihn genau. Vielleicht, dachte Max, wollte sie herausfinden, ob er mehr wußte, als er ihr verraten hatte. »Meinen Sie, man wird mir das Schiff zeigen, wenn ich heute abend noch hinfahre?«

»Bestimmt«, antwortete Max. »Ich rufe kurz an, wenn Sie möchten.« Ein Gedanke nahm plötzlich Form an. »Sie sagen, das Material verrottet nicht. Wie alt ist die Probe?«

»Es gibt keine Möglichkeit, das zu bestimmen. Wie sollen wir ein Material datieren, das wir nicht kennen? Ich bin nicht einmal sicher, ob es überhaupt geht.« Sie hatte sich erhoben.

»Nutzt es sich ab?« fragte Max.

»Selbstverständlich. Alles nutzt sich irgendwann ab. Allerdings ist dieser Stoff äußerst widerstandsfähig. Und er ist ganz leicht zu reinigen, weil nichts an ihm haften bleibt. Andere Elemente verbinden sich nicht mit ihm.«

Max mußte an den Dunst und den Regenbogeneffekt auf der Schiffshülle denken.

»Warum komme ich nicht einfach mit?« sagte er. »Ich fliege Sie hin.«

Ein Wagen in der hellblauen Farbe der Regierungsfahrzeuge steuerte in die Zufahrt zum Anwesen der Laskers, fuhr über das Kiesrondell vor dem Haupthaus, vorbei an ein paar geparkten Autos, und hielt an. Ein fülliger Mann mittleren Alters stieg aus. Er nahm eine abgenutzte Aktentasche aus dem Kofferraum, warf rasch einen prüfenden Blick in die Runde und setzte sich zum Eingang des Farmhauses hin in Bewegung.

»Jeffrey Armbruster« stellte er sich vor, nachdem Tom Lasker ihm geöffnet hatte. »Ich komme von der Finanzverwaltung.« Er zog seine Legitimationspapiere mit einer so glatten Geste aus der Tasche, daß es schien, als kämen sie aus dem Ärmel.

Lasker schluckte. »Gibt es ein Problem?« erkundigte er sich.

»Nein, nein«, beeilte sich Armbruster zu sagen. »Überhaupt nicht.«

Lasker trat einen Schritt zur Seite. Armbruster dankte ihm und trat ein.

»Ein kalter Tag«, sagte Lasker, obwohl der Tag für die Gegend überhaupt nicht kalt war.

»Ja. Ja, in der Tat.« Armbruster knöpfte seinen Mantel auf. »Wie ich hörte, sind Sie vor kurzem auf eine Art Schatz gestoßen, Mister Lasker?«

Steuerforderungen. Daran hatte Tom Lasker noch gar nicht gedacht. »Sie meinen sicher das Schiff«, erwiderte er.

»Genau.« Armbruster nickte. Ihre Blicke trafen sich flüchtig. Lasker meinte zu erkennen, daß sein Gegenüber kein Mann war, der seine Arbeit liebte. »Ganz genau. Sie haben recht, Sir. Sie haben bereits Schritte eingeleitet, Ihre Ansprüche rechtlich abzusichern?«

Lasker bot ihm einen Stuhl am Kaffeetisch an. »Das trifft zu«, antwortete er.

»Falls man Ihre Ansprüche bestätigt, Mister Lasker, dann beachten Sie bitte, daß man Ihr Schiff wie ein ganz gewöhnliches Einkommen versteuern wird.«

»Wieviel?«

»Das kann ich wirklich nicht sagen. Zuerst müßten Sie ein Gutachten anfertigen lassen.« Armbruster öffnete seine Aktentasche. »Wenn Sie diese Formulare bitte ausfüllen könnten?« Er schob Lasker einige Papiere zu.

Lasker blickte die Dokumente fragend an.

»Es hat keine Eile«, sagte Armbruster. »Falls Sie allerdings zum Eigentümer des Schiffs ernannt werden, müssen Sie eine Abschlagszahlung auf den Schätzwert leisten.« Er zog eine Visitenkarte aus der Innentasche. »Rufen Sie mich jederzeit an. Ich würde mich glücklich schätzen, Ihnen behilflich sein zu können.«

Draußen in der Waschküche startete Ginny die Schleuder, und das ganze Haus fing an zu vibrieren. »Ich muß schon sagen«, begann Lasker, »ich bin überrascht, daß Ihre Behörde so schnell reagiert hat. An Steuern hatte ich bisher noch gar nicht gedacht.«

»Das ist unser Job, Mister Lasker«, erwiderte Armbruster. Er schloß seine Aktentasche und erhob sich.

In den Gesten des Mannes lag eine gewisse Traurigkeit. Lasker überlegte, wie es wohl sein mochte, einer Arbeit nachzugehen, die wahrscheinlich andauernd Konfrontationen mit sich brachte. »Was halten Sie von einem Kaffee?« fragte er.

Armbruster wirkte erfreut. »Ja, gerne«, sagte er. »Wenn Sie einen fertig haben. Ich möchte wirklich keine Umstände bereiten.«

»Sie bereiten keine Umstände.«

Der Steuerbeamte folgte Lasker in die Küche. Ginny gesellte sich zu ihnen. Sie setzte frischen Kaffee auf und bot den Männern Kirschkäsekuchen an. Armbruster erzählte den Laskers, wie sehr er das Haus bewunderte.

»Mein Vater hat es gebaut«, berichtete Lasker stolz. »Ich war damals vielleicht zwölf Jahre alt.«

Es war ein geräumiges Haus, mit Böden aus Hartholz, einer großen, umlaufenden Veranda und dicken Teppichen, die Ginny in St. Paul gekauft hatte. Das Wohnzimmer besaß eine Kuppeldecke, eine Seltenheit in diesem rauhen Klima. Die drei saßen eine ganze Stunde beisammen und redeten über die Yacht. Nach Armbrusters Meinung war es kein Zufall, daß man sie eine Meile südlich der Grenze gefunden hatte. »Irgend jemand, der irgend etwas vertuschen wollte«, vermutete er, ohne jedoch erklären zu können, um was genau es ging.

Schließlich richtete sich die Unterhaltung auf Armbrusters Arbeit. »Normalerweise werden die Leute nervös, wenn sie erfahren, was ich beruflich mache«, erzählte er. »Meine Frau verrät niemandem mehr, wer mein Arbeitgeber ist.« Er lächelte scheu.

Steuereintreiber haben keine Freunde, dachte Lasker. *Mit Ausnahme ihrer Kollegen.*

»Niemand wird so sehr gehaßt wie Finanzbeamte«,

fuhr Armbruster fort. »So war es schon immer. Aber bei Gott, wir sind die Leute, die Rom zusammengehalten haben. Und jeden anderen Staat, der jemals auch nur einen verdammten Dreck wert war.«

Nach seinem unerwarteten Ausbruch wirkte Armbruster verlegen. Er bedankte sich bei Ginny und Tom Lasker, nahm seine Aktentasche und den Mantel auf und verabschiedete sich.

Einige Minuten später stand Will zusammen mit Max und April Cannon vor der Tür. Max stellte die Laskers und Dr. Cannon einander vor, doch April hatte Schwierigkeiten, die Augen von der Yacht zu lösen.

»Sie wollten die Yacht besichtigen, Dr. Cannon?« fragte Ginny.

»Ja, sehr gerne. Und bitte, nennen Sie mich April.«

»Was ist denn los?« fragte Tom neugierig. »Was haben wir herausgefunden?«

Max genoß es, geheimnisvoll zu tun. Er schlug vor, daß Ginny April zum Schiff führen und ihr alles zeigen sollte, während er Tom auf den Stand der Dinge brachte. Die Männer gingen ins Haus, und Tom legte ein weiteres Holzscheit auf das Feuer im Kamin.

Die beiden Frauen blieben fast eine Stunde weg. Als sie ins Haus kamen, sahen sie halb erfroren aus. Lasker schenkte eine Runde Brandy aus.

»Nun, April?« erkundigte sich Max. »Was halten Sie von der Sache?«

April nippte an ihrem Drink. »Wollen Sie das wirklich wissen? Also schön. Ich wüßte nicht, wer dieses Schiff gebaut haben könnte.« Max starrte ins Feuer und lauschte April, die Schwierigkeiten hatte, ihre Gedanken zu formulieren. »Ich weiß, wie das in Ihren Ohren klingt«, sagte sie.

»Wie meinen Sie das — Sie wüßten nicht, wer das Schiff gebaut haben könnte?« fragte Max.

»Es liegt jenseits unserer technologischen Möglichkeiten. Andererseits wußte ich das bereits, bevor wir hier heraus kamen.«

»Jenseits *unserer* technologischen Möglichkeiten?« fragte Lasker.

»*Weit* jenseits.«

»Und was genau wollen Sie damit sagen?« hakte Max nach. »Daß das Schiff in Japan gebaut wurde? Oder vielleicht auf dem Mars?«

»Vielleicht auf dem Mars. Vielleicht aber auch von einer prähistorischen amerikanischen Superzivilisation in North Dakota.«

Max warf einen Seitenblick zu Ginny, um ihre Reaktion zu sehen. Sie wirkte skeptisch, doch keineswegs überrascht. Anscheinend hatten die beiden Frauen wenigstens einen Teil dieser Unterhaltung bereits draußen geführt.

»Das ist verrückt«, meinte Lasker.

»Verrückt oder nicht, kein Mensch auf der ganzen Welt könnte heutzutage die Materialien herstellen, aus denen dieses Schiff konstruiert wurde.« April beendete ihren Drink. »Ich weiß, was Sie denken. Auch ich kann es kaum glauben.«

»Für mich sieht das Schiff wie eine ganz gewöhnliche Yacht aus«, sagte Ginny.

»Stimmt. Vielleicht, wenn es nicht so gewöhnlich aussehen würde ...«

April schüttelte den Kopf.

»April ...«, begann Max, »meinen Sie wirklich, daß auf dem *Mars* Segelboote wie das hier gebaut worden sind?«

»Das Feuer tut gut.« Sie rückte ihren Stuhl näher an den Kamin. Ein Holzscheit knackte, und Funken flogen auf. »Sehen Sie«, antwortete April, »eigentlich spielt es keine Rolle, ob es auf dem Mars oder auf Alpha Centauri gebaut wurde. Es gibt nicht so furchtbar viele praktische Möglichkeiten für das Design von Segelschiffen. Irgend jemand irgendwo hat dieses Schiff gebaut, und ich kann Ihnen eins garantieren: Es war niemand, von dem wir je etwas gehört hätten.«

Der Wind zerrte an den Bäumen. Einige Automotoren wurden gestartet. »Ich wünschte, ich hätte einen Blick darauf werfen können, bevor Sie es aus dem Boden gehoben haben« fuhr April nach einer Pause fort. »Bevor es abgewaschen wurde.«

»Warum?« wollte Lasker wissen.

»Vielleicht hätten wir Wechselwirkungen des Materials mit dem umgebenden Erdreich feststellen können. Aber wahrscheinlich spielt es sowieso keine Rolle.« Sie zog einen weißen Umschlag aus ihrer Tasche.

»Von den Tauen«, erklärte Ginny ihrem Mann und Max. »Wir fanden ein paar Splitter.«

»Und wozu soll das gut sein?« fragte Max.

April ließ sich Brandy nachschenken. »Normalerweise vertrage ich dieses Zeug überhaupt nicht«, sagte sie. »Aber heute glaube ich, daß ich einen guten Schluck gebrauchen kann.« Sie wandte sich zu Max um. »Jedes der Taue besitzt an einem Ende eine Schleife und am anderen eine Art Klammer. Die Klammern funktionieren übrigens einwandfrei. Ich weiß nicht viel über Yachten, aber es scheint ganz einfach zu sein. Wenn man irgendwo anlegt, legt man die Schlaufe über eine der Klampen des Schiffs. Dann wirft man das Tau über einen Poller, zieht das Schiff heran und sichert es mit der Klammer.«

»Und was verrät uns das?« wollte Max wissen.

»Wir sollten imstande sein herauszufinden, woran das Schiff festgemacht war. Und vielleicht auch, wo das gewesen ist.« Sie steckte den Umschlag wieder ein und blickte Lasker an. »Tom, lag das Schiff aufrecht, als Sie es entdeckt haben?«

»Nein«, antwortete er. »Es lag auf der Steuerbordseite. Und vorne höher als hinten.«

»Wieviel?«

»Oh, ich weiß nicht. Vielleicht dreißig Grad.«

»In Ordnung.« April schien zufrieden. »Die Neigung des Kammes beträgt ungefähr dreißig Grad.«

»Und das bedeutet?« fragte Max.

»Vielleicht nichts«, erwiderte sie. »Vielleicht aber auch, daß das Schiff dort zur Ruhe gekommen ist.«

»Zur Ruhe gekommen?« Lasker hatte Schwierigkeiten, der Unterhaltung zu folgen.

»Ja«, sagte April. »Als es sank.«

6

Wo liegt der letzte Hafen,
aus dem wir nicht mehr auslaufen?

›*Moby Dick*‹
Herman Melville

Als Max April die P-38 gezeigt hatte, die er zu benutzen gedachte, hätte sie um ein Haar ihre Meinung geändert und wäre nicht mit ihm geflogen. Die Lightning war zwar als einsitzige Kampfmaschine gedacht, doch sie konnte einen zweiten Sitz hinter dem Piloten aufnehmen. Viele der Flugzeuge, die Sammler nach dem Krieg erstanden hatten, waren auf diese Weise modifiziert worden.

Die White Lightning gehörte dazu.

Jetzt, während des Rückfluges, war April viel zu aufgeregt, um auch nur einen Gedanken an das alte Flugzeug zu verschwenden. Sie kletterte ohne jedes Murren auf ihren Sitz. Max steuerte auf die Rollbahn hinaus und sprach mit Jake Thoraldson, dem Flughafenmanager und Verkehrslotsen von Fort Moxie. Jake arbeitete in seinem Büro.

»Max?« fragte April.

Max drehte die Maschine in den Wind. »Ja?«

»Ich würde mir gerne etwas ansehen. Können wir zur Lasker-Farm zurückfliegen?«

»Sicher.« Max nahm Rücksprache mit Jake. Keine anderen Maschinen in der Nähe. »Was möchten Sie sehen?«

»Ich bin nicht sicher«, antwortete April.

Als sie schließlich in der Luft waren, richtete Max die Maschine auf dreitausend Fuß aus und nahm Kurs nach Westen. Der Tag wurde allmählich grau. Sie hatten starken Gegenwind, und der Wetterbericht meldete weiteren Regen oder Schneeregen für den späten Nachmittag.

Wahrscheinlich Regen an der Grenze und Schnee im Süden, wie üblich.

Die Felder lagen leer und verlassen. Sie waren für den Winter aufgegeben worden, und ihre Besitzer hatten sich entweder in ihre Ferienhäuser in angenehmeren Breitengraden zurückgezogen oder gingen anderen Beschäftigungen nach, bis die Pflanzsaison wieder einsetzte.

Es war unmöglich, genau zu sagen, wo der Besitz der Laskers anfing. »Mehrere Meilen weit alles, was sich nördlich der Straße erstreckt«, erklärte Max. Normalerweise standen die Farmhäuser ziemlich in der Mitte der weiten Landflächen, doch Laskers Vater hatte sich entschieden, in der südwestlichen Ecke des Besitzes, in der Nähe des Highways und im Schatten des Hügelkamms zu bauen, wo Tom auch die Yacht entdeckt hatte. Die Ecke bot mehr Schutz vor den eisigen Winden, die über die Prärie tobten.

Hinter der Hügelkette lag wieder meilenweit flaches Land, bis sich schließlich unvermittelt der Pembina-Rücken aus der Ebene hob.

Der Rücken bestand hauptsächlich aus einer Kette von Bergen einschließlich Vorgebirge und vereinzelten Gipfeln und bildete eine unregelmäßig geformte Mauer. Im Gegensatz zur umgebenden Prärie war diese Gegend nur wenig kultiviert. Die höchsten Erhebungen waren ständig schneebedeckt, und nur vereinzelt standen Häuser auf den Kämmen. Sie waren durch unbefestigte Straßen untereinander und mit der Route 32 verbunden, die sich am östlichen Rand des Rückens entlangzog.

»Vor zehntausend Jahren«, berichtete April, »wären wir hier über Wasser geflogen. Über den Lake Agassiz.«

Auf ihren Wink hin legte Max die Maschine in eine Kurve und folgte dem Rücken nach Süden. April beobachtete abwechselnd den zerklüfteten Rücken und das flache Land davor, das sich bis zum Horizont erstreckte.

»Wo lag das andere Ufer?« erkundigte sich Max. »Die Ostküste, meine ich.«

»Draußen, beim Lake of the Woods«, antwortete April. »Es ist ein gutes Stück bis dorthin.«

Max versuchte sich vorzustellen, wie die Welt damals ausgesehen haben mußte. Ein Ort voller Stille und Wasser. Und kanadischer Gänse.

»Den See gab es nur tausend Jahre oder so«, fuhr sie fort. »Nur ein Augenzwinkern lang, wenn man in erdgeschichtlichen Maßstäben denkt. Aber er war hier. Unter uns, das ist alles Seeboden. Deswegen kann Tom den besten Weizen der Welt erzeugen.«

»Was ist aus dem See geworden?« fragte Max.

»Die Gletscher, die ihn aufgestaut hatten, schmolzen allmählich ab. Schließlich gaben sie den Weg nach Norden frei.« Sie zuckte die Schultern. »Das Wasser floß ab.«

Ein leichtes Nieseln hatte eingesetzt.

»Ein Teil ist noch immer da«, fuhr sie fort. »Der Lake of the Woods ist so ein Überbleibsel. Und der Lake Winnipeg. Der Lake Manitoba und ein großer Teil der Minnesota Lakes.«

In Max' Vorstellung füllte sich die Prärie mit Wasser. Fort Moxie und Noyes im Norden, Hallock drüben bei der Route 75 sowie Grand Forks und Thief River Falls im Süden versanken.

»Man findet jede Menge Beweise im Boden, wenn man sich die Mühe macht und danach sucht. Überreste von Schalentieren, Plankton, was auch immer.« Ihre Augen blickten in weite Fernen. »Ich schätze, er wird eines Tages zurückkommen. Während der nächsten Eiszeit.«

Plötzlich dämmerte Max, wohin die Unterhaltung führte. »Sie glauben, das Schiff steht mit dem See in Verbindung, nicht wahr?«

April schwieg.

Als sie am späten Nachmittag in die Colson Laboratories zurückkehrte, goß es in Strömen. An der Eingangstür begegnete ihr ein ganzer Schwarm von Angestellten, die nach draußen wollten. »Kommen Sie«, sagte Jack Smith zu ihr, nahm sie am Arm und drehte sie um. »Benötigen Sie eine Mitfahrgelegenheit?«

Mitfahrgelegenheit? Wohin? Es dauerte ein paar Sekunden, bis es ihr wieder einfiel. Die Abschiedsparty für Harvey Keck.

April mochte Harvey, aber sie wollte nicht zu der Party. Ihre Proben waren alles, was im Augenblick zählte. Sie konnte behaupten, einen eiligen Auftrag erledigen zu müssen. Daß sie ihrem Zeitplan hinterherhinkte. Daß es ihr nicht gutging. Aber sie schuldete Harvey eine ganze Menge.

Verdammt.

Sie schloß ihre Proben in den Safe und sagte sich, daß sie sich genausogut am nächsten Morgen damit beschäftigen konnte, wenn sie frisch und ausgeschlafen war. Dann ging sie nach draußen zu ihrem Wagen. Vierzig Minuten später bog sie in den Parkplatz vor dem Goblet ein.

Feiern waren bei Colson gern gesehen. Wann immer ein großer Auftrag hereinkam, wenn jemand einen Preis gewann oder eine Möglichkeit fand, die Dinge besser zu erledigen, wurde gefeiert. Das Goblet war mehr oder weniger der traditionelle Ort, an dem diese Feiern stattfanden. Es war ein bürgerliches Restaurant der mittleren Preisklasse und mit einer guten Bar ausgestattet. Sie nannten es Colson West, und bei jeder Feier hingen die Logos und Farben der Gesellschaft an den Wänden des Deltazimmers. An diesem Abend war an der Wand hinter dem Rednerpult Kecks Wahlspruch zu lesen, in dem es darum ging, sich ebensosehr um die Belange der Angestellten wie um die Kundschaft zu bemühen. Neben dem Eingang standen Kecks eingetopfter Gummibaum und ein Hutständer mit dem abgewetzten Stetson, der er während der letzten drei Jahrzehnte getragen hatte.

Die meisten Mitarbeiter der Firma waren bereits da, als April eintraf, und nicht wenige von ihnen in allerbester Stimmung.

Sie nahm sich einen Rum und eine Cola und setzte sich zu einigen ihrer Freunde, doch die Routineunterhaltungen über Schwierigkeiten mit den Kindern, Beschwerden über den einen oder anderen Vorgesetzten und Probleme mit Berichten, die von verschiedenen Subunternehmern zurückgesandt worden waren, erschienen ihr an jenem Abend noch langweiliger als sonst. April hielt ein großes Geheimnis in den Händen, und sie konnte es kaum abwarten, endlich mit der Arbeit daran anzufangen.

Harvey war überall beliebt. Es schien, als hätte sich die gesamte Belegschaft zu seinem Abschied versammelt. Er trat als Sozius und Direktor zurück, ein Posten, auf den April ein Auge geworfen hatte. Sie war noch nicht soweit. Der neue Direktor würde eine Zwischenlösung darstellen. Bert Coda stand selbst dicht vor der Pensionierung. Wie die Dinge im Augenblick standen, würde April den Posten übernehmen, wenn Coda ging. Sie würde 25000 Dollar im Jahr mehr verdienen und wäre noch immer jung genug, um irgendwann Geschäftsführende Direktorin zu werden. Nicht schlecht für ein Kind, das mit Tellerwaschen angefangen hatte.

Heute nacht war das alles nicht wichtig. Im Vergleich zu dem, was sie in ihrem Safe hatte, war der Direktorenposten richtig trivial. Sie mußte sich förmlich zusammenreißen, um nicht an das Pult zu stürmen und lauthals zu verkünden, was sie entdeckt hatte. *Heh, hört mal alle her. Wir hatten Besuch. Und ich halte die Beweise in den Händen.*

Als sie nach ihrem Abschluß an der Universität von North Dakota hergekommen war, hatte April an einem Wochenende mit dem Wagen einen Ausflug in die Black Hills unternehmen wollen. Aber sie war die Größe der westlichen Staaten im Vergleich mit den Oststaaten nicht gewohnt, und die endlosen Highways waren ihr bald auf die Nerven gegangen. Sie hatte kehrtgemacht und war auf das Sioux-Reservat entlang der Südküste von Devil's Lake gestoßen (an der Nordküste lag eine wohlhabende Präriestadt gleichen Namens).

Nach und nach war ihr Interesse an dem Indianerstamm wachgeworden. Sie hatte einige Freunde gewonnen und mit der Zeit zu einer Lebenseinstellung gefunden, die von den Sioux inspiriert war: *Leben unter freiem Himmel, wo es keine Zäune gibt und wo der Große Geist über die Erde spaziert.*

Eine ihrer Freundinnen war Andrea Hawk, die als Gastgeberin eine Talk-Show in Devil's Lake moderierte. Sie hatte in April den Sinn für ein Volk geweckt, das von der Geschichte anscheinend vollkommen übergangen wurde. April war traurig angesichts der Armut im Reservat und Andreas Frustration. »Wir leben von der Unterstützung durch die Weißen«, hatte Andrea ihr verraten. »Wir haben völlig vergessen, selbst für uns zu sorgen.« Andrea erzählte weiter, daß die meisten männlichen Eingeborenen viel zu jung an Drogen und Krankheiten oder durch Gewalt starben, und daß das am besten gehende Unternehmen in vielen Reservaten das des Totengräbers war.

Aprils eigenes Leben war von Zäunen umgeben. Eine Ehe war in die Brüche gegangen. Sie hatte Familie und Karriere gewollt, doch sie war unfähig gewesen, die Bedürfnisse ihres Mannes mit den langen Stunden zu vereinbaren, die ihre Arbeit erforderte. Heute war sie Mitte Dreißig und fühlte sich trotz aller Aktivitäten nicht wirklich ausgefüllt. Sicher, sie war eine erfolgreiche Frau. Trotzdem, wenn sie in dieser Nacht starb, wäre ihr Leben verschwendet gewesen. April würde keine Spuren hinterlassen.

Wenigstens hatte sie sich so gefühlt, bis sie die Ergebnisse der Testreihen an Max Collingwoods Stoffprobe in der Hand gehalten hatte. Eigenartigerweise war April ihre eigene Unzufriedenheit nur vage bewußt gewesen, bis die Resultate vorgelegen hatten und ihr klargeworden war, was sie in den Händen hielt.

Die Reden zu Ehren Harveys nahmen ihren Lauf. Einige Mitarbeiter erzählten, wie sehr sie die Arbeit unter ihm genossen hatten, wie sehr er sie inspiriert hatte und warum er ein so guter Boß gewesen war. Zwei frühere Angestellte von Colson, die inzwischen bei anderen Firmen Karriere gemacht hatten, schrieben ihren Erfolg seiner Inspiration zu. Das erste Prinzip seines Credos, wie eine der beiden sagte, hatte sie durch eine schwere Zeit geführt: Tue stets das Richtige und gib einen Dreck auf die Konsequenzen. Es war Mary Embry, die bei Dow Chemical Betriebsleiterin geworden war. »Das führt zwar nicht zwangsläufig auf der Karriereleiter nach oben«, sagte sie, »doch mir wurde klar, daß ich mich zuerst selbst achten mußte, bevor andere das konnten.« Sie lächelte Harvey herzlich zu, und Keck schien ein wenig verlegen.

Schließlich fügte der Direktor seine eigene Lobrede hinzu. »Vierzig Jahre sind eine lange Zeit«, schloß er. »Harvey hat stets gesagt, was er dachte. Manchmal wollte ich es nicht hören.« Vereinzeltes Gelächter. »Manchmal« wollte ich es *wirklich* nicht hören.« Lauteres Gelächter. »Doch du hast dich niemals geduckt, Harv. Und dafür bin ich dir sehr dankbar.« Applaus.

»Und für jeden in diesem Saal, der selbst eines Tages ins Management aufsteigen möchte, füge ich hinzu: Suchen Sie sich jemanden wie Harvey Keck für Ihren Stab, jemanden, der Ihnen sagt, was Sie hören müssen. Behandeln Sie ihn gut, und machen Sie ihn zu Ihrem Gewissen.«

Hochrufe ertönten. Harvey stand auf, und April sah tatsächlich Tränen in den Gesichtern ringsum. Keck strahlte angesichts der Woge von Zuneigung, die ihm entgegenschlug. Als die Gäste sich wieder ein wenig beruhigt hatten, schob er demonstrativ das Rednerpult beiseite. (Seine beharrliche Weigerung, von einem Pult aus zu sprechen, gehörte zu den grundlegenden Eigenheiten, die Colson geprägt hatten.) Keck dankte seinen Mitarbeitern für ihre Freundlichkeit und sprach über sie, wie er es stets zu tun pflegte. »Auf gewisse Weise«, sagte er, »ist dieser Augenblick der schönste in meinem Leben. Ich gehe in dem Glauben, daß Colson Laboratories heute auf einem solideren Fundament ruht als damals, bevor ich kam, und daß sich sowohl die Angestellten als auch die Kunden der Firma wohler fühlen. Wenn das der Fall ist, und wenn ich auch nur den geringsten Anteil daran meiner Arbeit zuschreiben darf, dann waren die vielen Jahre hier ein Erfolg für mich.«

April meinte, Harvey niemals glücklicher gesehen zu haben. Jedenfalls nicht während der zwölf Jahre, die sie inzwischen selbst bei Colson angestellt war. Und sie dachte auch, wie unendlich traurig das war.

Der Direktor hatte sein gesamtes Leben dem Dienst an der Firma und ihren Angestellten gewidmet. Er hatte sich beharrlich geweigert, sich mit weniger als Perfektion zufriedenzugeben. Und heute, in seiner letzten Nacht mit den Kollegen, betonte er dieses Prinzip aufs neue. »Verwechseln Sie niemals Perfektion und Produktion. Wer keine Fehler begeht, der arbeitet nicht.«

Seine Untergebenen liebten ihn.

Sie beobachtete, wie er allen Anwesenden dankte. Er stand im Begriff, in die Dunkelheit zu gehen. Nach der Feier würde er den Rest der Woche in seinem Büro verbringen, und dann war es vorüber.

Auf gewisse Weise ist dieser Augenblick der schönste in meinem Leben.

Mein Gott, war das am Ende alles, was blieb? Ein paar Dutzend Leute auf einer Dinnerparty, zu Tränen gerührt – bald schon würden sie wieder vollauf mit ihren eigenen Leben beschäftigt sein und Harvey Keck ganz sich selbst überlassen.

Verstohlen wischte sie sich über die Augen.

Etwas Derartiges würde ihr nicht widerfahren. Sie würde sicherstellen, daß ihr Leben mehr Spuren hinterließ als die einer netten Kollegin im Büro. Und Tom Laskers geheimnisvolle Yacht würde der Schlüssel dazu sein.

7

Das ferne Brüllen der weichenden Zeit ...
›Küsten der Vergangenheit‹
Walter Asquith

Lasker war den ganzen Vormittag draußen gewesen. Er hatte an seinem Traktor gearbeitet, einen Zylinder abgedichtet und einen Keilriemen gewechselt. Gerade war er ins Haus zurückgekehrt und unterwegs zur Dusche, als die Glocke ging. Charlie Lindquist und Floyd Rickett standen vor der Tür.

Charlie wog hundertvierzig Kilogramm, war zwei Meter groß und liebenswürdig, ein Mann, der davon überzeugt war, die Welt um den Finger wickeln zu können, indem er herausfand, was die Menschen hören wollten und es ihnen sagte. Genaugenommen war Charlie mit dieser Philosophie stets gut gefahren. Er hatte ein halbes Dutzend Geschäfte in Fort Moxie aufgezogen und war heute Besitzer der Intown Videothek, des Tastee-Freez (einem Eissalon, der im Winter natürlich geschlossen war), sowie von vier Zweifamilienhäusern in der Nähe der Stadtbücherei. Charlie war außerdem Direktor der Fort Moxie Booster Association und Vorsitzender des Stadtrates.

Floyd saß ebenfalls im ehrwürdigen Rat der Stadt. Er war großgewachsen, besaß eine scharfgeschnittene Nase und blickte verkniffen drein. Floyd war bei der Post angestellt, fest von seiner Meinung überzeugt und hatte einen ausgeprägten Sinn für die Bedeutung seiner knappen Zeit entwickelt. *Kommen Sie zur Sache* war einer der Leitsprüche, die er gerne von sich gab, wobei er mit drei Fingern in die Luft boxte. Floyd boxte eine ganze Menge. Er boxte sich seinen Weg durch Unterhaltungen, durch politische Opposition im Stadtrat, und er boxte entgegengesetzte Meinungen aller Art nieder. *Das Leben ist kurz. Die Zeit ist knapp. Kommen Sie zur Sache.* Im Postamt hatte er sich auf die Probleme spezialisiert, die durch die gemeine Öffentlichkeit verursacht wurden. Floyd mißbilligte schlampig verschnürte Päckchen, unleserliche Handschriften oder Menschen, die es nicht fertigbrachten, die Postleitzahlen vorschriftsmäßig zu benutzen.

So bedeutete es keine Überraschung, daß Charlie und Floyd nicht miteinander zurechtkamen.

Sie schüttelten Tom Lasker die Hand, herzlich in Charlies Fall, eher nüchtern in Floyds. »Wie es scheint, kommen noch immer Leute her, um das Schiff anzusehen«, bemerkte Charlie wie beiläufig. Er empfand sich als einen Menschen von beträchtlicher Subtilität.

»Ein paar. Hängt vom Wetter ab«, entgegnete Tom. Er führte die beiden ins Wohnzimmer, wo sie am Couchtisch Platz nahmen. »Ich schätze, es wird kalt«, sagte er.

»Ja, schätze ich auch«, stimmte Floyd zu und boxte einen kleinen Kreis in die Luft, um seinen Standpunkt zu unterstreichen.

»Wir haben es in der Stadt ebenfalls bemerkt«, sagte Charlie. »Es kommen nicht mehr so viele Leute wie noch vor ein paar Tagen.« Er schüttelte den Kopf. »Zu schade, daß du das Schiff nicht im Frühling entdeckt hast, Tom.«

»Spielt doch keine Rolle«, entgegnete Lasker. »Ginny und ich haben eh genug von diesem Affentheater. Ich bin es leid, das Schiff jeden Tag aus der Scheune zu ziehen und abends wieder reinzufahren. Ich werde es wegsperren, und das war's dann.«

»Ich wünschte, du würdest dir die Sache noch einmal überlegen, Tom«, entgegnete Charlie in einem Ton, der nahelegte, daß Laskers Handlungsweise egoistisch und kurzsichtig war.

Floyd nickte bekräftigend. »Schlecht fürs Geschäft«, brummte er. »Eine Menge der Leute, die hier heraus kommen, essen bei uns in der Stadt, machen ein paar Einkäufe. Manche bleiben sogar über Nacht.« Er setzte sich zurück und schlug die Beine übereinander. »Tatsache ist, wir könnten mehr davon gebrauchen.«

»Versteh uns richtig, Tom«, sagte Charlie. »Eine ganze Reihe Bürger aus unserer Stadt verlassen sich auf dich.«

»Charlie«, erwiderte Lasker, »es ist doch nur ein Schiff.«

»Darin irrst du dich«, sagte Floyd. »Es ist eine nationale Schlagzeile. Und diese Schlagzeile befindet sich genau hier bei uns, in Fort Moxie.«

»Es ist *keine* nationale Schlagzeile«, widersprach Lasker. »Wir waren in *einer einzigen* TV-Show. Die meisten Leute denken sowieso, ich hätte das Schiff selbst vergraben. Sie sind fest davon überzeugt, daß die ganze Sache nichts als ein Schwindel ist.«

Floyd wirkte schockiert. »Aber das ist nicht so, oder doch, Tom?«

Lasker funkelte ihn an, und Floyd verstummte.

»Hör zu, Tom.« Charlie war die Liebenswürdigkeit in Person. »Das geht alles am Thema vorbei. Es gibt eine Menge Geld zu verdienen, und uns ist der Gedanke gekommen, daß du bisher deinen Anteil nicht erhalten hast, Tom. Wir möchten dir einen Vorschlag unterbreiten. Wir organisieren die ganze Geschichte ein wenig geschäftsmäßiger.«

»Was stellt ihr euch darunter vor?«

»Erstens«, begann Floyd, »müssen wir die Attraktion von diesem Trailer runterholen. Bitte versteh mich nicht falsch, aber das hier sieht aus wie ein Garagenverkauf. Ich kann ziemlich gut verstehen, warum niemand die Geschichte ernst nimmt.«

»Attraktion?« fragte Lasker. »Ihr meint, das Schiff ist zu einer *Attraktion* geworden?«

»Bitte schnapp nicht gleich ein, Tom.« Charlie rutschte auf seinem Stuhl hin und her, und das Möbel ächzte. »Wir dachten nur, es wäre keine schlechte Idee, die Yacht auf eine Plattform zu setzen.«

»Ed hat sich bereit erklärt, die Plattform zu errichten«, sagte Floyd.

Ed Grange übernahm normalerweise die Organisation von Paraden und anderen festlichen Ereignissen in der

Stadt. »Er wird seine Sache sehr gut machen, keine Sorge.«

»Wir werden ein Zelt über der Plattform errichten und ein paar Heizstrahler installieren«, fuhr Charlie fort.

Lasker verzog das Gesicht. »Ich will aber kein Zelt in meinem Vorgarten«, sagte er.

»Das wissen wir doch, Tom.« Charlies großmütiger Gesichtsausdruck signalisierte, daß er alles unter Kontrolle hatte. »Das würden wir dir ganz bestimmt nicht zumuten, Tom. Wir dachten, das Schiff würde sich besser dort machen, wo du es ausgegraben hast.« Sein Blick umwölkte sich ein wenig. »Du hast das Loch nicht inzwischen wieder zugeschüttet, oder doch?«

»Sicher habe ich es zugeschüttet. Noch am gleichen Tag, an dem wir das verdammte Ding ausgegraben haben.«

»Das ist wirklich zu schade«, sagte Floyd. »Das hättest du besser nicht getan.«

»Und warum nicht? Das Loch war gut dreißig Fuß tief. Wenn jemand reingefallen wäre, hätte er sich ganz schön weh getan.«

»Na, jetzt ist es jedenfalls zu spät«, sagte Charlie. »Ich wünschte, wir hätten gleich daran gedacht.« Er trommelte mit den Fingern auf die Tischplatte. »Trotzdem, wir werden das Zelt aufstellen. Wir wissen, wo wir ein altes Zirkuszelt auftreiben können, Tom. Alt, aber in gutem Zustand. Keine Sorge, es ist nur vorübergehend.«

»Was meinst du mit *vorübergehend*?«

»Was Charlie sagen will«, erklärte Floyd, »wenn wir die Sache richtig angehen, haben wir hier vielleicht eine permanente Einnahmequelle. Wir sollten uns Gedanken über ein Museum machen.«

Laskers Kopf fing zu schmerzen an.

»Natürlich nicht jetzt gleich«, sagte Charlie. »Sieh mal, Tom, wir puschen die Sache in der Öffentlichkeit. Wir werden Eintrittsgebühren verlangen. Selbstverständlich erhältst du deinen Anteil. Wir werden sehen, ob es sich rentiert.«

»Halt, Augenblick mal. Ihr könnt doch keinen Eintritt für dieses Schiff verlangen!«

»Und warum nicht?« Charlie fing an, sich in die Sache hineinzusteigern. »Wenn du willst, daß die Leute die Geschichte ernst nehmen, dann mußt du sie dafür bezahlen lassen. Nicht viel, aber etwas. Ich wette mit dir, daß wir die Besucherzahlen gleich in der ersten Woche verdoppeln. Wir dachten an dreißig Prozent für dich; der Rest geht an die Stadt. In Ordnung? Du mußt nichts weiter tun und machst deinen Profit. Es kostet dich keinen Cent.« Er nickte Floyd zu, und Floyd erwiderte seine Geste. »Die Stadt wird für alle Kosten aufkommen. Sieh mal, wir haben bereits ein T-Shirt entworfen. Warte, ich zeig's dir …«

Seine Augen fanden die Floyds, und Floyd zog einen Aktendeckel hervor. Er öffnete ihn und entnahm verschiedene Zeichnungen, die alle das Schiff zeigten, wenn auch aus unterschiedlichen Perspektiven. Alle Zeichnungen waren mit unterschiedlichen Legenden versehen. Eine lautete: *Das Schiff des Teufels*. Unter einer anderen stand: *Meine Freunde waren in Fort Moxie, North Dakota, und sie haben mir nichts weiter als dieses lausige T-Shirt mitgebracht*. Eine dritte Zeichnung zeigte eine Karte des oberen Red River mit einer Markierung, die die Fundstelle des *Teufelsschiffes* dokumentierte.

»Was soll dieser Kram mit dem *Teufelsschiff*?« fragte Lasker.

»Das war Marges Idee«, antwortete Charlie. Marge Peterson war der Stadtdirektor. »Er ist verantwortlich für unsere Public Relations.«

»Ich denke, das geht ein wenig zu weit.«

»Hör zu«, entgegnete Charlie. »Die Leute lieben diese Art Story. Die ganze Sache hat so eine gewisse *Twilight-Zone*-Atmosphäre, meinst du nicht?«

»Außerdem schaltet sich nachts die Beleuchtung ein, oder nicht?« fügte Floyd hinzu. »Hast du inzwischen die Energiequelle finden können?«

Lasker schüttelte den Kopf.

»Gut. Keine bekannte Kraftquelle. Wir müssen das unbedingt publik machen, Charlie. Genau wie die Markierungen. Die Markierungen sind gut.«

»Ja.« Charlie griff nach seinem Mantel. »Hör mal, Tom. Es war nett, mit dir zu reden. Wir haben die Sache bereits ins Rollen gebracht. Morgen kommen ein paar von den Jungs zu dir raus und fangen an. Entspann dich einfach. Du brauchst nichts weiter zu tun, als dich in deinem Sitz zurückzulehnen und zuzusehen, wie das Geld hereinkommt.«

Sie standen auf und gingen zur Tür. »Ach, da wäre noch eine Sache.« Charlie hielt inne, und Floyd wäre beinahe gegen ihn gerannt. »Eine Toilette. Wir werden eine Toilette benötigen.«

»Nein«, entgegnete Lasker.

»Wie du meinst. Dann stellen wir eben draußen einen Wagen auf. Unter den Bäumen. Außer Sicht.«

Sie schüttelten Lasker die Hand, öffneten die Tür und blickten nach draußen. Vielleicht zwanzig Schaulustige hatten sich um das Schiff versammelt, und zwei weitere Wagen kamen die Auffahrt hoch. »Siehst du, was ich meine?« erkundigte sich Charlie.

April hielt das Päckchen so, daß das Sonnenlicht vom Fenster hindurchfallen konnte.

»Was wir hier haben«, erklärte sie, »das sind ein paar Fasern von den Tauen. Die Fasern bestehen aus *Holz*. Von Hemlocktannen, um genau zu sein.« Sie reichte Max das Päckchen.

Max schielte auf die Proben. »Und was können wir daraus schließen? In dieser Gegend gibt es keine Hemlocktannen.«

»Nicht mehr. Aber es gab sie. Es gab genaugenommen sogar eine Zeit, wo sie ziemlich verbreitet waren.«

»Und wann soll das gewesen sein?«

»Als der See noch existierte.«

Sie saßen in einem Steakhaus. Max lauschte dem

Gemurmel der Unterhaltungen und dem Klappern der Bestecke ringsum. »Sind Sie sicher?«

»Absolut sicher.«

Max war innerlich aufgewühlt. Eine Kellnerin trat zu ihrem Tisch, und er bestellte einen Salat Cäsar statt dem ursprünglich geplanten Clubsandwich. »Also wollen Sie damit sagen, daß wir hier oben ein zehntausend Jahre altes Schiff gefunden haben?«

April wand sich. »Ich würde lieber noch ein wenig mit Schlußfolgerungen warten, Max. Lassen Sie uns einstweilen bei den Fakten bleiben. Erstens, das Schiff verrottet nicht, rostet nicht oder zerfällt sonstwie, ganz egal, wie lange Zeit es im Boden gelegen hat. Zweitens, die Taue in der Scheune der Laskers waren irgendwann einmal an einem Poller aus Hemlocktannenholz festgemacht. Der Baum, der das Holz für den Poller geliefert hat, ist zehntausend Jahre alt.«

»Aber das Schiff«, wandte Max ein. »Es ist *neu*.«

»Das Schiff wird *immer* neu aussehen, Max. Sie könnten es wieder eingraben und bis zu Ihrem sechzigsten Geburtstag warten, und es würde noch genauso aussehen wie heute.«

»Das klingt unmöglich.«

April nickte. »Ich weiß. Sehen Sie, es widerspricht allen unseren Erfahrungen. Aber deswegen ist es noch lange nicht irrational.« Sie senkte die Stimme. »Ich weiß nicht, welche alternative Erklärung die Fakten abdecken soll. Das Alter der Holzfasern steht außer Zweifel, genauso wie das Material, aus dem die Segel bestehen. Ich denke, irgend jemand war hier. Vor langer, langer Zeit war irgend jemand mit weit fortgeschrittener Technologie auf dem Lake Agassiz segeln. Er hat wenigstens einmal an einem hölzernen Pier oder einer Hemlocktanne festgemacht.«

»Und wer soll das gewesen sein?« fragte Max. »Reden wir hier von UFOs oder was?«

»Ich weiß es nicht. Doch die Frage müssen wir uns ohne Zweifel stellen.«

Die Kellnerin kam mit zwei Cola Light. Max nahm einen tiefen Schluck, während er seine Gedanken zu ordnen versuchte.

»Das ergibt alles nicht viel Sinn«, sagte er schließlich. »Nehmen wir einfach für eine Minute an, Sie hätten recht. Wohin führt uns das? Wollen Sie vielleicht behaupten, daß Wesen aus einer anderen Welt auf die Erde gekommen sind, um auf dem Lake Agassiz zu *segeln*? Wollen Sie das allen Ernstes behaupten?«

»Jedenfalls erscheint es nicht unmöglich. Versuchen Sie doch, das Gesamtbild zu betrachten, Max. Und damit meine ich wirklich das *Gesamtbild*. Wie viele große Seen mag es in einem Radius von sagen wir ... zwanzig Lichtjahren geben? Möglicherweise erschien der Lake Agassiz den Außerirdischen als echte Touristenattraktion.« April lächelte. »Ich weiß, was Sie sagen wollen. Lassen wir die Spekulation einmal beiseite, und konzentrieren wir uns auf das, was wir wissen. Und wir wissen, daß wir ein künstliches Element gefunden haben, das auf der Erde einzigartig ist.«

»Woher wissen wir das?« erkundigte sich Max.

»Ich garantiere es.«

»*Sie* garantieren es. April, ich sage das wirklich nicht gerne, aber vor ein paar Tagen habe ich Sie noch gar nicht gekannt. Verstehen Sie mich nicht falsch, aber vielleicht irren Sie sich einfach.«

»Vielleicht, ja. Bedenken Sie auch noch folgendes, Max: Falls ich weiß, wovon ich rede, dann ist das Schiff *absolut unbezahlbar*.« Sie bemerkte, daß sie zu laut redete und senkte erneut die Stimme. »Sehen Sie, Max, Sie hätten wahrscheinlich gerne eine zweite Meinung zu dieser Sache. Ich für meinen Teil weiß, daß das unnötig ist. Verschaffen Sie sich eine zweite Meinung, und Sie haben einen zweiten Chemiker am Hals. Ich würde diese Geschichte gerne so geheim halten, wie nur irgend möglich. Wir sitzen auf einer epochalen Entdeckung, Max, und wir alle werden auf das Titelblatt des *Time Magazine* kommen. Sie. Ich. Die Laskers.« Ihre dunklen Augen füllten sich mit Begeisterung. »Es gibt noch einen weiteren Grund, nicht über die Geschichte zu reden.«

»Und der wäre?« erkundigte sich Max.

»Möglicherweise liegt noch mehr da draußen herum.«

Lisa Yarborough hatte ihre berufliche Laufbahn als Physiklehrerin an einer Privatschule in der Nähe von Alexandria, Virginia begonnen. Lisa war eine atemberaubend schöne Frau, die den Sex aus vollem Herzen genoß. Tagsüber unterrichtete sie Energie und Widerstand, während sie in ihren Nächten beträchtliche Mengen der ersteren und so gut wie keine Spur vom zweiten zur Schau stellte.

Lisa hatte früh im Leben herausgefunden, daß sich mit ihrem Hobby gutes Geld verdienen ließ. Nicht, daß sie sich jemals dazu hätte hinreißen lassen, Geld für ihr Vergnügen zu nehmen – ihre Liebhaber jedoch pflegten eine durchaus unübliche Großzügigkeit an den Tag zu legen. Darüber hinaus hatten sich für die intelligente, gutaussehende junge Frau, die weder von Gewissensbissen noch einem sonderlich ausgeprägten Sinn für Fair play geplagt wurde, weitere, eher indirekte Vorteile ergeben. Unter einer Woge von Gerüchten verließ sie die kleine Schule in Alexandria in der Mitte ihres zweiten Jahres, um eine lukrative Stelle bei einer Company anzutreten, die mit dem Pentagon Geschäfte machte. Ihr neuer Arbeitgeber hoffte, sich mit ihrer Hilfe Einfluß bei den Stellen zu verschaffen, die für die Einkäufe verantwortlich waren. Lisa erwies sich als überaus erfolgreich in diesen Unternehmungen, auf die eine oder andere Weise, und stieg rasch die Karriereleiter hinauf. Wenn es stimmte, daß Lisa sich den Weg nach oben über das Bett geebnet hatte, so hielt sie sich doch fern von ihr untergebenen Männern, und sei es nur aus Gründen ihrer eigenen Selbstachtung.

Mit der Zeit entwickelte Lisa ein Interesse an Politik. Sie nahm das Angebot eines Senators aus dem Mittleren Westen an, für ihn als rechte Hand zu arbeiten. Der Senator hatte sich bereits zweimal vergeblich bemüht, von seiner Partei als Präsidentschaftskandidat nominiert zu werden. Anschließend ging sie als Lobbyistin zunächst in die Tabakindustrie und von dort aus zur National Education Association. Bei der Anwaltskanzlei Barlow & Briggs fungierte sie als Verbindungsfrau zu mehreren Dutzend Kongreßabgeordneten. Schließlich erhielt sie ein politisches Amt und arbeitete für eine Wahlperiode als stellvertretende Leiterin im Landwirtschaftsministerium. Und danach wurde sie Direktorin eines konservativen Beraterstabes.

Zu jener Zeit entdeckte Lisa ihre Befähigung zum Schreiben. Sie hatte seit ihrem zwölften Lebensjahr akribisch Tagebuch geführt, seit sie sich zum ersten Mal zusammen mit Jimmy Proctor auf den Rücksitz des väterlichen Buick verzogen hatte. Jimmy war ihr erster richtiger Mann gewesen und Lisa hatte die Erfahrung so sehr genossen, daß sie sich unbedingt irgend jemandem hatte anvertrauen müssen. Ihre Freundinnen in der Chester Arthur Middle School waren damals noch nicht so weit gewesen. Und Lisas Eltern waren Baptisten.

Lisa war eigentlich ebenfalls Baptistin. Sie hatte sämtliche kirchlichen Zeremonien vollzogen, war jeden Dienstag und jeden Donnerstag zu ihrer Jugendgruppe gegangen und jeden Mittwoch und Sonntag in der Kirche gewesen. Bis zum letzten Jahr hatte sie mit der Hälfte der Jungen des Chors geschlafen.

Während ihrer Arbeit im Beraterstab, wo sie Dukakis' Bewerbung um das Präsidentenamt zu verhindern suchte, hatte Lisa beschlossen, ihre Tagebücher zur Niederschrift einer Autobiographie zu benutzen. Ihr Versprechen, delikate Einzelheiten über eine ganze Reihe von Persönlichkeiten in Politik und Gesellschaft zu veröffentlichen, sowie das Interesse der Medien hatten ihr einen Vorschuß in siebenstelliger Höhe eingebracht. Lisa wollte sich nicht auf prominente Demokraten beschränkten und war prompt aus dem Beraterstab entlassen worden. Alte Liebhaber und Bettgefährten meldeten sich reihenweise bei ihr und flehten um partielle Amnesie.

Wenn Flehen und Bestechungsgelder sich als fruchtlos erwiesen, flüchteten sie sich in Tränen und Drohungen, doch Lisa führte ihr Projekt ungerührt fort. »Was sollen die Menschen von mir denken«, verriet sie einem Fernsehmoderator anläßlich einer Talk-Show, »wenn ich nicht die Wahrheit berichte?«

Der Titel ihres Buches lautete *Liebe im Capitol.* Es wurde ein nationaler Bestseller und anschließend verfilmt. Lisa setzte den Gewinn zum Erwerb einer Kette von Autoteile-Läden ein. Der Rest ist, wie man so schön sagt, Geschichte.

Lisa hatte April während ihrer Zeit im Landwirtschaftsministerium kennengelernt, und zwar bei der Einladung zu einem Essen, das eine Gruppe von Umweltschützern veranstaltet hatte. Sie war mit einem der Wortführer verabredet gewesen, einem großen, begeisterungsfähigen Burschen, der von der Überzeugung geplagt wurde, daß die Abholzung der Wälder bereits zu weit fortgeschritten war, als daß die Bestände sich aus eigener Kraft wieder erholen konnten. Außerdem war er fest davon überzeugt, daß Frauen im allgemeinen und Lisa im besonderen seinem Charme nicht widerstehen konnten. Lisa, die den Abend ursprünglich auf ihre übliche Weise hatte verbringen wollen, änderte ihre Meinung. Auch April war nicht sonderlich von ihrem Partner beeindruckt gewesen, und so waren die beiden Frauen gemeinsam in das Washingtoner Nachtleben geflohen. Seither waren sie enge Freundinnen.

Aus diesem Grund war Lisa auch nicht sonderlich überrascht, als April anrief und um ein Treffen bat. Lisas Interesse wuchs noch, als ihre Freundin sich weigerte, am Telefon einen Grund zu nennen.

Am Tag nach dem Telefonat trudelte April zusammen mit einem ziemlich langweiligen Typen im Schlepp bei Lisa ein. »Darf ich dir Max Collingwood vorstellen, Lisa?«

Die beiden Frauen kannten sich zu gut, um sich lange in Small talk zu ergehen. April erklärte leise, was sich auf Tom Laskers Farm zugetragen und was sie anschließend herausgefunden hatte. Als sie mit ihrem Bericht fertig war, schwieg Lisa zunächst eine Weile. Schließlich fragte sie: »Bist du sicher? Ist eine Täuschung ausgeschlossen?«

»Vollkommen. Und Fehler ebenfalls.« April schob einen großen Briefumschlag über den Tisch, öffnete ihn und nahm eine Handvoll Fotos heraus. Es waren Aufnahmen von der Yacht. Innen. Außen. Die Segel. Nahaufnahmen von Reling und Rungen. Und von den Markierungen.

»Sie sehen *wirklich* seltsam aus«, stimmte Lisa ihrer Freundin zu. »Und es gibt tatsächlich keine übereinstimmende Sprache?«

»Jedenfalls konnten wir keine finden«, sagte April.

Lisa betrachtete die Aufnahmen, doch ihre Gedanken schwenkten zu April. Die Informationen waren so unglaublich, daß sie ihre Freundin mit ganz neuen Augen betrachtete. Sie wußte, was als nächstes kommen würde, und sie stellte sich ernsthaft die Frage, ob man sie hereinlegen wollte. April würde so etwas niemals tun, da war Lisa sicher. Aber was war mit diesem Collingwood?

»Und wie lauten deine Schlußfolgerungen?« fragte sie schließlich. »Woher stammt dieses Element? Woher kommt das Schiff?«

April lächelte müde. »Wir können nur raten. Du kennst die Fakten und weißt jetzt alles, was wir auch wissen. Es gibt keine konventionelle Erklärung.«

»Hast du denn eine *unkonventionelle*?«

»Deine ist so gut wie jede andere auch«, entgegnete April.

Lisa nickte, ging zu ihrem Schreibtisch und zog ein Scheckheft aus der Schublade. »Was habt ihr als nächstes vor?«

»Wir wollen einen genaueren Blick auf die Fundstelle werfen. Nachsehen, ob vielleicht noch mehr dort vergraben liegt.«

»Was benötigt ihr an Ausrüstung?«

»Ein Bodensuchradar. Wir können eins ausleihen. Der Preis ist vernünftig.«

»Und was hofft ihr zu finden? Ein zweites Schiff?«

»Vielleicht«, meldete sich Collingwood zu Wort.

»Aber ihr habt bereits eins. Ich verstehe zwar, daß zwei besser sind als eins, aber würde ein zweites Schiff neue Erkenntnisse bringen?«

»Vielleicht. Vielleicht gibt es auch andere Überreste«, sagte April.

»Ah. Nach zehntausend Jahren, davon eine ganze Weile unter Wasser? Das kann ich mir nicht vorstellen. Ihr solltet besser überlegen, wo sie an Land gegangen sind, um ihre Hot dogs zu essen.«

Die Chemikerin beugte sich vor, und die beiden Frauen sahen sich in die Augen. »Lisa, es muß einen Weg geben, wie sie hergekommen sind. Vielleicht sind sie niemals nach Hause zurückgekehrt.«

Lisa lauschte dem Atem der beiden. »Wieviel Geld braucht ihr?«

Max war anwesend, als das Bodensuchradar von GeoTech seine Arbeit aufnahm. Falls es weitere Relikte im Boden gab, würden sie ohne Probleme zu finden sein, jedenfalls nach Max' Überzeugung. Die beiden Laskers dachten ebenso. Falls sie nichts fanden, würde das das Ende der Suche bedeuten.

Max gefiel die Vorstellung nicht, mit UFOs in Verbindung gebracht zu werden. Es ließ weder ihn noch Sundown Aviation in gutem Licht dastehen, und deswegen hielt er sich stark im Hintergrund. Auf der anderen Seite – falls tatsächlich etwas an der Geschichte war, standen ausgiebige Medienberichte und vielleicht sogar eine Menge Geld in Aussicht.

Das GeoTech-Team bestand aus drei Leuten, die in einem großen, sandfarbenen Lieferwagen arbeiteten. Angeführt wurde die Mannschaft von einer resoluten, umsichtig wirkenden jungen Frau, die im Overall der

Company eine recht gute Figur machte. Ihr Name lautete Peggy Moore, und sie eröffnete die Unterhaltung mit Max, indem sie fragte, wonach sie eigentlich suchen sollten. »Der Arbeitsauftrag ist in dieser Hinsicht ein wenig vage«, schloß sie.

»Nach allem, was außergewöhnlich erscheint«, erwiderte Max.

Es war keine befriedigende Antwort. Moore betrachtete Max aus zusammengekniffenen Augen und runzelte die Stirn. Sie war viel zu beschäftigt, um sich mit derartigen Spielchen abzugeben. »Versuchen Sie's noch mal«, sagte sie in einem Tonfall, der an Feindseligkeit grenzte.

»Wir wissen nicht genau, wonach wir suchen«, erklärte Max. »Wir glauben, daß vielleicht einige Artefakte in der Gegend vergraben sind. Wir würden gerne von *Ihnen* hören, was im Boden liegt. Falls überhaupt.«

»Und wovon genau reden wir hier, Mister Collingwood? Pfeilspitzen? Indianische Friedhöfe? Fischdosen? Es ist wichtig für unsere weitere Vorgehensweise.«

»Letzten Monat wurde hier ein Schiff ausgegraben.«

»Hab' ich im Fernsehen gesehen. Das hier ist die Stelle, was?«

»Genau. Wir würden gerne wissen, ob dort unten noch mehr liegt.«

»In Ordnung. Es erspart uns Zeit«, sagte sie, »wenn Sie uns verraten, was wir wissen müssen.«

»Gut«, antwortete Max.

»Wir haben bereits einen Rechen gefunden. Als wir das Gerät kalibriert haben.«

Der Lieferwagen war mit Computern, Druckern, Bildschirmen und Kommunikationsausrüstung vollgestopft. Die Radareinheit selbst war auf einem kleinen Traktor montiert. »Die Bilder werden per Funk in den Lieferwagen übertragen«, erklärte Moore. »Direkt auf den Hauptschirm. Wir suchen nach Schatten und ungewöhnlichen Farben, ganz allgemein nach allem, was nicht offensichtlich natürlichen Ursprungs ist.«

Inzwischen war es Mitte November. Der Tag war hundserbärmlich kalt. Den ganzen Nachmittag über hing Schnee in der Luft, doch nur wenige Flocken fielen.

Die beiden anderen Techniker waren Charlie Ramirez, ein düsterer Bursche, der den Traktor steuerte und das Radar einregelte, sowie Sarah Wineberger, die Kommunikationsspezialistin. Sarah war spindeldürr und besaß strohblonde glatte Haare.

Aufgrund der extremen Kälte wechselten sich Charlie und Sarah auf dem Traktor ab. Charlie haßte Kälte, und er redete ununterbrochen von Nevada. »Ich bin nur aus einem einzigen Grund hier oben. Sie haben meine Stelle an der Südgrenze wegrationalisiert. Sobald sich eine Gelegenheit ergibt, bin ich wieder weg«, wurde er nicht müde zu beteuern.

Max war fasziniert von dem Projekt. Er bat darum, im Lieferwagen zusehen zu dürfen. »Es verstößt gegen unsere Vorschriften«, lautete die Antwort Peggy Moores.

»Ich stehe bestimmt nicht im Weg herum«, beteuerte Max.

»Da bin ich ganz sicher, Mister Collingwood. Aber es hat versicherungstechnische Gründe.« Ihre Haltung war so kalt wie das Wetter. »Wenn Sie verstehen.«

Sie entwickelten ein Suchschema, und Charlie setzte sich auf dem Traktor zur Hügelspitze in Bewegung. Er steuerte das Gefährt unter den Bäumen hindurch zum Kamm hinauf. Etwa hundert Yards von der ursprünglichen Fundstelle entfernt bog er scharf nach rechts ab. Nach einer Weile hatte er eine Reihe sich überlappender Rechtecke abgefahren.

Max ging ins Farmgebäude zurück und setzte sich im Eßzimmer der Laskers ans Fenster. Draußen rumpelte der Traktor methodisch durch den langen, diesigen Novembernachmittag.

8

Diese antike Küste,
ausgewaschen von der Zeit ...
›Küsten der Vergangenheit‹
Walter Asquith

Die Suche des GeoTech-Teams verlief während des gesamten ersten Nachmittags ergebnislos. Als schließlich der Feierabend nahte, verabschiedete Max sich von den Laskers und flog nach Hause. Der zweite Tag der Suche, ein Freitag, brachte ebenfalls keine Resultate, und die Operation wurde für das Wochenende eingestellt.

April hatte Max und den Laskers eingeschärft, Dritten gegenüber so wenig wie möglich von ihrem Fund preiszugeben. Sie selbst hielt sich an ihren Ratschlage und enthüllte gegenüber ihren Kollegen bei Colson nichts. Auf der anderen Seite verspürte sie ein dringendes Bedürfnis, mit jemandem über die ganze Angelegenheit zu reden.

Max' Begeisterung war ebensogroß wie ihre eigene, und so war es nicht weiter überraschend, daß die beiden sich in den darauffolgenden Tagen, während das Bodenradar ergebnislos den Besitz der Laskers absuchte, bei gemeinsamen Abendessen und stundenlangen, angeregten Unterhaltungen wiederfanden.

Diese Unterhaltungen festigten ihre Hoffnungen und erzeugten unmerklich eine Allianz zwischen den beiden. Sie sprachen nur selten über das, was ihre Hoffnungen wirklich beinhalteten: Ihre, einen Weg zu finden, die Transurantechnologie zu meistern, und seine, daß es in der Tat außerirdische Besucher gegeben haben könnte und daß der Beweis ganz in der Nähe lag. Aber Max befürchtete, daß sich am Ende eine banalere Erklärung finden würde und daß April ganz einfach etwas übersehen haben *mußte.* Obwohl sie, über Bier und Pizza, seine

Bedenken regelmäßig zerstreuen konnte. Für den Augenblick jedenfalls.

April für ihren Teil hatte niemanden, auf den sie sich stützen konnte. Sie betrachtete sich als einsamen Fels in der Brandung und ganz sicher nicht als eine Person, die sich von Leidenschaft oder Begeisterung davontragen ließ. Trotzdem hätte sie nur zu gern eine zweite Meinung eingeholt, eine Bestätigung von einem der wenigen Experten auf dem Gebiet der Transurane. Doch es stand einfach zu viel auf dem Spiel. Sie wußte, wohin eine voreilige Enthüllung führen würde: Die finanzkräftigen Konzerne würden auf der Bildfläche erscheinen und April Cannon ins Abseits stoßen.

Sie mußte mit jemandem reden. Die Laskers saßen mit einer Ruhe und Selbstzufriedenheit auf dem Fund, der vielleicht die Entdeckung des Jahrhunderts darstellte, und betrachteten das gesamte Geschäft mit einer Gelassenheit, die April schlichtweg wütend machte. Sicher, sie waren interessiert, und die Möglichkeiten faszinierten auch sie – und doch fehlte ihnen die rechte Begeisterung. Wenn ein UFO auf seinem Land abgestürzt wäre und man Tom darüber informiert hätte, dann wäre er sicher hingegangen und hätte einen Blick darauf geworfen – nachdem er seine Pferde versorgt hätte. Jedenfalls gewann April diesen Eindruck von dem Farmer.

Max war da anders. Und er wurde im Verlauf der schwierigen Zeit zu Aprils einziger Stütze.

Sie entwickelten eine Neigung, nur beiläufig über die am weitesten reichenden Möglichkeiten zu reden, indem sie über die Auswirkungen auf ihr persönliches Leben scherzten. April beschwor ein Titelbild von Max auf dem *Time Magazine* herauf, wie er mit lässig offenstehender Fliegerjacke aus dem Cockpit seiner Lightning kletterte. Max Collingwood, Mann des Jahres.

Max im Gegenzug phantasierte vom Nobelpreis für die Frau, die der Welt eine lebenslange Garantie auf Automobile geschenkt hatte.

Die Tage vergingen, ohne daß das Bodenradar ein nen-

nenswertes Ergebnis lieferte. Max' Überzeugung kehrte zurück, daß die ganze Geschichte einfach zu gut war, um wahr zu sein. April wies ihn darauf hin, daß die Suche ein langwieriger Prozeß sei. Selbst wenn sie nichts weiter von Bedeutung finden sollten, besaßen sie bereits einen Artefakt von unvorstellbarem Wert. »Nichts wird jemals wieder sein wie früher«, fügte sie abschließend hinzu, nachdem sie Max davon in Kenntnis gesetzt hatte, daß sie einen wissenschaftlichen Artikel über den Fund verfaßt hatte. »Ich werde ihn erst veröffentlichen, wenn wir sicher sein können, daß dort draußen sonst nichts mehr im Boden vergraben liegt. Wir wollen schließlich nicht, daß hier eine groß angelegte Schatzsuche einsetzt.«

»Einverstanden«, entgegnete Max. Sie saßen in einem Imbiß an der Kreuzung zwischen den beiden Interstate-Routen in Fargo und teilten sich eine Peperonipizza. »Wenn es dort draußen wirklich noch etwas zu entdecken gibt – wie groß sind Ihrer Meinung nach die Chancen, daß wir es finden?«

Ihre Augenlider schlossen sich. »So gut wie Null. Der Seegrund ist einfach zu ausgedehnt.« April rührte Süßstoff in ihren Kaffee. »Wir reden hier von einem großen Teil der Fläche der USA und Kanadas. Sogar *hier* könnte irgend etwas in der Erde liegen.« Sie deutete auf den Fußboden. »Auch die Gegend von Fargo lag zeitweise unter dem Seespiegel. Wer weiß?«

Max folgte ihrem Blick auf die Fliesen. »Ich frage mich, was die Yacht wert ist?«

»Wenn sie das ist, wofür wir sie halten, dann ist sie absolut unbezahlbar.« April beobachtete eine Mutter, die ein zappelndes Kind und einen Armvoll Päckchen balancierte. »Ich hoffe nur, daß wir bald einige Antworten auf unsere Fragen erhalten. Ehrlich gesagt, Max – ich habe das dumme Gefühl, als stünden wir vor einem Geheimnis, das vielleicht niemals gelöst werden kann.«

»Jedenfalls wäre es nicht schlecht«, entgegnete er, »wenn wir etwas fänden, das uns bei der Suche nach dem ursprünglichen Besitzer des Schiffes hilft.«

»*Überreste*«, sagte April. »Wir brauchen Überreste. Artefakte.« Ihre Haltung war so angespannt, daß zwei vorbeitrabende Kinder mit Luftballons in den Händen anhielten und zu ihr starrten. »Sehen Sie, das Schiff wurde aufgegeben. Daraus folgt, daß etwas Unerwartetes geschehen sein muß. Vielleicht ein Sturm. Oder ein Angriff durch Eingeborene.«

»Oder«, hielt Max dagegen, »sie sind einfach nie wieder zurückgekehrt, um nach ihrem Schiff zu sehen.«

»Es ist ein wundervolles Schiff«, sagte April. »Ich würde es ganz sicher mitnehmen, wenn ich von hier wegginge. Ich würde es nicht einfach zurücklassen. Nein, Max. Meiner Meinung nach deuten alle Anzeichen darauf hin, daß irgend etwas schiefgelaufen ist.« Ihre Stimme bekam einen weicheren, beinahe entrückten Klang. »Ach Max. Ich weiß es einfach nicht. Ich hasse es, wüste Spekulationen über dieses Ding anzustellen.« Sie nahm einen Bissen Pizza und kaute sehr gründlich, bevor sie fortfuhr. »*Falls* etwas schiefgegangen ist, dann besteht durchaus eine Chance, daß auch das Transportmittel noch in dieser Gegend zu finden ist.«

Max hätte in Hochstimmung sein müssen. Dem Vickers-Museum in South Bend würden voraussichtlich nicht unbeträchtliche Geldmittel bewilligt werden, und daraus eröffneten sich ernsthafte geschäftliche Perspektiven für seine Company. Darüber hinaus hatte es zwei gute Angebote für ein *Catalina*-Wasserflugzeug gegeben, auf das Max eine Kaufoption besaß, und *Popular Aviation* hatte ihn benachrichtigt, daß man einen Artikel über Sundown bringen wollte. Die Geschäftslage seiner Firma sah alles in allem gut genug aus, daß Max mit dem Gedanken spielen konnte, die *White Lightning* zu behalten.

Nichtsdestotrotz verspürte er Ruhelosigkeit. Das Bodenradar näherte sich inzwischen dem westlichen Rand des Laskerschen Besitzes, ohne daß bisher irgend etwas Ungewöhnliches ans Tageslicht gekommen war.

April hatte Andeutungen über ein Fahrzeug gemacht. Vielleicht suchten sie ja in der ganz falschen Richtung. Schließlich würde ein Fahrzeug nicht über den Boden eines Sees fahren.

Vielleicht hatten sie vorher nicht gründlich genug nachgedacht. Was hatte Lisa Yarborough noch gleich gesagt? *Denkt darüber nach, wo sie an Land gegangen sein könnten, um ihre Hot dogs zu essen.*

Das Wetter war kalt geblieben. Max hatte sich angewöhnt, die Berichte der Mannschaft von *Ben at Ten* aus Grand Forks anzusehen, die über Kabel ausgestrahlt wurden. *Ben at Ten* hatte aus der Fort-Moxie-Geschichte ein tägliches Feature gemacht. Zuerst waren es die Teufelsschiff-T-Shirts gewesen. Man hatte Bilder von wütenden Bürgern gezeigt, die der Auffassung waren, daß dieses Gerede vom Teufel mehr Besucher von Fort Moxie abschrecken statt anlocken würde. Es gab ein Interview mit einem Mann, der behauptete, einen völlig intakten 1937er Chevrolet in seinem Steingarten in Drayton ausgegraben zu haben. Man berichtete über die Reaktionen der Besucher von außerhalb: Das Schiff war ein Hinweis auf den Jüngsten Tag, der kurz bevorstand; es war aus einem Flugzeug gefallen; es war ein Publicity-Gag von einem Bootsbauer; es war der Versuch der amerikanischen Regierung, mehr Besucher aus Kanada über die Grenze zu locken.

Tom meldete sich telefonisch. Er beschwerte sich, daß das Zelt nach Elefant stank und daß er zum ersten Mal in seinem Leben froh war, daß der Wind kaum je aus Süden wehte. April war außer sich, daß das Schiff nicht sicher weggeschlossen wurde und nicht einmal vor den Blicken der Neugierigen verborgen, doch Tom spürte so etwas wie die Verantwortung gegenüber seinen lebenslangen Nachbarn, es weiterhin auszustellen. Er hatte Max eine Hochglanzbroschüre geschickt, auf der die Yacht zu sehen war, sowie ein T-Shirt mit der Aufschrift *Ich hatte eine teuflisch gute Zeit in Fort Moxie,* darüber ein weiteres Bild des Schiffes. Die Broschüre war gar nicht schlecht:

Das Schiff lag oben auf dem Kamm und wurde von einem Vollmond eingerahmt, der irgendwie an Hexensabbat und Teufelsanbetung erinnerte. Die Geschichte der Entdeckung wurde in wenigen knappen Sätzen abgehandelt; Überschrift: *Wissenschaftler sind sprachlos*. Außerdem war das Laskersche Farmhaus abgebildet sowie Straßenbilder von Fort Moxie, auf denen der *Prairie Schooner*, *Clint's Restaurant* und das *Northstar Motel* zu sehen waren.

Max konnte sich nicht von der Vorstellung befreien, daß sie in der falschen Richtung suchten. An dem Tag, an dem das T-Shirt und die Broschüre in seinem Briefkasten lagen, beschloß er, dieser Möglichkeit endlich auf den Grund zu gehen.

Die Hauptstelle der Fargoer Stadtbücherei lag an der Kreuzung zwischen First Avenue und Dritter Straße. Es war ein zweistöckiges, plumpes Gebäude, eingerahmt von alten Ziegelsteinhäusern. Der Anblick wurde durch ein paar Bäume und Sträucher aufgelockert.

Es war Nachmittag, kurz vor Einsetzen des Berufsverkehrs, als Max an der Polizeiwache vorüberfuhr und seinen Wagen schließlich vor dem Verwaltungsgebäude in eine Parkbucht steuerte. Die Temperatur war gestiegen, der Schneefall, der gegen Mittag eingesetzt hatte, hatte sich inzwischen in Regen verwandelt, und der Asphalt glitzerte in kaltem Naß. Die eingeschaltete Straßenbeleuchtung erzeugte ein merkwürdiges Zwielicht. Der Himmel hing schwer und tief über den Dächern. Max kletterte aus seinem Wagen, zog die Jacke enger und eilte den halben Block zur Bücherei hinunter.

Kinder aus der High School drängten sich vor den Regalen und an den Tischen. Die Luft war schwer vom Geruch feuchter Baumwolle. Max ging in die Abteilung für Nachschlagewerke, zog alle Atlanten aus dem Regal, die er finden konnte, und schaffte sie zu einem freien Tisch.

Lake Agassiz war der größte der zahlreichen pleistozäischen Seen gewesen, die Nordamerika bedeckt hatten.

Es war ein See im wahrsten Sinne des Wortes gewesen. Zur Zeit seiner größten Ausdehnung hatte er hundertzehntausend Quadratmeilen bedeckt. Der See hatte sich gegen Ende der letzten Eiszeit aus den Schmelzwassern der Kontinentalgletscher gebildet. Innerhalb weniger tausend Jahre hatten eben diese Gletscher bei ihrem Rückzug nach Norden den Abfluß in die Hudson Bay freigegeben, und der Lake Agassiz war ausgelaufen.

Überreste des Sees aus grauer Vorzeit fanden sich noch im Lake of the Woods, im Assiniboine River, Rainy Lake, dem Red Lake in Minnesota, im Red River of the North und im Lake Winnipeg. Als der Lake Agassiz noch existiert hatte, war die gesamte Fläche des Tals dreihundert Fuß hoch mit Wasser bedeckt gewesen.

Max überprüfte die Einträge über Eingeborene in Nordamerika. Sie waren wahrscheinlich rechtzeitig genug eingewandert, um den Lake Agassiz noch zu erleben. Was hatten sie außerdem vorgefunden?

Die Holzfasern an den Mooringtauen deuteten darauf hin, daß das Schiff irgendwo angelegt hatte, statt einfach vor Anker zu gehen. Das implizierte einen Hafen. Wo hatte sich damals ein geschützter Hafen in der Nähe von Tom Laskers Haus befunden?

Wo an der Küste des Lake Agassiz hätte man einen Pier errichtet?

Die Länge der ehemaligen Küstenlinie war entmutigend. Sie erstreckte sich vom nördlichen Zentrum Saskatchewans bis nach St. Anthony Falls in Minneapolis. Zehntausend Meilen Küste, wenn nicht mehr. Hoffnungslos. Auf der anderen Seite bestand eine gute Chance, daß das Schiff vertäut gelegen und sich losgerissen hatte, und daß es kurze Zeit später auf ein Riff getrieben oder durch einen Sturm gesunken war. Keine lückenlose Argumentationskette, sicher, doch die Möglichkeit bestand. Wenn sie zutraf, dann lag der Hafen in der Umgebung. Irgendwo entlang der westlichen Küste zwischen Fargo und Winnipeg.

Max studierte die Karten lange Zeit.

Was war notwendig für einen guten Hafen? Offensichtlich mußte der Wasserstand stimmen. Das machte die Sache zu einem Problem der Höhenlage. In Ordnung, das konnte man herausfinden. Des weiteren mußte ein Hafen Schutz vor Wind und Strömung bieten. Und tief genug sein, daß die Schiffe während der Ebbe nicht auf Grund lagen. Damit waren flache Hänge ausgeschlossen. Es konnte nicht viele derartige Stellen geben.

Hoffte er jedenfalls.

Die Maschine hob ab, kletterte in einen klaren Himmel hinauf und drehte nach Westen. Max hielt nach der Küstenlinie Ausschau.

Er fand nichts.

Das Red River Valley stieg im Süden an, und der Rücken, wie er nahe der Grenze nur genannt wurde, versank in die Unsichtbarkeit. Vom Wasser her würde die Küste flach ausgesehen haben. Und nirgendwo wäre es tief genug gewesen, um sich dem Ufer zu nähern.

Max steuerte nach Norden. Er flog über eine schneebedeckte Landschaft, die von Silos und gelegentlichen kleineren Ortschaften überzogen war. Stille zweispurige Straßen verbanden sie untereinander. Die antike Küstenlinie tauchte erst auf, als er Cavalier County erreichte.

In der Nähe von Herzog Dam verlief die Route 5 durch einen Einschnitt. Max ging auf viertausend Fuß hinunter, um einen besseren Blick zu haben. Die verschneiten Felder lagen winterlich verlassen da. Nichts bewegte sich in der Landschaft mit Ausnahme eines einzelnen Pickups, der sich von Osten her näherte. Es schien durchaus möglich, daß der Einschnitt einen antiken Hafen verbarg. Max überflog die Geländeformation mehrmals, ohne zu einem schlüssigen Ergebnis zu gelangen. Falls das hier wirklich der Hafen gewesen war, so gab es wahrscheinlich nicht viel, was noch davon übrig war. Max fotografierte die Stelle und flog weiter.

Er entdeckte eine weitere mögliche Landestelle abseits

der Route 32, südlich von Walhalla. Und eine dritte jenseits der Grenze in Kanada.

Alles in allem drei Plätze, die sich als Hafen eigneten. Die Stelle südlich von Walhalla lag der Laskerschen Farm am nächsten. Dorthin zuerst, dachte er und drehte nach Osten.

Er rief April noch vom Flugzeug aus an. »Nichts Großes«, erklärte er. »Aber es ist immerhin eine Möglichkeit.«

»Sicher.« Sie klang nicht sonderlich begeistert. »Alles ist besser als das, was wir im Augenblick unternehmen. Wem gehört das Land?«

»Das kann ich herausfinden — falls Sie möchten, daß ich der Sache weiter nachgehe.«

»Ja«, erwiderte sie. »Machen Sie weiter. Besorgen Sie eine Genehmigung, daß wir uns umsehen können.«

Tom erwartete Max am Flughafen von Fort Moxie. Er war genauso unbeeindruckt wie April. Schließlich zuckte er die Schultern und meinte: »Wenn du magst, können wir gleich mal rüberfahren.«

Sie nahmen die Route 11 an der Farm vorbei und zum Fuß des Pembina-Rückens, wo sie in südlicher Richtung auf die Route 32 abbogen. Die Hügel und Kämme westlich der Straße bildeten eine massive Barriere aus baumbedeckten Gipfeln und Geröllhaufen am Fuß der Hänge. Walhalla, die kleine, blühende Stadt aus Holzhäusern, Sägewerken und Futterläden schmiegte sich in das Gelände.

Zehn Minuten südlich der Stadt wichen die Bäume zurück, und vor ihnen wurde ein hufeisenförmiger Canyon sichtbar.

»Johnson's Ridge«, meinte Lasker.

Die Canyonwände waren felsig und erhoben sich im Süden und Westen beinahe senkrecht. Im Norden war der Anstieg nicht so steil und dicht bewaldet, genau wie der Grund des Canyons. Zwei Männer hatten direkt am

Straßenrand geparkt und waren damit beschäftigt, Feuerholz zu schneiden und auf der Ladefläche eines Kleinlasters zu verstauen.

Der Canyon war an seinem Eingang vielleicht zweihundert Yards breit und doppelt so tief. An der Rückseite verengte er sich auf ein Drittel. Eine schmale Zufahrtsstraße bog vom Highway ab, schlängelte sich durch den Wald und in einer Reihe von Haarnadelkurven zum Kamm an der Nordseite hinauf.

Lasker steuerte zum Straßenrand und hielt an. Die Sonne näherte sich den Gipfeln des westlichen Vorgebirges, die hundert oder hundertfünfzig Fuß niedriger lagen als die restlichen, den Canyon einschließenden Hügel. »Wo lag der Wasserspiegel?« fragte er.

»Das hängt davon ab, von welchem Zeitraum du sprichst. Er lag zu keiner Zeit so hoch, daß die Südseite als bequemer Hafen hätte dienen können. Aber lange Zeit hätte man ein Schiff dorthin steuern«, Max deutete auf den rückwärtigen Hang, »es an einem Dock oder was auch immer festmachen und an Land gehen können.«

Lasker blinzelte in die tiefstehende Sonne. Ein Schwarm Vögel, zu weit entfernt, um sie deutlich zu erkennen, kreiste über dem Kamm. »Könnte sein«, brummte er. »Ich glaube, das Land gehört den Indianern.«

Arky Redferns Kanzlei lag in einem Bürogebäude in den Außenbezirken von Cavalier, der Bezirkshauptstadt. Neben Redfern hatten sich ein Kieferorthopäde und ein Finanzberater niedergelassen. Das Gebäude war ein flacher grauer Bau mit vielleicht zwanzig Parkplätzen davor, die nur zur Hälfte belegt waren, als Lasker den Wagen direkt neben dem Behindertenparkplatz abstellte.

Drinnen blickte eine streng aussehende junge Frau von ihrem Computerterminal auf. »Guten Tag, die Herren«, sagte sie. »Kann ich Ihnen behilflich sein?«

Sie ließ sich die Namen geben und nahm den Telefonhörer auf. Fünfzehn Minuten später wurden Tom und Max in ein Büro geführt, das von einem großen Mahagonischreibtisch, Ledermobiliar und Bücherschränken mit Glastüren beherrscht wurde. Die Wände an den Seiten waren mit Plaketten und Zertifikaten vollgehängt, die Rückwand dagegen war unübersehbar einem einzelnen Jagdbogen und fünf Pfeilen vorbehalten.

Arky Redfern war ein schlanker junger Mann in einem grauen Tweedjackett. Er war durchschnittlich groß, besaß dunkle, abweisende Augen, eine kupferfarbene Haut und dickes braunes Haar. Frisch von der Universität, dachte Max. Redfern kam durch eine zweite Tür in das Büro, begrüßte Lasker wie einen alten Freund, fragte nach Toms Familie und schüttelte schließlich Max die Hand.

»Nun gut«, sagte er und ging zum geschäftlichen Teil über. »Was genau planen die Herren bei Johnson's Ridge zu tun?«

Als hätten sie sich zuvor darüber geeinigt, übernahm Tom Lasker das Wort. »Wir hätten gerne die Genehmigung, die Gegend mit einem Bodenradar nach Artefakten abzusuchen.«

Der Anwalt legte den Kopf schief, als hätte er nicht richtig verstanden. »Wirklich? Und aus welchem Grund? Was erwarten Sie zu finden?«

»Es handelt sich um eine eher allgemeine Suche. Wir wollen herausfinden, ob dort oben irgend etwas zu finden ist. Und wir wären damit einverstanden, nichts zu bewegen, falls wir Erfolg haben.«

Redfern zog eine Brille aus der Innentasche seines Jacketts und setzte sie sorgfältig auf. »Warum erzählen Sie mir nicht geradeheraus, wonach Sie suchen, Tom? Liegt dort oben vielleicht noch eine Yacht verborgen?«

Lasker wechselte einen Blick mit Max. »Wir suchen die gesamte Gegend ab, Mister Redfern«, sagte Max. »Man kann nie wissen, ob man fündig wird.«

Laskers Mund formte ein lautloses »Vertrau ihm«, und Max seufzte. Einem *Anwalt* vertrauen? Das widersprach seinen heiligsten Prinzipien. Redfern war mit Max' Antwort ganz offensichtlich nicht zufrieden. Er schien noch immer auf eine Erklärung zu warten.

»Wir glauben, daß vielleicht ein paar Relikte aus dem Paläolithikum überdauert haben«, sagte Max.

Die Augen des Anwalts zogen sich zu engen Schlitzen zusammen. Er wandte sich an Tom. »Das *hat* mit dem Schiff zu tun, oder nicht, Tom?«

»Ja«, gestand Lasker. »Es besteht eine vage Möglichkeit, mehr nicht, daß oben auf Johnson's Ridge irgend etwas vergraben liegt. Wie gesagt, eine vage Möglichkeit. Halb geraten.«

Redfern nickte langsam. »Warum erzählen Sie mir nicht alles, was Sie über das Schiff herausgefunden haben?« fragte er.

»Es stand alles in den Zeitungen«, entgegnete Max.

»Nichts stand in den Zeitungen. Altes Schiff auf Farm ausgegraben. Es ist in sehr gutem Zustand, so, als wäre es höchstens eine Woche unter der Erde gewesen. Und in der Nacht gehen die Lichter an.« Er starrte die beiden Männer an. »Sie wollen Zugang zu Johnson's Ridge? Dann erzählen Sie mir, was da vorgeht.«

»Garantieren Sie uns Verschwiegenheit?« fragte Lasker.

»Ich würde gerne mit dem Vorsitzenden reden, falls es erforderlich wird. Ich darf Ihnen versichern, daß niemand sonst erfahren wird, was Sie mir erzählen.«

»Wer ist der Vorsitzende?« fragte Max.

»Der Anführer des lokalen Siouxstammes«, antwortete Lasker. »Sein Name lautet James Walker.«

»Die Sioux haben einen *Vorsitzenden* als Anführer?«

»Nur Filmindianer haben Häuptlinge«, sagte Redfern. »Und jetzt erzählen Sie mir von diesem Schiff.«

Max nickte. »Es kann sein, daß es viel älter ist, als es scheint«, begann er. Ein Traktorschlepper fuhr draußen vorbei und brachte das Gebäude zum Zittern. Max beschrieb, was April herausgefunden hatte. Während er redete, beobachtete er Redfern genau, als erwartete er, jeden Augenblick als Geistesgestörter hinausgeworfen zu werden.

Statt dessen beendete er seine Geschichte, ohne daß Redfern ihn ein einziges Mal unterbrach oder eine sichtbare Reaktion zeigte. Redfern saß eine Weile schweigend da.

»Sie wollen damit andeuten«, sagte er schließlich, daß irgend jemand mit einer *Yacht* über den Lake Agassiz gesegelt ist?«

Wenn Leute es so ausdrückten, klang es immer irgendwie dämlich. »Wir sind nicht sicher«, entgegnete Max. »Die Möglichkeit jedenfalls besteht.«

»In Ordnung.« Redfern öffnete eine Schublade und nahm einen Memoblock heraus. »Wieviel sind Sie für die Genehmigung bereit zu zahlen?«

Lasker lehnte sich in seinem Stuhl zurück. »Da wir dem Land in keiner Weise Schaden zuzufügen gedenken, Arky, hatten wir eigentlich gehofft, Sie würden uns einfach so einen Blick darauf werfen lassen.«

Redfern nickte. »Selbstverständlich. Ich hoffe, Sie verstehen, Tom, wenn es allein an mir läge, würde ich ohne Zögern zustimmen. Aber der Stammesrat hat seine Regeln, und mit bleibt nichts übrig, als mich daran zu halten.« Redfern blickte seine beiden Besucher an.

»Ich schätze, wir könnten einen Hunderter investieren«, sagte Max.

Redfern nickte vor sich hin, ohne das Angebot zu akzeptieren. »Wie genau haben Sie sich die Suche vorgestellt?«

»Wir werden ein Bodenradar zum Einsatz bringen«, sagte Max.

Redfern schrieb etwas nieder und legte die Stirn in Falten. Er fügte weitere Notizen hinzu. Dann blickte er auf. »Ich sehe keinen Weg, wie ich weniger als tausend Dollar akzeptieren könnte.«

Max stand auf. »Das ist lächerlich!« stieß er hervor.

»Es ist üblich«, erwiderte Redfern. Er ließ die Behauptung im Raum stehen, als wäre ihr Wahrheitsgehalt offensichtlich. Max dachte nach. Es gab noch andere Stellen, an denen sie nachsehen konnten, doch Johnson's Ridge bildete einen idealen Hafen. Wenn das Schiff irgendwo in dieser Gegend zu Hause gewesen war, dann in Johnson's Ridge.

»Wir können keine tausend Dollar aufbringen« sagte er. »Aber vielleicht denken Sie über folgendes nach: Falls wir etwas finden, wird jeder davon profitieren.«

»Da bin ich ganz sicher«, sagte Redfern. Er seufzte. »Also schön, ich verrate Ihnen, was ich tue. Ich werde mit dem Vorsitzenden reden. Vielleicht macht er eine Ausnahme und geht mit seiner Forderung herunter, weil Sie ein würdiges Motiv haben. Welche Zahl darf ich ihm nennen?«

Er lächelte Max freundlich an.

»Was sagen Sie zu fünfhundert?«

Redfern schloß die Augen. »Ich vermute, der Vorsitzende wird es als ein wenig geizig betrachten. Aber ich kann es versuchen.« Er schrieb erneut auf seinen Memoblock. »Ich werde einen Vertrag aufsetzen.« Er lächelte. »Sie wissen sicherlich, daß alle Artefakte indianischen Ursprungs, die Sie finden, Eigentum des Stammes bleiben. Alles andere von Wert werden wir zu den üblichen Konditionen mit Ihnen teilen.«

»Wie lauten diese Konditionen?« fragte Max.

Redfern zog ein weiteres Papier hervor. »In diesem Fall trifft, glaube ich, Abschnitt vier zu.« Er reichte Max das Papier. »Das sind unsere Standardrichtlinien für alle, die archäologische Arbeiten auf Stammesgebiet durchführen wollen.«

»Ich schätze«, sagte Max, »wir benötigen einen Anwalt.«

Redfern blickte ihn amüsiert an. »Ich empfehle stets, daß anwaltlicher Rat eingeholt wird, bevor man in eine legale Transaktion gleich welcher Art eintritt. Ich werde Ihre Einverständniserklärung aufsetzen. Sie können am Spätnachmittag vorbeikommen und unterschreiben, wenn Sie mögen.« Er erhob sich. Der geschäftliche Teil war anscheinend abgeschlossen. »Kann ich sonst noch etwas für die Herrschaften tun?«

Max hatte die ganze Zeit über den Jagdbogen bewundert. »Haben Sie den jemals benutzt?« fragte er.

»Er hat meinem Vater gehört«, lautete Redferns Erwiderung, als beantwortete das die Frage.

Peggy Moore war in Plymouth, New Hampshire, im Schatten der White Mountains aufgewachsen. Sie war in New York zur Schule gegangen, hatte drei Ehen hinter sich und nur wenig Geduld mit Menschen, die ihr in die Quere kamen. Sie hatte einen großen Verantwortungsbereich bei GeoTech, doch am liebsten leitete sie die Suchaktionen mit dem Bodenradar. Nicht, weil das eine Herausforderung dargestellt hätte, sondern weil man die am meisten befriedigenden Resultate erzielte. Es gab nichts, was dem Gefühl nahekam, vor den Monitoren zu sitzen und Gesteinsformationen zu entdecken, die Öl versprachen. Außer vielleicht dem Fund in Nebraska, der der bisherige Höhepunkt ihrer Karriere gewesen war: die Knochen eines Mastodons.

Peggy hatte angenommen, daß die Suche auf der Laskerschen Farm einem zweiten Schiff gegolten hatte, doch jetzt war sie mit ihrer Mannschaft ohne weitere Erklärung nach Johnson's Ridge geschickt worden. Was zur Hölle hatte das zu bedeuten? Wonach suchten sie?

Die Frage bereitete ihr inzwischen schlaflose Nächte. In Peggy Moore wuchs der Verdacht, etwas Illegales könnte vor sich gehen. Nichts anderes erklärte die zwanghafte Heimlichtuerei. Und doch schien Max (der Peggy sehr an ihren ersten Ehemann erinnerte) zu zaghaft, um ein Krimineller zu sein. Die Laskers waren ganz eindeutig geradlinige Menschen. Bei April Cannon war sich Peggy nicht ganz so sicher. Sie hatte zu wenig Zeit mit der Frau verbracht. Cannon strahlte eine gewisse Rücksichtslosigkeit aus, und wenn sie den rechten Grund fand, würde sie bestimmt auch vor dem Gesetz nicht haltmachen. Trotzdem beantwortete das nicht die zugrundeliegende Frage. Wonach suchten sie? Einem versteckten Schatz? Vergrabenen Drogen? Einem verlorengegangenen Lager von Nervengas?

Peggy beobachtete, wie Sarah die Daten von Charlies Radar im Auge hielt. Das Wetter hatte sich ein wenig beruhigt. In den letzten Tagen war es wärmer geworden. Charlie verfolgte seinen vorgegebenen Weg über den Kamm. Die Scans wurden in die Systeme eingespeist und in Bilder von Gestein und Erde umgerechnet.

Der Schnee war durch die ungewöhnliche Wärme geschmolzen, und der Boden war demzufolge naß und gefährlich. Moore hatte das Suchmuster sehr vorsichtig ausgearbeitet, um zu verhindern, daß Charlie in die Nähe des Abhangs kam. Sie hielt seinen Fortschritt ständig im Auge und rief ihn hin und wieder zurück. Sicherheit ging vor Vollständigkeit.

Die Radareinheit lieferte bis zu einer Tiefe von hundert Fuß vernünftige Bilder. Für archäologische Zwecke – immer vorausgesetzt, das war tatsächlich der Grund, aus dem sie hier waren – reichte das mehr als aus.

Der westliche Abschnitt von Johnson's Ridge, der rückwärtige Kamm, war grasbewachsen und flach, ein langgestrecktes Plateau, das von Norden nach Süden vielleicht zweitausend Yards maß und an der schmalsten Stelle hundertfünfzig Yards breit war. Im Süden wurde es durch eine Schlucht von den Hügeln an der Flanke abgetrennt, die nördliche Seite endete vor einer Wand aus Bäumen.

»Konzentrieren Sie sich auf den Rand«, hatte Max gesagt.

»Langsamer«, befahl Peggy Charlie, der noch immer unbehaglich dicht am Abhang fuhr.

»Roger«, bestätigte Charlie. Er trug eine übergroße Baumwolljacke und eine Wollmütze mit heruntergeklappten Ohrenschützern.

Peggy wollte *irgend etwas* finden. Nicht nur, weil sie neugierig war auf das, was vor sich ging, sondern weil sie Profi war und dem Kunden ein Ergebnis liefern wollte, selbst wenn das Projekt dadurch unnötig erschwert wurde. Trotzdem ärgerte sie sich, daß Collingwood und seine Freunde ihr nicht trauten. Niemand würde ihnen ihre Perlen und Pfeilspitzen oder was auch immer stehlen. Und das war ein weiterer Punkt, der auf geologische Beweggründe schließen ließ: Diese Leute sahen nicht aus, als interessierten sie sich für antike Kochtöpfe. Peggy hatte ihnen gesagt, daß sie wissen mußte, wonach sie suchte, wenn sie etwas finden sollte. Gold beispielsweise.

Sie saß mit hochgelegten Füßen an einem der Monitore und nippte Kaffee, als auf der Monitorreihe ein äußerst merkwürdiges Bild entstand. »Ich will verdammt sein!« sagte sie und schaltete ihren persönlichen Monitor auf Standbild um.

9

Von den mondbeschienenen Plätzen,
wo einst Menschen lachten,
blieb nichts als Knochen in der Erde . . .
›Küsten der Vergangenheit‹
Walter Asquith

Max befand sich in Tucson, um an der Versteigerung eines Halifax-Bombers teilzunehmen, als der Anruf ihn erreichte.

»Ich glaube, wir haben einen Volltreffer gelandet.« Aprils Stimme klang gedämpft. »Irgend etwas liegt am Rand des Kamms im Boden.«

»Was? Ein anderes Schiff?« Max stand in der Nähe des Fensters im menschenleeren Terminal eines kleinen Privatflughafens. Die Halifax war draußen auf dem Rollfeld geparkt, umringt von seinen Mitbietern.

»Nein. Es ist ein ganzes Stück größer. Hundertfünfzig Fuß lang. Und genau dort, wo Sie es vermutet haben, Max. Am Rand des Hügelkamms.«

»Ich will verdammt sein.«

»Max«, sagte sie. »Es ist *rund.*«

»Wie bitte?«

»Sie haben mich verstanden.«

Aprils Worten folgte ein langes, bedeutungsschweres Schweigen auf beiden Enden der Leitung.

Die Ausdrucke des Bodenradars zeigten etwas, das aussah wie ein Rundhaus mit einer blasenförmigen Kuppel. »Ich will verdammt sein, wenn ich jemals zuvor etwas Derartiges zu Gesicht bekommen habe«, sagte Peggy Moore. »Es ist weder eine Rangerstation noch ein Silo. Und ganz sicher ist es kein Farmhaus.« Sie blickte Max mißtrauisch an. »Ich nehme an, Sie wissen, was es ist.«

Max wußte, worauf er hoffte, doch die Aufnahme sah in keiner Weise aerodynamisch aus. Er begnügte sich mit einem Kopfschütteln.

»Konnten Sie sonst noch etwas entdecken?« fragte April.

»Nichts. *Nada*. Es ist ein großes, rundes Gebäude. Vielleicht fünfhundert Fuß im Umfang.«

»Wie hoch ist es?«

»Zwanzig Fuß am Rand, dreißig in der Mitte.« Sie saßen im GeoTech-Wagen, der unbehaglich dicht am Rand der Klippe geparkt stand, direkt über dem Objekt. Der Wind drückte gegen die Flanke des Fahrzeugs. »Aber da ist noch etwas Merkwürdiges«, berichtete Moore. »Die Spitze des Hügels besteht hauptsächlich aus Felsgestein, nur von wenigen Fuß Erde bedeckt. Verstehen Sie? Dieses Ding ist in einen Einschnitt im Fels gebaut. Hier, diese Schatten. Alles Granit.«

April bat Moore, die Aufnahme zu vergrößern.

»Der Einschnitt ist ebenfalls rund«, sagte Moore. »Ich würde sagen, er wurde ... äh, extra geschaffen, um das Rundhaus aufzunehmen.«

Max und April wechselten Blicke.

»Und hier ist noch etwas«, fuhr Peggy Moore fort. Sie deutete auf dunkle Schatten unter und vor dem Objekt. (Falls man davon ausgehen konnte, daß die Vorderseite des Objekts zum Hang hin zeigte.) »Hier befindet sich ein Kanal oder so etwas, der durch den Fels geschnitten ist.« Der Kanal erstreckte sich von einem Punkt direkt unterhalb der Konstruktion bis zum Rand des Abgrunds.

»Woraus besteht das Rundhaus?« erkundigte sich April.

»Keine Ahnung. Jedenfalls nicht aus Stein, das kann ich Ihnen schon verraten.«

»Woher wollen Sie das wissen?«

»Die Qualität der zurückkommenden Signale. Es sieht beinahe wie Glas aus.« Moore trommelte mit den Fingern auf ihrem Tisch. »Ich verstehe einfach nicht, was so ein Objekt hier oben zu suchen hat. Wären wir unten in der Ebene, würde ich sagen, es handelt sich um ein verlassenes Lagerhaus. Groß genug dazu ist es. Aber warum sollte jemand hier oben ein Lagerhaus errichten? Es sieht fast so aus, als wären Leute hergekommen, um auf der vorderen Terrasse zu sitzen und über das Tal hinaus zu blicken. Meinen Sie nicht?« Sie musterte Max mit hartem Blick. »Aber dieses Ding besitzt keine Terrasse.« Max wand sich unter ihrem offensichtlichen Ärger und war versucht, alles auszuplappern. Aber was wollte er ihr sagen? Daß er der Meinung war, Peggy Moore hätte soeben eine fliegende Untertasse entdeckt?

Sie kletterten aus dem Lieferwagen und starrten zu Boden, als könnten sie allein durch Willenskraft sehen, was sich darunter verbarg. Während der Nacht hatte es erneut geschneit. Den ganzen Tag über war ein starker Wind gegangen und hatte den Gipfel vom Schnee freigeweht. Die Sonne war eben untergegangen, und es wurde rasch kälter.

Der Traktor mit dem Radar zog ein Stück entfernt seine Spur auf der Suche nach weiteren Objekten im Boden. Das periodische Brummen des Motors durchschnitt die Stille. Weit unten im Tal bewegte sich ein Scheinwerferpaar über die Route 32, und in einigen Farmhäusern wurde die Beleuchtung eingeschaltet. Die Landschaft verblaßte rasch und wurde unwirklich.

April überraschte Max.

Sie hakte sich bei ihm unter und zog ihn mit sich, weg von Peggy Moore. »Der Kanal«, sagte sie. »Denken Sie das gleiche wie ich?«

Er nickte. »Er war für das Schiff.«

Sie erschauerte vor Begeisterung. »Ich schätze, wir haben den Jackpot gefunden.«

»Ganz meine Meinung«, stimmte Max ihr zu.

Eine Weile schwiegen beide. Max genoß das Gefühl, das von ihm Besitz ergriffen hatte.

»Glauben Sie«, sagte April nach einiger Zeit, »daß die Sioux einverstanden sein werden, wenn wir hier Grabungen durchführen?«

»Sicher. Sie profitieren schließlich auch von dieser Sache.«

Sie drehten sich mit dem Rücken zum Wind und blickten über den Abgrund hinaus. »Mir gefällt die Vorstellung nicht, die ganze Geschichte auf ein Fundament aus Profit und Verlust zu bauen. Ich wünschte, wir könnten uns herschleichen und die Sache erledigen, ohne mit irgend jemandem darüber zu reden. Auf der anderen Seite wird das ein ziemlich großes Projekt.«

Max stimmte ihr zu. »Eine Ausgrabung wird sicher nicht ganz einfach. Dieses Ding ist ein ganzes Stück größer als das Schiff.« Der Boden knirschte unter seinen Füßen. »Ich frage mich, ob wir nicht vielleicht bis zum Frühling warten sollten.«

»Nein.« Aprils Gesicht drückte Anspannung aus. »Ich werde keine sechs Monate herumsitzen und warten. Wir können ganz rasch eine kleine Armee aus Freiwilligen herbeischaffen. Wenn wir Lisa zeigen, was wir gefunden haben, wird sie uns sicher finanziell unterstützen. In dieser Richtung sehe ich keine Probleme.« Sie kuschelte sich in ihren Mantel. »Wir können Anzeigen zur Universität von North Dakota schicken und studentische Hilfskräfte einstellen. In Fort Moxie, Cavalier und Walhalla gibt es eine ganze Reihe von Leuten, die in dieser Jahreszeit nicht viel zu tun haben. Ich glaube wirklich nicht, daß es Schwierigkeiten machen würde, eine vernünftige Mannschaft zusammenzustellen. Als erstes müssen wir schweres Gerät heranschaffen.« Aprils Augen leuchteten. »Was denken Sie, Max? Haben wir etwas gefunden?«

Sie war warm und verletzlich. Genau wie Max zögerte sie, ihrem Fund zu viel Bedeutung beizumessen, bevor sie mehr wußten.

»Keine Ahnung«, antwortete Max.

Im Osten erstreckte sich das Red River Valley bis zu den Sternen.

Lisa Yarborough hatte mit einem halben Dutzend Freunden *Cats* gesehen und einen vergnügten Abend verbracht. Anschließend waren sie noch in die Thai Lounge gegangen. Gegen 1 Uhr 30 stellte sie ihren Wagen in der Garage ab. Lisa ging ins Haus, verschloß die Tür hinter sich und überprüfte den Anrufbeantworter.

Aprils Stimme sagte: »Ruf mich zurück, wenn du kannst.«

Lisa überlegte, bis zum Morgen zu warten, doch in Aprils Stimme war ein Klang gewesen, der ihre Neugier weckte.

Beim zweiten Klingeln nahm April den Hörer ab.

»Was habt ihr gefunden?« fragte Lisa.

»Auf dem Kamm liegt etwas im Boden vergraben. Wir wissen noch nicht genau, was es ist, aber es sollte nicht dort sein.«

»Steht es mit dem Schiff in Verbindung?«

»Auch das wissen wir erst, wenn wir es ausgegraben haben. Ich will keine voreiligen Versprechungen machen. Vielleicht hat irgend jemand ein Silo dort oben aufgestellt. Wir wissen es einfach nicht. Es ist groß, Lisa. Und rund. Lisa, ich kann diese Sache nicht mehr objektiv beurteilen. Die gegenwärtigen Eigentümer besitzen das Land seit den zwanziger Jahren, und sie sagen, dort dürfte eigentlich nichts sein.«

»In Ordnung. Wieviel braucht ihr?«

Sie verfielen rasch in die Angewohnheit, prosaische Erklärungen für das Rundhaus zu finden. Schließlich gab es eine fast beliebige Reihe von Dingen, die es dargestellt haben mochte. Ein Sanatorium für Leute, die einmal abschalten mußten. Eine Testanlage der Regierung für weiß der Himmel was. Eine in Vergessenheit geratene Anlage der National Guard. Trotzdem gab es einen deutlichen Unterschied zwischen dem, was sie sagten und dem, was sie dachten.

Max übernahm es, einen Bagger zur Grabungsstelle zu

schaffen. In der Nacht, bevor die Northern Queen Construction Company mit den Arbeiten beginnen sollte, versammelten sich April, Max und die Laskers im Prairie Schooner unter Weihnachtslichtern zu einer Feier, die vorgeblich mit der Jahreszeit in Verbindung stand, aber auf irgendeine Weise mit Max' Jagd nach einem Hafen und ihrem möglicherweise erfolgreichen Abschluß zu tun hatte. Die Stimmung war zugleich überschwenglich und gespannt, und Redferns Glückwünsche vom Vorsitzenden des Siouxstammes trugen noch einen Teil dazu bei.

Die vier saßen an einem Ecktisch und beobachteten Paare, die im Schein elektrischer Kerzen zu Buck Claytons ›Don't Kick Me When I'm Down, Baby‹ tanzten. Die Musik berührte Max. Er fühlte sich sentimental und einsam und glücklich, alles zugleich. Zuviel Wein, dachte er bei sich.

Ein Mann, den er noch nie zuvor gesehen hatte, lud April zum Tanzen ein. Sie lächelte und ging mit. Es war ein blonder, gutaussehender Bursche um die Dreißig. »Sein Name ist Jack«, erklärte Tom Lasker. »Er arbeitet drüben im Depot.«

Max war ärgerlich zu sehen, daß April sich offensichtlich gut amüsierte.

Wenige Minute später war sie zurück. Das wichtigste sei, meinte sie, daß sie noch immer die Yacht hätten, ganz gleich, was sich aus dem Fund oben bei Johnson's Ridge ergeben würde. Nach Aprils Meinung hielten sie unwiderlegbare Beweise für eine weit fortgeschrittene Technologie in den Händen. »Auf der anderen Seite«, fügte sie hinzu, »kann ich es kaum abwarten, einen Blick auf das Rundhaus zu werfen.« Ihre Augen leuchteten.

Als Max Tom Lasker fast beiläufig fragte, was er mit der Yacht zu tun gedachte, schien der große Mann ehrlich überrascht. »Verkaufen, warum?« erwiderte er. »Sobald ich eine genauere Vorstellung von ihrem Wert habe.«

»Sie ist unbezahlbar«, sagte April.

»Nicht lange«, erwiderte Tom. »Ich kann es kaum erwarten, das verdammte Ding loszuwerden.«

April wirkte schockiert. »Warum nur?« fragte sie.

»Weil ich das Zirkuszelt und die verdammten T-Shirts satt bin. Weil ich es satt bin, daß man mir das Gefühl vermittelt, ich täte nicht genug für die Stadt. Nein, ich werde das Schiff bei der ersten vernünftigen Gelegenheit in Geld verwandeln.«

Max genoß die Aussicht, eine entscheidende Rolle bei der Entdeckung eines UFOs zu spielen. Er stellte sich vor, wie er dem Präsidenten das Flugdeck zeigte. *Hier ist das Navigationssystem, Mister President. Und hier, zu Ihrer Rechten, befinden sich die Kontrollen für den Warp-Antrieb.* Nein, es würde sicher keinen Warp-Antrieb geben. Es wäre ... was, Hyperlicht? Quantenmotor? *Wir erwarten, Alpha Centauri bei Reisegeschwindigkeit in elf Tagen zu erreichen.* Ja. Das war ein Satz, den er nur zu gerne loswerden würde.

Er stellte sich eine Fernsehverfilmung vor und spekulierte, wer die Rolle des Max Collingwood spielen würde. Vorzugsweise ein Schauspieler, der zugleich verletzlich und hart sein konnte. Er würde unter den begehrtesten Junggesellen im *Esquire* aufgeführt werden. Interviewt von Larry King. (Max fragte sich, ob ihn die Kameras nervös machen würden.) Falls alles gutging, würde er die Lightning behalten und ein Museum für Kampfflugzeuge errichten, in dem sie das Herzstück wäre.

Das Collingwood Memorial Museum.

Die vier gaben sich Mühe, keine unnötige Aufmerksamkeit auf sich zu ziehen, doch das wurde mit zunehmendem Alkoholkonsum schwieriger. Sie tranken aufeinander, auf Lisa Yarborough, auf die Mannschaft am Bodenradar, auf den Lake Agassiz und auf Fort Moxie (›das Zentrum der amerikanischen Kultur westlich des Mississippis‹).

»Ich denke, wir sollten einen Archäologen hinzuziehen«, sagte Max. »Wir könnten einen gebrauchen, der die Grabung leitet. So vermeiden wir Fehler, die wir auf uns allein gestellt unweigerlich begehen würden.«

»Das sehe ich anders«, sagte April.

»Wieso?«

»Wir brauchen keinen Archäologen.« Sie musterte ihr Glas im Dämmerlicht der elektrischen Kerzen. »Wir wollen niemanden sonst in die Sache hineinziehen, wenn es irgendwie zu vermeiden ist. Sobald ein Archäologe bei uns anfängt, wird er uns zu erzählen versuchen, wir seien allesamt Amateure und die Operation übernehmen. Am Schluß wird er allein die Lorbeeren einkassieren.« Ihr Gesichtsausdruck suggerierte, daß sie sich in diesen Dingen auskannte und daß Max ihr vertrauen sollte. »Sie müssen wissen, wie diese akademischen Typen sind. Die meisten von ihnen sind Raubtiere. Sie müssen es sein, um zu überleben. Lassen Sie einen von denen bei uns mitmachen, und er läßt nie wieder los.« April atmete tief durch. »Sehen Sie es einmal von dieser Seite: Das hier ist keine normale archäologische Fundstelle. Niemand weiß mehr über diese Geschichte als wir selbst.«

»Sie meinen, Sie sind der einzige akademische Typ, der an der Sache arbeitet, und Sie wollen, daß es dabei bleibt«, sagte Max.

April schnitt eine verärgerte Grimasse.

»Max, das ist *unser* Baby. Wollen Sie wirklich sogenannte Fachleute hinzuziehen? Machen Sie das, und Sie werden sehen, wie lange wir die Dinge noch unter Kontrolle haben.«

Die Northern Queen Construction Company stellte einen kleinen Bagger und eine Arbeitsmannschaft. Es war nicht ganz einfach, den Bagger über die wie eine Achterbahn gewundene Zufahrtsstraße zur Grabungsstelle hinaufzuschaffen, doch nachdem er erst einmal eingetroffen war, machte sich die Bedienungsmannschaft unverzüglich an die Arbeit.

»Sie werden dieses Ding nicht beschädigen, oder?« fragte Max.

»Wir sind ganz vorsichtig«, antwortete der Vorarbeiter, ein grauhaariger, gedrungener Mann in einem schweren Mantel. Sie hatten ihm gesagt, daß es sich bei dem Objekt im Boden um ein altes Getreidesilo handelte, in dem wahrscheinlich bedeutsame Kunstwerke versteckt worden waren. (Max wurde immer kreativer.)

Sie benutzten Stangen und Schnüre mit Stücken von weißem Tuch, das im Wind flatterte, um die Grabungsstelle zu markieren. Peggy Moore stand unmittelbar vor dem Radarwagen und hatte die Arme vor der Brust verschränkt. Sie trug eine Jacke der Boston Red Sox (es war wieder wärmer geworden). Die Mannschaft der Northern Queen machte sich an die Arbeit. Ein paar Yards von Peggy entfernt wartete Charlie auf dem Radartraktor.

Die Atmosphäre im Lieferwagen war wie elektrisch geladen. April hatte sich in der Nähe des Hauptschirms aufgebaut, von wo aus sie die Grabung dirigierte. (Die Regel, daß Firmenfremde den Lieferwagen nicht betreten durften, war längst vergessen.) Max verlor allmählich seine Zuversicht und war inzwischen überzeugt, daß sie nichts weiter als ein Silo oder eine lang vergessene Behausung indianischer Ureinwohner vorfinden würden. Aprils Marsianer waren Lichtjahre weit entfernt.

Der Bagger bezog unmittelbar vor den Markierungen seine Position und hielt an. Der Mann in der Kabine warf einen Blick auf sein Klemmbrett, sprach in ein Walkietalkie und ließ die Maschine dann ein paar Yards nach vorne rollen. Die Schaufel hob und öffnete sich, hielt einen Augenblick lang inne und krachte dann in die Erde hinunter. Der Boden erzitterte.

Der Baggerführer betätigte ein paar Hebel, die Schaufel schloß und hob sich wieder, während kleine Steine und Dreck herausrieselten, schwenkte zur Seite und entleerte ihren Inhalt. Dann schwang sie zurück. Der Plan lautete, einen breiten Graben um das Objekt anzulegen.

Am folgenden Tag würden Aprils Freiwillige, meist Farmer, die während dieser Jahreszeit nicht viel zu tun hatten, mit der eigentlichen Arbeit anfangen und das Rundhaus freilegen.

Ein paar Schneeflocken trieben aus dem bedeckten Himmel herab.

Peggy Moore hatte eine Videokamera auf der Schulter und filmte die Operation. Die Frau war nicht dumm. Max wurde bewußt, daß er selbst hätte daran denken können. Die Videos würden vielleicht eine Menge Geld wert sein, bevor diese Sache vorüber war.

Sie würden so oder so bald eine Pause einlegen und eine Pressekonferenz einberufen müssen. Wie lange mochte es noch dauern, bis die Medien dahinterkamen, daß irgend etwas oben bei Johnson's Ridge vor sich ging? Andererseits: Was sollten sie der Presse erzählen? Man konnte nicht über UFOs reden und dann ein altes Silo ausgraben.

Bei Einbruch der Abenddämmerung hatte der Bagger einen zwölf Fuß breiten, dreißig Fuß tiefen Graben in den Berg getrieben. Wie der Canyon selbst besaß auch der Graben die Form eines Hufeisens und schloß das Zielobjekt auf drei Seiten in einem Abstand von fünfzehn Fuß ein. Sie stellten Leitern auf und legten hölzerne Bohlen als Brücken über den Graben. »Seien Sie nur vorsichtig«, erklärte der Vorarbeiter. »Die Ränder können einbrechen, und wenn Sie in der Nähe der Bohlen graben, was Sie wahrscheinlich tun müssen, dann sollten Sie Verschalungen benutzen, um zu verhindern, daß sie runterfallen. Ich würde vorschlagen, Sie nehmen sich jemanden hinzu, der etwas davon versteht.«

»Danke«, sagte April. »Wir werden vorsichtig sein.«

Er hielt ihr ein Papier zum Unterschreiben entgegen.

April warf einen Blick darauf. »Es klärt über Gefahren auf, schildert Vorsichtsmaßnahmen und empfiehlt, einen Fachmann hinzuzuziehen.«

»Und es bestätigt die ordnungsgemäße Durchführung Ihres Auftrags.«

»Ja. Das auch.« Er reichte ihr das Klemmbrett.

April überflog das Dokument und unterschrieb. Der Vorarbeiter reichte ihr einen Durchschlag. Sie faltete ihn mehrere Male und schob ihn in eine Manteltasche.

Der Bagger setzte sich in Richtung auf die schmale Zufahrtsstraße in Bewegung. Ein leichter Wind wehte beständig Schnee über den Kamm. Der Vorarbeiter musterte sein Werk befriedigt. »Gute Nacht, Leute«, sagte er. »Und seid vorsichtig.«

Nachdem er gegangen war, umrundeten sie den Graben und leuchteten mit Taschenlampen hinunter. »Das wird noch eine Menge Buddelei« sagte Max.

April nickte. »Wir haben eine Menge Helfer.«

10

Ladenbesitzer, Studenten, Regierungsbeamte, Farmer, ganz gewöhnliche Männer und Frauen ... alle kamen, und ihre Leben änderten sich für immer ...

›Küsten der Vergangenheit‹
Walter Asquith

Am Morgen drängte sich eine Horde Freiwilliger im Auditorium der Stadthalle von Fort Moxie. Die Presse wurde durch Jim Stuyvesant vertreten, die graue Eminenz der Stadt, Herausgeber und Verleger der wöchentlich erscheinenden *Fort Moxie News*. Stuyvesant wußte nur, daß der Aufruf mit einer Ausgrabung bei Johnson's Ridge in Zusammenhang stand, doch in einer Stadt, wo Nachrichten unendlich langsam flossen, war dies eine Titelgeschichte.

Punkt acht Uhr klopfte April auf ihr Mikrofon, wartete darauf, daß die Menge verstummte und dankte schließlich allen für ihr Kommen. »Wir wissen nicht, was es mit diesem Objekt auf sich hat«, sagte sie. »Wir wissen nicht, wie stabil oder wie wertvoll es ist. Bitte seien Sie vorsichtig und beschädigen Sie nichts. Wir haben keine Eile.« Stuyvesant, der zugleich sein eigener Fotograf war, schoß ein paar Aufnahmen. »Falls Sie beim Graben auf etwas stoßen, das weder Fels noch Erde ist, rufen Sie bitte einen von uns herbei.«

»Handelt es sich um indianisches Zeug?« fragte ein Mann in einer rot karierten Jacke. Er stand in der ersten Reihe.

»Wir wissen nicht, was es ist.« April lächelte. »Nachdem Sie uns geholfen haben, es herauszufinden, werden wir Ihnen Bescheid geben. Jeder bleibt bitte bei seiner Mannschaft. Morgen früh melden Sie sich direkt an der Grabungsstelle. Oder kommen Sie hierher, wenn Ihnen das lieber ist. Wir haben einen Bus organisiert, der von acht Uhr an stündlich bis um zwei Uhr nachmittags nach Johnson's Ridge fährt. Um halb fünf machen wir Schluß. Sie können selbstverständlich auch früher aufhören, aber sagen Sie bitte Ihrem jeweiligen Vorarbeiter Bescheid. Es sei denn, Ihnen ist egal, ob Sie bezahlt werden oder nicht.«

Die Anwesenden lachten. Sie waren in guter Stimmung – unerwartetes Weihnachtsgeld winkte ihnen, und das Wetter hielt.

»Noch irgendwelche Fragen?«

»Ja.« Einer der Studenten. »Gibt es dort draußen etwas Heißes zu trinken?«

»Wir haben einen Wagen, wo es Kaffee, Tee, heiße Schokolade, Sandwiches und Hamburger gibt. Die Schokolade und der Kaffee gehen auf uns. Bitte gehen Sie sorgsam mit dem Abfall um. Wir haben Container aufgestellt. *Benutzen* Sie sie. Wer sich nicht daran hält, wird entlassen. Sonst noch etwas?«

Parkas wurden zugeknöpft, und alles setzte sich in Richtung Ausgang in Bewegung.

Die Leute strömten aus dem alten Bauwerk und stiegen in Busse und Pickups und Limousinen. Stuyvesant schoß noch ein paar Fotos und wartete auf April. »Dr. Cannon«, begann er, »was genau befindet sich dort oben bei Johnson's Ridge?«

»Jim«, antwortete sie, »ich weiß es nicht, ganz ehrlich. Ich will keine Spekulationen anstellen. Wahrscheinlich ist es nichts weiter als ein altes Lagerhaus aus der Jahrhundertwende. Lassen Sie mir ein paar Tage Zeit, und Sie können vorbeikommen und selbst einen Blick darauf werfen.«

Stuyvesant nickte. Die *Fort Moxie News* veröffentlichte traditionellerweise Geschichten, die die Leute gedruckt sehen *wollten*: Ausflüge nach Arizona, Familienzusammenführungen, Kirchenfeiern. Stuyvesant war nicht daran gewöhnt, auf Leute zu treffen, die seinen Fragen auswichen. Außerdem hatte er ein Problem, das täglich erscheinende Zeitungen nicht kannten: Eine Verzögerung von drei Tagen, bevor die *News* auf die Straße kam. Er hatte den Termin für die nächste Ausgabe bereits überschritten. »Ich kann nicht glauben, daß irgend jemand ein Lagerhaus auf einem Berg errichtet haben soll. Es ist ein wenig unbequem, meinen Sie nicht?«

»Jim, ich muß jetzt wirklich gehen.«

»Bitte, schenken Sie mir noch eine Minute, Dr. Cannon. Sie sind Chemikerin, nicht wahr?«

»Ja, das bin ich.«

»Warum interessiert sich ausgerechnet eine Chemikerin für eine archäologische Grabung?«

April hatte nicht damit gerechnet, derart scharf ausgefragt zu werden. »Es ist mein Hobby«, wich sie aus.

»Arbeitet ein Archäologe an diesem Projekt? Ein richtiger Archäologe, meine ich. Jemand, der die Grabung leiten kann?«

»Nun, ehrlich gesagt — nein. Nicht wirklich.«

»Dr. Cannon, vor ein paar Wochen hat irgend jemand in dieser Gegend eine alte Yacht ausgegraben. Steht Ihr Projekt mit diesem Schiff in Verbindung?«

»Woher soll ich das wissen?« erwiderte April. Sie geriet allmählich außer Fassung. »Jim, es tut mir leid, aber ich muß gehen.« Sie erblickte Max, winkte ihm und setzte sich in Bewegung.

Stuyvesant ließ sich nicht abschütteln. »Es gibt Gerüchte, daß es sich um ein UFO handeln könnte«, sagte er.

Sie blieb stehen und wußte, daß sie besser nachdenken sollte, bevor sie antwortete. Sie tat es nicht. »Kein Kommentar«, sprudelte sie hervor.

Es war das Schlimmste, was sie in dieser Situation hätte sagen können.

Sie mieteten drei Lieferwagen. Einer diente als Küche, der zweite als Büro und der dritte als allgemeine Unterkunft. Außerdem stellten sie ein Zelt auf, in dem die

Ausrüstung verstaut wurde. Max hatte sich im Northstar Motel in Fort Moxie eingemietet. Er rief bei Stella an und teilte ihr mit, daß er für ein paar Tage bei der Grabungsstelle bleiben würde. Dann bat er sie, dafür zu sorgen, daß sein Wagen hergebracht wurde, damit er mobil war.

Tom Lasker übernahm die administrative Seite der Grabung. Er verschwendete keine Zeit und stellte rasch einen allgemeinen Plan auf, ernannte Aufseher, bildete Teams, wies ihnen wechselnde Aufgabengebiete zu und entwickelte ein Arbeitsschema, das den einzelnen Arbeitern genauso viel Zeit im Warmen erlaubte, wie sie draußen verbringen mußten.

Er scheute sich nicht einmal davor, selbst bei der Grabung mit Hand anzulegen und Erde zu schaufeln. Sein Beispiel spornte die Leute an, ganz besonders, als auch Max und April mitmachten. Folglich gingen die Dinge rasch vonstatten. Am gleichen Tag, an dem die *Fort Moxie News* mit ihrer UFO-Geschichte an den Kiosken lag, brach Lem Hardin, der als Aushilfe im Holzhandel arbeitete, zu einer harten grünen Oberfläche durch.

UFO auf Johnson's Ridge vergraben?
Wissenschaftler sagen: ›Kein Kommentar.‹
Von Jim Stuyvesant.

Fort Moxie, 17. Dezember
Dr. April Cannon, Leiterin einer Ausgrabung oben bei Johnson's Ridge, weigerte sich heute, eskalierende Gerüchte zu dementieren, denen zufolge sie eine fliegende Untertasse gefunden hätte.
Cannon beschäftigt mehr als zweihundert Arbeiter, die ein geheimnisvolles Objekt aus der Erde graben sollen. Das Objekt wurde erst kürzlich nach einer intensiven Suche mit Hilfe eines Bodenradars entdeckt. Archäologen der Universität von North Dakota meinen dazu, es sei unwahrscheinlich, daß Johnson's Ridge eine

Fundstelle für Überreste der nordamerikanischen Indianer sei. Sie können sich die Gründe für Dr. Cannons Aktivitäten nicht erklären.

Die Geschichte wurde augenblicklich von den größten Radiosendern aufgegriffen.

Max saß an einem Schreibtisch, als die ersten Jubelrufe laut wurden. Er erhob sich und griff nach seinem Mantel, als das Telefon ging. »Wir haben das Dach«, berichtete Tom Lasker.

Die Nachricht ging um wie ein Lauffeuer. Überall wurden Schaufeln fallen- und Schubkarren stehengelassen, und Leute kletterten über Leitern aus dem Graben, um zur Fundstelle zu eilen. Wer nahe genug herankam, konnte einen kleinen, smaragdgrünen Fleck in einem Grabungsloch sehen, der von Erde umgeben war.

April war bereits dort, als Max eintraf. Sie kniete mit ausgezogenen Handschuhen auf dem Boden und hatte sich über den Fund gebeugt. Max stieg zu ihr hinunter.

»Fühlt sich an wie Glas«, sagte sie. »Ich glaube, ich kann hindurchsehen.« Sie zog eine Taschenlampe hervor, schaltete sie ein und hielt sie dicht vor das grüne Material. Die Sonne war zu hell. Unzufrieden zog sie ihre Jacke aus und benutzte sie als Schattenspender.

»Was ist es?« fragte einer der Arbeiter.

»Kann ich noch nicht sagen.« April wechselte einen Blick mit Max. »Das Licht geht ein Stück weit durch.«

»Sie werden erfrieren«, sagte er und steckte den Kopf unter die ausgebreitete Jacke. Er konnte in das Objekt hineinsehen.

April zog eine Feile hervor und nahm eine Probe des Materials, um sie anschließend in einem Umschlag zu verstauen. Dann blickte sie auf und sah Tom Lasker. »Wir wollen vorsichtig sein«, sagte sie. »Keine Spaten in der Nähe. Es ist mir egal, wenn es ein ganzes Jahr dauert, bis alles freigelegt ist. Ich will auf gar keinen Fall, daß dieses Ding beschädigt wird.« Sie streifte Jacke und Handschuhe über und kletterte aus dem Loch. »Ich weiß nicht, aber das sieht mir nicht nach dem Dach eines Lagerhauses aus. Vielleicht sind wir wirklich auf etwas gestoßen.« Der Umschlag war selbstklebend. Sie versiegelte ihn und steckte ihn in die Tasche. »Max«, sagte sie, »Sie müssen mir einen Gefallen tun.«

»Nennen Sie ihn.«

»Fliegen Sie mich zu Colson?«

»Die Action ist hier.«

April schüttelte den Kopf. »Später wieder. Aber heute nachmittag findet die Action im Labor statt.«

April fand niemals heraus, wieso die Medien so rasch dahinter gekommen waren. Das Team von *Ben at Ten* traf ein, bevor sie und Max von der Grabungsstelle verschwinden konnten, und rasch gesellten sich ein paar Zeitungsreporter hinzu.

»Nein«, sagte April zu ihnen. »Ich weiß nichts von einem UFO.«

Sie erzählte, daß sie nicht die leiseste Ahnung hatte, wie das Gerücht in Umlauf gekommen war, daß sie nach nichts Besonderem suchten, daß es Berichte von einem vergrabenen Objekt oben auf Johnson's Ridge gegeben hatte, und daß sie eine Art dickes Glas im Boden gefunden hatten. »Das ist alles«, schloß sie. »Mehr kann ich Ihnen im Augenblick nicht sagen.«

Carole Jensen von *Ben at Ten* drängte sie wegen eines Statements.

»Wie wäre es mit morgen früh?« erwiderte April. »In Ordnung? Neun Uhr. Das gibt uns ein wenig Zeit herauszufinden, auf was wir da gestoßen sind. Aber bitte erwarten Sie keine sensationellen Neuigkeiten.«

Max flog sie nach Chellis Field. April verschwendete keine Zeit.

Sie rannte zu ihrem Wagen und lehnte seine Einladung

zum Abendessen ab. »Ich rufe Sie an, sobald ich etwas habe«, versprach sie.

Max ging in sein Büro, bestellte eine Pizza und schaltete den Fernseher gerade rechtzeitig zu den Mittagsnachrichten ein. Sie waren nicht gut. Dort stand er, neben April, und blickte dümmlich in die Gegend, während sie offenkundig Fragen auswich. Schlimmer noch, der Reporter identifizierte ihn als den Besitzer von Sundown Aviation. Der Sprecher von *The News at Noon* bezog sich auf die Wahnvorstellungen, die UFO-Fanatiker oftmals an den Tag legten, und berichtete von einer Versammlung zwei Wochen zuvor auf einem Berggipfel in Idaho, die außerirdische Besucher erwartet hatte. »Ist die Grabung von Fort Moxie ein weiteres Beispiel dafür?« schloß er. »Bleiben Sie dran.«

Am Nachmittag wurden die ersten Berichte in CNN ausgestrahlt. Johnson's Ridge fand sich in einem Topf mit anderen Verrücktheiten wieder. Sie zeigten ein Interview mit einem sichtlich geistig verwirrten jungen Burschen, der steif und fest an eine Energiequelle im Pembina-Rücken glaubte, die den Menschen erlaubte, mit ihrem wahren Selbst in Berührung zu kommen. In Minnesota erzählte eine Gruppe von Farmern, daß sie in den Wäldern nahe Sauk Centre irgend etwas mit bunten Lichtern hätte landen sehen. In Pennsylvania und Mississippi kursierten Geschichten von Entführungen durch Aliens. Ein Mann in Lovelock, Nevada, der gegen einen Felsbrocken am Straßenrand gefahren und dessen Alkoholprobe positiv verlaufen war, schwor Stein und Bein, von einem UFO gejagt worden zu sein.

»Max, du bist eine Berühmtheit.« Ceil lächelte ihn von der Tür her an. Er hatte sie nicht kommen gehört. Sie trug einen makellosen dunkelblauen Blazer mit dem Emblem von Thor Cargo. Ihr Haar fiel bis auf die Schultern, und es wirbelte herum, als sie die Tür hinter sich schloß.

Max seufzte. »Auf dem Weg zu Ruhm und Reichtum«, sagte er.

Sie setzte sich ihm gegenüber. »Ich hoffe, du schaffst es.« Ihr Gesichtsausdruck war neckisch. »Ich war heute unten und hab' mir die Zero angesehen.«

»Und?«

»Wenn ihr wirklich ein UFO bei Johnson's Ridge gefunden habt, dann ist alles andere Kleinkram.«

Max grinste. »Darauf würde ich keine Hypothek verwetten.«

»Keine Sorge, Max.« Sie lächelte zurück. Max spürte, wie ihn Wärme durchfloß. »Hör zu, ich muß nach Winnipeg. Bist du beschäftigt?«

Er schüttelte den Kopf. »Ich warte auf einen Anruf, das ist alles. Wie lange wirst du dort sein?«

»Hin und direkt wieder zurück. Ich liefere eine Ladung Telefonteile.« Ihre Augen wurden ernst. »Max, ist dort wirklich ein UFO?«

»Ich bezweifle es«, antwortete er.

Sie wirkte enttäuscht. »Schade. Warum kommst du nicht einfach mit? Du kannst mir von oben zeigen, wo ihr grabt.«

Max sah sich im Geist nach einem Interview mit Larry King aus einem Washingtoner Studio kommen. Ceil würde auf ihn warten, doch wenn sie sich näherte, würde er abwinken. »Wir reden später«, würde er sagen. »Ich muß noch rüber in die *Tonight*-Show.«

»Max?« riß ihre Stimme ihn aus dem Tagtraum.

»Ja, sicher. Warum nicht. Ich komme.« Er wollte Aprils Ergebnisse hören, sobald sie vorlagen. »Welche Maschine?«

»*Betsy*.«

»In Ordnung. Ich sehe zu, daß ich hier fertig werde. Wir treffen uns dann draußen.«

Er rief bei April an und erklärte ihrem Anrufbeantworter, wie sie die C-47 erreichen konnte. Anschließend hinterließ er eine Notiz für Stella (sie hatte Mittagspause), zog seine Jacke über und ging auf das Rollfeld hinaus.

Ceil war bereits an Bord. Er konnte sie oben im Cockpit sehen, wie sie durch die Checkliste ging. Die C-47 trug noch immer ihre ursprünglichen Abzeichen. Die einzige äußerliche Konzession an ihre tatsächliche Aufgabe waren das am Heck aufgemalte Firmenemblem und der Schriftzug *Thor Air Cargo* darunter.

Max kletterte durch die Frachtluke in die Maschine und schloß hinter sich die Tür. Das Innere war voll mit Kisten. Er bahnte sich einen Weg nach vorn zum Cockpit. Ceil, die gerade mit dem Tower sprach, hob eine Hand, um ihn zu begrüßen. Max nahm im Sitz des Kopiloten Platz.

Die Motoren drehten im Leerlauf.

»Was soll der große Aufwand mit dem Telefonzeug?« erkundigte sich Max. Normalerweise wurden Ladungen wie diese mit dem LKW transportiert.

»Irgend jemand hat Mist gebaut. Die Produktion wartet auf Teile. Also hat man mich engagiert. Der größte Teil meiner Aufträge kommt zustande, weil irgendwo irgend jemand Mist baut.« Sie grinste. »Mir fehlt es nie an Arbeit.«

Die Maschine rollte auf die nördliche Startbahn hinaus. Ein paar Wolken schwebten durch einen grauen Himmel. Heute nacht schneit es sicher, dachte Max. Er mochte die C-47. Sie war ein zuverlässiges und außergewöhnlich stabiles Flugzeug. Wenn man Fracht durch einen unruhigen Himmel zu transportieren hatte, dann war die C-47 das richtige Flugzeug dafür.

»Auf geht's«, sagte Ceil. Sie öffnete die Drosselklappen, und die Motoren brummten auf. Die C-47 beschleunigte und hob in den trüben Nachmittagshimmel ab.

Max hatte mehr als ein Jahr zuvor herausgefunden, daß eine Romanze mit Ceil nicht stattfinden würde. Nachdem diese Geschichte erledigt war, hatte er sie als angenehme Gesprächspartnerin entdeckt. Sie konnte gut zuhören, und er vertraute ihrer Verschwiegenheit vollkommen. »Was mir Sorgen macht«, begann er, »alles ist so schnell publik geworden. Das ganze Land glaubt inzwischen, daß wir dort oben nach einem UFO suchen. Wir sehen aus wie Spinner.«

»Und was glaubst *du*?«

»Es ist irgend etwas anderes.«

»Und warum dann die hohen Ausgaben?«

Max dachte darüber nach. »Wegen der geringen Möglichkeit . . .«

Ihr Lachen ließ ihn innehalten. »Siehst du? Ihr *seid* Spinner. Ich an deiner Stelle würde mir deswegen keine Gedanken machen. Falls es wirklich ein UFO ist, hast du ausgesorgt.« Es war kalt in der Kanzel, und sie schaltete die Heizung ein. »Falls es ein UFO ist, Max, dann will ich darin fliegen.«

Sie blickte ihn an, und er lachte und hob zustimmend den Daumen.

Ceil ließ die C-47 auf vierzehntausend Fuß klettern und drehte dann nach Norden ab. Das Leben im Cockpit einer C-47 war angenehm. Hier oben war immer alles friedlich, und die Sonne schien. »Wem würde es gehören?« fragte sie.

»Den Sioux, schätze ich.«

»Den Sioux?«

»Es befindet sich auf ihrem Land.« Der Gedanke an Sioux, die sich mit dem fortgeschrittensten Raumschiff der Welt herumärgerten, amüsierte Max. »Ich frage mich, was das Ministerium für Indianerfragen dazu sagen würde.«

»Du kannst deinen Fuß darauf verwetten«, entgegnete sie, »daß man den Sioux nicht gestatten wird, es zu behalten.«

Nahe Hope trafen sie auf den Maple River und folgten seinem Verlauf nach Norden. Als sie über Pleasant Valley waren, klingelte das Telefon. Ceil nahm den Hörer ab, lauschte und reichte ihn anschließend Max.

Es war April. Sie klang außer Atem. »Max, es ist Einhunderteinundsechzig.«

»Genau wie das Schiff?« Er umklammerte den Hörer und fing Ceils Blick auf. »Sind Sie sicher?«

»Ja, Max. Ich bin sicher.« April machte kein Hehl aus ihrer Freude.

»Herzlichen Glückwunsch«, sagte Max. Ceil beobachtete ihn noch immer neugierig.

»Ihnen auch, Max. Hören Sie, wir sollten so schnell wie möglich nach Johnson's Ridge zurück.«

»Genaugenommen bin ich im Augenblick mehr oder weniger genau dort. Wir sind auf dem Weg nach Winnipeg. Heute abend bin ich zurück, und wir fliegen noch in der Nacht nach Fort Moxie. Einverstanden?«

»Sicher, prima. Rufen Sie mich an, wenn Sie wieder hier sind.«

Max bestätigte. »Haben Sie über die Pressekonferenz morgen früh nachgedacht?«

»Ja«, erwiderte April. »Habe ich.«

»Mir scheint, es gibt keinen Grund, die Sache noch länger geheimzuhalten.«

»Was?« formte Ceil neben ihm lautlos mit den Lippen.

Max konnte beinahe hören, wie sich die Rädchen in Aprils Kopf drehten. »Ich würde mich besser fühlen«, sagte sie, »wenn wir damit noch warten, bis das Ding ganz aus dem Boden ist.«

»Wahrscheinlich wird man uns diesen Luxus nicht gönnen.«

»Ich werd' verrückt«, sagte Ceil Augenblicke später. »Du hast ein UFO!«

»Nein. *So* gut sind die Neuigkeiten auch wieder nicht. Aber sie *sind* gut.« Er erzählte ihr die Geschichte.

Sie blickte ihn an, und ihre Augen wurden groß und warm. »Ich freue mich für dich, Max«, sagte sie.

Johnson's Ridge kam in Sicht. Max blickte auf die flankierenden Hügel hinunter, die in der Nachmittagssonne glatt und weiß leuchteten. Dann der Sattel, niedrig und flach und abrupt im Nichts endend.

»Eine Menge Leute dort unten«, sagte Ceil.

Zu viele Leute. Überall waren Menschen, und der Parkplatz quoll über vor Fahrzeugen. »Ich schätze, wir haben Besuch bekommen«, sagte er.

Ceil legte die Maschine in eine weite, langsame Kurve. »Das ist wahrscheinlich erst der Anfang«, sagte sie. »Ihr solltet euch vielleicht Gedanken über Sicherheit machen und darüber, wie ihr die Menge kontrollieren könnt.« Sie zog einen Feldstecher aus einem Fach und hob ihn an die Augen, um die Grabungsstelle in Augenschein zu nehmen. »Ich glaube nicht, daß deine Leute viel arbeiten können«, sagte sie.

Max griff nach dem Telefon, doch sie legte die Hand auf seinen Arm. »Warum machen wir es nicht persönlich?« fragte sie. »Ich würde selbst gerne einen Blick darauf werfen.«

Sie setzte den Feldstecher ab und schob das Ruder nach vorn. Das Flugzeug ging in einen Sinkflug über. »Du willst doch nicht etwa dort unten landen?« fragte Max ungläubig. »Nur ein paar Meilen nördlich von hier gibt es einen Flughafen.«

Sie deutete nach unten. »Ist das die Straße?«

Die zweispurige Straße nach Fort Moxie war von Fahrzeugen verstopft. »Das ist sie.«

»Wir haben nicht soviel Zeit, um uns mit dem Verkehr aufzuhalten. Sieh mal, Max, ich würde liebend gerne ein UFO aus der Nähe ansehen. Du kennst den Boden. Hast du Bedenken?«

Der Sattel von Johnson's Ridge war vielleicht zweitausend Yards lang. Er war flach, bis auf die Ränder baumlos und nur stellenweise schneebedeckt. »Der Seitenwind ist ziemlich stark«, gab Max zu bedenken.

Sie blickte nach unten und las die Instrumente ab. »Weniger als zwanzig Knoten. Kein Problem für *Betsy*.«

»Wie du meinst«, sagte Max.

Ceil lachte. »Keine Angst, Max. Falls sich jemand beschwert, sage ich einfach, du hättest während der gesamten Landung laut protestiert.«

Zehn Minuten später setzte sie die C-47 auf, ohne auch nur einen Tropfen Kaffee zu verschütten. Alles drehte sich nach der Maschine um, die zur Grabungsstelle rollte. Lasker wartete bereits, als Max die Tür öffnete.

»Ich hätte mir denken können, daß du es bist«, brummte er. Dann erblickte er Ceil und verstummte. Auf seinem Gesicht machte sich der gleiche dümmliche Ausdruck breit, der jeden Mann in ihrer Nähe zu erfassen schien.

»Ceil«, sagte Max, »das ist Tom Lasker. Unser Vorarbeiter.«

Sie schüttelten sich die Hände.

Überall standen Touristen und Neugierige herum. Sie verwickelten die Arbeiter in Unterhaltungen, blockierten die Brücken und standen überall im Weg herum. Viele hatten sich am Rand der Grabung versammelt, andere bewegten sich gefährlich nah am Abgrund. »Wir müssen etwas unternehmen«, sagte Max.

Lasker seufzte. »Ich habe ein paar Männer beauftragt, sie fernzuhalten, aber sie wurden aggressiv. Es sind einfach zu viele, um sie unter Kontrolle zu halten. Und niemand hier oben besitzt die Autorisierung, die Menschen zu verscheuchen.«

Max beobachtete einen nicht enden wollenden Strom aus Fahrzeugen, die sich dem Plateau näherten. »In Ordnung«, sagte er schließlich. »Wir werden die Polizei bitten, einen Kontrollposten auf der Zufahrtsstraße zu errichten. Vielleicht können wir so die Zahl der Neugierigen im Zaum halten, die sich gleichzeitig hier oben tummeln.«

»Die Polizei wird nicht mitspielen.«

»Sie wird mitspielen, bevor jemand ums Leben kommt. Wir werden Ausweise für unsere Arbeiter anfertigen müssen.«

»Und was machen wir bis dahin? Wir kommen kein Stück weiter.«

Max atmete tief durch. »Wir schicken unsere Leute früh nach Hause.« Er blickte über die Scharen von Neugierigen. »Wer ist der Polizeichef?«

»Emil Doutable.«

»Kennst du ihn?«

»Ja. Wir verkehren nicht in den gleichen Kreisen, aber ich kenne ihn.«

»Ruf ihn an. Erkläre ihm die Situation und bitte ihn

um Hilfe. Sag ihm, daß wir aus unserer eigenen Grabung vertrieben worden sind und bitte ihn um Leute, die die Gegend räumen können.«

Lasker nickte. »In Ordnung.«

»In der Zwischenzeit«, wandte sich Max an Ceil, »wirst du wahrscheinlich gerne den Grund für all die Aufregung sehen wollen.«

»Ja«, antwortete sie. »Falls es dir nichts ausmacht.«

Sie überquerten eine hölzerne Brücke über den Hauptgraben. Im Innern des Hufeisens waren überall Erdhaufen aufgeworfen. Mehrere kleine Gräben waren entstanden. Max spähte in jeden hinein, während sie weitergingen. Schließlich hielt er an. »Hier«, sagte er.

Das Loch war größer als noch am Morgen. Genau wie der grüne Flecken. »Sieht aus wie Glas«, meinte Ceil.

Einige Minuten später gesellte sich Lasker zu den beiden. »Die Cops sind unterwegs«, berichtete er.

»Gut. Übrigens, Tom, April meint, es ist das gleiche Material. Vielleicht haben wir tatsächlich ein UFO gefunden.«

Lasker schüttelte den Kopf. »Ich glaube nicht.«

Max hatte sich vorsichtig unter Kontrolle gehalten, um nicht von seinen eigenen Hoffnungen übermannt zu werden. Laskers letzte Bemerkung und ein gewisser Unterton in seiner Stimme enttäuschten ihn dennoch. »Und warum nicht?« fragte er.

Lasker schenkte ihm einen gequälten Blick. »Komm mit«, sagte er.

Er führte Max zum Hauptgraben zurück und kletterte eine der Leitern hinab. Max und Ceil folgten. Es war kalt und düster im Graben. Auf den Boden hatte man Bohlen gelegt. Überall waren Leute mit Graben beschäftigt. Andere schafften Erde weg und beluden Fässer damit. Die Fässer wurden mit Winden nach oben gezogen und dort entleert.

»Hier«, sagte Lasker. Er deutete auf eine gebogene Strebe, die vielleicht fünf Fuß über seinem Kopf aus der Erdwand kam und in den Boden ragte. »Es gibt mehrere davon«, erklärte er. »Das obere Ende ist mit der Außenseite des Objekts verbunden. Das untere Ende hier«, er deutete auf den Bereich der Strebe, der im Boden verschwand, »ist im Fels verankert. Was auch immer dieses Ding darstellen soll – es ist so sicher wie die Hölle nicht dazu gedacht, sich von der Stelle zu bewegen.«

11

Das gesamte makroindustrielle System begründet sich auf einem beständigen, statistisch vorhersagbaren Niveau aus Zersetzung und Abfall. Dies sind die Hauptkomponenten, die normalerweise aus Konsumgütern entstehen. Eine signifikante Reduktion einer dieser beiden Komponenten führt mit ziemlicher Sicherheit zu augenblicklichen und äußerst volatilen ökonomischen Störungen.

›Industrial Base and Global Village‹,
3rd Edition
Edouard Deneuve

»Lassen Sie mich damit beginnen, den Gerüchten um eine fliegende Untertasse ein Ende zu bereiten.« April sprach direkt in die Kameras. Max stand neben ihr. Er wäre am liebsten ganz woanders gewesen, doch er gab sich Mühe, nicht so auszusehen. An der Wand hinter den beiden hatte man eine Staatsflagge aufgehängt. »Ich habe nicht die leiseste Ahnung, wer diese Geschichte in die Welt gesetzt hat, aber sie stammt nicht von uns. Ich habe zum ersten Mal in den *Fort Moxie News* darüber gelesen.« Sie lächelte Jim Stuyvesant zu, der ein paar Fuß abseits stand und sie selbstgefällig ansah.

Sie befanden sich in der Stadthalle von Fort Moxie. Max war sowohl von der Zahl als auch den Namen der anwesenden Journalisten beeindruckt, wenn nicht schockiert. Es gab Vertreter von CNN und ABC, von Radiostationen, von verschiedenen größeren Tageszeitungen des Mittleren Westens. Sogar die *Japan Times* hatte einen Mitarbeiter geschickt. Mike Tower, der berüchtigte Unruhestifter der *Chicago Tribune*, saß in der ersten Reihe. Für ein paar Stunden wenigstens hatte die kleine Präriestadt nationale Bedeutung erlangt.

April und Max hatten am Vorabend beschlossen, nichts zurückzuhalten, das nicht Spekulation war. Wenn sie schon bei CNN auftraten, dann konnten sie es auch gleich richtig tun. April hatte ihr Statement vorgetragen, und Max hatte ihr jede Frage gestellt, die ihnen nur in den Sinn gekommen war. Aber mit den echten Journalisten vor sich war es doch etwas anderes. April war keine geübte Rednerin, und in Max' Leben gab es nur wenige Dinge, die ihn mehr erschreckten als die Aussicht, vor einer Menschenmenge sprechen zu müssen.

April zog ein Bündel Papiere aus der Aktentasche. »Aber wir haben ein paar Neuigkeiten. Dies hier sind Laborberichte von einer Probe Segeltuch des Laskerschen Schiffes sowie von einem Stück Außenmaterial des Objekts auf dem Sattel von Johnson's Ridge. Das Element, aus dem diese Proben bestehen, besitzt die Ordnungszahl hunderteinundsechzig.«

Photojournalisten traten heran und schossen Bilder.

»Das Element steht ganz weit unten im Periodensystem. Genaugenommen sollte ich vielleicht besser sagen, es steht außerhalb des Periodensystems.«

Verschiedene Hände gingen hoch. »Was genau bedeutet das?« fragte eine junge, großgewachsene Frau in der Mitte der Halle.

»Es bedeutet, daß wir dieses Element bisher nicht kannten. Vor einiger Zeit würde ich sogar steif und fest behauptet haben, daß dieses Element in sich instabil sein muß und daher nicht existieren kann.«

Weitere Hände wurden gehoben. »Wer ist imstande, dieses Element herzustellen?«

»Niemand, von dem ich wüßte.«

Handys wurden hervorgezogen. Die Journalisten drängten vor, hielten Mikrophone ausgestreckt und riefen Fragen, während andere nur zuhörten. April bat sie, ihre Fragen zurückzuhalten, bis sie mit ihrem Vortrag geendet hatte. Anschließend berichtete sie in groben Zügen von den Ereignissen, die mit der Entdeckung der

Yacht begonnen hatten. Sie nannte Tom Laskers und Max Collingwoods Namen und schrieb den beiden das Verdienst (oder die Verantwortung) für die Entdeckung bei Johnson's Ridge zu. Dann beschrieb sie die Testergebnisse der Materialien von der Yacht und von der Grabungsstelle in allen Einzelheiten. »Sie werden Kopien erhalten, wenn Sie gehen«, sagte sie und gab zu, daß sie außerstande war, eine befriedigende Erklärung zu liefern. »Aber«, fügte sie hinzu, »wir wissen wenigstens soviel: Das Objekt bei Johnson's Ridge ist ein Bauwerk und kein Fahrzeug irgendeiner Art. Also kann sich jeder selbst seine Gedanken darüber machen.« Sie lächelte ansteckend. »Für mich sieht es aus wie ein alter Lokschuppen.«

Erneut gingen Hände hoch.

Die *Winnipeg Free Press*: »Dr. Cannon, wollen Sie sagen, daß dieses Ding nicht mit Hilfe menschlicher Technologie gebaut worden sein kann?«

CNN: »Waren Sie imstande, das Alter des Objekts zu bestimmen?«

Der *Grand Forks Herald*: »Es gibt Gerüchte von weiteren geplanten Grabungen. Werden Sie noch an anderen Stellen Grabungen vornehmen?«

April hob abwehrend die Hände. »Eine Frage nach der anderen, bitte. Sie sah den Reporter der *Winnipeg Free Press* an. »Meines Wissens nicht.«

»Was ist mit der Regierung?«

»Ich glaube, auch das können wir ausschließen. Aber fragen Sie sie am besten selbst.« Sie wandte sich CNN zu. »Das Element altert nicht. Ich denke nicht, daß wir mit unseren Methoden eine erfolgreiche Datierung durchführen können. Allerdings scheint es, daß die Erbauer den Fels ausgeschnitten haben, als sie das Rundhaus errichteten. Vielleicht sind wir imstande, das Datum festzustellen, als der Fels bearbeitet wurde. So weit sind wir bisher allerdings noch nicht.«

Eine Frau zu Aprils Rechter wedelte mit einem Klemmbrett. »Haben Sie ein Foto?«

April gab Ginny Lasker ein Zeichen, die wartend neben einer Flip-chart stand. Ginny hob die erste Seite an und warf sie nach hinten. Eine Skizze des Rundhauses wurde sichtbar. »Soweit wir bisher feststellen konnten«, sagte April, »besteht die gesamte Außenfläche aus dem gleichen Material. Es fühlt sich an wie Glas, falls das jemanden interessiert.«

»Glas?« fragte der Vertreter von ABC.

»Nun, es sieht auch aus wie Glas.«

Weitere Hände.

»Was befindet sich im Innern?«

»Sind Sie sicher, daß Sie nicht irgendwo einen Fehler begangen haben?«

»Nun, wir haben das Material. Können wir es auch reproduzieren?«

Und so weiter. April antwortete, so gut sie konnte. Sie hatte nicht die leiseste Vorstellung von dem, was im Innern wartete. Sie hatte die Proben von einem zweiten Labor begutachten lassen, und die Resultate waren identisch. Und sie hatte keine Ahnung, ob irgend jemand imstande war, das Material zu reproduzieren. »Wenn wir es könnten, würden wir Segel herstellen, die ziemlich lang halten.«

»Wie lang?« fragte der Mann von *Fargo Forum*.

»Nun«, April grinste. »Verdammt lang.«

Das Sicherheitsproblem war unter Kontrolle. Die Arbeiter wurden mit ID-Karten ausgestattet, und die Polizei hinderte die Schaulustigen daran, an der Grabungsstelle herumzulaufen.

Die Pressekonferenz hatte Max ein Gespür für das Raubtier verschafft, auf dem er ritt. Er gab mehrere Interviews, wobei er sorgfältig darauf achtete, die Grenzen nicht zu überschreiten, die er und April sich gesetzt hatten. *Was geht hier in Wirklichkeit vor sich? Wer hat das Rundhaus gebaut?* Max ließ sich nicht in die allgemeine Spekulation hineinziehen. *Wir wissen nicht mehr als Sie auch*. Er sei zufrieden, verkündete er, die Spekulation den Medien zu überlassen.

Inzwischen waren mehr Journalisten an der Grabung eingetroffen, als Leute dort arbeiteten. Sie schossen Bilder, stellten Fragen und standen in mehreren Reihen, um einen Blick auf die halb durchsichtige grüne Oberfläche zu werfen, die nun an mehreren Stellen freigelegt worden war.

Kurz vor Mittag meldete sich Tom Lasker bei Max im Bürowagen. Die Telefone klingelten ununterbrochen, und einige Arbeiter waren von der Grabung abgezogen worden, um hier drinnen auszuhelfen. »Die Nachricht hat eingeschlagen wie eine Bombe, Max«, sagte Lasker. »Berichte auf allen Stationen. Übrigens, Charlie Lindquist hat angerufen. Er liebt uns.«

»Wer ist Charlie Lindquist?«

»Der Vorsitzende des Stadtrates von Fort Moxie. Weißt du, was er gesagt hat?«

»Nein. Was denn?«

»Er hat gesagt, das hier sei besser als Nessie. So wahr mir Gott helfe.« Toms Grinsen war fußbreit. »Und das schönste daran ist: Es stimmt! Das ist die größte Sache in unserer Gegend seit der Prohibition. Cavalier, Walhalla – all die kleinen Städte werden einen Boom erleben.« Draußen wurden Stimmen laut. Max blickte aus dem Fenster und sah April, die sich mit einem Kontingent an Reportern herumschlug. »Ich schätze, sie mögen sie«, sagte er.

»Ja, glaube ich auch. April hat ihnen eine höllische Story geliefert.«

Die Tür ging auf, und April kam rückwärts herein. »Geben Sie mir eine Stunde«, rief sie einem der Reporter zu. »Danach setze ich mich wieder zu Ihnen.«

Als sie sicher im Innern des Wagens war, meinte sie: »Wir sind inzwischen bei meiner Kindheit angekommen. Ein paar von den Typen da draußen wollen anscheinend wieder mal so eine Geschichte von einer unterdrückten Afroamerikanerin bringen, die es geschafft hat.« Sie seufzte, ließ sich in einen Stuhl sinken und bemerkte Lasker. »Hi, Tom. Willkommen im Affenstall.«

»Zu Hause ist es nicht viel anders«, entgegnete Lasker. »Menschenmassen, wie wir sie noch nie zuvor gesehen haben, und eine ganze Armee von Reportern. Als ich heute morgen aufgebrochen bin, interviewten sie bereits die Kinder.«

April zuckte die Schultern. »Vielleicht ist das Leben von nun an immer so.«

»Mich stört es weniger.« Max genoß die Situation.

»Hey«, sagte April. »Ich bin hungrig. Haben wir noch irgendwo ein Sandwich?«

Max reichte ihr ein Roastbeef-Sandwich und eine Pepsi aus dem Kühlschrank. April wickelte das Sandwich aus und nahm einen kräftigen Bissen.

»Sie waren gut dort draußen«, sagte Max.

»Danke.« Ihre Lippen verzogen sich zu einem Lächeln. »Ich war ein wenig nervös.«

»Hat man aber nichts von gemerkt.« Es war eine Lüge, aber er mußte es sagen.

Es klopfte. Lasker lehnte sich nach hinten und blickte aus dem Fenster. Er öffnete die Tür, und ein dünner, grauhaariger Mann von außergewöhnlicher Größe wurde sichtbar.

Der Besucher blickte April unverblümt und nicht gerade freundlich an. »Dr. Cannon?« fragte er.

»Ja.« Sie erwiderte sein Starren. »Was kann ich für Sie tun?«

Eine Aura unterdrückter Wut umgab den Mann. Sein Haar war dünn, aber aggressiv kurz geschnitten. Die Augen hinter den Bifokalgläsern blickten wäßrig. Max vermutete, daß die Brillenstärke neu gemessen werden mußte. Der Bursche übersah Lasker und Max, als seien sie Mobiliar. »Mein Name ist Eichner«, sagte er. »Ich bin Dekan der archäologischen Fakultät an der Northwestern.« Er blickte aus seiner beträchtlichen Höhe auf April hinunter, was anscheinend sowohl moralischen als auch physischen Eindruck machen sollte. »Ich nehme an,

Sie leiten diese ... diese ...« Er hielt inne. »Diese Operation?« Er spuckte den Ausdruck verächtlich hinaus.

April wich seinem Blick nicht eine Sekunde lang aus. »Aus welchem Grund sind Sie gekommen, Dr. Eichner?« erkundigte sie sich.

»Ich bin gekommen, weil es meine Aufgabe ist, die Vergangenheit zu bewahren, Dr. Cannon. Verzeihen Sie mir, wenn ich zu direkt bin, aber dieser Artefakt oder was auch immer Ihre Leute dort ausgraben, ist möglicherweise von großem Wert.«

»Das wissen wir.«

Er bedachte Max mit einem kühlen Blick, als wolle er ihn herausfordern, eine andere Meinung zu äußern. »Dann wissen Sie sicher auch, daß die Gefahr einer Beschädigung und eines unersetzlichen Verlusts ganz beträchtlich ist. Es gibt keinerlei Kontrolle. Kein Fachmann überwacht die Ausgrabung.«

»Damit meinen Sie wahrscheinlich einen richtigen Archäologen.«

»Was sollte ich sonst meinen?«

»Ich nehme an, Sie interessieren sich für diese Position«, warf Max ein.

»Ehrlich gesagt«, Eichner sprach noch immer zu April, »bin ich viel zu beschäftigt, um jetzt eine Feldgrabung zu übernehmen. Aber Sie haben die verdammte *Pflicht*, jemanden herzurufen, der etwas von der Sache versteht.«

»Ich versichere Ihnen, Dr. Eichner, daß wir mit aller gebotenen Vorsicht zu Werke gehen«, sagte April.

»Alle gebotene Vorsicht von Amateuren ist wohl kaum beruhigend.« Er zog ein Büchlein hervor und streckte es April hin. Auf dem Deckblatt stand *National Archeological Association* zu lesen. »Ich schlage vor, Sie rufen bei irgendeiner Universität mit einer renommierten Fakultät an. Oder dem Amt für Antiquitäten. Die Nummer finden Sie auf Seite zwei. Man wird Ihnen dort gerne behilflich sein, jemanden zu finden.«

Als April keine Anstalten machte, das Buch zu nehmen, warf er es auf den Tisch. »Ich kann Ihr Tun nicht verhindern«, sagte er. »Ich wünschte, es wäre anders. Hätte ich eine Möglichkeit, ich würde Sie auf der Stelle zum Aufhören zwingen. Da mir dieser Weg verschlossen bleibt, appelliere ich an Ihre Vernunft.«

April nahm das Büchlein auf und schob es in ihre Handtasche, ohne auch nur einen Blick darauf zu werfen. »Danke sehr«, sagte sie.

Er blickte April an, dann ihre Tasche. »Ich meine es sehr ernst, Dr. Cannon«, sagte er. »Sie tragen eine große Verantwortung.« Er öffnete die Tür, wünschte allen einen guten Tag und war verschwunden.

Eine ganze Minute lang sprach niemand ein Wort. »Wahrscheinlich hat er recht«, meinte Tom Lasker schließlich.

Max schüttelte den Kopf. »Nein«, widersprach er entschieden. »Auf keinen Fall. Die archäologische Fakultät der Northwestern weiß kein Stück mehr als wir über dieses Ding und wie man es ausgräbt.«

»Ich stimme Ihnen zu«, sagte April. »Außerdem – Schliemann war ebenfalls Amateur.«

»Habe ich nicht erst kürzlich irgendwo gelesen, daß er Troja zu einem einzigen Schlamassel gemacht hat?« sinnierte Tom Lasker.

Alles, wovon April geträumt hatte, war eingetroffen. Sie erlebte die ultimative wissenschaftliche Erfahrung, und sie würde unsterblich werden. April Cannon würde eines Tages direkt neben den ganz Großen stehen. Und sie sah keine Wendung, die ihr das noch nehmen konnte. Sie war sich noch nicht ganz im klaren über die Tragweite ihrer Entdeckung, aber sie wußte, daß es ein monumentales Ereignis war.

An jenem Abend waren sie in jedem Sender, unverfälscht, ohne dieses Spinner-Ambiente. Die *News Hour with Jim Lehrer* interviewte eine Reihe von Chemikern, die übereinstimmend die Meinung vertraten, daß irgendwo ein Fehler oder Irrtum unterlaufen sein mußte. »Falls Dr. Cannon allerdings recht behält«, fügte Alan Narimoto von der Universität Minnesota hinzu, »dann ist diese Entdeckung tatsächlich von unvergleichlicher Bedeutung.«

»Wie das?« hakte Jim Lehrer nach.

»Lassen wir einmal für einen Augenblick außer acht, woher dieses Element stammt ... wenn es uns gelänge, den Herstellungsprozeß zu enträtseln und es nachzubauen ...« Narimoto schüttelte den Kopf und wandte sich zu einer Kollegin um. Mary Esposito von der Duke spann den Faden weiter.

»Wir wären in der Lage, Ihnen einen Anzug zu nähen, Jim, der Sie wahrscheinlich überleben würde«, sagte sie.

ABC zeigte eine Szene mit April neben dem Rundhaus. Sie hielt eine zwei Zoll breite Zellophanrolle in der Hand. »Gewöhnliches Packband«, sagte sie und riß einen fußlangen Streifen ab. Sie klebte einen Pappkarton damit zu und entfernte das Band anschließend wieder. Ein großer Teil der Pappe löste sich mit ab. »Im Gegensatz zu Pappe interagiert das neue Element kaum mit irgendwelchen anderen Materialien«, fuhr sie fort. Sie riß einen zweiten Streifen ab und preßte ihn an die Außenwand des Rundhauses. Sie drückte das Band fest an, löste es an der Spitze ein klein wenig ab und trat zurück. Das Band schälte sich langsam ab und fiel schließlich zu Boden. »Das Material widersteht Schnee, Wasser, Dreck, was auch immer. Selbst Klebeband haftet nicht.« Die Kamera zoomte auf das grüne Material. »Stellen Sie sich einfach vor, Sie hätten das ultimative Schutzwachs für Ihren Wagen.«

Die Berichterstattung war vielleicht ein wenig vorsichtig, aber nicht feindlich.

Und April fand, daß sie gut aussah. Ein Prototyp von Reserviertheit und Autorität. Nichts als die Fakten, Ma'am.

Eine hohe Ordnungszahl. Über den Rand und um die Ecke und außer Sichtweite.

Dieses Element steht ganz weit unten im Periodensystem. Genaugenommen sollte ich vielleicht besser sagen, es steht außerhalb des Periodensystems. Der wissenschaftliche Autor des *Time Magazine* war sicher bleich geworden. Welch ein erfolgreicher Tag das doch gewesen war. Und heute abend würden Forscher im ganzen Land zum ersten Mal davon erfahren. April hatte ihre Ergebnisse bisher nicht veröffentlicht. Es war in Ordnung, denn sie hielt die Beweise in den Händen. Und sie würde von heute an Legende sein.

Ein phantastisches Gefühl.

Das Northstar Motel besaß keine Bar. April war zu aufgeregt, um sich schlafen zu legen. Sie fand keine Ruhe zum Lesen, und sie war drauf und dran, Max anzurufen und ihm den Vorschlag zu machen, noch einmal nach draußen zu gehen und weiterzufeiern (obwohl beide bei dem mitreißenden Abendessen mit den Laskers in Cavalier sicher bereits zu viel getrunken hatten), als das Telefon klingelte.

Bert Coda war am Apparat, der geschäftsführende Direktor von Colson. Coda war seit dem Zweiten Weltkrieg in der Company.

Er war ein müder, zorniger, frustrierter Mann, der Colson vor langer Zeit gegen Frau, Familie, Gott und das Vaterland eingetauscht hatte.

Sein Gruß war brüsk. »April«, sagte er, »haben Sie den Verstand verloren?«

Plötzlich war sie stocknüchtern. »Was wollen Sie damit sagen?«

»Sie haben den ganzen Tag vor laufenden Kameras gestanden.«

»Und?«

»Sie haben Colson kein einziges Mal erwähnt. Nicht ein einziges Mal!«

»Bert, das hatte überhaupt nichts mit dem Labor zu tun!«

»Was reden Sie da! Als ich das letzte Mal nachgesehen habe, arbeiteten Sie noch für uns. Wann haben Sie gekündigt? Haben Sie Ihre Kündigung vielleicht unter einen Stapel geschoben, damit es mir nicht auffällt?«

»Hören Sie, ich habe versucht, Colson da rauszuhalten.«

»Warum in Gottes Namen? Warum haben Sie das getan?«

»Weil es hier auch um UFOs geht, Bert. Vielleicht sogar kleine grüne Männchen. Wollen Sie wirklich mit kleinen grünen Männchen in Verbindung gebracht werden? Ich dachte immer, Colson sei eine ernstzunehmende wissenschaftliche Einrichtung?«

»Bitte wechseln Sie nicht das Thema.«

»Ich wechsle nicht das Thema.«

»Sicher tun Sie das. Es geht hier um Publicity. Tonnen von Publicity, und alles gratis. Ich habe nicht viel über UFOs in den Berichten gehört.«

»Das kommt noch.«

»Es ist mir egal.« Seine Stimme war ein gefährliches dunkles Poltern. »April, Sie sind in jedem Kanal. Ich nehme an, morgen werden Sie in jeder Zeitung stehen. *Sie*, April. Nicht Colson, sondern Cannon.« Er atmete tief durch. »Verstehen Sie, was ich Ihnen sage?«

»Aber es ist schlechte Publicity.«

»Es gibt keine schlechte Publicity. Wenn es morgen früh wieder losgeht, was es ganz sicher wird, dann seien Sie doch bitte so freundlich und erwähnen Ihren Arbeitgeber, der Sie jahrelang überbezahlt hat. Meinen Sie, Sie könnten sich dazu überwinden?«

April ließ sich Zeit mit ihrer Antwort. Sie hätte dem Hurensohn liebend gerne widersprochen, doch er schüchterte sie irgendwie ein. »In Ordnung«, sagte sie schließlich. »Wenn Sie es unbedingt wünschen.«

»O ja, ich wünsche es.« Sie sah ihn förmlich vor sich, wie er sich in seinem Sessel zurücklehnte und die Augen schloß, während dieser resignierte Ausdruck auf seinem Gesicht erschien, den er immer trug, wenn er gegen die Dummheit der ganzen Welt ankämpfte. »Doch, das wünsche ich. Sogar sehr. Übrigens könnten Sie vielleicht erwähnen, daß wir auf Umweltanalysen spezialisiert sind. Und hören Sie, noch eins: Es würde mich sehr interessieren, wo Sie gesteckt haben und wer Sie bezahlt hat, als diese Sache Ihre Aufmerksamkeit das erste Mal erweckte.«

12

Ein kleiner Funken Zeit zwischen Ewigkeiten;
keine zweite Chance für uns, niemals mehr!

›*Heroes and Hero Worship, V*‹
Thomas Carlyle

Am Tag nach der Pressekonferenz fiel die Temperatur auf Minus zwanzig Grad Fahrenheit. Der Boden gefror, die Leute erlitten reihenweise Erfrierungen, und Mac Eberly, ein Farmer in mittlerem Alter, der seine halbe Familie mit nach Johnson's Ridge gebracht hatte, hatte starke Schmerzen in der Brust. Während der Weihnachtsferien wurde das Wetter noch schlechter. Zögernd gab April auf und beendete die Operation für den Rest des Winters. Sie zahlte jedermann einen großzügigen Bonus aus und verkündete, daß das Projekt wieder aufgenommen werde, sobald das Wetter es gestattete. Im Frühjahr, fügte sie hinzu.

Am folgenden Tag tobte ein Blizzard über der Gegend. Der eisige Wind am Neujahrsabend erreichte hundert Grad Minus. Die Geschichte verschwand rasch aus den Medien, verdrängt von den Vorbereitungen für den Super Bowl, einem größeren Bankenskandal, bei dem es um Sex und Drogen ging, und von der Verhandlung gegen einen berüchtigten Mörder.

April veröffentlichte endlich ihre Ergebnisse, und in Übereinstimmung mit der Tradition wurde das neu entdeckte Element ihr zu Ehren Cannonium genannt. Die NAACP verlieh ihr die Spingarm-Medaille, und die National Academy of Science lud zu einem Ehrenbankett. April war außer sich vor Freude. Trotzdem nagte die lange Verzögerung an ihrer Stimmung.

Max kehrte nach Fargo zurück, nahm sein altes Leben wieder auf und setzte seinen neu gewonnenen Ruhm in Bargeld um. Jeder, der Interesse am Kauf, Verkauf oder

der Restauration eines antiken Kampfflugzeugs hatte, wollte seine Geschäfte plötzlich über Sundown abwickeln. Außerdem stellte Max fest, daß er mit einem Mal als Redner gefragt war. Er hatte sich nie behaglich gefühlt, wenn er vor fremden Menschen das Wort zu ergreifen hatte, doch die Angebote gingen bis zu tausend Dollar pro halber Stunde. Er nahm Redeunterricht und lernte, daß er mit größerer Erfahrung imstande war, sich zu entspannen, sein Publikum zu interessieren und sogar hin und wieder ein paar Lacher zu provozieren. Er redete vor Rotariern, bei Geschäftsessen, bei akademischen Preisverleihungen und vor Versammlungen der *Knights of Columbus*. Als er herausfand, daß April im Schnitt sechstausend Dollar pro halber Stunde erhielt, verlangte auch Max höhere Preise und stellte erstaunt fest, daß die meisten Gruppen seine Forderungen akzeptierten.

Er verbrachte ein Wochenende bei seinem Vater. Der Colonel war hoch erfreut. Zum ersten Mal, seit Max sich erinnern konnte, schien sein Vater wirklich stolz auf ihn zu sein. Er war sogar begierig, ihn Freunden und Bekannten vorzustellen.

April wurde in dieser Zeit zu seiner regelmäßigen Begleitung beim Abendessen. Irgendwann stellte Max fest, daß er eine wachsende Zuneigung ihr gegenüber empfand. Er traf die bewußte Entscheidung, ihre Beziehung strikt geschäftsmäßig zu halten. Das Projekt bei Johnson's Ridge war möglicherweise zu bedeutsam, um die Komplikationen zu riskieren, die aus einer romantischen Verbindung mit der Frau herrühren konnten, die im Lauf der Unternehmung zu seiner Partnerin geworden war. Und alles andere hätte die Sache noch komplizierter gemacht: der Rasseunterschied, Max' Zögern, sich zu binden und die Furcht, daß April ihn ihrerseits auf Armeslänge von sich halten könnte. Sie hatte schließlich nichts unternommen, ihn zu ermutigen. Als sie Max jedoch einem Polizeileutnant vorstellte, mit dem sie ausging, und ihm sogar gestand, daß sie den Burschen gerne mochte, war er am Boden zerstört. Hin und wieder nahmen sie die Lightning aus dem Hangar und flogen über Johnson's Ridge. Schneeverwehungen hatten den größten Teil der Ausgrabung unter sich bedeckt; nur die Erdhügel waren geblieben als Hinweis auf die fieberhaften Aktivitäten, die auf dem Sattel stattgefunden hatten. Es sah beinahe aus, als wären sie niemals dort gewesen. Einmal bat April Max zu landen. Es war ein kalter, frostiger Tag im Januar.

»Geht nicht«, antwortete er.

»Warum nicht? Ceil ist doch auch hier gelandet.«

»Ich weiß nicht, wie tief der Schnee ist. Bei Ceil war es ein Zoll. Wir haben vielleicht einen Fuß. Und darunter wahrscheinlich sogar noch Eis.«

»Schade«, sagte sie.

Im Februar wurde es für die Jahreszeit untypisch warm. Nach mehreren aufeinanderfolgenden Tagen, an denen das Thermometer fünfzig Grad Fahrenheit erreicht hatte, fuhr April nach Fort Moxie, holte Tom Lasker ab und besichtigte zusammen mit ihm die Ausgrabung. Es war zu früh im Jahr, um weiterzumachen, und beide wußten es. Aber sie konnte die Aussicht nicht ertragen, noch wochenlang warten zu müssen. »Vielleicht haben wir ja Glück«, meinte sie. »Wenn es wieder kalt wird, können wir ja pausieren.«

Lasker sagte nichts dazu. In seinen Augen war es keine gute Idee. April besprach sich mit Lisa Yarborough und leitete alles in die Wege.

Das Wetter hielt sich acht Tage. Die Grabungsmannschaften kehrten zurück und nutzten die Gelegenheit aus. Sie schaufelten den Schnee aus den Gräben und warfen ihn in den Canyon hinunter. Anschließend bearbeiteten sie entschlossen den hart gefrorenen Boden und legten einen weiten Bereich des Dachs frei. Sie arbeiteten sich an der Vorderseite des Objekts nach unten und legten eine geschwungene Wand von der gleichen smaragdgrünen Farbe und glasartigen Oberfläche frei. Zu jedermanns Enttäuschung fand sich keinerlei Eingang oder Öffnung.

Sie waren davon ausgegangen, daß die Vorderseite, jener Teil des Objekts, der über den Abgrund auf die Prärie hinaus blickte, einen Eingang besaß. Die nackte, kahle Wand war frustrierend. Es bedeutete ein beträchtliches Mehr an Arbeit, und weil diese Arbeit am Rand des Kamms stattfinden mußte, würde sie nicht nur langsam vorangehen, sondern darüber hinaus nicht ungefährlich sein.

Das Rundhaus lag nur drei Fuß vom Abhang entfernt. Ein dünner Streifen Fels und Geröll lag dazwischen und bedeckte den Kanal, den sie auf den Aufnahmen des Bodenradars gesehen hatten. Der Kanal mochte vielleicht einen raschen Zugang zum Rundhaus enthüllen, doch die Nähe zur Klippe machte das Unterfangen noch gefährlicher. Bevor April dem Freilegen des Kanals zustimmte, wollte sie erst den Rest des Objekts ausgegraben wissen. Sicher würden sie an anderer Stelle noch eine Tür finden.

Mehrere Containermodule wurden aufgestellt, die als Lager und Kommunikationszentrum dienten.

Die Arbeiter hatten sich angewöhnt, Taschenlampen mitzubringen, mit deren Hilfe sie versuchten, neugierige Blicke durch die Hülle aus Cannonium zu werfen. Einige der Männer schworen, daß sie hindurchsehen konnten, und manche behaupteten sogar, daß irgend etwas ihre Blicke erwiderte. Als Resultat errang Johnson's Ridge einen Ruf, der sich zunächst in Witzen äußerte und nach einer Weile zu der allgemeinen Neigung führte, bei Sonnenuntergang von der Grabungsstelle verschwunden zu sein.

An Washingtons Geburtstag normalisierte sich das Wetter. Der Red River fror zu. Max feierte seinen eigenen Geburtstag am einundzwanzigsten gemeinsam mit April und den Laskers während eines heftigen Schneesturms. Der Wind erstarb im Verlauf der Nacht, und der nächste

Morgen dämmerte klar, hell und eiskalt. So kalt, daß sie gegen Nachmittag gezwungen waren, sämtliche Arbeiter wieder nach Hause zu schicken.

Zu diesem Zeitpunkt war das Rundhaus beinahe vollständig aus seinem Grab befreit. Noch immer hingen überall Erde und Felsen an der Konstruktion, doch sie war in ihrer Einfachheit wunderschön. Die Wände waren vollkommen rund und glitzerten und glänzten genau wie das blasenförmige Dach, nachdem sie abgewaschen worden waren.

Max blickte den ersten Wagen hinterher, die sich über die Zufahrtsstraße entfernten, als er hinter der Biegung des Rundhauses lautes Rufen und Lachen hörte.

Eine kleine Gruppe von Arbeitern hatte sich auf der Rückseite des Objekts versammelt. Zwei Männer reinigten die Wand. Andere schirmten ihre Augen vor der Sonne ab, um besser sehen zu können. Einige erblickten Max und winkten aufgeregt.

Sie hatten ein Bild in der Wand gefunden.

Einen Hirschkopf.

Es war stilisiert und geradlinig: Eine geschwungene Linie stellte den Rücken dar, eine zweite das Geweih. Hier ein Auge, dort die Schnauze.

Das Bild war weiß und kontrastierte scharf mit der dunklen Wand aus Cannonium.

Das hervorstechendste Charakteristikum jedoch war seine einfache Klarheit. Es gab keinerlei Schnörkel. Keine Affektiertheit.

April nahm eine Kamera von der Schulter und betrachtete das Rundhaus im schwächer werdenden Licht. »Perfekt«, sagte sie. Schnee trieb durch den trüben Spätnachmittag.

Sie löste den Verschluß aus, änderte den Aufnahmewinkel ein wenig und schoß ein zweites Bild.

Der Schnee erzeugte ein flüsterndes Geräusch an der Wand. »Es sieht wunderschön aus im Sturm«, sagte

April. Sie umrundeten langsam die Biegung, und April machte weitere Aufnahmen. »In unserer gesamten Geschichte wird sich das hier niemals wiederholen«, fuhr sie fort. Sie fotografierte das Rundhaus, den Hirschen, die umgebenden Hügel, den Parkplatz. Und Max. »Stellen Sie sich hierher, Max«, forderte sie ihn auf, und als er Einwände erhob, lachte sie und zog ihn dorthin, wo sie ihn stehen haben wollte. Sie bat ihn, stehen zu bleiben, und schoß weitere Bilder. »Sie werden sich für den Rest Ihres Lebens an diesen Augenblick erinnern«, sagte sie. »Und es wird Zeiten geben, da würden Sie glatt töten, um zu diesem Augenblick zurückzukehren.«

Max wußte, daß sie recht hatte.

Er fotografierte April mit dem großen Gebäude, das sich hinter ihr duckte wie eine prähistorische Kreatur. »Gut«, sagte sie. »Das ist gut.«

Und als Max es am allerwenigsten erwartete, sank sie in seine Arme und küßte ihn.

Die Fernsehteams kehrten am nächsten Tag zurück. Sie interviewten jeden und zeigten besonderes Interesse an dem Hirschkopf. Max blieb an jenem Abend lange oben bei der Grabung und arbeitete. Auf dem Sattel war es noch immer nicht ganz dunkel, als Tom Brokaw den letzten Bericht der abendlichen Nachrichtensendung ankündigte, der tradionellerweise einen positiven Eindruck hinterlassen sollte. »In North Dakota hat ein Forscherteam damit begonnen, ein sehr geheimnisvolles Objekt auszugraben«, sagte er. Luftaufnahmen und Fotografien von der Grabungsstelle und dem Rundhaus erschienen auf dem Bildschirm. »Das Objekt, das Sie im Augenblick betrachten, wurde vor wenigen Monaten einige Meilen südlich der kanadischen Grenze entdeckt. Die Verantwortlichen reden nicht viel über ihre Grabung, doch aus zuverlässigen Quellen sickert das Gerücht, es könne sich um die Hinterlassenschaft außerirdischer Besucher handeln. Trifft das zu?« Brokaw lächelte. »Carole Jensen von unserem angeschlossenen Sender KLMR-TV in Grand Forks ist der Geschichte nachgegangen.«

Nahaufnahme. Jensen stand in einem modischen Overall vor der geschwungenen Wand. Sie trug keine Kopfbedeckung, und der Wind spielte ihrer Frisur übel mit. Sie sah aus, als würde sie frieren. (Es fiel schwer zu glauben, daß sich an anderer Stelle im Land Pitcher und Catcher zum Frühlingstraining zurückmeldeten.) »Tom, wir haben jede Menge Gerüchte und Spekulationen über dieses Objekt zu hören bekommen, seit es im letzten November entdeckt wurde. Experten im ganzen Land verkünden, daß die Proben, die man dem ›Rundhaus‹ getauften Objekt entnommen hat, eigentlich so nicht möglich sind. Die Experten verkünden weiter, daß sie nicht die geringste Ahnung haben, wie man das unbekannte Element, aus dem das Objekt besteht, herstellen könnte. Aber es ist nichtsdestotrotz da. Eine kleine Gruppe von Amateurarchäologen hat die Grabung wieder aufgenommen. Bevor das hier vorüber ist, besitzen wir vielleicht den ersten überzeugenden Beweis eines Besuchs durch Außerirdische.«

Ja, dachte Max. Das ist gut. Solange nicht wir diejenigen sind, die das Wort in den Mund nehmen.

Die anderen Fernsehstationen behandelten das Thema auf die gleiche Art und Weise. Alle waren vorsichtig. Trotzdem blieb es eine großartige Geschichte, und die Medien würden sie in die Welt hinausposaunen, nachdem sie sich davon überzeugt hatten, daß alles der Wahrheit entsprach.

Max zog seinen Mantel über und ging nach draußen. Mondlicht schien auf die Grabungsstelle, beleuchtete das Rundhaus und warf tiefe Schatten in den kreisförmigen Ausschnitt, in welchem es stand. Peggy Moores Theorie, daß der Ausschnitt im Fels künstlicher Natur war und daß jemand den Felsen bearbeitet hatte, um das Objekt aufzunehmen, schien inzwischen außer Frage. Die felsige Küste hatte zu weit oberhalb der Wasserlinie gelegen, dachte Max und stellte sich den verschwundenen

See vor. Also hatten sie ein Stück Gestein entfernt, ihr Bootshaus aufgestellt und die letzten paar Fuß durch einen Kanal überbrückt.

Irgendwann war das Binnenmeer ausgelaufen, und das Ding war hoch und trocken zurückgeblieben. Im Verlauf von zehntausend Jahren hatte der Wind alles unter Staub und Erde begraben.

Vielleicht konnte er ja das Stück Fels entdecken, daß sie ausgeschnitten hatten? Max trat dicht an den Abgrund und spähte nach unten.

Harry Ernest war der einzige Kriminelle in ganz Fort Moxie. Er hatte in Chicago seine Leidenschaft für Graffitis entdeckt und war nach dem Tod seiner Mutter nach North Dakota gekommen, um bei seinen Verwandten zu leben. (Seinen Vater hatte Harry niemals gekannt.)

Harrys größtes Problem war, daß sich ein freier Geist in einer Stadt wie Fort Moxie nicht verbergen konnte. Er war der einzige allseits bekannte Vandale nördlich von Grand Forks, und konsequenterweise wußte der Deputy stets ganz genau, an wen er sich wenden mußte, wenn wieder einmal ein obszöner Appell den Wasserturm oder eine der Kirchen oder die Elks Hall verzierte.

Zu seiner Ehrenrettung – und zum Entsetzen seiner Familie – muß erwähnt werden, daß Harry sich seiner Kunst mit Hingabe widmete. Da er wußte, daß er unausweichlich den Preis zu zahlen hatte, lernte er mit der Zeit, seine Ziele so auszuwählen, daß er die größtmögliche Wirkung erreichte. Als das Rundhaus im Fernsehen auftauchte, erschien das Harry wie der Ruf einer Sirene.

Tom Brokaw hatte sich kaum von seinen Zuschauern verabschiedet, da sammelte Harry bereits die Sprühfarben ein, die er auf dem Dachboden versteckt hatte. Weiß und Gold, dachte er. Das würde einen hübschen Kontrast zum dunklen Grün des Objekts ergeben.

Er dachte lange über eine angemessene Botschaft nach und beschloß schließlich, daß die einfachste Lösung zugleich die beste war. Er würde die gleichen Gedanken zum Ausdruck bringen, die er bereits auf zahllosen Steinmauern in und um Chicago hinterlassen hatte. Harrys Antwort auf die Welt.

Gegen elf Uhr abends, als im Haus alles ruhig geworden war, nahm er die Wagenschlüssel vom Schreibtisch im Büro seines Onkels, kletterte aus dem Fenster seines Zimmers und ließ den Ford der Familie aus der Garage rollen.

Eine halbe Stunde darauf entdeckte er, daß die Zufahrtsstraße durch einen Polizeiposten überwacht wurde. Er fuhr an der Abzweigung vorüber und parkte eine halbe Meile weiter am Straßenrand. Von dort aus bahnte er sich einen Weg durch den Wald, traf schließlich auf die Zufahrtsstraße und ging zu Fuß nach oben.

Das Rundhaus war ein dunkler, zylindrischer Schatten im schwachen Sternenlicht. Es überblickte das gesamte Tal. Welche Botschaft Harry auch immer hinterlassen würde – bei Tageslicht wäre sie von der Route 32 aus nicht zu übersehen.

Mehrere provisorische Unterkünfte waren rings um das Objekt aufgestellt worden. Harry bemerkte Licht und Bewegung in einer davon. Ansonsten lag die Grabungsstelle still und verlassen.

Er schlenderte leise pfeifend über den Sattel und genoß das Gefühl. Im Schatten des Rundhauses hielt er inne und überprüfte seine Sprühdosen. Es wurde wieder ziemlich kalt, doch sie funktionierten noch. Befriedigt stand er für eine Minute oder so da und ließ sich den Wind ins Gesicht blasen. Ja. Das war es, was Leben ausmachte. Wind in den Haaren. Schneefall. Und der Welt den Finger zeigen.

Harry lächelte und trat auf den schmalen Grat aus Felsgestein hinaus, der das Rundhaus vom Abgrund trennte. Das Nichts neben ihm ließ ihn kalt. Er erreichte die Mitte und drehte sich zu seiner Leinwand um. Dann wich er bis zum Rand des Abgrunds zurück. Glücklicherweise kam der Wind aus Westen, so daß die Konstruktion ihn schützte. Das war wichtig, wenn man mit Sprühdosen arbeitete.

Harry stellte erleichtert fest, daß die Wand aus gefärbtem Glas bestand. Im Fernsehen hatten sie darüber debattiert. Die Leute hatten von Glas gesprochen, und so hatte Harry Emaillelack mitgebracht.

Er leuchtete mit seiner Taschenlampe auf die Wand, und der Strahl schien hindurchzugehen. Er trat näher, versuchte ins Innere zu sehen, als ihm der Gedanke kam, daß das Objekt vielleicht gar kein Inneres besaß und daß es massiv war.

Er zuckte die Schultern und zog die Sprühdose hervor.

Das erste Wort würde er in Gold sprühen. Er blickte nach oben und nahm Maß. Der Winkel war nicht gut, weil Harry zu dicht dran stand. Aber das war nicht zu ändern.

Die einzigen Geräusche stammten vom Wind und einem weit entfernten Flugzeug.

Harry zielte und betätigte den Sprühknopf. Ein dünner Farbnebel trat aus. In Harry breitete sich ein befriedigendes Gefühl aus, als er den Widerstand des Knopfs an seinem Finger spürte.

Aber das Rundhaus war anders als Wassertürme und Kirchen. Es reagierte nicht mit der umgebenden Welt. Der Farbnebel legte sich nicht auf die Wand. Ein Teil verflüssigte sich und rann in dicken Tropfen zu Boden. Ein winziger Teil blieb in Kratzern und Nähten hängen. Der größte Teil hingegen schwebte weiter in der Luft und bildete eine goldene Wolke.

Die Wolke behielt ihre Gestalt nur für einen Augenblick, dann löste sie sich auf und schwebte nieder.

Harry verstand nicht, was geschah.

Er spürte lediglich, daß sein Gesicht plötzlich feucht wurde. Und daß seine Augen mit einemmal brannten wie Feuer.

Er ließ die Dose fallen, schrie auf und sank in die Knie, während seine Hände zu den Augen fuhren.

Sein Arm streifte etwas in der Dunkelheit, und Harry

wußte plötzlich, wo er war, konnte nicht vergessen, wo er war. Der Boden war verschwunden, und er fiel. In seinem Büro hundert Yards entfernt hörte Max den Schrei, steckte den Kopf aus der Tür und schrieb ihn einem Tier zu.

13

In der weiten mitternächtlichen See
zog uns das Licht nur stärker an …
›Küsten der Vergangenheit‹
Walter Asquith

Harry wurde gegen Mittag gefunden. Seine Familie hatte ihn gegen acht Uhr morgens als vermißt gemeldet. Der Wagen wurde um 9 Uhr 30 entdeckt, und Arbeiter fanden kurz nach zehn eine Taschenlampe und eine Dose mit Emaillesprühfarbe auf dem schmalen Grat vor dem Rundhaus. Der Rest war einfach.

Max war außer sich bei dem Gedanken, daß jemand den Wunsch verspüren konnte, den Artefakt zu beschädigen. Er fand es schwer, Verständnis für Harrys Versuch aufzubringen, bis er am Nachmittag selbst auf dem Grat stand und nach unten blickte.

Arky Redfern erschien gegen Abend an der Grabungsstelle. Er besichtigte den Grat zusammen mit Max und schüttelte den Kopf. »Schwer zu glauben«, sagte er.

Max stimmte ihm zu.

»Vielleicht kommt es zu einem Prozeß«, fügte Redfern hinzu.

Die Bemerkung brachte Max aus der Fassung. »Der Bursche ist hergekommen, um das Rundhaus mutwillig zu beschädigen«, sagte er.

»Spielt keine Rolle. Er war noch ein Kind, und es ist gefährlich hier oben. Ein guter Anwalt wird anführen, daß wir uns nicht um ausreichende Sicherheitsvorkehrungen bemüht haben. Und damit hätte er sogar recht.«

Max' Atem kondensierte im Sonnenlicht. Es war ein eisig kalter, klarer Tag. Die Temperatur lag um zehn Grad Fahrenheit. »Wann werden die Leute endlich einmal selbst für ihre Handlungen verantwortlich?«

Redfern zuckte die Schultern. Er trug eine schwere

Wolljacke und hatte die Kapuze über den Kopf gezogen. »Für dieses Kind können wir nichts mehr tun, aber wir können zumindest dafür sorgen, daß sich so etwas nicht wiederholt. Damit demonstrieren wir gleichzeitig guten Willen, falls es erforderlich wird.« Er lenkte Max' Aufmerksamkeit auf den Parkplatz. Ein grüner Lieferwagen kam unter den Bäumen hervor, die die Zufahrtsstraße säumten. »Ich möchte, daß Sie jemanden kennenlernen«, sagte Redfern.

Der Wagen wurde geparkt, und die Fahrertür öffnete sich. Ein Indianer in einer blauen Daunenjacke stieg aus, blickte zu ihnen hinauf und winkte. Er mochte vielleicht dreißig Jahre alt sein und war von durchschnittlicher Größe, dunkeläugig und schwarzhaarig. Irgend etwas an seinem Blick gemahnte Max, höflich zu sein. »Das ist mein Schwager«, sagte Redfern. »Max, ich möchte Ihnen Adam Kicks-A-Hole-In-The-Sky vorstellen.«

Der Schwager streckte Max die Hand hin. »Sky reicht völlig aus«, sagte er.

»Adam wird die Sicherheitskräfte führen«, fuhr Redfern fort.

»Welche Sicherheitskräfte?« fragte Max.

»Wir haben es heute morgen beschlossen«, erklärte der Anwalt.

Sky nickte. »Meine Leute werden im Verlauf der nächsten Stunde hier eintreffen.« Er überblickte den Bergsattel. »Wir werden eine Zentrale benötigen.«

»Wie steht es mit einem der Container?« schlug Redfern vor.

»Ja. Das wird gehen.«

Max wollte protestieren, daß nicht genügend Platz vorhanden wäre, doch der Anwalt schnitt ihm das Wort ab. »Wenn Sie hier weitermachen wollen, Max, dann werden Sie für Sicherheit sorgen müssen. Ich empfehle Ihnen Adam.«

Sky verlagerte das Körpergewicht. Er blickte Max ausdruckslos an. »Ja«, sagte Max. »Selbstverständlich. Kein Problem.«

»Gut.« Sky zog eine Visitenkarte aus der Brieftasche und reichte sie Max. »Meine private Telefonnummer«, sagte er. »Wir werden bis zum Abend eingerichtet sein und die Arbeit aufnehmen.«

In Max wuchs das Gefühl, von Schwindlern umgeben zu sein. Welche Qualifikationen besaß dieser Sky? Was er jetzt am allerwenigsten gebrauchen konnte, war eine Bande pistolenschwingender Eingeborener. Redfern schien seine Gedanken gelesen zu haben. »Adam ist Sicherheitsberater«, erklärte er. »Er arbeitet für Fluglinien, Eisenbahnen und Transportunternehmen.«

Sky blickte Max an und wandte sich dann dem Rundhaus zu. »Das hier ist etwas Neues für mich«, sagte er. »Trotzdem schätze ich, ich kann Ihnen versichern, daß es keine weiteren Zwischenfälle mehr geben wird.«

Innerhalb der nächsten Stunde trafen zwei Lastwagen ein. Eine Arbeitsmannschaft machte sich unverzüglich daran, einen Absperrzaun zu errichten. Der Zaun verlief in einem Abstand von dreißig Fuß um den Einschnitt im Fels und würde die gesamte Grabung vollständig umgeben. Jeder, der jetzt noch von dem schmalen Grat vor dem Rundhaus fallen wollte, mußte zuerst über einen acht Fuß hohen Zaun klettern. »Es wird keine privaten Fahrzeuge innerhalb der Umzäunung geben«, erklärte Sky.

Damit war Max einverstanden. Für ihn war es noch immer ein Rätsel, wie der junge Vandale es fertiggebracht hatte, sich selbst Farbe in die Augen zu sprühen. Ein Gerücht ging um, daß er mit seiner Taschenlampe durch die Wand ins Innere des Rundhauses geleuchtet – und dort etwas gesehen hatte.

Der Zaun war innerhalb vierundzwanzig Stunden fertiggestellt. Als nächstes ließ Sky eine Reihe von Scheinwerfern entlang der Grabung montieren. An fünf Stellen brachten seinen Leute Kameras an.

Uniformierte Sioux-Wachen erschienen auf der Bildfläche. Der erste, dem Max begegnete, paßte genau in das Bild, das man sich von einem eingeborenen Nordamerikaner macht. Er war groß, dunkeläugig und wortkarg. Sein Name lautete John Little Ghost, und er machte einen durch und durch geschäftsmäßigen Eindruck. Max' Vorstellung von Indianern war geprägt von der Sicht Hollywoods: Ein Volk, das manchmal edel, manchmal gewalttätig und so gut wie stets unfähig war, sich auszudrücken. Der indianische Rechtsanwalt hatte ihn ein wenig aus der Fassung gebracht, und der Sicherheitsberater noch mehr. Die Tatsache, daß Max sich in John Little Ghosts Gegenwart entspannter fühlte als bei Sky oder Redfern beunruhigte ihn, so paradox das auch schien.

Die polizeiliche Untersuchung von Harry Ernests Tod begann. Formulare wurden ausgefüllt, und Max beantwortete ein paar Fragen. (Er sei bis gegen Mitternacht auf dem Gelände gewesen, erzählte er, und er glaube nicht, daß noch jemand dort gewesen sei, nachdem er gegangen war. Den »Tierschrei« hatte er völlig vergessen.) Es handelte sich ganz offensichtlich um einen Unglücksfall, der aus böswilligem Unfug resultierte, stellte die Polizei fest.

Keine Hinweise auf Nachlässigkeit, stand im abschließenden Bericht.

Max ging zur Beerdigung. Es gab nur wenige Trauergäste, und sie schienen allesamt Freunde der Vormünder Harrys zu sein. Junge Leute waren nicht anwesend. Die Vormünder selbst wirkten bemerkenswert gefaßt, wie Max bei sich dachte.

Am nächsten Tag informierte ihn Redfern, daß ein Untersuchungsverfahren nicht sehr wahrscheinlich erschien.

Noch immer tauchten Touristen in großen Scharen auf. Man ließ sie auf das Gelände, doch sie mußten außerhalb des Zauns bleiben. Die Polizei eröffnete eine zweite

Zufahrtsstraße auf der Westseite des Sattels und machte beide Wege zu Einbahnstraßen.

Bisher hatte niemand eine Tür entdeckt.

Der Sicherheitszaun verlief lückenlos an der Vorderseite des Rundhauses entlang. Jetzt, da die Stelle abgesichert war, begannen die Arbeiter damit, den Kanal auszugraben.

Fernsehkameras liefen mit, als ein Mädchen im Rollstuhl von einer der örtlichen High Schools hergebracht wurde, um den ersten Spatenstich zu machen. Die Kleine lächelte brav in die Kameras und tat ihre Pflicht. Dann fingen die Grabungsmannschaften mit ihrer Arbeit an.

Alle wußten, daß es eine langatmige Geschichte werden würde, da der Platz so beengt war. Lediglich zwei Männer konnten zur gleichen Zeit arbeiten.

In der Zwischenzeit war der Himmel grau geworden, und die Temperatur stieg, ein Anzeichen für bald einsetzenden Schneefall. Entlang der Rundung des Gebäudes war eine ganze Armee von Arbeitern mit Besen und Lappen beschäftigt, die Wände und das halbe Dutzend Streben zu reinigen, mit denen die Konstruktion auf ihrem felsigen Fundament verankert war. April und Max beobachteten das Geschehen durch eine der Sicherheitskameras von der Kontrollbaracke aus.

Für die meisten Arbeiter war es die letzte Woche hier oben. Man würde sie auszahlen, ihnen danken und sie schließlich entlassen. Charlie Lindquist plante ein Abschlußessen in der Stadthalle von Fort Moxie. Er hatte bereits Urkunden für die Männer anfertigen lassen (*Ich half bei der Ausgrabung des Rundhauses*). Die Berichterstattung in den Medien lebte wieder auf, genau wie die Besucherströme. Auf der Route 32 stauten sich Fahrzeuge meilenweit in beide Richtungen.

April ging in regelmäßigen Abständen nach draußen, kletterte in den Graben und schritt die Wandung des Rundhauses ab. Sie war gern in seiner Nähe. Sie mochte das Gefühl des Materials auf ihren Händen und das Wissen, daß irgend etwas, das vielleicht ganz anders als

Menschen aussah, einst an der gleichen Stelle gestanden hatte wie sie jetzt und den Blick über das blaue Wasser des lange verschwundenen eiszeitlichen Sees hatte schweifen lassen.

Heute war die Wand irgendwie anders. April stand auf der Rückseite, in der Nähe des Hirschkopfes, und blickte an der geschwungenen Wandung vorbei auf den bewaldeten Hang, der zum nördlichen Teil von Johnson's Ridge hin anstieg, und versuchte zu fassen, was ihre Instinkte ihr sagen wollten. Alles *schien* unverändert.

Sie berührte die glatte Oberfläche. Preßte die Finger dagegen.

Sie war *warm*.

Nun, nicht wirklich warm. Aber auch nicht so kalt, wie sie eigentlich hätte sein müssen. April ließ die Handflächen auf der Wand verweilen.

Im Westen wurde es dunkel, und der Wind frischte auf. Max beobachtete, wie die Mannschaften sich versammelten und Planen verteilt wurden. Die Arbeit am Kanal wurde unterbrochen, und Planen wurden über die Gräben gespannt, um zu verhindern, daß sie sich mit Schnee füllten. Nachdem diese Arbeit erledigt war, wurden sämtliche Arbeiter nach Hause geschickt.

Niemand wollte auf der Straße überrascht werden, wenn der Sturm losbrach. Auch Max nicht. »Bist du soweit?« fragte er April.

»Ja«, antwortete sie. »Fahr schon los. Ich komme direkt nach.«

Max zog seinen Mantel über. Der Wind brachte den ersten Schnee mit sich. Die Sicht würde bald gegen Null gehen.

»Hey«, sagte er. »Was hältst du davon, wenn ich unterwegs anhalte und uns eine Pizza besorge?«

»Gute Idee. Wir treffen uns im Motel.«

Max nickte und eilte aus der Tür. Der Wind hätte sie ihm fast aus der Hand gerissen.

Er marschierte zum Tor und wurde von Andrea Hawk begrüßt. Sie gehörte zu den Sicherheitsleuten. Außerdem war sie Radiomoderatorin bei irgendeinem Sender in Devil's Lake, wie Max sich erinnerte. Und sie war äußerst attraktiv. »Gute Nacht, Mister Collingwood«, sagte Andrea. »Seien Sie vorsichtig. Die Straße ist glatt.«

»Was ist mit Ihnen?« fragte Max. »Wann verschwinden *Sie* von hier?«

»Wir bleiben über Nacht oder bis zum Eintreffen der Ablösung, je nachdem.«

Max runzelte die Stirn. »Sind Sie ganz sicher?«

»Ganz sicher. Sicherer als Sie.«

Whiteouts sind Stürme, die mit fünfzig Meilen in der Stunde über die Prärie toben und gesättigt sind mit trockenem Schnee. Manchmal bringen die Stürme den Schnee selbst mit, manchmal wird er vom Boden aufgewirbelt. Es spielt im Prinzip keine Rolle. Wer im Auto in einen Whiteout gerät, sieht nur noch wenig mehr als die Wischer vor der Windschutzscheibe.

April ärgerte sich über die Verzögerung, die der Sturm verursachte. Sie dachte nur noch selten an etwas anderes als das Rundhaus, wie es inzwischen offiziell hieß. Sie mußte herausfinden, was in seinem Innern wartete und wer die Erbauer waren, und sie verbrachte einen großen Teil ihrer Zeit damit, die schleppenden Fortschritte beim Ausgraben des Kanals zu beobachten.

Seit dem Tag, an dem sie Tom Laskers Schiff zum ersten Mal gesehen hatte, führte April ein Tagebuch. Sie schalt sich zwar selbst für diesen Anfall von Arroganz, doch ihr war von Anfang an klar gewesen, daß sie Ereignissen von historischer Bedeutung beiwohnte und daß detaillierte Aufzeichnungen interessant werden würden. Während der ersten Tage hatte sie sich mit der Niederschrift von Versuchsanordnungen und Ergebnissen zufriedengegeben. Nach der Entdeckung von Johnson's Ridge hatte sie angefangen zu spekulieren. Und während der winterlichen Zwangspause an der Grabungsstelle war ihr bewußt geworden, daß sie irgendwann ihre Memoiren schreiben würde. Konsequenterweise hatte sie damit begonnen, ihre emotionalen Reaktionen in dem Tagebuch festzuhalten.

Der Hirschkopf faszinierte sie. Er schien so sehr menschlicher Herkunft zu sein, daß sie an ihren eigenen Resultaten zweifelte. Irgendwie erschien im Hinblick auf diese einzelne simple Zeichnung alles, was sie inzwischen glaubte, irrwitzig. Sie hatte einen großen Teil des Nachmittags mit dem Versuch verbracht, ihre Gefühle präzise zu formulieren und in ihrem Tagebuch niederzuschreiben. Es war wichtig, nicht wie eine Verrückte zu klingen.

April legte das Tagebuch in die Schreibtischschublade zurück und lauschte dem Wind. Es war Zeit zu gehen. Sie schaltete den Computer ab und machte sich auf den Weg. Max besaß vielleicht zehn Minuten Vorsprung.

Am Eingang zwängte John Little Ghost das Tor gegen den Widerstand des Sturms auf und schlug vor, daß April vielleicht doch lieber über Nacht bleiben sollte. »Es wird gefährlich sein auf der Straße«, rief er, um den Wind zu übertönen.

»Ich passe auf«, erwiderte April.

Sie war froh, endlich in ihrem Wagen zu sitzen. Als sie wieder zu Atem gekommen war, drehte sie den Zündschlüssel um, und die Maschine sprang an. Auf der Heckscheibe hatte sich Schnee angesammelt. April nahm eine Bürste aus dem Handschuhfach und fegte die Scheibe frei. Sie wartete bei laufendem Motor, bis die Heizung genügend Wärme lieferte, um die Scheiben freizuhalten und steuerte dann den Wagen zu der Lücke zwischen den Bäumen, wo die Zufahrtsstraße begann. Sie fuhr durch eine Landschaft in Bewegung. Ringsum brüllte der Sturm.

Vielleicht hatte John Little Ghost doch recht gehabt.

Sie hielt nach links auf die westliche Ausfahrt zu. Es war ein weiter Weg über den Sattel, mehrere hundert

Meter freier Fläche, wo der Sturm mit voller Wucht auf den Wagen prallte. April hielt das Lenkrad gerade und öffnete die Fahrertür, um sich an den Spuren zu orientieren, die andere Fahrzeuge hinterlassen hatten. Der Wind erstarb, als sie den Schutz einer Hecke aus Ulmen und Holunder erreichte. Sie fuhr an einem verlassenen Toyota vorbei und die Straße hinunter.

Im Windschatten entstehen rasch Schneewehen, und man darf nicht zu langsam werden, um nicht steckenzubleiben. Straßenmarkierungen und Gräben verschwinden unter einer weißen Decke. Was die Sache noch unangenehmer machte – das hier war die zweite, neue Zufahrtsstraße, erst vor kurzer Zeit von der Polizei freigegeben, und April kannte die Strecke noch nicht.

Sie hatte Mühe, den Wagen in der Spur zu halten. Immer wieder kam sie an steilen Stücken ins Rutschen und kämpfte sich um scharfe Kurven. Irgendwann verlor sie die Kontrolle und schlitterte seitwärts in eine Schneewehe. Sie legte den Rückwärtsgang ein, doch der Wagen bockte nur und versank noch tiefer.

Verdammt.

April knöpfte ihren Mantel zu, öffnete vorsichtig die Tür und setzte einen Fuß hinaus. Er versank bis über den Rand ihres Stiefels im Schnee.

Fünf Viertelstunden später tauchte sie verängstigt und halb erfroren vor der Kommandobaracke auf. »Gott sei Dank für den Zaun«, berichtete sie den verblüfften Sicherheitsleuten. »Ohne den Zaun hätte ich niemals hergefunden.«

Andrea Hawk war Moderatorin einer Talk-Show beim Sender KPLI-FM in Devil's Lake. Sie hatte eine Reihe von Jobs innerhalb des Reservates innegehabt und in der Regel von ihrem indianisch-weiblichen Charme profitiert, während sie Körbe, Mokassins und Kanupaddel an gutbetuchte Touristen verkaufte. Ein Jahr lang war sie bei der Reservatspolizei gewesen, bis sie ihr Talent als

Sprecherin entdeckte. Ihre Karriere beim Sender hatte mit einer Reihe öffentlicher Appelle an Kinder gegen Drogen und Kriminalität begonnen. Auch heute noch machte sie Werbung für Automobile, Deodorants, CDs und eine ganze Reihe anderer Produkte bei ihrer blauäugigen Zuhörerschaft. Jeder entlang der Küste von Devil's Lake liebte Snowhawk.

Sie war sechsundzwanzig Jahre alt und wartete auf eine Chance, weiterzukommen. Zwei Jahre zuvor war ein Produzent aus Minnesota in der Gegend gewesen, hatte sich ihre Show angehört und ihr ein Angebot gemacht. Sie war nach Twin Cities gegangen in dem Glauben, eine neue Stelle anzutreten, doch der Produzent war mit seinem Wagen in einen Traktoranhänger gefahren, und seine Nachfolgerin, eine rachsüchtige Frau mittleren Alters mit den Augen einer Kobra, hatte sich nicht an die getroffene Vereinbarung gehalten.

Andrea plante, mehrere Sendungen über Johnson's Ridge zu machen. Sie wußte, daß sie auf einer großen Story saß, und sie wollte das Beste für sich herausschlagen. Sie hatte Adams Erlaubnis und für sich einen Dienstplan ausgearbeitet, der nicht mit ihrer Sendezeit kollidierte. Die Kommandobaracke war bereits mit Ausrüstung vollgestopft.

Trotz des elektrischen Heizers war es kalt im Innern. Die Containerbaracken waren allesamt gut isoliert, doch sie waren nicht dafür geschaffen, dem winterlichen Klima auf dem Rücken eines Berges in North Dakota zu trotzen. Der Wind blies durch alle Ritzen. Andrea versank in ihrem schweren wollenen Mantel und sehnte sich nach einem flackernden Kaminfeuer.

Sie überlegte gerade, wie sie ihre Zähne am Klappern hindern konnte, wenn die Neun-Uhr-Sendung anfing. Wie gewöhnlich hatte sie sich Notizen über Themen gemacht, die sie während der Übertragung ansprechen wollte. Sie überflog ihre Zettel ein letztes Mal, als April in die Baracke stolperte.

John Little Ghost fing sie auf und half ihr in einen

Stuhl. »Hallo«, sagte April mit verlegenem Lächeln. Dann erkannte sie ihre alte Freundin wieder. »Andrea! Bist du das wirklich?«

»Hi, April«, antwortete Snowhawk.

Als April erwachte, war es draußen stockdunkel. In der Luft hing der köstliche Duft von Kartoffeln und Roastbeef. Eine Reihe von Monitoren flackerte in einer Ecke des Raums. »Wie fühlst du dich?« fragte Andrea.

»Es geht schon.« April rieb mit den Zehen des einen Fußes gegen die Knöchel des anderen. Irgend jemand hatte ihr die Schuhe aus- und dicke Socken angezogen. »Was machst du hier?« Sie erinnerte sich schwach, die gleiche Frage schon einmal gestellt zu haben, doch sie wußte die Antwort nicht mehr.

Andrea schob ihren Stuhl näher, so daß April sie sehen konnte, ohne sich aufsetzen zu müssen. »Sicherheitswache«, antwortete sie. »Es wird gut bezahlt.«

»Warum bist du nicht zu mir gekommen?«

»Hätte ich irgendwann bestimmt getan. Ich war nicht sicher, ob es angebracht war.« Sie legte die Hand auf Aprils Stirn. »Ich schätze, du bist okay«, sagte sie schließlich. »Was machst du hier draußen?«

»Ich habe zu lange gewartet, bis ich losgefahren bin.«

Andrea nickte. »Was hältst du von einer Kleinigkeit zu essen? Wir haben zwar nur Tiefkühlgerichte, aber sie sind nicht schlecht.«

April entschied sich für Hackbraten, und Andrea schob eine Portion in die Mikrowelle. »Max hat schon angerufen«, berichtete sie. »Wir haben ihm gesagt, daß du hier bei uns bist.«

Der Raum strahlte eine Gemütlichkeit aus, die April wärmte. John Little Ghost redete nicht viel, doch er war ein guter Zuhörer, und diese Eigenschaft macht Menschen beliebt. Er blieb die ganze Zeit über nah bei den Monitoren, obwohl nicht viel mehr als im Scheinwerferlicht tanzende Schneeflocken darauf zu sehen war. Sie unterhielten sich, und April merkte bald, daß Andrea von dem Rundhaus fasziniert war.

»Ich werde in meiner Sendung darüber reden«, erklärte sie.

April lächelte. »Snowhawk im Zentrum des Geschehens.«

»Ganz recht, Babe. Ich frage mich, ob du nicht Lust hast, heute abend mein Talkgast zu sein. Wie sieht's aus?«

April dachte nach. Sie schuldete der Frau etwas, doch sie hatte andererseits keine Lust auf Anrufe. »Ich schätze, ich passe lieber.«

Ihr Interesse war groß genug, um wachzubleiben und zuzusehen.

Snowhawks Sendung dauerte von neun Uhr bis Mitternacht. Auch wenn die Ausgrabung Thema des Abends war, hinderte das die Menschen nicht daran, anzurufen und Kommentare über den neuen Entwurf der Grundbesitzsteuer, über Schulen, die unnötig hohen Postgebühren der Verwaltung und andere unbedeutende Themen abzugeben. Die Snowhawk (es war komisch zu sehen, wie Andrea in ihre Rolle schlüpfte und vor dem Mikrofon zu einer dominanten, ja sogar angriffslustigen Persönlichkeit wurde) machte kurzen Prozeß mit diesen Leuten und schnitt sie mitten im Satz ab. »Eddie«, sagte sie zu einem, »ich bin hier oben auf Johnson's Ridge und friere mir meinen kleinen Hintern ab, und Sie sind raus aus der Leitung. Bitte bleibt beim Thema, Leute. Heute abend reden wir über das Rundhaus.«

Im ganzen war April recht beeindruckt vom Niveau der Dialoge. Sie wußte nicht genau, was sie eigentlich erwartet hatte. Snowhawks Anrufer waren ziemlich vernünftige Leute. Sie waren fasziniert von dem Geheimnis, das die Entdeckung umgab, und doch widerstanden vier von fünf irgendwelchen weit hergeholten Erklärungen zugunsten der mehr weltlicheren. Es wird sich herausstellen, daß alles ein Irrtum war, meinten sie einer nach dem anderen. April wurde an Max erinnert.

Gegen Ende der Sendung flaute der Sturm ab. April konnte durch das Schneegestöber die Umrisse des Rundhauses erkennen.

Es schien zu *leuchten*.

Sie wandte sich ab und sah erneut hin.

Es lag an den Scheinwerfern. Es gab keine andere Erklärung. Doch die Scheinwerfer schimmerten nur trübe und verschwommen durch das Schneegestöber.

Und der Schnee sah *grün* aus.

Es war im erleuchteten Innern der Kontrollbaracke nur schwer zu erkennen. April zog ihre Stiefel an und nahm die Jacke vom Haken. John Little Ghost blickte sie fragend an. »Ich bin gleich wieder da«, flüsterte sie und trat aus der Tür.

Draußen stockte ihr der Atem. Ein sanft leuchtender, smaragdfarbener Strahlenkranz hatte sich über dem Rundhaus gebildet.

Snowhawk sah, daß irgend etwas geschah, doch sie sprach gerade mit Joe Greenberg aus Fort Moxie und hatte kein drahtloses Mikro dabei. Sie legte die Stirn in Falten, blickte John Little Ghost an und nickte in Richtung der Tür, die April soeben hinter sich geschlossen hatte.

»Es leuchtet«, sagte John Little Ghost.

»*Was* ist?«

»Das Rundhaus.« Der kurze Wortwechsel ging live nach draußen. Das große Mißgeschick folgte einen Augenblick später. »Verdammt! Ich hoffe nur, es ist nicht radioaktiv!«

14

Die Furcht hat viele Augen

›Don Quichotte‹
Cervantes

Walhalla, Cavalier und Fort Moxie waren wie alle Präriestädte in den beiden Dakotas soziale Verbände, die es in dieser Form wahrscheinlich nur in klimatisch rauhen Gegenden gibt. Die Menschen in diesen Städten leben angesichts der extremen Isolation enger zusammen. Sie wissen, daß es das Leben kosten kann, im Winter unterwegs zu sein, ohne zuvor den Wetterbericht abgehört zu haben. Sie sind stolz darauf, Kriminalität und Drogen auf Armeslänge von sich zu halten. Von Fort Moxie aus bis zum nächsten Einkaufszentrum waren es acht Meilen, und die nächste Apotheke lag in Kanada. Das nächste Kino war eine halbe Autostunde entfernt und nur am Wochenende geöffnet; während der Jagdsaison nicht einmal dann.

Konsequenterweise hatten viele dieser Gemeinden im Lauf der Jahre den Charakter von Großfamilien entwickelt.

Mel Hotchkiss saß in der Küche seines Hauses am Stadtrand von Walhalla. Er lauschte Snowhawks Sendung und genoß sein übliches Nachtmal, das diesmal aus einer großen Portion Kirschkuchen bestand. Er schenkte sich eben eine zweite Tasse Kaffee ein, als Snowhawk ihren Wortwechsel mit der fremden Stimme hatte. Ganz offensichtlich ging dort irgend etwas Unheilvolles vor. Hotchkiss setzte seinen Kaffeebecher ab. Er stand auf und trat zum Fenster, um einen Blick auf Johnson's Ridge zu werfen, als John Little Ghost seine Bemerkung fallenließ, die die gesamte Gegend in hellen Aufruhr versetzte: *Verdammt! Ich hoffe nur, es ist nicht radioaktiv!*

Über dem Sattel hing ein merkwürdiger grüner Schimmer.

Zehn Minuten später befanden sich Mel Hotchkiss, seine Frau, seine drei Töchter und der Hund der Familie zusammen mit einem halben Dutzend Koffern in ihrem Pickup auf dem Weg aus der Stadt. Hotchkiss hatte sich gerade genug Zeit genommen, seinen Bruder und einen Freund anzurufen.

Innerhalb einer einzigen Stunde war die gesamte Stadt auf der Flucht. Im Schein des unheilvollen Lichts über Johnson's Ridge verfrachteten die Bewohner ihre Kinder, Frauen, Juwelen, Haustiere und Computer in die Autos und fuhren davon. Die wenigen, die aus Prinzip nicht an Dinge wie Astrologie, Numerologie, Kornkreise und UFOs glaubten, wurden trotzdem von ihren verängstigten Frauen, Freunden, Nachbarn und wohlmeinenden Teenagern gedrängt, ihre warmen Häuser zu verlassen. Sie fuhren nach Süden auf Langdon zu, nach Osten, wo Fort Moxie lag oder nach Norden zur Grenze, deren geschlossener Übergang lediglich durch ein paar Warnschilder und Verkehrshütchen bewacht wurde. Die Flut rollte ungehindert nach Kanada hinein.

Die Staatspolizei brachte einen Geigerzähler heran, und um ein Uhr dreißig in der Nacht wurde verkündet, daß die Gegend sicher sei. Radio und Fernsehen verkündeten die Nachricht, doch es war längst zu spät. Die Stadt lag wie tot, und ihre Straßen waren übersät von zerbeulten, zurückgelassenen Fahrzeugen.

April, John Little Ghost und Snowhawk lauschten den Meldungen und beobachteten mit steigendem Entsetzen die langen Schlangen brennender Scheinwerfer, die sich auf den zweispurigen Straßen von Walhalla entfernten.

Zum Glück starb niemand.

Es hatte drei Brände und ein halbes Dutzend Herzanfälle gegeben. Mehrere Männer hatten Jimmy Patchman abgefangen, als er seine Zufahrt verlassen wollte, und ihn gezwungen, die Tankstelle zu öffnen. Die Männer hatten das Benzin bezahlt, doch Patchman bestand darauf, entführt worden zu sein. Polizei, Feuerwehr und medizinische Einrichtungen waren bis zum Umfallen in Anspruch genommen worden und würden noch vor Ende der Woche Berichte über ihre Einsätze veröffentlichen. Die Stadt Walhalla hatte neuntausend Dollar aus ihrer ohnehin hart gebeutelten Kasse ausgegeben, um Überstunden und zusätzlich gemietete Ausrüstung zu finanzieren. Und es gab Gerede, daß man einige der Leute oben bei Johnson's Ridge lynchen wollte.

Max erfuhr von alledem beim Frühstück. Es war, überlegte er, der gleiche Effekt, den das Schiff in Tom Laskers Scheune gezeigt und der Ginny einen höllischen Schrecken eingejagt hatte. Nur, daß der Maßstab diesmal viel größer war. Diesmal würde es eine gerichtliche Untersuchung geben.

Er vergaß sein Rührei mit Schinken und rief in der Baracke des Sicherheitsdienstes an, um mit Adam Sky zu reden. April nahm ab. »Es war keine gute Nacht«, sagte sie.

»Schätze ich auch«, war seine Antwort. Max atmete tief durch. »Ich komme sofort.«

Auf dem Highway standen mehrere Autowracks.

Polizeihelikopter kreisten am Himmel.

An der Abzweigung zur Zufahrtsstraße stritt ein Mann in einem Toyota mit dem diensttuenden Polizeibeamten. Der Beamte erkannte Max, verdrehte die Augen und winkte ihn durch. Das machte den Toyotafahrer noch wütender.

Max nahm sich Zeit für den Weg nach oben. Zu beiden Seiten der Straße türmten sich Schneehaufen vom Räumpflug. Auf dem Kamm traf er auf einen Sicherheitsmann von den Sioux. Der Mann war für den Verkehr hier oben zuständig. Er blickte kühl in die Gegend und winkte Max mit einem Funkgerät in der Hand durch.

Die Frühschicht war eingetroffen und hatte damit

begonnen, die Planen zu entfernen. Max nahm das Rundhaus gründlich in Augenschein. Im direkten Sonnenlicht war nicht zu erkennen, ob es noch immer leuchtete. Er parkte den Wagen an seinem gewohnten Platz und schirmte die Hand mit den Augen ab, doch ohne Ergebnis.

»Das Licht hat sich bei Einbruch der Morgendämmerung wieder abgeschaltet«, berichtete April ein paar Minuten später.

»Genau wie beim Schiff«, sagte Max.

»Ja. Außer, daß es diesmal nicht nur zwei Positionslichter waren. Das ganze Rundhaus hat geleuchtet.« Sie hatten die Nachrichtensendungen des frühen Morgens aufgezeichnet. April spielte Max eine davon vor. Die Meldung schloß eine Luftaufnahme von Johnson's Ridge mit ein. Der gesamte Sattel schien zu leuchten.

»Sieht eher nach Fluoreszenz als nach Elektrizität aus«, meinte er.

»Genau das dachten wir auch.« Sie nippte an ihrem Kaffee. Draußen wurden Jubelrufe laut.

Max warf einen Blick durch das Fenster und bemerkte nichts Außergewöhnliches. »Gibt es schon eine Reaktion der Stadtväter von Walhalla?« erkundigte er sich.

»Reaktion? Was meinst du damit?«

Max seufzte. »Ich schätze, wir haben der Stadt letzte Nacht einen höllischen Schrecken eingejagt. Sie sind wahrscheinlich gar nicht gut auf uns zu sprechen.«

April lächelte. »Max, niemand ist ums Leben gekommen. Ich verstehe, wenn Adam Snowhawk Sendeverbot erteilt. Wir brauchen keine weiteren Live-Sendungen von hier oben. Jedenfalls nicht von unseren eigenen Leuten.«

»Wer ist *Snowhawk*?«

»Andrea Hawk. Sie gehört zu den Sicherheitsleuten der Sioux.«

April erklärte Max, wie es zu dem Zwischenfall gekommen war.

»Also schön«, sagte Max schließlich. »Vielleicht können wir die Sache ausbügeln. Die Chancen stehen nicht schlecht, daß Walhalla eine NBA-Außenstelle erhält, bevor diese Sache gelaufen ist.«

Das Telefon klingelte. April nahm ab und runzelte die Stirn. »Sie machen Witze.« Sie lauschte erneut. »*Wer?*« Sie zeigte Max einen triumphierend erhobenen Daumen. »Wir sind sofort da.«

»Was ist?« fragte Max.

»Wir sind drin.«

Die Hauptanstrengungen, in das Rundhaus einzudringen, hatten auf der Vorderseite stattgefunden, doch einer der Sicherheitsleute hatte eine Tür entdeckt, und zwar beim Hirschkopf.

Rasch hatte sich eine Menschenmenge versammelt, in der Mitte der Mann der Stunde.

»Gut gemacht, George«, sagte Adam Sky, der gleichzeitig mit Max eintraf.

Der Mann der Stunde hieß George Freewater. Er war ein junger Sioux mit einem freundlichen Lächeln. Max konnte keinen Eingang entdecken. Tom Lasker kam aus der anderen Richtung um die Biegung des Rundhauses.

Freewater stand neben dem Hirschkopf und strahlte sie an. Dann, mit einer beinahe lässigen Geste, streckte er die rechte Hand aus, zog den Handschuh straff, wie es ein Werfer beim Baseball tun würde, und berührte die Wand. Direkt über der Hirschschnauze.

Der gesamte Kopf glitt nach oben und gab den Blick auf einen Gang frei. Die Menge applaudierte. Und wich ein Stück weit zurück.

Der Durchgang besaß weder Türen noch Fenster, und er reichte nicht weit in das Rundhaus hinein. Zwanzig Fuß, und er endete vor einer Wand. Die Wände waren allesamt glatt, abgesehen von vielleicht einem halben Dutzend rechteckiger Platten in der Größe eines Lichtschalters. Die Platten befanden sich in Hüfthöhe an den Wänden, drei auf jeder Seite.

April wollte sich in Bewegung setzen, doch Freewater

packte sie am Ärmel. »Warten Sie. Ich will Ihnen erst noch etwas zeigen.«

»Was denn?«

»Passen Sie auf.«

Stimmen in den hinteren Reihen wollten wissen, was vor sich ging. Irgend jemand mit einem Presseausweis der UPI drängte vor.

Ohne Vorwarnung glitt die Tür wieder zu. Keine Ritze oder Naht verriet ihre Existenz.

»Was war das?« fragte April.

Freewater blickte auf seine Uhr. »Sie bleibt sechsundzwanzig Sekunden lang auf«, sagte er.

»Danke, George.« April berührte das Hirschmaul.

Die Tür rührte sich nicht.

April blickte fragend zu Max. »Was mache ich falsch?«

Freewater zog demonstrativ einen seiner Handschuhe aus. Er war schwarz und sah ziemlich gewöhnlich aus. »Versuchen Sie's damit«, sagte er.

April runzelte die Stirn, entledigte sich ihres Fausthandschuhs und zog Freewaters Handschuh an. »Macht das wirklich einen Unterschied?« erkundigte sie sich ungläubig.

Freewaters Grinsen sagte mehr als tausend Worte. April berührte die Wand, und der Durchgang kam wieder zum Vorschein.

»Ich will verdammt sein«, brummte Lasker.

Max bemerkte einen Schwall warmer Luft, der aus dem Innern entwich. Das Rundhaus war *beheizt*.

April verglich den Handschuh Freewaters mit ihrem Fäustling. »Was hat das zu bedeuten?« fragte sie.

Freewater wußte keine Antwort. »Es funktioniert nur dann, wenn jemand meinen Handschuh trägt«, sagte er.

»Wie kann das sein?« fragte Max.

»Weiß ich nicht«, antwortete der Sicherheitsmann. »Mit bloßen Händen klappt es auch nicht.«

»Merkwürdig.« April blickte in den Gang und dann wieder auf Freewaters Handschuh. »George, wenn es Ihnen nichts ausmacht, leihe ich mir Ihren Handschuh für ein paar Minuten aus.« Sie schob ihn in die Jackentasche und sah zu Max. »Bist du soweit?«

»Soweit für was?«

»Wir gehen rein.«

Max' Unterkiefer sank herab. »Machst du Witze?« entgegnete er. »Wir kommen vielleicht nicht wieder hinaus!«

»Ich würde gerne mitgehen«, meldete sich Freewater.

»Nein. Niemand sonst. Ich fühle mich wohler, wenn Sie hier draußen bleiben, um die Tür zu öffnen, falls wir es von drinnen nicht schaffen. Ich nehme an, es funktioniert mit beiden Handschuhen?«

Sie probierten Freewaters zweiten Handschuh aus, und er funktionierte. »Geben Sie uns fünf Minuten, George«, sagte sie. »Falls wir bis dahin nicht wieder draußen sind, lassen Sie uns raus.«

»April«, sagte Max, »du weißt, wie eine Venusfliegenfalle funktioniert?«

Sie lächelte Max zu, als hätte er einen Scherz gemacht, und trat in den Gang. Max zögerte kurz. Er spürte die Augen der anderen auf sich ruhen. Schließlich folgte er April.

Der Gang war kaum sechs Fuß hoch und vielleicht vier Fuß breit. Er war eng, fast klaustrophobisch. Die Wände waren weiß getönt und so dick mit Staub bedeckt, daß ihre Struktur kaum zu erkennen war. Schmutz bedeckte den Boden.

»Von irgendwoher kommt Wärme«, stellte April fest. Sie streckte die Hand aus, um die Luftströmungen zu lokalisieren.

Max suchte nach einem Türöffner. Nur die sechs Platten kamen in Frage. Zwei Paare waren unmittelbar einander gegenüber angeordnet. Der fünfte und sechste Schalter saßen weiter auseinander in der Nähe des jeweiligen Endes des Durchgangs. Max merkte sich die Position des Schalters am Eingang, so daß er ihn auch wiederfinden würde, nachdem die Tür sich geschlossen hatte und das Licht erloschen war.

April fuhr mit den Handflächen über die Wand und wischte den Staub ab. »Die Wärme scheint von überall zugleich zu kommen«, stellte sie fest.

Die Tür setzte sich nach unten in Bewegung. Max widerstand dem Impuls, sich unter ihr hindurchzuducken und nach draußen zu hechten. Statt dessen sah er reglos zu, bis sie geschlossen war.

Es wurde nicht dunkel. Ein graues Band, das waagerecht über die Rückseite der Tür lief, versorgte sie mit ausreichend Helligkeit, um ihre Umgebung zu erkennen. Als Max mit dem Ärmel über das Band rieb, wurde es heller. Einen Augenblick später sah er hindurch und erspähte die Leute draußen vor dem Rundhaus. »Es ist transparent«, stellte er fest.

April grinste. »In Ordnung«, sagte sie. Auch April hatte die Platten in den Wänden betrachtet. Jetzt trat sie zu der Platte am anderen Ende des kurzen Ganges und zog Freewaters Handschuh über. »Bist du soweit, Max?«

»Fang an.«

April atmete durch. »Es ist nur ein kleiner Schritt für eine Frau ...« Sie berührte die Platte. Drückte darauf.

In der Wand ertönte ein Klicken. Unmittelbar vor April öffnete sich eine Tür und gab den Blick auf einen runden Saal frei. »Das ist es«, hauchte April und trat ein.

Das Licht war grau und bleich. Gerade ausreichend, um etwas zu erkennen.

»Wir sind da. Das ist der Hauptraum.«

Der Saal war leer. Ein paar Säulen stützten ein Geflecht von Querstreben unter der Decke. Das war alles. In der Mitte des Raums begann ein Graben. Er endete vor der anderen Wand, die sie bisher als Vorderseite angesehen hatten.

Die Tür glitt zu.

Max verspürte einen Schreck, bis er eine Platte in der Wand entdeckte, die genauso aussah wie die Schalter im Eingang.

»Das dort ist unser Kanal«, sagte April und zeigte auf den Graben. »Das Schiff kam durch die Vorderseite herein und machte hier fest.« Es gab sogar ein paar kleine Poller, die genau diesem Zweck gedient haben mochten.

Das Atmen wurde schwer. »Wir sollten aufpassen«, sagte Max. »Die Luft ist schlecht.« Wie hätte es auch anders sein sollen?

Sie öffneten die Türen und stemmten Streben darunter, dann setzten sie ein paar Ventilatoren ein, um frische Luft ins Innere zu blasen. Als sie das Gefühl hatten, genug getan zu haben, ließen sie ihre Leute und die wartenden Journalisten eintreten.

Der Graben war vielleicht fünfzehn Fuß tief und von den Ausmaßen her breit genug, um Tom Laskers Schiff aufzunehmen. Die ursprünglichen Eigner hatten zwar den Mast umklappen müssen, um ins Innere des Bootshauses zu fahren, doch es hätte funktioniert.

Vom Durchgang gingen vier weitere Räume ab. Zwei davon mochten vielleicht einst Apartments oder Lagerräume gewesen sein, doch heute waren sie leer. In den beiden anderen Räumen fanden sich Spinde und Kanister. Die Spinde waren leer. Ein Abfluß im Boden und eine Drainage ähnlich der, die sie auf Laskers Schiff gefunden hatten, legten den Schluß nahe, daß es sich bei einem der Räume um eine Toilette gehandelt hatte. Der andere schien die Küche gewesen zu sein.

Max spürte, wie sich Enttäuschung und Frustration bei den Anwesenden ausbreiteten. April wirkte ganz besonders niedergeschlagen.

»Was haben wir denn erwartet?« fragte er.

Das Rundhaus war leer. Einfach *leer*.

Kein interstellares Raumschiff. Keine antiken Aufzeichnungen. Keine prähistorischen Computer. Keine Apparate und Maschinen.

Nichts.

15

Die wahren Quellen der Macht liegen nicht in der Erde, sondern in uns selbst.

›Küsten der Vergangenheit‹

Walter Asquith

Tom Brokaw zeigte genau das richtige Maß an Skeptizismus. »Heute nacht«, begann er, »gibt es weitere Beweise, daß Nordamerika während der letzten Eiszeit möglicherweise von Außerirdischen besucht worden ist. Wissenschaftler drangen heute in ein mysteriöses Gebäude ein, das wahrscheinlich seit Jahrtausenden auf einem Bergkamm in der Nähe der kanadischen Grenze vergraben lag.« Eine Computergrafik der Gegend um Walhalla und Fort Moxie erschien auf dem Schirm neben dem Sprecher und wurde dann durch Luftaufnahmen und Panoramabilder des Rundhauses abgelöst. »Dieses Bauwerk besteht aus einem Material, daß, so teilt man uns mit, mit menschlicher Technologie nicht herzustellen ist. Robert Bazell befindet sich vor Ort.«

Bazell stand vor dem Rundhaus und blickte kühl in die Kamera. Der Wind riß an seinem Mikrofon. »Hallo Tom«, meldete er sich und wandte sich einen halben Schritt zur Seite, damit die Kamera das Gebäude besser erfassen konnte. »Hinter mir sehen Sie den Artefakt, von dem die Wissenschaftler glauben, er sei vor zehntausend Jahren zurückgelassen worden. Niemand weiß, woher er kommt oder wer ihn hier aufgestellt hat. Er besteht aus einem Material, von dem die Experten sagen, sie hätten es niemals zuvor gesehen. Ein Team unter Leitung von Dr. April Cannon ist heute zum ersten Mal in das Rundhaus eingedrungen, und das hier fanden sie vor.«

Das Innere des Rundhauses breitete sich auf dem Schirm aus.

Begleitet von Bachs drittem Orgelkonzert glitt die

Kamera an grünen Wänden entlang und über den klaffenden Graben hinweg.

Die Szene erweckte in Max, der zusammen mit April und den Laskers im Prairie Schooner saß, nur weitere Frustration und Enttäuschung. Selbst die Schränke waren leer gewesen! Es wäre zu schön gewesen, wenigstens einen vergessenen Schuh oder etwas Ähnliches zu finden.

Irgend etwas.

»Falls das Rundhaus tatsächlich so alt ist, wie einige der Experten behaupten, Tom«, fuhr Bazell mit seinem Bericht fort, »dann blicken wir hier auf ein technologisches Wunder. Die Temperatur im Innern beträgt ziemlich genau sechzig Grad Fahrenheit. Wie Sie sehen, ist es hier oben ziemlich kalt. Also müssen wir annehmen, daß es ein Heizsystem gibt und daß dieses System noch immer arbeitet.« Ein weiterer Schnitt, und der Sattel kam wieder ins Bild. Schneegestöber und frierende Leute mit hochgeschlagenen Kragen. »Ich sollte noch hinzufügen, daß das Rundhaus im Dunkeln leuchtet. Oder wenigstens letzte Nacht hat es geleuchtet. So stark, daß es die Einwohner des nahe gelegenen Städtchens Walhalla zu Tode erschreckte und sie fluchtartig ihre Häuser verließen.«

Der Schirm teilte sich. Brokaw blickte interessiert drein. »Und es steht einwandfrei fest, daß es sich nicht um einen üblen Scherz handelt?«

»Das kommt darauf an, Tom. Auf was Sie anspielen, meine ich. Die Experten scheinen sich nicht über das Alter des Rundhauses einigen zu können. Aber sie sind selten einmütig in ihrer Meinung, daß das Baumaterial unmöglich aus menschlicher Produktion stammen kann.«

Ein weiterer Schnitt zu einem bärtigen, älteren Mann an einem Schreibtisch. Im Hintergrund eine Wand voller Bücher. Auf dem Schirm stand zu lesen, daß es sich um Elliot Rearden handelte, den Dekan der chemischen Fakultät an der University of Minnesota.

»Professor Rearden«, fragte Brokshaw, »können Sie mich hören?«

»Ja, Tom.«

»Professor, was halten Sie von dieser ganzen Geschichte?«

»Die Behauptungen scheinen zu stimmen.« Reardens graue Augen strahlten vor Begeisterung.

»Was meinen Sie mit ›scheinen‹, Professor?«

Rearden dachte nach, bevor er antwortete. »Ich will nicht andeuten, daß die Beweise gefälscht sein könnten«, meinte er schließlich. »Die Schlußfolgerungen allerdings ... sie sind von einer Tragweite, die einen unwillkürlich zögern läßt.«

Leise hakte Brokaw nach: »Und wie lauten diese Schlußfolgerungen?«

Rearden blickte direkt in die Kamera. »Ich denke, wenn wir die Ergebnisse der chemischen Analyse akzeptieren, dann gibt es nur zwei mögliche Schlußfolgerungen. Entweder handelt es sich um Menschen, die gegen Ende der letzten Eiszeit hier lebten und technologisch wesentlich weiter fortgeschritten waren als wir heute, und die auf irgendeine mysteriöse Art und Weise verschwunden sind, oder ...« sein Blick wurde hart, »... oder wir hatten Besuch.«

»Sie meinen Aliens, Professor? UFOs?«

Rearden rutschte unbehaglich in seinem Sessel hin und her.

»Falls es eine dritte Möglichkeit geben sollte, dann wüßte ich nicht, wie sie lautet.« Er schürzte die Lippen. »Wir stehen hier vor etwas Entscheidendem. Ich schätze, es ist keine schlechte Idee, den Kopf frei zu halten und keine voreiligen Schlüsse zu ziehen.«

Das Bild des leuchtenden Rundhauses unter einem hellen Vollmond erschien auf dem Schirm. Eine Luftaufnahme aus dem Hubschrauber, live. »Jetzt, da die Wissenschaftler es geschafft haben, in den Artefakt einzudringen«, sagte Brokaw, »sollten die entscheidenden Antworten nicht mehr allzu lange auf sich warten lassen.

Die NBC wird heute abend um neun eine Sondersendung über das Rätsel von Johnson's Ridge ausstrahlen.«

Tom Lasker spießte ein Stück Fleisch auf seine Gabel und deutete damit auf den Schirm. »Ich bin ja so froh zu hören, daß wir dicht vor den entscheidenden Antworten stehen«, sagte er.

Am nächsten Morgen trafen April und Max bereits in der Morgendämmerung auf Johnson's Ridge ein, gerade rechtzeitig, um zu erleben, wie die grüne Aura des Rundhauses verblaßte. Über dem Sattel kreiste ein Helikopter. Hinter ihnen bogen Fahrzeuge in die Zufahrtsstraße ein.

Dem Faxgerät war über Nacht das Papier ausgegangen, und mehrere tausend e-mails hatten sich im elektronischen Briefkasten angesammelt. Der gesamte Planet fragte an, ob der Rundhaus zu besichtigen sei. »Wir müssen uns etwas überlegen«, sagte April. »Ich weiß nicht, wie wir damit fertig werden sollen. Wir können nicht all diese Leute hier herauf lassen.«

Inzwischen waren bereits zahlreiche Journalisten und VIPs eingetroffen. April sprach eine Weile mit den Medienvertretern. Sie erzählte von ihren Befürchtungen, mit der Veröffentlichung ihrer Untersuchungsergebnisse ihren Ruf in akademischen Kreisen zu verlieren. »Gott sei Dank ist das nicht geschehen«, fügte sie hinzu. »Alle haben sich bisher in dieser Sache sehr offen gezeigt.« Sie erklärte die Notwendigkeit, die Fundstelle vor ungebremsten Besucherströmen zu schützen, bis sie sämtliche Informationen gesammelt hatten, die das Rundhaus liefern konnte. »Aus diesem Grund gestatten wir auch nur sechs Reporter im Innern. Drei vom Fernsehen, drei Vertreter der Printmedien. Sie entscheiden selbst, wer von Ihnen hineingeht. Geben Sie mir dreißig Minuten Zeit. Bis dahin ist alles vorbereitet. Die sechs von Ihnen, die mit hineingehen, bleiben bitte bei ihrem Führer. Wer sich nicht daran hält, fliegt raus. Haben das alle verstanden?«

Einige murrten, doch die meisten lachten. Während sie sich damit beschäftigten, ihre sechs Vertreter auszusuchen, ging April zusammen mit Max zur Hirschtür. Die ganze Nacht hindurch hatte eine Stütze verhindert, daß die Tür sich schließen konnte, und Ventilatoren hatten die Luft im Innern erneuert. April nahm die Stütze weg, und die Tür glitt zu. Sie zog ihren eigenen Handschuh aus und legte die Finger auf den Hirschkopf. Wie Max erwartet hatte, geschah nichts.

»Also können wir davon ausgehen, daß es Gregors Handschuh ist, oder?« fragte sie.

»Offensichtlich«, erwiderte Max.

»Aber warum?« Sie nahm einen Schal aus der Tasche und fuchtelte damit vor Max' Gesicht herum, damit er ihn ansehen konnte. »Ich hab' ihn bei K-Mart gekauft«, erklärte sie. »Sechs Mäuse, auf dem Ramschtisch.« Sie wickelte den Schal um die Finger und berührte den Hirschkopf erneut.

Die Tür glitt auf.

»*Voilà!*« Sie schob die Stütze wieder in den Eingang.

»Wieso reagiert die Tür auf den Schal?«

»Ich bin nicht ganz sicher. Was hat der Schal mit Georges Handschuh gemeinsam, das er nicht mit meinem Fäustling oder meiner nackten Hand gemeinsam hat?«

»Ich will verdammt sein, wenn ich das wüßte«, erwiderte Max.

»Georges Handschuh ...« April zog ihn aus der Tasche, »... besteht aus Polypropylen. Der Schal ist aus Polyester. Beides Erzeugnisse einer relativ hoch entwickelten technologischen Zivilisation.«

Max runzelte die Stirn. »Kannst du mir das bitte genauer erklären?«

»Ich rate nur. Aber als das Rundhaus in Gebrauch war, gab es vielleicht Eingeborene in der Gegend. Wer weiß, was sonst noch hier gelebt hat. Bären vielleicht. Wie würdest du eine Tür sichern, damit deine Leute sie benutzen können, aber nicht die Bären oder Eingeborenen oder wer weiß was sonst?«

»Keine Ahnung.«

»Ich würde einen Sensor einsetzen, der auf ... sagen wir, Kunststoffe reagiert. Irgend etwas anderes, Haut, Pelz, was auch immer, und die Tür bleibt verschlossen.«

Die Massen strömten herbei. Sie ergossen sich über die amerikanische Grenze und verstopften die Interstate 29 und die beiden zweispurigen Highways von Fargo und Dickinson. Sie kamen in Charterflügen auf dem Fort Moxie International Airport an und stellten fest, daß der örtliche Autoverleiher nur einen einzigen PKW besaß und daß es nur ein einziges Taxi gab. Eine Karambolage zwischen fünf Wagen in der Nähe der Abfahrt Drayton blockierte den nach Norden fließenden Verkehr auf der I-29 für beinahe zwei Stunden. Auf dem Highway 18, in der Nähe von Park River, fanden sich frustrierte Autofahrer in kilometerlangen Schlangen und zähem Stop-and-go-Verkehr wieder. Bei Sonnenuntergang des ersten Tages nach Einsetzen der vollständigen und lückenlosen Berichterstattung in den Medien hatte es zwei Tote gegeben, mehr als zwanzig Verletzte und beinahe hundert Leute mit Erfrierungen. Die Sachschäden wurden auf eine Viertel Million Dollar geschätzt. Es war das größte Verkehrschaos in der Geschichte North Dakotas.

Den ganzen Nachmittag über appellierte die Polizei im Radio an die Besucher. Gegen zwei Uhr ging der Gouverneur persönlich auf Sendung und bat die Bevölkerung um Ruhe und Besonnenheit. (Ein merkwürdiger Einfall, weil das Problem in keiner Weise mit hochgehenden Emotionen zu tun hatte.) »Das Verkehrsaufkommen in Walhalla und Umgebung«, sagte er, »ist extrem stark. Falls Sie sehen wollen, was bei Johnson's Ridge geschieht, so tun Sie das am besten und am sichersten von Ihren Wohnzimmern aus.«

Immer wieder wird behauptet, daß die meisten Menschen kein Interesse an der Geschichte besitzen. Diese Behauptung stützt sich in der Regel auf nichts weiter als mangelndes Wissen der genauen Daten historischer Ereignisse und Episoden. Hätte einer von uns die Chance, Gettysburg an seinem größten Tag zu erleben oder mit Cäsar einen Hamburger zu teilen, würde er nicht die Gelegenheit unverzüglich beim Schopf packen? Wir alle wünschen uns, die Geschichte hautnah mitzuerleben, Teil ihres unwiderstehlichen Dahinströmens zu sein. Hier draußen bei Johnson's Ridge gab es so eine Gelegenheit. Ein Ereignis von allergrößter Bedeutung, und niemand, der in Reichweite von Johnson's Ridge lebte, würde zu Hause bleiben und vor dem Fernseher sitzen.

Der Polizeichef war ein dickleibiger Mann mit Grabesstimme, dessen einfache Gesichtszüge und ausdruckslose Augen über seine rasche Intelligenz hinwegtäuschten. Sein Name lautete Emil Doutable, doch seine Männer nannten ihn insgeheim *Doubtful*.

Er traf im Verlauf des späten Vormittags an der Ausgrabung ein. Zu diesem Zeitpunkt hatten Max und seine Assistenten bereits Stunden mit Metallurgen, Archäologen, Industriellen, Politikern, Kuriositätenjägern und Neugierigen aus der ganzen Welt am Telefon verbracht.

Doutable war alles andere als glücklich. Seine Arbeit wurde durch die bloße Existenz dieser Widerwärtigkeit unnötig erschwert. Ihm war bewußt, daß sich Dinge von weitreichender Bedeutung in seinem Zuständigkeitsbereich ereigneten, doch ihm wäre lieber gewesen, sie hätten sich woanders ereignet. »Kann sein, daß wir die Nationalgarde rufen müssen«, verriet er Max. »Ich habe gehört, daß ganz Nordamerika nach hier unterwegs ist.«

»Erzählen Sie mir lieber etwas, das ich noch nicht weiß«, entgegnete Max. »Möglicherweise müssen wir die Zufahrtsstraße absperren und die Leute ganz vom Sattel fernhalten.«

Doutable blickte sich um, als könnte ihn jemand belauschen. »Sie machen wohl Witze, was? Das Geschäft floriert in den umliegenden Städten. Falls ich die Zufahrtsstraßen abriegle, bin ich meinen Posten los.« Er sah aus dem Fenster. Auf dem Parkplatz drängten sich Hunderte von Pkws. »Hören Sie, besser könnte es für die Städte gar nicht laufen. Es ist noch immer ziemlich kalt. Niemand hält es sonderlich lang hier oben aus. Die Leute kommen her, werfen einen Blick auf das Rundhaus und fahren wieder runter. Dann strömen sie in Massen in die Städte, um etwas Warmes in den Bauch zu bekommen und Souvenirs zu kaufen. Alles bleibt in Bewegung. Jedenfalls war es bis jetzt so. Inzwischen ist der Verkehr einfach zu stark geworden.«

Max nickte zustimmend. Er war froh, sich nicht mit diesem Problem herumschlagen zu müssen.

Doutable schwieg eine Weile. »Max«, sagte er schließlich, »Sie haben wohl nicht zufällig vor, die Leute in dieses Haus zu lassen, oder?«

»In das Rundhaus? Nein. Das bleibt der Presse und Wissenschaftlern vorbehalten.«

»Gut. Weil das die Dinge nämlich noch mehr verlangsamen würde. Wir müssen dafür sorgen, daß die Besucher in der Kälte bleiben. Solange uns das gelingt, sollte alles andere zu regeln sein.« Er nickte heftig. »Bleiben Sie nur ja bei Ihrem Entschluß.« Doutable erhob sich und ging zur Tür. »Mit ein wenig Glück sinken die Temperaturen noch weiter. Genau das brauchen wir, sonst nichts.«

Alle paar Minuten trafen weitere Helikopter ein und brachten neue Scharen von Journalisten und VIPs heran. Lasker benötigte Hilfe, um die Dinge in Bewegung zu halten, und Max fand sich in der Rolle des Empfangschefs wieder. April wurde mit Fragen und Bitten um Fotos überschüttet, und sie gab sich Mühe, allen gerecht zu werden. Es war ein anstrengender Tag. Alle waren froh, als schließlich die Sonne unterging.

»Es ist einfach absurd«, beschwerte sich April. »Auf mich wartet der unglaublichste Artefakt der Welt, und ich komme nicht von den Reportern weg. Ich will endlich einen gründlichen Blick in das Innere werfen.« Die Journalisten verbrachten tatsächlich mehr Zeit im Rundhaus als April selbst.

Es gab noch weitere Ablenkungen. Obwohl es ihr noch nicht bewußt war, gehörte ihr Name über Nacht zu den berühmtesten im gesamten Land. Bereits innerhalb der ersten vierundzwanzig Stunden nach ihrem Auftreten vor der Weltöffentlichkeit hatte sie Angebote von vier großen Kosmetikkonzernen erhalten, um Werbung für ihre Produkte zu machen, außerdem von *Taco Bell* (Unsere *Burritos* sind nicht von dieser Welt), von einer Leihwagenkette und nicht zuletzt von der MCI*.

Sie führte Besucherscharen durch das Rundhaus, gab Interviews und hielt Pressekonferenzen ab. Die Fotografen hatten entdeckt, daß April eine Schönheit war, und ein wahres Blitzlichtgewitter prasselte auf sie herab. April genoß die Situation ganz offensichtlich, und Max freute sich für sie. Sie war schlagfertiger und geschickter als er. Außerdem besaß sie ein Lächeln, das jedermanns Herz gewann, und ein Talent, treffende Bemerkungen abzugeben.

Am dritten Tag nachdem sie ins Rundhaus eingedrungen waren, begannen sie mit dem Entfernen des in den Jahrtausenden angesammelten Schmutzes und einer ersten Bestandsaufnahme. Ausgewählte Bereiche der Innenwände wurden abgewaschen, und diffuses Sonnenlicht fiel ins Innere des Rundhauses.

Das Licht erzeugte eine Atmosphäre wie in einem sonnendurchfluteten Wald am späten Nachmittag, doch es gab selbstverständlich keine Bäume. Grüne Wände, wahrscheinlich aus Cannonium und vom Design her identisch mit den Außenwänden, erhoben sich ringsum. Ein umlaufendes Fenster zog sich in Brusthöhe über einen Winkel von gut zweihundertsiebzig Grad an der Außenwand entlang.

Lasker bat Max, die Aufräumarbeiten zu beaufsichti-

* Eine amerikanische Telefongesellschaft.

gen. April schärfte ihm daraufhin ein, welche Sicherheitsmaßnahmen ergriffen werden mußten, und er durfte anfangen. Frank Moll, ein ehemaliger Major der Streitkräfte, wurde als Public-Relations-Direktor eingestellt.

Nach Max' Überzeugung würden sie den größten Teil der Informationen aus den Wänden gewinnen. Wie sollte man Apparate bauen können, die nach zehntausend Jahren noch immer funktionierten? Trotzdem bedauerte er ein wenig, daß der erste Kontakt nichts weiter ans Tageslicht gebracht hatte als ein hoch entwickeltes Heizsystem.

Max hinterließ April eine Nachricht und fuhr zum Motel zurück. Er blieb im Verkehr stecken und kam erst zwei Stunden später erschöpft und verärgert in Fort Moxie an. Die Stadt befand sich im Zustand der Belagerung. Überall standen Fahrzeuge geparkt, die Straßen waren verstopft. Max kämpfte sich durch den Verkehr und bog auf den Motelparkplatz ein, doch er war besetzt. Schließlich fand er einen Parkplatz in der Leghorn Street, sechs Blocks weit entfernt.

Auf dem Fußweg zum Motel erblickte er einen Teenager in einem T-Shirt mit einem Bild vom Rundhaus. Darunter stand: *Fort Moxie, North Dakota – nicht von dieser Welt*. Der Haushaltswarenladen hatte sein Schaufenster mit Modellen, Gläsern, Tellern, Handtüchern, Ringbüchern, Salz- und Pfefferstreuern dekoriert, die alle das Rundhaus als Motiv zeigten. Auf der anderen Seite, in der Bannister Street, gab es bei Mikes Supermarkt noch mehr davon zu sehen.

Zwei Schulbusse fuhren langsam in Max' Richtung. Beide waren mit flatternden Fahnen geschmückt, die – was sonst – das Rundhaus zeigten. Die Busse waren voll mit jungen Leuten, meist im Collegealter oder nur wenig darüber, und sie winkten ihm im Vorbeifahren begeistert zu.

Max winkte zurück, eilte durch die Straße (inzwischen fror er) und betrat schließlich sein Motelzimmer. Die plötzliche Wärme beraubte ihn seiner restlichen Energie. Er schaffte es noch, seinen Mantel über einen Stuhl zu hängen, dann sank er in sein Bett.

Die Busse hielten vor Clint's. Das Restaurant war bei weitem zu überfüllt, um zusätzliche sechzig hungrige Gäste aufzunehmen, doch Clint war zu geschäftstüchtig, um sich eine Gelegenheit wie diese entgehen zu lassen. Er bot an, Sandwiches und Kaffee zum Mitnehmen zu machen und nahm Reservierungen für das Abendessen entgegen. Als die jungen Leute wieder gegangen waren, bemerkte Clint, daß seine Vorräte an Fleisch, Kartoffelsalat und Gemüse weit schneller schwanden, als er für möglich gehalten hatte. Er sandte seinen Sohn mit einer großen Bestellung neuer Nahrungsmittel nach Grand Forks.

Im Haushaltwarenladen sah Arnold Whitaker zu, wie die motivgeschmückten Souvenirs von seinen Regalen zu schmelzen schienen. Auch Kinderspiele für unterwegs und – merkwürdigerweise – Feuerwaffen gingen hervorragend. Und Ferngläser. Die Verkäufe der Waren mit Rundhausmotiv brachen alle Rekorde. Er hatte sich eine großzügige Lieferung auf Kommission geben lassen, doch sie würde höchstens bis zum Nachmittag des nächsten Tages reichen.

Als er bei seinem Lieferanten in Winnipeg nachbestellen wollte, teilte man ihm mit, daß es Lieferengpässe gäbe, und setzte ihn auf die Warteliste.

Das Northstar Motel war schon die zweite aufeinanderfolgende Woche ausgebucht, was während der gesamten Zeit seines Bestehens noch nie vorgekommen war. Ungefähr zu der Zeit, als Max in seinem Bett einschlief, beriet das Management, ob es die Zimmerpreise verdoppeln sollte.

Die Getränkepreise im Prairie Schooner waren bereits seit einigen Tagen beträchtlich gestiegen. Der Besitzer, Mark Hanford, achtete sorgfältig darauf, daß Stammgäste nicht soviel zahlen mußten wie Besucher. Normalerweise hätte Max eine derartige Praxis als unmoralisch empfunden, doch das hier war keine normale Zeit. Ein Geschäftsmann mußte sich einfach den veränderten Bedingungen anpassen. Außer Max bemerkte es niemand.

Mark Hanford hatte außerdem im Stadtrat vorgeschlagen, Tom Lasker eine Verdiensturkunde zu überreichen. Er wußte, daß die Geste dankbar aufgenommen werden würde.

Charlotte Anderson saß im vorderen Bus in der ersten Reihe. Sie konnte die Kraftfelder *spüren*. Sie erfüllten sie, spülten durch die Leere und führten sie zu einer Bewußtseinsebene empor, die höher war als alles, was sie bisher gekannt hatte. Die umgebenden Geräusche des Stop-and-go-Verkehrs wichen zurück, und Charlotte übermannte das Gefühl, eins zu werden mit dem Universum.

Die Kraftquelle lag im Südwesten, schmerzhaft nah. Jahre zuvor hatte sie in Alaska, in der Nähe von Barrow, eine ähnliche Stelle entdeckt. Auch damals war sie eins geworden mit dem Kosmos, hatte eine Verbindung zwischen ihrem innersten Selbst und dem Universum draußen gespürt, war in das große Netz des Lebens eingeflochten gewesen. Das war ein wunderbares Erlebnis gewesen, wenn auch die geheimnisvolle Quelle damals tief unter einem Gletscher in einem Gebirgspaß vergraben gelegen hatte.

Charlotte war schlank, honigblond und besaß klare Gesichtszüge. In ihrem Benehmen war eine Art erzwungener Fröhlichkeit, eine Begeisterung, die eher bewußt als spontan wirkte. Sie stammte aus Long Island, hatte in Princeton *magna cum laude* graduiert und besaß nun einen Master in moderner europäischer Geschichte. Sie war katholisch erzogen worden, doch während ihrer Zeit in der High School hatte sie zunehmendes Unbehagen gegenüber einer Religion verspürt, die alles so leichthin erklärte. Bei der Abschlußfeier hatte sie ihrem Vater verkündet, daß sie der Unitarianischen Kirche beigetreten war. Die Schöpfung ließe sich nicht erklären oder begreifen, hatte sie ihrem entsetzten Vater an den Kopf geworfen. Der Mensch könne sich nur zurücklehnen und auf den Wind warten, der zwischen den Sternen wehe. Charlottes Vater hatte ihre Mutter beruhigt, daß sie sich nicht sorgen solle, daß es nichts weiter als eine Marotte wäre und die Tochter schon bald wieder zur Vernunft kommen würde.

Ein paar der Jungs in ihrer Gruppe waren, wie Charlotte wußte, mehr an ihr interessiert als an Kraftquellen, doch das war nicht unbedingt schlecht. Mit der Zeit würden sie sich wieder beruhigen, und das reichte.

Die Busse waren aus Minneapolis heraufgekommen, wo Charlotte als Geschäftsführerin in einer McDonald's-Filiale arbeitete. Sie hatte ihr Zuhause hinter sich gelassen, um ihr wirkliches Ich zu finden. Als das Schiff auf einer Farm in North Dakota entdeckt wurde, da hatte sie gewußt, daß es auf etwas Größeres hindeutete. Ganz genau wie Curie Miller in Madison. Sie hatten online darüber geredet, die gesamte Manhattan-Gruppe und Curie und ihre Freunde, Sammy Rosenstein in Boise, die Bensons in Jacksonville und alle anderen Freunde in Philly und Seattle und Sacramento und überall im Land. Als die Situation sich weiter zuspitzte, waren mehr als sechzig Mitglieder des Netzwerks nach Grand Forks geflogen. Sie wollten an Ort und Stelle sein, wenn es soweit war. Charlotte und ein paar andere Leute aus der Gegend von Twin Cities hatten mit den Bussen gewartet. Sie hatten die Stadthalle von Fort Moxie gemietet und dort zwei Nächte auf Nachzügler gewartet. Jetzt waren sie bereit. Und ihr Timing war perfekt gewesen: Die letzten Nachrichten von Johnson's Ridge hatten ihren Enthusiasmus angefeuert (falls das überhaupt je erforderlich gewesen war), und Charlotte wußte wie jeder andere in ihrer Gruppe auch, daß reine Magie sie erwartete.

April wußte nicht genau, wer aus Max' Aufräumtruppe als erster die Serie von Bildern in der Wand auf der Rückseite der Kuppel entdeckte. Mehrere Leute beanspruchten das Verdienst für sich; was sie viel mehr erschütterte war die Tatsache, daß ganze Bataillone von Journalisten, Physikern, Mathematikern und Kongreßabgeordneten ahnungslos an der Wand vorbeigelaufen waren. April selbst waren sie ebenfalls nicht aufgefallen.

Es waren sechs, eingelassen in die Oberfläche aus Glas, unauffällig, schwarz (im Gegensatz zum Hirschkopf draußen) und daher leicht in der dunkelgrünen Wand zu übersehen.

Die Arbeiter hatten sich von der Stelle zurückgezogen und Schubkarren und Schaufeln standen und lagen herum. April stand auf einem Dreckhügel und musterte die Bilder. Sie waren in zwei Reihen untereinander angeordnet, jedes ungefähr handgroß. Einige erinnerten an Piktogramme: ein Baum, eine geschwungene Linie, die an Rauch erinnerte, ein Ei, ein Pfeil. Außerdem zwei ineinander verschlungene Ringe und eine Zeichnung, die entfernt aussah wie ein Violinschlüssel.

Die Zeichnungen wirkten dreidimensional, ähnlich Holografien, und waren im gleichen gegenständlichen Stil gehalten wie der Hirschkopf. April schob das Gesicht dicht an die Baumzeichnung, das Bild in der oberen linken Ecke. Wie die anderen Zeichnungen auch schien es unmittelbar unter der Oberfläche eingelassen zu sein. April zog ein Taschentuch hervor und wischte die Wand ab, um deutlicher sehen zu können.

Der Baum leuchtete auf.

April wich zurück.

Die Zeichnung leuchtete in einem weichen, bernsteinfarbenen Licht.

April legte die Hand auf die Wand, doch es war keine Wärmeentwicklung zu spüren.

Ansonsten geschah anscheinend überhaupt nichts. Keine Türen, die sich öffneten. Keine Veränderungen in der Beleuchtung. Kein Geräusch. April berührte die

Zeichnung erneut, um zu sehen, ob das Licht wieder erlosch.

Es brannte weiter.

Und ein paar Fuß entfernt entstand eine helle, goldfarbene Aura. Sie dehnte sich aus, und Sterne schienen in ihrem Innern zu funkeln. April wollte einen erschreckten Ruf ausstoßen, doch ihre Kehle war wie zugeschnürt.

Dann, genauso schnell, wie sie gekommen war, verblaßte die Aura wieder. Und verschwand.

Es hatte kein Geräusch gegeben.

April stand eine ganze Minute reglos da. Dort, wo die Aura geleuchtet hatte, glänzte ein kreisrundes Stück blitzsauberen Fußbodens im gedämpften Sonnenlicht.

Charlotte inspizierte die Kartons im hinteren Teil des Busses. Einer hatte sich gelöst und drohte in den Mittelgang zu fallen. Sie streckte die Hand danach aus, doch Jim Fredrik aus Mobile war schneller und sicherte ihn. Sie bedankte sich bei Jim und ging zu ihrem Sitz zurück.

Sie waren spät dran. Die Busse waren im starken Verkehr neun Meilen nordöstlich der Ausgrabung beinahe zwei Stunden lang aufgehalten worden. Verkehrsschilder entlang der Straße warnten, daß die Zufahrt um sechs Uhr geschlossen wurde. Sie würden es nicht mehr rechtzeitig schaffen.

Der Großteil des Netzwerks bestand aus Studenten oder jungen Berufsanfängern. Sie waren hauptsächlich Weiße, besaßen Geld und betrieben Sportarten wie Jogging oder Aerobic. Während der Sechziger wären sie diejenigen gewesen, die in Bussen durch das Land zogen und von Freiheit redeten. Sie waren Gläubige, überzeugt davon, daß die Welt für alle verbessert werden konnte, und daß die Werkzeuge dazu bereitlagen.

Der Bus war zugig, und auf den Scheiben lag Reif. Trotzdem ließen sich Charlottes Mitreisende nicht die Stimmung verderben. Sie schraubten Thermoskannen auf und ließen Kaffee und Schokolade herumgehen, sangen Lieder von Tolkien und Gaiagesänge vom letztjährigen Konzil in Eugene und stapften den Mittelgang auf und ab in dem Bemühen, warme Füße zu behalten. Und sie beobachteten, wie der Pembina-Rücken näher kam.

Unmittelbar vor Sonnenuntergang bogen die beiden Busse auf die Route 32 ab. Der Verkehr bewegte sich inzwischen flüssiger, trotzdem erreichten sie Walhalla erst gegen sechs. Charlotte dachte darüber nach, die Aktion für die Nacht abzubrechen und in Walhalla bei Kaffee und Hamburgern Rast zu machen, doch als zwei ihrer Leutnants sich mit dem gleichen Vorschlag an sie wandten, widerstand sie der Versuchung. »Wir wollen es wenigstens probieren«, sagte sie. »Falls man uns heute abend nicht mehr reinläßt, können wir immer noch etwas anderes machen.«

Sie kamen gut voran. Der Fahrer, ein Rockgitarrist aus New Mexico mit Namen Frankie Atamie, deutete mit dem Finger nach vorn. »Dort ist es«, sagte er.

Am Straßenrand brannten Laternen, und Barrikaden versperrten die Zufahrtsstraße. Fahrzeuge wurden weggeschickt. »Fahr rüber«, sagte Charlotte zu Frankie.

Zwei Polizeibeamte in dicken Jacken vertraten ihnen den Weg. Frankie hielt an und öffnete die Tür. Charlotte beugte sich heraus, doch die Beamten winkten sie einfach weiter. »Wir sind von weit her gekommen«, sagte Charlotte zitternd vor Kälte.

»Tut mir leid, Ma'am«, erwiderte der größere der beiden Beamten. »Für heute ist geschlossen. Kommen Sie morgen wieder.«

»Um wieviel Uhr machen Sie auf?«

Doch der Beamte hatte keine Lust mehr, weiter zu reden. Er wies mit dem Finger zur Straße. Frankie blickte in die Rückspiegel und setzte vorsichtig zurück.

»Fahr rechts ran, wenn du eine Möglichkeit siehst«, sagte Charlotte. »Wir wollen versuchen, einen Blick darauf zu werfen.«

Frankie musterte zweifelnd die Straßengräben rechts und links der Fahrbahn, die bereits mehr als einen

Wagen aufgenommen hatten. »Ich glaube nicht«, widersprach er.

Frustriert fuhren sie weiter nach Süden. Der Blick auf den Sattel wurde immer schlechter und verschwand schließlich ganz. Charlotte zog eine Karte hervor. »In Ordnung«, sagte sie schließlich. »Direkt vor uns geht es links ab.«

Sie lotste die Busse durch die Gegend. Mit Einbruch der Dunkelheit befanden sie sich auf einer Landstraße in einigen Meilen Entfernung von Johnson's Ridge, aber mit hervorragendem Ausblick auf den Sattel. »Such uns einen Platz, wo wir halten können«, sagte sie zu Frankie.

Sie parkten auf einer Standspur. Der zweite Bus kam hinter ihnen zum Stehen, und die Motoren wurden abgeschaltet. Die jungen Leute gingen geschäftig zwischen den beiden Fahrzeugen hin und her und tranken Kaffee und heiße Schokolade. Im hinteren Bereich des ersten Busses öffnete Jim Fredrik ein paar Kartons. May Thompson und Kim Martin wühlten in ihnen herum und brachten Laternen zum Vorschein. Am Straßenrand füllten sie die Laternen mit Kerosin, und jeder bekam eine.

Einige fingen an zu singen, während das letzte Tageslicht hinter dem Horizont versank. Am Himmel leuchteten Sterne.

Und plötzlich, als hätte irgend jemand einen Schalter umgelegt, hüllte ein geheimnisvolles smaragdgrünes Leuchten den Sattel ein.

Totenstille kehrte ein.

Einen Augenblick später trat jemand zu Charlotte. Es war Manny Christopher, ein Softwaredesigner aus Providence. »Das ist es«, sagte Manny.

Schweigend umarmten sie sich und murmelten Glückwünsche. Charlotte entzündete ihre Laterne. Das war das Signal für die anderen, sie bildeten eine Kette mit ihren brennenden Laternen und wandten sich Johnson's Ridge zu.

Charlotte spürte den Sog des Objekts auf dem Sattel. Des Rundhauses, wie die Medien es nannten. Zu einer anderen Zeit hatte es sicher einen anderen Namen besessen, verliehen von einem anderen Wesen. Die Gesichter ihrer Freunde schimmerten trotz der Kälte warm und lebendig im flackernden Schein der Kerosinlampen. Leuchtbojen, dachte Charlotte. Die Laternen und die Gesichter. Bojen für die universale Macht.

Sie hob ihre Lampe, und die anderen folgten ihrem Beispiel.

In diesem Augenblick liebte Charlotte sie alle. Und sie liebte die wunderbare Welt, in die sie hineingeboren worden war.

Für ein paar kurze Sekunden sah sie ihre Freunde, die gesamte Verschlungenheit des Universums und die wirbelnden Sterne am Himmel durch die Augen Gottes.

»Unser Gast bei *CNN Matchup*«, sagte der Talkmaster, »ist Alfred MacDonough von der Universität Toronto. Professor MacDonough ist Nobelpreisträger in Physik. Herr Professor, was geschieht Ihrer Meinung nach wirklich dort oben bei Johnson's Ridge?«

MacDonough, dünn, weißhaarig und gebrechlich, blickte den Talkmaster über den Rand seiner Brille hinweg an. »Ich würde sagen, Ted, wir sehen hier den ersten echten Beweis vor uns, daß die Erde tatsächlich Besuch von irgendwo anders gehabt hat.«

Der Talkmaster nickte. »Es wird berichtet, daß das Rundhaus eine Energieversorgung besitzt.«

»Genau. Es steht vollkommen außer Frage, daß dieses ...« er unterbrach sich und wählte sorgfältig seine nächsten Worte, »... *Gebilde* Licht und Wärme produziert.«

»Wissen wir, auf welche Art und Weise das geschieht?«

»Meines Wissens nach hat bisher niemand einen Blick auf den Mechanismus geworfen.«

»Und warum nicht?«

»Weil er sich nicht an einer einleuchtenden Stelle

befindet. Es scheint, als müßten wir einige Wände durchbrechen, um herauszufinden, wie verschiedene Dinge funktionieren. Selbstverständlich zögert jeder, so etwas zu tun.«

»Professor MacDonough«, der Tonfall des Talkmasters veränderte sich. »Wie man uns mitgeteilt hat, gibt es Grund zu der Annahme, daß das Rundhaus mehr als zehntausend Jahre alt ist. Wie haben Sie auf diese Meldung reagiert?«

»Unmöglich ist es nicht.«

»Warum nicht? Wie kann die Beleuchtung nach so vielen Jahren noch funktionieren?« Der Talkmaster lächelte. »Wir müssen Wartungsverträge abschließen, um uns vor Toastern zu schützen, die bereits nach wenigen Jahren versagen.«

MacDonough lächelte. »Ich darf Ihnen versichern, Ted, es wird nicht lange dauern, bis wir die Technologie des Rundhauses enträtselt und an unsere eigenen Zwecke angepaßt haben. Falls sich herausstellt, daß alles so ist, wie es im Augenblick erscheint. Und ich schätze, damit könnten wir Ihnen einen sehr dauerhaften Toaster bauen.« MacDonough lehnte sich in seinem Sitz zurück und blickte zufrieden in die Kamera, während er völlig unabsichtlich die nächste Bombe hochgehen ließ. »Ich denke, wir könnten Ihnen den ersten Toaster liefern, der viele Generationen lang hält.«

16

Ich frage mich immer wieder, wie die ganze Geschichte ausgegangen wäre, hätte es da nicht Wesley Fues Garagentoröffner gegeben.
Mike Tower in der *Chicago Tribune*

»Was ist mit dem Schmutz passiert? Ich verstehe das einfach nicht.«

Sie hatten ein Stück Boden freigefegt und unter dem Staub eine steinerne Scheibe entdeckt. Die Scheibe maß vielleicht fünf Fuß im Durchmesser und ragte einen Zoll über den umgebenden Boden. Sie besaß die Farbe von Limetten und war von schwarzen Speichen durchzogen.

»Sieht so aus, als hätten wir einen High-Tech-Staubsauger entdeckt«, meinte Max. Er legte die Minicam nieder und inspizierte das Speichenmuster aus respektvoller Entfernung. Es gab zu viele Unbekannte hier drin, und Max verspürte keine Lust, auf die gleiche Weise zu verschwinden wie der Staub.

»Dieser hier«, sagte April und deutete auf das Baumsymbol. »Du mußt nichts weiter tun, als dieses Symbol berühren.«

»Warum probieren wir es nicht noch einmal?« fragte Max.

»Aber diesmal mit etwas anderem als Staub«, stimmte April zu.

Sie hatten für die Arbeiter ein paar Holzstühle in die Kuppelhalle geschafft. Max holte einen davon herbei und stellte ihn auf das Speichengitter. Dann machte er sich bereit, die Geschehnisse auf Video aufzuzeichnen.

April legte die Handfläche auf das Baumsymbol.

Es leuchtete auf.

»In Ordnung«, sagte sie.

Aber weiter geschah nichts. Mit einem leisen Piepsen erlosch das Licht wieder.

Und Spezialeffekte gab es auch keine.

Max musterte die sechs Symbole. Sie waren geschmackvoll ausgeführt, und trotzdem vermittelten sie eher den Eindruck von Funktionalität als Dekoration. Er bemerkte einen niedergedrückten Schalter ganz unten am Fuß der Wand. Ein weiterer Sensor?

»Versuch's«, munterte April ihn auf. »Probier's aus.«

Max legte den Schalter um und vernahm ein Klicken. Eine Paneeltür glitt auf. Sie war rund und maß mehrere Zoll im Durchmesser. Im Innern verliefen Kabel.

»Nun, das ist doch schon etwas«, sagte er. »Unsere Wandschalter sind tatsächlich mit einer Energiequelle verbunden.«

»Was hältst du davon, wenn wir ein anderes Symbol ausprobieren?« fragte April.

Max richtete die Videokamera wieder auf den Stuhl und begann zu filmen.

»Vielleicht sollten wir uns erst überzeugen, daß wir nicht auf einer weiteren dieser Scheiben stehen«, sagte April.

Max wischte den Dreck unter den Füßen mit dem Schuh beiseite. Der Boden war glatt. »Ich denke, wir stehen gut«, sagte er.

Das Rauchsymbol befand sich direkt neben dem Baum. April legte die Hand darauf.

Das Symbol blieb dunkel.

»Ich glaube, es funktioniert nicht«, sagte Max.

»Offensichtlich nicht.«

Fast beiläufig legte sie die Hand auf das Eisymbol.

Es leuchtete auf. »Da ist ein Licht«, sagte sie.

Max wich ein paar Schritte zurück und startete die Minicam erneut. April blickte auf ihre Uhr.

Im Sucher leuchtete das rote Licht. Die Minicam wurde allmählich schwer, und Max schob sie mit einem Ruck höher auf die Schulter.

Er hegte bereits den Verdacht, daß sich das Phänomen nicht wiederholen würde, als ein winziger Stern in der Mitte des Suchers erschien.

»Dreiundzwanzig Sekunden«, sagte April.

Der Stern wurde größer und heller, dehnte sich zu einer leuchtenden Kugel aus.

»Mein Gott«, sagte Max. »Was *ist* das?«

Die Kugel hüllte den Stuhl ein.

Max beobachtete, wie die Kugel glitzerte und wirbelte, bis ihm die Augen schmerzten. Dann war alles vorbei. Die Kugel war verschwunden.

Und mit ihr der Stuhl.

Das Speichengitter war leer.

Edward (Onkel Ed) Crowley war seit drei Jahren Vorstandsvorsitzender der *Treadline Corporation*. Die Treadline war eine ehemalige Chrysler-Tochter, die mit ihrer Philosophie, qualitativ hochwertige Fahrzeuge zu vernünftigen Preisen anzubieten (das Firmenmotto) und ihrer Kundenfreundlichkeit auf einer Erfolgswelle schwamm.

Treadline hatte alles richtig gemacht. Sie hatte ein einvernehmliches Konzept unter den Mitarbeitern durchgesetzt, hatte sich ihrer Autokraten entledigt und sie durch Manager ersetzt, die es verstanden, Angestellte und Arbeiter zu motivieren. Treadline hatte seine Mitarbeiter ermutigt, Entscheidungen zu treffen, und sorgte dafür, daß alle am Erfolg des Unternehmens beteiligt wurden. Heute zahlten sich die Früchte der Anstrengungen aus. Im vorigen Quartal hatte sie die ersten schwarzen Zahlen geschrieben, und die Bilanzkurve ging steil nach oben. Crowley wußte nichts, was dem weiteren Aufschwung seiner Firma im Wege stehen könnte.

Sein Kalender lag offen auf dem Schreibtisch. In fünfzehn Minuten hatte er einen Termin mit ein paar deutschen Handelsvertretern. Das Treffen würde sich über ein gemeinsames Mittagessen hinziehen. Um ein Uhr dann Stabsbesprechung, um Viertel vor zwei der Wochenbericht, um Viertel nach zwei zur Planungsabteilung. Onkel Ed war überzeugter Anhänger der Theorie von Management durch Umherwandern. Er wußte, wie wichtig es war, von seinen Leuten gesehen zu werden. Um drei Uhr Konferenz mit dem Leiter der Rechtsabteilung, um vier mit Bradley und seinen Technikern. Ab halb fünf offene Tür. Jeder konnte zu ihm hereinkommen und dem Boß Hallo sagen.

Tatsächlich nutzten nur wenige Mitarbeiter die offene Tür. Eds unmittelbaren Untergebenen war es nicht gestattet, ihren Vorteil daraus zu ziehen. Er sah sie ohnehin häufig genug. Und die Leute weiter unten in der Hierarchie verhielten sich eher zögerlich, wenn es darum ging, den obersten Boß zu stören. Hin und wieder jedoch kam jemand. Jedenfalls war die offene Tür ein nicht zu unterschätzendes Symbol, sowohl für die Masse als auch für Eds Manager.

Crowley war die Pläne für die langfristigen Verbindlichkeiten durchgegangen in der Hoffnung, Mittel für notwendige Forschungsprojekte zu finden. Jetzt hatte er keine Lust mehr auf Zahlen, und sein Rücken begann zu schmerzen. Er warf einen Blick auf seine Uhr und stellte fest, daß er bereits seit fünf Viertelstunden über den Unterlagen gesessen hatte. Zu lange.

Es war Zeit für eine Pause, um den Verstand wieder zu klären. Ed erhob sich, trat zum Fenster und blickte über die Skyline von Indianapolis hinaus. Der Interkom summte.

»Ja, Louise?«

»Mister Hoskin auf Leitung eins.«

Walt Hoskin war verantwortlich für finanzielle Operationen. Er war ein geschäftiger kleiner Mann, der nie gelernt hatte, innovativ zu denken. Deswegen würde er auch innerhalb der Company nie weiter aufsteigen als bis zu seiner augenblicklichen Position. Es war Hoskins Bericht, der auf Crowleys Schreibtisch lag. Ein perfekter Bericht, ganz im Einklang mit der allgemeinen Firmenpolitik und den vergangenen Praktiken. Der Mann hatte keine Ahnung, wie man heilige Kühe schlachtete. Wenn Treadline Vorteile aus den neuesten Entwicklungen am

Markt ziehen wollte, dann mußte die Company die ausgetretenen Pfade verlassen, denen Hoskins folgte. Crowley nahm den Hörer ab. »Was gibt's, Walt?«

»Ed, haben Sie heute morgen die Nachrichten gesehen?« Hoskins Stimme klang hoch und dünn.

Crowley hatte die Nachrichten nicht gesehen. Onkel Ed war Junggeselle. Wenn er lange arbeitete, wie zum Beispiel am Abend zuvor, dann verbrachte er die Nacht häufig in seinem Büro. Er war weder gestern abend noch heute morgen auch nur in die Nähe eines Fernsehers gekommen. »Nein«, antwortete er gelassen. »Warum? Was ist los?«

»Der Eröffnungskurs lag siebzehn Punkte tiefer als gestern.«

Hoskin verkündete die Nachricht wie ein Sünder, der die Botschaft vom Jüngsten Tag überbringt.

Ed Crowley war stolz auf seine Fähigkeit, kühl und besonnen auf jede Art von Krise oder Hiobsbotschaft zu reagieren, doch das hier brachte ihn aus der Fassung. »*Siebzehn Punkte?*« bellte er. »Was zur Hölle ist passiert?« Er wußte nichts, keine schlechten Nachrichten, keine Marktspekulation, die einen derartigen Kursrutsch hätten hervorrufen können.

»Es ist dieses *Ding* in North Dakota.«

»Was für ein *Ding* in North Dakota?«

»Dieses UFO.«

Crowley hatte die Berichte vom Fund auf Johnson's Ridge als Massenhysterie abgetan. »Walt«, sagte er, bemüht, die Fassung wiederzuerlangen, »Walt, wovon reden wir hier eigentlich?«

»Es gibt Berichte, daß es bald möglich sein wird, Autos zu bauen, die so gut wie ewig halten!«

Ed Crowley starrte seinen Telefonhörer an. »Das glaubt doch wohl kein Mensch, Walt!«

»Vielleicht nicht. Aber die Leute meinen vielleicht, daß andere Aktionäre es glauben könnten. Also stoßen sie ihre Pakete vorsichtshalber ab. Heute morgen auf ABC sagte eine Frau, daß ein Wagen aus diesem seltsamen

Material seinen Besitzer überleben kann. Vorausgesetzt, er wechselt regelmäßig das Öl und baut keine Unfälle.«

Hoskin stand kurz vor einem hysterischen Anfall. Ed Crowley sank in seinen Stuhl.

»Sind Sie noch da, Ed?« krächzte Hoskin. »Ed? Fehlt Ihnen etwas?«

Die Märkte hatten uneinheitlich geöffnet. Etwa eine Stunde lang wußte niemand, welche Entwicklung die Kurse nehmen würden. Dann setzte eine Welle von Verkäufen ein. Am Spätvormittag befanden sich die Kurse im freien Fall. Der Nikkei verlor an einem einzigen Tag neunzehn Prozent. Der Dow Jones sank um 380, der DAX um 190 Punkte.

Sie spielten die Szene im Videorecorder ab.

Der Stuhl.

Das Licht.

Das leere Speichengitter.

Sie schalteten auf Einzelbildwiedergabe und beobachteten, wie das Licht anschwoll, zu einer Sphäre wurde, zu glitzern anfing und fast wie Protoplasma nach dem Stuhl griff. »Schalt auf Zeitlupe«, sagte April.

Es sah aus, als verblaßte der Stuhl.

Für die Dauer von ein paar Bildern hatte Max das Gefühl, durch Beine und Rücken des Möbels hindurchsehen zu können. Es wirkte wie eine Doppelbelichtung.

Sie befanden sich in der Einsatzbaracke. Ringsum klingelten ununterbrochen die Telephone. Alle paar Minuten landeten neue Helikopter. April hatte einen ganzen Schwarm Studenten eingestellt, um Führungen und Besuche durch VIPs zu organisieren. Zwei dieser Studenten in dunkelblauen Uniformen mit einem stilisierten Rundhaus als Schulterabzeichen arbeiteten geschäftig an ihren Schreibtischen, während sie gleichzeitig versuchten, Aprils und Max' Bemühungen zu verfolgen.

»Wir müssen diesen Versuch wiederholen«, sagte Max. »Und einen Filter benutzen.«

Allerdings würden sie wahrscheinlich erneut einen anderen Schalter ausprobieren müssen. Wie schon zuvor der Baum, so hatte wohl auch das Ei nur eine einzige Ladung gehabt und funktionierte nicht mehr länger.

April starrte in Gedanken versunken auf ihre Kaffeetasse. Sie hatte Max scheinbar nicht zugehört. Schließlich blickte sie auf. »Was meinst du, was das ist, Max?«

»Vielleicht eine Art Müllschlucker?« Der Gedanke amüsierte ihn. Er sah zu dem Bild auf dem Monitor. Irgend etwas erweckte seine Aufmerksamkeit.

»Was ist?« fragte sie und folgte seinem Blick.

An der Wand hinter dem durchsichtigen Stuhl erkannte Max zwei senkrechte Linien.

»Diese Linien sind nicht im Rundhaus«, sagte er und suchte die Lücke zwischen Speichengitter und Rückwand ab. Es gab nichts, das diese Linien hätte hervorrufen können. Auch die Wand war unverändert glatt.

»Was glaubst du?« fragte April.

Max Phantasie geriet außer Kontrolle. »Ich frage mich«, sagte er, »ob wir nicht einen alten Stuhl in irgend jemandes Wohnzimmer geschickt haben.«

Randy Keys Verzweiflung wuchs, je mehr ihn die Überzeugung ergriff, daß er der einzige Mensch auf dem gesamten Planeten war, der die Wahrheit hinter dem geheimnisvollen Bauwerk bei Johnson's Ridge kannte. Er hatte versucht, seinen Bruder zu warnen. Er hatte versucht, mit seiner Exfrau zu reden, so daß sie wenigstens ihren Sohn in Sicherheit bringen konnte. Er hatte sogar versucht, mit Vater Kaczmarek über die Angelegenheit zu reden. Niemand schenkte ihm Glauben. Randy wußte, daß es eine wilde Geschichte war, und ihm fiel kein Weg ein, wie er seine Familie oder seine Freunde von der drohenden Gefahr überzeugen konnte. Irgend jemanden überzeugen konnte. Folglich blieb ihm gar keine andere Wahl, als die Sache selbst in die Hand zu nehmen.

Das Ding, das in den Nachrichten Rundhaus genannt wurde, war in Wirklichkeit ein Signalgeber, der verkündete, daß die Menschheit reif war zur Ernte. Randy vermutete, daß der Signalgeber bereits viel, viel länger auf dem Bergrücken stand als die zehntausend Jahre, von denen in den Fernsehberichten die Rede war. Er war sich natürlich nicht ganz sicher, aber das spielte auch gar keine Rolle. Das einzige, was eine Rolle spielte: Randy wußte von der Gefahr. Und er wußte, wie er damit umzugehen hatte.

Randy arbeitete für Monogram Construction. Er war gegenwärtig einer Straßenbaumannschaft zugeteilt, die in der Gegend von Ogilvie, nördlich von Minneapolis, die Route 23 neu asphaltierte. Der Gedanke, wie all das hier nach der Ankunft des Feindes aussehen würde, war schmerzlich. All diese freundlichen kleinen Häuser mit den weißen Zäunen, die erleuchteten Einkaufspassagen, das großzügige Straßennetz.

Natürlich war es zu spät, um das ausgehende Signal noch aufzuhalten, es war längst auf dem Weg. Es blieb nur eine Möglichkeit: das Signal mußte derart manipuliert werden, daß die Wesen auf der Empfängerseite begriffen, daß es auf der Erde keine freie Mahlzeit für sie gab. Er würde ihnen deutlich machen, daß die Menschen Bescheid wußten und daß der Gegner sich auf einen langen, harten Kampf vorbereiten mußte, falls er es wagte, trotzdem zu kommen.

Randy würde auf den Sattel hinauf fahren, Vollgas geben und in das verdammte Ding rasen. Im Fond seines Isuzu Rodeo befanden sich zweihundert Kilo C4. Sie waren mit einer Fernbedienung verbunden, die er zusammen mit einem Modellbausatz erstanden hatte. Wenn alles glattlief, würde er aus seinem Isuzu springen, den anderen Besuchern eine rasche Warnung zurufen, in Deckung zu gehen, und das Rundhaus in Schrott verwandeln. Er hoffte, daß niemand im Innern war, wenn das C4 hochging, doch wenn das der Fall war, dann konnte er daran auch nichts ändern. Man würde ihn verstehen. Es mochte vielleicht eine Weile dauern, doch wenn die Menschen erst erkannten, was er geleistet hatte, würde man ihn sogar ins Fernsehen holen. Und seiner Ex würde es leid tun, daß sie nicht auf ihn gehört hatte. Aber das wäre zu spät. Er wollte verdammt sein, wenn er die Hexe wieder bei sich aufnahm. Nicht einmal seinem Jungen zuliebe.

Er fuhr über den Expreßway und starrte auf die leeren, schneebedeckten Felder. Ein Gefühl von innerem Frieden hatte sich in ihm breitgemacht, seit er Minnesota hinter sich gelassen hatte. Bis zum Nachmittag würde in Fort Moxie angekommen sein. Er hatte gehört, daß die Motels in Walhalla ausgebucht waren, doch Fort Moxie lag dicht genug bei Johnson's Ridge. Randy hatte sich noch keine Gedanken darüber gemacht, wie er zu seinem Motel zurückkehren würde, nachdem er sein Transportmittel zerstört hatte, aber das ging in Ordnung. Sobald die anderen erst einmal verstanden hatten, was das Rundhaus in Wirklichkeit war, wären sie ihm dankbar. Irgend jemand würde sich schon erkenntlich zeigen und ihn nach Hause bringen.

Er hatte die Fernsteuerung so manipuliert, daß ein Schalter die Explosion auslösen würde. Er hatte die Ladung scharf gemacht und einen Holzkeil zwischen die elektrischen Kontakte geschoben, um sicherzustellen, daß der Sprengstoff nicht versehentlich hochging.

Randy hatte an jenem Nachmittag gleich zweimal Pech. Das erste Mal, als er auf der I-29 an Drayton vorüberfuhr. Ein roter Lieferwagen mit einem Nummernschild aus Manitoba nahm ihm die Vorfahrt. Randy stieg voll in die Bremse, kam von der Straße ab, krachte mit dem Heck in die Leitplanke und rutschte eine flache Böschung hinab. Ein Sattelschlepper donnerte vorbei und hätte um ein Haar das Vorderteil seines Isuzu gerammt. Aber er verfehlte ihn knapp, und Randy, der entgegen der Fahrtrichtung zum Stehen gekommen war, atmete erleichtert auf. Das hätte er sich schenken sollen. Der Holzkeil war verrutscht und verrutschte weiter, als Randy Gas gab, um die schmale, schneebedeckte Böschung hinaufzufahren, die ihn auf die Fahrbahn zurückbrachte. Als er wieder oben war, war das Holzstück nutzlos geworden. Die Kontakte berührten sich zwar noch nicht, aber sie waren nah genug beisammen, um von einem Funken überbrückt zu werden. Die Bombe war endgültig scharf.

Randy nahm die nördlichste Ausfahrt unmittelbar vor der Grenze nach Kanada, bog nach Osten auf die Route 11 und folgte der Straße bis nach Fort Moxie. Er näherte sich eben der Kreuzung mit der zwanzigsten Straße, als er zum zweiten Mal Pech hatte. Er befand sich noch am Stadtrand, und außer dem Holzhändler und dem einsamen weißen Gebäude, in dem sich das Tastee-Freez und Wesley Fues Wohnung befanden, gab es hier draußen nicht viel. Wesley, der seit sechs Wochen eine Erkältung ausbrütete, kam genau in diesem Augenblick von seiner Arbeit bei der örtlichen Bank nach Hause, voller Vorfreude auf einen kräftigen Drink und sein Bett. Und wie es der Zufall wollte, war Wesleys Garagentoröffner genau auf die gleiche Frequenz eingestellt wie die Funkfernsteuerung, aus der Randy den Auslöser für seine Autobombe gebastelt hatte. Die Garagenrückseite zeigte zur zwanzigsten Straße hin und Wesley steuerte in seine Einfahrt, als Randy sich von Westen her näherte. Die Einfahrt war eng, weil Wesleys Tochter ihren Motorschlitten dort abgestellt hatte. Wesley fuhr vorsichtig daran vorbei und nahm sich vor, ein ernstes Wort mit ihr zu reden, wenn sie aus der Schule zurück war. Er griff nach vorn, um den Garagentoröffner zu aktivieren, der auf dem Armaturenbrett festgeklammert war. Gerade als Wesley den Knopf betätigte, strich der Richtstrahl des Senders über die Bannister Street. Das Funksignal erwischte Randy in dem Augenblick, als der Isuzu in die Kreuzung einfuhr, und schloß den Kontakt.

Die Kreuzung ging in einem Flammenmeer unter. Die

Explosion erfaßte den westlichen Teil des Holzhofes, ebnete das Tastee-Freez ein, blies alle Fensterscheiben aus Wesleys Wohnung und demolierte seine Garage. Wesley brach sich beide Arme und erlitt zahlreiche Schnittwunden und Prellungen, doch er überlebte.

Einer der wenigen Überreste, die man von Randys Isuzu fand, war ein Stück seines Nummernschildes mit den Buchstaben *UFO* darauf.

Der Verkehr war so stark, daß Max beschloß, etwas deswegen zu unternehmen. Am Morgen setzte er sich mit Bill Davis von *Blue Jay Air Transport* bei Grand Forks in Verbindung und vereinbarte einen Helikopterservice. Er stellte einen regelmäßigen Flugplan auf, der Johnson's Ridge mit Fort Moxie, Cavalier und Devil's Lake verband.

Matthew R. Taylor war auf Umwegen ins Weiße Haus gekommen. Sein Vater hatte einen Süßwarenladen in Baltimore betrieben, der Matthew und seinen sechs Geschwistern nur eine kärgliche Kindheit bot. Doch der alte Mann hatte seinen Kindern ein unschätzbares Geschenk gemacht: Er hatte sie ermutigt zu lesen. Was, das war ihm egal gewesen; der alte Taylor war Anhänger der Theorie, daß ein gutes Buch für sich selbst spricht.

Mit neunzehn hatte Matthew die griechischen und römischen Klassiker verschlungen, Shakespeare, Dikkens, Mark Twain sowie eine breite Palette moderner Chronisten. Außerdem war er ein begabter Outfielder in der High-School-Mannschaft und dann an der Universität von Western Maryland. 1965 ging er nach Vietnam. Im Verlauf seiner zweiten Patrouille erwischte ihn eine Kugel an der Hüfte. Die Ärzte hatten ihm prophezeit, daß er nie wieder würde laufen können, doch Matthew hatte ein sechs Jahre dauerndes Rehabilitationsprogramm absolviert und benötigte heute nur noch einen

Spazierstock, um sich im Weißen Haus zu bewegen. Eines Tages würde dieser Stock ein Symbol werden für den Mann, der ihn benutzt hatte, und für seinen Mut.

Matthew heiratete seine Krankenschwester und investierte sein Geld in eine Autowaschanlage, die bald darauf Pleite machte, sowie in einen Fast-food-Laden, dem es nicht anders erging.

Taylor war nie ein besonders guter Geschäftsmann gewesen, doch er war ehrlich bis auf den Grund seiner Seele und stets bereit, Leuten in seiner Umgebung zu helfen, die in Schwierigkeiten geraten waren. Mitte der siebziger Jahre, Matthew arbeitete als Bekleidungsverkäufer bei *Sears Roebuck*, ließ er sich von ein paar Leuten, die meinten, ihn kontrollieren zu können, zu einer Kandidatur für die Highwaykommission des Landes überreden.

Er entpuppte sich als überraschend geschickter Verwalter öffentlicher Gelder. Vor Ablauf seiner ersten Amtsperiode hatte er eine Reihe hoher Beamter zusammen mit mehreren Leitern von Straßenbauunternehmen ins Gefängnis gebracht, die Kosten gesenkt und das öffentliche Straßennetz dramatisch verbessert.

1986 wurde Taylor ins Repräsentantenhaus gewählt, acht Jahre darauf in den Kongreß. Er leitete das Komitee für ethische Fragen und setzte eine Reihe von Reformen durch, die ihm nationale Bekanntheit und die Vizepräsidentschaft einbrachten. Sechzig Tage nach seiner Amtseinführung erlitt der Präsident einen Schlaganfall, und Taylor übernahm die Staatsgeschäfte. In der darauffolgenden Legislaturperiode wählte man ihn zum Präsidenten.

Das Volk liebte Matt Taylor wie keinen Präsidenten seit Franklin Delano Roosevelt. Viele sahen in ihm einen neuen Harry Truman. Taylor besaß einige von Trumans hervorragendsten Charakterzügen: einen unbeugsamen Willen, wenn er davon überzeugt war, im Recht zu sein, bedingungslose Integrität und die Fähigkeit, frei heraus zu sagen, was er dachte. Dieser letztere Charakterzug brachte ihn hin und wieder in Schwierigkeiten, beispielsweise wenn er während einer Pressekonferenz vor Journalisten freimütig anmerkte, daß es vielleicht klüger sei, während des Staatsbesuchs eines bestimmten Potentaten aus dem Mittleren Osten das Tafelsilber des Weißen Hauses zu verstecken.

Nach Taylors Überzeugung rührte seine Beliebtheit beim Volk daher, daß er stets das tat, was seiner Meinung nach richtig war, und die Umfragen einfach links liegen ließ. »Das gefällt ihnen«, pflegte er zu sagen. »Wenn sie an einem Punkt angelangt sind, wo sie meinem Urteil nicht mehr trauen, dann sollen sie mich eben abwählen. Dann ist es eben vorbei, Gott sei Dank!«

Bereits den ganzen Winter über hatte der Präsident wegen der Geschichte in North Dakota ein ungutes Gefühl gehabt. Seine Berater hatten ihm gesagt, er solle sich keine Gedanken machen. Es sei nichts weiter als Kornkreishysterie, die Sorte von Geschichte, von der man besser die Finger ließ und auf die man bei Pressekonferenzen tunlichst ausweichend antwortete. Ein Staatsmann, der von fliegenden Untertassen zu reden anfing, war tot. Ganz gleich, was sonst noch geschah, er war tot. Das sagten Taylors Berater. Also hatte er sich von der Sache ferngehalten, und das rächte sich nun. Der Aktienmarkt war um 380 Punkte gefallen.

»Sie reden schon von einem Schwarzen Mittwoch«, sagte Jim Samson, Taylors Schatzmeister. Samson gab sich nun alle Mühe, den Anschein zu erwecken, als hätte er den Präsidenten die ganze Zeit über dazu bringen wollen, etwas zu unternehmen.

Es war eine turbulente Zeit. Sechs Kriege tobten auf der Welt, die von strategischer Bedeutung für die Vereinigten Staaten waren. Neben fünfzehn weiteren Krisenherden. Der Hunger nahm zu, und das Bevölkerungswachstum geriet nach und nach vollkommen außer Kontrolle. Die Vereinten Nationen hatten ihren Traum von einer neuen Weltordnung so gut wie begraben. Die Übergangsphase von der Industrie- in die Informationsgesellschaft brachte immer noch Massenentlassungen mit sich. Korruption in hohen Positionen bildete ein fortwährendes Problem. Der gesellschaftliche Grundkonsens zerfiel immer weiter und führte zur Bildung von Randgruppen, die nicht mehr miteinander reden konnten. Auf der positiven Seite war eine ausgeglichene Handelsbilanz zu vermerken, und die langwierigen Bemühungen, ausufernde Haushaltsdefizite in den Griff zu bekommen, zeigten erste positive Resultate. Rassismus und Sexismus sowie ihre üblen Begleiterscheinungen schienen zurückzugehen, der Drogenkonsum flaute ab, und medizinische Fortschritte ermöglichten den Menschen ein längeres, gesünderes Leben. Und was für einen Politiker vielleicht das wichtigste war: Die Medien behandelten ihn freundlich.

In Wahrheit konnte Matt Taylor weder die positiven Trends für sich in Anspruch nehmen, noch für die negativen verantwortlich gemacht werden. Er wußte nur eines: Was auch immer geschah, Amerika benötigte eine starke Wirtschaft. Falls er darin versagte, würden die Probleme, die sich durch den Übergang zur Informationsgesellschaft ergaben und die die gesamte westliche Welt erfaßt hatten, noch ein gutes Stück schlimmer werden. Taylor durfte nicht zulassen, daß es soweit kam. Er würde nicht tatenlos mit ansehen, wie erneut Heerscharen von Arbeits- und Obdachlosen auf der amerikanischen Bildfläche erschienen. Koste es, was es wolle.

»Ein Strohfeuer«, sagte Tony Peters. »So etwas kommt hin und wieder vor.«

Peters war Vorsitzender des präsidialen Finanzberaterstabs. Er war ein alter Verbündeter Taylors und besaß gute politische Instinkte. Taylor vertraute niemandem mehr als Peters, der mit ihm von Baltimore ins Weiße Haus gezogen war.

»Tony«, erwiderte der Präsident, »es ist nur dann ein Strohfeuer, wenn nichts dahinter steckt. Aber was geschieht, wenn sie dort oben wirklich ein Metall entdeckt haben, das nicht verrottet und sich nicht abnutzt?«

»Ich bin der gleichen Meinung«, sagte Samson. »Wir müssen herausfinden, ob es sich um Fakten handelt.«

Peters runzelte die Stirn. »So wie ich es verstanden habe, Mister President, handelt es sich nicht um ein Metall.«

»Was auch immer.« Taylor lehnte sich in seinem Stuhl nach hinten und verschränkte die Arme vor der Brust. »Man kann Segel daraus herstellen. Und Gebäude. Der Punkt ist: Was wird aus unserer herstellenden Industrie, wenn plötzlich Materialien auf dem Markt auftauchen, die nicht nach einer gewissen Zeit verschleißen?« Er schüttelte den Kopf. »Angenommen, die Leute kaufen nur ein oder zwei Autos in ihrem Leben. Was bedeutet das für General Motors?« Er setzte die Brille ab und warf sie auf den Tisch. »Mein Gott«, fuhr er fort. »Ich kann nicht glauben, daß ich das hier sage. Die ganzen Jahre haben wir nach einem Weg gesucht, die Japaner in diesem Spiel zu schlagen. Jetzt haben wir ein Mittel, und es wäre eine einzige Katastrophe!«

Taylor war ein kleiner, gedrungener Mann. Er trug stets unauffällige Fliegen und Anzüge, die der letztjährigen Mode entsprachen.

»Mister President«, sagte Peters, »bis jetzt ist doch das alles nur Sensationsjournalismus. Niemand ist imstande, diese Supermaterialien in Massenproduktion herzustellen.«

»Woher wollen Sie das wissen, Tony? Haben wir schon einen genaueren Blick darauf geworfen?«

»Ja. Jeder, mit dem ich bisher gesprochen habe, sagt, daß es unmöglich ist.«

»Aber wir besitzen Proben!«

»Eine Menge Blitze sind auf die Erde niedergegangen, bevor die Menschheit lernte, Strom zu nutzen. Wir müssen einen Weg finden, die Aufmerksamkeit der Öffentlichkeit von dieser Sache abzulenken. Nehmen Sie sich einen dieser Kriege oder die Revolution in Pakistan und läuten Sie die Alarmglocken.«

So war Tony Peters: der einzige Mensch, den Taylor je

kennengelernt hatte, der zu verstehen schien, wie die Wirtschaft funktionierte, und der anderen dieses Wissen zu vermitteln imstande war. Er kannte sich außerdem hervorragend im Kongreß aus, bei den Spekulanten der Macht und denen, die Geschäfte einfädelten. Peters war eine unbezahlbare Hilfe für einen aktiven Präsidenten. Aber Taylor kannte auch die Grenzen seines Stabsvorsitzenden. Für Peters war Erfahrung alles. Zog man seine Lehren aus ihr und wandte das neue Wissen dann an, so konnte man einfach nicht wirklich danebenliegen. Doch was, wenn man unvermittelt vor einem Problem stand, das alles überstieg, was man vorher gesehen hatte? Wie nützlich war die Erfahrung dann noch?

»Ich möchte, daß Sie mit einigen der Leute reden, die dort draußen waren«, sagte Taylor. »Entscheidungsträgern, verstehen Sie? Finden Sie heraus, was wirklich vor sich geht. Wie groß die Risiken sind. Nicht das, von dem Ihre Experten sagen, es sei unmöglich.«

Peters starrte Taylor an. »Das meinen Sie nicht ernst«, protestierte er. »Wir sollten uns nicht in der Nähe dieses Dings blicken lassen, Mister President. Sobald wir damit anfangen, Fragen zu stellen, wird es sich herumsprechen.«

»Dann versuchen Sie eben, diskret vorzugehen, Tony. Gottverdammt, die Märkte sind den Bach runtergegangen. Finden Sie jemanden, der sich mit diesen Dingen auskennt, und bringen Sie mir ein paar Antworten. Vernünftige Antworten, Tony. Ich will wissen, was an dieser Sache dran ist. Und wenn etwas dran ist, welche Auswirkungen sie auf unsere Wirtschaft haben kann.« Taylor fühlte sich müde. »Ich habe keine Lust mehr auf Rätselraten.«

17

Denn als Glaubende gehen wir unseren Weg,
nicht als Schauende.

2. Korinther, 5, 7

Al Easter war der aggressivste Betriebsratsvorsitzende, den die Zweigstelle der Cougar Industries in Dayton, Ohio, jemals gesehen hatte. Unter den Arbeitern kursierte der Scherz, daß die Manager in der Nacht nicht allein vor die Tür gingen, aus Furcht, Al Easter könnte durch die Straßen streifen. Die Firmenleitung beriet sich vorsichtig mit der Gewerkschaft in jeder Frage, die als Veränderung der Arbeitsbedingungen angesehen werden konnte. Sie neigte auch dazu, äußerst nachsichtig mit den Arbeitern umzugehen. Selbst Liz Mullen, die Hefter, Computerdisketten und andere Büromaterialien entwendet und damit zu Hause ein kleines Geschäft aufgezogen hatte, arbeitete noch immer bei Cougar. Man hatte ihr eine Abmahnung geschickt, anstatt sie zu feuern und ins Gefängnis zu bringen.

Al Easters wirkungsvollste Taktik war die Drohung mit sofortigen Gegenmaßnahmen. Er war willens (oder wenigstens glaubte die Firmenleitung das von ihm, was im Endeffekt auf das gleiche hinauslief), schon beim kleinsten Anlaß Dienst nach Vorschrift oder gar Arbeitsniederlegungen auszurufen. Wenn es ums Prinzip ging, war keine Abmahnung gegen einen aufsässigen Arbeitnehmer und keine Revision eines Arbeitsplans vor Easters Gegenmaßnahmen sicher.

Der Gewerkschaftsmann machte kein Geheimnis aus seiner Ansicht, daß dem Management die Macht zu Kopf gestiegen war und daß er ganz allein zwischen den skrupellosen Raubtieren in der Führungsetage und dem Wohlergehen der Arbeiter stand.

Die nationale Gewerkschaft hatte Easter nicht ermächtigt, auf so willkürliche Weise zu handeln, doch ihre gelegentlichen formellen Rüffel und Proteste waren halbherzig und heuchlerisch. Die Gewerkschaft wußte nur zu genau, wer die Karten in Dayton in der Hand hielt. Wenn Al Dienst nach Vorschrift oder eine Arbeitsniederlegung ausrief, reagierte die gesamte Belegschaft der Anlage wie ein Mann. Die Nationale Gewerkschaft der Hilfskräfte, Ungelernten und Fließbandarbeiter mochte Easter ein paar Tage später anmahnen, doch in der Zwischenzeit hatte er längst seinen Standpunkt durchgesetzt.

Schon mehrfach hatte die Firmenleitung versucht, ihn zu befördern, sein Gehalt zu verdoppeln. Easter hatte jedesmal abgelehnt. »Die Leute brauchen mich«, hatte er dem Direktor der Niederlassung, Adrian Cox, gesagt, »um Sie und Ihre Horde daran zu hindern, die Arbeiter bei lebendigem Leib aufzufressen.« Ja. Adrian Cox kannte den wirklichen Grund: Easter liebte die Macht zu sehr, um sie einfach aufzugeben. Und kein normaler Vorarbeiter bei Cougar besaß die Art von Macht, über die Easter verfügte.

Der Gewerkschaftsmann mochte Cougars Management nicht, sowohl aus persönlichen Gründen als auch aus Prinzip. Er legte Wert darauf, nicht in ihrer Begleitung gesehen zu werden, es sei denn, er schikanierte sie gerade. Daher war es auch eine unangenehme Überraschung, als Cox' Sekretärin ihren Chef darüber informierte, daß Easter unten eingetroffen und auf dem Weg in das Büro des Direktors war.

Cox' erste Reaktion war ein tiefes Luftholen. »Hat er gesagt, was er diesmal wieder will?«

»Nein, Sir. Janet hat ihn danach gefragt, doch er hat sie einfach stehen lassen.«

Ein paar Augenblicke später schlenderte Easter durch Cox' äußeren Verteidigungswall und betrat das Büro, während der Interkom eine verspätete Warnung summte.

Es war ein geräumiges Büro. An den Wänden hingen

gerahmte Auszeichnungen und Anerkennungsurkunden und ein paar teure Ölgemälde, die Cox' Frau ausgewählt hatte. Cox selbst saß hinter seinem Mahagonischreibtisch in weichem, von einer Reihe Topfpalmen gedämpftem Sonnenlicht und ärgerte sich darüber, daß Easter all das überhaupt nicht zu bemerken schien.

Easter trat in die Mitte von Cox' Perserteppich, wobei er sich respektlos weigerte, seine Mütze abzusetzen. Wortlos musterte er den Leiter der Fabrik. »Mister Cox«, begann er schließlich, »ich gehe davon aus, daß Sie gesehen haben, was sich oben in North Dakota abspielt.«

Easter war ein kleiner Mann, rundlich und schon seit langem außer Form, mit dünner werdendem, ungekämmtem Haar. Unter dem engen T-Shirt zeichnete sich sein Bauch ab, und aus der Brusttasche seiner offenen Jacke ragte ein fleckiges Taschentuch. Es gehörte alles zu seiner Schau.

»Sie meinen das UFO?« Cox verspürte augenblickliche Erleichterung, daß es nicht um ein Problem in der Fabrik ging.

»Genau.« Easter ließ sich in einen der Freischwinger fallen. »Was gedenken wir deswegen zu unternehmen?«

Cox beugte sich vor. »Weswegen?« Selbstverständlich wußte er bereits, was als nächstes kam. Sie hatten im Vorstand und mit den Ingenieuren über die neuen Materialien gesprochen, die vielleicht aus der Entdeckung bei Johnson's Ridge hervorgehen mochten.

»Wegen eines haltbareren Reifens.« Easter schaukelte vor und zurück. »Was wird aus Cougar, falls die Industrie mit der Produktion von Reifen beginnt, die zweihunderttausend Meilen und länger halten?«

»Das wird nicht geschehen«, erwiderte Cox.

»Ich bin froh, das zu hören.« Der Mann blinzelte nicht einmal.

»Was wollen Sie denn, daß ich Ihnen sage?« fragte Cox. »Ich weiß auch nicht mehr als das, was im Fernsehen gezeigt wird.«

»Ja. Mir geht's genauso.« Easters Gesicht drückte niemals Emotionen aus, es sei denn Sarkasmus. »Sie wissen, daß ich immer gesagt habe, wir sollten enger zusammenarbeiten. Schließlich verfolgen wir die gleichen Ziele. Eine gesundes Unternehmen bedeutet sichere Arbeitsplätze.«

Cox konnte ein Lächeln nicht unterdrücken. »Ich könnte es selbst nicht besser formulieren, Al.«

Der Gewerkschaftsmann verzog das Gesicht. »Wenn dieses Zeug das kann, was sie im Fernsehen sagen, dann wird es innerhalb von drei Jahren keine Gummi- und Reifenindustrie mehr in diesem Land geben. Wenn ich an Ihrer Stelle sitzen würde, hätte ich schon längst jemanden nach Johnson's Ridge geschickt, um ein Angebot zu machen.«

Cox runzelte die Stirn. »Angebot? Für was?«

»Um ihnen das Zeug abzukaufen.«

Cox starrte Easter an. »Es besteht kein Grund zur Panik, Al«, sagte er schließlich. Es klang nicht überzeugt, doch ihm fiel keine bessere Antwort ein.

Easter schüttelte den Kopf. »Schlimmstenfalls streicht die Regierung Ihnen ein paar Subventionen. Harte Zeiten stehen uns bevor. Die Company wird Konkurs anmelden müssen, aber *Sie* haben Ihr Schäfchen im Trocknen. Sie werden sich einen Bonus genehmigen und im übrigen über den Konjunkturzyklus jammern, zusammen mit allen anderen aus der Führungsetage. Die einfachen Arbeiter und Angestellten fliegen raus, wie immer. Am Ende gehen sie wieder einmal leer aus.«

Cox' Nackenhaare sträubten sich. »Al.« Er gab sich die größte Mühe, entschieden zu klingen, doch er wußte, daß seine Stimme zitterte. »Al, Sie übertreiben. Nichts von alledem wird geschehen.«

»Ja. Wie Sie meinen. Jedenfalls würde ich an Ihrer Stelle nicht hier herumsitzen und hoffen, daß sich alles von allein wieder in Wohlgefallen auflöst.«

April reinigte die Schalter mit ein paar feuchten Tüchern. Mit Ausnahme des Rauchsymbols leuchtete jeder Schalter auf, sobald sie ihn berührte. Der Schalter mit dem Rauchsymbol blieb dunkel, egal, was April versuchte. Das Speichengitter zeigte keine Spezialeffekte mehr. April vermutete, daß sich ein Gegenstand auf der Scheibe befinden mußte, um die Lichteffekte zum Leben zu erwecken.

Nahe der Wartungsluke entdeckte sie ein siebtes Symbol.

Es war größer als die anderen und erinnerte vage an ein Kanji-Schriftzeichen. Wie das Rauchsymbol reagierte auch dieser Schalter nicht auf ihre Berührung und blieb dunkel.

Marie McCloskey hatte schon immer die göttliche Gegenwart um sich herum gespürt. Niemals hatte es eine Zeit gegeben, selbst in ihren schwersten Tagen nicht – nicht damals, als die Nachricht von Jodies Tod in dem Autowrack auf der I-29 gekommen war, nicht, als ihr Ehemann sie zum ersten Mal vergewaltigt hatte und auch nicht, als die Ärzte ihr mitgeteilt hatten, daß sie an Diabetes litt –, niemals hatte es auch nur einen einzigen Augenblick gegeben, in dem sie nicht gespürt hätte, daß Jesus bei ihr war. Diese unumstößliche Gewißheit hatte ihr durch all die Jahre geholfen und ihr trotz aller äußeren Umstände einen inneren Frieden geschenkt, den sie nicht gegen alle Reichtümer der Welt eintauschen würde. Marie McCloskey war eine sehr glückliche Frau.

Sie war nach Fort Moxie gekommen, um ihre Schwester zu besuchen. Normalerweise hätte sie keinerlei Interesse an den Geschehnissen oben bei Johnson's Ridge gehabt. Doch die Stadt, in den letzten Jahren stets so ruhig und ordentlich, war von Touristen, Journalisten und Studenten und Busladungen voll von Leuten aus ganz Nordamerika überschwemmt. Also war es nur natürlich, daß Maries Neugier geweckt wurde. Außerdem wollte der Ehemann ihrer Schwester, Corky Cable, unbedingt das Rundhaus sehen.

Also setzten sie sich in den Wagen und reihten sich in den Stau auf der Route 32 ein. Sie fuhren die Zufahrtsstraße hinauf und an dem merkwürdigen grünen Gebäude vorbei, das wie ein Phantasie-Salzstreuer geformt war, und auf der anderen Seite wieder hinunter. Die ganze Zeit über redeten sie von Marsianern. Marie oder ihre Schwester interessierte es eigentlich nicht besonders, doch Corky redete sich richtig in Schwung.

In Walhalla aßen sie im Cat's Eye zu Abend, bevor sie erneut nach Johnson's Ridge zurückfuhren. Inzwischen war es dunkel geworden. Eine kalte, kristallklare Nacht voller schimmernder Sterne und ohne Mond. Ein paar Wolkenfetzen zogen über den Himmel. Sie saßen zu dritt in Corkys Mazda auf dem Vordersitz, als sie um eine Biegung steuerten und unvermittelt des weiche, grüne Leuchten auf dem Gebirgssattel erblickten.

»Seht euch das an«, sagte Maries Schwester.

Corky hätte gern am Straßenrand angehalten, damit sie das Phänomen in Ruhe betrachten konnten, doch überall standen geparkte Fahrzeuge. Also bremste er lediglich ab und kroch mit zwanzig Meilen pro Stunde weiter.

Für Marie lag etwas Übernatürliches in diesem schwachen, ruhigen Leuchten. Als hätte Gott persönlich einen Leuchtturm für seine irregeleiteten Kinder errichtet. Ein Zeichen, daß er noch immer da war.

Merkwürdigerweise hatte Marie nichts gespürt, als sie zwei Stunden zuvor im hellen Tageslicht am Rundhaus vorbeigefahren waren. Aber jetzt wurde sie von einer Woge der Gewißheit erfaßt.

»Wir können es auf dem gesamten Weg bis zur Grenze sehen«, sagte Corky. Er war Zollinspektor am Übergang von Fort Moxie, und seine Bemerkung war übertrieben. Die Grenze war viel zu weit entfernt. Doch heute nacht schien alles möglich. Wirklich alles.

»Langsam, Corky«, sagte Marie.

Corky kroch bereits nur noch über die Straße, und hinter ihnen hatte sich eine Schlange von Fahrzeugen gebildet. »Ich frage mich, wodurch es verursacht wird«, sagte Maries Schwester. »Vielleicht besteht das Rundhaus aus einer Art Phosphor.«

Vor Maries geistigem Auge entstand ein Bild. Wenn man ein wenig mentalen Abstand einhielt und die Details nicht zu sehr beachtete, dann konnte man das Gesicht einer Frau in dem geheimnisvollen grünen Leuchten erkennen. Und Marie kannte dieses Gesicht.

»Es ist die Jungfrau Maria«, sagte sie.

Arky Redfern bot seinem Besucher einen Stuhl an, nahm hinter seinem Schreibtisch Platz und lächelte höflich. »Dr. Wells«, begann er, »was kann ich für Sie tun?«

Paxton Wells war ein großer, schlanker Mann mit grauem Schnurrbart und einem Benehmen, das aristokratisch gewirkt hätte, wären da nicht seine überdimensionierten Ohren gewesen. »Mister Redfern«, erwiderte er, »ich gehe davon aus, daß Sie die Interessen der Indianer vertreten, was Johnson's Ridge betrifft?«

Der Rechtsanwalt nickte.

»Ich möchte Ihnen im Namen des National Energy Institute ein Angebot unterbreiten.« Er öffnete die Verschlüsse seiner Aktentasche, suchte darin herum und zog einen Vertrag hervor. »Wir hätten gerne die Erlaubnis, die Energiequelle des Rundhauses zu untersuchen.« Seine Augenbrauen hoben und senkten sich. Arky vermutete, daß der Mann unter ziemlichem Streß stand, was sich allerdings an seinem Benehmen nicht ohne weiteres erkennen ließ. »Es besteht die Möglichkeit, daß wir vielleicht einige der Technologien des Rundhauses nachbauen können. Falls es Technologien gibt, die wir begreifen, heißt das. Was wir selbstverständlich noch nicht wissen können.«

»Selbstverständlich nicht«, stimmte Redfern seinem Besucher zu.

»Nichtsdestotrotz wären wir bereit, eine beträchtliche Geldsumme für dieses Recht zu bieten. Wobei alle Risiken und Kosten natürlich auf unserer Seite liegen.«

»Ich verstehe«, sagte Redfern. Er nahm das Dokument entgegen.

»Wir bieten Ihnen eine Million Dollar«, sagte Wells.

Der Rechtsanwalt blätterte methodisch durch die Seiten und hielt gelegentlich inne, um einen Absatz genau zu lesen, der seine Aufmerksamkeit erweckt hatte. »Ich verstehe«, sagte er erneut. »Sie würden alle Rechte für die Entwicklung und Vermarktung erhalten.«

»Mister Redfern.« Dr. Wells beugte sich vor und nahm eine Haltung ein, von der er offensichtlich dachte, sie sei von freundlicher Unverbindlichkeit und trotzdem seriös. »Lassen Sie mich ehrlich sein. Wir wissen nicht, was bei der ganzen Sache herauskommt. Die NEI ist willens, eine Menge Geld für die sehr ungewisse Chance aufs Spiel zu setzen, daß irgend etwas Brauchbares auf dem Kamm wartet. Wir wissen nicht, ob das tatsächlich der Fall ist. Trotzdem wollen wir das Risiko auf uns nehmen. Es steht in jedermanns Interesse, wenn wir das Wagnis eingehen. Der Indianerstamm kann sich hinsetzen und abwarten und das Geld einsammeln. Eine Million Dollar. Für Nichtstun.«

Redfern klappte den Vertragsentwurf zu und schob ihn wieder zurück. »Ich denke nicht«, sagte er.

»Dürfte ich nach dem Grund fragen?« erkundigte sich Wells. »Was haben Sie schon zu verlieren?«

Der Anwalt erhob sich. »Dr. Wells, ich bin heute sehr beschäftigt. Falls die NEI ein ernsthaftes Angebot zu unterbreiten gedenkt, dann wissen Sie ja, wo Sie mich finden.«

»Überschreiten Sie nicht Ihre Befugnisse, Mister Redfern? Ich würde meinen, daß Sie zunächst Ihre Auftraggeber konsultieren sollten.«

Redfern ließ Wells spüren, daß ihn seine letzte Bemerkung nicht beeindruckte.

»Ich denke, ich weiß genau, was ich zu tun habe, Dr.

Wells. Und jetzt, sosehr ich es auch bedaure, Sie zu drängen ...«

»In Ordnung.« Wells lehnte sich in seinem Stuhl zurück. »Sie sind ein hartnäckiger Verhandlungspartner, Mister Redfern. Ich will uns unnötige Zeitverschwendung ersparen und komme direkt zur Sache. Ich bin ermächtigt, Ihnen *zwei* Millionen zu bieten.«

Redfern blickte auf den Jagdbogen seines Vaters. *Es gibt Augenblicke,* dachte er, *da bedaure ich, daß die alten Zeiten vorüber sind.*

18

Ein Mann ohne Geld ist wie ein Bogen ohne Pfeil.

›Gnomologia‹
Thomas Fuller

Während der beiden Jahre, die er nun im Stadtrat saß, hatte Mark Wickham nie erlebt, daß mehr als ein Dutzend Leute die monatliche Versammlung besuchten. Heute abend war das anders. Alle neunhundertsiebenundzwanzig Einwohner Fort Moxies schienen sich in der Stadthalle versammelt zu haben. Sie füllten den geräumigen Versammlungssaal im zweiten Stock und drängten sich auf den Korridoren. (Die Anwesenheit der Sektenmitglieder, die das Erdgeschoß der Halle gemietet hatten, erleichterte die Sache nicht gerade.) Noch immer strömten Bürger herein, als der Ratspräsident, Charlie Lindquist, die Runde eröffnete.

Auf der Tagesordnung standen verschiedene Routineangelegenheiten: ein Beschluß über Baulandzuteilung, ein Vorschlag, Anleihen zur Sanierung des Highways auszugeben und ein Antrag, daß Fort Moxie an einem Gesamtschulprojekt teilnahm. Doch die Angelegenheit, wegen der alle gekommen waren und die Lindquist konsequenterweise als letzten Punkt auf die Tagesordnung gesetzt hatte, war der Antrag, daß Fort Moxie eine Petition auf Schließung der Ausgrabungsstätte oben bei Johnson's Ridge einreichen sollte.

Lindquist, der sich selbst als Salomon der Stadt sah, führte die Verhandlung durch das vorbereitende Stadium. Zwölf Minuten nach neun übergab er das Wort an Joe Torres, einen ehemaligen Farmer, der nun in der Stadt lebte.

Torres las nervös von einem Blatt Papier ab. Er beschrieb die chaotischen Umstände, die in Fort Moxie herrschten. Der Verkehr war vollkommen zusammengebrochen. Überall lungerten Betrunkene herum, es gab Kämpfe und ganze Horden von Taugenichtsen. Besucher stellten ihre Fahrzeuge an allen möglichen und unmöglichen Orten ab. Sie überschwemmten die Restaurants und plünderten den Supermarkt, so daß die gewöhnlichen Einheimischen acht Meilen weit nach Grand Forks zum Einkaufen fahren mußten. Sogar Verrückte mit Bomben fühlten sich angezogen, wie zum Beispiel der Typ, der am Vortag das Tastee-Freez in die Luft gejagt hatte. »Ich weiß, daß Mike und ein paar von euch anderen im Augenblick gute Geschäfte machen, aber für den Rest von uns ist es eine verdammte Belastung.«

Agnes Hanford erhob sich. »Wir müssen die Situation ausnutzen, solange wir noch können. Am Ende profitiert die gesamte Stadt davon.«

Agnes' Ehemann war der Inhaber des Prairie Schooner.

Joe schüttelte den Kopf. »Sie haben gut reden, Agnes. Die Situation wird immer schlimmer. Ich denke, wir müssen etwas unternehmen.« Wie als Unterstreichung seines Arguments raste draußen ein Wagen vorbei und hupte langanhaltend. Die Musik aus seiner Stereoanlage brachte die Holzwände der Stadthalle zum Wackeln. »Falls wir diesem Spiel kein abruptes Ende bereiten wollen, müssen wir ein paar zusätzliche Polizeikräfte einstellen.« Ursprünglich hatte die Bezirksverwaltung in Cavalier Fort Moxie nur so viele Gesetzeshüter zugewiesen, wie zur Einhaltung von Gesetz und Ordnung unbedingt erforderlich waren. »Ich schlage deswegen vor«, fuhr Joe fort, indem er erneut von seinem Blatt ablas, »daß der Rat beschließt, das Ende der Ausgrabungen bei Johnson's Ridge zu verlangen. Das Rundhaus soll zerstört werden.« Er blickte sich um. »Abgerissen und weggeschafft«, fügte er hinzu.

Lindquist erteilte Laurie Cavaracca das Wort, der Besitzerin des Northstar Motels. Laurie hatte ihr gesamtes Leben in Fort Moxie verbracht. Das Motel war 1945 von ihrem Vater gebaut worden, nach seiner Rückkehr aus dem Pazifik. Laurie war alleinige Besitzerin der Anlage. »Das Northstar hat acht Einheiten«, sagte sie. »Bis vor einer Woche waren wir noch nie an zwei aufeinanderfolgenden Tagen ausgebucht. Seitdem gibt es keine freien Zimmer mehr. Das Geschäft blüht. Ob mir die Probleme gefallen, mit denen Fort Moxie im Augenblick zu kämpfen hat? Sicherlich nicht. Keinem von uns geht es anders. Aber es ist keine Lösung, wenn wir die Ausgrabung schließen und uns in unseren Höhlen verkriechen.« Ihre Stimme klang zuerst ein wenig aufgeregt, doch sie gewann rasch an Festigkeit. »Hört zu, Leute«, fuhr sie fort. »Die meisten von uns sind hier in Fort Moxie geboren und aufgewachsen. Wir alle lieben diese Stadt. Aber unserer Wirtschaft ging es immer mehr oder weniger schlecht. Und jetzt bietet sich zum ersten Mal, seit jeder von uns zurückdenken kann, die Gelegenheit, richtig Geld zu verdienen. Und das gilt nicht nur für die Ladenbesitzer. Jeder wird profitieren. Gesunde Geschäfte nutzen allen. Um Gottes willen, schlachtet nicht das goldene Kalb.«

»Die Gans«, rief jemand dazwischen. »Es heißt goldene Gans.«

»Meinetwegen«, erwiderte Laurie. »Jedenfalls dauert dieser Rummel nicht ewig. Wir sollten die Kuh melken, solange wir können.«

»Und in der Zwischenzeit bringen sie noch jemanden um, so wie sie durch unsere Straßen rasen. Was geschieht dann?« Josh Averill hatte sich mit der ihm eigenen Würde erhoben und zu Wort gemeldet.

»Diese Stadt hat noch nie zwei Dollar in der Tasche gehabt«, sagte Jake Thoraldson, dessen Flughafen über Nacht zu einem Luftverkehrsknotenpunkt geworden war. »Was ist nur los mit euch, Leute? Habt ihr etwas dagegen, ein klein wenig Geld zu machen?«

»Geld machen?« heulte Mamie Burke auf, eine zugereiste Kanadierin, die für die Eisenbahn arbeitete. »Was soll das ganze Geld, wenn dafür all diese Irren durch unsere Straßen laufen? Joe hat recht. Wir sollten die Ausgrabung schließen.«

Arnold Whitaker, der unauffällige Besitzer des Haushaltwarenladens, stimmte heftig gegen den Vorschlag. »Ich sehe nicht«, rief er, »wie irgend jemand durch die gegenwärtige Situation Schaden nimmt.«

Die Bemerkung versetzte Morris Jones in Wut. Jones war ein neunzigjähriger pensionierter Postbeamter, der in der Stadt hauptsächlich wegen seines Hobbys bekannt war: Er sammelte elektrische Eisenbahnen. Zwei angetrunkene Kanadier waren mit ihrem Pickup in Jones' Eßzimmer gekracht und hatten eine vierzig Jahre alte H0-Anlage demoliert. Jones hustete und zeigte mit anklagendem Finger auf Whitaker. »Typisch Arnie« sagte er. »Sei ein braver Junge und kümmere dich nur ja nicht um andere.«

Die anschließende Abstimmung erbrachte eine Mehrheit von siebenundachtzig Stimmen für das Schließen der Grabung. Floyd Rickett meldete sich freiwillig als Vorsitzender des Komitees, das den Beschluß niederschreiben würde.

Lindquist nahm ihn beiseite, als sich eine Gelegenheit ergab. »Bleibt sachlich, in Ordnung?« sagte er. »Wir wollen niemanden gegen uns aufbringen oder beleidigen.«

Der Regen hämmerte unablässig gegen die Fenster des Oval Office. Es war ein Geräusch, das die jeweilige Stimmung des Präsidenten zu verstärken neigte. Heute fühlte er sich nicht besonders gut.

Auf seinem Schreibtisch lag die *Washington Post*. Die Schlagzeilen beschäftigten sich mit dem Bürgerkrieg in Indien und einer neuen Hungersnot in Transvaal sowie den Ergebnissen einer aktuellen Umfrage: »Sechzig Prozent der Bevölkerung sind der Meinung, daß das Rundhaus mit UFOs in Verbindung steht.« Zwanzig Prozent glaubten, es handle sich um ein geheimes Regierungsprojekt. Acht Prozent waren überzeugt, es sei ein Zeichen Gottes. Der Rest war unentschieden oder hatte noch nie etwas von dem Fund auf Johnson's Ridge gehört.

Tony Peters saß freudlos in seinem Stuhl und hatte die Beine übereinandergeschlagen. »Beinahe jeder ist davon überzeugt, daß die Regierung ihre Finger im Spiel hat«, sagte er. »Aber das ist wohl unausweichlich. Wir sollten uns an den Gedanken gewöhnen.«

»Haben Sie die Demonstranten draußen gesehen?« Ungefähr sechshundert Menschen hatten sich auf der Straße versammelt. *Was passiert bei Johnson's Ridge?* stand auf ihren Schildern zu lesen. Und: *Wir wollen die Wahrheit über das Rundhaus erfahren.* »Was ist die Wahrheit? Was wissen wir über die Angelegenheit?«

Peters erhob sich aus seinem Stuhl. »Wir haben mit einem Dutzend Experten der verschiedensten Fachrichtungen gesprochen, die entweder persönlich dort gewesen sind oder Zugang zu den Testergebnissen hatten. Sie alle tun sich verdammt schwer mit der These, das Rundhaus sei außerirdischen Ursprungs. Auf der anderen Seite gibt es niemanden, der eine auch nur halbwegs zufriedenstellende alternative Erklärung abliefern könnte.«

»Ich glaube nicht, daß es eine Rolle spielt, woher das Rundhaus stammt oder wie es nach Johnson's Ridge gekommen ist.« Taylor atmete tief durch. »Meine Sorge ist die Frage, wie wir von hier aus weitermachen. Welche Energieversorgung besitzt dieses Ding?«

»Bisher hatte noch niemand Gelegenheit, einen Blick darauf zu werfen. Sie lassen die Leute zwar rein, aber die Rundgänge sind geführt.«

»Also schön.« Taylor lehnte sich in seinem Stuhl zurück und verschränkte die Arme vor der Brust. Seine Kiefermuskeln arbeiteten sichtlich. »Aussichten, Tony. Was kommt auf uns zu?«

»Schwer zu sagen, Mister President.« Peters verzog das Gesicht. Um seine Mundwinkel und Augen zeigen sich tiefe Linien. »Die Experten sind sich nicht einig, ob wir das neue Element reproduzieren können oder nicht.

Allerdings sind sie einhellig der Meinung, daß die Produkte, die aus diesem Material hergestellt werden, nicht verrotten.«

»Nutzen sie sich denn ab?«

»Ja. Obwohl die meisten Experten der Meinung sind, daß sie sich wesentlich langsamer abnutzen als alles, was wir heute haben.«

Taylor seufzte. Er würde mit seinen Wirtschaftsfachleuten darüber reden, doch er wußte bereits, welche Konsequenzen sich daraus für die herstellende Industrie ergaben.

»Noch etwas, Sir. Wußten Sie, daß irgend jemand letzte Nacht dort draußen die Jungfrau Maria gesehen haben will?«

Der Präsident verdrehte die Augen zur Decke. »Was kommt als nächstes?« stöhnte er.

»Nein, im Ernst.« Peters grinste, eine willkommene Abwechslung in der angespannten Atmosphäre. »Es kam vor zehn Minuten auf CNN. Eine Frau hat ein Gesicht in den Lichtern erkannt.«

Der Präsident schüttelte den Kopf. »Gottverdammt, Tony«, sagte er. »Was ist mit dem Aktienmarkt? Was wird heute geschehen?«

»Der Nikkei ist erneut abgestürzt. Ich bin sicher, die Talfahrt geht an der Wall Street weiter.«

Taylor stand mit einer müden Bewegung auf und trat zum Fenster. Das Gras leuchtete saftig grün. An Tagen wie diesen wünschte er sich, wieder Kind zu sein. »Wir müssen etwas deswegen unternehmen, Tony«, sagte er.

»Jawohl, Sir.«

»Bevor alles außer Kontrolle gerät. Ich will, daß wir die Sache in die Hand nehmen. Irgendwo muß es eine Klausel geben, um eine Angelegenheit der nationalen Sicherheit daraus zu machen. Finden Sie sie.«

»Das wird nicht einfach werden.«

»Wieso?«

»Mein Gott, Mister President. Es ist Indianerland. Wenn es lediglich ein paar Farmer wären, gut. Wir könnten erklären, daß ein Gesundheitsrisiko besteht oder etwas in der Art. Aber Johnson's Ridge liegt auf Siouxgebiet. Wenn wir uns dort ausbreiten, werden wir einen hohen politischen Preis dafür zahlen müssen. Ihre eigenen Wähler werden es nicht mögen, und die Medien werden Sie damit zu Tode prügeln.«

Taylor fühlte sich in die Enge getrieben. »Ich rede nicht davon, die Sioux einfach zu enteignen. Wir könnten ihnen eine Entschädigung geben. Sie auszahlen.«

»Sir, ich denke, die beste Strategie besteht darin, abzuwarten und nichts zu unternehmen. Wir sollten uns nicht in Panik zu etwas drängen lassen, das nachher auf uns zurückfallen kann.«

Taylor neigte von Natur aus eher dazu, bereits beim leisesten Anschein von Schwierigkeiten in Aktion zu treten. Auf der anderen Seite war er inzwischen lange genug im politischen Geschäft, um zu wissen, wie wertvoll Geduld sein konnte. Außerdem wußte er nicht genau, wie man in dieser Sache am besten vorgehen sollte. Die Vorstellung, Indianer aus ihrem Reservat zu vertreiben, sagte ihm nicht sonderlich zu. Sie besaß einen schalen Beigeschmack. Und es war schlechte Politik. Auf der anderen Seite galt das natürlich auch für kollabierende Märkte.

»Die Sache wird sich totlaufen«, versicherte ihm Peters beruhigend. »Lassen Sie ihr ein wenig Zeit. Vielleicht haben wir gar kein echtes Problem. Lassen Sie uns kein künstliches schaffen. Wir sollten uns statt dessen lieber auf Pakistan konzentrieren.«

»Pakistan?«

»In Pakistan gibt es keine Wähler, aber eine Menge Menschen werden getötet. Veröffentlichen Sie eine Stellungnahme. Mißbilligen Sie die Gewalt. Vielleicht sollten Sie anbieten, als Vermittler aufzutreten. Es sieht sowieso ganz danach aus, als würde der Kampf bald eingestellt. Beide Seiten sind erschöpft. Vielleicht gelingt es uns, die Lorbeeren für einen Waffenstillstand einzuheimsen.«

Der Präsident seufzte. Peters war ein hoffnungsloser

Zyniker. Es wäre ein leichtes gewesen, ihn zu verabscheuen. Eine Schande, daß Amerikas Politiker derart leicht in geschmacklosen Opportunismus verfielen. Selbst die guten Leuten waren davor nicht sicher.

Arky Redfern war in der Nähe von Fort Totten im Devil's-Lake-Indianerreservat aufgewachsen. Er war das jüngste von fünf Geschwistern und der erste in der Familie mit einem akademischen Abschluß. Arkys Geschwister hatten früh geheiratet und schlecht bezahlte Jobs ohne Zukunft angenommen, was seinem Vater das Herz gebrochen hatte. Er hatte sich geschworen, alles in seiner Macht Stehende zu tun, um seinen Kindern eine bessere Ausbildung zu ermöglichen. Am Tag von Arkys Abschluß an der juristischen Fakultät der George Mason University hatte sein Vater ihm den Bogen vermacht.

Auch James Walker, einer der Ratsmänner des Stammes, hatte Arky gefördert und ermutigt. Walker hatte stolz bemerkt, daß nicht mehr länger alle Rechtsanwälte von der Regierung gestellt wurden. Redfern war besessen von der Vorstellung, die Interessen der *Mini Wakan Oyatė* zu verteidigen, wie der Siouxstamm am Devil's Lake sich in seiner eigenen Sprache nannte. (Der Ausdruck bedeutete *Volk vom Geistersee.*) Arky hatte sein Examen im ersten Anlauf bestanden und war nach North Dakota zurückgekehrt, wo er eine Kanzlei eingerichtet hatte und sich mit Testamenten und Scheidungen befaßte, was gut bezahlt wurde. Er wurde darüber hinaus Rechtsbeistand des Stammes, was weniger gut bezahlt wurde. Dafür gab es andere Belohnungen.

Etwa um die Zeit, als Matt Taylor überlegte, wie er in der Angelegenheit bei Johnson's Ridge weiter vorgehen sollte, nahm Redfern Paxton Wells mit in das Reservat, wo er persönlich ein neues Angebot machen wollte. Wells, in düsterer Stimmung, hatte offensichtlich erkannt, daß der Anwalt gegen ihn voreingenommen war und alle Versuche eingestellt, den jungen Mann für sich zu gewinnen. Er saß auf dem Beifahrersitz und starrte schweigsam in die flache, leere Landschaft hinaus.

Es war endlich wieder warm geworden. Überall entlang der Straße schmolzen die letzten Schneehaufen, und an zahlreichen Stellen staute sich das Wasser.

Die Versammlungsräume des Stammes befanden sich in einem Gebäude, das Blaues Haus genannt wurde. Die Nationalflagge und das Banner der Mini Wakan Oyaté flatterte in einer steifen Brise. Redfern steuerte den Wagen auf den Parkplatz.

»Hier ist es?« fragte Wells und starrte in die offene Landschaft, die sich rings um das einzelne Gebäude erstreckte.

Redfern kannte Typen wie Wells. Sie umgaben sich mit einer Aura der Unnahbarkeit und Arroganz, solange sie nicht mit Leuten zu tun hatte, die ihnen vorgesetzt waren oder sonst eine Position innehatten, in der sie ihnen Schaden zufügen konnten. Genau diese Haltung legte Wells nun an den Tag, nachdem er den Rechtsanwalt nur noch als Mittel zum Zweck, als Führer zu dem Sioux-Äquivalent eines Unternehmensvorstands betrachtete. Selbstverständlich war das ein schwerer Fehler, doch davon konnte Wells nichts ahnen.

Sie stiegen aus dem Wagen, und Redfern führte den Besucher nach drinnen.

Das Blaue Haus beherbergte das Postamt, das Büro für Indianerangelegenheiten, das medizinische Zentrum und die Verwaltungsbüros des Stammes. Redfern setzte die indianische Sekretärin davon in Kenntnis, daß der Besucher eingetroffen war, und führte Wells zum Büro des Vorsitzenden.

James Walker war ein Mann, der nicht ohne weiteres in einer Menge aufgefallen wäre. Er war etwas kleiner als der Durchschnitt, und Wells hätte ihn eher in einem Lebensmittelgeschäft als Verkäufer erwartet als in einer Ratsversammlung. Weder in Walkers Stimme noch in seiner Haltung war auch nur eine Spur von Autorität zu entdecken, geschweige den von seinem stahlharten Willen, der sich nur dann zeigte, wenn es notwendig wurde. Walkers Augen waren dunkel und blickten freundlich, er schien ein angenehmes Wesen zu haben. Nach Redferns Überzeugung bestand Walkers wahres Talent darin, Leute so weit zu bringen, daß sie ihm erzählten, was sie wirklich glaubten, eine Begabung, die unter Nordamerikas Indianern ebenso selten anzutreffen war wie unter der weißen Bevölkerung. Als die Besucher eintraten, erhob Walker sich hinter seinem Schreibtisch und bot Wells die Hand.

Wells ergriff und schüttelte die dargebotene Hand und bemerkte, wie glücklich er über die Gelegenheit sei, das Reservat zu besuchen. Dann nahm er Platz.

Das Büro war mit Stammesmotiven dekoriert: Kriegsschmuck, Totems, Medizinräder und Zeremonienpfeifen. Ein Bücherregal und ein Tisch mit einer Kanne voll dampfenden Kaffees darauf flankierten Walkers Schreibtisch. Sonnenlicht durchflutete den Raum.

Wells räusperte sich. »Herr Vorsitzender«, begann er, »ich repräsentiere eine Organisation, die bereit ist, dem Stamm zu Reichtum und Wohlstand zu verhelfen. Vor uns eröffnet sich ein ganzes Spektrum großartiger Möglichkeiten.«

»Arky hat mir gesagt«, erwiderte Walker, als hätte Wells nicht gesprochen, »daß Sie an einem Teil unseres Landes interessiert sind.«

»Jawohl, Sir. Das sind wir.« Wells bemühte sich, besonnen dreinzublicken. »Herr Vorsitzender, lassen Sie mich gleich zur Sache kommen. Das Nationale Energieinstitut ist ein Konsortium aus Industrie und Banken, das bereit ist, Ihnen einen großen Geldbetrag für das Stück Land zu zahlen, das gemeinhin als Johnson's Ridge bekannt ist. Einen wirklich sehr großen Betrag, Sir.«

Walkers Gesicht blieb regungslos. »Sie wollen das Land kaufen?«

»Das ist korrekt, Sir. Und wir sind bereit, mehr als großzügig zu sein.« Wells lächelte. Es war ein dünnes

Lächeln ohne jede Spur von Herzlichkeit und Wärme. Defensiv. Redfern dachte, daß Wells eines jener Kinder gewesen sein mußte, die von allen anderen geschlagen worden waren. »Lassen Sie uns die Karten auf den Tisch legen«, endete er.

»Sicher.«

»Herr Vorsitzender, es erscheint zweifelhaft, ob sich irgend etwas von wirklichem Wert auf diesem Sattel findet. Sie wissen das, ich weiß das. Die Regierung hat sich die Grabungsstätte angesehen und hat bereits entschieden, daß es keinerlei Handlungsbedarf gibt.« Redfern bezweifelte, daß Wells die Wahrheit sprach. »Also handelt es sich um einen Schuß ins Dunkle. Auf der anderen Seite besteht die vage Möglichkeit, daß sich etwas findet, aus dem wir Profit schlagen könnten. Wir sind bereit, dafür zu zahlen, daß wir einen Blick auf die Anlage werfen können. Und zwar sehr großzügig zu zahlen, wie ich hinzufügen darf.«

Er zog einen blauen Ordner und ein ledernes Scheckheft hervor und nahm einen goldenen Füllhalter aus der Brusttasche. »Warum schließen wir nicht gleich auf der Stelle einen Vertrag? Sagen wir ... fünf Millionen Dollar?« Er schraubte die Kappe von seinem Füller. »Sie könnten eine ganze Menge mit soviel Geld anfangen. Wirklich, Herr Vorsitzender, ich würde nur zu gerne in ein paar Jahren wiederkommen und sehen, was aus Ihrem Reservat geworden ist.«

Walker verbarg seine Überraschung über die gebotene Summe. Er warf Redfern einen fragenden Blick zu, doch Arky machte keinerlei ermunternde Geste. Was auch immer sie jetzt bieten, dachte Arky, es ist zu wenig.

»Eine ganze Reihe von Firmen hat inzwischen ihr Interesse bekundet«, erwiderte Walker. »Sie wollen Hotels hier oben errichten. Und Restaurants. Disney möchte einen Ferienpark aufmachen. Ich möchte nicht gierig erscheinen, Mister Wells, aber fünf Millionen sind in dieser Phase der Verhandlungen nichts weiter als Peanuts.«

Redfern war stolz auf seinen Vorsitzenden.

Wells hob die Augenbrauen. »Ich verstehe«, sagte er. »Und Ihnen liegen ernstgemeinte Angebote vor?«

»O ja. Sehr großzügige Angebote. Und diese Leute wünschen unser Land nur zu *pachten*. Sie wollen es gleich kaufen. Falls wir darauf eingehen würden, bliebe uns nichts, um mit dem Geld etwas anzufangen. Dr. Wells, unter diesen Umständen müßten Sie schon eine wirklich beträchtliche Summe anlegen.«

Wells warf einen Blick in sein Scheckheft. »Sie sind ein harter Verhandlungspartner, Sir. Aber ich kann Ihren Standpunkt verstehen. Und ich bin ermächtigt, mit der Konkurrenz mitzubieten. Dürfte ich fragen, welche Summe Sie als ernsthaftes Angebot einstufen?«

Walker schloß kurz die Augen. »Warum nennen Sie nicht einfach Ihr höchstes Gebot und sparen uns beiden damit eine Menge Zeit?«

Wells blickte unbehaglich drein. Arky konnte sehen, wie es in seinem Kopf arbeitete.

»Fünfzig Millionen.« Wells sprach so leise, daß Arky kaum etwas hörte.

»Das ist doch nicht schlecht«, erwiderte Walker. »Und der Betrag wäre fällig ...?«

Redfern warf ihm einen warnenden Blick zu. *Unterschreib noch nicht*.

»Zehn Prozent bei Vertragsunterzeichnung. Der Rest bei Überschreibung des Grundstücks.« Er bot Walker den goldenen Füller. »Sind wir uns handelseinig?«

Diesmal schaffte es Walker nicht, seinen Schock zu verbergen. »Sie müssen verstehen«, sagte er mit rauher Stimme, »daß ich allein diese Entscheidung nicht fällen kann. Ich werde Ihr Angebot im Rat vorlegen.«

»Selbstverständlich. Allerdings hat Mister Redfern mir mitgeteilt, daß Sie beträchtlichen Einfluß besitzen. Ich bin sicher, daß der Rat sich Ihnen anschließen wird, falls Sie für dieses Angebot stimmen.«

Walker bemühte sich, ein zweifelndes Gesicht aufzusetzen. Auch das gelang ihm nicht. Wells grinste. Er war sich seiner Sache sicher. Der Rat würde sein Angebot akzeptieren. »Arky neigt dazu, meinen Einfluß zu überschätzen, glaube ich.« Walker warf seinem Anwalt einen Seitenblick zu. »Dr. Wells, würden Sie uns wohl für eine Minute entschuldigen?«

»Aber selbstverständlich.« Wells bedachte Redfern mit einem raschen Grinsen. *Alter Hurensohn*, sagte es, *du treibst den Preis zwar in die Höhe, aber wir werden sehen. Du wirst persönlich dafür sorgen, daß er seine Meinung ändert.* »Ich warte im anderen Zimmer.« Wells öffnete den blauen Ordner und schob ihn Walker hin. Er enthielt einen fertigen Vertrag. Dann stand er auf und verließ das Zimmer.

Der Vorsitzende grinste breit. Er hatte alle Mühe, seine Freude bei sich zu behalten.

»Ich rate dagegen«, sagte Redfern.

»Warum?« Walker strahlte. »Warum um alles in der Welt sollten wir dieses Geld nicht nehmen?«

»Nicht so eilig. Warum bieten sie so unglaublich viel Geld?«

»Vielleicht ist die Sache völlig wertlos. Wir könnten auch damit enden, T-Shirts an Touristen zu verkaufen. Hör zu, Arky, wir brauchen nicht mehr als fünfzig Millionen Dollar. Erkennst du nicht, daß so viel Geld genug ist für den Stamm? So viel Geld hilft uns eine lange Zeit über den Berg. Ich denke, wir sollten nicht zu gierig werden. Und genau das werde ich der Ratsversammlung sagen.«

»Das ist kein Mann, der uns auch nur einen Cent schenken würde«, entgegnete Redfern. »Er bietet allein deswegen fünfzig Millionen, weil er meint, daß der Wert höher ist. Ganz beträchtlich höher sogar. Schlag dem Rat vor, ein zweites Angebot abzuwarten. Das Ergebnis wird dich sicher überraschen.«

Walkers Freude verflog allmählich. »Du erwartest ernsthaft von mir, daß ich vor die anderen treten und ihnen sagen soll, daß sie gegen das Angebot stimmen? Und das, obwohl nicht auszuschließen ist, daß wir am

Ende möglicherweise mit überhaupt nichts in den Händen dastehen? Selbst wenn ich gegen das Angebot Stellung beziehe und den anderen empfehle, es abzulehnen ... sie würden mich überstimmen.« Walker atmete tief durch. »Nenn mir einen vernünftigen Grund, Arky. Einen einzigen, wenn du einen weißt.«

Arky gefiel die Position nicht, in der er nun steckte. Wenn die Sache schiefging, wäre er es, den sie dafür hängen würden. »Falls Wells und seine Leute das Grundstück in die Finger bekommen, werden sie ganz allein allen Reichtum für sich beanspruchen, den sie daraus ziehen. Wer weiß, was uns dadurch verlorengeht?«

»Das ist nicht gerade ein Kriegsschrei«, erwiderte Walker.

»Nein, ist es nicht. Aber wir blicken vielleicht auf ein weiteres Manhattan.«

»Vielleicht hast du nicht richtig zugehört, Arky. Er redet nicht von sechsundzwanzig Mäusen.«

»Vielleicht nicht. Aber wenn du einen Kriegsschrei von mir hören willst, dann denk daran, daß wir im Besitz einer Entdeckung stehen, die möglicherweise Zugang zu gänzlich neuen Technologien bietet. Die Straße in die Zukunft, Vorsitzender, verläuft vielleicht direkt über Johnson's Ridge. Und du bist bereit, das alles billig zu verkaufen!«

»Ich würde es genauso sehen«, sagte Max. »Nehmt das Geld und verschwindet.«

Arky musterte ihn mit einem bestürzten Blick. »Ganz genau das haben sie vor.« Er arbeitete sich durch einen Teller voll Fisch und Chips. April, Arky und Max befanden sich in einem Hinterzimmer von Mels Restaurant in Langdon. Der Prairie Schooner kam nicht mehr für ihre Treffen in Frage. Er war von Touristen überschwemmt. »Der Rat wird denken, es sei ein Verbrechen, ein derart großzügiges Angebot auszuschlagen. Und um ehrlich zu sein, auch mir ist nicht wohl bei dem Gedanken, von der

Annahme der Offerte abzuraten.« Er blickte äußerst unglücklich drein. »Haben Sie eine Vorstellung von dem, was mit mir geschieht, falls mein Ratschlag angenommen wird und Johnson's Ridge sich als wertlos herausstellt?«

»Man wird Sie skalpieren?« fragte Max unschuldig.

Arky schien seine Bemerkung überhört zu haben. »Nicht, daß es eine Rolle spielt. Sie werden das Geld annehmen und fertig. Genau wie Sie sagen.«

»Verdammt«, fluchte April. »Falls das Projekt verkauft wird, sind wir am nächsten Tag bereits draußen.«

»Ich glaube nicht, daß darüber Zweifel bestehen«, sagte Max. Er lauschte dem leisen Gemurmel der Unterhaltungen ringsum, dem Geklapper von Bestecken und Tellern und dem gelegentlich aufkommenden lauten Gelächter.

»Arky«, sagte April. »Ich kann nicht mit dem Gedanken leben, daß ich nicht mehr dabei bin, wenn die Entdeckungen gemacht werden.«

Der Anwalt blickte sie mitfühlend an. »Ich weiß. Aber ich denke, daß die Angelegenheit nicht mehr unter meiner Kontrolle steht.«

»Wieviel Zeit bleibt uns noch?« fragte April.

»Wells' Leute stehen wahrscheinlich in den Startlöchern. Sie werden anfangen wollen, sobald der Vertrag unterzeichnet ist. Morgen nachmittag findet eine außerordentliche Ratsversammlung statt, um über das Angebot abzustimmen. Falls es angenommen wird, und das wird es, braucht Wells nur einen Anruf zu tätigen, und Sie alle hier sind Geschichte.«

Devil's Lake, North Dakota. 15. März (AP)

Ein Konsortium von Geschäftsleuten soll dem Siouxstamm von Devil's Lake für das Land rings um Johnson's Ridge einhundert Millionen Dollar angeboten haben. Bei Johnson's Ridge wurde das Rundhaus entdeckt, ein archäologischer Fund, der angeblich außerirdischen Ursprungs ist. Informierten Kreisen zufolge wird sich der Stammesrat am morgigen Nachmittag zu einer außerordentlichen Sitzung einfinden, um über das Angebot zu beraten, das im Verlauf der letzten Tag stetig erhöht wurde. Offizielle beider Seiten weigerten sich, in der Angelegenheit Stellung zu nehmen.

Als sie zurück im Northstar Motel waren, wartete bereits ein Paket auf Max. »Filter«, erklärte er. »Für die Minicam. Vielleicht sehen wir damit besser, was geschieht, wenn die Lichter erscheinen.«

Sie zogen sich in düsterer Stimmung auf ihre Zimmer zurück. Wenige Minuten später stand April vor Max' Tür. »Komm rein«, lud er sie ein. »Ich wollte dich sowieso eben anrufen.«

Sie wirkte verzweifelt. »Was sollen wir bloß machen?« fragte sie.

Das Zimmer besaß nur einen Stuhl. Max bot ihn April an und setzte sich aufs Bett. »Ich glaube nicht, daß wir viel tun können. Nicht gegen all das Geld, das geboten wird.«

»Max«, sagte April, »fünfzig Millionen sind Peanuts. Hör zu, vielleicht haben wir eine Verbindung zu einer anderen Welt gefunden!« Sie stieß die Worte aus wie ein Flehen an eine übernatürliche Macht. »Der Stuhl hat sich nicht einfach in Luft aufgelöst. Er wurde irgendwohin *transportiert*.«

»Glaubst du.«

»Glaube ich.« Sie rieb sich müde über die Stirn. »Wußtest du, daß es einen *siebten* Schalter gibt?«

»Nein«, gestand Max überrascht. »Wo?«

»Neben dem Graben. Dort, wo sie das Schiff festgemacht haben.«

Max stellte sich den Liegeplatz vor. »An einem der Pfosten?«

»Genau. Das Symbol darauf erinnert an ein Kanji-Schriftzeichen. Es leuchtet nicht auf, wenn man es berührt. Ich habe sogar versucht, einen Stuhl in den Kanal zu stellen, aber nichts ist geschehen. Max, ich glaube, auf diese Art und Weise haben sie das Schiff hergeschafft. *Direkt von wo auch immer!*«

Max schüttelte den Kopf.

»Tut mir leid, aber ich glaube nicht an diese Geschichte. Du redest, als hättest du zuviel *Star Trek* gesehen. Beam mich hoch, Scotty.«

Sie saßen eine Weile schweigend da und lauschten dem Geräusch des Windes.

»Ich glaube, es ist wirklich so, Max.«

»Nun, viel Glück beim Versuch, es zu beweisen. Was immer die Symbole zu bedeuten haben, sie funktionieren anscheinend nur einmal. Wozu soll ein Langstreckentransportsystem gut sein, das nur ein einziges Mal funktioniert?«

April zog die Beine an, stellte die Füße auf den Stuhl und verschränkte die Arme um die Knie. »Ich schätze, sie funktionieren deshalb nicht mehr, weil das Zeug, das wir hindurchgeschickt haben, die Empfangsstation blockiert. Irgend jemand muß das Gitter auf der anderen Seite freimachen. Falls das nicht geschieht, schaltet sich die Station ab.«

»Das ist die wildeste Spekulation, die ich je von dir gehört habe.«

»Max, wir haben deutlich gesehen, wie der Stuhl verblaßt ist. Er *verblaßte*. Er hat sich nicht aufgelöst. Er wurde irgendwohin transportiert. Die Frage ist nur, *wohin*?«

Max schüttelte erneut den Kopf. »Ich denke, die ganze Idee ist Unsinn.«

»Vielleicht.« April atmete tief ein und aus. »Ich denke, wir sollten besser Arky über das informieren, was wir gefunden haben.«

»Du meinst, wir sollen ihm sagen, daß wir ein Portal zu einer anderen Dimension entdeckt haben? Oder zum

Mars? Er wird das gleiche denken wie ich: Das ist verrückt.«

Aprils Augen waren dunkle Tümpel der Verzweiflung. »Er würde es nicht denken, wenn wir ihm eine Demonstration liefern könnten.«

»Was für eine Demonstration? Wir können nichts weiter tun als irgendwelche Dinge verschwinden lassen. Das beweist überhaupt nichts.«

Keiner von beiden wollte das Offensichtliche aussprechen.

19

Voller Zuversicht starten auch wir in die weglosen Meere, ohne uns vor unbekannten Küsten zu fürchten.

›*Passage to India*‹
Walt Whitman

April kniff die Augen zu. Die ewigen Präriewinde rüttelten an den Fenstern. Sie war aufgeregt, doch die feste Überzeugung, daß sie recht hatte, half ihr bei der Durchführung ihres Plans.

Sie hörte, wie sich draußen ein Wagen näherte. Der Motor erstarb, Türen wurden zugeschlagen, und Stimmen näherten sich.

Wäre ihr genügend Zeit geblieben, hätte sie ein Experiment entwickelt, um das Risiko zu verringern. Doch sie hatte keine Zeit. April seufzte. Benutze es oder verliere alles.

Durch die Wand hörte sie das unverständliche Geplapper von Max' Fernseher.

Welche Gefahren konnten auftreten?

Sie konnte sterben. Vernichtet werden. Doch vom Stuhl war nicht die geringste Spur zurückgeblieben, und es gab keinerlei Hinweise auf Gewalteinwirkung. Der Stuhl hatte sich einfach aufgelöst. Er war *irgendwohin* verschwunden.

Vielleicht fand sie sich in einer lebensfeindlichen Umgebung wieder. In einer Methanatmosphäre beispielsweise. Auf der anderen Seite hatten sich die Besucher wahrscheinlich in North Dakota wohl gefühlt. Ganz sicher war das, was auf der anderen Seite wartete, im Grunde erdähnlich.

Möglicherweise strandete sie auf der anderen Seite. Aber wer hatte je von einem Hafen gehört, in den man nur hineinkonnte, ohne ihn je wieder zu verlassen?

Gegen Mitternacht füllte sie ihre Thermoskanne und stopfte sie zusammen mit zwei Sandwiches und etwas Obst in eine Plastiktüte. Sie legte einen neuen Film in ihre Kamera und zog ihre *Minnesota-Twins*-Jacke über. April war mit sich zufrieden. Vierzig Minuten später passierte sie die Polizeibarriere am Anfang der Zufahrtsstraße und fuhr den steilen, gewundenen Weg zum Sattel hinauf. Das grüne Leuchten des Rundhauses in seinem Graben schien diese Nacht heller als gewöhnlich. April überlegte, ob vielleicht noch immer irgendwelche Batterien aufgeladen wurden und nahm sich vor, die Lichtstärke von nun an zu protokollieren.

Es war kalt. Kaum zehn Grad Fahrenheit. Sie parkte den Wagen vor dem Sicherheitstor, öffnete das Handschuhfach und nahm einen Notizblock heraus. Dann überlegte sie einige Minuten, was sie schreiben sollte. Als sie fertig war, legte sie das Notizbuch offen auf den Beifahrersitz, nahm eine Taschenlampe aus dem Fach und stieg aus.

Einer der Sicherheitsleute, ein Mann mittleren Alters, von dem sie lediglich wußte, daß er Henry hieß, erschien in der Tür der Sicherheitsbaracke. »Guten Abend, Dr. Cannon«, begrüßte er April. »Haben Sie etwas vergessen?«

»Nein, Henry.« Aprils Atem kondensierte im gelben Lichtschein der neu installierten Natriumdampflampen. »Ich konnte nicht schlafen und dachte mir, ich komme her und versuche, ein wenig zu arbeiten.«

Henry warf einen Blick auf seine Armbanduhr, nicht ohne mißbilligendes Kopfschütteln. »In Ordnung«, sagte er schließlich. »Außer Ihnen ist niemand hier. Vom Stab, meine ich.«

April nickte. »Danke, Henry.«

Er verschwand wieder im Innern der Baracke. April ging durch das Tor und direkt zum Rundhaus. Sie schloß die Luke hinter sich, und die Kälte blieb draußen.

Nachts bildete die weite Kuppel ein Flechtwerk aus Licht und Schatten und beleuchteten Alkoven. Die Lichter bewegten sich mit April, folgten ihr, erleuchteten den Boden vor ihr und verblaßten wieder, wenn sie vorüber war. Sie näherte sich dem Speichengitter, und es leuchtete ebenfalls hell auf – beinahe so, als *wüßte* es, was April vorhatte.

Sie zögerte. Es war gut, daß Max nicht bei ihr war, denn dann hätte sie unmöglich einen Rückzieher machen können. Bis zu diesem Augenblick hatte sie die ganze Zeit über geglaubt, daß sie ihren Plan im letzten Moment aufgeben würde. Doch ihre Furcht hatte sich verflüchtigt. Irgend etwas war dort draußen. Irgend etwas wartete auf sie. Das erleuchtete Speichengitter schien sicher und einladend. Zeit, es zu benutzen.

Sie knipste ihre Taschenlampe an und näherte sich den Symbolen. Den Schaltern.

Berühre den Schalter, und dir bleiben dreiundzwanzig Sekunden, um auf das Gitter zu treten und dich bereit zu machen.

April blickte auf den Pfeil, die Ringe, den Notenschlüssel.

Der Pfeil.

Er schimmerte im Halbdunkel.

Sie berührte den Pfeil mit den Fingerspitzen. Und preßte.

Das Licht erwachte zum Leben.

April nahm tief Luft, durchquerte den Raum und trat auf das Speichengitter. Der Graben, der einst ein Kanal gewesen war, erstreckte sich in die Dunkelheit. Auf der gegenüberliegenden Seite der Kuppel verlor sich die Wand in tiefen Schatten und undurchdringlicher Nacht. April zog den Kamerariemen auf ihrer Schulter fest und spürte, wie ihr diese einfache Geste Trost spendete. Sie schloß den Reißverschluß ihrer Jacke bis zum Hals und kämpfte gegen den plötzlichen Drang an, vom Gitter zu springen.

Es war noch immer dunkel, als das Telefon Max aus tiefem Schlaf riß. Er rollte sich zur Seite, tastete nach dem Hörer und nahm ab. »Hallo?«

»Mister Collingwood? Hier spricht Henry Short. Draußen beim Sicherheitstor.«

Max wurde schlagartig hellwach. »Ja, Henry? Was gibt's denn?«

»Wir können Dr. Cannon nicht finden, Sir.«

Max entspannte sich wieder. »Sie schläft im Nachbarzimmer, Henry.«

»Nein, Sir. Sie kam gegen null Uhr dreißig hier herauf. Sie ging in das Rundhaus, aber dort ist sie jetzt nicht mehr.«

Max warf einen Blick auf seine Uhr. Viertel nach drei morgens.

»Wir haben alle Baracken abgesucht, Sir. Dr. Cannon ist nirgendwo zu finden. Wir wissen nicht weiter.«

»Ist ihr Wagen noch da?«

»Ja, Sir. Sie ist nicht durch das Tor gekommen.«

Max war verwirrt. Für ihn war die Unterhaltung am frühen Abend mit all ihren Schlußfolgerungen und pointierten Anspielungen rein hypothetischer Natur gewesen. »Henry, haben Sie die Räume im hinteren Teil des Rundhauses überprüft?«

»Wir haben überall nach Dr. Cannon gesucht.«

»In Ordnung. Rufen Sie die Polizei. Ich bin auf dem Weg.«

Max legte auf und wählte Aprils Nummer im Hotel. Niemand antwortete. Er starrte das Telefon an. Schließlich wurde ihm bewußt, daß sie vielleicht doch das Scheibengitter benutzt hatte. Gründlich aufgeschreckt stieg er hastig in seine Kleidung, setzte sich in den Wagen und fuhr los in Richtung Johnson's Ridge. Er hätte Henry sagen sollen, im Kanal nachzusehen. Vielleicht war April hineingefallen. Es wäre für die Sicherheitsleute nicht weiter schwer gewesen, sie zu übersehen.

Er nahm sein Handy, wählte die Nummer des Tors

und hatte eine neue Stimme am Apparat. George Freewater. »Gibt es inzwischen etwas Neues?« fragte Max.

»Noch nicht, Sir. Die Polizei ist auf dem Weg.« Eine lange Pause. »Max, falls sie draußen ist, wird sie nicht lange durchhalten. Es ist verdammt kalt.«

»Ich weiß. Haben Sie im Kanal nach ihr gesucht?«

Max vernahm eine kurze Unterhaltung im Hintergrund, dann sprach George wieder in den Hörer. »Ja, wir haben im Kanal nachgesehen. Hören Sie, Mister Collingwood, wir haben etwas anderes gefunden. Eine Nachricht an Sie, Sir. Sie lag auf dem Beifahrersitz von Dr. Cannons Wagen.«

»Eine Nachricht an mich?« Max' Magen krampfte sich zusammen. »Was hat sie geschrieben?«

»Soll ich es vorlesen?«

»Ja, George. Bitte.«

»In Ordnung. Hier steht ... Warten Sie bitte, das Licht ist nicht besonders hell hier ... Hier steht: ›Lieber Max, ich folge dem Pfeil. Da du das hier liest, ist möglicherweise etwas schiefgegangen. Es tut mir leid. Ich habe gerne mit dir zusammengearbeitet.‹« George grunzte. »Was meint sie damit?«

Die Scheinwerfer von Max' Wagen verloren sich in der Nacht. »Ich bin nicht ganz sicher«, antwortete er. Doch er wußte es genau.

Der Mann im weißen Anzug ist lebendig und wohlauf. Wer sich an den englischen Spielfilm mit Alec Guinness erinnert, in dem er einen Anzug erfindet, der weder knittert noch verschmutzt, der wird vielleicht verstehen, was in diesen Tagen mit der Bekleidungsindustrie geschieht. Seit dem Auftauchen der ersten Gerüchte über die Möglichkeit, einen Stoff zu entwickeln, der ähnliche Eigenschaften wie Guinness' weißer Anzug besitzt, schrumpft die Kapitaldecke der Bekleidungshersteller immer stärker. Zahlreiche Experten sind davon überzeugt, daß es sich nur um eine Frage der Zeit handeln kann, bis die fortgeschrittene Technologie des Rundhauses bei Johnson's Ridge, die Zugang zu unzerstörbaren Materialien bietet, allgemein verfügbar wird. Was geschieht, sobald dieser Fall eintritt, ist noch weitgehend unklar. Allein bis heute wurden Zehntausende von Arbeitsplätzen vernichtet, und ein ganzer Industriezweig befindet sich in hellem Chaos. Unser Blatt hat immer gezögert, wenn es um eine Intervention seitens der Regierung ging. Doch in diesem Fall ist die Zeit dafür gekommen.

(Vorwort des Herausgebers, *Wall Street Journal*)

Max ging in das Rundhaus. Er war wütend auf April Cannon. Sie hatte ihn in eine schreckliche Lage versetzt. Er machte sich Vorwürfe, daß er nicht erkannt hatte, worauf sie ausgewesen war und daß er es nicht verhindert hatte.

Was zur Hölle sollte er nun unternehmen?

Die Kuppel wirkte bedrückend.

George Freewater und zwei Polizisten befanden sich im Innern.

Einer sah hinunter in den Kanal. Ein junger Bursche, kaum einundzwanzig. Blond, mit langem, markantem Gesicht und vorstehender Nase.

Sein Partner, kahlköpfig und offensichtlich verärgert, unterbrach die Unterhaltung mit George Freewater, als Max die Kuppel betrat. »Sie sind Mister Collingwood, Sir?«

»Ja«, antwortete Max.

»Mein Name ist Deputy Remirov.« Der Beamte zog ein Notizbuch hervor, das Max als Aprils erkannte. »Was hat das zu bedeuten?«

Ich folge dem Pfeil.

»Was ist der *Pfeil*?« fragte der jüngere der beiden Polizisten.

Max zögerte kurz. »Ich weiß es nicht«, sagte er schließlich.

Remirov wirkte frustriert. »Sie haben keine Vorstellung, was Dr. Cannon Ihnen damit sagen wollte?«

»Nein«, antwortete Max. »Nicht die geringste.«

Der Beamte glaubte ihm offensichtlich kein Wort. »Warum sollte Dr. Cannon Ihnen eine Botschaft hinterlassen, die Sie nicht verstehen?« fragte er wütend.

Max wand sich. Er war kein guter Lügner. Und er mochte das Gefühl nicht, den Fragen der Beamten auszuweichen. Er hatte in seinem Leben nur wenig Kontakt mit Polizisten gehabt, und sie machten ihn nervös. »Ich weiß es einfach nicht«, sagte er.

Ärgerlich wandte sich Remirov wieder zu George um. »Und Sie sind sicher, daß Dr. Cannon nicht unbemerkt durch das Tor gehen konnte?«

»Wir haben eine Kamera am Tor«, erwiderte George.

»Das beantwortet meine Frage nicht.«

»Ich schätze, es ist *möglich*. Aber es sitzt immer jemand an den Monitoren.«

»Also wissen Sie es nicht.«

»Nicht, ohne vorher die Bänder überprüft zu haben.«

»Und warum haben wir die Bänder noch nicht überprüft?« fragte der Beamte mit gespielt übertriebener Höflichkeit.

Max ging davon und untersuchte das Speichengitter. Er fand nichts, was darauf hinwies, daß April es wirklich benutzt hatte.

Keine Fußabdrücke, keine Spuren, die ihm etwas verraten hätten.

Arky Redfern betrat die Kuppel. Er trug eine Bocksfelljacke und schwere Stiefel. Er wechselte ein paar Worte mit George und den beiden Polizisten, bevor er Max entdeckte. »Man wird eine Suchmannschaft aufstellen«, berichtete er.

»Gut«, sagte Max.

Ein langes, unbehagliches Schweigen folgte. »George hat erzählt, sie hätte Ihnen eine Botschaft hinterlassen? Max, wo ist April?«

»Ich glaube, sie ist tot«, sagte Max und sprach aus, was

er dachte, seit er vom Inhalt der Botschaft erfahren hatte. Es machte die Sache weniger real.

Redferns Kiefer spannten sich. »Wie?« fragte er.

Max dachte kurz an eine Demonstration, doch da jedes der Symbole nur ein einziges Mal zu funktionieren schien, zögerte er. Statt dessen deutete er auf das Speichengitter und die Schalter und berichtete, was geschehen war. »Und das hier«, sagte er, indem er Redferns Aufmerksamkeit auf das Symbol an der Spitze der zweiten Reihe lenkte, »das hier ist der *Pfeil*.«

»Sie wollen mir erzählen, daß es eine Maschine gibt, die Dinge *in Luft auflöst,* und daß Sie glauben, April hätte sie benutzt?«

»Genau das.«

»Verdammt. Habt ihr Weißen eigentlich überhaupt keinen Verstand?«

»He, ich wußte nicht, was sie vorhatte.«

»Ja. Nun, vielleicht hätten Sie ein wenig besser zuhören sollen«, sagte Redfern.

Max wollte protestieren, doch Arky winkte ab. »Wir können später darüber diskutieren, wer die Schuld trägt. April dachte also, das Gitter würde sie zu einem anderen Ort bringen. Wie wollte sie ihrer Meinung nach zurückkehren?«

»Das weiß ich nicht. Darüber haben wir nicht gesprochen. Aber ich nehme an, sie hoffte auf einen ähnlichen Apparat auf der anderen Seite. Falls es eine andere Seite überhaupt gibt.«

Arky wandte sich zu George um, der inzwischen hinzugekommen war. »Wie lange ist das her?«

»Sie kam um null Uhr dreißig durch das Tor.«

Arky blickte auf seine Uhr. Zehn nach vier. »Ich schätze, wir können davon ausgehen, daß sie nicht aus eigener Kraft zurückkehren wird.« Er verschränkte die Arme vor der Brust. »Also«, fragte er anklagend, »was machen wir als nächstes?«

Max fühlte sich wie ein Idiot. *Verdammt, Cannon.*

Arkys Gesicht war dunkel. Die Schatten eines inneren

Widerstreits spielten um seine Mundwinkel und in seinen Augen. »Vielleicht wäre es das beste«, sagte er, »wenn der Stamm verkauft. Die Menschen sterben ein wenig zu rasch hier oben.« Er erhob sich und ging in Richtung Tür. »Wir lassen die Polizei weitersuchen. Immerhin besteht eine kleine Chance, daß sie davonspaziert ist und sich in den Bergen verirrt hat.« Er zögerte. »Max ...?«

»Ja?«

»Ich möchte Ihr Wort, daß Sie nicht versuchen, Dr. Cannon zu folgen.«

Die Bitte brachte Max in Verlegenheit. Er würde niemals auf eine *derart* leichtsinnige Idee kommen. Es war dumm und gedankenlos. Doch in irgendeiner Ecke seines Verstandes spürte er Stolz, daß Arky ihm zutraute, dazu fähig zu sein. »Nein«, erwiderte er und meinte es ehrlich. »Ich werde ihr nicht folgen.«

Das Gesicht des Anwalts wurde weich. »Gut«, sagte er leise. »Lassen wir der Suchaktion ihren Lauf. In der Zwischenzeit können Sie Dr. Cannons nächste Verwandte informieren.«

Die nächsten Verwandten? Max wußte nur sehr wenig über April. Er würde sich mit Colson Laboratories in Verbindung setzen müssen.

An der Tür hielt Redfern noch einmal inne. »Max, gibt es sonst noch etwas, das ich wissen sollte?«

»Nein«, antwortete Max. »Jedenfalls nichts, wovon *ich* wüßte.«

Max lauschte den negativen Suchmeldungen, die von den ausgesandten Trupps hereinkamen, während die ersten schwachen Streifen Morgendämmerung am Horizont aufzogen. Das kleine Mädchen mit den braunen Locken blickte ihn wieder einmal aus dem Flugzeug an. Es war eine Erinnerung, die er vergessen geglaubt hatte. Vergraben.

Er hatte April Cannon gemocht. Es fiel ihm schwer zu

glauben, daß sie nicht mehr war, verschwunden in einem dunklen Niemandsland. Der verblassende Stuhl und die vertikalen Linien, die durch die Stuhlbeine und die Sitzfläche hindurch sichtbar geworden waren, waren auf jedem der vier Monitore als Standbild zu sehen.

Die Linien konnten alles mögliche darstellen – ein Defekt im Filmmaterial, eine Reflexion, was auch immer. Oder einen winzigen Ausblick zu einem anderen Ort. Sie erinnerten schwach an Säulen. Max stellte sich den Holzstuhl im Portikus eines antiken griechischen Tempels vor. Falls es sich wirklich um ein Transportsystem handelte, dann *mußte* es in beide Richtungen funktionieren. Warum also war April nicht zurückgekehrt?

Weil das System alt war. Schließlich hatte auch das Rauchsymbol nicht funktioniert. Vielleicht war April tatsächlich gestrandet.

Es gab eine Möglichkeit, das herauszufinden.

Max setzte ein Filter auf die Optik seiner Minicam, nahm einen Spaten, schaufelte Schnee darauf und kehrte in das Rundhaus zurück. Es war leer. Die Suche konzentrierte sich inzwischen auf die umliegenden Hügel. Seine Stiefel knirschten auf dem schmutzigen Boden, und ihm wurde bewußt, daß er zum ersten Mal ganz allein hier drinnen war.

Er deponierte den Schnee in der Mitte des Speichengitters, setzte die Kamera auf einem Stuhl ab, richtete das Objektiv aus und schaltete sie ein.

Dann berührte er das Pfeilsymbol.

Es leuchtete auf.

Max wich zurück, beobachtete den Schnee und zählte ungewollt die Sekunden.

Über dem Gitter schien die Luft zu entflammen. Der Lichtschein dehnte sich aus, wurde heller und bildete eine goldene Wolke, die so intensiv strahlte, daß Max den Blick abwenden mußte. Unvermittelt war es vorüber.

Der Schnee war verschwunden. Nicht die kleinste Spur Wasser war zurückgeblieben.

In Ordnung. Max nahm die Kamera auf und eilte zurück in den Lieferwagen, wo er die Kassette in den Videorecorder schob.

Zuerst ließ er die Szene mit normaler Geschwindigkeit ablaufen, um sicherzugehen, daß er die gesamte Sequenz auf Band hatte. Es gab keinen Zweifel, der Schnee wurde *transparent*, bevor er ganz verschwand.

Max spulte zurück und ließ die Szene erneut ablaufen. Als der Lichteffekt einsetzte, schaltete er auf Einzelbild um. Das Licht wurde heller, neblig-trüb, dann dehnte es sich aus. Innerhalb des Nebels leuchteten Sterne auf. Der leuchtende Nebel schien den Schnee beinahe zu *suchen*. Helle Ausläufer aus Licht umfaßten ihn, bevor er zu verblassen begann. Bild um Bild wurde er weniger deutlich erkennbar, ohne daß die Umrisse sich verändert hätten. Als er beinahe ganz verschwunden war, kaum mehr als eine geisterhafte Andeutung, erschien ein anderes Bild.

Max starrte wie betäubt auf den Monitor.

Er sah Aprils kopflosen Rumpf. Er wirkte seltsam zerquetscht. Die Arme baumelten herab.

Ein Gefühl von Verlust umhüllte Max. Tränen blinder Wut schossen ihm in die Augen, bis er erkannte, daß es vielleicht nur Aprils Jacke war.

Es *war* nur ihre Jacke.

Minnesota Twins. Er konnte das Logo eindeutig erkennen. Kein Zweifel war möglich. Aber die Vorderseite sah irgendwie nicht richtig aus. Ein Zylinder, ein Rohr, irgend etwas hing daran. Eine Taschenlampe. Es war das Batterieteil einer Taschenlampe. Ohne den Scheinwerfer.

Die Lampe sah aus, als wäre sie zusammengequetscht worden.

Es war eines jener billigen Plastikmodelle, die sie zu Dutzenden bei der Ausgrabung benutzt hatten. Aber was war damit geschehen?

Max rätselte minutenlang. Was hätte er unternommen, wenn er an Aprils Stelle dort drüben gestrandet wäre, wo auch immer das sein mochte? Er hätte versucht, eine Botschaft zu senden.

Ich bin hier.

Und … was weiter?

Die Taschenlampe war defekt?

Max atmete tief durch.

Irgend etwas ist defekt.

Das Transportsystem ist defekt.

Max rief Arky an. »Sie hat es geschafft«, berichtete er. »Das Ding ist ein *Durchgang*. Eine Passage.«

»Woher wollen Sie das wissen?«

»Ihre Jacke befindet sich auf der anderen Seite. Ich habe sie gefilmt.«

Der Anwalt schien Schwierigkeiten beim Sprechen zu haben. Max stellte sich vor, wie er den Kopf schüttelte und versuchte, einen Sinn in all dem zu sehen. »Sind Sie sicher?«

»Ja. Ganz sicher.«

»Und was sollen wir nun tun?«

Es war beinahe schmerzhaft offensichtlich. »Wir brauchen eine vernünftige Ausrüstung.«

Sie klingelten den Besitzer des Ladens aus dem Bett und erstanden einen Generator, zwei Gallonen Benzin, ein Voltmeter, einen eineinhalb PS starken Industrietrennschleifer und weitere Werkzeuge und schafften alles zum Rundhaus. Max benutzte den Trennschleifer, um die Rückwand zu durchbrechen.

Der Raum hinter der Wand wurde von einem flachen, rechteckigen Kristall beherrscht, der in einem Rahmen ruhte. Der Kristall war vielleicht so groß wie ein gewöhnlicher Briefblock und etwa einen Viertel Zoll dick. Er war durchsichtig bis auf einige winzige verbrannte Stellen. Die Apparatur war durch farbkodierte Kabel mit den Symbolschaltern an der Wand verbunden. »Wahrscheinlich ein elektronischer Schaltkreis«, sagte Max.

Arky blickte ihn entsetzt an. »So etwas können wir unmöglich reparieren«, sagte er.

»Kommt auf das Problem an«, erwiderte Max. »Falls ein integraler Bestandteil des Kristalls beschädigt ist, haben Sie wahrscheinlich recht. Aber es kann auch nichts weiter als ein lockeres Kabel sein, das April auf der anderen Seite festhält. Oder eine abgeschaltete Energiequelle.« Er zuckte die Schultern. »Ich will zwar keinen Apparat wie diesen nachbauen, aber es sieht überhaupt nicht kompliziert aus.«

»Ich glaube nicht, daß der Fehler bei der Energiequelle liegt«, sagte Arky. »Hätte es keine Energie gegeben, wäre Dr. Cannon erst gar nicht durch diesen *Durchgang* verschwunden.«

»Das ist wahrscheinlich richtig, Arky. Aber wer weiß? Lassen Sie uns sehen, was es sonst noch hier gibt.« Er untersuchte die Wand hinter dem Kristall.

Es gab noch mehr Kabel und Leitungen. Einige führten in den Boden, andere nach oben. Eine Gruppe von Kabeln war zusammengebunden. »Eines dieser Kabel muß zur Energiequelle führen«, sagte Max. »Und ich gehe jede Wette ein, daß dieses Bündel hier das Transportsystem aktiviert. Was auch immer es ist und wie auch immer es funktioniert.«

»Es wird eine Weile dauern, bis wir herausgefunden haben, wohin die einzelnen Leitungen führen«, sagte Arky.

»Vielleicht können wir uns einige Umwege ersparen.« Max kniete auf einer Gummimatte und packte das Kabel, von dem er annahm, daß es zur Energiequelle führte. Er zog daran, vorsichtig, und zu seiner Erleichterung löste es sich so leicht aus seiner Verbindung, als wäre der Stecker erst am Vortag gereinigt und geschmiert worden. »In Ordnung«, sagte er. »Geben Sie mir das Voltmeter.«

Es war nicht ganz leicht, an das Kabel zu kommen, doch schließlich erhielt er seine Ablesung. »Direkter Strom«, sagte er. »Zweiundachtzig Volt.«

»Das ist eine merkwürdige Spannung«, meinte Redfern.

»Ich schätze, sie spielen nicht nach unseren Regeln.«

Arky goß Benzin in den Tank des Generators. Er regelte die Spannung und zerlegte den Stecker eines Anschlußkabels, daß er in den Verbindung an der Rückseite des Kristalls paßte. Max berührte das Pfeil-Symbol, und es leuchtete auf.

»Gut«, sagte er. »Ich schätze, jetzt wird es langsam ernst.«

Beinahe hatte er gehofft, es würde nicht funktionieren. Dann hätte er vor sich selbst rechtfertigen können, daß es keinen Sinn machte, April zu folgen. Doch nun blieb ihm keine Ausrede, und er fragte sich, ob er wirklich den Mut aufbringen würde, auf das Speichengitter zu treten.

Er löste die Verbindung des Generators mit dem Kristall und stöpselte das ursprüngliche Kabel wieder ein. Dann wuchtete er den Generator auf das Gitter, stellte eine Werkzeugkiste dazu und nahm einen Schreibblock in die Hand.

»Ich weiß nicht, ob wir das Richtige tun«, zweifelte Arky. »Wenn etwas schiefgeht, könnte ich meine Lizenz als Anwalt verlieren.« Er grinste Max zu, und Max wurde plötzlich bewußt, daß der Anwalt ihn zum ersten Mal respektierte. Es war die Sache beinahe wert. »Wozu dient der Schreibblock?«

»Kommunikation«, erklärte Max und hielt einen dicken schwarzen Marker hoch. »Falls wir beide drüben festhängen, schicke ich Ihnen eine Nachricht.«

Er stieg ungelenk auf das Speichengitter und schloß die Augen. Dann öffnete er sie mit einer bewußten Anstrengung wieder. »In Ordnung, Arky. Fangen wir an.«

20

Pfadlose Fluten, ungeträumte Küsten ...
›Das Wintermärchen‹
William Shakespeare

Die Welt erfüllte sich mit Licht. Die geschwungenen Wände ringsum wurden transparent, und blauweißes Sonnenlicht flutete hindurch. Violette Berge wurden sichtbar und verschwanden wieder. Der Boden löste sich auf, und Max schwebte. Er fiel nicht, sondern er trieb. Plötzlicher Schwindel erfaßte ihn. Dann lag er ausgestreckt auf festem Boden.

Vor sich sah er das Logo der *Minnesota Twins*. Die Jacke hing über einem abgebrochenen Ast, der gegen eine gläserne Wand gelehnt war.

Max befand sich im Innern einer Kuppel. Die Kuppel stand in der Nähe des Kamms eines kleinen Hügels. Ringsum erstreckte sich der Wald, auf den er zu Beginn des Übergangs einen kurzen Blick erhascht hatte. Nur, daß der Wald jetzt fest war und nicht mehr transparent. Und mit überhaupt nichts Ähnlichkeit aufwies, das Max jemals gesehen hatte.

Es gab kein Grün. Die Vegetation schimmerte in tiefem Violett. Gewaltige weiße und gelbe Blüten hingen an Bäumen, die halbwegs humanoide Formen aufwiesen. Wie Menschen, die den Göttern getrotzt und an Ort und Stelle festgewachsen waren. Schwere gelbe und rote Früchte bogen unter ihrer Last dicke, knorrige Äste nach unten. Der Boden war dicht mit Blättern bedeckt.

Die Sonne schwebte nah über dem Horizont, doch Max konnte unmöglich feststellen, ob es früher Morgen oder später Nachmittag war.

Die Kuppel schien aus einer Art farblosem Glas zu bestehen. Sie wies eine Tür auf, die einen Spaltbreit offenstand. Der Boden dahinter lag gut einen Fuß höher als der Boden in der Kuppel. Vielleicht bedeutete das, daß die Kuppel seit langem verlassen war, genau wie das Rundhaus?

Der Wald lag still, mit Ausnahme des Summens von Insekten und gelegentlichem Flügelflattern. Wo steckte April?

Sicher hätte sie die nähere Umgebung nicht aus freien Stücken verlassen, es sei denn, sie wäre dazu gezwungen worden. Max versuchte den Gedanken aus seinem Kopf zu verbannen, während er die warme, duftende Luft einsog.

Er schob die Tür auf. Sie fiel nach außen ins Gras. Max zuckte zusammen und grinste dann wegen seiner eigenen Nervosität.

Bei Aprils Ankunft war die Tür wegen des höherliegenden Bodens draußen blockiert gewesen (anscheinend war sie wirklich seit langem nicht mehr benutzt worden). Also hatte April die Bolzen aus den Angeln entfernt.

Max trat durch die Öffnung nach draußen. Ein großer Vogel schwebte durch die Luft und verschwand zwischen den Bäumen. In der Ferne hörte Max das Rauschen einer Brandung.

Er rief Aprils Namen. Irgend etwas antwortete kreischend.

Wo zur Hölle steckte sie bloß?

Max untersuchte das dichte Gras und Gestrüpp und ließ den Blick über das Waldland gleiten. Den Fuß des Hügels umgab eine Lichtung, und die Sträucher standen nicht so dicht, als daß ein Durchkommen unmöglich gewesen wäre. April hatte jede nur denkbare Richtung einschlagen können.

Max kehrte in die Glaskuppel zurück. Sie war geformt wie eine gläserne Glocke, vielleicht zwölf Fuß im Durchmesser und fast so hoch wie die umgebenden Bäume. Max war auf einer kreisförmigen Platte materialisiert, die genauso groß war wie das Speichengitter im Rundhaus. Hinter der Platte stand ein Pfosten, in den eine Reihe von

Schaltern eingelassen war. Die Symbole darauf waren dreidimensional und erinnerten an Skulpturen. Sie waren erdfarben und unterschieden sich mit Ausnahme eines einzigen von denen im Rundhaus, obwohl der Stil gleich war.

Die Ausnahme war der Hirschkopf. Max' Ticket nach Hause. Er berührte den Kopf ganz leicht, dann legte er die Hand fest darauf.

Nichts geschah.

Max stellte sich vor, wie April mit der blockierten Tür im Rücken hier gestanden und versucht hatte, die Maschinerie in Gang zu setzen.

Nachdenklich blickte er auf die Symbole. Möglicherweise war sie zu einem weiteren Terminal in einer anderen Realität vorgedrungen. Möglicherweise in der Hoffnung, dort eine Verbindung nach Hause zu finden.

Es war eine vage Möglichkeit.

Aber der Weg durch ein weiteres Portal wäre ein Akt reiner Verzweiflung gewesen. Nein. April hatte ihre Jacke zurückgelassen. Das konnte nur eins bedeuten: *Ich bin hier. Kommt und holt mich.*

Der Pfosten wies acht Symbolschalter auf. Fünf zeigten geometrisch geformte Gebilde, der sechste stellte vielleicht eine Blume dar, der siebte erinnerte an Flügel.

Wahrscheinlich sieben neue Zielorte. Über was in Gottes Namen waren April und er da nur gestolpert?

Max ließ erneut den Blick über den Wald gleiten, um sich zu überzeugen, daß von dort keine böse Überraschung auf ihn zukam. Sein wichtigstes Ziel war ein Weg zurück.

Er öffnete seinen Werkzeugkoffer.

Die Platte schien aus einer Art Hartgummi zu bestehen. Im Zentrum befand sich eine kleine runde Erhebung.

Max benutzte seine Trennschleifer, um das Innere des Pfostens freizulegen. Erneut war es eine langwierige Arbeit, und er benötigte beinahe dreißig Minuten, bevor er durch das zähe Material gebrochen war. Zu diesem

Zeitpunkt war klargeworden, daß die Sonne im Begriff stand unterzugehen.

Im Innern des Pfostens fand Max einen Kristall in einem ähnlichen Gestell wie schon im Rundhaus. So weit, so gut. Die Energieleitung schien in Ordnung zu sein. Max überprüfte die Verdrahtungen hinter den Schaltern. Das Muster entsprach dem im Rundhaus. Kabel aus jedem einzelnen Symbolschalter waren zu farbkodierten Bündeln zusammengefaßt, die weiter oben im Pfosten verschwanden. Drei Schalter allerdings waren überhaupt nicht angeschlossen. Bedauerlicherweise gehörte der Hirschkopf nicht dazu.

Max untersuchte den Kristall und fing allmählich an, sich Sorgen zu machen. Falls der Fehler in der Elektronik lag, war er am Ende.

Der Pfosten war vielleicht zehn Fuß hoch. Er verjüngte sich nach oben hin und neigte sich leicht über die Hartgummischeibe. An der Spitze weitete er sich wieder und endete in einer Art Linse. Auf der Rückseite waren Steigbügel angebracht. Max nahm den Schleifer, kletterte die Stiege hinauf und schnitt unmittelbar unter der Linse in den Pfosten. Der Kabelstrang teilte sich auf, und die einzelnen Leitungen führten zu Steckverbindungen. Das Kabel vom Hirschkopf, ein weißes, hatte sich gelöst.

Max setzte es in den freien Kontakt und kletterte wieder auf den Boden zurück. Es schien zu funktionieren.

Er nahm seinen Schreibblock und einen Marker und schrieb darauf:

Arky,
ich bin wohlauf. April ist weggegangen, und ich werde sie suchen. Warten Sie auf uns.
Max

Er entfernte die kaputte Taschenlampe und nahm die Jacke von dem Ast an der Glaswand. Dann riß er das beschriebene Blatt von seinem Block, steckte es in eine Jackentasche, so daß noch eine Ecke hervorsah, und plazierte die Jacke auf der Scheibe. Schließlich war er fertig. Er nahm einen tiefen Atemzug und betätigte den Schalter mit dem Hirschkopf. Das Symbol leuchtete auf. Dreiundzwanzig Sekunden später erschien zu Max' unendlicher Erleichterung das Licht. Als es wieder verblaßte, war die Jacke verschwunden.

Bingo.

Auf ein zweites Blatt schrieb Max eine weitere Nachricht und klebte sie mit Isolierband sichtbar an die Tür:

> *April,*
> *Ich bin hier. Bitte geh nicht weg. Ich suche nach dir und werde in ein paar Minuten zurück sein.*
> *Max*

Der Hügel, auf dem die gläserne Kuppel stand, war nicht ganz natürlichen Ursprungs. Ausgetretene steinerne Stufen, unter Erde und Laub begraben, führten in die bewaldete Ebene hinab. Max folgte ihnen vorsichtig und mit einem Gefühl des Bedauerns, weil er nicht daran gedacht hatte, eine Waffe mitzunehmen. Der Colonel wäre bestürzt gewesen über den Leichtsinn seines Sohnes.

Erneut rief er Aprils Namen. Nur das Echo antwortete.

Max ängstigte sich, und zugleich verspürte er Zorn. Sicher, April war neugierig auf ihre Umgebung gewesen, und er konnte verstehen, daß sie nicht bei der Kuppel auf einen Rettungstrupp hatte warten wollen, der vielleicht niemals eintraf. (Wieviel Vertrauen brachte sie *ihm* eigentlich entgegen?) Trotzdem, es wäre schön gewesen, sie in der Kuppel zu finden.

Welchen Weg sollte er einschlagen?

Er lauschte dem entfernten Rauschen des Meeres.

Das war die Richtung, die April eingeschlagen hätte. *Jeder* wäre in diese Richtung gegangen.

Hier unten zwischen den Bäumen war der Himmel durch das Laubdach verborgen. Außerdem wurde es rasch dunkler.

Max wollte April finden und mit ihr zur Kuppel zurückkehren, bevor es völlig finster war. Der Hügel mit der Kuppel war im Gelände unübersehbar, doch in der Nacht konnte es zu einem Glücksspiel werden, dorthin zurückzufinden.

Max setzte sich in Bewegung. Er kam rasch voran. Die Vegetation war üppig, aber weder verschlungen noch hoch genug, um ihn wirklich zu behindern. Der Untergrund war steinig. In regelmäßigen Abständen häufte er Felsbrocken auf, um seinen Weg zu markieren. Nirgendwo zeigten sich Tiere, obwohl sie zu hören waren und sich hin und wieder durch raschelnde Bewegung im Gebüsch verrieten.

Max fiel bald auf, daß er sich stärker, energiegeladener fühlte als normal. Vielleicht hatte es mit dem Wetter zu tun. Er befand sich im Freien, und die Luft war frisch und klar.

Eine halbe Stunde marschierte er in Richtung Meer, so rasch er konnte. Die Dämmerung brach an. Nach und nach wurde die Vegetation karger. Schließlich ließ er die Bäume hinter sich und trat auf einen breiten Strand hinaus. Rotgraue Klippen erhoben sich zu seiner Linken, angestrahlt vom letzten Licht einer Sonne, die bereits hinter dem Horizont verschwunden war. Vor ihm erstreckte sich blaues Wasser, und erspürte eine kühle salzige Brise. Wo auch immer er sich befand, bis North Dakota war es sicher ein schönes Stück Wegs.

Er sah April im ersten Augenblick. Sie saß an der Flutgrenze vor einem flackernden Feuer und blickte auf das Meer hinaus. Die Brandung röhrte und brüllte, deswegen konnte sie ihn nicht hören, als er ihren Namen rief. Max war fast bei ihr, als sie seine Gegenwart bemerkte.

Sie sprang auf die Beine. »Max!« rief sie. »Willkommen auf der anderen Seite!« Eine lange Welle brach sich und rollte den Strand hinauf. Sie streckte eine Hand nach ihm aus, dann zuckte sie die Schultern und fiel ihm in die Arme. »Ich bin so froh, dich zu sehen«, sagte sie.

»Ich auch. Ich habe mir Sorgen um dich gemacht.«

Sie klammerte sich an ihn. Drückte ihn. »Ich habe schlechte Nachrichten«, sagte sie. »Wir können nicht nach Hause zurück.«

Er schob sie ein Stück von sich, um in ihr Gesicht zu sehen. »Doch, wir können«, sagte er. »Es funktioniert wieder.«

Tränen schimmerten in ihren Augen. Sie zog ihn erneut an sich und küßte ihn. Ihre Wangen waren naß.

Es war kühl. Nach einer Weile setzten sie sich ans Feuer. Ein paar Vögel mit langen Schnäbeln und Schwimmfüßen flatterten über der herannahenden Flut. Während Max hinsah, landete eines der Tiere hinter einer zurückweichenden Welle und pickte im Sand. »Ich dachte, ich wäre hier gestrandet, Max.«

»Ich weiß.«

»Das ist ein hübscher Platz, aber ich will nicht bis an mein Lebensende hier bleiben.« Dann, nach einer Sekunde des Nachdenkens: »Bist du sicher? Hast du es ausprobiert?«

»Ja. Ich bin sicher.«

Sie nickte befriedigt.

»Wir hätten dich nicht im Stich gelassen«, sagte Max.

Sie hielt ihm einen Plastikbeutel hin. »Erdnußbutter«, erklärte sie und bot ihm ein Sandwich an.

Max war hungrig.

»Das ist alles, was ich noch übrig habe.«

Max nahm einen Bissen. »Schmeckt gut«, sagte er. Nach einer Sekunde fragte er: »Weißt du, wo wir sind?«

»Nicht auf der Erde.«

Er rutschte näher ans Feuer. »Ich hätte dir deine Jacke mitbringen sollen.«

»Ich werde nicht erfrieren.«

Das Meer hatte eine schwarze Farbe angenommen. Sterne tauchten am Himmel auf. »Ich frage mich, wer hier lebt?« sagte Max.

»Ich habe noch niemanden gesehen. Und ich glaube, das Transportsystem wurde schon lange Zeit nicht mehr benutzt.«

Max beobachtete eine Welle, die den Strand hinaufrollte. »Bist du sicher? Ich meine, daß wir hier nicht auf der Erde sind? Weißt du, es fällt mir schwer, das zu schlucken.«

»Sieh dich doch einmal um, Max.«

Der Alice-im-Wunderland-Wald versank im Dunkeln.

»Die Gravitation stimmt nicht. Sie scheint geringer zu sein als auf der Erde.« April betrachtete Max. »Wie fühlst du dich?«

»Gut«, antwortete er. »Leichter.«

»Hast du die Sonne gesehen?«

»Ja.«

»Es ist nicht unsere Sonne.«

Sie erklärte nicht weiter, was sie damit meinte, doch Max verstand es auch so. »Wir sollten zurückgehen«, sagte er und warf einen Blick auf seine Uhr. »Arky macht sich bestimmt schon Sorgen.«

April nickte. »Irgendwie hasse ich den Gedanken, von hier wegzugehen. Warum schlafen wir nicht heute nacht hier draußen? Wir können auch morgen noch zurückkehren.«

Erst Stunden später dämmerte Max, daß ihr Vorschlag ein verstecktes Angebot enthalten hatte. Doch er war zu aufgewühlt von den Ereignissen und konnte nicht klar denken. »Wir müssen ihnen wenigstens Bescheid geben, daß uns nichts fehlt.«

»In Ordnung«, antwortete sie.

Der Himmel bot ein wunderbares Panorama. Beinahe, als hätte jemand mit einem Schlag die Sterne eingeschaltet, Myriaden strahlender Lagerfeuer in weiter Ferne, hell genug, um das Meer zu erhellen und jede richtige Nacht zu verhindern. Große schwarze Sturmwolken hatten sich gebildet, und Max blinzelte sie an. Selbst die Wolken schienen prall gefüllt mit Sternen. »Merkwürdig«, sagte er. »Der Himmel war doch vor ein paar Minuten noch wolkenlos.«

»Ich glaube nicht, daß die Wolken in der Atmosphäre sind«, lautete ihre Antwort.

Max runzelte die Stirn. Die Gischt der Brandung schimmerte weiß in der Nacht.

»Sieh mal.« April deutete auf das Meer hinaus. Eine Gewitterwolke schwebte über dem Horizont, übersät mit lebhaften Blitzen und blauweißen Lichtern. »Das habe ich schon einmal gesehen«, sagte April.

Genau wie Max. Es sah aus wie ein heraufziehender Sturm, doch er besaß die deutliche Form einer Schachfigur. Eines Springers.

»Ich glaube, es ist der Pferdekopfnebel«, mutmaßte er.

April stand auf und ging zum Wasser hinunter. »Ich glaube, du hast recht, Max.« Ihre Stimme bebte.

Max beobachtete sie. Er lauschte dem Knistern des Feuers und dem melancholischen Rauschen der Brandung. Vielleicht zum allerersten Mal, seitdem das kleine Mädchen in dem brennenden Flugzeug umgekommen war, fühlte er sich im Frieden mit sich selbst.

21

Du furchtsamer Botschafter der Erde im Himmel …

›Hymne vor Sonnenaufgang‹
Samuel Taylor Coleridge

– London, 14. März (BBC News Service) –
Der seit kurzem beobachtete Anstieg von Mordfällen am Arbeitsplatz hängt möglicherweise mit den Ereignissen bei Johnson's Ridge zusammen; so jedenfalls lautet die Meinung von Timothy Clayton, einem Betriebspsychologen, der für den *Economist* schreibt. »Die Menschen fürchten um ihre Arbeitsplätze wie seit der Weltwirtschaftskrise nicht mehr«, meint Clayton. »Sie wissen nicht genau, wer für die Entlassungswellen verantwortlich ist, also schießen sie in erschreckend zunehmendem Maße ihre Vorgesetzten, Sekretärinnen, Zeitungsverkäufer und alles und jeden nieder, der ihnen in den Weg kommt.«

Die fünf Mitglieder der Ratsversammlung des Stammes, vier Männer und eine Frau, saßen hinter einem langen Tisch im vorderen Teil des Raums. Hinter ihnen hing das Banner der Mini Wakan Oyaté an der Wand, der Schild der Sioux von Devil's Lake mit dem Büffelkopf und der untergehenden Sonne. Der Vorsitzende Walker saß in der Mitte der Gruppe.

Der Rest des Raums war so von Journalisten und Fotografen überfüllt, daß sich kaum noch Platz für die restlichen Stammesmitglieder fand.

Einige schafften es nichtsdestotrotz, sich hineinzuquetschen. Andere warteten auf den Korridoren und außerhalb des Blauen Hauses. Die Stimmung war ausgelassen.

Als Wells schließlich vortrat, klang sogar Applaus auf.

»Vorsitzender«, begann Wells, »verehrte Ratsmitglieder. Wie Sie inzwischen wissen, vertrete ich ein Konsortium aus Mitgliedern des Nationalen Energieinstituts. Meine Auftraggeber hoffen auf die Genehmigung, den archäologischen Fund bei Johnson's Ridge untersuchen und für zukünftige Generationen bewahren zu dürfen. Um dies zu bewerkstelligen, bieten sie den Mini Wakan Oyaté zweihundert Millionen Dollars als Kaufpreis für das Land.«

Die Menge hielt den Atem an. Applaus ertönte, doch Walker gemahnte rasch zur Stille. Wells lächelte. Die Szene bereitete ihm offensichtlich Vergnügen. Er zog ein Papier hervor und starrte darauf. »Meine Auftraggeber haben mich allerdings instruiert, Ihnen mitzuteilen, daß zumindest ein Teil von ihnen Zweifel hegt, ob ihr Geld auf diese Weise sinnvoll investiert wird. Sie drohen, aus dem Projekt auszusteigen. Das Angebot kann jeden Augenblick zurückgezogen werden.« Wells zerknüllte das Papier und schob es wieder in die Tasche. »Verehrte Damen und Herren«, fuhr er mit besorgtem Blick fort, »nehmen Sie das Geld, solange Sie noch Gelegenheit dazu haben. Unglücklicherweise kann alles mögliche geschehen, sobald ich erst aus jener Tür dort gegangen bin.«

Der Vorsitzende nickte. »Vielen Dank, Dr. Wells. Der Rat begrüßt Ihr Kommen am heutigen Abend, um vor uns allen zu sprechen.«

Wells verbeugte sich leicht und nahm Platz.

»Eine weitere Person hat sich auf der Rednerliste eingetragen, um in dieser Angelegenheit das Wort zu ergreifen«, sagte Walker. Er blickte zur Rechten, wo April und Max zusammen mit Arky Redfern saßen. »Dr. Cannon?«

April sah aus, als käme sie nicht von dieser Welt. Sie steckte in einem dunkelblauen Geschäftskostüm und hochhackigen Schuhen. Ihr Gesichtsausdruck war der von jemandem, der soeben das Heilmittel gegen Krebs entdeckt hatte. »Vorsitzender und Ratsmitglieder«, begann sie. »Zweihundert Millionen Dollar klingen nach einer ganzen Menge Geld ...«

»Es *ist* eine ganze Menge Geld«, unterbrach sie eine Frau mittleren Alters in der ersten Reihe.

»... doch heute ist etwas eingetreten, das den Wert Ihres Besitzes erhöht.« April hielt kurz inne. »Das Rundhaus besitzt einen Durchgang. Ein Tor zu einer anderen Welt.«

Die Zuhörer reagierten überhaupt nicht, und Max erkannte, daß sie nicht verstanden, worüber April sprach.

Selbst die Pressevertreter warteten schweigend auf weitere Erklärungen.

»Heute morgen sind wir beide durch dieses Tor gegangen und haben *eine andere Welt* betreten. Das bedeutet, daß unser Rundhaus das Geheimnis des Reisens ohne Zeitverlust in sich birgt. Es beherbergt eine Technologie, die uns erlaubt, *innerhalb eines einzigen Augenblicks* nach Fargo oder Los Angeles oder China zu reisen.«

Die Menge geriet in Bewegung. Ein Blitzlichtgewitter brach los, Handys wurden hervorgezogen.

Walker schlug mit seinem Hämmerchen auf den Tisch.

In Übereinstimmung mit Arkys Rat beschrieb April das Land hinter dem Durchgang als einen Ort, an dem die Welt jung schien, eine Wildnis unberührter Wälder und sternenbeschienener Meere. »Mehr noch«, fuhr sie fort. »Wir glauben, daß es mehrere Durchgänge gibt. Vielleicht zu anderen Wäldern. Wir wissen es noch nicht. Was wir wissen ist, daß die Mini Wakan Oyaté sich im Besitz *einer Brücke zu den Sternen* befinden.

Verkaufen Sie das Land nicht für zweihundert Millionen Dollar. Verkaufen Sie es nicht einmal für zwei Milliarden Dollar. Es ist weitaus mehr wert.«

April nahm wieder Platz, und ein wilder Tumult brach aus. Es dauerte beinahe eine volle Minute, bis der Vorsitzende die Anwesenden wieder beruhigen konnte. »Wir werden nun Meinungen aus den Reihen der unseren anhören«, sagte er.

Andrea Hawk erhob sich und bat ums Wort.

»Ich möchte den Rat daran erinnern, daß wir hier über die Summe von *zweihundert Millionen Dollar* sprechen.

Ich kenne April Cannon, und ich freue mich für sie. Dieser Durchgang, von dem sie gesprochen hat – falls er wirklich existiert, ist er von erheblicher Bedeutung. Doch das ist Zukunftsmusik. Hier leben Menschen, die *jetzt* Not leiden. Wir können mit diesem Geld eine ganze Menge für uns und unsere Kinder bewirken. Ich beschwöre die Ratsversammlung, diese Gelegenheit nicht ungenutzt verstreichen zu lassen.«

Ein großer Mann in einer abgetragenen Hirschlederjacke erzählte die Geschichte vom Kojoten, der bei dem Versuch, das Maul zu voll zu nehmen, leer ausgegangen war.

Einer nach dem anderen erhoben sich die restlichen Indianer und trugen ihre Geschichten vor. Geschichten von Kindern, die auf die schiefe Bahn geraten waren, von Männern und Frauen, deren Leben durch Drogen ruiniert worden waren und was es bedeutete, in einer reichen Gesellschaft arm zu sein.

»Die Welt dort draußen«, sagte ein Mann, der sicher bereits die Neunzig überschritten hatte, »nimmt uns nur dann wahr, wenn sie etwas von uns will. Wieviel auch immer sie bieten mögen, sie versuchen uns zu betrügen. Seid vorsichtig.«

Es war das beste Argument gegen den Verkauf, das Max bis zu diesem Zeitpunkt gehört hatte. Schließlich erhob sich Arky Redfern und ergriff als letzter das Wort. »Heute abend bin ich traurig wegen dem, was hier vorgetragen wurde. Ich sorge mich um mein Volk. Wieder einmal bietet der weiße Mann uns Geld, und wir sind gierig, es aus seinen Händen zu schnappen. Wir überlegen gar nicht, welche Art von Handel wir dafür eingehen müssen.

Die Probleme, von denen ihr gesprochen habt, sind

nicht entstanden, weil wir kein *Geld* besitzen. Sie sind vielmehr entstanden, weil wir unser *Erbe* verloren haben. Wir haben vergessen, wer wir sind und was wir hätten sein können. Ich sage euch, Brüder und Schwestern, wenn wir zulassen, daß man uns wieder einmal mit Geld verführt, dann ist es besser, wir erleben keinen weiteren Sonnenaufgang mehr.«

Ein unruhiges Murmeln ging durch die Menge. Die Journalisten hielten ihre Kassettenrecorder hoch und richteten Fernsehkameras auf die Anwesenden, um ja nichts zu versäumen. Arky drehte sich nach der Ratsversammlung um.

»Man hat uns eine neue Welt gezeigt. Vielleicht ist es an der Zeit, daß wir aufhören mit dem Versuch, auf Land zu leben, das die Weißen uns gnädig überlassen. Vielleicht ist endlich die Zeit gekommen zu tun, was unsere Väter getan hätten. Laßt uns an diesem Wald festhalten, den April Cannon entdeckt hat. Laßt uns sehen, ob wir ihn nicht zu unserem Wald machen können. Das ist die Wahl, vor der wir heute nacht stehen: Nehmen wir das Geld dieses weißen Mannes hier – oder leben wir endlich wieder so, wie wir eigentlich immer hätten leben sollen.«

Nachdem sich die Ratsversammlung zur Abstimmung zurückgezogen hatte, stürzten sich die Medien auf April. Während sie Fragen beantwortete, nahm Max Arky beiseite. »Ich glaube nicht, daß Sie die Menge überzeugen konnten«, sagte er.

Der Anwalt lächelte. »Das wollte ich auch gar nicht. Ich habe zwar zu meinen Leuten gesprochen, doch meine Worte galten den alten Kriegern in meinem Rücken.«

> – Devil's Lake, North Dakota, 15. März (AP) – Der Stammesrat der Sioux von Devil's Lake hat heute das Zweihundert-Millionen-Dollar-Angebot eines Industriekonsortiums abgelehnt, Johnson's Ridge zu kaufen. Der Bergrücken geriet kürzlich wegen einer spekta-

kulären Ausgrabung in die Schlagzeilen. Die Ablehnung wurde mit der Entdeckung einer »Sternenbrücke« begründet (siehe auch unsere heutige Titelstory oben auf dieser Seite). Man berichtet von Unruhen unter den Stammesmitgliedern. Einige von ihnen versammelten sich spontan zu einer Demonstration. Die Polizei bereitet sich gegenwärtig auf weitere Kundgebungen und Protestaktionen vor ...

Sie gingen ein weiteres Mal durch das Portal und nahmen ein paar zögernde Reporter mit. In jener Nacht brach in der gesamten Nation etwas aus, das Jay Leno ›Rundhausfieber‹ taufte. Auf jeder Titelseite und in jeder Nachrichtensendung waren Bilder vom Strand und vom Pferdekopfnebel und von Menschen zu sehen, die in einem Blitz goldenen Lichts verschwanden. Innerhalb eines einzigen Tages waren das Rundhaus und die jungfräuliche, wilde Welt hinter dem Portal auf der ganzen Welt Gesprächsthema Nummer eins.

Die Sicherheitsmaßnahmen wurden drastisch verschärft. Ein ständiger Strom von VIPs traf ein, meist im Helikopter. Sie kamen von bekannten und bedeutenden Universitäten, Forschungseinrichtungen und staatlichen oder bundesstaatlichen Instituten. Ausländische Würdenträger reisten an, und irgendwann wurde ein aufgeregter Max dem französischen Präsidenten vorgestellt. April stellte einen Diavortrag zusammen, der Tom Laskers Schiff zeigte und die Testergebnisse des Materials erläuterte, aus dem Schiff und Rundhaus bestanden. Aufnahmen früher Stadien der Ausgrabung und Luftaufnahmen von Johnson's Ridge bei Nacht rundeten die Schau ab.

Inzwischen war April von Colson Laboratories freigestellt worden. Sie war als einzige Person der Ausgrabungsmannschaft halbwegs qualifiziert, sich mit den zahlreichen Forschern zu unterhalten. (Die Warteliste für eine Besichtigung des Rundhauses und mit ihm der neuen Welt hinter dem Portal war inzwischen in die Tausende angewachsen.) Am sechzehnten März kündigte April an, daß ein Komitee prominenter Gelehrter in zehn Tagen zusammentreten würde, um eine gemeinsame Forschungs- und Entwicklungsstrategie aufzustellen. Die unmittelbaren Fragen, mit denen sich das Komitee auseinandersetzen mußte, lauteten: »Wie sollen wir mit der neuen Welt hinter dem Portal verfahren?« und: »Wie bereiten wir uns am besten auf den ersten Kontakt vor?«

AnHerrn
Präsident Matthew R. Taylor
Weißes Haus
20003 Washington, D.C.

Columbus, Ohio, 16. März

Sehr geehrter Herr Präsident,
Ich weiß, daß Sie ein sehr beschäftigter Mann sind, doch ich hoffe, Sie finden Zeit, um meinem Daddy zu helfen. Er hat letzte Woche seine Arbeit in der Papiermühle verloren. Ein paar andere Väter wurden ebenfalls entlassen. Ich gehe in die fünfte Klasse der Theodore-Roosevelt-Schule, und ich habe meinen Freunden erzählt, ich würde Ihnen schreiben. Wir wissen, daß Sie uns nicht im Stich lassen. Vielen Dank.

Ihr Richie Wickersham

Ursprünglich hatte April Max, die Laskers und Arky Redfern am Abend nach der Stammesversammlung und der Ablehnung von Wells' Angebot zum Essen einladen wollen, doch sie hatte nicht mit den Auswirkungen ihrer plötzlichen weltweiten Berühmtheit gerechnet.

Sobald die ersten Bilder der Welt hinter dem Portal, gefilmt von einer gemeinsamen Kameramannschaft aller

Fernsehstationen, um die Welt gingen, war jede Chance auf Anonymität für sie oder Max für immer dahin. Sie saßen in Grafton im Blue Light. Gäste drängten sich um ihren Tisch und fragten nach Autogrammen, während Reporter das Restaurant stürmten.

Im Prairie Schooner lauerten weitere Reporter. Am Ende zogen sie sich auf die Farm der Laskers zurück und improvisierten auf der vorderen Veranda eine gutgelaunte Pressekonferenz. Als April in der Hoffnung auf ein wenig Privatsphäre den Vorschlag äußerte, die Feier kurz zu halten, widersprach Max. »Das gehört einfach dazu«, sagte er. »Laß ihnen doch ihren Spaß. Es kostet nichts, und wir sammeln Pluspunkte bei ihnen. Vielleicht brauchen wir sie noch dringend, bevor all das hier vorüber ist.«

Während der Interviews hatte Max eigentlich ein paar allgemeine Worte über das unschätzbare Geschenk der Fremden äußern wollen, das sie der Menschheit hinterlassen hatten. Doch als er schließlich vor den laufenden Kameras stand, übermannten ihn seine Emotionen. (Er hatte zu diesem Zeitpunkt vielleicht auch schon ein wenig zu viel getrunken. Nicht genug, um zu schwanken, doch reichlich, um alle Hemmungen abzulegen.) »Sie haben die Bilder dieser neuen Welt gesehen«, begann er. »Allerdings verraten diese Bilder nicht alles von der Stimmung dort. Das Meer ist warm, der Strand ist breit, und vermutlich werden wir herausfinden, daß die Früchte eßbar sind. Ich hatte das Glück, am Strand einer wunderschönen Frau zu begegnen, und ich hatte es nicht besonders eilig, nach North Dakota zurückzukehren.« Die Reporter lachten. April sah ihn an und lächelte. Sie schien zu ahnen, worauf er hinauswollte, denn ihre Lippen formten ein lautloses *Nein*. Doch es war zu spät. Max war in Fahrt. »Dieser Planet ist anders als alles, was Sie bisher gesehen haben. Es ist die reinste Zauberei.« Max sah durch das Fenster nach draußen auf die Ebene und beobachtete, wie der Wind Schnee um die Ecke der Scheune blies. »Es ist das Paradies. Ein Garten Eden.«

Innerhalb weniger Minuten unterbrach jeder Fernsehsender der Welt sein normales Programm mit einer Livesendung.

Reverend William Addison, genannt Old-Time Bill, einst Bierkutscher, einst Grundstücksmakler, einst Handelsvertreter und einst Systemanalytiker, war Begründer und treibende Kraft eines Fernsehgottesdienstes namens *Project Forty*, eine Referenz an die Jahre in der Wüste und den großen Sender, der seine Show ausstrahlte. Er war außerdem Pastor der *Church of the Volunteer* in Whitburg, Alabama. Bill war ein gläubiger Mensch. Er glaubte fest daran, daß das Ende nah war, er glaubte, daß die Menschen von Natur aus verdammt noch mal *nicht* gut waren und bei jedem einzelnen Schritt göttliche Hilfe benötigten, und er glaubte außerdem, daß Bill Addison eine Ausnahme von dieser allgemeinen Regel darstellte.

Bill war ein bekehrter Sünder. Er war ein Frauenheld gewesen. Er kannte das Übel der Trunksucht, und er hatte in seinen wilden Jahren in Chattanooga mehr als einen Chevrolet gestohlen. Er hatte jegliche Form von Autorität abgelehnt, selbst die göttliche.

Eines Tages jedoch war ihm widerfahren, was schon Saulus zum Paulus gemacht hatte. Ein Highway hatte ihn auf direktem Weg zu Gott geführt. In Bills Fall war es die Interstate 95 gewesen. Bill war an einem regenüberfluteten Abend auf dem Weg nach Jacksonville gewesen und hatte eine Nacht an der Seite sündiger Weiber geplant, als er plötzlich die Kontrolle über seinen Wagen verloren und sich in einem Graben wiedergefunden hatte. Er hätte eigentlich tot sein müssen. Der Wagen war explodiert, und Addison war hinausgeschleudert und hundert Fuß weit gegen den Stamm eines Baumes geschleudert worden. Doch zwischen dem Augenblick der Explosion und dem Eintreffen der Polizei zehn Minuten später hatte Gott der Herr mit Bill gesprochen und ihm seine Mission gegeben. Diese Mission war es, die nun von einer kleinen Dorfkirche im Süden Whitburgs aus über hundertelf angeschlossene Sender in der gesamten Nation bis nach Kanada hinein ausgestrahlt wurde.

Am Morgen nach Max' unbedachter Bemerkung brachte Bill das Thema vor seine elektronische Herde. Er stand im selben mit Bücherregalen vollgestopften Studio, aus dem er immer zu predigen pflegte, um seinen Reden einen gelehrten Anstrich zu verleihen. »Gestern abend«, verkündete er seiner Gemeinde, »konnte ich nicht gut schlafen. Ich konnte mir zuerst keinen Grund dafür denken, Brüder und Schwestern, denn ich gehe niemals mit belastetem Gewissen zu Bett. Trotzdem hinderte mich gestern abend irgend etwas am Einschlafen. Und ich überlegte, ob vielleicht irgend jemand mit mir zu reden versuchte.

Nun, ich sage nicht, es war Gott.« Er betonte den Namen, als hätte er zwei Silben. »Hört mir gut zu, Freunde, ich sage nicht, es war Gott. Doch wie bereits im Brief an die Römer geschrieben steht: Es war an der Zeit aufzuwachen.

Ich ging also nach unten und las eine Weile. Im Haus war alles still. Schließlich schaltete ich den Fernseher ein, CNN, um eine menschliche Stimme zu hören.

Falls ihr heute morgen eure Zeitungen gelesen oder die Nachrichtensendungen eingeschaltet habt, dann wißt ihr auch, was ich heute nacht sah. Die Wissenschaftler behaupten, ein Portal zu einer neuen Welt gefunden zu haben. Ich war fasziniert. Sie zeigten Bilder dieser neuen Welt, von ausgedehnten purpurnen Wäldern und blauen Meeren und einem dräuenden Himmel.

Ich weiß nicht, über was wir Menschen da in unserer unersättlichen Neugier gestolpert sind, doch es muß einen jeden guten Christen zutiefst beunruhigen. Zuerst dachte ich, es sei alles nur ein Witz, aber das kann nicht sein, weil man viel zu leicht dahinterkommen würde. Denjenigen unter euch, die es wissen wollen, sage ich aus diesem Grunde: Ja, ich glaube, die Berichte sind echt, die aus North Dakota zu uns kommen. Einige unter euch werden sicher auch fragen: ›Reverend Bill, was halten Sie von diesen Neuigkeiten? Was ist das für ein Ding, dieses Rundhaus?‹ Ich kenne die Antwort nicht. Doch ich werde euch verraten, was ich denke und warum ich glaube, daß wir dieses Portal für immer schließen sollten. Unsere Wissenschaftler sind zum größten Teil ein gottloser Haufen von Männern und Frauen. Doch wenigstens einer von ihnen scheint zu ahnen, wovon ich glaube, daß es die Wahrheit über dieses Land jenseits des Portals ist. Er fühlte sich von ihm angezogen, und er hat gesagt, er wäre zu gern in den stillen Wäldern geblieben. Er nannte den Ort den Garten Eden.

Brüder und Schwestern, ich glaube, genau das ist es. Ein Teil jenes Mannes, gottlos wie er wahrscheinlich ist, irgendein lebendiger Teil tief in seinem Innern hat seine lang vergessene, verlorene Heimat wiedererkannt und ihm zugeschrien, dorthin zurückzukehren.

Wir wissen, daß Gott Eden nicht zerstört hat. Vielleicht wollte er, daß wir uns an das erinnern, was wir verloren haben, welchen Preis wir für unsere Arroganz zahlen mußten. Ich weiß es nicht. Niemand weiß es.«

Die Gläubigen erkannten ihr Stichwort. »Amen«, sangen sie.

»Ihr könntet sagen: ›Aber Reverend Bill! Die Bibel erwähnt gar keine purpurnen Wälder und keine merkwürdigen Wolkenformationen.‹ Aber sie schließt sie auch nicht aus. In der Bibel steht, daß Gott zwei große Lichter geschaffen hat, eines, das den Tag und eines, das die Nacht regiert. Wissen wir wirklich, ob dieses zweite Licht unser heutiger Mond war und nicht die große Wolke, die wir heute morgen in unseren Fernsehern gesehen haben?

Brüder und Schwestern, ich sage euch: Wir gehen ein schreckliches Risiko ein, wenn wir durch jenes Portal schreiten. Falls die Welt auf der anderen Seite wirklich Eden ist, dann widersetzen wir uns dem Willen des Allmächtigen.«

– Akron, Ohio, 17. März (UPI) –
Die *Goodyear Tyre and Rubber Company* hat heute Gerüchte dementiert, daß die massiven Entlassungen der letzten Woche mit den Entdeckungen bei Johnson's Ridge in Zusammenhang stehen. »Lächerlich«, meinte ein Sprecher der Company. »Wir modernisieren und reorganisieren. Wir sind zuversichtlich, daß es in diesem Land immer einen starken Markt für unsere Reifen geben wird.«

Der Aktienmarkt hat bis zur Stunde um weitere 650 Punkte nachgegeben. Die größten Kursstürze gab es bei den Automobilwerten und den Flugzeugbauern. Analysten schreiben den Ausverkauf Befürchtungen zu, daß ein revolutionäres neues Transportsystem basierend auf Rundhaus-Technologie kurz vor der Fertigstellung stehe. In Boston dementierte heute morgen ein Firmensprecher von *United Technologies*, daß weitere massive Entlassungen geplant sind.

(*CNN Mittagsnachrichten*)

Jeremy Carlucci war so fasziniert, daß er beinahe das Atmen vergaß. Er war Astronom, pflegte er seinen Mitmenschen zu erzählen, seit er im zarten Alter von vier Jahren auf der rückwärtigen Veranda der großväterlichen Farm im Norden von Kenosha gesessen und nach Venus und Mars Ausschau gehalten hatte. Carlucci stand am Ende einer langen und außergewöhnlich erfolgreichen Karriere.

Nun stand er in einer von funkelnden Diamanten und stellaren Whirlpools erfüllten Nacht an einem Strand, der fünftausend Lichtjahre weit von Kenosha entfernt war.

Die großen Wolken in der Nähe des Pferdekopfnebels

leuchteten von innerem Feuer wie ein Sommergewitter, das in der Ferne erstarrt schien.

»Wundervoll«, sagte irgend jemand hinter Carlucci.

Eine wolkenverhangene Kugel stieg im Osten hinter dem Horizont auf.

Die jungen blauen Riesen der Klasse A boten einen besonders atemberaubenden Anblick. Der Nebel war eine Wiege neuer Sterne. Jeremys Freude war so gewaltig, daß er sie am liebsten hinausgeschrien hätte. »Wir müssen unbedingt ein Observatorium herbringen«, flüsterte er Max zu.

»Ein Hubble«, pflichtete ihm Edward Bannerman bei, ein Mitarbeiter des Instituts für Fortgeschrittene Studien. »Es sollte an oberster Stelle unserer Prioritätenliste stehen. Wir müssen herausfinden, wie wir das Portal vergrößern können, um unsere Ausrüstung hindurchzuschaffen.«

Ein leichter Wind raschelte im Laub der Bäume. Eine Welle brach sich am Ufer und rollte den Strand hinauf.

Bannerman, ein kleiner, scharfgesichtiger Mann mit dünnem weißen Haar, beobachtete den Vorgang, bevor er sich wieder dem Pferdekopfnebel zuwandte. »Wir sind weniger als zwei Meilen von Johnson's Ridge entfernt«, sagte er schließlich.

Die Welle rollte aus und versickerte im Sand.

»Es ist absurd«, fuhr er fort. »Wo sind nur unsere Naturgesetze abgeblieben?«

WUNDER IN NORTH DAKOTA
Das Portal funktioniert.

> Ein Team aus elf Männern und Frauen stand heute auf der Oberfläche einer neuen Welt, die Astronomen zufolge Tausende von Lichtjahren von der Erde entfernt ist ...
>
> (*Wall Street Journal*, Editorial, 18. März)

> Gibt es intelligentes Leben auf Eden? Falls dem so ist, werden wir sicher in Kürze von ihm hören. Wer auch immer die Brücke zwischen North Dakota und dem Pferdekopfnebel errichtet hat, er wird wahrscheinlich weniger geduldig zusehen als die Indianer Nordamerikas, während ihnen ihr Land gestohlen wurde.
>
> (Mike Tower, *Chicago Tribune*)

Tony Peters verließ sein Büro im Verwaltungsgebäude kurz nachdem die Läden schlossen. Sein Gesicht war aschfahl, und er fühlte sich unendlich alt. Sein Mobiltelefon summte, während er über die West Executive Avenue ging. »Der Boß will mit Ihnen reden«, meldete sich Tonys Sekretärin. Der Präsident befand sich übers Wochenende in Camp David. »Der Helikopter landet in zehn Minuten auf dem Rasen.«

Peters hatte gewußt, daß der Anruf kommen würde. Er schleppte müde seine Aktentasche durch die Menschenmenge und die Demonstranten entlang der Pennsylvania Avenue (»Zerbombt das Rundhaus!«) und trat im gleichen Augenblick durch den Haupteingang, in dem der Hubschrauber zur Landung ansetzte. Das Undenkbarste aller Undenkbarkeiten war eingetreten und bedrohte die globale Wirtschaft. Und ihm fiel nur ein einziger Vorschlag ein, den er dem Präsidenten unterbreiten konnte.

»Die Welt braucht Sicherheit«, berichtete er dem Präsidenten eine halbe Stunde später in Gegenwart eines halben Dutzends weiterer Berater. »Letzten Herbst geriet der Aktienmarkt unter Druck, weil ein paar Leute meinten, daß Automobile zukünftig nicht mehr alle fünf Jahre erneuert werden müßten. Jetzt glauben sie, daß Autos vielleicht vollkommen überflüssig werden. Genauso wie Aufzüge, Flugzeuge, Reifen, Radargeräte, Vergaser und Gott weiß was sonst noch. Nennen Sie, was Sie wollen.

Alles hängt mit Transport zusammen.« Die Leute am Konferenztisch wurden unruhig. Der Vizepräsident, groß, grau, düster, starrte auf sein Notebook. Der Staatssekretär, ein unerbittlich kämpfender Staatsanwalt, der den Gerüchten zufolge kurz davor stand zu kündigen, weil Matt Taylor am liebsten sein eigener Staatssekretär war, saß mit auf die Fäuste gestütztem Kopf und geschlossenen Augen da.

Der Präsident blickte James Samson an, seinen Schatzmeister. »Ich stimme Ihnen zu«, sagte Samson.

Als der Staatssekretär keine Anstalten machte weiterzureden, schrieb der Präsident eine kurze Notiz in das ledergebundene Büchlein, das er stets bei sich trug, und klopfte anschließend mit dem Stift auf den Tisch. »Wenn wir einmal annehmen, dieses Portal funktioniere tatsächlich und könne für ganz gewöhnliche Fortbewegung eingesetzt werden – welche Konsequenzen hätte das für die Wirtschaft?«

»Theoretisch ist technologischer Fortschritt immer begrüßenswert«, sagte Peters. »Auf lange Sicht werden wir enorm von den Vorteilen eines billigen, schnellen Transportmittels profitieren. Die Maschine benötigt, soweit ich das verstanden habe, nicht mehr Energie als ein gewöhnlicher Fernsehapparat. Die Vorteile liegen ja wohl klar auf der Hand.«

»Und was geschieht auf kurze Sicht?«

»Es wird weitere Entlassungen geben.«

»*Weitere* Entlassungen?« Samson grinste zynisch. Er war ein kleiner, ausgemergelter Mann, der am Ende seines Lebens stand. Er hatte sich im Winter geirrt, als er den Präsidenten wegen der Entdeckung bei Johnson's Ridge beschwichtigt hatte, trotzdem sagte man ihm nach, der klügste Kopf innerhalb der gesamten Regierung zu sein. »Chaos trifft die Wahrheit vielleicht eher.« Seine Stimme zitterte. »Zusammenbruch. Auflösung. Nennen Sie es, wie Sie wollen.« Er hustete in sein Taschentuch. »Vergessen Sie nicht, Mister President, wir reden hier nicht über die nächste Dekade. Falls Sie nichts unternehmen, wird es auf lange Sicht vielleicht keine Vereinigten Staaten mehr geben, die von den Entdeckungen profitieren könnten. Ganz sicher keinen Präsidenten Taylor mehr.« Er verstummte in einem Hustenanfall.

Taylor nickte. »Wer sonst möchte noch etwas dazu sagen? Admiral?«

Admiral Charles ›Bomber‹ Bonner war Chef des Generalstabs. Er war ein Bilderbuchoffizier: großgewachsen, tadellos gekleidet, ernsthaft und er schien in hervorragender Form zu sein, obwohl längst jenseits der Sechzig. Beim Gehen zog er ein Bein leicht nach; Erinnerung an einen Flugzeugabsturz über Vietnam. »Mister President«, begann er. »Dieses Portal – falls es wirklich existiert – beeinträchtigt unsere Verteidigung in allergrößtem Ausmaß. Sollte ein derartiger Apparat der Allgemeinheit zugänglich werden, dann könnte man Streitkräfte, ja ganze Armeen mitten ins Herz jeder beliebigen Nation der Welt transportieren, und das ohne jede Vorwarnung. Und wahrscheinlich ohne jede Möglichkeit, einen derartigen Schlag abzuwehren. Dazu wäre ganz offensichtlich nichts weiter vonnöten, als eine Empfangsstation zu errichten.« Er blickte in die Runde, um abzuschätzen, ob seine Worte den erwünschten Effekt erzielt hatten. »Kein Ort der Erde, den man mit einem mittleren LKW erreichen kann, wäre noch vor militärischen oder terroristischen Angriffen sicher.«

Taylor atmete tief ein und stieß die Luft langsam wieder aus. »Sie schlagen also vor, daß wir den Apparat beschlagnahmen, Admiral? Und dann?«

»Ich schlage nicht vor, daß wir ihn beschlagnahmen. Ich schlage vor, daß wir ihn *zerstören*. Mister President, auf lange Sicht gibt es keine militärischen Geheimnisse. Falls dieser Apparat Bestandteil der Ausrüstung irgendeiner anderen Nation wird, macht er unsere sämtlichen Flugzeugträger, die Raketen, sowohl strategische als auch taktische, sowie alles andere, was wir besitzen, überflüssig. Es wäre das ultimative Gleichgewicht. Gehen Sie hin und kaufen sie den Indianern das verdammte Gelände ab, wenn Sie können, oder beschlagnahmen Sie es, wenn sie müssen. Aber gehen Sie um Gottes willen hin und verwandeln Sie das Ding in Schlacke!«

Harry Eaton schüttelte den Kopf. Eaton war der Stabschef des Weißen Hauses. »Die Sioux haben eben erst ein Zweihundert-Millionen-Dollar-Angebot für das Gelände ausgeschlagen. Ich glaube nicht, daß sie ein Interesse daran haben, es zu verkaufen.«

»Dann bieten Sie ihnen eben eine Milliarde«, sagte Rollie Graves, der Direktor der CIA.

»Ich glaube trotzdem nicht, daß sie verkaufen«, beharrte Eaton. »Selbst wenn sie es täten, es wäre äußerst auffällig. Geben Sie ihnen eine Milliarde, und die Medien werden anfangen, bis zum nächsten Wahltag Fragen zu stellen, was die Steuerzahler für das viele Geld erhalten haben. Was wollen wir ihnen erzählen? Daß wir es getan haben, um General Motors und Boeing vor dem Ruin zu schützen?«

»Es ist mir ziemlich egal, was Sie ihnen erzählen«, entgegnete Bonner. »Diese Technologie verwandelt unsere Flugzeugträgerflotte in Schrott, und die war um einiges teurer. Denken Sie darüber nach, Mister President.«

Mark Anniok, der Innenminister, beugte sich vor. Anniok Vorfahren waren Inuit gewesen. »Sie können den Sioux das Land nicht einfach wegnehmen. Es wäre politischer Selbstmord. Mein Gott, man würde uns vorwerfen, daß wir die Indianer *wieder einmal* um ihr Land betrügen! Ich sehe die Editorials schon vor mir.«

»Wir können den Indianern verdammt noch mal das Land wegnehmen, wenn es sein muß«, knurrte Eaton. »Und wir sollten sofort danach einen Unglücksfall arrangieren, der das verfluchte Ding vom Gipfel bläst.«

»Darin stimme ich mit Ihnen überein«, sagte Bonner. »Wir müssen den Deckel zumachen, solange wir noch können.«

Elizabeth Schumacher, die wissenschaftliche Beraterin Taylors, saß am anderen Ende des Konferenztisches. Sie war grauäugig und in sich gekehrt, eine Frau, die nur selten zu strategischen Besprechungen eingeladen wurde. Die Hauptsorge der Regierung Taylor galt dem Haushaltsdefizit und der Staatsverschuldung, und sie war dabei nicht eben das, was man einen besonderen Freund der wissenschaftlichen Gemeinde nennen konnte. Taylor war das bewußt, und es tat ihm in gewisser Hinsicht sogar leid, doch er war bereit, für sein Ziel die Konsequenzen zu tragen. »Mister President«, sagte Schumacher, »die Entdeckung des Rundhauses war ein Ereignis von unschätzbarer Bedeutung. Falls Sie es zerstören oder seiner Zerstörung zustimmen, dann versichere ich Ihnen, daß zukünftige Generationen Ihnen niemals verzeihen werden.«

Mehr sagte sie nicht, doch Peters bemerkte, daß Taylor schluckte.

Sie diskutierten unentschlossen zwei weitere Stunden. Eaton war neutral. Schumacher und Anniok waren die einzigen, die gegen die Vernichtung des Rundhauses redeten. Tony Peters war innerlich zerrissen, doch nach und nach rang er sich zu der Ansicht durch, daß man zuerst versuchen sollte, den Fund zu erforschen und das Risiko einzugehen, das die Artefakte für die Wirtschaft und was weiß der Himmel noch alles bedeuteten. Doch Peters war von Natur aus eher vorsichtig und viel zu loyal, um diese Vorgehensweise laut zu empfehlen. Der Rest der Anwesenden war strikt dafür, nach einem Weg zu suchen, wie man den Artefakt vernichten oder loswerden konnte.

Als das Treffen geendet hatte, nahm Taylor Peters zur Seite. »Tony«, begann er, »ich möchte Ihnen für Ihre Hilfe heute abend danken.«

Peters nickte. »Was werden Sie unternehmen?«

Taylor war stets ein entschlußfreudiger Mann gewesen. An jenem Abend jedoch zögerte er zum ersten Mal, seit Peters den Präsidenten kannte. »Sie wollen die Wahrheit hören? Ich weiß nicht, wie wir vorgehen sollen. Ich glaube, dieser Apparat wird unsere Wirtschaft ruinieren, und niemand weiß, wie wir aus dieser Krise am Ende hervorgehen. Auf der anderen Seite weiß ich, daß Elizabeth recht hat. Falls ich der Vernichtung des Rundhauses zustimme, wird die Geschichte mich für alle Zeiten verdammen.«

Sein Augen waren umwölkt vor Sorge.

»Was sollen wir tun?«

»Ich weiß es nicht, Tony«, erwiderte Taylor. »Ich weiß es wirklich nicht.«

»Schießen Sie los, Charlie aus dem Indianerreservat.«

»Hi, Snowhawk. Ich wollte etwas zu der Ratsversammlung sagen.«

»Schießen Sie los.«

»Ich bin gestern abend dort gewesen, und ich dachte darüber wie Sie. Ich dachte, wir sollten das Geld nehmen.«

»Und was denken Sie heute, Charlie?«

»Haben Sie die Bilder gesehen?«

»Von der anderen Seite? Ja, habe ich.«

»Ich glaube, Arky hat recht. Ich glaube, wir sollten zusammenpacken und durch das Portal gehen, und sobald wir drüben sind, ziehen wir den Stecker raus.«

»Ich denke nicht, daß Arky das gesagt hat.«

»Sicher, das hat er. Und ich bin seiner Meinung. Hören Sie, Snowhawk – kein Geld der Welt kann uns aus unserem Reservat helfen. Sollen sie doch ihre zweihundert Millionen behalten. *Ich* nehme den Strand und die Wälder.«

»Okay, Charlie. Danke für Ihre Meinung. Sie sind dran, Madge aus Devil's Lake.«

»Hallo, Snowhawk. Hören Sie, ich denke, der letzte Anrufer hat völlig recht. Ich bin bereit zu gehen.«

»In die Wildnis?«

»Genau. Laßt uns verschwinden.«

»In Ordnung. Jack aus dem Indianerreservat ist der nächste im Äther.«

»Hey, Snowhawk. Ich war ebenfalls da.«

»Bei der Versammlung?«

»Ganz genau. Und Sie irren sich gewaltig. Das hier ist eine Chance für einen Neuanfang. Wir wären verdammte Narren, wenn wir sie verstreichen ließen. Ich sage, wir packen ein und verschwinden. Und diesmal halten wir die verdammten Weißen draußen. Sobald wir erst drüben sind, machen wir genau das, was Ich-weiß-den-Namen-nicht-mehr vorgeschlagen hat und ziehen den Stecker raus. Wir verbarrikadieren die Tür.«

22

Unser Wissen ist nichts weiter als eine rauchige Fackel, die den Weg kaum einen Schritt voraus erleuchtet, den Weg über einen Abgrund aus Geheimnis und Todesgefahr.

›Sonnet No. III‹
George Santanya

Arky war eisenhart. »Niemand geht mehr hinüber in diese andere Welt, bevor wir nicht mit Sicherheit sagen können, daß es ungefährlich ist.«

April stand kurz vor der Explosion. »Verdammt noch mal, Arky! Wir können niemals sicher sein, daß es ungefährlich ist. Nicht vollkommen.«

»Dann müssen wir die ganze Sache vielleicht abblasen. Wir nehmen das höchste Angebot für das Rundhaus an. Soll sich doch jemand anderes den Kopf über die möglichen gesetzlichen Folgen zerbrechen.«

»Welche gesetzlichen Folgen?«

»Die eintreten, sobald einer Ihrer verdammten weltfremden Akademiker aufgefressen wird.«

»Niemand wird aufgefressen, Arky.«

»Woher wollen Sie das wissen? Können Sie das garantieren?«

»Natürlich nicht.«

»Dann sollten wir uns besser Gedanken darüber machen.« Er atmete tief durch. »Wir müssen uns die Frage stellen, ob wir wirklich bereit sind, all diese Leute dort drüben gedankenlos umherstreunen zu lassen.«

»Sie streunen nicht gedankenlos umher.« April wartete einen Augenblick, bis sie ihre Stimme wieder unter Kontrolle hatte. »Das sind ausgebildete Leute. Außerdem können wir das alles nicht einfach für uns behalten. Wir müssen so vielen Menschen einen Blick darauf erlauben wie nur irgendwie möglich.«

»Dann lassen Sie mich meine Frage wiederholen: Was geschieht, wenn einer von ihnen umkommt?«

»Es gibt keine großen Raubtiere«, antwortete April.

»Sie meinen, Sie haben keine großen Raubtiere zu Gesicht bekommen. Das ist eine andere Welt, April. Was ist mit Krankheiten? Exotischen Insekten?«

»Falls es welche gibt, ist es sowieso zu spät. Max und ich waren dort und sind zurückgekehrt.«

»Ich weiß.« Arky blickte ihr fest in die Augen. »Das war mir irgendwie egal, ehrlich. Sehen Sie, bis heute war das Ganze eine *Ad-hoc*-Operation. Schießen aus der Hüfte. Es wird Zeit, daß wir die Dinge in geordnete Bahnen lenken. Bevor wir uns die Finger verbrennen, wenn nicht mehr. Zuallererst möchte ich, daß Sie und Max von oben bis unten medizinisch untersucht werden. In der Zwischenzeit werden wir die Ausflüge durch das Portal stoppen, bis Adam bestätigt, daß es sicher ist. In Ordnung? Ich will nicht, daß *irgend jemand* nach drüben geht, bevor wir das hinter uns haben. Nicht einmal Sie, April.«

»Arky!« protestierte sie. »Wir können doch nicht einfach die Tür verriegeln und den Leuten erzählen, es sei gefährlich!«

»Genau das ist soeben geschehen«, entgegnete der Anwalt.

Adam stellte seine Mannschaft zusammen. Jack Swiftfoot, Andrea Hawk, John Little Ghost und zwei weitere Männer, die April nicht kannte. Er verteilte die Waffen, M-15-Gewehre, Handgranaten und Pistolen. »Sie sehen aus, als wollten Sie gegen Dinosaurier antreten.«

Adam zuckte die Schultern. »Besser Vorsicht als Nachsehen.« Er bedeutete seinen Leuten, das Speichengitter zu betreten, betätigte das Pfeilsymbol und gesellte sich zu ihnen. »Bis heute abend dann«, sagte er zu April. Als er zu verblassen begann, schob er gerade ein Magazin in seinen Waffengurt.

Max kam in die Kuppel. Er hatte ein paar Ballons und

seine Minicam bei sich. »Ich weiß nicht recht«, wandte sich April an ihn, »aber das setzt ein schlechtes Beispiel. Was machen wir als nächstes? Müssen wir jedesmal eine ganze Streitmacht rüberschicken, bevor wir einen Blick auf das werfen dürften, was hinter den anderen Portalen wartet?«

»Vorausgesetzt, es *gibt* irgend etwas hinter den andern Portalen«, entgegnete Max. »Ich weiß es nicht. Aber ich bin nicht sicher, ob die Idee wirklich schlecht ist.«

Sie brummte etwas Unverständliches und verstummte.

»Glaubst du«, fragte Max, »daß die Erbauer dieser Anlage noch irgendwo dort draußen sind?«

Ihre Augen schweiften in unbestimmte Fernen. »Es ist zehntausend Jahre her«, antwortete sie. »Das ist eine verdammt lange Zeit.«

»Vielleicht nicht für diese Wesen.«

»Vielleicht nicht. Aber das Rundhaus ist seit langer Zeit verlassen. Auch auf Eden gibt es keinerlei Anzeichen kürzlicher Benutzung. Was schließt du daraus?«

Durch das umlaufende Fenster sah Max fotografierende Touristen. »Ich frage mich, wohin uns dieses Netzwerk führt«, sinnierte er.

Ihre Augen leuchteten auf. »Ich kann es kaum abwarten, das herauszufinden.«

Die Außentür öffnete sich. Sie hörten Schritte in dem kleinen Durchgang, und Arky Redfern tauchte auf. Er winkte ihnen zu, schälte sich aus seiner Jacke und hängte sie über die Rückenlehne eines Stuhls. »Es gibt Vorschläge«, sagte er, »Sie beide zu Ehrenmitgliedern unseres Stammes zu ernennen.«

»Es wäre mir eine Ehre«, sagte April.

Max kannte nur einen Menschen, der auf diese Weise von einem Indianerstamm geehrt worden war. Sam Houston. Keine schlechte Gesellschaft. »Mir auch«, sagte er.

»Was kommt als nächstes?« fragte Arky und starrte demonstrativ auf die Ballons.

»Wir wollen sehen, was wir sonst noch haben.«

Die Luftballons trugen die Aufschrift *Fort Moxie* und ein Bild des Rundhauses. An jedem baumelten zwei Schnüre. Max genoß es, im Mittelpunkt zu stehen. Er zog zwei Stühle heran und plazierte sie auf gegenüberliegenden Seiten des Speichengitters, ein wenig außerhalb des Perimeters. Er band einen der Ballons an die beiden Stühle, so daß er mitten über dem Gitter schwebte.

»Was haben Sie vor?« erkundigte sich Arky neugierig.

»Wir wollen das System nicht verstopfen«, erwiderte April. »Wenn wir einen Stuhl durch das Portal senden und niemand auf der anderen Seite ist, um ihn vom Gitter zu nehmen, dann haben wir den Durchgang versperrt. Wir müssen also etwas nehmen, das nicht an Ort und Stelle bleibt.«

Arky nickte. »Gut«, sagte er.

»Fertig?« wandte sich April an Max, der nun neben den Symbolschaltern stand.

Max visierte den Ballon an und setzte die Videokamera in Gang. »Läuft.«

April berührte das Symbol mit den Ringen.

Max zählte im Geiste dreiundzwanzig Sekunden ab und beobachtete, wie der Ballon verschwand. Zwei durchtrennte Schnurenden, eines an jedem Stuhl, fielen zu Boden.

»Ich habe eine Frage«, meldete sich Arky zu Wort. »Was geschieht eigentlich, wenn jemand noch nicht ganz auf dem Gitter steht, wenn das Portal aktiviert wird? Bleibt dann eine Hälfte hier zurück?«

April sah aus wie ein Kind, das mit der Hand im Marmeladenglas ertappt wird. »Das ist eine gute Frage, Herr Anwalt«, sagte sie.

Sie wiederholten den Vorgang mit dem letzten verbliebenen Symbol, dem Notenschlüssel, und kehrten anschließend in die Baracke zurück, um in aller Ruhe die Aufzeichnungen anzusehen.

Die Ringe hatten für Max eine künstliche Umgebung impliziert.

Hier würden sie vielleicht endlich die Fremden treffen, die das Netzwerk errichtet hatten.

Vielleicht hatten sie ja Glück. Auf dem Standbild war etwas zu sehen, ein Schatten auf dem Video. Der Schatten war eine Mauer mit einem Fenster darin. Die Wand war nackt und deutete in ihrer Kahlheit auf ein Raumschiff oder sogar eine militärische Einrichtung hin. Das Fenster war hoch, verschwand oben und unten aus der Aufnahme. Darüber hinaus schien es auf der anderen Seite Nacht zu sein.

»Ein Innenraum, denke ich«, sagte April.

Arky saß am Arbeitstisch.

Er beugte sich vor bei dem Versuch, den Schatten deutlicher zu sehen. »Wie reagieren wir, wenn jemand dort ist?« fragte er.

»Wir sagen Hallo und lächeln«, antwortete Max.

Der Anwalt runzelte die Stirn. »Ich denke, wir sollten uns ernsthafte Gedanken darüber machen. Hören Sie, diese Station, das Terminal oder was auch immer ist seit langer Zeit nicht mehr benutzt worden, aber das heißt noch lange nicht, daß das gesamte System aufgegeben wurde. Wir müssen beraten, wie wir uns verhalten, falls wir auf andere Wesen treffen.« Er zögerte, bevor er fortfuhr. »Zum Beispiel: Sollten wir Waffen mitnehmen?«

April schüttelte langsam den Kopf. »Ich denke, ein Kampf mit den Erbauern der Portale ist das letzte, was wir wollen.«

»Trotzdem, Arky hat recht«, sagte Max. »Wir sollten vorsichtig sein.«

Arky ließ sich in einen Stuhl gleiten. »Warum werfen wir nicht einen Blick auf die zweite Aufnahme?«

Der Notenschlüssel. Max startete das Videoband und spulte zur zweiten Sequenz vor.

Erneut beobachteten sie, wie der Ballon verblaßte. Diesmal schien der Hintergrund ein teppichbedeckter Raum zu sein. An den Wänden mochten vielleicht

Paneele gewesen sein, doch jetzt waren sie nackt. Keine Möbel waren zu sehen. »Von irgendwo kommt Licht«, sagte April.

»Was meinst du?«

»Vielleicht ist es nichts weiter als ein anderes Rundhaus.«

April war bereit zu gehen. »Es gibt nur einen Weg, das herauszufinden.«

Max zögerte. »Ich glaube, wir sollten das lieber lassen. Wenn dort drüben wirklich jemand ist, dann werden wir es wahrscheinlich vermasseln. Wir sollten warten, bis das Komitee beraten hat, wie wir am besten vorgehen.«

»Das dauert noch eine ganze Woche«, widersprach April. »Je mehr Informationen wir bis dahin zusammenkriegen, desto besser kann das Komitee seine Arbeit tun. Außerdem – welche Sorte von Experten willst du denn für diese Sache einsetzen? Nicht, daß irgend jemand auf der Welt Erfahrung in diesen Dingen hätte.«

»Ich sehe genau, worauf das hinausläuft«, sagte Max.

»Trotzdem. Ich stimme April zu«, sagte Arky überraschend. »Niemand ist für eine derartige Begegnung gerüstet. Wenn schon jemand geht, warum dann nicht wir?« Max horchte beim Wir auf, genau wie April.

»Arky«, sagte sie, »ich will Ihnen nicht zu nahe treten, aber wir brauchen keinen Anwalt dort drüben. Lassen Sie uns zuerst alleine gehen.«

Arky richtete sich sichtbar auf. »Da bin ich anderer Ansicht. Der Stamm hat Anspruch darauf, daß ein Vertreter dabei ist.«

»Sie machen Witze«, erwiderte Max.

Arky grinste. »Ich mache nie Witze. Ich bin Anwalt.«

Max stellte eine Reiseausrüstung zusammen. Sie umfaßte einen Stromgenerator, einen Werkzeugkasten, zwei Taschenlampen, zwei Kanister Wasser sowie das inzwischen standardmäßig dazugehörende Notizbuch mit den schwarzen Markerstiften.

Dale Tree (der stellvertretende Leiter der Sicherheitskräfte) gab Arky eine 38er.

»Und was ist mit mir?« erkundigte sich Max.

»Haben Sie einen Waffenschein?«

»Nicht wirklich.« Max hatte noch nie im Leben eine Waffe abgefeuert.

»Dann vergessen Sie's«, sagte Arky. »Sie könnten mehr Schaden anrichten als alles, was uns gegenübertritt.« Er sah April an.

»Ich auch nicht«, sagte sie.

Dale blickte besorgt drein. »Ich denke, Sie sollten mich mitnehmen«, meinte er.

»Danke, es geht schon«, erwiderte Arky.

April blickte unbehaglich drein. »Wahrscheinlich kommen wir in irgendeinem Wohnzimmer heraus. Ich glaube nicht, daß wir so stark bewaffnet sein müssen.«

Max stellte seine Ausrüstung in die Mitte des Speichengitters und legte noch einen Spaten hinzu. »Sobald wir drüben sind, versuche ich, den Spaten zurückzuschicken«, wandte er sich an Dale. »Lassen Sie mir eine halbe Stunde oder so Zeit, für den Fall, daß wir zuerst eine Reparatur durchführen müssen. Falls Sie bis dahin noch immer nichts von uns gehört haben, schicken Sie uns was zu essen.«

»Wir verfassen eine Botschaft, wenn wir steckenbleiben«, sagte April. »Niemand kommt hinterher, bevor wir nicht grünes Licht gegeben haben.« Sie betrachtete ihre Begleiter. »Oder nicht?«

Arky nickte. Max nickte ebenfalls, allerdings nicht ganz so entschieden.

Zu dritt stiegen sie auf das Gitter. Dale stand bei den Symbolschaltern. »Alles bereit?« fragte er.

»Alles bereit«, lautete die Antwort.

Es roch nach Moschus. Die Wände waren von einem hellgrünen Gewebe überzogen, das mit Blumen und Ranken verziert war. Fahles Licht aus keiner erkennbaren Quelle erleuchtete den Raum, ganz ähnlich wie im Rundhaus auf Johnson's Ridge.

Ein paar Augenblicke bewegte sich keiner der drei. Sie sahen sich in der großen, leeren Halle um, in der sie herausgekommen waren. Keinerlei Geräusch drang an ihre Ohren. Das Gitter, auf dem sie standen, besaß ein anderes Design als die vorhergehenden beiden, in der Größe unterschied es sich jedoch nicht. Max wollte auf den roten Teppich hinuntersteigen, der den Boden bedeckte, doch er zog überrascht den Fuß zurück, als er knöcheltief einsank.

»Was zur Hölle ist das?« fragte April.

Max startete einen zweiten Versuch. Er sank nicht weiter ein, doch das Gehen war schwierig. *Wer um alles in der Welt*, so überlegte er, *fühlt sich auf so einem Boden wohl?*

Vor ihm wurde das Licht heller.

Die Halle war L-förmig und auf der einen Seite nur halb so lang wie auf der gegenüberliegenden. Es gab zwei Ausgänge an den jeweiligen Enden des längeren Teils, die in düstere Korridore führten. An der Wand hinter dem Gitter erblickte Max die mittlerweile bekannte Anordnung von Symbolschaltern. Diesmal waren es neun an der Zahl, und sie befanden sich in einem winkligen Paneel. Die Motive waren in Scheiben eingelassen, die sich nahtlos in das Holz des Paneels fügten. Eines zeigte den Hirschkopf. Keines der anderen ähnelte auch nur entfernt einem der Symbole, die Max zwischenzeitlich gesehen hatte, weder im Rundhaus noch auf Eden.

April stand lange Zeit vor den Symbolen und betrachtete sie. »Eine Welt ohne Ende«, meinte sie schließlich.

Max nickte zustimmend. Er legte den Spaten auf das Speichengitter und probierte das Hirschkopfsymbol. Der Schalter leuchtete auf.

Der Spaten verschwand in einem Wirbel aus Licht, das diesmal eher grün als golden schimmerte. »Passend zur Einrichtung«, sagte April beeindruckt.

»Jedenfalls ist es beruhigend zu wissen, daß wir ganz

schnell von hier verschwinden können, falls es nötig wird«, sagte Arky.

Die Decke der Halle war hoch und teilweise hinter Querstreben und Balken verborgen. »Der Ballon ist nicht mehr da«, stellte Arky fest. Ein überraschter Ausdruck erschien auf seinem Gesicht, und Max folgte seinen Blicken. In der Decke befand sich eine rechteckige Öffnung, durch die man in einen weiteren Raum sehen konnte.

Auch dort brannte Licht. Es war nicht heller als in ihrer Ankunftshalle.

»Ich glaube nicht, daß dort oben jemand ist«, sagte April.

Die Öffnung maß vielleicht sechs auf acht Fuß. Es gab keine Treppe. »Der Ballon ist wahrscheinlich in den Raum geschwebt«, vermutete Max.

Die Temperatur lag ein paar Grad niedriger als im Rundhaus. Max zog den Reißverschluß seiner Jacke zu und wandte sich nach seiner Ausrüstung um. »Ich fühle mich ganz leicht«, sagte er.

»Ich denke, du hast recht«, sagte April. »Die Gravitation ist niedriger.«

»Wir sind nicht auf der Erde?« fragte Arky.

April schüttelte den Kopf.

Die Blicke des Anwalts wanderten unentschlossen zwischen den beiden Türen hin und her. Er hatte die Waffe nicht gezogen, doch seine Rechte war in der Jackentasche verborgen.

Die Halle besaß keine Fenster. April nahm die Kamera von der Schulter und schoß ein paar Aufnahmen. Max und Arky untersuchten die Korridore. Das Licht wurde vor ihnen heller und hinter ihnen wieder dunkler, während sie sich durch den Raum bewegten. Der Teppich hingegen blieb weich und schwammig.

Ein Korridor endete in einer großen rhombusförmigen Kammer. Vom zweiten gingen mehrere, ebenfalls leere Kammern ab, bevor der Gang eine Biegung beschrieb. Noch immer war nirgends ein Fenster sichtbar. Außerdem gab es keinerlei Möbel. Sie drängten sich dicht zusammen. »Ich mag es nicht, wenn ich nicht weiter sehen kann«, sagte Arky. »Ich schlage vor, wir kehren um.«

»Ohne herausgefunden zu haben, wo wir sind?« April seufzte laut und blickte Max an. »Was meinst du dazu, Max?«

Max stimmte mit Arky überein, doch das würde er in Aprils Gegenwart niemals zugegeben haben. »Warum gehen wir nicht noch ein paar Meter weiter?« schlug er vor.

April grinste. »Zwei gegen einen.«

»Ich wußte gar nicht, daß wir hier demokratisch abstimmen«, brummte der Anwalt. Ein Stück voraus beschrieb der Korridor eine Neunzig-Grad-Biegung. »Also schön«, sagte er. »Versuchen wir's.«

Sie umrundeten die Biegung. Weitere Räume. Und eine weitere Öffnung in der Decke.

Noch immer keine Fenster. Keinerlei Anzeichen einer kürzlichen Benutzung.

»Es sieht nicht verlassen aus«, sagte April. »Nirgendwo liegt Staub. Es ist einfach alles nur *leer*.«

Sie folgten dem Gang nach links, und Max begann, eine Karte zu zeichnen.

»Wo sind nur die Fenster?« wunderte sich Arky.

Max' Knöchel schmerzten bereits. Das Gehen auf einem Boden, auf dem man bei jedem Schritt einsank, war gar nicht so leicht.

Sie gelangten in einen langen, schmalen Raum. Max, der mit seiner Karte beschäftigt war, setzte einen Fuß vor. Der Boden war nicht da, und er stolperte nach vorn. Plötzlich blickte er zwei Stockwerke tief hinab! April packte seine Jacke und hielt ihn den Augenblick lang fest, den Arky benötigte, seinen Arm um Max' Schulter zu legen. Gemeinsam zogen sie Max zurück, und er kniete auf dem weichen Boden nieder, bis sein Magen sich wieder beruhigt hatte.

Das Loch war mehrere Fuß breit und erstreckte sich über die gesamte Länge des Raums. »Das ist kein Schaden im Boden«, stellte April fest. »Das ist so gewollt. Es ist ein *Schacht*.«

»Mitten im Boden?« fragte Arky. »Wer zur Hölle war der Architekt?«

Es gab keinen Weg um das Loch herum, und so waren sie gezwungen umzukehren und einen anderen Weg einzuschlagen. Sie fanden weitere unpassierbare Räume ohne Boden, und zu einem gewissen Ausmaß wurde ihr Weg durch dieses merkwürdige Phänomen vorgegeben.

Auf dem Weg blickten sie in alle Zimmer, die von den Korridoren abgingen. Nach und nach dämmerte ihnen, daß es sich nicht um Zimmer im herkömmlichen Sinn handeln konnte. Es waren Räume, sicher, aber in einer unendlichen Vielzahl von Formen.

Ein paar waren zu klein, als daß ein Mensch darin hätte wohnen können. Andere, wie der Raum, in dem sie herausgekommen waren, besaßen keine rechteckigen oder quadratischen Grundrisse, und die Wände standen in ungewöhnlichen Winkeln zueinander, ohne jede Spur von Symmetrie.

Nirgendwo gab es Möbel. Keine Treppe oder Rampe, die von einer Etage auf die andere geführt hätte. Die Farben und Muster auf Böden und Wänden änderten sich von Raum zu Raum. Und was vielleicht am merkwürdigsten von allem war: Nirgends fand sich ein Fenster, was sie zu dem Schluß führte, daß die gesamte Anlage unter der Erde angesiedelt war.

Max wäre am liebsten sogleich zurückgekehrt, nachdem seine beiden Begleiter ihn vor dem Sturz in den Schacht bewahrt hatten, und er wartete nur darauf, daß April oder Arky den Vorschlag unterbreiteten. Bis dahin beschäftigte er sich mit seiner Karte, und diesmal achtete er vorsichtig darauf, wohin er trat.

Wie gehabt wurde die Beleuchtung vor ihnen heller und hinter ihnen wieder dunkler, ein Effekt, der mit der Zeit den entnervenden Eindruck erweckte, daß sich irgend jemand gerade außerhalb ihres Gesichtsfeldes bewegte. Max gab vor, in seiner Karte zu zeichnen, während er aus den Augenwinkeln sorgsam seine Umgebung beobachtete. Schließlich bemerkte er es.

»Wo?« erkundigte sich Arky. »Ich kann nichts sehen.«

»Genau dort.« Max deutete auf eine Biegung im Korridor, die sie erst eine Minute zuvor umrundet hatten.

»Ich habe es auch gesehen«, sagte April.

»Was gesehen?« Die 38er erschien in Arkys Rechter.

»Das Licht. Es wurde heller. Sehen Sie – dort drüben ist ein heller Fleck, genau wie der, in dem wir uns bewegen.«

Ein schwacher Lufthauch rührte sich.

Die Insel aus Licht hielt mit ihnen Schritt. Dann, während sie hinsahen, bewegte sie sich plötzlich auf die drei Menschen zu. Es war, als schliche sich jemand an.

»Aber da ist nichts.« Arky bemühte sich, seiner Stimme einen festen Klang zu verleihen. »Es ist nur das Licht.«

Trotzdem wichen sie zurück. Das Licht folgte ihnen. Aprils Augen weiteten sich. »Max«, sagte sie gehetzt, »kannst du uns zum Gitter zurückführen?«

Max konsultierte bereits seine Karte. »Ich denke nicht. Der einzige Weg ist der, auf dem wir gekommen sind.« Er blickte auf das sich nähernde Licht.

»Das wird nicht funktionieren«, sagte Arky. Sie setzten sich erneut in Bewegung und gingen in die Richtung, die sie einmal eingeschlagen hatten. Der Anwalt bildete den Schluß. »Versuchen Sie, einen Weg zu finden, der uns an diesem Licht vorüberführt«, verlangte er.

An der ersten Kreuzung bogen sie nach links ab in der Hoffnung, eine weitere Stelle zum Abbiegen zu finden, so daß sie das Ding irgendwie umgehen konnten. (Max hatte inzwischen angefangen, den Lichtfleck als *Ding* zu betrachten. Jede Horrorgeschichte und jeder Gruselfilm seines Lebens erwachte in seiner Phantasie zum Leben.)

»Wißt ihr«, sagte April, »Ich denke andauernd, daß alles, was mit diesen *Häfen* in Verbindung steht, für Besucher ausgelegt wurde. Touristen. Leute, die ein Boot über einen See steuern. Der Pferdekopf. Es sind Ferienziele. Vielleicht dieser Ort hier ebenfalls.«

»Was?« erwiderte Max ungläubig. »Ein Labyrinth als Urlaubsziel?«

»Vielleicht? Wer weiß das schon. Vielleicht ist es ein Vergnügungscenter.«

Sie marschierten in strammem Tempo weiter. Die Insel aus Licht hinter ihnen hielt Schritt. Schließlich wurde April langsamer und wandte sich um. Arky wäre beinahe in sie hineingestolpert. »Hallo?« rief sie mit nervöser Zuversicht. »Ist da jemand?«

Max stand hinter April. Er beobachtete, wie das Ding näher rückte und kämpfte gegen den Drang zu rennen an, als seine Sicht unvermittelt verschwamm. Plötzlich sah er April von *vorn*. Sie tauchte auf und verschwand wie ein Hologramm. In Max' Kopf drehte sich alles. Ihm wurde übel, und er ging in die Knie, kämpfte gegen eine drohende Ohnmacht an. Er schloß die Augen, versuchte das Gefühl abzuschütteln – und blickte in Aprils Gesicht, sah, wie sich ihre Lippen bewegten, wie sie die Hände ausstreckte, die Augen verdrehte. Er blickte von irgendwo in der Nähe der Decke auf sie *herab*.

»Kommen Sie, Max«, sagte Arky. »Wir müssen weiter.« Er half Max auf die Füße, packte April bei der Schulter und zog sie mit sich. Sie befanden sich nun auf der Flucht.

Zu dritt rannten sie durch einen keilförmigen Raum in einen weiteren Korridor, folgten seinem Verlauf zuerst nach rechts, dann nach links. Max' Gedanken wurden rasch wieder klar, wahrscheinlich als Folge des Adrenalins, das seinen Körper überschwemmte.

»Ich glaube, wir haben es abgehängt«, ächzte Arky.

Sie zogen sich weiter zurück, durch eine große Halle hindurch und an einem Schacht vorbei. Am gegenüberliegenden Ausgang hielten sie an. Keine Lichter, die sich in ihrer Helligkeit änderten. Max ordnete seine Gedanken. Er schrieb seine merkwürdige Erfahrung einem momentanen Schwächeanfall zu und konzentrierte sich ganz auf die Karte und den Weg zurück zum Speichengitter. Sein Orientierungssinn war immer etwas gewesen, auf das Max stolz war. Selbst in diesem Labyrinth verlor er keinen Augenblick lang seine Zuversicht. »Wir stehen *hier*«, sagte er. »Und wir müssen *dorthin*.« Vielleicht eine Meile weit weg.

Er führte die anderen durch den Ausgang und in den sich anschließenden Korridor. Einen Augenblick später wandten sie sich nach links und betraten den Raum mit dem Speichengitter.

Ein Schauer rann über Max' Rücken. »Das kann nicht sein«, sagte er mühsam.

Doch Arky wirkte unendlich erleichtert. »Max«, sagte er, »Sie sind ein Genie.«

Max schüttelte den Kopf. »Unmöglich. Es kann unmöglich der gleiche Raum sein.«

Sie durchquerten die L-förmige Halle und beobachteten unablässig den zweiten Ausgang, durch den sie den Raum verlassen hatten. Max musterte die Symbolschalter. Es waren die gleichen, die er bei seiner Ankunft vorgefunden hatte. Die Halle sah absolut identisch aus.

April zerstreute seine Bedenken. »Wir zerbrechen uns später den Kopf darüber«, sagte sie. »Was mir Sorgen macht – das ist ganz bestimmt nicht die richtige Art und Weise, einen Erstkontakt herzustellen.« Ihre Stimme war kaum mehr als ein Flüstern. »Nach Hause zu rennen macht sicher keinen guten Eindruck in den Geschichtsbüchern.«

»Zur Hölle mit allen Geschichtsbüchern«, erwiderte Max. »In den Geschichtsbüchern steht nur das, was wir ihnen verraten. Laßt uns verschwinden.«

»Wollen Sie immer noch bleiben?« erkundigte sich Arky bei April in herausforderndem Tonfall. *Bleiben Sie ruhig, wenn Sie unbedingt wollen*, besagte er. *Aber verschwenden Sie nicht unsere Zeit.*

»Wir müssen zurückkommen«, antwortete April. Trotzdem betrat sie das Gitter.

»Das nächste Mal werden wir schreiben«, sagte Max. Er berührte den Hirschkopf und trat zu April und Arky auf das Gitter.

Der Countdown lief unaufhaltsam ab. Max erinnerte sich, wie er als Knabe einmal in ein leerstehendes Haus eingedrungen war und sich vor unerklärlichen Geräuschen auf dem Speicher geängstigt hatte. Es war wie damals, und als das Licht über ihnen zusammenschlug und das Rundhaus wieder um sie herum entstand, erinnerte er sich, wie es gewesen war, nach draußen in den hellen Sonnenschein zu flüchten.

23

Amerikas Geschäft ist das Geschäft.

Calvin Coolidge

FORSCHER VON JOHNSON'S RIDGE ENTDECKEN WEITERE WELT

– Walhalla, North Dakota, 22. März (AP) – Ein Team von Entdeckern ging heute durch ein weiteres Portal und betrat eine Welt, die nach ihren Beschreibungen nur aus Innenräumen bestand. Nach Auskunft des Pressesprechers Frank Moll fanden sich keinerlei Hinweise auf eventuelle Bewohner. Besuchern wird der Zutritt erst gestattet, wenn weitere Einzelheiten über die Natur dieser Welt erforscht sind.

Sie fanden keinerlei Hinweise auf Gefahren, und so wurde Eden am dreiundzwanzigsten wieder für Presse und Forscher geöffnet. Die Gruppen wurden von je einem Führer und einem Mitglied der Sicherheitsmannschaft begleitet. Alle zwei Stunden fand eine neue Tour statt. Die meisten waren recht nervös wegen der Methode des Transits; einige wurden sogar ohnmächtig. Aber wer durch das Portal ging, kam ohne Unterschied voller Begeisterung zurück.

Alle unterschrieben zuvor ein Dokument, in dem jegliche Haftung seitens des Stammes ausgeschlossen wurde, obwohl Arky düster warnte, daß derartige Vereinbarungen vor Gericht kaum Bestand hatten.

Die Blutuntersuchungen von April, Max und den Sicherheitsleuten, die auf Eden gewesen waren, verliefen negativ.

April war erfreut, daß Eden sich als ungefährlich herausgestellt hatte. Sie genoß es, den Planeten der akademischen Welt vorzuführen. Was den zweiten Endpunkt betraf – den sie inzwischen Labyrinth getauft hatten –, so beschlossen sie, weitere Untersuchungen aufzuschieben, bis sie genügend Gelegenheit gefunden hatten, über ihre Erlebnisse nachzudenken. Max verstand einfach nicht, wieso er sich so völlig verlaufen hatte. Er vermutete insgeheim, daß der zweite Endpunkt kugelförmige Gestalt besaß.

April hielt Informationsveranstaltungen ab und arrangierte besondere Ausflüge, wenn die Bitten gerechtfertigt erschienen. Sie betrachtete sich allmählich als Hüterin der Wilden Welt, und sie gestand Max, daß sie ihren Ruhm genoß. Alle waren ständig auf den Titelblättern der großen Wochenmagazine. Ein Spielfilm ging hastig in Produktion, und Gerüchten zufolge sollte Aprils Rolle von Whitney Houston übernommen werden.

Andrea Hawk war im Rundhaus, als zwei Geologen durch das Portal zurückkehrten. Es waren grauhaarige, bärtige Gestalten, und sie unterhielten sich angeregt. Sie waren so in ihr Gespräch vertieft, daß sie Andrea nicht einmal bemerkten. Doch ein Wort ließ Andrea aufhorchen. *Öl.*

Eine Stunde später war es in den Rundfunkstationen die Meldung des Tages.

Das Hauptthema während der Plenarsitzung der Generalversammlung war eine Eingabe Tansanias, in der eine weiterer Abbau globaler Handelsschranken gefordert wurde. Doch die Nachrichtenblätter, die voll gewesen waren von Spekulationen über die Sternenbrücke in North Dakota, beschäftigten sich nun mit der Meldung, daß auf Eden Öl gefunden worden war.

Wenn die Delegierten der Vereinten Nationen auch das ganze Gerede von anderen Welten und Dimensionen als verwirrend und vollkommen irrelevant für das politische Tagesgeschäft empfanden (sie betrachteten sich als sture Realisten, und sonst nichts), so verstanden sie doch ein Wort ganz genau: Öl.

Brasilien sollte planmäßig die Debatte um die Eingabe Tansanias eröffnen, doch jedermann im UN-Gebäude wußte, welche Richtung die Redebeiträge an jenem Tag nehmen würden.

Die brasilianische Abgesandte war eine korpulente Frau mit schwarzen Haaren, einem fetten Hals und flinken Augen. »Die Frage, vor der wir heute stehen«, begann sie, »geht weit über Schutzzölle und andere Beschränkungen hinaus. Wir blicken auf eine neue Welt, die auf merkwürdige Weise innerhalb der Vereinigten Staaten von Amerika liegt. Wir wissen keine Einzelheiten über diese Welt. Wir wissen zum Beispiel nicht, wie groß oder wie bewohnbar sie ist. Bisher jedenfalls scheint sie *sehr* bewohnbar zu sein.« Sie blickte durch den Saal hindurch direkt auf die Delegation der Vereinigten Staaten. »Brasilien möchte aus diesem Grund den Mitgliedern der Vollversammlung den Vorschlag unterbreiten, eine Resolution zu unterzeichnen. Die Entdeckung ist von so weitreichender Bedeutung, daß keine einzelne Nation ihren Alleinbesitz beanspruchen darf. Das Portal muß der gesamten Menschheit offenstehen.« Die Delegierte hielt inne und lauschte den geflüsterten Worten eines ihrer Berater, nickte kurz und trank einen Schluck Wasser, bevor sie fortfuhr.

»Brasilien vertraut darauf, daß die Vereinigten Staaten von Amerika, die immer in vorderster Front gekämpft haben, wenn es um Menschenrechte ging, das grundlegende Recht aller Menschen anerkennen, diese fremde und neue Welt zu erforschen und am Ende zu besiedeln. Wir bitten die Vollversammlung, eine dementsprechende Resolution zu verabschieden.«

Margaret Yakata wäre niemals eine ernstzunehmende Präsidentschaftskandidatin gewesen. *Vielleicht* hätte das Land eine Frau im höchsten Amt des Staates akzeptiert, doch es war noch nicht bereit, eine Frau japanischer Herkunft zu akzeptieren. Und so hatte Yakata ihre eigenen Ambitionen, die sie bis in den Gouverneurspalast von Sacramento gebracht hatten, beiseite gelegt und ihren beträchtlichen politischen Einfluß dazu genutzt, sich als Matt Taylors Vizepräsidentin zu bewerben.

Taylor hatte sich erkenntlich gezeigt, indem er sie zu den Vereinten Nationen gesandt hatte. Sie wurde als Spezialistin in globalen Umweltangelegenheiten akzeptiert und hatte sich darüber hinaus als unbestechliche Advokatin des Weltfriedens erwiesen. Yakata unterstützte junge, unerfahrene Demokratien, wo immer sie entstanden. »Demokratien«, so wurde sie niemals müde gegenüber den Repräsentanten von Polizeistaaten zu betonen, »sind die ultimative Hoffnung für Frieden auf diesem Planeten, weil sie untereinander keine Kriege führen.«

Nun saß sie in ihrem Büro bei den UN und beobachtete auf einem Bildschirm den Vortrag der brasilianischen Delegation und auf einem anderen die Reaktion des Präsidenten. Irgend jemand reichte dem Präsidenten ein Blatt.

Er las es ohne merkliche Veränderung des Gesichtsausdrucks und blickte dann Yakata direkt in die Augen. »Der Iran verlangt, daß Johnson's Ridge von den Vereinten Nationen inspiziert und unter ein internationales Mandat gestellt wird«, sagte er.

»Der Iran wird großzügige Unterstützung erfahren«, erwiderte sie.

»Ich weiß. Ein neuer Knüppel, mit dem sie auf uns einprügeln können.« Ein Ausdruck von Schmerz schlich sich in das Gesicht des Präsidenten.

»Mister President, eine Menge Leute machen sich Sorgen wegen Johnson's Ridge. Selbst die Briten sind nervös. Sie haben mir verraten, daß sie für uns stimmen, falls wir ihnen Garantien geben. Ansonsten behalten sie sich ihre Schritte vor.«

»Sie haben von dem Öl gehört?«

»Ja, das habe ich.«

»Was halten Sie davon?«

»Wenn man bedenkt, was sonst noch alles von dort kommen könnte ... ich denke, es ist trivial. Aber alle hier denken an natürliche Ressourcen. Gibt es dort drüben auch Gold? Uran? Wohin soll das alles führen? Nebenbei bemerkt, ich habe gehört, daß die Palästinenser Land auf Eden für sich fordern wollen.« Sie grinste. »Die Israelis werden ihre Forderung unterstützen.«

»Ist das vielleicht ein *Alptraum*?«

»Die Japaner wollen, daß wir das Rundhaus an die Vereinten Nationen übergeben, damit es zerstört werden kann. Sie denken, daß die Portaltechnologie die Weltwirtschaft zusammenbrechen lassen wird.«

»Mit dieser Meinung stehen sie nicht allein da«, sagte Taylor. »Die gesamte Welt ist entsetzt von der Vorstellung, daß alles ein ganzes Stück weiter zusammenrückt. Über Nacht.«

Yakata seufzte. »Wie schwer wird es eigentlich, die Portaltechnologie zu reproduzieren, Mister President?«

»Wir konnten bisher noch keinen genaueren Blick darauf werfen, Margaret. Meine Berater meinen, daß wir alles duplizieren können, von dem wir ein funktionsfähiges Modell in die Hände bekommen.«

»So etwas Ähnliches dachte ich mir bereits, Mister President. Sie wissen mehr über diese Angelegenheit als ich, Sir, aber meiner Meinung nach haben die Leute, die die Sicherheitsfrage auf den Tisch brachten, nicht ganz unrecht.« Sie dachte über das nach, was sie als nächstes zu sagen hatte, und es gefiel ihr nicht. Sie gehörte nicht zu der Sorte Menschen, die den Glauben an Fortschritt und Technologie verloren hatten, genausowenig wie an die menschliche Rasse selbst. Und doch ... »Matt«, sagte sie schließlich, »darf ich Ihnen einen Vorschlag unterbreiten?«

Taylor nickte.

»Zerstören Sie das verdammte Ding. Schaffen Sie es aus der Welt. Arrangieren Sie einen Unglücksfall. Sorgen Sie dafür, daß es aufhört zu arbeiten. Machen Sie *irgend etwas*, um es außer Betrieb zu setzen, ganz egal was. Wenn das getan ist, laden Sie die UN ein, um sich die Sache anzusehen, so daß kein Zweifel mehr über die Identität der Trümmer besteht.«

Arkys Faxgerät spuckte ununterbrochen Papier aus. *Sonny's Barbeque, Hooter's*, das *International House of Pancakes, Wendy's, McDonald's, Steak'n'Ale* und ein Dutzend weiterer Fast-food-Ketten wollten ihre Restaurants auf Johnson's Ridge setzen. *Sheraton, Hyatt, Holiday Inn* und *Best Western* hatten allesamt Angebote unterbreitet, Hotels zu errichten. *Albright Reit* wollte eine Shopping Mall bauen, fünf Ölkonzerne wollten ihre Tankstellen an der Zufahrtsstraße aufmachen.

Einige Firmen dachten bereits über Aktivitäten auf der anderen Seite des Portals nach. Holzgesellschaften wollten die Wälder Edens ausbeuten.

Landentwicklungsgesellschaften überlegten, daß der Strand unter dem Pferdekopfnebel einen Bretterweg und Hot-dog-Stände benötigte. Schon kamen die ersten Anfragen von Geologen nach Genehmigungen für ausgedehnte Ölsuchen.

Eine Gruppe, die sich selbst *Kurden für eine bessere Welt* nannte, hatte eine Bitte um Land eingereicht und Max informiert, daß sie hofften, sechzigtausend Leute durch das Portal zu senden und eine unabhängige Kolonie auf Eden zu etablieren. Vertreter von Vertriebenen rund um die Welt gaben der Presse gegenüber ihre Statements ab, daß es zu weiteren Forderungen der gleichen Art kommen würde. Ein wahrer Kreuzzug der Armen und sozial Schwachen rottete sich in Washington zusammen und stellte seine Forderungen.

»Vielleicht haben sie recht«, sagte April. »Vielleicht

sollten wir das Portal öffnen und jedermann die Benutzung gestatten. Was kann es schaden?«

Arky runzelte die Stirn. »Was geschieht, wenn wir zu siedeln anfangen und der Besitzer zeigt sich?«

»Ich denke nicht, daß es irgendwelche Besitzer gibt«, entgegnete Max. »Ich würde niemanden nach Labyrinth schicken wollen, doch Eden ist meiner Meinung nach verlassen.«

Arkys Augen blitzten.

»Vielleicht mögen die Besitzer Edens es so. Mir würde es so gehen.«

»Und das ist der wahre Grund, nicht wahr?« konterte Max.

»Was?«

»Sie wollen nicht, daß irgend jemand außer Ihrem eigenen Volk das Land bewohnt.«

Arky wollte widersprechen, doch dann zuckte er lediglich die Schultern. »Niemand sonst wird vernünftig damit umgehen«, sagte er. »Geben Sie das Land irgendeiner dieser Gruppierungen, und innerhalb weniger Jahre haben Sie etwas, das aussieht wie die Altstadt von Fargo. Bestenfalls.« Er blickte an Max vorbei in eine unbestimmte Ferne. »Das ist eine neue Wildnis. Wir haben bereits einmal Fremden erlaubt, auf unserem Land zu siedeln. Ich denke nicht, daß wir *diesen* Fehler jemals wieder begehen werden.«

»Wir machen uns Sorgen wegen des Portals.« Jason Fleury starrte Walker durch eine dicke Hornbrille hindurch aus zusammengekniffenen Augen an. Der Mann hatte etwas Merkwürdiges an sich, etwas, das den Eindruck von unbestechlicher Ehrenhaftigkeit vermittelte. Ganz und gar nicht jedenfalls das, was der Vorsitzende des Stammes von einem Abgesandten des Präsidenten erwartet hatte. »Vorsitzender«, fuhr Fleury fort, »ich bin sicher, Sie verstehen, daß das, was Sie hier gefunden haben, von derart weitreichender Bedeutung ist, daß es zu einer nationalen Angelegenheit wurde. Ist Ihnen bekannt, was die UN-Versammlung beschlossen hat?«

»Es ist mir bekannt. Man argumentiert, das Rundhaus gehöre der gesamten Welt.«

»Und wie lautet Ihre Antwort?«

»Das Rundhaus ist Eigentum der Mini Wakan Oyaté.«

Fleury nickte verständnisvoll. »Ich weiß. Ich glaube, ich verstehe Sie. Allerdings gibt es politische Realitäten, um die wir nicht herumkommen. Morgen werden die Vereinten Nationen über eine Resolution sprechen, in der die USA aufgefordert werden, Johnson's Ridge zu einer internationalen Einrichtung zu erklären. Unter normalen Umständen wäre schon die Idee lächerlich. Doch das Rundhaus bedeutet ein einzigartiges globales Problem. Die Menschen haben Angst vor dem, was geschieht, sobald die Technologie allgemein verbreitet ist. Einige Wirtschaftszweige liegen bereits jetzt in Scherben. Zum Beispiel die Autoteilindustrie von Morrocco, die vollkommen zusammengebrochen ist. Der Ölpreis ist in den Keller gefallen, und die Bekleidungsindustrie jedes größeren westlichen Landes liegt im Sterben. Im Sterben, Vorsitzender.« Fleury lehnte sich müde in seinem Sitz zurück. »Ich muß Ihnen nicht erzählen, was an den Aktienmärkten los ist. Der Goldpreis ist wie irrsinnig gestiegen, mehrere größere Banken sind zusammengebrochen, Kapitalinvestitionen werden praktisch nicht mehr getätigt. Nordkorea droht damit, Südkorea mit Atomwaffen anzugreifen, wenn man ihm nicht Zugang zum Rundhaus gewährt. Wir befinden uns in einem Dampfkochtopf, Sir. Und der Druck muß irgendwo ein Ventil finden.«

Eisregen prasselte von draußen gegen das Fenster. Ein Schulbus hielt vor dem Haus, und Kinder beeilten sich, ins Innere zu gelangen. Es war ein Klassenausflug. Kinder, die etwas über ihre Vorfahren lernen sollten. »Diese Probleme sind uns nicht verborgen geblieben, Sir«, antwortete der Vorsitzende. »Mir scheint, sie resultieren eher aus einer weit verbreiteten Furcht als aus spürbaren

Auswirkungen. Allerdings sind wir bereit, Ihnen zu helfen.« Walker mochte Fleury. Der Abgesandte war ein respektabler Mann. »Wir glauben, daß ein Ausschuß gegründet werden sollte, der alle Vorschläge, die das Rundhaus, seine Technologie und die daraus resultierenden Informationen betreffen, überprüft. Wir sind bereit, in Verhandlungen über die Bildung dieses Ausschusses einzutreten.«

Fleury wirkte erfreut.

»Dieses Arrangement schwebte uns zunächst ebenfalls vor, Sir. Doch die Wahrheit lautet, daß wir nicht glauben, er könnte funktionieren.«

»Darf ich erfahren, warum nicht?« Die Ratsversammlung hatte erwartet, daß man Druck ausüben würde, doch sie hatten alle geglaubt, daß der Vorschlag äußerst vernünftig klang.

»Die Menschen vertrauen ihren Regierungen nicht mehr. Sie glauben nicht, daß ihre Regierungen ehrlich sind, geschweige denn kompetent. Ich möchte nicht mit Ihnen darüber debattieren, ob diese Einschätzung den Tatsachen entspricht oder nicht.« Ein Lächeln umspielte Fleurys Mundwinkel. »Solange das Rundhaus existiert, werden die Menschen Angst davor haben, Sir. Sie werden sicher nicht glauben, daß ein Untersuchungsausschuß als Sicherheitsmaßnahme ausreicht. Und ganz ehrlich, das glauben wir ebenfalls nicht. Jedenfalls nicht auf lange Sicht. Eins steht fest: Wenn die Bevölkerung nicht daran glaubt, daß es funktionieren kann, dann wird es nicht funktionieren.«

Walker spürte, wie das Klima im Raum kälter wurde. »Was genau wollen Sie damit zum Ausdruck bringen, Sir?«

»Ich würde gerne inoffiziell mit Ihnen reden.«

»Schießen Sie los.«

Fleury erhob sich und schloß die Bürotür. »Der Artefakt muß verschwinden«, sagte er dann. »Er muß vernichtet werden. Wir schlagen deshalb vor, ihn Ihrem Volk abzukaufen. Wir werden eine großzügige Summe zahlen, mehr als das, was Wells' Konsortium Ihnen geboten hat. Anschließend wird es einen Unfall geben.«

Der Vorsitzende nickte. »Nichts mehr wird übrigbleiben.«

»Nichts.«

»Und wie wollen Sie *das* arrangieren?«

Fleury zuckte die Schultern. »Keine Ahnung. Das gehört nicht zu meinem Gebiet. Wahrscheinlich in die Luft jagen und anschließend behaupten, es sei eine Instabilität gewesen, die in der Natur der Anlage begründet lag oder eine Selbstzerstörungseinrichtung der Fremden. In dieser Hinsicht kennt die Phantasie unserer Leute keine Schranken.« Er blickte unglücklich drein. »Sie werden einen fairen Preis erhalten. Mehr als fair.«

Lange Zeit rührte sich der Vorsitzende nicht. Als er schließlich doch noch antwortete, klang seine Stimme schwer und müde. »Einige aus unserem Volk«, erklärte er, »bereiten sich gegenwärtig darauf vor, nach drüben zu gehen.«

»Verzeihung?«

»Man hat uns eine zweite Chance gegeben, Mister Fleury. Eine Chance, uns daran zu erinnern, wer wir einmal waren. Das hat nichts mit Geldern von der Regierung zu tun oder mit Reservaten oder einer Welt, die so überfüllt ist, daß ein Mann nicht atmen kann. Nein, wir werden Eden behalten. Und wird werden die Kontrolle über das Portal behalten.«

»Das können Sie nicht tun!«

»Mister Fleury, wir können nichts anderes tun.«

Die einträglichste Sparte von Old-Time Bills Fernsehpredigten war die morgendliche Talk-Show mit dem offiziellen Namen *Project Forty*. Abseits der Kamera trug *Project Forty* den Spitznamen *Frühstück mit Jesus*. Etwa um die Zeit, als Walker mit dem Abgesandten des Präsidenten sprach, saß Bill im Studio von *Project Forty* und zeichnete seine Show auf. Er war von Volontären umgeben, wie die offizielle Bezeichnung für all diejenigen lautete, die ihm bei seiner Arbeit für Gott halfen.

Die Sendung war in Konversationston gehalten, doch es war nichts besonders Bemerkenswertes an den Themen. Man diskutierte händeringend darüber, daß Gott aus den Schulen verbannt worden war und wies auf die bestürzende Ähnlichkeit zwischen den römischen Spielen und Gewalt im Fernsehen hin. Gegen Mitte der Sendung trat Old-Time Bills Stargast auf, eine Schriftstellerin, die in ihrer Autobiographie freimütig berichtet hatte, wie sie sich von Alkoholmißbrauch und sexueller Zügellosigkeit befreit hatte. Sie sprach über einen Zwischenfall mit ihrem zwanzig Jahre alten Sohn, der ihre Trunkenheit ausgenutzt und sie überredet hatte, einen Kreditvertrag für einen neuen Wagen als Bürge zu unterschreiben. Einige Wochen darauf hatte ihr Sohn verkündet, daß er mit den Ratenzahlungen im Verzug war.

Bill war von derartigen Geschichten stets sichtlich gerührt. Die Zuschauer liebten Bills Reaktionen auf Beweise menschlicher Unzulänglichkeit und Schwäche. Er war bekannt dafür, mit der Faust auf den Tisch zu hämmern, lauthals seine Mißbilligung zu verkünden oder manchmal auch einfach nur die Augen zusammenzupressen und still dazusitzen, während die Tränen über seine Wangen rannen. Immer dann, wenn eine Geschichte sich ihrem Höhepunkt näherte, schaltete der Regisseur pflichtschuldig auf eine Nahaufnahme um.

Diesmal saß Bill einfach nur da, ein Mann voller Schmerz. Die Zuschauer konnten sehen, wie sich seine große Brust hob und senkte. Dann bewegte er die Hand vor dem Gesicht, als wollte er lästigen Rauch vertreiben. »Es gibt Zeiten«, sagte er schließlich, »da frage ich mich wirklich, warum Gott noch seine Hand über uns aufhält. Ich will mir nicht anmaßen, die Wege des Allmächtigen in Frage zu stellen, aber eines kann ich Ihnen sagen: Wäre das hier meine Welt, die Dinge stünden anders. Ich würde die Armen und Schwachen und Unschuldigen aktiv beschützen. Ich würde Feuer auf die Köpfe der

Sünder herabregnen lassen.« Er seufzte schwer. »Doch unser Gott ist ein gütiger Gott. Und ein geduldiger Gott.«

Falls einige aus seiner großen Zuschauerschar einen Hauch von Blasphemie in Old-Time Bills letzter Bemerkung entdeckt hatten, so war in den Zuschriften zu seiner Sendung jedenfalls nichts davon zu bemerken.

Mike Swenson, der Inhaber von Mike's Supermarket in Fort Moxie, war ein Fan der Show. Er hörte Old-Time Bills letzte Bemerkung, und irgend etwas an ihr machte ihn unruhig. Er dachte lange Zeit darüber nach, bis ihm der Grund klar wurde. Es war später Nachmittag, und Mike saß über seiner Bestelliste für die kommende Woche, als es ihm allmählich dämmerte.

Überlege dir genau, was du dir wünschst.

Gouverneur Ed Pauling war ein sehr beliebter Mann in North Dakota. Er hatte einen Weg gefunden, wie er die Schulen finanzieren und trotzdem die Verkaufssteuern um einen ganzen Punkt senken konnte. Er hatte die Staatsregierung reorganisiert und ihr zu größerer Effizienz verholfen, während die Kosten gesunken waren. Er hatte neue Arbeitsplätze geschaffen und Mittel von der Bundesregierung erhalten, um baufällige Brücken und zerfallende Straßen zu restaurieren. Ed hatte sogar den Farmern geholfen. Unter seiner Führung war North Dakota in die sonnigeren Regionen der Vereinigten Staaten aufgestiegen.

Ed saß in Bismarck und beobachtete den Sturm, der über Johnson's Ridge heraufzog. Der Zusammenbruch der Finanzmärkte hatte innerhalb weniger Tage den gesamten Staatshaushalt ruiniert und alles zunichte gemacht, was Pauling in den letzten drei Jahren erreicht hatte. Jede größere Bank in North Dakota stand vor dem Kollaps. Mehrere größere Gesellschaften steckten in

Schwierigkeiten. Und eine ganze Menge Leute, denen Ed Gefälligkeiten schuldete, standen nun vor der Tür, um sie einzufordern. *Unternimm endlich etwas.*

Er wußte, daß ein Anruf des Präsidenten unausweichlich bevorstand. Als es schließlich soweit war, befand Ed sich gerade in einer Besprechung mit seinen Wirtschaftsberatern. Er ging in sein Büro zurück, schloß hinter sich die Tür und schaltete die Bandmaschine ab. »Hallo, Mister President«, meldete er sich am Telefon und fügte ohne jeden Versuch, die Ironie seiner Worte zu verbergen, noch hinzu: »Wie geht es uns?«

»Hallo Ed.« Wenn die Dinge nach und nach aus dem Ruder glitten, so war Taylor davon nichts anzumerken. Tatsächlich vermittelte der Präsident sogar den Eindruck, als könnten die Dinge unter seiner Leitung gar nicht aus dem Ruder gleiten. Das war das eigentliche Geheimnis der Magie dieses Mannes. »Uns geht es bestens«, antwortete der Präsident.

»Gut.« Pauling wartete schweigend.

»Ed, ich möchte nicht, daß dieses Gespräch aufgezeichnet wird.«

»Die Maschine ist bereits abgeschaltet.«

»Wir haben uns noch nicht über das Rundhaus unterhalten.«

Ed Pauling lachte. »Gestern sah ich eine Umfrage, nach der siebzig Prozent der erwachsenen Amerikaner nicht einmal wissen, wo North Dakota auf der Landkarte zu finden ist.«

»Das wird sich ganz schnell ändern«, entgegnete der Präsident.

»Ich weiß.«

»Ed, können Sie irgend etwas unternehmen, um diese Monstrosität dichtzumachen?«

Wäre Pauling dazu imstande gewesen, es wäre längst geschehen. »Nichts, was ich lieber täte«, sagte er. »Aber der Artefakt steht auf Siouxland. Es ist heiliges Land. Sie müssen den nationalen Notstand ausrufen, Sir. Dann kann ich die Nationalgarde hinschicken.«

»Das ist ein wenig zu plump, Ed. Die Sioux stellen keinerlei Bedrohung dar, und sie haben keine Verbrechen begangen. Ich kann nicht einfach die Truppen einmarschieren lassen. Ich wäre politisch erledigt.« Er brachte ein kehliges Lachen zustande, das halb nach einem Grollen klang. »Ich sehe schon die Karikaturen in den Zeitungen vor mir. Ich in der Rolle von General Custer.«

Ed konnte Taylors Lage verstehen. »Haben Sie versucht, den Sioux das Land abzukaufen? Sie müssen einfach einen Preis haben.«

»Sollte man meinen, nicht wahr? Allmählich frage ich mich, ob unsere eingeborenen amerikanischen Brüder nicht beschlossen haben, es den Vereinigten Staaten heimzuzahlen.« Er verstummte für einen Augenblick. »Ed, haben Sie einen Vorschlag?«

»Wenn die öffentliche Sicherheit auf dem Spiel steht, könnten wir Johnson's Ridge besetzen. Allerdings habe ich nicht die leiseste Ahnung, was wir mit dem Rundhaus anfangen sollen. Es ist die verdammt heißeste Kartoffel, von der ich je gehört habe.«

»Ich kann mir nicht einfach etwas aus den Fingern saugen«, sagte der Präsident. »Die Medien lassen das nicht mehr so durchgehen.«

»Vielleicht haben wir ja Glück«, wandte Pauling ein. »Vielleicht geht etwas schief. Dann haben wir einen Grund zum Eingreifen.«

Cass Deekin kehrte in einem Gemütszustand von Eden zurück, der nur mit euphorisch zu beschreiben war. Deekin war Botaniker, und seine Taschen waren gefüllt mit Pflanzenproben aus einem non-terrestrischen evolutionären System. Eigentlich war es verboten, irgend etwas mit zurückzubringen. Tatsächlich hatte Deekin sogar eine Einverständniserklärung unterschrieben, daß er darauf verzichten würde, doch die Sicherheitsleute konnten schließlich nicht überall sein. Die Gelegenheit war zu verlockend, um sie ungenutzt verstreichen zu lassen. Er war gerade zusammen mit Juan Barcera, einem Astronomen von Caltech, und Janice Reshevsky, einer Mathematikerin von einer der Eliteuniversitäten an der Ostküste, vom Speichengitter getreten. Ein Indianer stand emotionslos mit einem Klemmbrett in der Hand vor den Symbolschaltern. Er hakte ihre Namen ab. Sie waren zu zwölft auf der anderen Seite gewesen. Deekins Gruppe war die erste, die zurückkehrte.

Deekin und die anderen unterhielten sich begeistert über die Erfahrung, tatsächlich über eine fremde Welt zu gehen. Sie waren kaum imstande, ihre Gefühle unter Kontrolle zu halten, als das Speichengitter unvermittelt aufleuchtete.

Der Indianer warf einen Blick auf die Symbolschalter, von denen Deekin (wie inzwischen jeder Mensch auf der Erde auch) wußte, daß mit ihnen das Portal gesteuert wurde. Leise, beinahe wie zu sich selbst, sagte der Indianer: »Der falsche Schalter.«

Deekin hatte keine Ahnung, was damit gemeint war, doch offensichtlich war irgend etwas passiert. Die Hand des Indianers legte sich auf den Griff seiner Waffe, ohne sie jedoch zu ziehen.

Das goldene Licht über dem Speichengitter, das einige Sekunden lang in seiner Intensität zugenommen hatte, stabilisierte sich und verblaßte anschließend wieder.

Niemand war auf dem Gitter zu sehen.

Doch Cass Deekin spürte, wie sich etwas tief im Innern seines Kopfes regte, und seine Sinne verschwammen. Die geschwungenen Wände der Rundhauskuppel schienen zu leben, und die Enge schnürte seine Kehle zu. Er schwebte in die Luft hinauf und trieb auf den warmen Strömungen. Sie vermischten sich mit seinem Blut, und er trieb an dem langen gebogenen Fenster vorbei, verströmte dicke Tränen des Vergnügens, während er nach dem offenen Durchgang suchte und ihn schließlich ausfüllte. Er ergoß sich nach draußen und raste auf einen Flecken Tageslicht zu, der sich in einer Leere vor ihm ausbreitete, die für alle Zeiten weiterzugehen schien.

Cass blickte auf das Innere seiner Augenlider, spürte, wie die Welt sich drehte, spürte, wie Hände seinen Kopf hielten und anhoben. Sein Gesicht fühlte sich kalt und naß an.

»Warten Sie«, sagte jemand. »Versuchen Sie nicht, sich zu bewegen.«

»Keine Sorge, das wird schon wieder, Cass«, sagte eine zweite Stimme.

»Hier herüber!« rief eine dritte Stimme.

Cass öffnete die Augen. Die Stimme, die zu ihm gesprochen hatte, gehörte dem indianischen Wachposten. »Haben Sie Geduld«, sagte der Mann. »Hilfe ist bereits unterwegs.«

»Danke«, erwiderte Deekin. »Mir fehlt nichts.«

Doch die Dunkelheit kehrte zurück, kroch über ihn wie Nebel. Er hörte, wie Leute sich unterhielten. Und er hörte erneut das verblüffte Flüstern des Indianers. *Der falsche Schalter.*

24

Cass Deekins Phantom mag vielleicht nicht so berühmt sein wie Hamlets geisterhafter Vater. Aber so sicher wie die Hölle hat er einer ganzen Menge mehr Leute eine Heidenangst eingejagt.
Mike Tower, *Chicago Tribune*

Cass Deekin wußte, daß seine Kollegen auf seinen Vortrag über Eden warteten, doch er war noch immer erschüttert. Er war nach Chicago zurückgeflogen, doch er hatte weder an Bord des Flugzeugs noch zu Hause Schlaf finden können. Er hatte die ganze Nacht hindurch überall im Haus das Licht brennen lassen. Und er hatte eine ganze Reihe schlechter Träume durchlebt.

Am Morgen meldete er sich krank. Anschließend ging er zum Frühstück in Minny's Café, weil er sich nach Gesellschaft sehnte, und dann in die öffentliche Bücherei von Lisle.

Kurz nach elf Uhr tauchte er in der Collandar Grillbar auf. Cass trank nicht gerne, weil er davon zu leicht dick wurde. Doch heute war ein besonderer Anlaß.

Er ließ sich ein Bier geben und war bald darauf in eine Unterhaltung mit einem Autoverkäufer der Chevrolet-Niederlassung auf der gegenüberliegenden Straßenseite verstrickt. Der Verkäufer war ein Mann mittleren Alters, von angenehmem Äußeren und nicht ganz imstande, seine Verkäufermentalität außen vor zu lassen. Doch das war ganz in Ordnung so; Cass machte es an jenem Tag nichts aus, wenn jemand auf ihn einredete.

Der Verkäufer ließ sich über die gegenwärtige Unsicherheit der amerikanischen Industrie aus brachte das Kunststück fertig, gleichzeitig das Vergnügen zu unterstreichen, das das Spazierenfahren auf Amerikas Nebenstraßen bereitete. »Ich will Ihnen etwas verraten«, sagte er grinsend. »Selbst wenn Sie diese Star-Trek-Sache tun könnten und hier in einen Transporterraum treten, um in Bismarck herauszukommen – es wird niemals einen Chevrolet Blazer ersetzen. Es ist mir ganz egal, was andere dazu sagen.«

Nach einer Weile fiel Deekin auf, daß der Verkäufer ihn genau beobachtete. »Fehlt Ihnen was, Kumpel?« fragte er. Sein Name lautete Harvey, und sein Lächeln war einem besorgten Stirnrunzeln gewichen.

»Nein, alles in Ordnung«, erwiderte Cass.

»Sicher? Sie sehen ein wenig daneben aus.«

Mehr brauchte es nicht. Cass erzählte seine Geschichte. Er beschrieb seinen Flug durch die Rundhauskuppel in allen Einzelheiten, sein Gefühl, von irgend etwas *absorbiert* worden zu sein, seine Überzeugung (jetzt, nachdem er eine Zeitlang über die Sache hatte nachdenken können), daß etwas in ihn *eingedrungen* war. »Was auch immer es gewesen sein mag«, flüsterte er mit weiten Augen, »es war unsichtbar.«

Der Verkäufer nickte. »Nun«, sagte er und warf einen Blick auf seine Uhr, »ich muß jetzt wieder.«

»Es *war* da«, fuhr Cass fort. »Gott ist mein Zeuge, es kam durch das Portal. Der Wachposten hat es bemerkt, aber er hat nichts gesagt.« Er stieß sein Glas um. »Hören Sie, ich weiß, wie das in Ihren Ohren klingt. Aber es ist die Wahrheit. Sie haben irgend etwas dort oben ausgelöst.«

Zehn Minuten später versuchte ein Reporter, ihn zu interviewen. Zu diesem Zeitpunkt hatte Cass jedoch bereits entschieden, nichts mehr zu sagen. Sein Entschluß kam selbstverständlich zu spät.

> – Sioux Falls, South Dakota, 27. März
> (Reuters) –
> Die Polizei hat gestern den gesuchten Killer Carmine »The Creep« Malacci vor einem Motel in unserer Gegend festgenommen. Nach Malacci war in den gesamten Vereinigten Staaten gefahndet worden, seit er in Mil-

waukee einen Bundesrichter ermordet hatte. Der entscheidende Hinweis zu Malaccis Festnahme stammte von einigen Anwohnern, die sein Fahndungsfoto in der Fernsehserie Inside Edition gesehen hatten. Gerüchten zufolge soll Malacci auf dem Weg nach Johnson's Ridge in North Dakota gewesen sein, wo er durch das Portal nach Eden zu entkommen gehofft hatte.

Nach Auskunft der Behörden leistete Malacci bei seiner Festnahme keinerlei Widerstand. Er befand sich auf dem Rückweg von einem Tagesrestaurant, wo er gefrühstückt hatte ...

Curt Hollis ging an einem Flachwaggon voller Holz vorbei. Er war unterwegs in Richtung des Depots, gut zwei Meilen voraus, als der Wind zu ihm sprach.

Er hatte mit J. J. Bender zusammengearbeitet, dem Zugdispatcher. Sie hatten Waggons für die Zollinspektion geöffnet. Sie waren eben mit dem Zug fertig geworden, 186 Waggons lang, und hatten sich auf den Rückweg gemacht. Bender und der Zollbeamte gingen ein Stück voraus, vielleicht vierzig Yards oder so, die Hände in den Taschen, Klemmbretter unter den Armen.

Bender und der Inspektor hielten sich dicht beieinander, die Köpfe gegen den scharfen Wind aus Nordwesten gesenkt. Sie gingen auf der Ostseite des Zuges, im Windschatten der Waggons. Curt machte die Witterung nicht so viel aus wie den beiden anderen. Bender und der Inspektor hatten den größten Teil ihres Lebens in Innenräumen verbracht. Curt hatte im Gegensatz dazu immer draußen gearbeitet, Geleise verlegt und Brücken gebaut, hatte Sattelschlepper beladen und im Straßenbau gejobbt. Sein Gesicht war ledrig geworden, als er noch Anfang Dreißig gewesen war.

Heute war er beinahe siebzig Jahre alt, und sein Körper versagte allmählich den Dienst. Schultern, Hüften und Knie schmerzten unablässig. Curt litt an Diabetes und an gelegentlichen Schmerzen in der Brust. Aber er hatte Angst, zu einem Arzt zu gehen. Er schlenderte behäbigen Schrittes durch den Schnee. Im Depot wartete weitere Arbeit auf ihn, deswegen trödelte er zufrieden vor sich hin, während die anderen es eilig hatten. Curt liebte die langen Wege zurück, nachdem ein Zug abgefertigt war. Es war später Nachmittag, und die Sonne sank rasch. Ein paar Diesel warteten auf dem Nachbargleis auf ihren Export. Zwischen den Wagen hindurch erhaschte Curt kurze Blicke auf die Route 75. Ein Pickup fuhr auf der Strecke nach Norden in Richtung Grenze.

Curt war allein. Seine Kinder waren schon lange nach Kalifornien und Arizona gezogen. Jeannie, mit der er siebenunddreißig Jahre lang verheiratet gewesen war, war im letzten Frühjahr gestorben.

Der Wind blies durch das Zwielicht, rüttelte an den Stämmen auf den Holzwaggons und überzog die Kastenwaggons mit feinem Schneestaub. Und er flüsterte seinen Namen.

Curt.

Curt blieb stehen und blickte in den grauen Himmel hinauf.

Seine Begleiter stapften entschlossen weiter. Ein Blauhäher kauerte auf einem Tankwagen und beobachtete ihn.

Curt.

Diesmal deutlicher. Eine kalte Brise strich über sein Gesicht.

Draußen auf der Route 75 donnerte ein Sattelschlepper in südlicher Richtung vorüber und schaltete hoch. Außer dem Zollbeamten und dem Zugdispatcher war kein Mensch in Sicht. Die Wagen standen breit und schwer und rostig im ersterbenden Licht des Tages.

»Ist da jemand?« fragte Curt.

Beim Geräusch von Curts Stimme flatterte der Blauhäher erschreckt auf und flog in Richtung Südosten davon. Curt blickte ihm hinterher, bis er verschwunden war.

Curt.

Kaum mehr als ein Flüstern, ein schwaches Seufzen. Verwirrt, fast ängstlich, blieb Curt stehen. Ein Stück voraus hatte der Zollbeamte ebenfalls angehalten und blickte zu Curt zurück.

Niemand versteckte sich auf der anderen Seite des Zuges. Niemand in dem leeren Kastenwaggon neben Curt. Niemand irgendwo in der Nähe mit Ausnahme der beiden Menschen ein Stück voraus.

Curts Herz hämmerte.

Seine Sicht trübte sich, verschob sich, wurde wieder klar. Er blickte *von oben* auf den Kastenwaggon herab.

Und auf sich selbst.

Falls er Angst verspürt hatte, so wich dieses Gefühl nun von ihm, erlosch. Er spürte die Ruhe und den Gleichmut des Himmels. Ohne jegliche Emotion blickte er auf sich hinunter, sah sich auf dem Boden liegen.

Und er spürte Jeannies Gegenwart. Jung und lachend und ohne Furcht, wie sie vor den langen Wintern und den Geldsorgen gewesen war, die ihr so sehr zu schaffen gemacht hatten. Ihre Augen schimmerten hell, als sie sich an ihn lehnte.

Dann veränderte sich das Licht, wurde dunkler, und Curt bemerkte Bender, der neben ihm kniete. Das alte Gefühl von Verlust kehrte zurück.

»Curt? Was ist mit Ihnen?«

Curt hatte keine Ahnung. »Ich glaube, ich werde krank«, antwortete er. Und dann: »Ich habe gehört, wie jemand meinen Namen rief.«

»Was? Hören Sie, bleiben Sie einfach still liegen, ja? Ich werde im Depot anrufen. Sie sollen einen Wagen rausschicken.«

»Hier ist irgend etwas«, brummte Curt und wehrte sich gegen Bender.

»Er hat recht«, sagte der Inspektor mit weiten Augen. »Ich hab's auch gehört.«

Der Hirsch hatte zu bluten angefangen.

Jack McGuigan steuerte sein Schneemobil an einer Hecke aus dichtem Gebüsch vorbei und untersuchte die Spur. Hellrote Tropfen glitzerten auf dem Schnee.

Er hätte das Tier bereits vor Stunden erlegt haben können, doch Jack hatte Freude am Fährtenlesen. Der Beute Zoll um Zoll näherkommen. Der Kreatur eine faire Chance geben. Doch die Beute rannte nicht mehr. Die Abdrücke waren nicht mehr sauber und scharf umrissen. Die Vorderkanten waren verwischt, und einige Markierungen verrieten Unsicherheit und gelegentliches Stolpern.

Hin und wieder erhaschte er nun einen Blick auf das Tier. Es wurde schwächer, näherte sich der Erschöpfung. Jack hielt an, nahm die Schneemaske vom Kopf und zog ein Sandwich aus dem Beutel. *Laß dir Zeit. Es spielt keine Rolle mehr. Kein Grund zur Eile.*

Er goß sich Kaffee aus seiner Thermoskanne ein.

Der Wald war heute voller Vögel. Jack *liebte* die Bewohner des Waldes. Er liebte den Geruch nach Grün und den Anblick des Himmels zwischen den Zweigen hindurch und den Wind, der in den Blättern raschelte. Und er liebte das saubere, ölige Klicken eines Gewehrverschlusses, der zurückgezogen wurde und einen daran erinnerte, wie allein man hier draußen war. Es war leicht, sich in den Wäldern zu verlieren. Den Beton zu vergessen und die Kinder.

Zu Hause in Gottes Wäldern. So sollte ein Mann leben.

Manchmal, gegen Ende einer Jagd, verspürte er beinahe so etwas wie ein Gefühl von Schuld. Die Spuren im Schnee sahen mitleiderregend aus. Er dachte wie schon so oft über die fast mystische Verbindung zwischen Jäger und Beute nach. Keine Wut. Keine Feindschaft. Der Bock hat resigniert. Er wartet auf den Fangschuß, während er verzweifelt auf die Beine zu kommen versucht, doch er weiß, wer sein Jäger ist, und auch er spürt das Band, die leidenschaftslose Verbindung, die bis vor die letzte Eiszeit zurückreicht.

Jack redete sich nicht ein, das alles zu verstehen. Er akzeptierte es einfach, wie der Bock. Voller Mitgefühl trank er von seinem Kaffee. Als er fertig war, faltete er die Zellophantüte zusammen, in die sein Sandwich eingewickelte gewesen war, und schob sie sorgfältig in den Beutel zurück. (Von Zeit zu Zeit begegnete er Leuten, die ihren Abfall achtlos in die Wälder warfen. Nichts brachte Jack mehr in Wut als diese Typen. Letztes Jahr um diese Zeit war er auf einen Burschen gestoßen, der eine Spur aus Bierdosen hinter sich hergezogen hatte. Als Jack mit ihm fertig gewesen war, hatte der Bursche blutend neben seinem Lagerfeuer gelegen.)

Zeit, die Sache zu beenden.

Der Augenblick war gekommen. Jack würde den Bock erlösen, wie immer, mit einem einzigen Schuß.

»Ich komme«, sprach er die rituellen Worte, die die letzte Phase einleiteten. Er stieg auf das Schneemobil, drehte den Zündschlüssel und spürte, wie die Kraft seinen Unterleib vibrieren ließ. Erschreckte Vögel flatterten auf.

Er steuerte das Schneemobil auf die Spur zurück und folgte den Abdrücken. Hier hatte das Tier eine Pause eingelegt und war in das Unterholz gekrochen. Dort drüben war es einen steilen Abhang hinuntergestolpert. Jack mußte einen Umweg von fast einer Meile fahren, um den Fuß des Abhangs zu erreichen. Minuten später folgte er der Beute über einen gefrorenen Bachlauf hinweg.

Es war ein Achtender. Als er endlich in Sichtweite kam, versuchte die Kreatur, sich in dichter, schneebedeckter Vegetation zu verstecken. Ihre Spuren verrieten sie dennoch. Jack nahm sein Gewehr aus der Halterung und schob eine Patrone ins Schloß. Sein Blick traf sich mit dem der Beute, ein letzter Augenblick gegenseitigen Erkennens, und der Bock machte einen schwachen Fluchtversuch. Jack hob die Waffe, visierte das Herz des Bocks an und krümmte den Finger um den Abzug. Das Echo des Schusses hallte durch den Wald. Überraschung flackerte in den Augen des Bocks auf. Die Bäume wurden lebendig, und ein Schwarm Vögel floh in den Himmel. Auf der Brust des Bocks erschien Blut.

Die Vorderbeine des Tiers gaben nach. Es brach ein, fiel zur Seite, zuckte und entspannte sich.

Jack stand einfach da und genoß die einfache Schönheit des Augenblicks, wartete darauf, daß das Zittern aufhörte. Als es soweit war und der Hirschbock still lag, ging Jack zum Schneemobil zurück, um die Plastikplane zu holen, in die er den Kadaver einwickeln würde. In diesem Augenblick verdunkelte etwas Merkwürdiges die Sonne.

Jack blickte auf in der Erwartung, eine Wolke zu sehen, doch der Himmel zwischen den Zweigen war nach wie vor weiß und grell. Jack nahm die Plane, und der Schnee knirschte unter seinen Füßen, während er sie neben der Beute ausbreitete und glättete. Das Tier hatte sich in einem Busch verfangen, und Jack mußte ein paar Äste abbrechen, um an die Vorderbein zu kommen.

Es wurde kälter.

Nervös blickte er entlang der Spur zurück bis zu der Stelle, wo sie in einem Bogen außer Sicht verschwand, vielleicht dreißig Fuß weiter hinten. Und ein Stück voraus, wo sie sich über einen flachen Hügel zog.

Ein Windstoß schüttelte die Bäume. Tief in Jacks Unterbewußtsein, dort, wo der wirkliche Jack McGuigan lebte, rührte sich etwas. Irgend etwas, das *nicht zu Jack* gehörte.

Er spürte, wie Wellen von Wut durch seinen Körper durchströmten.

Verrückt.

Überall waren Vögel und kleine Tiere. Ein warmer Lufthauch berührte ihn. Das entfernte Brummen von Verkehr, draußen auf dem Highway, vermischte sich mit der unberührten Stille. Jack fühlte sich seltsam losgelöst, frei. Und beobachtete mit plötzlichem Entsetzen den toten Bock und das Schneemobil und die Gestalt davor, die nur er selbst sein konnte.

Er spürte die Baumwipfel unter seiner Hand, warm

und lebendig. Sie bebten. Schnee und abgebrochene Zweige rieselten nach unten.

Zwischen den Ästen regte sich etwas. Das Sonnenlicht veränderte sich, wechselte die Farbe, funkelte. Jack spürte, daß er nicht mehr alleine war. Er hob die Waffe und warf einen Blick hinter sich. Die Luft wurde wärmer. Das Blut der Beute leuchtete hell im Schnee.

»Es ist ein Alptraum«, sagte Taylor. Er drehte den Ton leiser und lehnte sich in seinem Sitz zurück.

Tony Peters massierte die Stelle über dem linken Auge, an der seine Migräne immer begann.

Die Bilder im Fernsehen zeigten die UN-Versammlung. Dem Sicherheitsrat war eine Resolution vorgelegt worden, die internationalen Zugang zum Rundhaus verlangte. »Wir müssen unser Veto gegen diese verdammte Resolution einlegen«, sagte der Präsident düster.

Peters war überzeugt, daß sie den Sturm aussitzen konnten, und er wußte, daß es nun an ihm war, den Präsidenten zu beruhigen, damit Taylor keine voreiligen Entscheidungen fällte. »Sie alle wissen«, sagte er, »daß Sie souveränes Territorium nicht einfach aufgeben dürfen. Wir könnten es nicht einmal dann, wenn wir wollten. Johnson's Ridge befindet sich in Privatbesitz.«

Taylor lachte auf. »Ich weiß nicht«, erwiderte er. »Es gibt reichlich Präzedenzfälle für Enteignungen. Aber das spielt wirklich keine Rolle. Es wäre einfach *falsch*.«

»Außerdem würde es politischen Selbstmord bedeuten.«

»Also denken Sie, daß man uns nur eine Botschaft zukommen lassen will? Mehr nicht?«

»Nein. Natürlich nicht. Alle haben Angst. Trotzdem gibt es eine ganze Menge Leute, die keine Chance auslassen, uns in Verlegenheit zu bringen.«

»Sie machen ihre Sache jedenfalls verdammt gut.« Der Präsident füllte sein Sherryglas nach und bot Peters die Flasche an.

Peters schüttelte den Kopf.

»Tony, wer hätte geglaubt, daß es im Paradies Öl gibt?« Matt Taylor seufzte. »Man läßt uns keine Zeit zum Atmen.«

»Spielt keine Rolle«, erwiderte der Berater. »Wieviel Öl kann man schon auf den Weltmarkt bringen, wenn man Faß für Faß durch dieses Was-auch-immer schleusen muß?«

Das war ein Punkt. Der Präsident schien erfreut über diese eine gute Nachricht. »Aber es wird eine Rolle spielen«, sagte er. »Irgendwann. Falls es viel Öl dort drüben gibt, werden wir einen Weg finden, es zur Erde zu schaffen. Jeder weiß das. Doch das ist nicht das wirkliche Problem, oder?«

»Nein.«

Taylor war sich der Tatsache bewußt, daß mehr auf dem Spiel stand als Volkswirtschaft und Wahlen. Es war unglaublich, aber sie hatten eine Brücke zu den Sternen entdeckt. Er wagte kaum, an die Implikationen zu denken. Taylor wollte das Portal nicht schließen. Der Mann, der das tat, würde für die nächsten ein oder zwei Jahrhunderte gar nicht gut aussehen. Und Matt Taylor war wie jeder Präsident entschlossen, vor der Geschichte gut dazustehen. Er hatte geglaubt, sein Einzug in das Weiße Haus sei genug. Doch einmal in der Tür, hatte er angefangen, Leute wie Washington, Lincoln, die Roosevelts und Truman zu beneiden. Sie hatten eine Position erreicht, die ihm verschlossen bleiben würde, weil wirkliche Größe nur in Krisenzeiten zum Vorschein kam. Jede Regierung hatte ihre Probleme, doch vor der Entdeckung des Rundhauses waren diejenigen Taylors eher trivial gewesen: kein Staat zu gründen, keine Union zu retten, kein Hitler zu bekämpfen.

Nun war die Krise da. Und massiv. Und Taylor war derjenige, der die richtige Entscheidungen zu treffen hatte.

Was zur Hölle war die richtige Entscheidung?

»Tony«, sagte er. »Ich glaube, es reicht allmählich. Die

Sioux wollen nicht mit uns kooperieren, also müssen wir uns einen anderen Weg einfallen lassen, Johnson's Ridge zu schließen. Es ist mir ganz egal, was es kostet, aber ich werde nicht zulassen, daß dieses Land während meiner Amtszeit auseinanderfällt.«

> Walhalla, North Dakota, 27. März (AP)
> Ein Mann aus North Dakota fand heute morgen den Tod, als er aus den Wäldern abseits der Route 32 direkt vor einen fahrenden Sattelschlepper rannte. Das Opfer, Jack L. McGuigan aus Fort Moxie, hat offensichtlich außerhalb der Saison gejagt. McGuigans Schneemobil wurde eine Meile entfernt gefunden und funktionierte einwandfrei. Aus dem Polizeibericht geht nicht hervor, warum McGuigan das Schneemobil zurückgelassen hat oder warum er davonrannte. Die Untersuchungen dauern zur Zeit noch an.
> McGuigan hinterläßt eine Frau und zwei Kinder.

»Mister Deekin, sind Sie absolut sicher, was Sie gesehen haben?«

Cass blickte direkt in die Fernsehkamera. »Absolut«, sagte er. »Absolut.«

»Warum haben die Leute bei Johnson's Ridge nichts darüber verlauten lassen? Gibt es etwas zu verheimlichen?«

Deekin dachte über die Frage nach. »Ich denke nicht«, lautete seine Antwort. »Ich meine, dieses *Ding*, was auch immer es sein mag, ist *unsichtbar*. Vielleicht wissen sie gar nicht, daß es existiert.«

»Also wollen Sie damit sagen, daß etwas Unsichtbares durch das Portal gekommen ist?«

»Ich glaube ja.«

»Und es treibt sich nun in North Dakota herum?«

»Ja. Ich denke, das trifft zu.«

Der Journalist wandte sich in die Kamera. »Also haben wir möglicherweise einen unsichtbaren Besucher. Bleiben Sie dran. In einer Minute werden wir der Frage nachgehen, ob es einen Zusammenhang gibt zwischen Dr. Deekins Erlebnis und den heutigen Berichten über eine körperlose Stimme bei einem abgelegenen Frachtbahnhof oder dem mysteriösen Tod eines Jägers in der Nähe von Johnson's Ridge.«

25

Ich bin es, der im Wind reist,
und ich, der in der Brise flüstert.
Dichtung der Ojibwa

Auszug aus der *News Hour with Jim Lehrer* vom 28. März. Diskussion Lehrers mit Dr. Edward Bannerman vom Institut für fortgeschrittene Studien über das Dakota-Portal. Dr. Bannerman ist zweimaliger Gewinner des Nobelpreises für Physik.

Bannerman: Es mag tatsächlich sein, was Physiker eine Brücke nennen, will sagen, eine Verbindung zwischen zwei getrennten Universen. Der Pferdekopfnebel am Himmel von Eden beispielsweise muß nicht unbedingt *unser* Pferdekopfnebel sein. Wir wissen es einfach nicht. Und um ganz ehrlich zu sein, wir werden die Wahrheit vielleicht niemals herausfinden. Nebenbei bemerkt möchte ich feststellten, daß all diejenigen enttäuscht sein werden, die hoffen, eines Tages mit Hilfe dieser Technologie von San Francisco nach New York reisen zu können.
Lehrer: Sie werden also nicht in New York herauskommen?
Bannerman: Oh, vermutlich schon. Allerdings nicht in *unserem* New York.

Jeri Tully war acht Jahre alt. In ihrer geistigen Entwicklung war sie erst drei, und die Experten warnten ihre Eltern vor der Hoffnung auf eine großartige Verbesserung. Niemand wußte, was bei Jeri schiefgelaufen war.

Niemand in den Familien der Eltern hatte mentale Defekte besessen, und es gab keinen offensichtlichen Grund. Jeri besaß zwei jüngere Brüder, die beide normal waren.

Jeris Vater arbeitete bei der Grenzpolizei. Ihre Mutter war früher Sekretärin in einer Anwaltskanzlei gewesen und hatte alle Hoffnung auf eine Karriere aufgegeben, als sie ihrem Mann nach Fort Moxie gefolgt war.

Jeri ging in Walhalla zur Schule, der einzigen Schule für geistig behinderte Kinder in der Umgebung. Sie ging gerne zum Unterricht, gewann viele Freunde, und alle schienen sie in ihr Herz geschlossen zu haben. Die Morgen im Haushalt der Tullys waren geprägt von Jeris Ungeduld, endlich in die Schule zu kommen.

Walhalla lag fünfunddreißig Meilen entfernt. Die Tullys hatten eine Vereinbarung mit der Schulbehörde getroffen; der Einzugsbereich war zu groß, um die Kinder mit Schulbussen zu transportieren. Die Tullys brachten Jeri mit dem eigenen Wagen hin und holten sie auch wieder ab, und die Behörde trug die Kosten.

Mit der Zeit hatte Jeris Mutter June angefangen, den zweimaligen täglichen Trip nach Walhalla zu genießen. Das Kind liebte die Fahrt im Auto und war selten glücklicher als unterwegs. Der zweite Teil der Fahrt, wenn June allein im Wagen saß, diente ihr als besinnliche Zeit, in der sie die weiten Felder entlang der Straße beobachten oder ein vertontes Buch anhören konnte.

Jim Stuyvesants Abenteuer fand an einem Donnerstag statt. Jeris Vater hatte Nachtschicht, und seine Frau wartete mit französischem Toast, Schinken und Kaffee auf ihn, als er am darauffolgenden Morgen nach Hause kam. Während sie am Frühstückstisch saßen, geschah etwas Merkwürdiges. Zum ersten und einzigen Mal in ihrem Leben ging Jeri allein aus dem Haus. Später schien es, als habe sie zur Schule gehen wollen, und da ihr jeder Begriff von Entfernung oder Wochentag fehlte (es war Samstag und schulfrei), hatte sie anscheinend beschlossen, zu Fuß zu gehen.

Unbemerkt von allen außer ihrem zwei Jahre alten Bruder zog sie ihre Überschuhe und ihren Mantel an und verließ das Haus durch die Verandatür. Dann ging sie zur Route 11 hinüber, wo sie sich nach rechts wandte. Das Haus der Tullys stand ganz im Westen der Stadt, so daß sie innerhalb weniger Minuten an dem zerstörten Tastee-Freez vorbei und über die Interstate-Überführung gegangen sein mußte. Die Temperaturen lagen noch immer unter dem Gefrierpunkt.

Eine Dreiviertel Meile außerhalb Fort Moxies beschrieb die Route 11 einen scharfen Knick nach Süden, um gleich darauf wieder nach Westen zu schwenken. Wäre die Straße schneefrei gewesen, hätte Jeri sie vermutlich nicht verlassen und wäre kurz darauf entdeckt worden. Doch in der Nacht hatte leichter Schneefall eingesetzt, und die Straße war nicht geräumt. Jeri war nicht gewöhnt, auf Details zu achten, und an der ersten Biegung wanderte sie geradeaus weiter und verließ die Straße. Als der Schnee kurze Zeit später tiefer wurde, bog sie nach rechts ab und entfernte sich noch weiter von der Straße.

Inzwischen hatten ihre Eltern bemerkt, daß sie das Haus verlassen hatte. Hastig wurde eine Suchaktion eingeleitet, doch sie beschränkte sich auf die an Jeris Elternhaus angrenzenden Blocks.

Jim Stuyvesant, Herausgeber und Verleger der *Fort Moxie News*, befand sich zu diesem Zeitpunkt auf dem Weg zum Rundhaus. Die Geschichte, daß ein Geist von der anderen Seite durch das Portal gekommen war, sollte an jenem Morgen in einer Pressekonferenz widerlegt werden, und Jim wollte dabei sein. Er befand sich nicht weit westlich der Stadt, als er auf der rechten Seite, auf Josh McKenzies Land, eine Bewegung wahrnahm. Ein Schneeteufel glitt auf merkwürdig regelmäßige Weise hin und her. Der Schneeteufel bildete einen perfekten Wirbel, schmal an der Basis, weit am oberen Ende. Normalerweise waren Schneeteufel an den Rändern unscharf und verschwommen, und sie bewegten sich auf zufälligen Bahnen über die Ebene. Doch dieser Schneeteufel hier wirkte beinahe *fest*. Und nicht nur das, er bewegte sich auf einer immer gleichen Bahn vor und zurück.

Stuyvesant hielt an und beobachtete das Schauspiel.

Es war irgendwie hypnotisch. Böiger Wind ließ den Wagen schwanken, stark genug, um den Schneeteufel in Stücke zu blasen. Doch der Schneeteufel blieb intakt.

Stuyvesant war niemals ohne seine Videokamera unterwegs. Er hatte sie schon zu den verschiedensten Gelegenheiten eingesetzt und die Aufnahmen anschließend *Ben at Ten* oder einer anderen lokalen Nachrichtensendung verkauft. (Beispielsweise hatte er vorzügliche Filmaufnahmen von der Massenkarambolage auf der Interstate 29 am Thanksgiving Day gemacht oder von der Blockade letzten Sommer, wo wütende Rancher gegen die Fleischimporte demonstriert hatten.) Der Schneeteufel glitt unbeirrt und langsam auf seiner Bahn hin und her. Stuyvesant schaltete seine Kamera ein, ging ein paar Schritte auf das Feld hinaus und begann zu filmen.

Er benutzte die Zoomlinse und filmte ein paar Minuten lang, bevor der Wirbelwind unvermittelt zum Stillstand zu kommen schien.

Und sich anschließend in Stuyvesants Richtung in Bewegung setzte.

Jim filmte weiter.

Der Schneeteufel näherte sich mit gleichbleibender Geschwindigkeit. Es lag etwas Merkwürdiges in seiner Bewegung, etwas beinahe Vorsätzliches.

Eine Windbö zerrte an Stuyvesants Jacke, doch sie schien den Schneeteufel nicht zu berühren. Stuyvesants Instinkte schlugen Alarm, und er wich ein paar Schritte in Richtung seines Wagens zurück.

Der Schneeteufel hielt an.

Erstaunlich. Als hätte er auf Jims Bewegung reagiert.

Jim stand unsicher da, wußte nicht, was er als nächstes unternehmen sollte. Der Wirbelwind setzte sich erneut in

Bewegung. Seitwärts zuerst, dann ein Stück zurück und wieder vor zu seiner ursprünglichen Position.

Stuyvesant beobachtete alles durch den Sucher seiner Videokamera. Die rote Bereitschaftslampe leuchtete am unteren Bildrand.

Du wartest auf mich, was?

Der Schneeteufel näherte sich erneut. Wind zerrte an Stuyvesants Kragen und in seinen Haaren.

Er trat einen Schritt vor.

Der Schneeteufel wich zurück.

Wie alle anderen Einwohner der Gegend um Fort Moxie auch war Stuyvesant mit phantastischen Geschichten und Theorien überschwemmt worden, seit sie das Rundhaus bei Johnson's Ridge entdeckt hatten. Jetzt überlegte er allen Ernstes, ob nicht vielleicht eine vollkommen unbekannte Lebensform draußen in der Prärie existierte, die sich ihm nun enthüllte. Der Gedanke brachte ihn zum Lachen. Er brachte ihn auch dazu, über das nachzudenken, was er seiner Meinung nach wirklich vor sich sah.

Er setzte sich erneut in Bewegung.

Der Schneeteufel zog sich vor ihm zurück.

Stuyvesant ging unbeirrt weiter. Der Schnee wurde tiefer, drang in seine Schuhe ein, ließ seine Knöchel erstarren.

Der Schneeteufel wich zurück. Hoffentlich war das in den Aufnahmen zu erkennen.

Das Gebilde wirbelte und glitzerte in der Sonne und behielt einen konstanten Abstand bei. Wenn Stuyvesant langsamer wurde, verlangsamte auch der Schneeteufel seinen Rückzug.

Ein weiteres Fahrzeug steuerte den Straßenrand an. Stuyvesant überlegte, wie er die Situation erklären sollte, und die Schlagzeile der nächsten Woche schwebte vor seinem geistigen Auge: »Verrückter Herausgeber unter Polizeiaufsicht gestellt.«

Es war eine Jagd ohne Sinn. Die Felder zogen sich endlos dahin, den gesamten Weg bis nach Winnipeg hinunter. Weit genug, beschloß Stuyvesant. »Tut mir leid«, sagte er laut. »Aber ich gehe keinen Schritt weiter.«

Das Gebilde zog sich weitere sechzig Yards oder so zurück. Und brach zusammen.

Etwas Dunkles blieb im Schnee liegen.

Jeri Tully.

Das war der Tag, an dem Jim Stuyvesant religiös wurde. Die Geschichte, die hinterher in den *Fort Moxie News* abgedruckt stand, war eine verkürzte Version dessen, was sich zugetragen hatte.

Unglücklicherweise gab es keine geeignete Kirche in Fort Moxie. Aber der Herr sorgt für seine Herde, und in diesem Fall schickte er Kor Yensen. Kor stand im Begriff, probehalber zu seinem Sohn und seiner Schwiegertochter nach Arizona zu ziehen, doch er zögerte, sein viel zu großes Haus in Fort Moxie aufzugeben, bis er sah, wie die Dinge sich entwickelten. Die Gelegenheit, das Haus kurzfristig an den Fernsehprediger zu vermieten, bot sich genau im richtigen Augenblick. Ihm kam zu keiner Zeit der Gedanke, daß diese Aktion einen permanenten Bruch mit seinen Nachbarn zur Folge haben könnte, die größtenteils Methodisten oder Lutheraner waren und eine ruhigere Form der Religionsausübung bevorzugten als die Hosiannas und den oratorischen Donnerhall Old-Time Bills.

Kors Haus benötigte einige Umbauten, damit es seiner neuen Funktion gerecht werden konnte. Die Volontäre mußten drei Wände herausreißen, um einen genügend großen Versammlungsraum zu schaffen. (Sie hielten selbstverständlich Rücksprache mit Kor und versprachen ihm, hinterher alles wieder in seinen ursprünglichen Zustand zu versetzen.) Der vordere Teil des Raums wurde schwarz gestrichen und mit vollgestopften Bücherregalen zugestellt, so daß die aus den Fernsehübertragungen gewohnte charakteristische Umgebung erhalten blieb. Die Volontäre installierten eine

Orgel sowie neueste Kommunikationstechnologie. Zwei Tage nach ihrer Ankunft in Fort Moxie und gerade rechtzeitig zur gewohnten samstagabendlichen Andacht war die Hinterlandkirche einsatzbereit.

Um exakt 19 Uhr Ortszeit erschütterte die überschwengliche Erkennungsmelodie Bills, ›Tis the Old-Time Religion‹, das neu geschaffene Gotteshaus. Nach dreißig Takten trat Bill vor die Kameras und begrüßte seine große Schar von Fernsehzuschauern in Fort Moxie. Er erklärte, daß seine Volontäre gekommen seien, um gegen den Teufel zu kämpfen. Zusammen mit der Gemeinde aus achtzehn Gläubigen (die dank der Wunder elektronischer Verstärkung wie mehrere hundert klangen) stimmte er ein donnerndes ›A Mighty Fortress is Our God‹ an, und nachdem erst der Chor (verborgen in einem Schlafzimmer in der ersten Etage) eingesetzt hatte, kam jedermann rasch in die gewünschte Stimmung.

»Brüder und Schwestern«, sagte Bill und breitete die Arme aus, »ihr mögt euch fragen, was die Volontäre hierher zur kanadischen Grenze geführt hat. Ihr mögt euch fragen, warum so viele von uns gespürt haben, daß Gott der Herr uns hier haben wollte.

Heute abend haben wir uns im Schatten von Johnson's Ridge versammelt.« Er blickte durch die Kameraobjektive hinaus in Wohnzimmer überall im Land, wo seine Gläubigen sich versammelt hatten. Wer ihn im Fernseher sah, fühlte sich stets *direkt* angesprochen. »Nur wenige Meilen von hier entfernt haben Wissenschaftler ein Portal zu einem anderen …«, er unterbrach sich, zog den Augenblick in die Länge, »… Ort geöffnet.

Einem anderen Ort.

Und was ist das für ein Ort, den sie gefunden haben? Sie reden von Bäumen und Seen, von weißen Blumen und harmlosen Tieren, von einem wunderschönen Himmel und einer warmen Sonne. Sie sprechen in Begriffen von jenem Ort, die jedem vertraut sind, der einen Blick in die Genesis geworfen hat.« Old-Time Bill lächelte. »Die

Wissenschaftler haben das natürlich nicht bemerkt. Sie erkennen den Ort nicht, weil sie viel zu sehr in *dieser* Welt verhaftet sind.

Aber wir wissen, was jener Ort ist, Brüder und Schwestern.«

»Amen«, sangen die Gottesdienstbesucher.

Nach der Messe interviewte ihn eine Reporterin der *Winnipeg Free Press*, Alma Kinyata. »Reverend Addison«, fragte Alma, »glauben Sie wirklich, daß wir das Paradies entdeckt haben?«

Sie befanden sich in Old-Time Bills Büro. Es war spartanisch in jeder Hinsicht und ganz besonders bescheiden im Vergleich zu dem Einfluß und der Macht desjenigen, der darin arbeitete. Old-Time Bill hatte einen Schreibtisch und einige Stühle aufstellen lassen. Zwischen marmornen Bücherstützen fanden sich Ausgaben der Bibel, von Metcalfs »Göttlichem Willen« und den »Oxford Theological Studies«. An der Wand hing ein Bild von Addisons Mutter.

»Ja«, lautete Old-Time Bills Erwiderung. »Ich bin fest davon überzeugt. Natürlich kann niemand das mit Sicherheit sagen, obwohl ich denke, ich könnte Ihnen eine definitive Antwort geben, wenn ich erst dort gewesen bin.«

Das gefiel Alma. Old-Time Bill war in Redelaune, und es würde eine gute Story werden. »Planen Sie, durch das Portal zu gehen? Nach Eden?«

»Nein«, entgegnete Old-Time Bill. »Ich werde meinen Fuß nicht in den Garten setzen. Er ist uns Sterblichen verboten.«

»Sie behaupten, das Paradies zu erkennen, wenn Sie es sehen?«

»Oh, sicher. Jeder würde das.«

»Aber die Menschen, die bis jetzt dort gewesen sind, haben das nicht.«

»Ich meine, jeder *Christ* würde es erkennen. Es tut mir leid. Ich neige dazu, in den Begriffen der Gläubigen zu denken.«

»Aber woran würden sie es erkennen?«

Addisons Augenlider flatterten. »Das Paradies ist von der göttlichen Gegenwart durchflutet. Adam und Eva wurden frühzeitig hinausgeworfen. Das war ein kluger Schachzug, wie ich meine.« Er grinste wie ein großer, freundlicher Hund. »Auf diese Weise blieb der Garten unbefleckt. Rein. O ja, es ist ein heiliger Ort, und ich glaube, daß jeder Mensch, der sich um das Wohlergehen seiner Seele bemüht, diese Tatsache augenblicklich erkennen würde. Sie erinnern sich ganz bestimmt an den Engel.«

»Den Engel?«

»Ja. ›Und er entsandte einen Engel mit einem Flammenschwert.‹ Ich sage Ihnen eines: *Ich* möchte nicht in der Haut derjenigen stecken, die sich in die Dinge Gottes einmischen.«

Alma ging in der Überzeugung, daß Old-Time Bill kein Wort von dem glaubte, was er sagte. Doch sie hatte ihre Story, und ein beträchtlicher Teil der Bevölkerung würde sich vor Angst in die Hosen machen.

Außerdem irrte sie sich, nebenbei bemerkt, in ihrer Einschätzung Old-Time Bills. Er glaubte jedes Wort von dem, was er ihr erzählt hatte.

Andrea Hawk half Max mit seiner Ausrüstung und trat anschließend zur Seite. Die Videoaufzeichnungen hatten enthüllt, daß sich hinter dem Ringsymbol eine Wand mit einem einzelnen, breiten Fenster verbarg. Das Fenster war dunkel, die Wand leer.

Ansonsten wußten sie nichts über den letzten möglichen Zielort, der vom Portal im Rundhaus aus zu erreichen war.

Irgendwie hatte es auf der anderen Seite kalt ausgesehen, also steckten alle in warmen Kleidern. »Wißt ihr«, sagte Arky, »es ist nur eine Frage der Zeit, bis wir irgendwo dort draußen feststecken.«

»Das mag schon sein«, erwiderte Andrea. »Wir sollten

uns einen Test überlegen, der sicherstellt, daß wir auch wieder nach Hause zurückkehren können.«

»Wenn dir etwas einfällt, dann los«, sagte April. Max wußte, daß sie nicht die Absicht hatte, so lange zu warten. Sie wollte den letzten Ort sehen, der vom Rundhaus aus zu erreichen war, und Max wußte auch, daß sie anschließend nach Eden gehen und die Verbindungen studieren wollte, die von dort wegführten. Irgendwann, davon war er überzeugt, würde April steckenbleiben.

Andrea wartete vor den Schaltern, während Arky, April und Max auf das Speichengitter kletterten. »Wir sind soweit«, sagte April.

Andrea berührte das Ringsymbol. »Die übliche Prozedur«, sagte Max und winkte mit einem Spaten. »Wir überprüfen, ob wir zurückkehren können, bevor wir irgend etwas anderes unternehmen.« Er wandte sich an Andrea. »Wir schicken den Spaten zurück. Falls es nicht funktioniert, hinterlassen wir eine Nachricht.«

Andrea nickte.

Max versuchte sich zu entspannen. Er schloß die Augen vor dem aufflackernden Licht und atmete tief durch. Das war es, was wahrscheinlich sein Leben rettete.

Max hatte herausgefunden, daß das Schwindelgefühl nicht so stark war, wenn man mit geschlossenen Augen durch das Portal ging. Er sah das inzwischen vertraute Leuchten durch die Augenlider hindurch und spürte das beunruhigende Fehlen jeglicher physischen Realität, als existierte er gar nicht mehr. Dann erlosch das Licht, sein Gewicht kehrte zurück, sein Körper war wieder da.

Und er konnte nicht atmen.

Eine Mauer aus Kälte brach über ihm zusammen, und er stürzte auf das Gitter. In seinen Ohren brüllte es, und sein Herz hämmerte wild.

Vakuum.

Sie waren in einem Vakuum herausgekommen.

Aprils streckte die Hände nach ihm aus. Sie stolperte davon, vom Gitter herunter. Max folgte ihr.

Sie befanden sich in einer langgestreckten, zylindrischen Kammer, die mit Maschinen vollgestellt war. Das schwarze Paneel, das sie in der Kameraaufzeichnung gesehen hatten, war in der Tat ein Fenster, doch die Nacht dahinter wurde von keinem Stern erhellt.

Die einzige Beleuchtung kam von mehreren Fenstern auf der gegenüberliegenden Wand: Licht von einer gewaltigen, elliptischen Galaxis. Selbst in seinem Entsetzen war Max noch von der Erhabenheit des Anblicks gefangen.

Arky stolperte durch den silbernen Lichtschein in den rückwärtigen Bereich des Transporterraums, wo eine Säule ähnlich der stand, die sie bereits auf Eden vorgefunden hatten. Von seiner Position aus erkannte Max zwei Reihen von Symbolschaltern.

Arky musterte die Symbole und bemerkte Max' Blick. Max erkannte den stillen Vorwurf in Arkys verzerrtem Gesicht. Und noch etwas.

Jetzt.

Max las den Befehl in dem verzerrten Gesicht.

Geht.

Die dunklen Augen deuteten auf das Speichengitter. Max packte April, während Arky den Symbolschalter bediente. Eines der Symbole leuchtete auf, doch Arkys Finger klebten fest. Er konnte sich nicht losreißen.

Die entsetzliche Kälte trieb den letzten Rest Luft aus Max' Lungen. Die Welt ringsum versank, wurde durchsichtig, und Max verspürte nur noch den einen Wunsch, daß es vorüber war.

Aprils Hand hielt ihn fest. Zog ihn auf das Gitter zurück. Er stolperte, und sie brach hinter ihm zusammen.

Arky war auf den Knien, beobachtete sie.

Die Kammer fing an zu verblassen. Das Licht war so hell, daß Max am liebsten geschrien hätte, doch er konnte nicht.

Auf dem Videoband, das NBC in *Counterpart* ausgestrahlt hatte, war alles genau zu sehen gewesen. Die gesamte Nation hatte die merkwürdige Säule aus Schnee gesehen, die zielstrebig über die Ebene gewandert war. Wenn irgendeine Fernsehsendung in der Geschichte geeignet gewesen war, die Zuschauer zu verängstigen, dann diese.

»Und das Kind«, fragte der Moderator freundlich, »das Kind lag an der Stelle, von wo Sie die Schneesäule vertrieben haben?«

»Ich denke nicht, daß das die Sachlage korrekt wiedergibt«, entgegnete Stuyvesant.

»Und was genau ist geschehen, Jim?«

»Ich hatte den Eindruck, das Ding wollte mir zeigen, wo das Kind lag.«

Der Moderator nickte. »Können wir die letzten Augenblicke vielleicht noch einmal sehen, Phil?«

Sie beobachteten, wie der Schneewirbel systematisch zurückwich, innehielt, erneut zurückwich. Unglücklicherweise kam bei der Aufnahme die Verbindung zwischen den Bewegungen des Schneeteufels und des Kameramannes nicht heraus, doch die Zuschauer sahen auch so genug.

»Stimmt es, daß Jeri vorher noch niemals allein von zu Hause weggegangen ist?« fragte der Moderator.

»Jedenfalls sagt das ihre Familie. Und wenn sie das sagt, dann bin ich sicher, daß es so ist.«

»Warum glauben Sie, daß Jeri diesmal weggegangen ist?«

»Ich weiß es nicht. Ich schätze, es war einfach Zufall.«

»Jim, ist vielleicht etwas an den Gerüchten, daß sie verleitet worden ist? Das dieses Ding versucht hat, Jeri aus der Stadt zu locken?«

»Ich denke nicht.«

Die Kameras zoomten zu einer Nahaufnahme des Moderators heran, der seinen Zuschauern mit nachdenklichen Blicken entgegensah.

26

So leb denn wohl, mein Sohn!
Du bist über den großen Fluß gegangen -
Sprichwort der Blackfoot-Indianer

Wenn es in dieser Zeit einen Fall von wirklicher Ungerechtigkeit gegen eine Person gegeben hatte, die in Fort Moxie oder dessen Umgebung lebte, dann gegen Jeri Tully. Aber wie jedes Ding zwei Seiten besitzt, so bedeutete die an Jeri verübte Ungerechtigkeit auch hier ein unschätzbares Geschenk.

Aus Gründen, die dem Stab von Spezialisten verborgen geblieben waren, die Jeri untersucht hatten, war Jeri in ihrem Wachstum zurückgeblieben. Ihr Schädel war nie groß genug geworden, um einem normal entwickelten Gehirn Platz zu gewähren. Folglicherweise war das Kind nicht nur in der Größe, sondern auch in seiner geistigen Entwicklung zurückgeblieben. Ihre Welt war ein konfuses Durcheinander, ein Ort voller Zufälle und Unvorhersehbarkeiten, an dem das Prinzip der Kausalität wenn überhaupt, dann nur in Ansätzen galt.

Jeris Freuden waren zum größten Teil auf taktile Erfahrungen beschränkt. Das Lächeln ihrer Mutter, eine Astronautenpuppe, die sie in ihr Herz geschlossen hatte, ihre jüngeren Brüder und (freitags abends) Pizza. Sie zeigte wenig Interesse am Fernsehen, und sie war auch nicht imstande, bei den Spielen mitzumachen, die ihre normalen Altersgenossen spielten. Sie war außer sich vor Freude, wenn ein Besucher ihr seine Aufmerksamkeit zuwandte. Und sie liebte die *Star-Wars*-Filme, wenn auch nur im Kino.

June Tully spürte eine Veränderung in ihrem Kind, nachdem Jim Stuyvesant Jeri an jenem kalten Tag im April nach Hause gebracht hatte. Sie war nicht imstande, die Veränderung an irgend etwas festzumachen. Das

Gefühl war auf der anderen Seite so flüchtig, daß sie niemals mit ihrem Mann darüber sprach.

Jeri begriff wegen ihrer Behinderung nicht, was ihr fehlte, und deswegen verspürte sie weder Trauer noch Schmerz. Ihre einfache Weltsicht bedeutete für Jeris Familie den einzigen und zugleich grenzenlosen Trost. Als Jeri jedoch halb erfroren im Schnee abseits der Route 11 gelegen hatte, war ihr etwas Einzigartiges widerfahren. Sie hatte Angst verspürt, allerdings keine Angst um ihr Leben; sie war ohne Vorstellung vom Begriff der Gefahr. Sie hatte Angst, weil sie nicht gewußt hatte, wo sie sich befand, wo ihr Zuhause lag. Und weil sie der Kälte nicht entfliehen konnte.

Plötzlich war irgend etwas in ihre Welt eingedrungen. Ihr Verstand hatte sich geöffnet wie eine Blume, die sich der Sonne entgegenreckt. Sie war in den Himmel hinauf geschwebt und auf dem Wind geritten, und eine Woge der Freude hatte sie erfaßt, die mit nichts zu vergleichen war, was sie bis dahin erlebt hatte. Jeri war weit über ihre eigenen engen Schranken hinaus nach außen vorgedrungen.

Während jener kurzen Augenblicke hatte Jeri den Zusammenhang zwischen Hitze und Wind und das Hin und Her von freiem, blauem Himmel und geschwollenen Wolken begriffen.

Sie war über das Land gefegt, als wäre sie selbst ein Sturm, ein Ding, das zu gleichen Teilen aus Wind, Sonne und Schnee gemacht worden war.

Für den Rest von Jeris Leben würde sich ihr verkrüppeltes Gehirn an diese Augenblicke im Himmel erinnern, an die Zeit, als Dunkelheit und Chaos und Schwäche von ihr abgefallen waren. An die Zeit, als Jeri gespürt hatte, wie es war, gottgleich zu sein.

Adam und Max kehrten in Druckanzügen zurück, um Arkys Leichnam zu bergen. Zwei Tage später sagten sie ihm mit einer stillen katholischen Trauerfeier in der

Kapelle des Reservats Lebewohl. Der Priester aus Devil's Lake sprach die überlieferten Worte in Sioux.

Die versammelte Trauergemeinde bestand zu gleichen Teilen aus Indianern und deren Freunden. Eine nicht unbeträchtliche Menge attraktiver junger Frauen war darunter, genauso wie neun Mitglieder einer Basketball-Jugendmannschaft, deren Co-Trainer Arky gewesen war.

Max wußte, daß man von ihm als einem der Nutznießer von Arkys Opfer ein paar Worte erwartete, die den Unglücksfall schilderten. Er schrieb seine Gedanken in Stichworten in ein Notizbuch, doch als er schließlich mit seiner Rede an der Reihe war, schien das Notizbuch in seiner Tasche Ewigkeiten entfernt. Max spürte Verlegenheit bei dem Gedanken, jemand könne glauben, er müsse in sein Notizbuch sehen, um seine Gefühle einem Mann gegenüber auszudrücken, der sein Leben gerettet hatte. »Arky kannte weder mich noch April besonders gut«, begann er. »Einige Monate zuvor waren wir noch Fremde.

Heute stehen April und ich nicht nur hier, weil Arky so mutig gehandelt hat, sondern auch, weil er unter extremen Bedingungen nicht den Kopf verlor. Er muß gewußt haben, daß er sich selbst nicht mehr retten konnte. Und so gab er sein eigenes Leben, um das unsere zu retten.«

Max atmete tief durch. Seine Zuhörer beugten sich aufmerksam vor. »Als ich zum ersten Mal Arkys Büro betrat, bemerkte ich einen alten Bogen an der Wand über seinem Schreibtisch. Es war der Bogen seines Vaters, erklärte er. Ich konnte sehen, wie stolz Arky darauf war. Der Bogen ist die Waffe eines Kriegers. Mein Vater ist ebenfalls ein Krieger, und er wäre stolz auf einen Sohn wie Arky.« Max erschauerte. Wieder einmal sah er das kleine Mädchen im Fenster des Flugzeugs vor sich.

Er hatte gehofft, dieses Bild wäre für immer aus seinem Kopf verschwunden, nachdem er April durch das Tor gefolgt war. Doch in der kühlen Klarheit des Augenblicks wurde ihm bewußt, daß dieses Bild ihn bis an sein Lebensende begleiten würde.

Es ist Brauch unter den Stämmen der Dakotas und des Nordwestens, daß sie ihr Gefühl von Verlust überspielen. Statt zu trauern, feiern sie das Leben und die Taten des Geistes, der Fleisch geworden ist und vorübergehend unter ihnen gelebt hat. Ein Teil dieser Feier ist das rituelle Schenken, das die Mitglieder der Familie des Toten zelebrieren.

Gegen Ende der Trauerfeier wurde Max zu seiner Überraschung von einem Teenager nach vorn gerufen, der sich als Arkys Bruder vorstellte. »Wir haben etwas für Sie«, sagte der Knabe.

Ein erwartungsvolles Raunen ging durch die Menge, als Arkys Bruder eine lange, schmale Schachtel in einem handgewebten Stück Stoff hervorzog. Max dankte ihm und öffnete das Paket. Es war Arkys Bogen.

»Ich kann das nicht annehmen«, protestierte er.

James Walker erhob sich und wandte sich zu den Anwesenden um, so daß jeder seine Worte hören konnte. »Sie selbst haben gesagt, der Bogen sei die Waffe eines Kriegers.«

Allgemeiner Applaus erklang.

»Ich bin kein Krieger«, entgegnete Max. »Ich bin ein Geschäftsmann.«

Der Vorsitzendes des Siouxstammes lächelte. »Sie besitzen den Geist eines Kriegers, Collingwood. Arky gab sein Leben für Sie, und die Familie hat entschieden, daß der Bogen Ihnen gehört.« Als Max noch immer zögerte, fügte er hinzu: »Er würde sich wünschen, daß der Bogen sein neues Heim bei ihnen findet.«

Einer der Studenten führte den Besucher herein, blickte April fragend an und zog sich wieder zurück.

Sie erhob sich und streckte die Hand aus. »Mister Asquith?«

»Erfreut, Sie kennenzulernen, Dr. Cannon.« Asquiths Händedruck war unsicher, er drückte ihre Finger. »Ich weiß nicht, ob Sie schon von mir gehört haben.«

Sein Ton enthielt eben genug Selbstzweifel, um erkennbar zu machen, daß Asquith sich tatsächlich für jemanden hielt, der nicht ganz unbedeutend war. Er war schließlich Walter Asquith, Kritiker, zweifacher Träger des Pulitzerpreises, Essayist, Romancier und Poet, bekannt durch eine Reihe bitterer, gesellschaftskritischer Werke, deren letztes, *Late News from Babylon*, sechs Monate lang die Spitze der Bestsellerliste der *New York Times* gekrönt hatte. April erinnerte sich an einen Gastdozenten während der letzten Jahre auf dem College, der am Ende seiner Laufbahn als Herausgeber und Schriftsteller gestanden hatte. Sie hatte Asquiths *Marooned in Barbary* durcharbeiten müssen, eine Sammlung feuriger Angriffe auf zahlreiche Gestalten und Strömungen der gegenwärtigen Literatur. In einer der Kritiken war Aprils Gastlehrer kurz aufgetaucht. Asquith hatte ihm einen verbalen Pfeil mitten zwischen die Augen geschossen. Der Lehrer hatte seinen Schülern stolz die Seite und Zeile gezeigt, und April war bewußt geworden, daß Asquiths Angriff der Gipfel seiner Karriere gewesen war. Genau wie bei Dantes Barbier.

»Ich kenne ihr Werk, Mister Asquith«, sagte April. »Was kann ich für Sie tun?«

Asquith war ein schwerer, fleischiger Mann mit runden Schultern. Sein Haar war bereits weiß und über eine Glatze gekämmt. Er sprach in knappen, befehlsgewohnten Sätzen und hätte, wie April dachte, sicher einen guten Richter abgegeben.

»Ich möchte einige Zeit auf Eden verbringen«, erwiderte er.

April schrieb die Telefonnummer des zuständigen Planers auf und reichte Asquith den Zettel. »Man wird sich glücklich schätzen, Sie auf die Warteliste zu setzen.«

»Nein, ich glaube, Sie verstehen mich nicht. Ich war bereits drüben. Ich will wieder hin. Um ehrlich zu sein, ich würde gerne ein Zelt aufstellen und umziehen. Für eine Weile.«

April warf einen demonstrativen Blick auf ihre Uhr.

Sie ließ sich nicht mehr so leicht durch Autorität einschüchtern. Ein unverschämtes Anliegen blieb ein unverschämtes Anliegen, ganz gleich, von wem es kam. »Es tut mir leid, Mister Asquith. Ich denke nicht, daß wir Ihnen gestatten können ...«

»Dr. Cannon! Ich bin mir durchaus der wissenschaftlichen Bedeutung des Rundhauses bewußt. Ich frage mich allerdings, ob Sie die psychologischen und philosophischen Implikationen begreifen. Der langsame Aufwärtstrend der gesamten Menschheit ist an einem Scheidepunkt angelangt. Wir sind in einen dunklen Wald eingedrungen. Die Welt, die wir kennen, wartet darauf, daß etwas geschieht. Niemand weiß, was das sein wird. Aus diesem Grund befinden sich die Finanzmärkte auf der ganzen Welt im Aufruhr, deswegen stehen Demonstranten vor dem Weißen Haus, deswegen findet in der Vollversammlung der Vereinten Nationen die verbittertste Debatte seit einem ganzen Jahrzehnt statt. Als Sie vor einigen Wochen über den Abgrund wohin auch immer traten, haben Sie den Beginn einer neuen Epoche eingeläutet.

Irgend jemand muß all das niederschreiben. Die täglichen Ereignisse an ihre historische und literarische Stelle rücken. Wir dachten stets, das zwanzigste Jahrhundert würde mit einem einzigen Augenblick im Gedächtnis unserer Nachfahren bleiben, mit dem Augenblick der Landung auf dem Mond. Aber ...« Er blickte April entschlossen an. »Die Mondlandung ist unbedeutend im Vergleich zu dem hier, Dr. Cannon. Der entscheidende Augenblick, vielleicht nicht des gesamten Jahrhunderts, aber ganz sicher der aufgeschriebenen Geschichte, findet *jetzt* statt. Ich weiß, daß Sie angefangen haben, Experten nach drüben zu schaffen. Mathematiker, Geologen, Astronomen und was weiß ich nicht alles. Und das ist auch gut so. Wir müssen so handeln. Aber wir benötigen auch jemanden, der sich einzig und allein mit der Bedeutung dessen auseinandersetzt, was alles hier geschieht. Der im Hintergrund steht, während andere messen und wägen und spekulieren, um diese Ereignisse vor dem Fortschritt des menschlichen Geistes einzuordnen.« Er verschränkte die Hände vor dem Gesicht und stützte sich mit dem Kinn darauf. »Ich denke, ich bin einzigartig für eine derartige Aufgabe qualifiziert. Tatsächlich habe ich bereits umfangreiche Arbeiten zu diesem Thema verfaßt. Und ich würde mich geehrt fühlen, an diesem Unternehmen teilzuhaben.«

Asquith hatte nicht ganz unrecht, dachte April. »An was genau dachten Sie, Sir? Eine Reihe von Nachrichten oder Reportagen?«

»O nein«, wehrte Asquith ab. »Nichts in dieser Richtung. Ich will ein größeres Werk verfassen. Mein *opus magnum*.«

»Geben Sie mir ein wenig Zeit, um darüber nachzudenken«, entgegnete April. »Ich komme auf Sie zurück.«

»Der Arbeitstitel lautet *Küsten der Vergangenheit*.« Asquith reichte April seine Karte. »Wir sollten ohne große Verzögerung anfangen.«

Er ging nach draußen. April beschloß, seinem Ansinnen zuzustimmen. Diese Art von Publicity konnte ihnen nicht schaden. Zuerst jedoch wollte sie mit Max über die Angelegenheit reden.

Sie ging die eingetroffenen Nachrichten durch. Peg Moll, ihr Planer und Koordinator, hatte einen Anruf von einem Mann erhalten, der sich als Agent von *Shaggy Dog* ausgegeben hatte. Die Rapper beabsichtigten, auf Johnson's Ridge ein Konzert zu geben. »Sie versprechen uns, zweihunderttausend Tickets abzusetzen«, sagte Peg.

Als das Telefon klingelte, besprachen April und Max gerade Pläne, eine Reparaturmannschaft in die Kammer zu schicken, in der Arky das Leben verloren hatte. (Inzwischen wollten mehr Wissenschaftler dorthin als nach Eden.)

April nahm den Hörer ab, lauschte eine Minute und sagte dann: »Danke.« Sie legte wieder auf und wandte sich zu Max. »Es gibt ein paar Investoren, die eine Firma gründen und alle Reisen kontrollieren wollen, die vom Rundhaus aus möglich sind. Sie haben eine Dreiviertel Milliarde Dollar für die Exklusivrechte geboten.«

»Der Preis schießt in die Höhe«, sagte Max.

»Sie nennen sich *Himmlische Touren.*« April lächelte traurig.

Detroit, 1. April (Reuters)

Die *Detroit Free Press* berichtet heute, daß die *Detroit Lions* wahrscheinlich nach Fargo, North Dakota umziehen werden. Ungenannten Quellen zufolge hat der Club einem Handel mit Manuel Corazon, dem Vorstandsvorsitzenden von Prairie Industries, zugestimmt. Der Verkauf wird morgen offiziell verkündet. Falls der Rest der Liga zustimmt, wird die Mannschaft nächstes Jahr umziehen und dann unter dem Namen *Fargo Visitors* spielen. Prairie Industries ist ein Konglomerat, das sich auf die Herstellung landwirtschaftlicher Geräte spezialisiert hat.

Sondersendung mit Larry King auf TNT, 1. April.

Gast: Dmitri Polkaevich, Gewinner des Pulitzerpreises für *Iron Dreams,* einer endgültigen Geschichte der UdSSR. Thema: Die neue russische Revolution. (Veranlaßt durch die zu diesem Zeitpunkt aktuellen Befürchtungen, daß ein Staatsstreich durch rechtsgerichtete Kräfte unmittelbar bevorsteht.)

King: Sie haben also nicht das Gefühl, daß ein Wiedererstarken nationalistischer Strömungen wahrscheinlich ist?

Polkaevich: Die Welt verändert sich sehr rasch, Larry. Nein, sicher gibt es Kräfte in

Rußland, die uns ihren eigenen, besonderen Stempel des Faschismus aufdrücken würden, wenn sie könnten. Genau wie diejenigen, die am liebsten wieder zum Leninismus zurückkehren würden. Doch die Fluten der Geschichte spülen sie alle hinweg.

King: Nun, das freut mich zu hören. Eine Frage noch, bevor wir an die Zuschauertelefone gehen: Wohin werden die Wogen der Geschichte uns spülen?

Polkaevich: Es ist ein gefährliches Unterfangen, die Zukunft vorhersagen zu wollen.

King: Ja. Aber sie deuteten gerade an ...

Polkaevich: ... daß einige Tendenzen nicht zu übersehen sind. Larry, Sie haben doch sicher die Ereignisse oben an der kanadischen Grenze verfolgt?

King: Sie meinen das Rundhaus? (Ein Lächeln.) Ich wüßte nicht, wie ich das hätte verhindern können. Ehrlich gesagt, nächste Woche strahlen wir sogar eine Show von dort aus.

Polkaevich: Die Brücke zu den Sternen ist ein Rubikon.

King: Für russische Politiker?

Polkaevich: O ja, selbstverständlich. Und für die Armenier. Und die Chinesen. Larry, ich betrachte mich nicht länger als Moskowiter. Nicht einmal als Russen. Nein, Sie und ich sind Bürger der gesamten Welt. Die Epoche der nationalen Grenzen und der Regierungen, die uns mit ihren kleinlichen Streitereien entzweien, geht zu Ende. Bald ist das alles Geschichte.

King: Sie meinen, Regierungen werden überflüssig?

Polkaevich: Nationale Regierungen, ja. Ich denke, wir werden schon bald eine Weltregierung haben. Unglücklicherweise wird die Übergangszeit nicht ungefährlich sein. Die Menschen neigen dazu, schlecht von ihren Regierungen zu reden, doch sie werden bis zum Tod kämpfen, um sie zu erhalten. Und es gibt ein paar gute Gründe für ihre Ängste. Falls eine Weltregierung zur Tyrannei wird, wohin soll man fliehen? Obwohl wir inzwischen vielleicht eine Antwort auf dieses Problem besitzen. (Er kichert.)

King: Dmitri, Ihre Bemerkung, daß Sie sich selbst nicht mehr länger als Russe fühlen, fasziniert mich. Ich frage mich, ob Sie sich nicht ein wenig deutlicher darüber auslassen könnten?

Polkaevich: Larry, wir wissen nun, daß wir nicht allein sind. Es gibt andere, irgendwo dort draußen, und sie sind ziemlich nah. Dieses Wissen wird die Menschheit zusammenrücken lassen.

FBI/VERTRAULICH
An: Intel IV
Von: SAC, Morton, ID
Betreff: Ursprünglicher Bericht/SIR 27
Eine neue rechtsgerichtete Gruppierung bildet sich im hiesigen Gebiet und unternimmt Anstrengungen, den Eingang zu der außerirdischen Anlage auf Johnson's Ridge, North Dakota, unter ihre Kontrolle zu bringen. Zur Zeit arbeitet sie an einer Charta, die die Besetzung der neuen Welt fordert, gefolgt von einer raschen Staatsgründung.

Anlage A listet aktive Insider auf. So gut wie jedes Führungsmitglied der Gruppierung ist bereits aktenkundig. Anlage B enthält Pressemitteilungen und öffentliche Ansprachen von John Fielder, dem Sprecher der Gruppierung, sowie von Abner Wright, dem Gründer. Achten Sie auf ihre Bemühungen, das Rundhaus aus der Gewalt von Fremden zu befreien (Es scheint, daß damit die Sioux gemeint sind.) und ihre offenkundige Bereitschaft, notfalls auch Gewalt einzusetzen. Weitere Informationen folgen, sowie sich die Lage ändert.

An: Leiter der Zollbehörden, Chicago, Illinois.
Von: Leiter der lokalen Grenzübergänge, Fort Moxie, North Dakota.
Betreff: Status des Rundhauses.
Wie Sie wissen, betreten und verlassen zahlreiche Personen unser Land durch ein ›transdimensionales Portal‹ auf Johnson's Ridge. Bitte teilen Sie mir mit, ob ich Johnson's Ridge als Grenzübergang betrachten und Zollabfertigung durchführen soll. Natürlich bringt niemand kommerzielle Handelsware mit zurück, wenigstens nicht unseres Wissens. Aber es gibt Wild- und Fischbestimmungen und andere Gesetze, die Anwendung finden.
Falls Sie die Errichtung einer Abfertigungsstation anordnen, möchte ich darauf hinweisen, daß wir zusätzliches Personal benötigen.

Die Einschaltquoten von Project Forty sprengten alle Rekorde. Als Folge davon nahm auch die Kritik an Old-Time Bill zu.

Bills Feinde waren die Regenbogenpresse, liberale Politiker und linksgerichtete Kirchen, was soviel heißt wie all die zahlreichen Gruppierungen, die insgeheim dem moralischen Zusammenbruch Amerikas Vorschub leisteten. Sie beschuldigten Bill jedes nur erdenklichen Verbrechens, obwohl sie sich insbesondere auf Betrug und Hypokrisie konzentrierten. Sie warfen ihm vor, daß er die Religion benutzte, um Spenden zu erschleichen, daß er ein theologischer Bauernfänger war und daß er höchstwahrscheinlich nicht einmal an Gott glaubte.

Nichts davon traf zu. Um mit dem letzten zuerst zu beginnen: Bill dachte nicht ernsthaft genug über Theologie nach, um sich den Kopf über Kleinigkeiten zu zerbrechen. Aber er war fest davon überzeugt, daß, genau wie er in seinen Predigten verkündete, jeder Mensch einen direkten Draht zu Gottes Arbeitszimmer besaß. Zögert nicht, das Telefon zu benutzen, pflegte er zu sagen. Sagt, was ihr wirklich denkt, und Gott wird euch niemals warten lassen.

Er glaubte ernsthaft an seine eigene Aufrichtigkeit, denn er gab den Verzweifelnden Hoffnung, gab denen Sinn, die jede Richtung verloren hatten und den Ungeliebten das Gefühl, geliebt zu werden. Jedem, der zu ihm kam, der über die vielen Sinais seines Lebens gewandert war und sich bemühte, dem Geist der Volontäre gerecht zu werden, bot er Vergebung der Sünden, Linderung der Schmerzen und einen himmlischen Kompaß.

O ja, Old-Time Bill war ein Gläubiger. Gott stand an Bills Seite, wenn der Chor sang und die Orgel spielte und die Menschen ihre Sünden hinausschluchzten und versprachen, ihr Leben zu ändern.

Und *ganz sicher* tat Old-Time Bill es nicht des Geldes wegen.

Das Geld war nett; das hatte er noch nie abgestritten. Doch Old-Time Bill betrachtete es als natürliche Konsequenz dafür, daß er das Richtige tat, dafür, daß er auf den Pfaden des Herrn wandelte, daß er nach der Bibel lebte. Seine wirkliche Motivation lag tiefer. Es war das begeisternde Gefühl, vor englischsprechendem Publikum in der gesamten Welt zu stehen und zu spüren, wie die Menschen auf Gottes Wahrheit reagierten. Er liebte es, sie in den Bann des Wortes zu schlagen, ihre Emotionen in den Händen zu halten und mit Hilfe seiner donnernden Rhetorik die Ketten zu lösen, die sie banden, nicht an ihre irdische Existenz, sondern an ein allzu gewöhnliches Leben.

Bill verstand sehr wohl die Romantik in den Geschichten über einen verlassenen Gott, der sein Volk geliebt hatte und schließlich an ein römisches Kreuz geschlagen worden war für alle, die jemals auf der Erde geatmet hatten. Ja! Das war es, was die Menschen verstanden und liebten. Und sie liebten Old-Time Bill, weil er sich selbst zu einem Teil der Botschaft machte.

Die zweite Sendung von Fort Moxie aus fand während des letzten Schneesturms der Jahreszeit statt. Gewöhnlich bekam Bill nicht viel Schnee zu Gesicht, und er inspirierte ihn. Während die Flocken gegen die Fenster trieben, verstand er plötzlich Gottes Liebe zu Adam, trotz dessen Ungehorsam. Und er spürte, wie die Herzen seiner Menschen im Einklang mit dem seinen schlugen.

»Aber Adam ist in den Garten zurückgekehrt!«

»Amen!« kreischten die Volontäre.

»O Herr, wir brauchen Deinen starken Arm!«

»Halleluja!«

»Gib uns ein Zeichen. Zeig den Ungläubigen, daß Du an unserer Seite stehst.«

Bill drängte seine Zuhörer, ihre Abgeordneten anzuschreiben. »Verlangt von ihnen, daß wir uns vom Portal zurückziehen. Wir sind taub gegenüber Seinem Wort.« Tränen erschienen in seinen Augen. Der Wind wurde stärker. Bill spürte Seine Gegenwart. »Zeig ihnen Deine Stärke, Gott Abrahams«, schluchzte er. »Ich flehe Dich an, im Namen Deines Sohnes.«

Der Chor stimmte auf das Stichwort hin »Rock of Ages« an. Der gesamte Raum erbebte. Menschen weinten. Der Wind hüllte das Gebäude ein. Amanda Dexter, die mit verläßlicher Sicherheit stets beim Höhepunkt eines guten Gottesdienstes die Fassung verlor, kreischte ihrem Schöpfer ihre unvergängliche Dankbarkeit entgegen und brach zu einem zitternden Bündel zusammen.

Sie sangen mehrere Choräle, während der Wind an den Fenstern rüttelte. Bill spürte, wie sich etwas in seiner Seele öffnete, und die Macht des Erzengels drang in ihn ein. Wieder einmal spürte er die ekstatische Freude, Gott den Herrn zu den Menschen zu bringen. Er schwebte zu dem Engel und wurde eins mit ihm, lenkte den Sturm, sah, wie die scharfen Winkel des Daches und der Fensterläden unter dem Schnee verschwanden und alle Konturen weich und weiß wurden.

Unvermittelt war er wieder in seinem eigenen Körper. Die Orgel war verstummt. Old-Time Bills Volontäre waren in den Gängen, erschöpft, halfen sich gegenseitig auf die Beine, sangen Hallelujas und sanken in Stühle.

»Lob sei dem Herrn«, sagte Mark Meyer mit aschfahlem Gesicht. »Haben Sie das auch gespürt?« Er blickte Bill direkt in die Augen.

»Ja«, antwortete Bill zittrig. »Ich habe es gefühlt.« In jener Nacht, mehr als in allen Nächten seiner Karriere zuvor, wußte Bill, daß er unter den Gesegneten weilte. »Ich denke, Er hat uns das Zeichen gesandt«, fügte er hinzu. »Ich denke, wir haben wirklich ein Zeichen erhalten.«

Dann fielen ihm die Fernsehkameras wieder ein. Und in diesem Augenblick, während Bill noch darüber nachdachte, ob der Sender seine letzte Bemerkung übertragen hatte, gingen die Lichter aus.

»Überprüft die Sicherungen«, rief jemand.

Seine Leute waren an Stromausfälle gewöhnt, und sie lachten sich ihren Weg durch »Victory in Jesus«.

Bill zog sein Headset über, um mit Harry Staples zu reden, seinem Ingenieur. »Das Licht ist in einer Sekunde wieder da«, meldete Harry.

Der Raum lag in vollkommener Finsternis. Selbst durch die Fenster drang kein Licht herein. Also waren die Straßenlaternen ebenfalls ausgegangen.

»Jeder bleibt, wo er ist, bis wir wieder Strom haben«, sagte Bill.

Sein Produzent meldete, daß die Liveübertragung zusammengebrochen war. »Aber wir sind mit einem Knaller ausgestiegen«, fügte er hinzu. Das Studio in Whitburg hatte übernommen und brachte Gospelmusik.

Bills Volontäre beendeten »Joshua«. Sie jubilierten und siegten über das fehlende Licht, wie sie über alle anderen Umstände auch stets siegreich blieben.

Harrys Stimme erklang aufs neue in Bills Kopfhörer. »Der Stromausfall ist draußen, Reverend. Die Heizung ist ebenfalls ausgefallen.« Bei den Treppen leuchteten Taschenlampen auf.

»In Ordnung«, sagte Bill. »Wir wollen zusammenrücken und dann nach draußen gehen.« Sie waren in Motels in Morris, Manitoba, untergebracht, vielleicht eine halbe Autostunde nördlich der Grenze. Bill wandte sich an seine Zuhörer. »Ihr habt euch großartig geschlagen, Leute«, sagte er. »Laßt uns nach Hause gehen.«
Sie strömten bereits zur Tür und kämpften sich in Stiefel und Mäntel. Bill wartete und sprach mit seinen Leuten, als er hörte, wie die Vordertür geöffnet wurde.

Eine rauhe, maskuline Stimme durchbrach die Stimmung des Abends. »Zur Hölle, was ist denn das?«

Bill vernahm einen Aufschrei.

Die Tür hatte sich zu einer massiven Wand aus Schnee hin geöffnet.

Frank Moll saß zu Hause und lauschte einem Mozartkonzert, als die Lichter erloschen und die Musik erstarb. Durch das Panoramafenster sah er, daß auch die Straßenlaterne direkt vor dem Haus ausgegangen war.

Peg kam mit einer Taschenlampe aus dem Lesezimmer. Sie war auf dem Weg zum Sicherungskasten.

»Der Strom ist überall weg«, sagte Frank und griff nach dem Telefonbuch.

»Es tut uns sehr leid«, erwiderte eine Stimme vom Band bei den Elektrizitätswerken. »Alle unsere Mitarbeiter sind zur Zeit beschäftigt. Bitte bleiben Sie am Apparat.«

Frank legte auf, setzte sich hin und warf die Beine auf einen Fußschemel. »Scheint irgendwo eine Leitung zusammengebrochen zu sein«, sagte er. Draußen war es bitterkalt, doch das Haus war gut isoliert. Sie unterhielten sich in der Dunkelheit und genossen die Unterbrechung des Alltags. Auf der anderen Straßenseite öffnete sich die Eingangstür von Hodge Eliot. Hodge trat mit einer Lampe in der Hand auf seine Veranda und spähte die Straße hinab.

Das Telefon klingelte.

»Frank?«

Frank erkannte die Stimme Edie Thoraldsons. »Irgend etwas ist in Kors Haus passiert. Wir schicken die Einheit raus.«

Das war der Schnelle Einsatztrupp, den Frank früher geleitet hatte.

»Was?« fragte er. »Was ist passiert?«

»Ich weiß es nicht genau«, kam die Antwort. »Anscheinend wurde jemand *verschüttet*. Ich habe es aus dem Polizeifunk von Cavalier. Ich dachte, es wäre keine schlechte Idee, wenn du dir die Sache ansiehst.«

»Okay«, antwortete Frank verwirrt.

Peg blickte ihn fragend an. »Was ist los?« wollte sie wissen.

»Keine Ahnung. Eddie meint, irgend jemand sei *verschüttet* worden. Was zur Hölle hat das nur zu bedeuten?« Er hatte seinen Mantel bereits übergestreift. »Halte die Tür verschlossen«, sagte er.

Kors Haus stand nur sechs Blocks entfernt. Frank blieb in seiner Auffahrt stehen, um einen Zug der Freiwilligen Feuerwehr vorbeizulassen.

Dann setzte er rückwärts in die Straße und wandte sich nach links. Zwei Minuten später parkte er hinter einer rasch wachsenden Menschenmenge einen halben Block von Kors Haus entfernt. Er war dicht hinter dem Schnellen Einsatztrupp. Überall standen Bäume und behinderten die Sicht, und die Menge verursachte ziemlichen Lärm.

Ein Löschzug rollte an. Die Menge teilte sich und wich vor den Einsatzfahrzeugen zurück. Und Frank erhaschte endlich einen Blick durch die Bäume hindurch.

Wo Kors Haus, seit kurzem die Hinterlandkirche Old-Time Bills, gestanden hatte, befand sich nun ein zwei Stockwerke hoher Schneezylinder. Der Schnee war an der Spitze ineinander verdreht wie bei einem Softeis.

27

Er fragte nach einem Zeichen.

Mike Tower, *Chicago Tribune*
(beim Kommentar über Old-Time Bill und
den verrückten Sturm über dessen Kirche).

Harry Mills liebte es zu verkünden, daß er ein reinrassiges Kind des Kornlandes war. Er hatte dreißig Jahre im Kongreß der Vereinigten Staaten und acht als Vorsitzender des Senatsausschusses für Militärangelegenheiten verbracht, bevor er Matt Taylors Vizepräsident geworden war. Harry erzählte allen Leuten, daß er keinerlei politische Ambitionen hatte, außer seinem Land zu dienen. Er würde siebenundsiebzig sein, bevor er auf eine Kandidatur für das erste Amt im Staat hoffen durfte.

Deswegen hatte er sich entschlossen, nach dem Ende von Taylors erster Amtszeit in den Ruhestand zu gehen, solange er noch jung genug war, seine Freizeit zu genießen. Er würde seine Memoiren schreiben, das Land durchreisen und Zeit mit seinen Enkeln verbringen, die überall von Spokane bis Key West verstreut lebten, und er würde wieder nach Hause zurückkehren, um endlich ernsthaft Bridge zu spielen, eine Leidenschaft, die er ein Vierteljahrhundert zuvor aufgegeben hatte.

Die Wirklichkeit sah anders aus. Wahrscheinlich war Harry einfach schon zu alt. Er hatte seine politischen Ambitionen verloren, seinen Geschmack an der Macht. Er genoß es nicht mehr, die Politik zu beeinflussen oder den Entscheidungsträgern auf die Schulter zu klopfen. Nicht einmal die sonntägliche Runde von Talk-Shows bereitete ihm noch Vergnügen. An jenem Abend war er auf einem Empfang für den jordanischen König, obwohl er sich nichts sehnsüchtiger gewünscht hätte, als daheim bei seiner Frau Marian zu sitzen, die Schuhe von den Füßen zu streifen und einen guten Film anzusehen.

Wie bei derartigen öffentlichen Empfängen üblich, umschlichen ihn ein halbes Dutzend junger Ehrgeizlinge, die mit seiner Hilfe darauf hofften, ihre Agendas aufzupolieren. Einer von ihnen war der Direktor der NASA, Rick Keough, der Harry in der Nähe des Vorspeisenbuffets abpaßte.

Harry mochte Keough nicht sonderlich. Der Direktor war ein ehemaliger Astronaut und deswegen in der Öffentlichkeit allgemein beliebt. Doch er neigte zu großspurigen Auftritten und zeigte weniger Interesse an der ihm unterstehenden Organisation als an seiner eigenen Karriere.

Keough nuckelte an einem Cuba Libre und gab sich den Anschein eines Mannes, der unter schlechten äußeren Umständen und bürokratischer Sturheit litt. Sie tauschten Höflichkeiten aus, doch dann kam er auf den Punkt. »Mister Vice President, wir haben ein Problem. Dieses Ding auf Johnson's Ridge. Meine Leute fangen an, sich zu fragen, ob sie noch eine Zukunft haben.«

Keough hatte die vehementen Anstrengungen der NASA angeführt, zu einem aggressiven bemannten Raumflugprogramm zurückzukehren, als diese Vorstellung in der Bevölkerung populär gewesen war, und während der letzten Jahre mit dem gleichen Einsatz für Ökonomie, Wissenschaft und Sicherheit gesprochen. Er war kleinwüchsig, kaum fünfeinhalb Fuß, mit schmalen Schultern und engstirnig. An seinem Charakter war etwas Ausweichendes, eine Tendenz, das Thema ohne Vorwarnung zu wechseln oder sich einer Ablenkung zuzuwenden.

Einer der Kritiker in der Hauptstadt hatte einmal in einem Kommentar über Keough geschrieben, daß eine Unterhaltung mit dem Mann sei, als versuche man mit jemandem zu reden, der sich hinter einem Baum versteckte.

»Wie meinen Sie das?« fragte Harry.

»Verstehen Sie denn nicht? Welchen Sinn machen Booster und Shuttles, wenn man *zu Fuß* gehen kann?«

Keough beendete seinen Drink. »Was wird der Präsident wegen dieser Angelegenheit unternehmen?«

Harry war es leid, ständig an das Rundhaus erinnert zu werden. Er war kein Mann, der man leicht aus der Fassung brachte, und er war davon überzeugt, daß die ganze Angelegenheit sich irgendwann in Luft auflösen würde. Wenn es soweit war, würde das Leben weitergehen. »Beruhigen Sie sich, Rick«, antwortete er. »Es wird immer eine Aufgabe für die NASA geben.«

»Nun, vielleicht sollte das jemand meinen Leuten sagen, weil sie sich bereits nach neuen Stellen umsehen. Mister Vice President, sie verlassen das sinkende Schiff. Das sind Leute, die ihre Arbeit *lieben*. Sie sind unersetzbar. Wenn sie erst das Gefühl haben, daß ihre Arbeit bedeutungslos geworden ist, dann verschwinden sie. Die Organisation wird *kaputtgehen*.«

Und dein Job mit ihr. »Ich werde mit dem Präsidenten reden«, sagte Harry. »Ich bin sicher, er ist bereit, ein entsprechendes Statement abzugeben.«

»Ich denke, er wird sich etwas Besseres als das einfallen lassen müssen. Wollen Sie meinen Vorschlag hören?«

Harry spielte abwartend mit seinem Glas.

»Enteignen Sie das Land. Schicken Sie eine Schwadron von F-111 hin und blasen Sie die Spitze des Sattels weg. Später können Sie sich immer noch entschuldigen, und niemand wird sich beschweren. *Niemand*.«

TODESFAHRER VON EINEM »BESUCHER« ANGEGRIFFEN?

– Grand Forks, North Dakota, 2. April (UPI) – John Culver, der Fahrer, der als Verursacher des tödlichen Unfalls am Samstag abend auf der I-29 angeklagt werden soll, hat ausgesagt, daß »irgend etwas« ihm das Steuer aus der Hand gerissen und das Fahrzeug über den Mittelstreifen in den entgegenkommenden Verkehr gelenkt hat. Culver, neunundzwanzig Jahre alt und wohnhaft in Fargo, behauptete gestern bei seiner Vernehmung hartnäckig, daß er keine Chance gehabt hätte, seinen 1997er Honda unter Kontrolle zu bringen. Aus dem Polizeibericht geht hervor, daß Culver betrunken war, als er frontal in einen Lieferwagen krachte und damit eine Massenkarambolage auslöste, bei der drei Menschen den Tod fanden.

Täglich um dreizehn Uhr fanden Pressekonferenzen auf Johnson's Ridge statt. Reporter in Druckanzügen hatten den galaktischen Endpunkt besichtigt, der allem Anschein nach zu einer Weltraumplattform führte, obwohl das niemand mit Sicherheit sagen konnte, denn die Kammer besaß keinen erkennbaren Ausgang. Wenn der Endpunkt allerdings tatsächlich im Weltraum lag, dann folgte daraus, daß künstliche Schwerkraft technologisch machbar und in Reichweite war. Eine Expedition wurde vorbereitet.

An jenem Tag allerdings interessierten niemand für etwas anderes als den seltsamen Besucher.

April begann, unterstützt von Adam Sky, mit einer kurzen Erklärung, in der die entfernte Möglichkeit zugegeben wurde, daß *irgend etwas* durch das Portal gekommen *sein könnte*. »Wir glauben allerdings nicht daran«, sagte sie. »Wir sind ziemlich sicher, daß es sich um eine kurze Fehlfunktion gehandelt hat, weiter nichts. Die Fehlfunktion stellte eine Verbindung zwischen Johnson's Ridge und einer der Endwelten her.«

»Mit dem Labyrinth?« erkundigte sich Peter Arnett von CNN.

»Ja«, gestand April.

»April«, hakte er nach, »wann werden Sie uns Zutritt zum Labyrinth gewähren?«

»Sobald wir sicher sein können, daß es unbewohnt ist, Peter.« Falsches Wort. Sie hätte nicht ›bewohnt‹ sagen sollen, sondern ›unbenutzt‹. Es klang weniger geheimnisvoll. »Allerdings würde ich gerne noch einmal darauf hinweisen, daß wir mehr als zwei Stunden dort drüben verbracht haben und nirgendwo ein Lebenszeichen fanden. Und wir wurden weder angegriffen noch belästigt, noch durch irgend jemanden bedroht. Nach unserer Rückkehr reaktivierte sich das System von allein. Niemand kam durch das Portal, und nichts, aber auch gar nichts deutet darauf hin, es könnte sich um etwas anderes als eine Fehlfunktion gehandelt haben. Ich hoffe, das gebietet den Gerüchten endlich Einhalt.«

»Sie haben überhaupt nichts gesehen?« fragte ein Reporter vom *Le Parisien.*

»Das ist korrekt.«

»Erwartet man nicht genau das?« fragte der Reporter der *London Times*. »Jedenfalls dann, wenn es sich um ein unsichtbares Wesen handelt?«

»Wie soll ich darauf antworten?« lautete Aprils Gegenfrage. »Wir haben nichts gesehen. Mehr kann ich nicht dazu sagen. Falls die *London Times* Spekulationen anstellen möchte, dann nur zu.«

»Was halten Sie von Deekins Aussagen?« fragte ein Reporter der *Prawda*. »Er schwört, daß er gesehen hat, wie *etwas* herüberkam.«

April blickte genervt drein. »Da müssen Sie schon Dr. Deekin persönlich fragen.«

Reporter lieben wie jeder andere Mensch auch gute Storys. April wußte, daß sie zwischen ihrem natürlichen Mißtrauen und einer unausgesprochenen Hoffnung hin- und hergerissen waren, daß etwas an den Gerüchten dran war. Jeder wußte, daß genau diese Sorte von Geschichten die Auflagen in die Höhe trieb. In *ziemliche* Höhe. April war selbstverständlich nicht ganz ehrlich gewesen. George Freewater war der Wachposten gewesen, der den falschen Symbolschalter hatte aufleuchten sehen. Und George glaubte ebenfalls, daß etwas durch das Portal gekommen war. Andererseits hatten sie alle lernen müssen, wie gefährlich es war, wenn man der Öffentlichkeit alles erzählte, was man wußte.

»Verrate auf einer Pressekonferenz alles, was du weißt«, hatte Max gebrummt, »und schon haben wir die schönste Panik.«

Adam war anderer Meinung gewesen. »Niemand wird in Panik ausbrechen. Das ist Regierungsgeschwätz. Ich denke, wir fahren am besten, wenn wir die Wahrheit berichten.«

»Die Wahrheit wird überbewertet«, hatte Max erwidert und Adam müde angesehen. »Waren Sie in letzter Zeit mal in einer der Städte? Nachts verbarrikadieren sie ihre Türen. Und man findet kaum noch Kinder, die draußen spielen.«

The News at Noon, KLMR-TV, Fargo

Sprecher: Heute gab es weitere merkwürdige Vorfälle in Fort Moxie und der Umgebung, Julie. Als erstes haben wir ein Interview mit dem Mann, der mit dem unsichtbaren Wesen gesprochen haben will, das an der Grenze spukt.

(Schnitt zu einer Luftaufnahme der Eisenbahn mit dem Depot und einer Reihe von Tankwaggons und leeren Tiefladern; langsames Wegzoomen der Perspektive wegen.)

Und wir haben einen weiteren Bericht über den inzwischen sogenannten Besucher. Carole Jensen befindet sich in Noyes, Minnesota.

(Schnitt auf die Jensen neben einem Eisenbahngleis; hinter ihr ein weißer Tankwagen.)

Jensen: Folgendes hat sich hier zugetragen, Claude. Wir befinden uns bei einem winzigen Eisenbahndepot in Noyes, Minnesota, vielleicht eine Meile südlich der kanadischen Grenze. Ein Arbeiter der Eisenbahngesellschaft hat möglicherweise vor ein paar Tagen eine Begegnung mit diesem außerirdischen *Ding* gehabt, das Berichten zufolge aus dem Rundhaus bei Johnson's Ridge entwichen ist. Der Arbeiter, Curt Hollis, wurde nach dem Zwischenfall in ein örtliches Krankenhaus gebracht. Heute ist er wieder bei uns, und es scheint ihm gutzugehen.

(Die Kamera zoomt ein wenig zurück, neben der Jensen steht abwartend Hollis.)

Jensen: Wie geht es Ihnen, Mister Hollis?
Hollis: Gut, danke. Mir fehlt nichts.
Jensen: Was genau hat sich hier zugetragen?
Hollis: (Nervös) Irgend etwas hat meinen Namen gerufen. Zuerst dachte ich, es sei der Wind. (Er versucht, das Geräusch nachzuahmen.)
Jensen: Hat es sonst noch jemand gehört?
Hollis: Ja. Der Zollinspektor hat es gehört. Fragen Sie ihn. Es war wirklich da.
Jensen: Hat es denn sonst noch etwas gesagt?
Hollis: Nicht in Worten.
Jensen: Nicht in Worten? Wie denn?
Hollis: Ich weiß es nicht. Es hat mir so ein fröhliches *Gefühl* geschenkt.
Jensen: Inwiefern, Mister Hollis?
Hollis: Ich flog. Hören Sie, wenn Sie die Wahrheit wissen wollen – ich habe mir fast in die Hosen ge... (er zögert) ... Ich hatte schreckliche Angst.
Jensen: Und was geschah daraufhin?
Hollis: Ich wurde ohnmächtig.
Jensen: Soweit mein Bericht aus Noyes, Claude.

(Die Kamera schwenkt ab zu einem Panoramablick über das gesamte Depot.)

Wenigstens eine weitere Person wurde Zeuge der Stimme hier draußen. Hat hier bei diesem Depot Anfang der Woche eine Begegnung mit einem Außerirdischen stattgefunden? Oder ging nur einem weiteren Mann die Phantasie durch in einer Gegend, aus der eine ganze Reihe Leute von zahlreichen merkwürdigen Ereignissen berichten?
Sprecher: Danke nach Noyes, Carole. Und jetzt nach Fort Moxie, wo die Übertragung der religiösen Fernsehandacht von Project Forty gestern abend ein jähes Ende fand. Unser Reporter Michael Widemann berichtet.

An die Versicherten der
Holyoke Industries Pensionskasse
Sehr geehrter Leistungsbezieher,
Wie Ihnen sicherlich bekannt ist, durchlebt die Wirtschaft eine extrem schwierige Phase. Die Pensionskassen sind vom ökonomischen Wohl der Nation abhängig, und die unsere bildet da keine Ausnahme. Wir haben in den letzten Jahren alles Menschenmögliche unternommen, um die Beiträge unserer Versicherten gewissenhaft und vorsichtig zu investieren. Doch keine noch so große Umsicht hätte den Abschwung der letzten Wochen vorhersehen können, genausowenig, wie irgendwelche Maßnahmen Schutz davor hätten bieten können.
Die Sicherheiten der Pensionskasse Ihrer Gesellschaft sind wie bei sämtlichen anderen Gesellschaften auch in den letzten Tagen beträchtlich in ihrem Wert gefallen. Glücklicherweise haben wir einen besonderen Fonds

eingerichtet, der gedacht war, uns durch genau die Art von Notfall zu helfen, die nun eingetreten ist. Allerdings verlangt das schiere Ausmaß der die gesamte Nation heimsuchenden Probleme, daß wir unsere Mittel mit größter Vorsicht einsetzen. Um sicherzustellen, daß Sie auch weiterhin verläßlich Ihre Rente beziehen können, müssen wir die Mai-Zahlung um $ 421,00 auf $ 1166,35 kürzen. Wir hoffen, daß es bei dieser einmaligen Kürzung bleibt und versichern Ihnen, daß die Treuhänder der Pensionskasse alles in ihrer Macht Stehende tun, um unsere gemeinsame Zukunft zu sichern.

Wir danken Ihnen für Ihr Verständnis und Ihre Unterstützung in dieser schwierigen Zeit.

J. B. Haldway, geschäftsführender Direktor

Am gleichen Tag, an dem Holyoke Industries ihren Pensionären die schlechte Nachricht zukommen ließ, erschien im deutschen Tagesspiegel ein Artikel des letztjährigen Nobelpreisgewinners in Wirtschaftswissenschaften, Heinz Ehrhardt von der Universität Berlin. Ehrhardt erkannte zwar an, daß die Weltwirtschaft durch die Neuigkeiten aus North Dakota ziemlich durchgeschüttelt worden sei. »Ein kurzfristiger Abschwung«, schrieb er, »ist meiner Meinung nach unausweichlich. Wenn jedoch die technologischen Anwendungen in Produktion und Transport möglich werden – und es gibt keinen Grund zu bezweifeln, daß sie das werden –, dann steht die Welt vor einer Periode der Blüte und des Reichtums wie noch niemals zuvor.«

Niemand schien seinen Worten Gehör schenken zu wollen. Am Ende des Tages war der Dow Jones um weitere 240 Punkte gefallen, und ein Ende war nicht in Sicht.

Larry King Live.
Gast: Dr. Edward Bannerman vom Institut für Fortgeschrittene Studien.
King: Dr. Bannerman, Sie sollen gesagt haben, die *wirkliche* Schlagzeile sei die sogenannte Galaktische Welt. Warum ist das so?
Bannerman (lachend): Larry, das alles sind wirklich wichtige Schlagzeilen. Allerdings bedeutet die Tatsache, daß die Kammer, in der Arky Redfern den Tod fand, sich außerhalb eines Planeten befindet, einen monumentalen Einschnitt in einer Reihe unglaublicher Ereignisse.
King: Und warum?
Bannerman: Ich will es einmal von der praktischen Seite beleuchten.
King: In Ordnung.
Bannerman: Die Leute sind in dieser Kammer *nach unten* gefallen. Die Berichte weisen darauf hin, daß die Milchstraße im Fenster noch immer an der gleichen Position steht. Daraus folgt, daß die Anlage, was auch immer sie sein mag, *nicht rotiert*. Oder falls doch, dann verdammt langsam. Das Wichtige daran ist, Larry: Falls die Anlage nicht auf einem Planeten steht und nicht oder nur sehr langsam rotiert, dann ist künstliche Schwerkraft im Spiel.
King: Ich kann verstehen, daß das von einiger Wichtigkeit ist, aber ...
Bannerman: Larry, falls wir imstande sind, künstliche Schwerkraft zu erzeugen, dann können wir wahrscheinlich auch die Auswirkungen der Schwerkraft reduzieren, wenn nicht sogar eliminieren. Ich rede hier von Antigravitation. Überlegen Sie einmal, was das beispielsweise für den gewöhnlichen Haushalt bedeuten würde. Sie wollen das

Sofa in eine andere Ecke stellen? Schieben sie eine Antigravitationsscheibe darunter, und es schwebt beinahe von allein in das nächste Zimmer.

Horace Gibson hatte seine berufliche Laufbahn als Versicherungskaufmann begonnen. Gelangweilt war er dann aber zu den Marines gegangen. Er war zum Bataillonskommandeur aufgestiegen, im Golfkrieg mit einem *Silver Star* und in Johannesburg mit der *Medal of Honor* ausgezeichnet worden. Seine Einheiten hatten genug Belobigungen erhalten, daß er damit sein Lesezimmer tapezieren konnte. 1996 war er in Ruhestand getreten und hatte einen anderen Zivilberuf ergriffen, diesmal als Makler im Immobiliengeschäft. Er hatte beinahe ein ganzes Jahr durchgehalten. Am Jahrestag seiner Entlassung aus dem Marine Corps trat er den U.S.-Marshalls bei.

Innerhalb von zwei Jahren hatte er sich zum Kommandeur des Mobilen Einsatzkommandos MEK hochgearbeitet, der Anti-Terrortruppe der U.S.-Marshalls mit Basis in Pineville, Louisiana.

Seine Leute liebten Horace. Er nahm sie vor seinen Vorgesetzten in Schutz, wenn es erforderlich wurde, und er scheute keine Mühen, um sicherzustellen, daß seine Operationen mit maximalem Erfolg bei minimalem Risiko durchgeführt wurden.

Privat hatte er zwei gescheiterte Ehen hinter sich. Sein Leben war zu unruhig und rastlos für jede der beiden Exfrauen gewesen.

Er besaß zwei Söhne, die ihm beide die Schuld am Scheitern der Ehen gaben (und das nicht ganz zu Unrecht), und deren Beziehung zum Vater konsequenterweise unterkühlt war. Horace hatte nichts gefunden, womit er die Trümmer seines Privatlebens hätte ersetzen können, und so fand er Zuflucht in zuviel Arbeit. Sein Vorgesetzter, Carl Rossini, pflegte regelmäßig darüber zu spotten, daß Horace eine Frau brauche, die sein Leben in den Griff nahm. Es traf ins Schwarze, und Horace wußte das.

Bis es soweit war, vergnügte sich Horace so, wie er seine Vergnügungen fand. Mit den Jahren wurden es weniger, ein Ergebnis seines zunehmenden Alters und seines kritischer werdenden Geschmacks. Trotzdem gab es hin und wieder erfreuliche Begegnungen. Eine davon trug den Namen Emily Passenger und war eine üppige junge Frau, die er bei einer Spendenveranstaltung für die Stadtbücherei von Pineville kennengelernt hatte. Sie hatten sich einige Male zum Abendessen verabredet, ein paar Shows gemeinsam angesehen und angefangen, miteinander zu joggen. Er hatte auf ihrer Seite ein gewisses Zögern verspürt, eine feste Beziehung einzugehen, und die Ursache dafür seinem unsteten Leben zugeschrieben. Sie wollte kein dritter Fehlschlag werden.

Konsequenterweise hatte Horace sich eine Strategie zurechtgelegt, mit der er ihr beweisen wollte, daß er sowohl reif als auch seßhaft geworden war. Der erste Schritt dazu war eine Einladung zum Abendessen bei ihm zu Hause, und als sie sich einverstanden erklärte, machte er sich voller Begeisterung an die Vorbereitung des Abends. Er kaufte einige T-Bone-Steaks sowie eine teure Flasche Champagner ein und investierte in eine Petroleumlampe, die zu einer gemütlichen Atmosphäre beitragen sollte. Den Tag verbrachte er mit Aufräumen und Saubermachen. Am Abend, zwanzig Minuten, nachdem er den Champagner geöffnet hatte, klingelte sein Telefon.

28

Ein Königreich für ein Haus in unberührter Wildnis ...

›*The Task*‹
William Cowper

Ein dünner, bärtiger Mann starrte von seinem Haus in Laguna Beach über den Pazifik hinaus. Unter einem wolkenbedeckten Himmel fuhr ein Frachter über das Meer. Die See war glatt und ruhig.

Seine Haltung verriet eine merkwürdige Unsicherheit, und einem Beobachter wäre es schwergefallen zu beurteilen, ob der Mann nachdachte oder träumte. In der rechten Hand hielt er ein Glas Chardonnay Mondavi.

Unter ihm erstreckte sich die Stadt mitsamt dem Hafen. Auf dem Küstenhighway herrschte reger Verkehr. Der Mann sah auf seine Uhr, wie er es im Verlauf der letzten Stunde alle paar Minuten getan hatte.

Das Telefon klingelte.

Der Mann wandte den Blick vom Fenster ab und nahm an seinem Schreibtisch Platz. »Hallo?«

»Greg hier. Es ist alles vorbereitet.«

In Fargo war es beinahe zwei Uhr nachts. »In Ordnung. Wissen sie, daß wir kommen?«

»Bis jetzt nicht. Hören Sie, wieviel Einfluß haben Sie bei den Bullen?«

»Nicht besonders viel.«

»Ich auch nicht.«

Der Mann in Laguna Beach betrachtete seine Flugtickets. »Nur Mut, Walter. Wir sehen uns in ein paar Stunden.«

SECHS TOTE UND HUNDERTE VON VERLETZTEN BEI AUSSPERRUNG

– Seattle, 4. April (AP) –

Die Arbeitskämpfe bei drei der größten Flugzeughersteller nahmen heute den Charakter eines Aufstands an, als die Firmenleitungen Mitarbeiter aussperrten, die nach einer spontanen Arbeitsniederlegung an ihre Arbeitsplätze zurückkehren wollten. Die Gewaltausbrüche waren die Fortsetzung der Unruhen, seit die in der letzten Woche angekündigten ›größeren Umstrukturierungsmaßnahmen‹ zu einer weit verbreiteten Furcht vor massiven Entlassungen führten.

GIBT ES IN FORT MOXIE EINEN UNSICHTBAREN BESUCHER?

Drei Berichten aus verschiedenen Quellen zufolge ist ein Wesen aus einer anderen Welt durch das Portal bei Johnson's Ridge gekommen und treibt sich nun in der Gegend von Fort Moxie herum. Es gibt Geschichten von Stimmen im Wind, von Kindesentführungen und von Stürmen, die es anscheinend auf Individuen abgesehen haben. Außerdem hat es einen Todesfall unter mysteriösen, man könnte sogar sagen, höchst merkwürdigen Umständen gegeben.

Letzte Woche ließ Jack McGuigan sein Schneemobil in den Wäldern abseits der Route 32 im Cavalier County zurück und rannte auf den Highway hinaus, wo er von einem Truck überrollt wurde. Der Fahrer des Wagens sagte hinterher aus, daß McGuigan offensichtlich vor irgend jemandem auf der Flucht war. Oder vor irgend etwas.

Die Polizei von Cavalier County wird seither mit Hinweisen über Sichtungen überflutet, und Besucher, die aus der Gegend zurückkehren, berichten, daß die Bewohner dort zum ersten Mal seit Menschengedenken des Nachts ihre Türen verschließen.

Inzwischen erreichen uns noch wildere Gerüchte. Old-Time Bill Addison, der im Verlauf seiner Karriere bereits einige himmlische Pferde geritten hat, verkündet lauthals, wir seien in den Garten Eden eingedrungen und hätten einen Racheengel heraufbeschworen. Oder vielleicht einen Teufel. Der Reverend schweigt sich beharrlich über nähere Einzelheiten aus.

Es scheint, daß die Ausgrabung des Rundhauses eine weitere dieser Wahnvorstellungen ins Leben gerufen hat, denen wir uns von Zeit zu Zeit ausgesetzt sehen. Wir kennen noch keine Einzelheiten über den Tod Mister McGuigans, doch ein wahrscheinliches Szenario bietet sich zur Rekonstruktion an: Er jagte außerhalb der Saison und dachte, man hätte ihn beobachtet; er verlor die Orientierung und stolperte auf den Highway hinaus. Zwischenfälle wie dieser ereignen sich jeden Tag. Die Stimmen in der Umgebung Fort Moxies sind ohne Schwierigkeiten der überbordenden Vorstellungskraft einiger Touristen zuzuschreiben, vielleicht ermutigt durch ein paar Einheimische, die eine gutes Geschäft erkennen, wenn es ihnen über den Weg läuft. Das alles bietet interessanten Lesestoff, doch man sollte den Boden der Tatsachen nicht aus den Augen verlieren. Am Ende stellen sich die Fakten doch wieder als banal heraus.

(Editorial der *Fargo Forum* vom 4. April)

Pete Pappadopolou arbeitete seit vier Jahren in der Versandabteilung von ABC Piston Inc. und war erst vor kurzem befördert worden. Seine Ehe war sechs Monate zuvor in die Brüche gegangen, als seine Frau mit einem Bierverleger durchgebrannt war und ihn mit dem unter Asthma leidenden Sohn allein gelassen hatte.

Pete hatte nebenher als Essensfahrer für ein Chinarestaurant gearbeitet, um Geld für die Pflegeschwester und medizinische Versorgung des Kindes zu beschaffen. Er konnte nicht gut schlafen. Er hatte unter Depressionen gelitten, und sein Leben schien nirgendwo hin zu führen. Er vermißte seine Frau, und schließlich hatte ihm sein Arzt Tranquilizer verschrieben. Doch dann war die Beförderung gekommen und mit ihr ein nicht unbeträchtlich gestiegenes Gehalt mit der Aussicht auf weitere Steigerung, wenn ABC erst in benachbarte Märkte expandierte. Außerdem waren die Anfälle des Kindes seltener und weniger heftig geworden. Sie waren über den Berg.

Unglücklicherweise machte auch ABC Veränderungen durch. Die Expansion hätte durch eine Aufstockung des Aktienkapitals finanziert werden sollen, doch der Wert der Firmenaktie war in den letzten Wochen wie Senkblei abgestürzt, und die Banken hatten nach längerer Zeit mißtrauischen Beobachtens einen Rückzieher gemacht.

ABC fand sich mit einem unerwarteten Zuviel an Mitarbeitern wieder. Die Firmenleitung reagierte mit der Streichung von achtzehnhundert Stellen im mittleren und unteren Management. Pete, der erst vor kurzem anläßlich seiner Beförderung aus der Gewerkschaft ausgetreten war, mußte voller Entsetzen feststellen, daß er keinerlei Schutz vor Kündigung besaß.

Am Tag vor der offiziellen Bekanntmachung (die Gerüchteküche bei ABC war ziemlich aktiv) erstand Pete einen 38er und benutzte die Waffe gegen seinen Niederlassungsleiter und einen Kollegen, der Pete gegenüber deutlich gemacht hatte, daß die Beförderung ihm und nicht Pete zugestanden hätte. Der Niederlassungsleiter überlebte, obwohl Pete ihn sechsmal traf. Der Kollege starb an einer Kugel mitten ins Herz. Die Firma reagierte, indem zusätzliches Sicherheitspersonal eingestellt wurde.

James Walker liebte die Einsamkeit. Er erinnerte sich, wie er Jahre zuvor aus den Fenstern des Schulgebäudes auf schneebedeckte Ebenen hinausgestarrt und sich dabei vorgestellt hatte, ganz allein auf der Welt hinter dem Horizont zu leben. Er hatte sich einen Ort vorgestellt, an dem die Wälder sonnendurchflutet und die Flüsse blau und die Winde schwer vom Duft der Blumen waren, wo die Wege grasbewachsen statt geteert und das Land frei war von Grenzen und Verkehrsschildern und verfallenden Scheunen.

Walker lauschte seiner Frau Maria, die in der Küche arbeitete, während leise Musik aus ihrem Radio erklang. In seinem Schoß lag ein aufgeschlagenes Buch, aber er hätte nicht sagen können, wie der Titel lautete. Die Ereignisse auf Johnson's Ridge hatten seinen Tag ausgefüllt, seit Arky zum ersten Mal angerufen und von der Entdeckung berichtet hatte. Jetzt war Arky tot, und die Menschen im Reservat und der gesamten Umgebung fürchteten sich vor der Dunkelheit. George Freewater hatte James unumwunden gesagt, daß irgend etwas durch das Portal gekommen sei. »Gar kein Zweifel möglich«, hatte er hinzugefügt.

Ein halbfertiges Puzzlespiel lag auf einem kleinen Tisch in der Nähe des Fensters. Der Titel des Bildes lautete ›Erhabene Bergwelt‹, und es zeigte einen schneebedeckten Gipfel, der sich aus üppig grünem Waldland erhob. Im Vordergrund rauschte ein felsiger Wildbach. James hatte im Lauf seines Lebens Tausende derartiger Puzzles gelöst.

Es machte ihn traurig, daß es für die Mini Wakan Oyaté keine Wildnis mehr wie auf den Schachteln der Puzzles gab. Sein ganzes Leben hatte er davon geträumt, daß die Sioux eines Tages ihre verlorene Welt wiederentdecken würden, ohne daß er eine Vorstellung davon besessen hätte, wie das geschehen sollte. Es war ihm richtig erschienen, und so hatte er fest daran geglaubt, daß es eines Tages einfach geschehen *mußte*.

Mittlerweile rückten die Schatten vor. Eines Tages, vielleicht schon bald, würde die lange Nacht ihn einholen. Die Sioux hatten ihre Art zu leben vergessen, hatten sich den weißen Technokraten ergeben, die alles aufzeichneten und niederschrieben. Das war es, was er an ihnen am meisten verabscheute: Daß sie immer alles zu verstehen versuchten und nicht erkannten, daß ein Wald ohne dunkle Stellen nur für einen Holzfäller von Wert sein konnte.

Und dann hatte sich eine Straße zu den Sternen aufgetan. Auf Siouxland. Arky hatte es die ganze Zeit über gewußt, hatte ihn gewarnt, daß sich das Rundhaus als viel wertvoller erweisen könnte als jedes Gut, das im Austausch dagegen angeboten würde. Möglicherweise war die neue Wildnis in greifbare Nähe gerückt.

Der Regierungswagen parkte vor der Tür. Walker seufzte, als er sah, wie Jason Fleury ausstieg. Er hatte zwei weitere Männer bei sich, doch sie blieben im Wagen sitzen. Fleury wirkte verlegen.

Walker empfing ihn an der Tür und führte ihn zu seinem Büro. »Ich nehme an, Sie überbringen keine guten Nachrichten«, sagte er.

»Leider nicht.« Fleury schüttelte den Kopf. »In diesen Tagen gibt es wohl für *niemanden* gute Nachrichten.«

Der Stammesvorsitzende schenkte zwei Tassen Kaffee aus. »Was schlagen Ihre Auftraggeber also vor?« fragte er.

»Lassen Sie mich zuerst Ihnen eine Frage stellen, Vorsitzender. Zeichnen Sie unsere Besprechung auf Band auf?«

»Würde es einen Unterschied machen?«

»Nur in dem, was ich Ihnen persönlich zu sagen hätte.«

Walker nahm auf dem Sofa neben seinem Besucher Platz. »Das Gespräch wird nicht mitgeschnitten«, sagte er.

»Gut. Ich vermutete es auch nicht anders.« Fleury atmete tief durch. »Ich weiß gar nicht, wie ich anfangen soll.«

»Lassen Sie mich Ihnen helfen«, entgegnete Walker. »Sie stehen im Begriff, unser Land zu enteignen. Wieder einmal.«

Lange Zeit schwieg Fleury. Schließlich räusperte er sich. »Man glaubt, keine andere Wahl zu besitzen, Sir.«

»Nein«, sagte Walker. »Sicher nicht.«

»Offiziell lautet unsere Position, daß wir auf die Panik in den umliegenden Städten und im südlichen Kanada sowie auf die Gerüchte reagieren, daß irgend etwas aus einer anderen Welt durch das Portal gekommen ist.«

»Welche Panik?« erkundigte sich Walker.

Fleury lächelte matt, ein Versuch, die Spannung zu durchbrechen. Es funktionierte nicht. »Es ist wahr, daß die Menschen verängstigt sind, Vorsitzender. Das wissen Sie sicherlich selbst.«

»Lassen Sie ihnen ein paar Tage Zeit, und die Geschichte wird sich von selbst erledigen.«

»Ganz ohne Zweifel. Nichtsdestotrotz hat es einen Toten gegeben. Es gibt politischen Druck. Der Regierung bleibt keine andere Wahl als zu handeln. Sie wird Johnson's Ridge besetzen und den Fund vorübergehend verwalten, bis wir sichergehen können, daß sich die Situation wieder stabilisiert hat.«

»Und wann wird das der Fall sein?«

Ihre Augen trafen sich. Walker konnte sehen, daß Fleury mit einer Entscheidung rang. »Was ich Ihnen jetzt sage, darf diesen Raum nicht verlassen.«

»Das wird es nicht, falls Sie es wünschen.«

»Das Rundhaus soll mitsamt dem Portal darin zerstört werden.«

»Ich verstehe.«

»Es wird einen Unfall geben. Ich habe nicht die leiseste

Ahnung, wie man es arrangieren will, doch es ist der einzige Ausweg.«

Walker nickte langsam. »Danke für Ihre Ehrlichkeit«, sagte er. »Ich betone noch einmal, Johnson's Ridge gehört dem Volk der Mini Wakan Oyaté. Wir werden uns jedem Versuch widersetzen, uns das Land wegzunehmen.«

»Versuchen Sie, die Regierung zu verstehen«, sagte Fleury. »Inzwischen sind Kräfte am Werk, die niemand wirklich unter Kontrolle hat.«

Der Vorsitzende hatte ein Gefühl, als sei er in einem gigantischen Räderwerk gefangen. »Jason«, sagte er. »Ich verstehe nur zu gut. Aber an mir ist es, einen Zufluchtsort für meine Enkel zu bestimmen, wenn sich eine Gelegenheit bietet. Es wäre besser, wenn Ihre Leute die Angst ablegen könnten. Am Rundhaus ist nichts, das gefährlich werden könnte. Die augenblicklichen Schwierigkeiten in der Welt haben ihren Ursprung einzig und allein in Dummheit und Ignoranz. Und Furcht.«

Fleurys Augen blickten leer. »Viele von uns sind Ihrer Meinung, Vorsitzender. Sie besitzen mehr Freunde, als Sie vielleicht glauben.«

»Aber keiner von ihnen stellt sich vor uns.«

Fleury kämpfte um Worte. »Vorsitzender, der Präsident selbst sympathisiert mit Ihrer Position. Aber er fühlt sich auch genötigt, Maßnahmen zu ergreifen. Er ist der Nation verpflichtet.«

»Es tut mir leid«, entgegnete Walker und erhob sich zum Signal, daß die Unterredung beendet war. »Es tut mir wirklich leid.«

»Vorsitzender, hören Sie!« Ein Unterton von Verzweiflung schlich sich in Fleurys Stimme. »Es liegt nicht mehr in Ihren Händen. Die Verfügung ist bereits unterschrieben. Sie wird Ihrem Volk innerhalb der nächsten Stunde überstellt werden.«

»Auf der Stammesversammlung?«

»Einem Ihrer Vertreter oben bei Johnson's Ridge.«

»Adam wird sie nicht annehmen.«

»Aus diesem Grund bin ich hier. Um Ihnen zu erklären, was daraufhin geschehen wird. Und um Sie um Ihre Mithilfe zu bitten. Wir werden eine großzügige Wiedergutmachung zahlen.«

»Und was bieten Sie mir im Tausch gegen die Zukunft meines Volkes? Bleiben Sie weg von Johnson's Ridge, Mister Fleury. Es gehört den Sioux. Wir werden es nicht freiwillig übergeben.«

Max nahm den Hörer ab. Es war Tom Lasker. »Hör zu, Max. Da ist etwas, das du wissen mußt«, sagte er.

»Du hast das Schiff verkauft«, entgegnete Max.

»Ja. Hör mal, sie haben *eine Menge* Geld angeboten, Max. Mehr, als ich in meinem ganzen Leben ausgeben kann.«

»Es ist in Ordnung, Tom.«

»Ich weiß nicht, ob es irgendwelche Auswirkungen auf Johnson's Ridge haben wird. Ich hatte befürchtet . . .«

»Wo ist das Schiff jetzt?«

»Sie sind damit beschäftigt, es auf einen Trailer zu laden.«

»Wells?«

»Nein. Das Geld stammt von der Regierung. Die Jungs sind vom Schatzamt.«

Deputy U.S. Marshal Elisabeth Silvera überreichte Adam Sky den Gerichtsbeschluß. Sie war Ende Vierzig, groß, schlank, unpersönlich. In ihrem schwarzen Haar zeigten sich die ersten grauen Strähnen.

In Silveras Begleitung befand sich Chief Doutable.

Adams Büro in der Sicherheitsbaracke war klein und überfüllt. Die Wände, die bis gestern mit Ausnahme einer Stammestrommel und einem Bild seiner Frau noch leer gewesen waren, hingen jetzt voller Waffen. Bögen, antike Musketen, Adams alter Dienstrevolver – was immer er gefunden hatte, war aufgehängt worden.

Silvera zog das Dokument aus ihrer Tasche. »Mister Sky«, sagte sie. »Ein Bundesgericht hat verfügt, daß diese Anlage, das Rundhaus und alles darin mit Ausnahme persönlicher Gegenstände unter die Obhut der Bundesregierung zu stellen ist.

Die Verfügung wurde erlassen«, fuhr sie fort, »weil von dieser Anlage eine Gefahr für die öffentliche Sicherheit und Ordnung ausgeht.«

Als der Sicherheitschef keine Anstalten machte, den Gerichtsbeschluß entgegenzunehmen, legte Silvera das Papier auf seinen Schreibtisch. »Sie haben Zeit bis Mitternacht, um sich dem Beschluß zu fügen.« Ihr Tonfall veränderte sich, als wollte sie einen freundschaftlichen Rat erteilen. »Je früher Sie von hier verschwinden, Mister Sky, desto besser für alle Beteiligten.«

»Wir werden nicht gehen«, widersprach Adam kühl.

Ihre Blicke trafen sich. »Ihnen bleibt keine andere Wahl. Sie haben nicht das Recht, sich über eine gerichtliche Verfügung hinwegzusetzen.«

»Dies ist unser Land. Wenn Sie wiederkommen, um es uns zu nehmen, dann bringen Sie besser Ihre Waffen mit.«

Silveras Blick wurde hart. »Es tut mir leid. Sie haben Zeit bis Mitternacht.« Sie wandte sich um, ging zur Tür und drehte sich noch einmal um. »Unter den gegebenen Umständen sollte ich Sie vielleicht daran erinnern, daß Widerstand gegen ein Bundesgericht ein Kapitalverbrechen darstellt. Mir bleibt keinerlei Ermessensspielraum, Mister Sky. Ich muß den Beschluß erzwingen, koste es, was es wolle.«

Walker hatte auf den Anruf Adam Skys gewartet. Als er schließlich kam, lauschte er aufmerksam dem Bericht des Sicherheitschefs. Nachdem Adam fertig war und um weitere Instruktionen bat, zögerte der Vorsitzende. »Adam«, sagte er, »bist du darauf vorbereitet, Ernst zu machen?«

»Ich will die Enteignung nicht akzeptieren.«

»Bist du bereit, Johnson's Ridge zu verteidigen?«

»Ja. Ich würde es vorziehen, wenn ich es nicht tun müßte, aber ich glaube, uns bleibt gar keine andere Wahl.«

»Bewaffneter Widerstand wird nicht mit einem Sieg enden«, wandte Walker ein.

»Was schlägst du vor? Sollen wir wieder einmal nachgeben?«

»Die wirkliche Frage lautet, ob wir eine Möglichkeit besitzen, den Zugang zu unserer wilden Welt zu behalten.«

»Falls sie darauf vorbereitet sind, mit Waffengewalt gegen uns vorzugehen? Wahrscheinlich nicht.«

»Also können wir das Geld akzeptieren, und die Sache endet hier. Oder wir kämpfen ohne jede Hoffnung auf einen Sieg.«

»Ja«, stimmte Adam Walker zu. »Es scheint, daß wir genau diese beiden Alternativen besitzen.«

Der Vorsitzende ließ den Blick durch das Büro schweifen.

Die Wände, die ramponierten Fenster, selbst der Kamin erinnerte ihn irgendwie an Gefangenschaft. »Ich stimme dir zu. Wir müssen kämpfen.«

»Wirst du uns Hilfe schicken?«

»Ich werde selbst kommen«, erwiderte Walker. »Aber die Polizei wird nicht so dumm sein und erlauben, daß deine Brüder und Schwestern sich dir anschließen. Sprich mit denen, die bereits bei dir sind. Finde heraus, wer von ihnen bleiben möchte.«

»Das werde ich gleich tun«, sagte Adam.

»Gut. Ich bin auf dem Weg.« Walker legte auf und starrte das Telefon an.

Es klingelte erneut.

Er nahm ab. »Hallo?«

Eine unbekannte Stimme erkundigte sich, ob sie mit James Walker sprechen könne.

»Am Apparat.«

»James, mein Name ist Walter Asquith. Ich habe gehört, was bei Ihnen vor sich geht.«

»Ich denke nicht, daß Sie alles wissen.«

»Das spielt keine Rolle. Ich kenne *Sie*. Hören Sie, nicht jeder in diesem verdammten Land ist in Panik ausgebrochen. Ich dachte mir, daß Sie vielleicht ein wenig Hilfe gebrauchen könnten.«

Während Asquith seinen Plan erläuterte, fiel Walker eine Bemerkung Jason Fleurys ein. *Sie besitzen mehr Freunde, als Sie vielleicht glauben.*

»Und ihr wollt wirklich alle bleiben?« erkundigte sich April.

»Ja«, erwiderte Adam. »Wir werden Johnson's Ridge verteidigen.«

Max war schockiert. »Weiß der Vorsitzende von dieser Geschichte?«

»Der Vorsitzende hat es angeordnet.«

»Mein Gott, Adam! Sie reden davon, sich mit den Marshals der Vereinigten Staaten zu schießen?«

»Das ist verrückt!« stimmte April ihm zu. »Sie werden alle sterben. Wir müssen unbedingt mit einem Anwalt reden.«

»Ich glaube nicht«, widersprach Adam, »daß wir damit irgend etwas erreichen könnten. Außerdem war es nicht meine Entscheidung.«

»Adam!« Aprils Augen waren weit aufgerissen. »Der Vorsitzende würde Ihnen niemals einen derartigen Befehl erteilen. Das muß ein Mißverständnis sein!«

Adam zeigte keinerlei Gefühlsregung. »Sie können ihn selbst fragen, wenn er da ist«, entgegnete er.

Max traute seinen Ohren nicht. »Was meinen Sie, was das hier ist?« fragte er. »Irgendein Kinderspiel? Sie können den Behörden nicht einfach sagen, daß sie von Ihrem Grund und Boden verschwinden sollen.«

»Genau damit haben wir einige Erfahrung gesammelt«, widersprach Adam.

»Gar nichts haben Sie! Vielleicht Ihr Großvater, Adam, aber nicht Sie.« Max blickte durch das Fenster. Draußen redete Dale Tree mit einer Gruppe von Besuchern. »Oder sonst irgend jemand hier, um es genau zu sagen.«

Adam sah Max direkt in die Augen. »Wir sind jetzt an einem Punkt angelangt, wo wir uns fragen müssen, welchen Sinn unser Leben überhaupt hat. Alles scheint sich einmal mehr zu wiederholen, Max. Wir werden es nicht zulassen, diesmal nicht. Wenn wir unser Land verteidigen müssen und sie uns dabei töten, dann werden wir eben sterben.«

29

Wohin kann ich gehen
Um auf ewig zu leben?

»Test. Eins, zwei«, sagte Andrea.

»Gut so.« Keith klang aufgeregt. »Hör mal, wir werden dich heute nacht nicht dort oben verlieren, oder?«

»Ich hoffe nicht.« Andrea bemühte sich, zuversichtlich zu klingen. Als hätte sie die Situation vollständig im Griff.

»In Ordnung«, sagte Keith. »Wir bringen ein besonderes Intro und schalten uns in den Senderverbund, bevor wir zu dir geben. Auf diese Weise bist du von Anfang an überall auf Sendung.«

»Gut.«

»Soweit wir es beurteilen können, wirst du die ganz große Schau haben. Niemand sonst ist dort.«

»Schätze, das ist meine Chance, berühmt zu werden.«

»Ich drück' dir die Daumen. Hör mal, Andrea. Paß auf dich . . .« Statik unterbrach die Verbindung.

Andrea schaltete auf die Alternativfrequenz um. Das gleiche Problem. Die verdammten Hurensöhne hatten einen Störsender aufgestellt. Unglaublich.

Sie nahm ein Telefon in die Hand.

Und wartete auf ein Freizeichen, das niemals kommen sollte.

Joe Rescouli war bereits seit zwölf Stunden unterwegs, als er zusammen mit Amy und seiner Schwägerin nach Norden auf die Route 32 abbog, um die letzten Meilen zum Rundhaus zurückzulegen. Sie waren in Sacramento aufgebrochen und hatten die gesamte Strecke innerhalb von drei Tagen hinter sich gebracht. Teresa war Teilchenphysikerin. Joe wußte zwar nicht genau, was das bedeutete, doch sie hatte einen guten Job und mußte nicht hart arbeiten, um ihren Lebensunterhalt zu verdienen. Er bewunderte sie dafür.

»Sie wird für das bezahlt, was sie weiß«, pflegte er seinen Freunden unten in der Flaschenfabrik zu erzählen. Er selbst hatte noch nie einen Tag erlebt, an dem er nicht für jeden Nickel wie ein Sklave hatte schuften müssen.

Teresa redete seit Monaten von nichts anderem mehr als vom Rundhaus. Ihre Begeisterung hatte Joe und Amy derart mitgerissen, daß sie unbedingt mitkommen wollten, als Teresa davon zu reden angefangen hatte, herzufliegen und die Grabung zu besichtigen. Die Fahrt mit dem Auto war ein gutes Stück billiger.

Und hier waren sie nun. Teresa erzählte gerade davon, daß sie bis zum Einbruch der Dunkelheit auf dem Sattel bleiben wollte, um zu sehen, wie das Bauwerk zu glühen anfing. Amy war hellauf begeistert. Amy war immer für alles zu begeistern, was ihre Schwester unternehmen wollte. Joe wußte, daß seine Frau die Heirat mit ihm mehr als einmal bereut hatte. Sie hatte sich nie beschwert, doch er konnte es in ihren Augen sehen. Wäre sie nicht an einen Mann wie Joe geraten, würde sie heute vielleicht auch in einer Firma wie *Triangle Labs* arbeiten, hätte ebenfalls einen Doktortitel und ein eigenes Büro und das Gefühl, wirklich etwas in der Welt zu bewegen.

Es wurde bereits dämmrig im Schatten von Johnson's Ridge, und ein heftiger Wind zerrte an dem alten Buick. Joe wußte von der engen Zufahrtsstraße und verspürte nicht viel Lust, in der Dunkelheit bei diesem Wind hinaufzufahren. Doch die Schwestern waren begeistert, und sie würden nicht eher Ruhe geben, bis sie gesehen hatte, weswegen sie hergekommen waren.

»Dort«, sagte Amy.

Am Straßenrand war ein Schild aufgestellt. Auf das Schild hatte man einen großen gelben Pfeil gemalt, darunter stand: *Zum Rundhaus.* Irgend jemand hatte einen dicken Strich mitten durch die Aufschrift gezogen und *Geschlossen* darüber gepinselt.

»Das kann nicht sein«, sagte Teresa. »Es soll bis Sonnenuntergang geöffnet sein.«

Unmittelbar hinter der Kurve mündete die Zufahrtsstraße ein, doch sie war mit einer Barriere blockiert. An der Seite stand ein Polizeifahrzeug, und eine Schlange von Fahrzeugen wurde abgewiesen. Joe ging vom Gas und kurbelte das Seitenfenster herab. Ein Beamter gestikulierte ungeduldig in ihre Richtung.

»Stimmt etwas nicht, Officer?« fragte Joe.

»Bitte fahren Sie weiter. Die Grabungsstelle ist geschlossen.«

»In Ordnung«, sagte Joe und bemühte sich, seine Dankbarkeit nicht zu zeigen. »Um wieviel Uhr morgen früh ist sie wieder geöffnet?«

»Sie wird nicht wieder geöffnet. Sie ist permanent geschlossen.«

»Permanent geschlossen?« fragte Teresa. Joe hörte den Unglauben in ihrer Stimme. »Warum? Officer, wir sind von weither gekommen.« Ihre Stimme wurde schriller.

»Sie verraten uns nicht alles, Ma'am. Die Gerichte haben beschlossen, daß die Grabungsstelle geschlossen wird. Gefahr für die öffentliche Sicherheit.«

»Das ist doch nicht Ihr Ernst!«

»Es tut mir leid. Ich muß Sie bitten weiterzufahren.« Er trat zurück und wartete, daß Joe den Wagen auf die Straße steuerte. Ein weiterer Wagen kam hinter ihnen heran. Der Beamte seufzte.

In diesem Augenblick bog ein schwarzer 1988er Ford von der Hauptstraße ab und hielt vor der Barriere. Der Fahrer war allein. Ein älterer Indianer, dem Aussehen nach. Joe beobachtete indigniert, wie die Absperrung zur Seite geschoben wurde. Der Ford fuhr hindurch, und die Straße wurde wieder gesperrt.

»Hey!« sagte Teresa. »Was geht da vor? Wie kommt es, daß *er* hinein durfte?«

»Es war ein Wagen der Verwaltung«, beantwortete der Polizist ihre Frage.

Joe funkelte ihn an, doch der Beamte schien es nicht zu

bemerken. Er sah Joe an und deutete auf den Highway. »Ich werde einen Beschwerdebrief schreiben«, schnaubte Joe, kurbelte das Fenster wieder hoch und trat aufs Gas.

Walker hatte mit Schwierigkeiten bei der Straßensperre gerechnet. Den ganzen Weg vom Reservat bis hierher war er sicher gewesen, daß man ihm den Zutritt verwehren würde. Vielleicht würde man ihn sogar in Arrest nehmen. Doch sie hatten ihn passieren lassen. Während er die schmale Zufahrtsstraße hochfuhr, dämmerte ihm der Grund. Er war alt, und sie hofften wohl, daß er die aggressiven Gemüter beim Rundhaus zügeln würde. Jedenfalls betrachteten sie ihn offensichtlich nicht als Bedrohung, wo auch immer er sich befand.

Vorsichtig steuerte er den Wagen durch die Serpentinen. Überall standen locker verteilt Polizisten. Nach einer Weile standen die Bäume dünner, und schließlich kam er auf dem Sattel heraus. Kaum ein halbes Dutzend Fahrzeuge stand auf dem Parkplatz.

Das Rundhaus glänzte im schwächer werdenden Licht. Es sprach irgendwie Walkers Instinkte an. Seine Umrisse waren geschwungen und kantenlos, und er wußte, daß seine Schöpfer die Welt geliebt hatten, wie sie damals gewesen und auf der anderen Seite des Portals noch immer war. Walker hätte sich nur zu gerne mit denen unterhalten, die so weit gereist waren, um auf jungfräulichen Meeren zu segeln. Beinahe schien es, als hätten sie gewußt, was für ein Volk die Sioux waren, und ihnen die Wälder als Geschenk hinterlassen.

Adam trat aus der Sicherheitsbaracke und winkte.

Walker stellte den Wagen ab und stieg aus. »Schön, dich zu sehen, Adam«, sagte er.

»Danke gleichfalls, Vorsitzender.« Adam wollte noch etwas hinzufügen, doch dann zögerte er.

»Was ist los?« erkundigte sich Walker.

»Die Grabung ist nicht so leicht zu verteidigen. Nicht mit einer Handvoll Leute.«

»Willst du lieber aufgeben?«

»Nein«, lautete die Antwort. »So habe ich das nicht gemeint.«

Ein Helikopter schwebte in geringer Höhe heran. Staub wirbelte aus den Gräben auf. »Videoaufklärung«, mutmaßte Adam.

Walker nickte. »Sie haben die Zufahrtsstraße abgeriegelt. Was schlägst du vor?«

»Wir sollten die Initiative ergreifen. Wir warten nicht, bis sie zuschlagen.«

»Und wie willst du das anstellen?«

Sie hatten die Sicherheitsbaracke erreicht und blieben vor der Tür stehen. »Wir könnten damit anfangen, daß wir ein paar Bäume fällen und die Straße blockieren. Das würde sie zumindest aufhalten.«

»Sie haben bereits Polizei entlang der Straße stationiert.«

»Ich weiß«, entgegnete Adam.

Walker verstand. Die Beamten hatten nicht danach ausgesehen, als glaubten sie an eine ernsthafte Gegenwehr seitens der Verteidiger. Schließlich lebten sie alle hier in einer Gegend, in der die Menschen schon aus Tradition nicht aufeinander schossen. Ein paar gut getimte Überfälle konnten die Straße freimachen. Und ein paar Heckenschützen konnten sie halten, wenn Bäume den Weg versperrten. Es konnte funktionieren. »Nein«, entschied Walker.

»Vorsitzender, wir können nicht einfach tatenlos hier herumsitzen und darauf warten, daß wir angegriffen werden!«

»Macht es denn deiner Meinung nach einen Unterschied, wenn du vorher ein paar Polizisten umbringst?«

In Adams dunklen Augen stieg Zorn auf. »Wenn wir schon über den großen Fluß gehen müssen, dann sollten wir es nicht ohne Begleitung tun.«

»Nein«, wiederholte Walker. »Wenn du erst einmal Blut vergossen hast, wird es erst dann enden, wenn wir alle tot sind. Ich würde ein besseres Resultat vorziehen.«

»Wie willst du denn ein besseres Resultat erreichen?«

»Ich habe mit einflußreichen Freunden gesprochen. Hilfe ist unterwegs.«

»Einflußreiche Freunde?« Adam grinste. »Seit wann haben Sioux einflußreiche Freunde?«

»Vielleicht schon länger, als du glaubst, Adam. Möglicherweise hast du sie vorher einfach nicht gesehen.«

Sie betraten die Sicherheitsbaracke. John Little Ghost und Sandra Whitewing sprangen auf die Füße. Beide machten einen ruhigen Eindruck. John Little Ghost war Ende Zwanzig.

Der Vorsitzende kannte den Burschen. Er hatte sich stets Gedanken um seine Zukunft gemacht, weil er eine Frau und zwei Kinder, aber keine Arbeit hatte. Heute sah es ganz danach aus, als müßte er sich deswegen nicht länger den Kopf zerbrechen.

Und Sandra, die einmal zu ihm gekommen und um Hilfe gebeten hatte, als ihr Vater mit seinem Wagen gegen eine Gaspumpe gefahren war. Ihre dunklen Augen leuchteten, und Walker wurde bewußt, daß sie eine außerordentlich hübsche Frau war. Irgendwie war ihm das in all den Jahren niemals zu Bewußtsein gekommen. Er war anscheinend zu sehr mit seinem eigenen kurvenreichen Weg durch die Welt beschäftigt gewesen. Eine Schande.

Sandra arbeitete in einem Restaurant, das Besucher des Reservats verpflegte. Walker war zu Ohren gekommen, daß sie ein Verhältnis mit einem Weißen hatte, einem Zimmermann oder Elektriker oder was auch immer, der in Devil's Lake lebte. Sie war noch nicht ganz einundzwanzig. Walker überlegte, ob er sie wegschicken sollte, doch er wußte, daß es unfair war, sowohl ihr als auch ihren Brüdern gegenüber. Sie hatte sich zum Bleiben entschieden, und er hatte nicht das Recht, ihr dieses Privileg zu nehmen.

Ringsum im Raum waren Waffen gestapelt. M-16-Gewehre. Wenigstens besaßen sie einiges an Feuerkraft.

»Wir haben sogar einen tragbaren Raketenwerfer«,

sagte Adam. »Sie werden uns nicht kriegen, ohne einen Preis dafür zu zahlen.«

»Wer ist sonst noch hiergeblieben?« fragte Walker.

»Will Pipe, George Freewater und Andrea halten sich im Rundhaus auf. Max und Dr. Cannon sind noch nicht aufgebrochen, aber ich bin sicher, daß sie in Kürze verschwinden werden. Sie haben Besucher bei sich.«

»Es sind noch immer *Besucher* hier oben?« fragte Walker überrascht.

»Drei von der letzten Tour.«

Walker ließ sich in einen Stuhl sinken. »Wir müssen einen Verteidigungsplan aufstellen.«

Die Tür öffnete sich, und Max trat ein. »Ich hätte das alles niemals für möglich gehalten«, sagte er entschuldigend. »Ich habe versucht, Senator Wykowski zu erreichen, aber es sieht ganz danach aus, als hätte man unsere Telefonleitungen gekappt.«

Walker lächelte. »Sie wollen nicht, daß wir mit irgend jemandem reden«, sagte er. »Ich glaube nicht, daß es einen Unterschied gemacht hätte. Wir sind jenseits einer Intervention seitens des Senators.« Der Vorsitzende verspürte Bedauern gegenüber Max, der seinen Weg anscheinend noch nicht gefunden hatte. Mut zu beweisen fällt nicht eben leicht, wenn man im Krieg liegt mit sich selbst.

Er sah durch das Fenster nach draußen und beobachtete den Sonnenuntergang. Es stimmte ihn traurig, vielleicht nie wieder einen zu sehen.

April sprach mit den aufbrechenden Forschern. Sie fragte sich, ob sie die letzten waren, die jemals durch das Portal nach Eden gegangen waren. Sie hießen Cecil Morin, Agatha Greene und Dmitri Rushenko. Morin war ein weichlich aussehender, übergewichtiger Bakteriologe von der Universität von Colorado, Greene eine vom Anblick des Pferdekopfnebels im Himmel Edens noch immer überwältigte Astrophysikerin aus Harvard und

Rushenko ein Biologe, der für *SmithKline Beecham Pharmaceuticals* arbeitete.

»Ich würde gerne dort drüben leben«, sagte Agatha Greene.

»Stimmt es«, erkundigte sich Morin, »daß die Regierung das Rundhaus übernehmen will?«

April nickte. »Anscheinend, ja.«

Morin schüttelte traurig den Kopf. »Gott möge uns allen helfen.«

Rushenko öffnete die Tür seines Wagens. »Sie sind im Recht, wissen Sie?« Er sprach mit New Yorker Akzent. Long Island, dachte April.

»Das wissen wir.«

»Ich hasse den Gedanken daran, daß das Portal von der Regierung kontrolliert wird«, fuhr er fort. »Eine verdammte Schande ist das. Ich wünschte, ich könnte irgendwie helfen.« Er setzte sich in seinen Wagen und ließ den Motor an.

»Ich will Ihnen etwas verraten«, sagte die Greene. »Wenn es mein Land wäre, ich würde bleiben. Sie müßten es mir mit Gewalt wegnehmen.«

April hielt ihr die Tür auf, während sie einstieg. »Genau das haben *wir* vor«, sagte sie, indem sie das Pronomen betonte, obwohl sie nicht die Absicht hatte zu bleiben. »Und Sie sind herzlich eingeladen, mit uns zu bleiben, Agatha. Falls Sie es wünschen.« Es war als Scherz gedacht, als mutige Geste oder sonst etwas, und April war peinlich berührt von der verwirrten Reaktion der Frau.

»Ich würde ja gerne, April«, lautete die Antwort der Astrophysikerin. »Wirklich, ich würde gerne bleiben. Aber ich habe einen Mann und ein kleines Mädchen.« Sie errötete. Die anderen schwiegen betreten.

April wartete auf eine Gelegenheit, um mit dem Vorsitzenden unter vier Augen zu reden. Er war mit Adam und den anderen draußen. Ein heftiger Wind ging, als sie die Erdhügel rings um die Grabungsstelle abschritten. Diese Erdhügel, bemerkte April, würden die erste Verteidigungslinie sein.

Sie wandte sich an Max. »Warum machen sie das? Wozu soll das gut sein?«

Max fing allmählich an, das Rundhaus zu hassen und alles, was damit zu tun hatte. »Ich habe keine Ahnung. Vielleicht hat es etwas mit ihrer Kultur zu tun.«

Max wartete ängstlich darauf, daß sie endlich bereit war zum Aufbruch, das wußte sie. Er hatte sie mehrfach gewarnt, daß der Weg über die schmale Zufahrtsstraße vorbei an nervösen Polizisten nicht ungefährlich sei.

Inzwischen war es dunkel.

»Ich hasse es, sie hier zurückzulassen«, sagte April und entfachte erneut die Diskussion, die in den vergangenen Stunden wieder und wieder stattgefunden hatte.

»Ich auch.«

»Ich wünschte nur, wir könnten etwas unternehmen.«

»Warum beharren sie so stur darauf? Sie können nicht gewinnen.«

Um zwanzig Uhr schalteten sie die Scheinwerfer ab, doch der aufgewühlte Boden war im Leuchten des Rundhaus noch immer deutlich zu sehen. »Zu schade, daß sie nicht einfach eine Plane über das Ding werfen können«, sagte Max.

Der Vorsitzende trennte sich von Adam und kam auf die Baracke zu. Der Zeitpunkt für April war gekommen. »Max«, sagte sie, »wir müssen mit ihm reden.«

Max hatte alle Hoffnung verloren, irgend jemanden zur Vernunft zu bringen. Für Max hatten sich Adam Sky und dessen Leute, die ihm einst so vernünftig erschienen waren, in eine Bande von Fanatikern verwandelt, getrieben von Geistern verlorener Schlachten und uraltem Haß. Die Aussicht, einem Bundesgericht und einer Polizeimacht in den Hintern zu treten, war Max' Natur aufs äußerste fremd.

Walker schien zuversichtlich, als sie zu ihm traten.

»Vorsitzender«, begann April mit zitternder Stimme,

»geben Sie auf. Sie können die Regierung nicht aufhalten.«

Walker lächelte sie herzlich an. »Sie sind ja immer noch hier?« wunderte er sich.

Der Wind fegte über die Grabungsstelle und zerrte an der Baracke. »Wir wollen Sie nicht hier zurücklassen.«

»Das freut mich zu hören«, entgegnete Walker. »Aber Sie können nicht bleiben.« Der Wortwechsel ließ Max' Atem stocken. Er verspürte nicht die geringste Absicht, ins Kreuzfeuer zu geraten.

»Es gibt keinen vernünftigen Grund«, sagte April. »Sie werden das Ergebnis nicht ändern.«

Walker starrte sie an. »Seien Sie sich da nicht zu sicher.« Er wandte den Blick ab, sah zum Mond hinauf, der im dritten Viertel stand, und dann über das Flußtal hinaus, dunkel mit Ausnahme der Lichtflecken von Fort Moxie und der Grenzstation.

»Sie können gerichtlich gegen die Angelegenheit vorgehen«, sagte Max. »Ich denke, Sie haben gute Aussichten, Ihr Land zurückzukriegen. Aber wenn Sie bewaffneten Widerstand leisten . . .«

Ein sonderbarer Ausdruck in den Augen des Alten brachte Max zum Verstummen.

»Was ist los?« fragte April. »Was ist es, das Sie uns verschweigen?«

»Ich weiß gar nicht, wovon Sie reden, junge Frau.« Walker schaffte es nicht, überzeugend zu klingen.

»Was?« fragte April erneut. »Haben Sie die Gegend vermint? Was ist los?«

Der Helikopter kehrte zurück. Er schwebte über dem Steilhang.

Walker warf einen Blick auf seine Uhr.

»Der vernünftige Weg führt über die Gerichte«, sagte April. »Warum also rufen Sie nicht die Gerichte an?«

Die Frage traf den Kern, doch Walker winkte einfach ab. Er wollte nicht mehr reden. Er wollte, daß April endlich aufbrach.

»Warum?« fragte sie erneut. »Warum können Sie nicht

die Gerichte anrufen? Sie meinen, das sei ein abgekartetes Spiel? Irgend etwas in der Art?«

»Bitte gehen Sie jetzt, April«, sagte Walker. »Ich wünschte, es gäbe einen anderen Weg.«

Aprils Augen weiteten sich. »Sie glauben, man wird das Rundhaus zerstören, nicht wahr? Sie glauben, die Gerichte wären gar nicht *imstande*, es zurückzugeben!«

Der Vorsitzende starrte an ihr vorbei, die Augen zum Himmel gerichtet. Dann machte er auf dem Absatz kehrt und ging zur Tür hinaus.

»Mein Gott!« sagte April. »Das kann doch nicht wahr sein! Das würden sie niemals tun!«

Doch genau das würden sie. Solange Menschen glaubten, daß die fortgeschrittene Technologie noch existierte, daß sie eines Tages wieder zum Vorschein kommen konnte, so lange würde sie ihre unheilvollen Auswirkungen auf die gesamte Welt haben. Es gab nur einen Weg. Das Rundhaus mußte neutralisiert werden.

»Ich glaube, er hat recht«, sagte Max schließlich. »Es wird Zeit, daß wir von hier verschwinden.«

April zögerte. Sie war bestürzt. Entsetzt. »Nein!« brach es aus ihr hervor. »Ich denke nicht, daß es Zeit ist.«

Max' Herz sank in die Hose.

»Ich werde nicht gehen!« stieß April hervor. »Ich werde nicht zulassen, daß sie das Rundhaus zerstören!«

Brian Kautter war der Commissioner des staatlichen Umweltschutzbüros. Um zwanzig Uhr dreißig betrat er den Presseraum seiner Dienststelle, verfolgt von Fernsehkameras. Es waren mehr Reporter anwesend, als er jemals bei einer Pressekonferenz gesehen hatte. Spannung lag in der Luft. Das bedeutete, daß irgend jemand geredet hatte.

Kautter war ein großer, angenehmer Schwarzer. Er haßte das, was in diesem Augenblick vor sich ging, und er haßte den Gedanken, ein Teil davon zu sein. Er sah die Notwendigkeit in der Vorgehensweise des Präsidenten, doch er wußte, daß es eine der Geschichten werden würde, die ihn noch auf Jahre verfolgten. Vermutlich würde eine Zeit kommen, und das in gar nicht allzu weiter Ferne, wo er sich wünschte, noch einmal hier zu stehen die nächsten paar Minuten erneut zu durchleben.

»Ladies und Gentlemen«, begann er. »Ich werde eine Erklärung abgeben. Anschließend schätze ich mich glücklich, Ihre Fragen zu beantworten. Wir machten uns zunehmend Sorgen wegen der Gefahren, die vom Rundhaus ausgehen. Die Regierung hat, wie Sie alle wissen, keine offizielle Stellung zu der Frage bezogen, ob das Rundhaus tatsächlich eine Brücke zu den Sternen darstellt. Allerdings gibt es genügend Hinweise, um den Schluß zu gestatten, daß das Land auf der anderen Seite des Portals in der Tat extraterrestrisch ist.

Was zu einer ganzen Reihe beunruhigender Möglichkeiten führt. Bereits jetzt kursieren Gerüchte, daß irgend etwas von jenseits des Portals in unsere Welt gekommen ist. Wir wissen nicht, was dieses Etwas sein könnte, andererseits glauben wir auch nicht an den Wahrheitsgehalt der Berichte. Aber wir können es nicht gänzlich ausschließen, und wir können auch nicht sicherstellen, daß sich etwas Derartiges nicht in Zukunft ereignet. Außerdem lauern andere potentielle Gefahren. Viren beispielsweise. Oder Seuchen.

Um die Sicherheit der Bevölkerung zu gewährleisten, hat das staatliche Umweltschutzbüro ein Gericht angerufen und eine Verfügung erwirkt. Die Besitzer des Artefakts sind verpflichtet, das Rundhaus für eine Inspektion seitens der Regierung zu räumen und unter amtliche Kontrolle zu stellen. Ich betone, daß es sich dabei lediglich um eine vorläufige Maßnahme handelt, die allein der Vermeidung örtlicher Gefahren dient.« Kautter sah aus wie ein Mann, der Schmerzen hatte. »Ich nehme jetzt Ihre Fragen entgegen.«

Maris Quimby von der *Post*: »Herr Commissioner, haben sich die Sioux mit dieser Vorgehensweise einverstanden erklärt?«

Kautter schüttelte den Kopf. »Maris, eine Verfügung durch ein Bundesgericht benötigt niemandes Einwilligung. Aber um Ihre Frage zu beantworten: Ich bin sicher, sie sehen die Vernunft hinter dieser Vorgehensweise.« Er deutete auf Hank Miller von *Fox*.

»Ist es nicht ein wenig spät, um sich über Viren Gedanken zu machen? Ich meine, wenn dort drüben wirklich etwas Gefährliches lauert, dann können wir doch ziemlich sicher sein, daß es inzwischen auch hier bei uns ist.«

»Wir glauben nicht, daß es einen wirklichen Grund zur Beunruhigung gibt, Hank. Unsere Vorgehensweise in dieser Hinsicht ist rein präventiv.«

Als die Pressekonferenz zu Ende war, kehrte Kautter in sein Büro im ersten Stock zurück und öffnete die Flasche Rum, die er für derartige Gelegenheiten in seinem Vorratsschrank aufbewahrte.

30

Mut ist nichts wert
ohne die Hilfe der Götter

Euripides

Dies ist eine Nachrichtensondersendung der NBC News.
U. S. Marshals haben heute nacht Johnson's Ridge abgeriegelt, offensichtlich, um das Land zu besetzen. Eine Gruppe von Sioux, denen das Reservat gehört, hat Widerstand angekündigt gegen die Verfügung des Bundesgerichts, ihr Land zu verlassen. Zuerst berichtet unser Korrespondent Michael Paterman aus dem Weißen Haus, bevor wir zu Carole Jensen im Sioux-Reservat in der Nähe von Devil's Lake, North Dakota, weiterschalten.

Jensen stand zusammen mit William Hawk im Stammesraum des Blauen Hauses. Die Sendung wurde in der gesamten Nation ausgestrahlt. Wenn man für die Fargoer Zehn-Uhr-Nachrichten arbeitete, dann war das der Augenblick, für den man lebte. Jensen lächelte Hawk zu, doch der reagierte nicht.

»Noch eine Minute«, sagte Jensens Kameramann und stellte das Objektiv scharf.

»Seien Sie ganz natürlich, Ratsherr«, sagte Jensen. »Wir fangen an, wenn das rote Licht aufleuchtet.«

»In Ordnung.« Hawk trug eine Rindslederjacke mit einem Flanellhemd darunter sowie ein Paar verwaschener Jeans. Sie schätzte, daß er um die Sechzig war, obwohl sein Gesicht von tiefen Falten durchzogen wurde.

Der Produzent aus Fargo meldete sich: »Die gleiche

Vorgehensweise wie immer, Carole. Ganz genau so, wie Sie es für uns machen. Vergessen Sie nicht, den Schlußsatz zu ändern.«

»Okay«, sagte sie.

Nur noch Sekunden bis zur Sendung. Der Kameramann zeigte ihr fünf erhobene Finger, zählte herunter, und die rote Lampe blinkte auf.

»Hier ist Carole Jensen aus den Stammesräumen im Sioux-Reservat von Devil's Lake«, begann sie. »Bei mir steht William Hawk, einer der Anführer der Sioux. Ratsherr Hawk, gehe ich richtig in der Annahme, daß Sie die Pressekonferenz des staatlichen Umweltschutzbüros heute abend mitverfolgt haben?«

»Ja, das habe ich, Carole.« Hawks Kinn wirkte entschlossen, doch sie bemerkte den Schmerz in seinen Augen. Hoffentlich kam es in der Kamera rüber. Tragik und Edelmut.

»Wie werden Sie auf die Ankündigung von Commissioner Kautter reagieren?«

»Der Commissioner sollte wissen, daß keine Gefahr für irgend jemanden besteht. Niemand hat irgend etwas durch das Portal kommen sehen. Und ich bin sicher, daß niemand hier die Geschichte von einem unsichtbaren Wesen ernst nimmt. Oder was auch immer.«

»Ratsherr, was werden Sie tun?«

Hawks Gesichtsausdruck wurde hart. »Wir werden uns unser Land nicht stehlen lassen. Es gehört uns, und wir werden es verteidigen.«

»Notfalls auch mit Gewalt?«

»Notfalls auch mit Gewalt, ja. Ich hoffe, es wird nicht so weit kommen«

»Sie haben mir vorhin verraten, daß Ihre Tochter auf Johnson's Ridge ist?«

»Das ist korrekt.«

»Werden Sie sie nach Hause holen?«

»Sie wird bei ihren Brüdern bleiben, um ihr Erbe zu verteidigen.« Sein ledriges Gesicht drückte Trotz aus.

»Wir brauchen Sie nicht«, sagte Adam. »Sie und Max sollten von hier verschwinden, solange Sie noch können.«

»Er hat recht«, sagte Max. »Das hier geht uns nichts an.«

April blickte ihn traurig an. »Ich denke, das hier geht jeden etwas an, Max. Wir sind zu verdammt dumm oder faul oder was auch immer, um unsere Aufgabe in Angriff zu nehmen und die Leute aufzuklären, also lassen wir lieber zu, daß das Rundhaus zerstört wird. Es macht mich rasend. Ich werde nirgendwo hingehen. Mein Platz ist hier . . .«

»Können Sie schießen?« unterbrach Adam sie. »Werden Sie von einer Schußwaffe *Gebrauch machen*?«

»Nein«, erwiderte April. »Ich werde niemanden töten. Trotzdem bleibe ich.« Sie wußte, wie zusammenhanglos und schwach ihre Antwort klang, und Tränen schossen ihr in die Augen.

»Sie werden nur im Weg sein.«

»Wenn Sie wollen, daß ich von hier verschwinde, dann müssen Sie mich über die Klippe werfen.«

Max hob in einer hilflosen Geste die Hände.

Er wollte sich aus der Diskussion zurückziehen und zu seinem Wagen gehen. Manchmal, dachte er, braucht man mehr Mut, um davonzulaufen statt zu bleiben. Er beabsichtigte nicht, sein Leben für eine verlorene Sache aufs Spiel zu setzen, und dachte noch immer darüber nach, wie er am besten von hier verschwinden konnte, als Andrea sich zu ihnen gesellte.

»Vielleicht gibt es noch einen anderen Weg«, sagte sie zu Adam. »Wir könnten damit drohen, das Portal zu zerstören. Es ihnen vorzuenthalten.«

»Kein guter Plan«, entgegnete Adam. »Das ist genau das, was sie vorhaben.«

»Vielleicht auch nicht«, widersprach Max. »Heute nacht werden wir im Mittelpunkt des Medieninteresses stehen. Die Regierung würde einen Alptraum von Public Relations erleiden.«

»Nur dann, wenn wir nach draußen senden können«, sagte Adam. »Aber dazu sind wir nicht imstande.«

»Sie meinen, die Snowhawk ist nicht mehr auf Sendung?«

»Genau«, sagte Andrea. »Aber ich denke, wir könnten sie mit der Zerstörung des Portals ganz schön unter Druck setzen, wenn wir einen Weg fänden, zu den Medien durchzukommen.«

»Nein!« Aprils Stimme klang wie Stahl. »Wir dürfen nicht damit drohen, das Portal zu zerstören! Wir bleiben doch nur aus dem Grund hier, das Portal zu schützen!«

»Wir müssen es ja nicht wirklich zerstören«, sagte Andrea. »Es ist ein Bluff.«

»Und genauso werden sie es auch auffassen«, fügte Adam hinzu. »Sie werden uns zwingen, unsere Drohung wahrzumachen.« Lichter bewegten sich über die Zufahrtsstraße. »Sie müssen es einfach.«

Ein Telefon klingelte. Sie blickten sich schweigend an. Es war der Apparat in der Sicherheitsbaracke. »Ich dachte, die Leitungen wären tot«, sagte Max.

Sie standen am Rand des Grabungsloches, in dem das Rundhaus lag. »Das wird ein Anruf von offizieller Stelle sein«, vermutete April.

Es war Max' Apparat. April nahm den Hörer auf, lauschte und nickte schließlich. »Ja«, sagte sie. »Er ist hier.« Sie reichte Max den Hörer.

»Hallo«, knurrte Max.

Eine weibliche Stimme erkundigte sich, ob er Max Collingwood sei.

»Ja«, antwortete Max.

»Bitte bleiben Sie am Apparat. Der Präsident wünscht Sie zu sprechen.«

Max erstarrte.

Er blickte die anderen an, und sie blickten zurück. »Wer ist es?« April formulierte die Frage schweigend mit den Lippen.

Dann sprach die vertraute Stimme mit dem Baltimore-Akzent. »Max?«

»Jawohl, Mister President.« Ringsum wurden Augen weit aufgerissen.

»Max, können die anderen uns hören?«

»Ja, Mister President.«

»In Ordnung. Ich weiß, daß Sie dieses Gespräch auf einen Lautsprecher legen können, wenn Sie möchten. Ich würde es vorziehen, wenn Sie das nicht täten. Was ich zu sagen habe, ist allein für *Sie* bestimmt.«

Max' Kehle war wie ausgetrocknet. »Mister President, Sie können sich gar nicht vorstellen, wie sehr ich mich über Ihren Anruf freue.«

»Und ich freue mich über die Möglichkeit, mit Ihnen zu reden, mein Sohn. Hören Sie, es steht sehr schlecht um unser Land. Wahrscheinlich viel schlechter, als Sie wissen. Überall verlieren Menschen ihre Arbeit und ihre Ersparnisse. Gott allein weiß, wohin das noch führt.«

»Wegen des Rundhauses?«

»*Wegen des Rundhauses,* Max. Sehen Sie, wir wollen den Indianern nichts wegnehmen, das wissen Sie. Jeder im Land weiß das. Aber die Menschen haben Angst, und wir müssen diese Sache unter Kontrolle bringen. Wir werden uns um die Indianer kümmern. Sie haben mein Wort, Max. Aber dieses *Ding*, es ist anders als alles, womit wir bisher zu tun hatten. Es ist ein nationaler Schatz, oder nicht? Ich meine, die Indianer haben es nicht gebaut oder sonst etwas. Es befindet sich rein zufällig auf ihrem Land, das ist alles.« Er machte eine Pause, wahrscheinlich, um Luft zu schöpfen oder seine Emotionen wieder unter Kontrolle zu bekommen. Seine Stimme klang, als könnte sie jeden Augenblick versagen.

»Ich weiß von den Problemen, Sir.«

»Gut. Dann wissen Sie sicher auch, daß ich handeln muß. Ich *muß*, Max. Gott helfe mir, Max, das Letzte, was wir wollen, ist wegen dieser Sache Blut zu vergießen.«

»Ich denke, niemand hier denkt anders darüber.«

»Natürlich. Natürlich.« Seine Stimme änderte sich, nahm einen Tonfall an, als wären sie nun einer Meinung.

»Max, ich kannte Ihren Vater. Er hat sich um sein Land verdient gemacht.«

»Ja, Sir, das hat er.«

»Jetzt haben *Sie* diese Chance, Max.« Er hielt für einen Augenblick inne. »Ich benötige Ihre Hilfe, mein Sohn.«

Max wußte, was als nächstes kommen würde. »Ich habe hier oben nicht viel zu sagen, Mister President.«

»Sie vertrauen uns nicht, was?«

»Nein, Sir, das tun sie nicht.«

»Ich kann es ihnen nicht verdenken. Nicht ein verdammtes Stück. Aber ich gebe ihnen mein persönliches Ehrenwort, daß man sie großzügig entschädigen wird, wenn sie ihre Rechte an Johnson's Ridge aufgeben.«

»Möchten Sie, daß ich ihnen das sage?«

»Bitte, Max. Aber versuchen Sie auch, ihnen klarzumachen, wie das Problem aus unserer Sicht aussieht. Sie müssen sie davon überzeugen, daß sie aufgeben, Max. Wenn sie nicht nachgeben, werden sie am Ende getötet. Bitte, Max. Ich brauche Ihre Hilfe.«

»Warum ausgerechnet ich, Mister President? Warum haben Sie nicht den Vorsitzenden Walker oder Dr. Cannon angerufen?«

»Walker ist fest entschlossen, Max. Dr. Cannon ist wahrscheinlich noch zu jung, um auf die Indianer einzuwirken. Sie wissen schon, was ich meine. Ich will ehrlich zu Ihnen sein, mein Sohn. Wir haben die Akten der Leute eingesehen, die dort oben bei Ihnen sind, und Sie erschienen uns als derjenige, der vernünftigen Argumenten am ehesten zugänglich ist.«

Max atmete tief durch. Er war also das schwache Glied in der Kette.

»Ich werde mit ihnen reden«, sagte er. »Darf ich Ihnen eine Frage stellen, Mister President?«

»Fragen Sie, Max. Fragen Sie mich, was immer Sie möchten.«

»Es gibt ein Gerücht, Mister President, daß die Regierung beabsichtigt, das Rundhaus zu zerstören. Geben Sie mir Ihr Wort, daß das nicht stimmt?«

Max konnte hören, wie am anderen Ende der Leitung geatmet wurde. Dann: »Max, das würden wir nicht tun.«

»Ihr Wort, Mister President?«

»Max, ich verspreche Ihnen, daß die Indianer großzügig entschädigt werden.«

»Was sagt er?« flüsterte April.

Max schüttelte den Kopf.

»Ich glaube nicht, daß mir das genügt, Mister President.«

»Max, Sie können uns helfen. Reden Sie mit ihnen.«

»Sie werden nicht auf mich hören. Außerdem denke ich, daß sie recht haben.«

Das lange Schweigen am anderen Ende dehnte sich, bis Max sich fragte, ob der Präsident überhaupt noch in der Leitung war. »Wissen Sie, Max«, sagte er schließlich, »falls es zu Blutvergießen kommt, müssen Sie für den Rest Ihres Lebens damit leben, daß Sie es hätten verhindern können.« Max stellte sich den Präsidenten vor, ein kleiner, unscheinbarer Mann, der aussah, als würde er die kleine Druckerei in der Nachbarschaft betreiben. »Es tut mir leid für Sie, mein Sohn. Nun, Sie tun, was Sie tun müssen, und ich respektiere das. Aber bleiben Sie noch einen Augenblick dran, ja? Man wird Ihnen eine Nummer geben, so daß Sie mich erreichen können, falls Sie Ihre Meinung ändern. Wenn wir friedlich aus dieser Sache kommen, dann würde ich mich freuen, Sie ins Weiße Haus einzuladen.«

Dann war er aus der Leitung. Max schrieb die Nummer mit und reichte sie Adam. Er riß das Papier in kleine Stücke, ohne einen Blick darauf zu werfen. Dann öffnete er die Tür und streute die Fetzen in den Wind. Max dämmerte, daß der Präsident der Vereinigten Staaten von Amerika wahrscheinlich der einzige Mensch war, der gedacht hatte, Max Collingwood würde bei den Sioux bleiben.

Der weiße Lieferwagen von *Ben at Ten News* fuhr ostwärts über die Prärie in Richtung Johnson's Ridge. Carole konnte ihre Aufregung kaum zügeln. Immer und immer wieder spielte sie in Gedanken das Interview ab, genoß das Drama. Sie wird bei ihren Brüdern bleiben, um ihr Erbe zu verteidigen. Und am Ende ihr eigener Schlußsatz. *Das war Carole Jensen für* NBC News *aus dem Indianerreservat von Devil's Lake.*

Und es war noch nicht vorbei. Robert Bazil war im Anmarsch, doch bis dahin war sie die Nachrichtenstimme in der vordersten Linie. Sie hoffte inbrünstig, daß Bazils Flieger irgendwo steckenblieb.

Carole lehnte sich in ihrem Sitz zurück und ließ sich von der Freude des Augenblicks übermannen.

Sie passierten die Pembina Mountains und wandten sich nach Norden auf die Route 32. Nach einer Weile wurde der Widerschein eines smaragdgrünen Leuchtens am Himmel sichtbar.

Die Polizei dirigierte den Verkehr über eine Umleitung. Carole zeigte ihre Beglaubigungsschreiben und wurde durchgewinkt. Ein Stück weiter, an der Abzweigung zur Zufahrtsstraße, blinkten Lichter, und weiße Fernsehscheinwerfer tauchten die Straße in blendende Helligkeit. Zu beiden Seiten der schmalen Straße standen Lieferwagen und andere Fahrzeuge. Chang verlangsamte die Fahrt und parkte neben einem Lieferwagen der NBC.

Eine ganze Reihe von Medienleuten hatte sich an der Absperrung versammelt. Ein mitgenommener alter Ford befand sich im Zentrum des Interesses. Carole erkannte Walker auf der Stelle. Er war aus seinem Wagen ausgestiegen und redete mit einem Deputy. Andere Polizisten versuchten ohne großen Erfolg, die Journalisten auf Distanz zu halten. »Bereite alles vor, Chang«, sagte Carole und tippte die Nummer des Studios in ihr Handy.

»Carole?« meldete sich die Stimme des Aufnahmeleiters. »Ich wollte Sie gerade anrufen.«

»Wir sind da.«

»Okay. Walker ist gerade vom Berg heruntergekommen. CNN und ABC sind bereits auf Sendung. Anscheinend will er eine Erklärung abgeben.«

Carole war aus dem Wagen und auf dem Weg. Chang kam von der anderen Seite hinterher, die Ausrüstung auf der Schulter. »Wir lassen jetzt das Intro ablaufen«, sagte eine Stimme aus dem Studio. »In zwanzig Sekunden sind Sie auf Sendung.«

»Verdammter Mist.« Carole warf einen raschen Blick auf ihren Partner. »Chang, bist du soweit?«

Sie drängten sich in die Gruppe von Journalisten und schoben und stießen sich einen Weg nach vorn, bis sie eine Stelle gefunden hatten, die ein gutes Bild von den Vorgängen lieferte. Walker sah alt und gebrechlich aus. Die Polizeibeamten wirkten unbehaglich und machten den Eindruck, als verlören sie in dem Tumult allmählich die Geduld. Eine Frau mit dem Abzeichen eines U. S. Marshals führte eine aufgeregte Unterhaltung mit Chief Doutable. Carole war gut im Lippenlesen, und sie fing genug von der Diskussion auf, um zu verstehen, daß die Frau den Polizeichef drängte, etwas zu unternehmen.

Die Reporter drängten vor, und die gesamte Szene war in grelles Licht und dunkle Schatten getaucht.

Der Deputy erhielt ein Zeichen von Doutable und wich zurück. Mehrere Mikrofone wurden in Walkers Richtung ausgestreckt. Wie faßten die Indianer die Zwangsräumung auf? Würden die Sioux sich zur Wehr setzen? Versteckten die Sioux etwas? War etwas dran an den Gerüchten von dem unsichtbaren Besucher?

»Nein«, antwortete Walker. »Wir haben nichts zu verbergen.« Er kletterte einen Abhang hinauf, wo jeder ihn sehen konnte. »Mein Name ist James Walker. Ich bin der Vorsitzende des Stammesrates.«

»Was ist dann das große Geheimnis?« rief jemand aus dem Hintergrund.

Walker schien verwirrt. »Es gibt kein Geheimnis. Wir haben die wilde Welt hinter dem Portal bereitwillig mit allen geteilt, die gekommen sind und einen Blick darauf werfen wollten. Aber das Rundhaus steht auf *unserem* Land.«

Die Reporter verstummten.

»Es mag sein«, fuhr Walker fort, »daß die Straße zu den Sternen über Johnson's Ridge führt. Einige Leute machen sich Sorgen wegen der Entdeckungen hier. Sie fürchten sich davor. Und wir alle wissen, daß niemand eiserner an der Vergangenheit festhält als die Mächtigen, wenn Veränderungen bevorstehen. Sie wissen, daß Veränderungen unausweichlich sind, aber sie würden sie am liebsten in kleinen Stückchen durchführen, wenn sie nur könnten. Körner für das Federvieh.

Ihre Regierung sagt uns«, fuhr er fort, »daß wir Johnson's Ridge räumen müssen. Falls wir uns nicht fügen, werden wir hinausgeworfen. Und wer die Kühnheit besitzt, auf seinem eigenen Land zu bleiben, wird mit Gefängnis bedroht. Oder Schlimmerem. Ich frage Sie, wenn diese Leute unseren Besitz enteignen können, weil sie Furcht empfinden – wessen Besitz ist dann noch sicher? Wenn Sie die Hand auf unsere Zukunft legen, wessen Zukunft ist dann noch sicher?«

(*Die Stimme des Aufnahmeleiters in Caroles Ohr:* »Großartig! Der Bursche ist phantastisch. Versuchen Sie, ein Exklusivinterview mit ihm durchzuführen, wenn er fertig ist.«)

»Das hier ist nicht das erste Mal, daß man uns gezwungen hat, unser Land mit unserem Blut zu verteidigen. Ich wende mich jetzt direkt an den Präsidenten der Vereinigten Staaten.« Chang war heran. »Mister President, nur Sie besitzen die Macht, der Sache Einhalt zu gebieten. Unschuldige Menschen werden heute nacht auf beiden Seiten sterben. Es sind alles Idealisten, sonst würden sie sich nicht gegenüberstehen. Es sind die besten, die wir haben, willens, sich für eine Sache zu opfern, die ihnen von alten Männern diktiert wurde. Gebieten Sie Einhalt, solange das noch möglich ist.«

Tom Laskers Ausweis hatte ihm an der Zufahrtsstraße nicht weitergeholfen. Man hatte ihn ohne weitere Erklärung abgewiesen, genau wie die Horden von Touristen. Seine erste Reaktion war, das Handy zu benutzen und Max anzurufen, doch er bekam nur ein Besetztzeichen, die Art von Signal, die normalerweise anzeigt, daß eine Fernverbindung zusammengebrochen ist.

Er hatte die Nachrichtensendungen verfolgt und wußte von dem Ultimatum. Nur war ihm bis zu diesem Augenblick nicht ernsthaft klargeworden, daß es zu einer Schießerei kommen konnte und vielleicht Menschen den Tod fanden.

Er zögerte ratlos, verspürte den Wunsch, mit jemandem zu reden, ohne zu wissen, wer helfen konnte. Er rief Ginny an und erzählte ihr, was an der Zufahrtsstraße vor sich ging.

»Komm nach Hause«, lautete ihre Antwort. »Halt dich da raus.«

Augenblicke später rief sie ihn zurück. »Jemand aus dem Reservat will mit dir reden.« Sie nannte ihm eine Nummer. »Sei bitte vorsichtig«, fügte sie hinzu.

Am anderen Ende der Leitung meldete sich William Hawk. »Tom«, sagte er, »wir müssen dem Vorsitzenden eine Nachricht zukommen lassen.«

April war ungewöhnlich still gewesen. Max fragte sich, ob sie von ihm enttäuscht war oder einfach nur Angst hatte. Sie waren zur Sicherheitsbaracke zurückgekehrt und saßen in düsterer Stimmung herum. Niemand redete.

Die Luft war schwer, und zumindest Max konnte nicht über das reden, was ihn beschäftigte.

Es tat weh.

»April«, begann er schließlich, »bist du sicher, daß du bleiben willst?«

Sie hob den Blick und brauchte einen Moment, um sich zu sammeln. »Ja«, antwortete sie. »Ich denke genau das gleiche wie Adam. Ich kann nicht von hier weggehen und zulassen, daß sie alles an sich reißen.«

»Ja. In Ordnung.« Max erhob sich. »Nun, ich verschwinde jetzt.«

Sie nickte.

»Viel Glück«, wünschte er ihr.

31

Es ist unschicklich zusammenzuzucken,
bevor der Schuß gefallen ist.

›*Von der Standhaftigkeit*‹
Montaigne

Als offensichtlich wurde, daß die Sioux nicht zurückweichen würden, ging Elisabeth Silvera dazu über, Telefongespräche abzuhören. Sie hatte Walkers Frage gegenüber Adam mitbekommen, *Wie weit bist du zu gehen bereit?*, genau wie die Antwort. Sie hatte auch die Unterredung mit Walter Asquith mitgehört, dem pulitzerpreisgekrönten Schriftsteller, und wußte, daß Walker eine Demonstration durch Außenstehende plante. Sie hatte noch weitere Gespräche abgehört, bevor die Leitungen gekappt worden waren. Gespräche, in denen Indianer ihre Familien beruhigten – nicht, daß ihnen schon nichts geschehen würde, sondern daß sie sich darauf verlassen konnten, ihre angestammten Rechte verteidigt zu sehen. Silvera fragte sich, ob sie herausgefunden hatten, daß man ihre Gespräche abhörte, und ob die Bemerkungen nicht speziell für die Lauscher gedacht gewesen waren. Schließlich hatte Silvera auch noch Max' Unterhaltung mit dem Präsidenten abgehört. Max' Weigerung, Position zu beziehen, hatte ihre Mißbilligung hervorgerufen und sie davon überzeugt, daß Gewaltanwendung unausweichlich war. Wenn die Sioux zu einer Einigung bereit gewesen wären, dann wäre das der richtige Zeitpunkt dazu gewesen.

Es war kein Auftrag, über den Silvera besonders glücklich gewesen wäre. Nicht, daß sie moralische oder politische Bedenken verspürt hätte. Aber die Situation war explosiv, mit einer Menge beruflicher Risiken verbunden, und es war relativ wenig zu gewinnen. Falls sie alles richtig machte, würde sie die Akte an das MEK weiterleiten, und das würde sich den Erfolg auf seine Fahnen schreiben. Und wenn sie etwas verbockte, dann bedeutete das das Ende ihrer Karriere.

Sie hatte die Leitung der Operation offiziell am späten Nachmittag an das MEK abgegeben. Der Gruppenkommandeur, Horace Gibson, war persönlich gekommen, um die Sache in die Hand zu nehmen. Wenn man bedachte, wie brisant die ganze Angelegenheit war, dann hatte sie niemand Geringeren erwartet. Elizabeth war Gibson früher einmal begegnet, und sie mochte ihn nicht besonders. Der Bursche markierte zu sehr den starken Mann. Gibson hatte eine zu hohe Meinung von sich und machte kein Hehl aus seiner Überzeugung, daß seine Leute etwas Besonderes waren. Die Elite der Organisation. Er vermittelte Elisabeth das Gefühl, nichts weiter zu sein als ein Bauerntrampel.

Bei dieser Sache verspürte sie jedoch beinahe so etwas wie Mitleid für ihn.

Sie kannte seine Instruktionen: das Rundhaus so schnell wie möglich einnehmen, um einen größeren Medienzirkus zu vermeiden; es einzunehmen, ohne dabei jemanden zu verlieren und, wenn möglich, auch ohne einen Indianer zu verletzen.

Viel Glück, Mister.

Sie kannte Horace gut genug, um zu wissen, daß die Indianer sich besser vorsahen.

Sondersendung der NBC;
Interview mit Generalstaatsanwalt
Christian Polk durch Tom Brokaw

Brokaw: Mister Polk, wir haben soeben den Appell James Walkers gesehen. Er bittet um Zurückhaltung und klagt die Regierung an, daß sie Land zu stehlen versucht, welches den Indianern gehört. Was sagen Sie dazu?

Polk: Tom, wir fühlen mit den Indianern und ihrem Vorsitzenden James Walker. Ich möchte gerne klarstellen, daß wir im besten Interesse der breiten Öffentlichkeit handeln. Lassen Sie mich betonen, daß wir keinen fremden Besitz *stehlen*. Wir verlangen lediglich die Kontrolle über das Geschehen.

Brokaw: Was genau bedeutet *Kontrolle* in diesem Zusammenhang, Mister Polk? Wer genau wird die Aktion am Rundhaus kontrollieren?

Polk: Nun, die Sioux natürlich. Es gibt nur einen Grund, aus dem wir dort sein möchten: Wir wollen sicherstellen, daß ... Sehen Sie, Tom, das ist eine einmalige Situation. Wir standen noch niemals einem derartigen Problem gegenüber. Wir haben die verdammte Pflicht, dafür zu sorgen, daß entsprechende Sicherheitsmaßnahmen ergriffen werden. Wir wissen überhaupt nicht, womit wir es zu tun haben, und wir sind es dem amerikanischen Volk schuldig, die Situation unter Kontrolle zu halten. Daran ist absolut nichts Unvernünftiges.

Brokaw: Und welche möglichen Gefahren machen Ihnen Sorgen?

Polk: Zunächst einmal möchten wir jedermann beruhigen. Es hat Gerüchte gegeben, daß irgend etwas durch das Portal gekommen ist ...

Brokaw: Daran glauben Sie nicht wirklich, oder?

Polk: Nein, ich persönlich glaube nicht daran. Aber darum geht es auch gar nicht. Eine Menge Leute schenken den Gerüchten Glauben, und wir müssen sie beruhigen.

Brokaw: Also enteignen Sie die Sioux gewaltsam, weil ein paar Leute in North Dakota nervös geworden sind?

Polk: Es gibt noch weitere Gründe. Wir wissen nichts über die möglichen Gefahren. Seuchen zum Beispiel. Das ist eine unserer

Hauptsorgen. Wir müssen das Portal kontrollieren.
Brokaw: Anscheinend wollen sich die Sioux der gerichtlichen Verfügung nicht beugen.
Polk: Der Gerichtsbeschluß steht für die Sioux nicht zur Debatte.
Brokaw: Das entscheiden die Sioux vielleicht anders als Sie, Mister Polk. Sind Sie bereit, Waffen einzusetzen?
Polk: Ich bin sicher, daß es nicht so weit kommen wird.
Brokaw: Und falls doch, werden Sie mit Waffengewalt vorgehen?
Polk: Wir sind zuversichtlich, daß wir die Angelegenheit mit friedlichen Mitteln beilegen können.
Brokaw: Vielen Dank, Sir.
Polk: Ich danke *Ihnen*, Tom.

Horace Gibson saß in seinem vorläufigen Befehlsstand auf einem Hügel mehrere Meilen nördlich von Johnson's Ridge. Er ging die letzten Bilder des Zielgebiets und die Wetterprognosen durch. Er hatte seine Hausaufgaben bezüglich Adam Sky erledigt. Es sah nicht nach Schwachstellen in der Verteidigung aus. Er war außerdem nicht sicher, welche Waffen Sky zur Verfügung standen.

Die Sioux würden sich eingraben und die Erdhügel als Deckung benutzen.

Gibson hätte am liebsten schwarzen Rauch auf sie geworfen und wäre im Schutz von Betäubungsgranaten vorgerückt. Blende sie, schüttle sie durch und setze die Hubschrauber ein, bevor sie Zeit haben, sich von ihrem Schreck zu erholen und neu zu formieren. Aber Windgeschwindigkeiten von vierzig Knoten über dem Sattel, die im Verlauf der Nacht voraussichtlich noch zunahmen, machten diese Vorgehensweise unmöglich. Es würde keinen Rauch geben, um den Überfall zu decken. Der Wind würde die Manövrierbarkeit der Hubschrauber ebenfalls einschränken, aber damit konnte er leben.

Wäre es nach Horace gegangen, er hätte das Gebiet abgeriegelt und die Verteidiger ausgehungert. Aber es gab Druck von oben. Von ganz oben, wie er meinte, direkt aus dem Weißen Haus. *Bringen Sie es hinter sich.*

Das Kampfgebiet gefiel ihm nicht. Die Verteidiger blickten über flaches Land ohne jede Deckung. Es war eine Todeszone.

Die praktikabelste Taktik war noch, die Erdhügel mit den Blackhawks anzugreifen und die Verteidiger in ihren Löchern festzunageln. Und genügend Verwirrung zu stiften, um eine Landung zu decken.

Elizabeth Silvera hatte ihren Posten bezogen. Zusammen mit Chief Doutable und einem halben Dutzend mit Gewehren bewaffneten Polizeibeamten stand sie etwa eine Viertelmeile westlich vom Steilhang auf der höchsten Stelle der Zufahrtsstraße. Es war eine exponierte Stellung, falls die Sioux das Feuer eröffneten, doch sie bot einen exzellenten Blick über die Verteidiger innerhalb der Grabungsanlage. Die Erdhügel lagen im Schatten, und Sky hatte Planen über Holzgestellen legen lassen, um zu verhindern, daß seine Leute sich vor dem leuchtenden Hintergrund des Rundhauses abhoben. Doch es war eine klare Nacht, und der Mond schien hell. Ein Aufklärungshubschrauber zog seine sporadischen Runden und schwebte im Augenblick über dem nördlichen Rand des Steilhangs.

Doutable hatte mit Erleichterung reagiert, als das MEK nicht um bewaffnete Unterstützung gebeten hatte. Sie wollten nichts weiter von der örtlichen Polizei als die Garantie, daß keine unbefugten Personen zur Grabung wandern konnten. Womit hauptsächlich die Medienleute gemeint waren.

Elizabeth wußte, daß alles sehr schnell gehen würde,

wenn es erst einmal angefangen hatte. Sie hatte schon einmal eine ähnliche Aktion unter Gibson erlebt. Jetzt wartete sie nur noch auf einen verschlüsselten Bericht, in dem ihr die Zeit des Überfalls und besondere Instruktionen des Gruppenkommandeurs mitgeteilt wurden. Doutable sagte irgend etwas, doch sie hörte nicht richtig zu, als das Geräusch einer weiteren Maschine über ihr erklang.

Es stammte nicht von einem der Blackhawks.

Merkwürdig. Außer den Marshals sollte sich niemand im Luftraum über Johnson's Ridge aufhalten.

Ein graues propellergetriebenes Flugzeug näherte sich von Süden her. Elizabeth hob das Fernglas an die Augen. Die Maschine trug das Abzeichen der Luftwaffe.

»Was zur Hölle geht da vor?« murmelte sie vor sich hin und schaltete zum Helikopter durch. »Blitz Eins, hier ist Widerwille. Wir haben einen Eindringling.«

»Ich kann ihn sehen«, kam die Antwort.

»Verscheuchen Sie ihn.«

»Widerwille, ich versuche seit einer Minute, mit ihm in Verbindung zu treten. Er reagiert nicht auf meine Rufe.«

Die Maschine flog niedrig und näherte sich rasch.

»Erbitte Befehle, Widerwille.«

»Warnen Sie ihn, augenblicklich abzudrehen, sonst eröffnen wir das Feuer.«

»Verstanden, Widerwille.«

Der Blackhawk hielt mit der grauen Maschine mit und flog etwa tausend Fuß über ihr.

»Widerwille, das ist eine alte Avenger«, meldete der Hubschrauberpilot. »Ein Kampfflugzeug aus dem Zweiten Weltkrieg.« Pause. »Der Pilot antwortet nicht.«

»Wer ist es?« fragte Elizabeth. »Sehen Sie eine Kennung?«

Der Hubschrauber gab die Kennung durch, und Doutable notierte sie. »Warten Sie eine Minute«, sagte er und ging mit der Nummer zu einem der beiden Einsatzwagen.

Die Avenger kam sehr niedrig herein.

Gibson schaltete sich in den Funkverkehr. »Blitz Eins, feuern Sie ein paar Warnschüsse ab.«

Der Blackhawk feuerte vor den Oldtimer, direkt durch das Sichtfeld. Die Avenger schaukelte leicht und setzte ihren Kurs fort.

»Das Flugzeug gehört einem Burschen namens Tom Lasker«, verkündete Doutable. »Es ist in Fort Moxie stationiert.«

»Lasker«, meinte Elizabeth. »Ich habe von ihm gehört. Das ist der Typ mit dem Schiff.«

In diesem Augenblick donnerte die Avenger über die Gräben. Sie warf etwas ab, legte sich in eine enge Westkurve und zog hoch.

»Blitz Eins«, befahl Elizabeth, »brechen Sie die Verfolgung ab.« Sie wandte sich an Doutable. »Sorgen Sie dafür, daß man ihn erwartet, wenn er landet. Ich denke, ich habe ein paar Fragen an ihn.«

»Er hat irgend etwas abgeworfen«, sagte einer der Polizisten.

Elizabeth richtete ihr Fernglas auf die Grabungsstelle.

»Widerwille, hier Blitz Eins. Die Indianer sind aus ihren Löchern gekommen. Sieht aus, als suchten sie nach etwas.«

»Verstanden.«

»Zwei von ihnen sind vor den Ring aus Gräben getreten. Warten Sie einen Augenblick. Warten Sie.« Nach einer Pause: »Was immer sie gesucht haben, ich schätze, sie haben es gefunden.«

Elizabeth beobachtete durch ihr Fernglas, wie die Sioux sich wieder hinter das Geflecht aus Gräben und Erdhügeln zurückzogen.

Was konnte so wichtig sein, daß Lasker riskierte, einen bewaffneten Blackhawk-Hubschrauber herauszufordern?

Max hatte die Avenger selbstverständlich sofort erkannt. Er hatte das Drama aus seinem Wagen beobachtet, während er sich innerlich wand wie ein Hund und darauf wartete, daß der Hubschrauber Tom abschoß.

Aber nichts dergleichen war geschehen. Und nun saß Max mit laufendem Motor da und hatte Angst, einfach davonzufahren. Er war wütend, und sein Gewissen nagte an ihm. Es fraß ihn auf. Aber er hatte bereits einmal sein Leben für dieses Projekt aufs Spiel gesetzt, war in dieses verdammte Licht gegangen, ohne zu wissen, ob es ihn nicht einfach in eine Wolke aus Atomen verwandeln würde. Und jetzt blickten ihn alle an, als wäre er ein zweiter Benedict Arnold*. Jemand, mit dem man sich nicht gerne sehen ließ.

Nun, nicht alle sahen ihn so an. Genaugenommen nur April. Aber das tat besonders weh. Schließlich würde sie noch immer an jenem Strand auf Eden sitzen, wenn Max ihr nicht gefolgt wäre.

Er fühlte mit Adam und den anderen. Trotzdem, es war nicht Max' Kampf. Falls April unbedingt ihr Leben wegwerfen wollte, dann war das ihre Sache. Er hatte jedenfalls nicht die Absicht, sich töten zu lassen. Absolut nicht. Aber die Art und Weise, wie April ihn angesehen hatte, als er gesagt hatte, daß er fahren würde . . .

Verdammter Mist.

Er schaltete die Scheinwerfer ein und steuerte den Wagen langsam über die Zufahrtsstraße. Er wußte, daß Polizisten entlang der Straße postiert waren, und er konnte sich zusammenreimen, daß die Beamten bewaffnet und wahrscheinlich recht nervös waren. Das war für Max Risiko genug.

Dann bemerkte er hinter sich Bewegung.

Jemand winkte. Adam.

Max verlangsamte seine Fahrt, drehte und fuhr zurück.

* Benedict Arnold, 1741–1801. Amerikanischer General während der Unabhängigkeitskriege, der zum Verräter wurde. (Anm. d. Übers.)

»Max.« Adam kam zum Seitenfenster. »Könnten Sie uns einen letzten Gefallen tun?«

Max wand sich. »Was hatte Tom hier zu suchen?« fragte er.

Adam streckte ihm ein Stück Papier entgegen. »Er hat das hier abgeliefert.« Max nahm das Papier und schaltete die Kartenlampe ein. Ein Brief von William Hawk.

> Vorsitzender,
> Unsere Leute sind auf dem Weg. Zwei Chartermaschinen landen um dreiundzwanzig Uhr bei Grand Forks. Ich schicke eine Eskorte.

Max sah auf. »Was hat das zu bedeuten? Verstärkungen?«

»Leute, von denen der Vorsitzende glaubt, sie könnten dies hier aufhalten.«

Max seufzte. »Ich hasse es, das zu sagen, aber der Vorsitzende verliert den Überblick.«

»Vielleicht«, entgegnete Adam. »Aber es ist unsere einzige Chance. An Bord dieser beiden Maschinen befinden sich zwölf oder dreizehn Leute.«

»Das Problem ist nur, selbst wenn sie helfen könnten – wie kriegen wir sie hierhin?«

»Das ist richtig. Die Straßen sind gesperrt.«

»Was also soll ich tun?«

»Fliegen Sie sie herein«, sagte Adam. »Reden Sie mit Ihren Freunden bei Blue Jay. Mieten Sie ein paar Helikopter.«

»Sie sind ja verrückt! Blue Jay wird niemanden nach Johnson's Ridge fliegen. Tom wäre um ein Haar *abgeschossen* worden!«

»Es sind Freunde von Ihnen«, beharrte Adam. »Bieten Sie Ihnen Geld. Viel Geld. Sie sollen es nicht umsonst tun.«

Max starrte über das Lenkrad hinweg auf die dunkle Reihe aus Bäumen, wo die Zufahrtsstraße anfing. Eines der Einsatzfahrzeuge der Polizei hatte den Warnblinker eingeschaltet. Sonst bewegte sich nichts.

»Ich tue, was ich kann«, sagte er.

Die Polizei erwartete ihn am Anfang der Zufahrtsstraße. Sie hielten ihn auf, während sich eines der Einsatzfahrzeuge näherte, das draußen am Steilhang gestanden hatte. Es war Elizabeth Silvera. »Schön, Sie kennenzulernen, Mister Collingwood. Würden Sie bitte aus Ihrem Fahrzeug steigen?«

Max gehorchte.

»Wird sonst noch jemand die Grabung verlassen?«

»Ich weiß es nicht«, antwortete er. »Ich glaube nicht.«

»Was ist mit Dr. Cannon?«

»Sie denkt, daß Sie und Ihre Leute das Rundhaus zerstören wollen.«

»Darf ich das als ein Nein verstehen?«

»Sie dürfen.« Max verschränkt defensiv die Arme vor der Brust. Vorsichtig, denn er hatte sich in Gesellschaft von Leuten aufgehalten, die die Behörden herausforderten, und voller Schuldgefühle, weil er seine Freunde im Stich ließ.

»Was haben sie dort oben?« fragte Silvera in einem beinahe vertraulichen Wir-sitzen-alle-im-gleichen-Boot-Tonfall.

»Wie bitte?«

»Waffen? Welche Waffen haben sie?«

»Ich weiß es nicht. Messer. Gewehre. Sie haben Gewehre. Ich weiß nicht, was sonst noch alles.« Genaugenommen entsprach das sogar der Wahrheit. Max kannte keinerlei Einzelheiten.

Silvera nickte. »Was hat das Flugzeug abgeworfen?« fragte sie.

Max hatte die Frage bereits erwartet. »Eine Nachricht von ihrem Stamm. Jeder sollte wissen, daß der Stamm hinter ihnen steht.«

»Das ist alles?« fragte Silvera.

»Das ist alles. Ein Brauch. Tröstende Nachrichten für die Krieger. Jahrhundertealte Tradition.«

Silvera blinzelte nicht einmal. »Mister Collingwood, haben Sie irgend etwas zu sagen, das uns helfen könnte, die Angelegenheit friedlich beizulegen?«

»Ja.« Max richtete sich zu seiner vollen Größe auf. »Verschwinden Sie von hier. Lassen Sie sie in Ruhe.«

»Es tut mir leid, daß Sie so denken.« Sie blickte ihn angewidert an. »Wo werden Sie sich aufhalten?«

»Im Northstar. In Fort Moxie.«

»In Ordnung. Bleiben Sie zu unserer Verfügung. Möglicherweise haben wir noch ein paar Fragen an Sie.«

»Sicher«, erwiderte Max.

Max blickte unablässig in den Rückspiegel, um zu sehen, ob er verfolgt wurde, doch die Straße hinter ihm blieb leer. Er überlegte, ob er Jake Thoraldson anrufen sollte, um die Lightning fertig zu machen, doch er hatte den Verdacht, daß sein Telefon abgehört wurde. Konsequenterweise verlor er eine halbe Stunde am Flughafen von Fort Moxie, während die Maschine durchgecheckt wurde und warmlief.

Kurz nach zehn steuerte er die Lightning auf die Startbahn hinaus, drehte in den Wind und öffnete die Drosselklappen. Die beiden wassergekühlten Allisons brummten vertrauenerweckend. Jake gab grünes Licht zum Start, eine Geste, die am Flughafen von Fort Moxie, wo ein Pilot stets in einen leeren Himmel blickte, unausweichlich eine Spur von Absurdität in sich barg.

Max löste die Bremsen, und der alte Kriegsvogel setzte sich in Bewegung.

Vielleicht lag es am Brüllen der Maschinen oder am Rauschen des Windes unter den Gondeln. Vielleicht war es die Geometrie der Lightning. Vielleicht waren es auch die Gene des Kampfpiloten, die sich zu Wort meldeten. Was auch immer es sein mochte, Max' Ängste verflogen in dem Augenblick, in dem die Maschine von der Startbahn abhob. Das hier war das Flugzeug, das dem Krieg im Pazifik die entscheidende Wende gegeben hatte. Max blickte durch die Zieleinrichtung.

Die Bewaffnung der Maschine war im Bug konzentriert und bestand aus einer zwanzig-Millimeter-Kanone und vier Kaliber-.50-Maschinengewehren. Ihre Feuerkraft zusammen mit der Höchstgeschwindigkeit von über vierhundert Meilen pro Stunde hatten die Lightning zu einem unüberwindlichen Gegner gemacht. Die Deutschen hatten sie *Gabelschwanzteufel* genannt.

Die Waffen waren natürlich nicht schußbereit, doch für einen wilden Augenblick wünschte sich Max, sie wären es.

Auf neuntausend Fuß beendete er seinen Steigflug. Plötzlich erspähte er eine andere Maschine. Sie flog in vierzehntausend Fuß, ein gutes Stück weiter im Norden. Zu weit, um sie zu identifizieren. Max dämmerte, daß er besser damit rechnete, überwacht zu werden.

Er war versucht, Kurs auf das Rundhaus zu nehmen und mit den Flügeln zu wackeln, irgendein Zeichen zu geben, daß Adam ihm vertrauen konnte. Aber er wußte, daß es klüger war, keine unnötige Aufmerksamkeit auf sich zu ziehen.

Die andere Maschine war ebenfalls propellergetrieben, also würde er keine Schwierigkeiten haben, ihr zu entkommen. Nur ihrem Radar konnte er nicht entgehen. Trotzdem, selbst wenn sie ihn bis nach Grand Forks verfolgten, was sie zweifellos tun würden – na und? Sie würden das Interesse an ihm verlieren, sobald er gelandet war.

Er steuerte die Maschine in eine weite, lässige Kurve nach Süden und ging auf Marschgeschwindigkeit.

Zwanzig Minuten später landete er auf dem Casper Field und rollte vor ein paar unscheinbaren Terminalgebäuden aus. Casper war Heimatflughafen verschiedener Transportgesellschaften. Außerdem gab es einen Ungezieferbekämpfungsdienst und eine Flugschule. Und *Blue Jay Air Transport*.

Max kletterte aus der Lightning, bevor die Maschine

noch richtig zum Stehen gekommen war, und rannte auf ein kleines, verwaschen gelbes Gebäude zu, in dem die Büroräume von Blue Jay untergebracht waren.

Er hatte die Flugverkehrswacht von Grand Forks abgehört und wußte, daß eine der beiden Chartermaschinen bereits im Anflug war. Die andere würde innerhalb der nächsten dreißig Minuten eintreffen. Die Sioux hatten jemanden geschickt, der die Fluggäste in Empfang nehmen sollte, doch Max wußte, daß *er* die Dinge koordinieren mußte, wollten sie eine Chance haben, Walkers mysteriöse Freunde rechtzeitig genug hoch nach Johnson's Ridge zu bringen, um noch irgend etwas am Ausgang der Angelegenheit zu ändern. Er fand einen Münzfernsprecher und warf einen Vierteldollar ein.

Bill Davis klang, als hätte er bereits im Bett gelegen. »Können Sie das noch einmal wiederholen, Max?«

»Ich habe einen Auftrag für zwei Chopper. Etwa ein Dutzend Passagiere und ein paar Leute vom Fernsehen. Sagen wir, alles in allem vierzehn oder fünfzehn.«

»Wann?«

»Heute nacht.«

»So schnell kann ich nichts auf die Beine stellen, Max. Ich weiß nicht einmal, wer von den Piloten erreichbar ist.«

»Es ist ein Notfall«, drängte Max. »Wir zahlen den doppelten Satz und einen Bonus für die Piloten.«

»Wieviel?«

»Tausend. Für jeden.«

Davis dachte nach. »Ich sage Ihnen, was wir machen. Sie benötigen zwei Hubschrauber?«

»Genau.«

»Also schön. Sehen Sie, ich kann nur einen meiner Burschen rechtzeitig informieren. Ich werde den zweiten Chopper selbst fliegen.«

Max bedankte sich und tippte eine weitere Nummer ein.

»KLMR-TV. Falls Sie mit der Werbeabteilung sprechen möchten, drücken Sie eine Eins. Falls ...«

Max blickte ungeduldig auf seine Uhr. Es war zwanzig vor elf. Er lauschte der Litanei aus Instruktionen, und als die Nachrichtenabteilung genannt wurde, drückte er die entsprechende Nummer.

»Nachrichtenabteilung.«

»Hier ist Max Collingwood. Ich bin einer der Leute vom Rundhaus. Ich möchte den Nachrichtenredakteur sprechen.«

»Einen Augenblick bitte. Bleiben Sie dran.«

Ein kurzes Schweigen, dann ertönte eine vertraute Baritonstimme am anderen Ende der Leitung. »Hallo, hier spricht Ben Markey. Collingwood, sind Sie das wirklich?«

»Ja, das bin ich.«

»Sie sind angeblich oben auf Johnson's Ridge. Rufen Sie von dort aus an?«

»Nein. Hören Sie, ich habe nicht viel Zeit zum Reden, aber ich kann Ihnen eine Hölle von Story anbieten.«

»In Ordnung.« Max konnte förmlich hören, wie der Mann am anderen Ende heiß wurde. »Wo können wir uns treffen?«

Max gab entsprechende Anweisungen und legte auf. Anschließend rief er den Kontrollturm an.

»Zentrale«, meldete sich eine männliche Stimme.

»Den diensthabenden Beamten bitte.« Max war dankbar, daß er sich nicht mit einem weiteren automatischen Anrufsystem herumschlagen mußte.

»Wen bitte darf ich melden?«

»Max Collingwood. *Sundown Aviation*.«

»Bleiben Sie bitte am Apparat, Mister Collingwood.«

Lange Zeit herrschte Stille am anderen Ende. Zweimal wurde Max versichert, daß die diensthabende Beamtin gleich mit ihm sprechen würde. Schließlich ertönte eine bekannte Stimme. »Hallo, Max.«

Max kannte die meisten der älteren Beamten von Grand Forks. Es war Mary Hopkins, eine frühere Vizepräsidentin der *Dakota Aviation Association*. Mary war eine große, stille, bescheidene Frau, die mit einem nervigen Börsenmakler verheiratet war. »Mary«, sagte Max in den Hörer, »ich weiß, daß Sie viel zu tun haben.«

»Schon in Ordnung, Max. Was kann ich für Sie tun?«

»Es gibt da zwei Chartermaschinen im Anflug. Eine davon wird jeden Augenblick landen. Die andere folgt dichtauf.«

»Okay, ich kann sie sehen.«

»Ich komme mit zwei Choppern von Blue Jay, um die Passagiere aufzunehmen. Könnten Sie es einrichten, daß sie nebeneinander parken, damit ein direkter Transfer möglich ist? Ich wäre Ihnen sehr dankbar.«

»Sie wollen, daß die Passagiere in den Maschinen bleiben, bis die Hubschrauber an Ort und Stelle sind?«

»Genau. Lassen Sie die Flugzeuge einfach irgendwo draußen parken, wenn das möglich ist, wo sie aus dem Weg sind, und wir landen die Chopper direkt daneben. In Ordnung?«

»Max . . .«

Er wußte, daß seine Bitte gegen die allgemeinen Vorschriften verstieß und daß Mary gar nicht glücklich über sein Anliegen war. »Ich würde Sie nicht bitten, Mary, das wissen Sie. Aber die Angelegenheit ist äußerst wichtig. Menschenleben könnten davon abhängen.«

»Hat das etwas mit der Geschichte oben an der Grenze zu tun?«

»Ja«, antwortete Max gedehnt. »Das könnte man so sagen.«

»Ich tue, was ich kann«, erwiderte Mary. »Wie kann ich Sie erreichen?«

Bill Davis bestand aus 270 Pfund Profitgier und Zynismus, gepaart mit einem trockenen Sinn für Humor und vier Scheidungen. Erst kürzlich hatte er einen Herzanfall erlitten und entwickelte nun einen Hang, in der Vergangenheit zu leben und zu reden, als wären seine Tage gezählt.

Sein holzgetäfeltes Büro war übersät mit Bildern von

Flugzeugen und Piloten. Ein signiertes Foto von John Wayne zierte ein Sideboard.

»Nett, Sie mal wieder zu sehen, Max«, begrüßte er seinen Besucher. »George ist auf dem Weg hierher. Wohin fliegen wir?« Er schenkte eine Tasse Kaffee ein und hielt sie Max entgegen.

Max nahm die Tasse. »Johnson's Ridge«, sagte er.

Davis runzelte die Stirn. »Ist das nicht das Stück Land, von dem sie die Indianer vertreiben wollen? Die Nationalgarde, nicht wahr?«

»Nicht die Garde«, erwiderte Max. »U. S. Marshals. Sie wollen die Grabung morgen dichtmachen, und die Sioux wollen nicht gehen.«

»Zur Hölle, Max, ich kann niemanden dort hinein schicken!«

»Ich zahle zweitausend, Bill.«

»Also erwarten Sie Schwierigkeiten?«

»Nein, das tue ich nicht. Ich habe nur nicht die Zeit, mit Ihnen zu streiten.«

Kurz nach dreiundzwanzig Uhr sondierte Gibson das Terrain ein letztes Mal. Er kehrte zu seinem Befehlsstand zurück und rief Carl Rossini an.

»Es sieht nicht gut aus«, meldete er.

»Wo liegt das Problem, Horace?«

»Der Wind. Warten Sie noch eine Nacht, Carl. Geben Sie uns eine Chance, den schwarzen Rauch einzusetzen. Ansonsten könnte es dort draußen zu einem Blutbad kommen. Es gibt viel zu wenig Deckung.«

»Geht nicht«, antwortete Rossini.

»Verdammt, Carl! Wir können nicht mal *eine Nacht* warten? Hören Sie!« Er hielt den Hörer hoch, so daß Rossini das Tosen des Windes mitbekam. »Warum zur Hölle diese übertriebene Eile?«

»Tut mir leid, Horace«, kam die Antwort. »Bringen Sie es hinter sich, bevor der Tag dämmert. Es ist mir ganz egal, was es kostet.«

»Dann werde ich die Erdhügel plattmachen, bevor ich irgend jemanden reinschicke! Morgen früh können Sie sich mit einem ganzen Stapel toter Indianer herumschlagen. Ist es das, was Sie wollen?«

»Was immer es kostet, Horace.«

Gibson knallte den Hörer auf die Gabel, der wieder hochsprang und in den Schnee fiel.

»Zielt nicht, um zu töten«, sagte der Vorsitzende. »Nur als letzter Ausweg.«

»Warum nicht?« erkundigte sich John Little Ghost. »Wir sind im Krieg.«

Walker nickte. »Ich weiß. Aber die Zeit ist auf unserer Seite. Je länger wir die Räumung hinauszögern können, desto besser für uns.«

Sie hatten sich in einem kleinen Kreis am Rand des Lochs versammelt. Der Wind heulte und zerrte an den Planen, die sie gegen das Leuchten des Rundhauses abschirmten.

»Kannst du das erklären, Vorsitzender?« fragte Andrea Hawk.

»Hilfe ist unterwegs. Wenn wir bei ihrer Ankunft noch immer hier sind und wenn die Situation bis dahin nicht hoffnungslos verfahren ist, dann werden wir die Nacht vielleicht überleben. Und die Wildnis von Eden behalten.«

»Aber sie werden versuchen, uns zu töten! Warum sollten wir nicht ...«

»Weil es kein Zurück mehr gibt, sobald wir einmal Blut vergießen«, erwiderte Walker. »Zielt tief. Schießt zurück, aber tötet nicht. Es sei denn, euch bleibt keine andere Wahl.«

Adam nahm Andrea Hawk und George Freewater beiseite. »Ich will euch beide an den Flanken«, sagte er. »George, du wirst draußen am Parkplatz in Deckung gehen. Sei vorsichtig, und sie werden ein Problem haben. Wir werden ihnen zeigen, daß sie ihre Helikopter nicht ungestraft hereinbringen können. Und sie können auch nicht direkt gegen uns vorrücken. Also werden sie einen Trick versuchen. Vielleicht wollen sie uns umgehen und das Rundhaus besetzen.«

»Damit würden sie gar nichts erreichen«, entgegnete George. »Sie säßen im Graben fest.«

»Sie hätten das Rundhaus. Das würde alles andere hinfällig machen. Vielleicht versuchen sie auch, uns zu überrennen.« Walker sah Andrea an. »Das würde wahrscheinlich bedeuten, daß sie über die Klippe kommen. Ich habe hinuntergesehen und nichts entdeckt. Aber ich an ihrer Stelle würde ernsthaft über diese Möglichkeit nachdenken.«

»Wird es ein Zeichen geben, wann wir das Feuer eröffnen?« fragte Andrea.

Adams Gesicht war im Schatten verborgen. »Nein. Das müßt ihr selbst beurteilen. Aber die andere Seite soll den ersten Schuß abfeuern.«

Der Grand Forks International Airport war nicht geschäftig in dem Sinn, wie es Chicagos O'Hare oder Hartsfield war. Aber er bediente mehrere größere Liniengesellschaften, und es herrschte ein stetiger Strom von Verkehr.

Die beiden Chartermaschinen standen auf dem Vorfeld direkt neben den Verwaltungsgebäuden des Hauptterminals geparkt. Max kreist in einer Warteschleife, während der Tower die Helikopter von Blue Jay durch eine steife Brise nach unten dirigierte.

Max informierte die Piloten der Charterflugzeuge, daß er den Flug koordinierte und die Passagiere direkt zu den Helikoptern bringen wollte, und das so rasch wie möglich.

Sie erklärten sich einverstanden, und Max erhielt seine eigenen Anweisungen vom Tower. Sie führten ihn von Westen heran und sandten die Maschine auf seine Bitte hin direkt in einen Wartungshangar. Er übergab die

Lightning an das Servicepersonal und fuhr auf einem Gepäckbuggy zum Transferpunkt. Als er eintraf, waren mehrere Passagiere bereits in die Helikopter gestiegen. Andere standen auf dem Landefeld und warteten, bis sie an der Reihe waren. Ein Flughafenarbeiter half beim Verladen eines elektrischen Rollstuhls. Ben Markey war ebenfalls anwesend. Er hatte einen Kameramann bei sich. Max erkannte Walter Asquith, der das Rundhaus besucht hatte und ein Buch über die Entdeckungen schreiben wollte. Ein oder zwei andere Passagiere kamen ihm bekannt vor, und Max wollte eben nach ihren Namen fragen, als jemand seinen eigenen rief. Er wandte sich um und sah William Hawk auf sich zu kommen.

»Danke für alles, was Sie für uns getan haben, Max«, sagte Hawk.

»War mir ein Vergnügen«, erwiderte Max. »Ich hoffe, ich konnte Ihnen helfen.«

Hawk war groß und breitschultrig, und in seinen dunklen Augen stand beherrschter Zorn. Max konnte sich Hawk mühelos auf einem Pferd vorstellen, während er einen Angriff gegen die Siebte Kavallerie anführte.

Bill Davis winkte ihnen vom Pilotensitz aus zu. »Ratsherr«, rief er mit erhobener Stimme, um das Brüllen der Maschinen zu übertönen. »Wir sollten machen, daß wir wegkommen, falls Sie noch vor Mitternacht dort sein möchten.«

Hawk sah Max an. »Kommen Sie mit uns, Max?«

»Nein«, lautete die Antwort. Schwach fügte Max hinzu: »Sie benötigen den Platz.«

Hawk reichte ihm die Hand. »Viel Glück, Max.«

Eine seltsame Bemerkung, wenn man die Umstände bedachte. »Ihnen auch, Ratsherr.« Ben Markey unterhielt sich bereits mit den Passagieren. Hawk kletterte an Bord, und das Geräusch der Rotoren übertönte alles andere.

Der erste Chopper hob ab. Irgend jemand legte eine Hand auf Hawks Schulter, um sicherzugehen, daß er korrekt angeschnallt war, dann hob auch Davis' Hubschrauber ab und stieg in den mondhellen Nachthimmel.

Sie schwenkten über das Terminal und nahmen Kurs nach Norden. Verrückt. Sie hatten Glück, wenn sie nicht alle umgebracht wurden.

Max hatte das Richtige getan. Er hatte die Dinge in die Wege geleitet und Walkers Leute in die Luft gebracht. Jetzt konnte er nach Hause gehen und sich den Rest im Fernsehen ansehen.

Das Klopfen der Helikopterrotoren verklang zu einem Flüstern und wich schließlich dem Geräusch eines landenden Jets.

Max brauchte dringend ein Bier, bevor er nach Hause flog, aber er trank niemals, wenn er noch fliegen mußte. Heute nacht war vielleicht der richtige Zeitpunkt, eine Ausnahme zu machen. Er stand dort, starrte in den Himmel und versuchte, einen Entschluß zu fassen, als er die Helikopter erneut hörte.

Sie kamen *zurück*.

Er wartete und sah die Positionslichter auftauchen.

Verdammter Mist. Was nun? Er rannte in das Terminal, suchte nach einem Telefon und rief den Tower an. Innerhalb einer Minute hatte er Mary am Apparat.

»Polizeiliche Anordnung«, sagte sie.

32

Ein treuer Freund ist wie ein festes Zelt; wer einen solchen findet, hat einen Schatz gefunden.

Jesus Sirach 6, 14

Max diskutierte eine Zeitlang mit Bill Davis. Er bot ihm mehr Geld, doch Davis biß nicht an. Max konnte es ihm nicht verdenken. Seine Lizenz stand auf dem Spiel, vielleicht sogar eine Gefängnisstrafe, wenn er sich der Anordnung der Flugkontrolle widersetzte, zurückzukehren.

»Können wir denn keine andere Fluggesellschaft nehmen?« erkundigte sich William Hawk. Sein Blick hetzte zwischen Max und den Passagieren hin und her, als könnten sie aufgeben und nach Hause gehen.

»Nicht das ich wüßte.«

»Wie steht es mit Ihnen, Max?« fragte Ben Markey. Markeys Fähigkeit, fröhlichen Spott mit eisenharter Integrität zu verbinden, die Fähigkeit, die ihn zum beliebtesten Nachrichtensprecher der Gegend gemacht hatte, drängte Max in die Defensive. »Besitzen Sie nicht ebenfalls eine Fluggesellschaft?«

»Nein. *Sundown* restauriert und verkauft antike Flugzeuge. Wir sind kein Transportunternehmen.«

Hawk blickte nervös auf seine Uhr. »Max, es *muß* einen Weg geben!«

Max bedauerte, daß er nicht schneller aufgebrochen war. Er hätte längst in der Luft und auf dem Heimweg nach Fargo sein können.

Aber halt, vielleicht gab es doch noch eine Möglichkeit. Er hob den Hörer auf und wählte Ceil Braddocks Nummer. Ein Anrufbeantworter meldete sich. Max nannte seinen Namen und wartete darauf, daß Ceil die Maschine abschaltete. Als das nicht geschah, wählte er ihre Büronummer. Boomer Clavis nahm den Anruf entgegen. »Thor Air Cargo«, sagte er.

»Boomer, hier ist Max. Kann ich mit Ceil reden?«

»Hallo Max, wie geht es Ihnen?« antwortete Clavis. »Ich kann Ihnen Ceils Nummer geben. Sie ist in Florida.«

Und das war's. »Wann kommt sie zurück?«

»Ah, Mittwoch vielleicht. Sie eröffnen ein Luftfahrtmuseum in Tampa.«

Max schwieg.

»Warten Sie, Max, ich gebe Ihnen die Nummer.«

»Nein, machen Sie sich keine Mühe. Es nützt mir nichts.« Max starrte auf das Telefon, dann hob er den Blick zu den Leuten, die ihn umringten. Sie sahen alle ziemlich normal aus. Zwölf Männer und eine Frau. Die meisten im mittleren Alter. Sie hätten für das Wochenende unterwegs nach Miami sein können und wirkten völlig fehl am Platz.

Ihre Augen waren auf ihn gerichtet. Max legte auf. »Ich kann nichts tun«, sagte er.

Ein großer, weißhaariger Mann schlug vor, daß sie Autos mieten sollten.

»Man würde uns nicht durchlassen«, entgegnete Hawk. »Der einzige Weg führt durch die Luft.«

Die Frau sah Max an. »Wer ist Ceil?«

»Sie besitzt eine C-47. Und sie ist Pilotin.«

»Was ist eine C-47?« fragte Hawk.

»Eine Frachtmaschine. Ich dachte, es gäbe eine Chance, daß sie uns hinfliegt. Sie ist schon einmal auf dem Sattel gelandet.«

Einer der Passagiere saß im Rollstuhl. Mit synthetischer Stimme fragte er: »Können *Sie* die C-47 nicht fliegen?«

»Ich? Nein.«

»Haben Sie noch nie eine C-47 geflogen?« fragte ein schlanker, bärtiger Mann im Hintergrund.

»Doch, schon«, entgegnete Max. »Aber ich kann sie nicht auf dem Sattel landen.«

Einer der Passagiere sah aus wie ein ehemaliger Footballspieler. Er war rotschöpfig, und in seinen Augen leuchtete eine Intensität, die Max als höchst beunruhigend empfand. Nun richteten sich diese Augen auf Max. »Warum nicht?« fragte der Mann.

»Erstens, weil dort oben noch immer Schnee liegt. Außerdem ist es dunkel.«

»Max – Sie heißen doch Max, nicht wahr?« sagte der Footballspieler.

»Ja.«

»Sie sind unsere einzige Chance, Max. Ich bin bereit, es zu versuchen, wenn Sie es sind.« Der Mann blickte sich zu den anderen um, und sie nickten zustimmend.

»Das ist keine gute Idee«, sagte Max.

»Rufen Sie diesen Boomer wieder an«, sagte die Frau. »Lassen Sie uns die Schau endlich auf die Straße bringen.«

Eine Stimme am Rand der Gruppe fügte hinzu: »Sagen Sie ihm, er soll die Schneekufen aufziehen. Und Max, falls Sie Hilfe mit der Maschine brauchen – es gibt ein paar Piloten unter uns.«

Zögernd bedankte sich Max. Er sah keinen Weg, sich aus der Affäre zu ziehen, also ließ er sich durch das Terminal und nach draußen auf die Straße drängen, wo sie fünf Taxis herbeiriefen. Max beschrieb den Fahrern den Weg, versprach fünfzig Dollar Trinkgeld, falls sie sich beeilten, und kletterte zusammen mit der Frau und dem Footballspieler in den letzten Wagen. Das Fahrzeug setzte sich mit quietschenden Reifen in Bewegung.

»Wissen Sie, Ihre Leute haben die Sache nicht besonders gut organisiert«, sagte die Frau.

Max blickte sie an und suchte nach einem Lächeln, doch er fand keines.

Wenige Minuten später jagten sie über die Interstate 29 nach Süden.

Der Wind fegte beständig über den Sattel. April kauerte zusammen mit Will Pipe hinter einem der Erdhügel. Der Maschendrahtzaun, der die Ausgrabung umgab, würde als erstes fallen, meinte Pipe. Adam bewunderte April. Sie bot ihr Blut an und forderte nichts als Gegenleistung. Ihre Anwesenheit verlieh allen das Gefühl, nicht vollkommen alleine dazustehen. Er war ihr dankbar und hoffte nur, daß sie die Nacht überleben würde.

Sie hatten eine Verteidigungslinie zwischen den Erdhügeln errichtet, vielleicht dreißig Fuß innerhalb der Umzäunung, mit dem Rücken zu dem großen Loch, in dem das Rundhaus lag. Unglücklicherweise gab es keine Rückzugsmöglichkeit. Seine Leute konnten nicht in das Grabungsloch ausweichen und darauf hoffen, den Kampf dort fortzusetzen.

Adam ging davon aus, daß die Marshals kurz nach Mitternacht ihren ersten Versuch starten würden, die Verteidiger aus ihren Löchern zu treiben. Mit ein wenig Glück trafen die Freunde des Vorsitzenden vorher ein, welche Hilfe sie auch immer bedeuteten.

April blieb gelassen. Sie konnte einfach nicht glauben, daß es wirklich soweit kam und Menschen den Tod fanden. Vielleicht gehörte sie auch zu den Privilegierten, in deren Welt es niemals Feuergefechte gegeben hatte. Das waren Geschichten aus den Fernsehnachrichten und aus reißerischen Thrillern, aber nicht aus der Wirklichkeit. Jedenfalls nicht aus Aprils Wirklichkeit.

»Sehen Sie!« sagte Pipe.

Drei der Fahrzeuge, die abseits der Zufahrtsstraße geparkt hatten, setzten sich mit ausgeschalteten Scheinwerfern in Bewegung. Es machte keinen Unterschied, weil der Sattel von hellem Mondlicht überflutet wurde. Die Wagen blieben in respektvollem Abstand. Pipe sprach in sein Funkgerät.

April spürte, wie sich ihr Magen verknotete. Sie wünschte sich, mehr zu sein als nur ein Zuschauer, aber sie konnte sich nicht dazu überwinden, ein Gewehr in die Hand zu nehmen.

In gewisser Hinsicht war sie für die verfahrene Situation verantwortlich. Sie hatten alles falsch gemacht, sie und Max. Sie waren so beschäftigt gewesen mit ihrer Entdeckung, daß sie die politischen Folgen nicht bedacht hatten. Sie hätten im stillen weitermachen sollen, unauffällig bleiben. Die Presse und das Fernsehen hätten sie ausgelacht, und April hätte es dulden sollen, bis sie genügend über die möglichen Konsequenzen nachgedacht hatte. Aber April hatte die Aufmerksamkeit der Medien zu sehr genossen. Pressekonferenzen. Bla bla.

Verdammt!

Einer der drei Wagen, ein nagelneuer schwarzer Chevrolet, beschleunigte seine Fahrt. Er setzte sich vor die beiden anderen, beschrieb einen weiten Kreis und steuerte südwärts auf den Maschendrahtzaun zu. Vor dem Zaun blieb er stehen. Die hintere Beifahrertür ging auf, und der weibliche U. S. Marshal stieg aus. Sie trug ein Megaphon. »Vorsitzender Walker«, rief sie.

Ihre Stimme dröhnte durch den Verstärker.

Walker erhob sich hinter seiner Deckung und trat vor. »Was wollen Sie?«

April blickte auf ihre Uhr. Mitternacht.

Die Frau senkte das Megaphon. »Vorsitzender, es wird Zeit zu gehen.« Der Wind zupfte an Walkers weißem Haar. »Nein«, sagte er.

»Sie haben eine gerichtliche Verfügung.« Die Frau trat vor, bis sie fast den Zaun berühren konnte. »Lassen Sie es nicht drauf ankommen, Sir.«

»Mir bleibt keine andere Wahl.«

Pipe legte eine Hand auf Aprils Schulter. »Bleiben Sie in Deckung, wenn die Schießerei beginnt. Am besten, Sie ducken sich im Graben dicht an eine Wand. Vielleicht hören sie nach einer Weile auf und geben uns Gelegenheit zu kapitulieren. Falls es dazu kommt, zeigen Sie ihnen das hier und geben Sie auf. Aber Sie müssen es schnell tun.«

Er reichte April ein großes Leinentaschentuch.

Eine weiße Fahne.

»Sie halten noch immer ihre Stellungen entlang der Begrenzung«, meldete der Funker. Er preßte den Kopfhörer an das Ohr und blickte fragend seinen Kommandeur an. »Horace, wir sind soweit.«

Gibson nickte. »Okay. Wie weit ist das Felsenteam?«

»An Ort und Stelle und bereit loszulegen.«

Der Plan war einfach. Die Schwachstelle in der Position der Verteidiger war die Tatsache, daß sie ein tiefes Loch im Rücken hatten. Falls es gelang, sie in dieses Loch zu treiben, war der Kampf vorbei.

Blitz Zwo würde den Maschendrahtzaun bombardieren, der die Erdhügel abschirmte. Sobald der Zaun unten war, würden sie Splittergranaten auf die Deckung der Indianer feuern und unter dem Schutz von Maschinengewehrfeuer vorrücken. Blitz Eins und Drei würden zusammen mit der Bodentruppe angreifen, während das Felsenteam (das in einer geschützten Nische zwanzig Fuß unter dem Rand der Klippe wartete) von hinten kam. Mit ein wenig Glück war der Kampf innerhalb Sekunden zu Ende.

Es gab eine weitere Verzögerung, während Boomer, Max und zwei der Passagiere (die sich als Scott und Wally vorstellten) die Schneekufen unter die C-47 montierten. Die Maschine stand auf einem selten benutzten Platz hinter dem Waffendepot der Nationalgarde. Als die Maschine abflugbereit war, eilten die Passagiere aus den Büros der *Sundown Aviation* und gingen an Bord. Im Frachtraum gab es Sitzbänke, doch sie waren nicht besonders komfortabel.

Max beobachtete schweren Herzens, wie ein Passagier nach dem anderen im Innern der C-47 verschwand. Hawk kam zu ihm. »Vielen Dank«, sagte er. »Ich weiß, daß Sie das eigentlich gar nicht tun wollen.«

»Ich schätze, das will niemand«, entgegnete Max.

Er informierte den Tower, daß er nach Fort Moxie wollte und erhielt Starterlaubnis, während er mit dem

Durchchecken der Maschine fertig wurde. Scott nahm im Sitz des Kopiloten Platz. »Haben Sie etwas dagegen?«

»Nein«, erwiderte Max. »Haben Sie schon einmal eine C-47 geflogen?«

»Ich bin hier, um einem Profi dabei zuzusehen, Max«, kam die Antwort.

Max überlegte, ob die Schießerei vielleicht schon vorüber war, wenn sie bei Johnson's Ridge eintrafen.

Er schob die Gashebel vor, und die alte Frachtmaschine rollte an.

Während des Starts stellte Max sich in Gedanken den Sattel bei Johnson's Ridge vor. Wahrscheinlich würde er von Südwesten her hereinkommen. Die Landefläche war knapp bemessen. Den längsten Weg zum Ausrollen hatte er, wenn er auf die Klippe zuhielt. Ein wenig weiter nördlich, und die Maschine würde auf die Bäume anstatt auf den Steilhang zurasen. Und es würde seine Landebahn um sechzig Yards verkürzen.

Er wünschte, Ceil wäre bei ihm.

Die Stimmung im Frachtraum war düster.

»Vielleicht sind sie's«, sagte April und deutete auf den einzelnen Helikopter.

»Ich denke nicht.« Pipe hatte das Fernglas an den Augen. »Das Ding starrt nur so vor Waffen.« Er sah April an. »Halten Sie sich in Deckung.«

Furcht wogte durch ihren Körper.

Der Helikopter hielt respektvollen Abstand, während er in dreihundert Yards Entfernung hin und her flog. Adam kam hinter den beiden heran und kniete neben dem Raketenwerfer nieder. »In Ordnung, Will. Bist du sicher, daß du weißt, wie man damit umgeht?«

»Ja«, antwortete Pipe leise. »Und ich denke immer noch, wir sollten den Hubschrauber abschießen.«

»Nein. Halte dich an den Plan.«

Pipe grunzte mißbilligend, lud die Waffe und nahm sie auf die Schulter.

»Wir erreichen nichts, außer sie zu warnen, daß wir einen Raketenwerfer haben«, beschwerte er sich.

»Das ist korrekt, Will. Ganz genau das wollen wir.« Adams Hand drückte Aprils Schulter. »Uns wird nichts geschehen«, beruhigte er sie.

»Fertig«, meldete Pipe.

Als hätte das Stichwort ihm gegolten, schwenkte der Hubschrauber herum und raste auf die Linie der Verteidiger zu. April sah Lichtblitze unter der Gondel, und Adam drückte sie zu Boden. »Feuer!« befahl er.

Der Raketenwerfer ruckte, und ein fauchender Schwanz aus Feuer jagte auf den herankommenden Chopper zu, während zur gleichen Zeit eine Reihe von Explosionen den Boden vor ihnen aufwühlte. Schwarzer Rauch wehte über sie hinweg. Der Helikopter flog vorüber, und Maschinengewehrfeuer setzte ein.

Ein langes Stück des Maschendrahtzauns war einfach verschwunden, als hätte es niemals existiert. Wo es gestanden hatte, fand sich eine Reihe rauchender Krater.

»Alles in Ordnung? Jemand verwundet?« fragte Adam. Einer nach dem anderen kamen die Antworten.

»In Ordnung. Jetzt wissen sie, daß wir uns wehren können. Wollen sehen, ob sie sich in Deckung halten.«

»Sie sehen eine Nachrichtensondersendung der NBC.«

Die Sitcom *Angie* verschwand vom Bildschirm, und Tom Brokaw erschien vor einem Schirm mit der Karte von Johnson's Ridge. »Aus der Umgebung des Rundhauses werden Feuergefechte gemeldet. Wir schätzen, daß U. S. Marshals damit begonnen haben, das Gebäude gewaltsam einzunehmen, nachdem die Sioux sich weigerten, einem Gerichtsbeschluß zur Räumung des Geländes nachzukommen. Einzelheiten sind zur Stunde noch nicht bekannt, da eine generelle Nachrichtensperre verhängt wurde. In zwanzig Minuten von jetzt an ist eine Pressekonferenz anberaumt. Bis dahin bringen wir eine Zusammenfassung dessen, was wir bisher wissen ...«

»Verdammter Mist!« Gibson in einem der Chopper schlug auf den Funkknopf. »Felsenteam, warten Sie, bis Sie weitere Befehle erhalten.«

Charlie Evans und seine beiden Begleiter warteten auf einem schmalen Sims zwanzig Fuß unterhalb der Kante des Steilhangs. »Roger«, bestätigte er.

»Es kann noch ein paar Minuten dauern.« Gibson wechselte die Frequenz. »Blitz Drei, bitte melden.«

»Hier Blitz Drei.«

»Folgen Sie uns. Wir landen.«

Gibson würde den Bastarden nicht gestatten, einen seiner Blackhawks abzuschießen. Er landete in einem bewaldeten Stück im Süden des Sattels und versammelte seine Angriffsstreitmacht. Er hatte neun Mann zur Verfügung, zuzüglich den dreien im Steilhang unterhalb der Klippe. »In Ordnung, Ladies und Gentlemen«, sagte er. »Wir müssen es anscheinend auf die harte Tour durchziehen.«

»Sie kommen«, sagte John Little Ghost. »Sagt's weiter.«

Am Waldrand bewegten sich Schatten und glitten durch die Dunkelheit auf die Linie der Verteidiger zu. »Alles bereithalten«, befahl Adam.

Die Marshals rückten in einer lockeren Kette näher. Sie waren schwarz gekleidet und vor dem dunklen Wald kaum auszumachen, nicht einmal im hellen Mondlicht. Adam wartete, bis sie sich auf hundertfünfzig Yards genähert hatten. Dann tippte er John Little Ghost auf die Schulter. »Jetzt, John. Halte drüber.«

John Little Ghost feuerte eine Salve in die Sterne. Die Schatten hielten inne, warteten, und setzten sich wieder in Bewegung.

»Adam, es funktioniert nicht«, sagte John Little Ghost. Wenn wir sie aufhalten wollen, dann machen wir es besser jetzt.«

Max sah die Lichtblitze aus einer Entfernung von zehn Meilen. »Wir kommen zu spät«, wandte er sich an Scott.

Das Funkgerät erwachte zum Leben. »C-47, Sie befinden sich in gesperrtem Luftraum.«

»Äh, verstanden«, antwortete Max. »Ich habe mich verflogen.«

»Ich schlage vor, Sie gehen auf zwo-sieben-zwo.«

»Halten Sie den Kurs«, sagte Scott.

Max runzelte die Stirn. »Dort oben tobt ein Krieg. Wir kommen zu spät, um ihn aufzuhalten.«

»Vielleicht auch nicht.«

In Ordnung, dachte Max. *Dann werfen wir unser Leben eben weg.*

Das Radar fing einen Blip im Norden ein. »Sie wollen uns abfangen«, sagte Scott.

Max nickte und gab sich Mühe, den Anschein zu erwecken, als hätte er jeden Tag mit derartigen Situationen zu tun. Er nahm den Bordlautsprecher vor den Mund. »Okay, Leute«, sagte er zu den Passagieren im Frachtraum. »Wir werden in wenigen Minuten landen. Alles anschnallen.«

Ein Stück voraus erhob sich eine Kette aus Kämmen und Vorgebirgen aus der Ebene. Max entdeckte Johnson's Ridge und korrigierte den Kurs leicht nach Süden. Die Sicht war gut, und der Wind blies mit vierzig Knoten direkt aus Nordosten. »Nicht das beste Wetter zum Landen«, sagte er.

Sein Kopilot nickte. »Sie machen das sehr gut.«

Aus dem Funkgerät kam mit kalter Stimme die Meldung, daß er verhaftet sei.

Max ging auf zweitausend Fuß hinunter, nahm Gas weg und fuhr in einer Entfernung von fünf Meilen die Landeklappen aus. Die Landefläche war noch kürzer, als er in Erinnerung hatte. Er sah das Rundhaus und die Feuer. Ein gepanzerter Helikopter ging längsseits. Max warf einen Blick aus dem Seitenfenster. Ein Mann in schwarzer Einsatzmontur saß mit einem Gewehr im Schoß in der offenen Luke.

Das Funkgerät summte. »C-47, drehen Sie ab. Sie befinden sich in Sperrgebiet.«

Der Sattel von Johnson's Ridge kam rasch näher. Max nahm noch mehr Gas weg.

Eine Salve Maschinengewehrfeuer und Leuchtspurmunition ging vor dem Bug der C-47 nieder. »Wir werden das Feuer eröffnen, falls erforderlich.«

»Sie bluffen«, sagte Scott.

Max passierte eine Ansammlung von Bäumen, nahm das Gas völlig heraus und spürte, wie das Hauptfahrwerk den Boden berührte.

Die Maschine federte in die Luft zurück und landete endgültig.

Stimmen schrien in seinem Kopfhörer. Das Heckfahrwerk, ebenfalls auf Kufen, berührte den Boden.

Max schaltete die Maschinen ab. Das Problem mit einer Landung auf Kufen war, daß keine Bremsen zur Verfügung standen. Nicht einmal Schubumkehr war mit den Propellern möglich. Die Maschine mußte schlicht und einfach von allein zum Stillstand kommen. Das Rundhaus befand sich auf der rechten Seite. Max hörte das Rattern automatischer Waffen.

»Was erwartet uns am Ende der Landebahn?« fragte sein Kopilot.

»Ein weiterer kurzer Flug«, erwiderte Max.

Das Rundhaus glitt vorüber. Hinten im Frachtraum herrschte angespanntes Schweigen. Unter den Kufen knirschte der Schnee.

Die C-47 glitt zwischen dem Parkplatz und ein paar hastig zurückweichenden Einsatzwagen der Polizei hindurch. Die Wagen wirbelten Schnee auf.

Voraus, am Rand der Landescheinwerfer, tat sich ein Nichts auf.

Max überlegte eine Sekunde, ob er Vollgas geben sollte, um die Maschine wieder in die Luft zu bekommen, oder besser nach links in die Bäume ziehen, doch es war wirklich zu spät, und ihm blieb nichts anderes übrig, als darauf zu warten, daß die C-47 zum Stillstand kam.

Der Krach in seinem Kopfhörer war verstummt.

Er klammerte sich an das Ruder.

Sie hüpften über eine Schneewehe.

Das Nichts kam rasch näher. Es erstreckte sich von Horizont zu Horizont.

Die C-47 wurde langsamer.

Und kam zum Stehen.

Eine Blackhawk donnerte vorüber.

Max konnte nicht viel Grund vor dem Bug erkennen. »Alles bleibt sitzen«, befahl er den Passagieren.

»Gute Landung, Max«, sagte sein Kopilot.

Max sah durch das Seitenfenster nach draußen, schnallte sich los, stand auf und beugte sich zur anderen Seite, um dort ebenfalls nach draußen zu blicken. »Reichlich Platz«, stellte er fest und setzte sich wieder. Dann schob er den Gashebel des linken Motors nach vorn.

»He!« protestierte Scott. »Vorsicht!«

»Schon gut«, entgegnete Max. »Das Baby hier wendet auf einem Zehncentstück.«

Es stimmte. Max vernahm einigen Protest aus dem Frachtraum, und die Stimmen in seinem Kopfhörer wurden ebenfalls wieder laut, doch er schwang die Maschine herum und rollte auf das Rundhaus zu.

Während Max die C-47 drehte, erkannte Gibson seine Chance.

Augenblicke später duckten sich die Verteidiger tief hinter ihre Erdhügel, während schweres Feuer die Gegend bestrich. Auf der linken Seite der Verteidigungslinie sah Andrea, wie ein Kletterhaken über den Rand der Klippe segelte und sich im Erdreich verhakte.

»Das Flugzeug kommt hierher«, sagte Gibsons Stellvertreter. Die Scheinwerfer der C-47 erleuchteten den Parkplatz, während die Maschine in die allgemeine Richtung von Gibsons Unterstand glitt.

»Verdammt, das tut es! Was zur Hölle haben diese Dummköpfe vor?«

Gibsons Funker preßte den Kopfhörer an das Ohr. »Blitz Zwo erbittet Instruktionen.«

»Wozu?«

»Schätze, zum Schießen. Was sonst, Horace.«

»Gottverdammt noch mal, nein! Sind denn alle verrückt geworden dort draußen?«

Der Funker lauschte erneut. »Das Felsenteam ist über die Klippe vorgedrungen.«

Max schwenkte auf das Rundhaus zu. Die Nacht hallte wider von Gewehrfeuer.

Asquiths Stimme kam aus dem Frachtraum: »Geht es nicht ein wenig schneller?«

Und der Footballspieler: »Jetzt ist nicht die Zeit für Halbherzigkeiten, Max.«

Einige der anderen unterstützten mit überraschender Stimmenvielfalt den Einwand. Max schob die Gashebel vor und hielt direkt auf das Loch im Maschendrahtzaun zu. Mitten in das Kreuzfeuer. Kugeln prasselten gegen den Rumpf, und Max überlegte, daß Ceil ziemlich wütend sein würde, wenn er die C-47 zurückbrachte. Eines der Fenster zersplitterte.

Die Kufen fraßen sich in einen Erdhügel, und die Maschine steckte fest. »Das war's«, sagte er und schaltete die Motoren ab.

Im Frachtraum wurde die Luke geöffnet. Ben Markeys Kameramann, ein großer, blonder Bursche von vielleicht zwanzig Jahren, kniete vor der Öffnung und machte seine Ausrüstung bereit. Als er fertig war, schaltete er die Scheinwerfer ein. »In Ordnung, wir können.«

Ben Markey sprach bereits in sein Mikrofon. Er nickte Walter Asquith zu, der die ganze Zeit über im Eingang gestanden hatte. Asquith sprang aus dem Flugzeug und in einen Kugelhagel. Eine erwischte ihn am Bein, eine zweite in der Brust. Er stürzte schwer in den Schnee.

Voller Entsetzen beobachtete Gibson den Zwischenfall von seinem Posten aus. Er sah zwei weitere Leute aus der Maschine springen und sich über den Mann am Boden werfen, um ihn abzuschirmen, sah die offene Frachtluke und den Raum dahinter mit noch mehr Menschen. Noch nie im Leben hatte er eine derartige Idiotie gesehen. Diese blöden Dummköpfe. Er wandte sich zu seinem Funker um. »Feuer einstellen!« Und zu seinem Stellvertreter: »Ich glaube das einfach nicht.«

Mit erschreckender Plötzlichkeit wurde Gibson bewußt, daß er im ganzen Land auf den Fernsehschirmen war. Er erblickte Ben Markey, flach an den Boden gepreßt, um nicht getroffen zu werden, während er ununterbrochen in sein Mikrofon sprach. Gibson sah den Kameramann, der den Verletzten filmte, die Feuer, die Erdhügel und die bewaffneten Männer und Frauen auf beiden Seiten.

In diesen wenigen Sekunden wurde das Gewehrfeuer schwächer und erstarb schließlich.

Der schwarze Wagen der Verwaltung kam neben der C-47 zum Halten. Elizabeth Silvera stürzte heraus. »Was zur Hölle geht hier vor?« verlangte sie zu wissen. Sie erblickte Asquith und hielt inne. »Was ist geschehen?«

Die restlichen Passagiere kletterten aus der Luke, einige leicht und behende, andere benötigten Hilfe. Polizeifahrzeuge rasten unter Blaulicht heran. Der Rollstuhl wurde ausgeladen. »Wer sind Sie alle?« wollte Silvera wissen.

Ein paar nannten ihre Namen, doch Gibson war zu weit entfernt, um sie zu verstehen. Silvera blickte in seine Richtung. Gibson dachte nach, wie er die Situation am besten in den Griff bekam: Die Leute zusammentreiben und Schweigen der Waffen ausnutzen, um die Stellung der Indianer auszuheben.

Er konnte es schaffen. Er wußte, daß er es schaffen konnte.

»Sie alle können verfolgen, was hier vor sich geht«, sprach Ben Markey in sein Mikrofon. »Walter Asquith, der berühmte Schriftsteller und Gewinner des letztjährigen Pulitzerpreises, wurde niedergeschossen.«

Asquith? dachte Gibson. *Mein Gott, dafür wird uns die Presse auffressen.*

Ein Mann, der aussah wie ein Footballspieler, kniete neben Asquith nieder und versuchte die Blutung zu stoppen, während ein anderer Mann mit einem grauen Bart eine Decke unterschob. »Habt ihr Typen einen Arzt in der Nähe?« fragte die Frau. Ein Krankenwagen raste heran.

Asquiths Augen waren glasig. Er umklammerte den Ärmel des Footballspielers und starb.

Der Leichnam wurde in den Krankenwagen geladen. Nachdem das Fahrzeug sich wieder entfernt hatte, kam Gibson aus seiner Position und stellte sich vor. »Ich muß Sie bitten mitzukommen.«

»Warum?« fragte der Mann mit dem grauen Bart. Er war von durchschnittlicher Größe, und seine Gesichtszüge verrieten ein gelassenes Wesen, doch er trat dem Marshal mit nur mühsam beherrschter Wut entgegen. »Damit Sie mit Ihrem verdammten Krieg weitermachen können?«

Gibson starrte den Burschen an. Plötzlich war nichts mehr einfach.

»Nehmen Sie die ganze Bande in Arrest«, raunte Elisabeth Silvera ihm zu.

»Wer sind Sie?« fragte Gibson den Mann, der gesprochen hatte. Er hatte zwei der Neuankömmlinge erkannt, aber nicht diesen hier.

»Mein Name ist Stephen Jay Gould«, kam die Antwort mit erhobener Stimme, um den Sturm zu übertönen. Die Kamera näherte sich, und plötzlich stand Gould im hellen Scheinwerferlicht. »Ich glaube nicht, daß wir mit Ihnen kooperieren werden. Falls die Regierung noch mehr Menschen töten will, dann muß sie bei uns anfangen.«

Sie reihten sich nebeneinander auf und bildeten einen menschlichen Puffer zwischen den Fronten.

»Gould«, sprach Markey in das Mikrofon. »Ein bekannter Paläontologe.«

Die Kamera schwenkte zu einer großen, aristokratischen Gestalt.

»Charles Curran, Theologe«, stellte Ben vor und streckte ihm das Mikrofon hin.

Curran wirkte, als wollte er ein ungezogenes Kind disziplinieren. »Das hier ist mehr als ein Streit über Besitzrechte«, sagte er in das Mikrofon. »Johnson's Ridge gehört nicht der Regierung. Es gehört keiner verdammten Regierung der Welt, und erst recht nicht allen zusammen. Es gehört der gesamten Menschheit.« Er blickte in die Kamera. »Heute nacht werden diejenigen angegriffen, die es beschützen. Und das bedeutet, daß *wir alle* angegriffen werden.«

»Hier sehen Sie Arthur M. Schlesinger, den Historiker.«

Schlesingers braune Augen blitzten hinter einer dicken Hornbrille. Gibson hatte das unvermittelte Gefühl, daß seine gesamte Feuerkraft unnütz war.

»Und hier Scott Carpenter. Der Astronaut.«

Max' Kopilot. Er sah aus, als könnte er noch immer in den Orbit fliegen, als er grüßend in die Kamera nickte.

»Gregory Benford. Astrophysiker und Schriftsteller.«

Benford war von durchschnittlicher Größe, bärtig und mit einer zu großen Jacke bekleidet, die er sich wahrscheinlich geliehen hatte. Er würdigte Gibson kaum eines Blickes, während er den Vorsitzenden Walker zu sich winkte. Walker nahm zögernd seinen Platz in der menschlichen Kette ein.

»James Walker, Anführer der Mini Wakan Oyaté«, stellte Markey den Vorsitzenden vor. »Die Sioux vom Devil's Lake.«

»Danke«, sagte Walker und blickte nach rechts und links.

»Harry Markowitz, Wirtschaftswissenschaftler.«

Markowitz verschränkte in schweigendem Trotz die Arme vor der Brust.

»Richard Wilbur, Poet.«

Wilbur nickte, doch seine Augen waren woanders. Er verfolgte die Geometrie des Artefakts und der umgebenden Hügel, als wäre es ein bekanntes Muster, irgend etwas, das ihm vertraut war.

»David Schramm. Astrophysiker.«

Der Footballspieler. Asquiths Blut klebte an seiner Kleidung.

»Stephen Hawking. Physiker.«

Wie die meisten anderen auch schien Hawking für das Wetter nicht richtig gekleidet, als hätte man ihn aus einer anderen Beschäftigung in einer wärmeren Gegend gerissen und in ein Flugzeug gestoßen. Seine Augen musterten Gibson kalt.

»Walter Schirra. Astronaut.«

Braune Augen, breiter Unterkiefer, mittlere Größe. Gibson kannte Schirra. Er hatte irgendwo gelesen, daß Schirra einer der geselligsten und humorvollsten Astronauten sei. Heute nacht war davon auch nicht das geringste zu verspüren.

»Ursula K. LeGuin. Schriftstellerin.«

Sie stand da und starrte auf die Stelle, an der Asquith gestorben war. Auch an LeGuins Kleidung klebte Asquiths Blut.

»Und Carl Sagan, Astronom.«

Wie die anderen wirkte Sagan wütend und frustriert, sein sprichwörtlicher Optimismus von den Ereignissen überrollt. »Walter Asquith«, sagte er, »war mit uns auf dieser Reise. Walter war ein Poet.«

»Wissen Sie«, sagte Gibson mit gefährlich leiser Stimme, »daß Sie sich strafbar machen? Sie übertreten das Gesetz.«

»Manchmal ist das Gesetz einfach nur dumm«, entgegnete Markowitz.

April Cannon erschien und stellte sich zwischen Schirra und Hawking.

Gibson dachte bereits darüber nach, was er seinen Vorgesetzten sagen würde.

33

Unser Lied wird
In das ferne Land getragen …
Dichtung der Southern-Paiute-Indianer

Sie verbrachten den Abend in einem Camp auf der anderen Seite des Portals, am Strand der Küste des namenlosen Meeres. Schramm und Sagan lagen nebeneinander auf dem Rücken, Rucksäcke unter den Köpfen, und blickten zu fremden Sternbildern hinauf. Carpenter, Wilbur, Hawking, Benford und Schirra saßen an einem erlöschenden Feuer. Sie redeten wenig, lauschten dem Murmeln der Wellen und spürten vielleicht das gleiche, was alle Menschen vor ihnen verspürt hatten, die an einer unbekannten Küste an Land gegangen waren. LeGuin, Curran und Walker hatten die Schuhe ausgezogen und wanderten durch das seichte Wasser, während sie darüber nachdachten, was auf der anderen Seite des Meeres wartete. Schlesinger, Gould und Markowitz unterhielten sich mit April über das Transportsystem, das sie hergebracht hatte, und welche Konsequenzen seine allgemeine Einführung für die Erde brachte. »Das Ende unsere Städte«, meinte Markowitz.

Gould war nicht so sicher. »Städte besitzen eine soziale Funktion, und wenn auch nur als Orte, denen man entkommen möchte.«

Max stand schüchtern abseits, bis es April auffiel. Sie ging zu ihm, reichte ihm eine Cola und brachte ihn mit zurück in den Kreis von Freunden. »Ich weiß gar nicht, ob wir dir schon gedankt haben«, sagte sie. »Aber nichts von alledem wäre ohne deine Hilfe geschehen.«

Markowitz lachte und legte Max einen Arm um die Schultern. »Ja, Max«, sagte er. »Ob es Ihnen nun gefällt oder nicht, Sie haben uns hergebracht. Was auch immer von heute an geschieht, *Sie* sind dafür verantwortlich.«

»Die eigentliche Frage lautet doch – wohin gehen wir von hier aus?« meinte Sagan später, als es kühl geworden war und sie alle dicht um das Feuer saßen.

»Wie meinen Sie das?« erkundigte sich April.

»Ich schätze, er denkt, daß die Regierung nicht ganz unrecht hat«, sagte Wilbur. »Und ich glaube, da ist etwas Wahres dran.«

»Ich stimme zu«, sagte Schirra. »Wenn wir das Rundhaus erforschen, bewegen wir uns außerhalb jeder menschlichen Erfahrung. Zumindest werden wir eine vollkommen neue Wirtschaftsform entwickeln müssen. Meinen Sie nicht auch, Harry?«

Markowitz nickte. »O ja«, sagte er. »Aber wir können uns darauf vorbereiten. Uns anpassen.« Er lächelte und deutete mit der Hand auf das Meer hinaus. »Die Zukunft liegt in dieser Richtung.«

»Wir haben uns Verantwortung aufgeladen«, sagte Hawking mit seiner elektronischen Stimme. »Immerhin haben wir heute eine Entscheidung gefällt, und ich sehe keinen Weg, wie wir das wieder rückgängig machen könnten.«

Ein schwacher Wind kam auf. Der grenzenlose Horizont krümmte sich unter den Sternen.

»Es gibt auch Risiken«, warf Walker ein.

Curran nickte. »Die Risiken stehen im Verhältnis zum möglichen Gewinn, genau wie die Ängste der Menschen.« Er grinste. »Wir werden eine Menge Antworten finden müssen.«

»Wir haben nichts zu befürchten«, sagte Schramm.

»Stephen hat recht«, sagte Schlesinger. »Wir blicken auf eine neue Welt. Neue Welten sind immer rücksichtslos gegenüber alten Ideen.«

Benford öffnete eine Schachtel Marshmallows, steckte einen auf das Ende eines Stabes und hielt ihn über das Feuer. »Meint ihr eigentlich, wir sollten die Führung übernehmen?«

»Ich denke, das müssen Sie«, sagte Max.

Mehrere Gesichter wandten sich in seine Richtung. *Die*

Aussicht erscheint ihnen gar nicht so übel, dachte Max. LeGuin stocherte im Feuer. Es knisterte, und eine Wolke von Funken stob in den Nachthimmel. »Es klingt so arrogant«, sagte sie.

Schramm öffnete zwei Bierdosen und reichte eine davon Benford. »Das ist es auch, natürlich. Aber ich denke, ein wenig Arroganz kann uns bei dieser Geschichte nicht schaden.«

»Aber vielleicht werden wir gar nicht da sein, um den anderen zu helfen«, sagte Curran. »Ich bin zwar nicht ganz sicher, aber ich denke, wir haben heute nacht einige Bundesgesetze übertreten.«

Sagan lächelte. »Ich glaube nicht, daß wir uns deswegen sorgen müssen. Matt Taylor wird alle Hilfe benötigen, die er nur kriegen kann.«

»Ja«, sagte April gedehnt. »Ich würde dem Präsidenten nur zu gerne helfen. Er hätte uns alle beinahe umbringen lassen.«

»Er saß in einer Zwickmühle«, verteidigte ihn Schlesinger. »Genau wie in diesem Augenblick vielleicht die ganze Welt in einer Zwickmühle sitzt. Und wir haben geholfen, sie dort hineinzubringen.«

»Ich stimme Ihnen zu«, sagte Hawking. »Und ich glaube, wir sollten allmählich anfangen zu überlegen, wie wir sie wieder herausholen.«

Benford nickte. »Als erstes brauchen wir ein wenig positive Public Relations.«

»Exakt«, sagte der Vorsitzende, der in jener Nacht eine Demonstration zur Macht der Medien erlebt hatte.

»Vielleicht eine Fernsehshow«, schlug April vor. »Die Leute sollen erfahren, wie es hier ist. Was es bedeuten kann.«

»Und welche Risiken lauern«, fügte Carpenter hinzu. »Wir müssen ehrlich bleiben. Wo wir gerade davon reden ...« Er blickte Walker an. »Wie steht es mit den Sioux? Werden Sie uns helfen?«

Alle Augen richteten sich auf den Stammesvorsitzenden. »Ich schätze, wir werden darauf bestehen, daß aus dieser Welt kein zweites Nordamerika wird. Was das angeht, werden wir das Portal unter Kontrolle halten. Darüber hinaus – ja, wir wären stolz, Ihnen zu helfen.«

Der Pferdekopfnebel leuchtete am nördlichen Nachthimmel über dem Meer. Die Illusion eines herannahenden Sturms war überwältigend.

»Wir werden alle Hände voll zu tun haben«, sagte Schirra.

Sie blickten zu den Sternen hinauf, lauschten dem Rauschen des Windes, der vom Meer her wehte, und spürten die Wärme des Feuers auf ihren Gesichtern. »Ich wünschte nur, wir alle hätten es geschafft«, sagte LeGuin.

Wilbur nickte. Seine Augen waren im Schatten verborgen. »Ich habe Asquiths Notizen über dieses Projekt.«

»Genug, um sie zu veröffentlichen?« fragte Hawking.

»O ja.« Wilbur griff hinter sich und zog eine Jacke über die Schultern. »Und es ist ein ziemlich guter Stoff. Vielleicht überlebt Walter uns am Ende alle.«

EPILOG

April Cannon beobachtete, wie ihr Seesack in einem Blitz aus hellem Licht verschwand. Ihre sieben Begleiter (einer davon ihr pensionierte Chef Harvey Keck) überprüften ein letztes Mal ihre Ausrüstung.

Sie wandte sich zu Max um. »Und du bist sicher, daß du nicht mitkommen willst?« Im grünlichen Licht sah sie wunderschön aus.

»Ja«, antwortete Max. »Ich hasse Überraschungen, und ich schätze, ihr werdet dort draußen eine ganze Menge davon erleben.«

Sie berührte seinen Arm. »Wir werden vorsichtig sein.«

Sie planten, die Verbindungen des Portals von Eden zu erforschen. Die Expedition war mit einem reichlichen Vorrat an Lebensmitteln und Wasser ausgestattet. Sie trugen Druckanzüge und Sauerstoffmasken und führten biologische Testkästen, Ersatzteile und ein breites Sortiment an Detektoren mit sich. Wenn alles glattlief, würden sie in zwei Wochen mit einem Schatz an Informationen über die Welten hinter Eden zurückkehren. (Das Labyrinth wurde, für den Augenblick zumindest, in Ruhe gelassen.)

»Max«, fragte April, »was wirst du unternehmen? Kaufst du eine Insel auf den Bahamas, um dich zurückzuziehen?«

Max grinste. »Ich werde mich auf die Spur unseres unsichtbaren Besuchers heften.«

April erschauerte. »Er scheint inzwischen wieder verschwunden zu sein. Ich würde es lassen.«

»Ich denke, wir haben die Pflicht, ihn zu suchen.«

»Die Pflicht? Wem gegenüber?«

»Ich bin nicht sicher. Vielleicht gegenüber dem Besucher selbst. Ich spüre so etwas wie Sympathie für ihn.«

»Es könnte gefährlich werden.«

»Vielleicht. Aber wir wissen, daß er einen Sinn für

Humor besitzt. Und er rettet Kinder. Ich würde mich wirklich gerne mit ihm unterhalten.«

Harvey winkte April. Bereit zum Aufbruch.

»Sei vorsichtig, Max«, sagte sie.

»Sicher.« Er spürte einen Kloß im Hals. »Du auch. Komm zurück, in Ordnung?«

»Verlaß dich drauf.« Sie drängte sich plötzlich, unerwartet in seine Arme, warm und weich, und hob das Gesicht. Er küßte sie lang und zärtlich.

ENDE

ANMERKUNG DES AUTORS

Der Lake Agassiz hat wirklich existiert. Ich habe mir bei der Küstenlinie ein oder zwei Freiheiten erlaubt, aber ansonsten versucht, die Fakten nicht über Gebühr zu strapazieren. Wer sich dafür interessiert, mag über den westlichen Rand des *Red River Valley of the North* fliegen, oben in der Nähe der kanadischen Grenze, wo die ehemalige Küste deutlich zu sehen ist.

Band 24 126

Jack McDevitt

Erstkontakt

Deutsche Erstveröffentlichung

Aus den unendlichen Tiefen des Weltalls erreichen Signale die Erde, die so seltsam sind, daß sie nicht von einem Stern oder einer anderen Quelle stammen können. Es muß sich um einen Kode handeln: die erste Botschaft außerirdischen Lebens, die von Menschen empfangen wurde.

Ein Team von Wissenschaftlern versucht, den Kode zu entschlüsseln, Was die Forscher entdecken, ist geeignet, die Erde in ihren Grundfesten zu erschüttern – von der Wall Street bis zum Vatikan.

BASTEI LÜBBE

Sie erhalten diesen Band im Buchhandel, bei Ihrem Zeitschriftenhändler sowie im Bahnhofsbuchhandel.

Band 24 232

Wolfgang Hohlbein

Nach dem großen Feuer

Deutsche Erstveröffentlichung

Mitten in der Nacht wird Thomas zusammen mit einigen anderen Menschen von einem glitzernden UFO entführt. Noch bevor das Raumschiff jedoch sein Ziel erreicht, gerät es in einen Energiewirbel und strandet auf einem unbekannten Planeten. Damit beginnt der Kampf ums Überleben jedoch erst, denn eine gewaltige Katastrophe hat die fremde Welt verwüstet. Als Thomas und seine Freunde das furchtbare Geheimnis dieser Katastrophe entdecken, ist es fast zu spät ...

Ein Planetenroman voller Abenteuer mit einem überraschenden Ende, ganz in der Tradition der klassischen Jugendromane von ROBERT A. HEINLEIN.